秀威
文哲叢書
韓晗主編

中國古典文論現代觀照
的海外視野

李鳳亮　等著

秀威資訊・台北

序「秀威文哲叢書」

　　自秦漢以來，與世界接觸最緊密、聯繫最頻繁的中國學術非當下莫屬，這是全球化與現代性語境下的必然選擇，也是學術史界的共識。一批優秀的中國學人不斷在世界學界發出自己的聲音，促進了世界學術的發展與變革。就這些從理論話語、實證研究與歷史典籍出發的學術成果而言，一方面反映了當代中國學人對於先前中國學術思想與方法的繼承與發展，既是對「五四」以來學術傳統的精神賡續，也是對傳統中國學術的批判吸收；另一方面則反映了當代中國學人借鑒、參與世界學術建設的努力。因此，我們既要正視海外學術給當代中國學界的壓力，也必須認可其為當代中國學人所賦予的靈感。

　　這裡所說的「當代中國學人」，既包括居住於中國大陸的學者，也包括臺灣、香港的學人，更包括客居海外的華裔學者。他們的共同性在於：從未放棄對中國問題的關注，並致力於提升華人（或漢語）學術研究的層次。他們既有開闊的西學視野，亦有扎實的國學基礎。這種承前啟後的時代共性，為當代中國學術的發展提供了堅實的動力。

　　「秀威文哲叢書」反映了一批最優秀的當代中國學人在文化、哲學層面的重要思考與艱辛探索，反映了大變革時期當代中國學人的歷史責任感與文化選擇。其中既有前輩學者的皓首之作，也有學界新人的新銳之筆。作為主編，我熱情地向世界各地關心中國學術尤其是中國人文與社會科學發展的人士推薦這些著述。儘管這套書的出版只是一個初步的嘗試，但我相信，它必然會成為展示當代中國學術的一個不可或缺的視窗。

韓晗
2013年秋於中國科學院

目次 | CONTENTS

引言　中國傳統文論現代觀照的海外視野

　　新世紀以來，隨著海內外學術交流的頻密，對海外華人學者中國傳統文學批評的考察日漸成為理解「傳統之現代轉化」的重要視角。這一涉及中國古典文論、西方文學理論、比較文學、海外漢學、華僑華人研究諸領域的嶄新論題，因以海內外文化交流、融合的視野來觀照文學的傳播、闡釋和發展，為傳統的文學研究注入了新的內容，而日益為不同科際學者所關注和思考。

　　正如著名華裔漢學家劉若愚在《語際批評家：闡釋中國詩歌》（ *The Interlingual Critic:Interpreting Chinese Poetry* ）一書中所指出的，活躍於西方漢學界的中國文學批評家，其實是跨民族、跨語言、跨文化意義上的「語際批評家」。這一模糊的中間地帶，使得海外漢學研究始終面臨如何於不同語言和文化之間，尋找有效批評角度和闡釋方法的問題。而隨著近代中國於十九世紀末啟動的包括公派留學生在內的一系列舉措，一度為傳教士、外交官所把持的漢學研究，也開始出現華人學者的聲音。這一新生力量的加入，使得西方漢學體制內的「跨語際批評」逐漸形成了兩類意義不同的群體和實踐：

> 　　第一種是以中文為母語，在中國出生並接受教育，而現在則身處英語國家或至少在以英文為教學語言的機構中任職的批評家。第二種則是以英語或其他歐洲語種為母語，而視中文為學術對象，並以教授或研究中國文學為專業的批評家。[1]

　　本書所討論的海外華人學者則屬於上述第一類「跨語際」批評家，他們大多在中國大陸和臺灣完成大學學業，後出國（多在美國）繼續攻讀學位並在境外學術機構工作，構成二十世紀後半葉的學術「西遊記」、「東渡記」。

　　從港臺或內地「流散」至「他方」的經歷，則使海外華人學者，一方面能對異域批評理論作近距離移植，另一方面又能對中國文學問題採取遠觀姿態。這種「近取遠觀」的態度，為中國傳統文論的研究帶來了

---

[1]　James J. Y. Liu, *The Interlingual Critic:Interpreting Chinese Poetry*, Indiana University Press, 1982, P. ix

「另一種聲音」，其中隱含著諸多值得探討的學術話題：既有研究立場、方法論上的，也有理論觀念、學術觀點上的。而海外學人與大陸學者在學術規訓上的差異和言說位置上的區別，則突破了過去中國文學研究單一封閉的視角，其直接參與及影響所及，在某種意義上改變著二十世紀中國文學研究的總體格局，且目前已從某種邊緣狀態向中心地帶滑動。

第一節　海外中國傳統文論研究的興起

「中國詩論的西播史，嚴格說來並不算長。明清之際，來華傳教士西譯儒經，稍涉處於萌芽狀態的文學觀。但在很長的時間內，它只是作為經學或文化研究的附庸，斷續零星地傳到西方」[2]。自1814年，法蘭西學院設立第一個漢學講座教授開始，西方漢學漸成系統，逐步發展為體制健全的專業化學院學科，並先後出現了以伯希和（Paul Pelliot）為代表的正統語文學學派和以葛蘭言（Marcel Granet）為代表的社會學學派。然而，二者研究的重心或在歷史考古、或在政治風俗，卻絕少有人能於翻譯之外尋求理解和解釋中國傳統文學的可信方法。對此，留法三年的李思純指出：

> 法之治中國學者，其攻中國之事凡兩途：其一探討古物，而為古物學之搜求；其一探討政制禮俗，而為社會學之搜求。然決未聞有專咀嚼唐詩宋詞以求其神味者。此無他，彼非鄙唐詩宋詞不足道，彼實深知文學為物，有賴於民族志環境遺傳者至深，非一蹴而及也。[3]

因而，二十世紀中葉以前，海外中國傳統文論研究的重要貢獻，大多來自那些知名的翻譯家[4]，其中比較重要的是理雅各、翟理斯和魏

---

[2] 王曉平、周發祥、李逸津：《國外中國古典文論研究》，南京：江蘇教育出版社，1998年版，第15頁。

[3] 李思純：《與友論新詩書》，載《學衡》，第19期（1923年7月）。

[4] 其他重要翻譯家有，與理雅各並稱漢籍歐譯三大師的德國傳教士衛禮賢（Richard Wilhelm，1873-1930）及法國傳教士顧塞芬（Couvreur, Seraphin，1835-1919）；又比如與翟理斯、理雅格並稱為英國漢學三大宗師的德庇時（Sir John Francis Davis，1795-1890）。其中德庇時對中國文學研究的貢獻較大，德庇時是典型的外交官漢學家，他對中國詩學的貢獻集中於《漢文詩解》（The Poetry of the Chinese，1829）的編譯。該書由中國「詩法」和中西「詩質」的比較構成，書中選有《詩經》、《三字經》、唐詩、清詩、乃至小說（如《好逑傳》）中的若干片段。流

禮。十九世紀中葉，理雅各（James Legge，1815-1897）在中國學者王韜的幫助下，完成了「四書」、「五經」等主要中國經典及《楚辭》等中國古典詩章的英譯。其中，1871年作為《中國經典》（The Chinese Classics）第四卷出版的《〈詩經〉英譯》首次翻譯了《毛詩序》，同時該譯本還附有長序和注文，介紹三百篇的採編、流傳、內容、版本、箋注、傳序、格律、音韻以及地理、政區、宗教等背景知識，為英語世界瞭解儒家美學及文論提供了基本依據。翟理斯（Herbert Allen Giles，1845-1935）是劍橋大學第二任漢學教授，在翻譯研究中國古典文學方面成就卓越，他編譯有《古文選珍》（Gems of Chinese Literature，1884，1898，1923，1965）、《中詩英譯》（Chinese Poetry in English Verse，1898）等，而他於1901年出版的《中國文學史》（A History of Chinese Literature），則首次向英語世界讀者展現了中國文學的發展歷程，這也成為世界上第一本中國文學史著作，其中全文翻譯了中國文論的又一經典司空圖的《二十四詩品》。魏禮（Arthur David Waley，直譯亞瑟・韋利，1889—1966）從劍橋大學畢業後長期在大英博物館圖書繪畫部工作，其以《漢詩選譯170首》（A Hundred and Seventy Chinese Poems，1918）為代表的詩文譯作，深刻影響了當時歐洲的中國詩熱潮。

　　二十世紀五〇年代以來，中國文論經典作品先後出版了英文全譯或選譯本[5]，為深入研究中國傳統文論思想奠定了基礎。七〇年代以降，隨著比較文學和西方批評理論的興起，以劉若愚《中國文學理論》（Chinese Theories of Literature，1975）和宇文所安（Stephen Owen）《中國文論：英譯與評論》（Chinese Literary Theory:English Translation with Criticism，1992）為代表的總體性綜合研究，標誌著海外漢學中國傳統文論研究進入高產期。期間，期刊論文大量湧現，較重要的綜合性論文選集有李又安（A. Rickett）主編的《中國的文學觀：從孔夫子到梁啟超》（Chinese Approaches to Literature form Confucius to Liang Qi-chao，1978）和繆文傑（Miao, Ronald Clendinen）主編的《中國詩歌和詩學研究》（Studies in Chinese Poetry and Poetics，1978），並出現了包括宇文所安

傳甚廣，影響頗大，曾多次重刊。

[5]　《文賦》（E. R. Hughes譯本，1951；陳世驤譯本，1953）、《文心雕龍》（施友忠譯本，1959）、《詩品》（John Timothy Wixted選譯，見The Literary Criticism of Yuan Hao-wen）、《昭明文選》（David R. Knechtges譯本，1982、1987、1996）、《滄浪詩話》（Gunther Debon德文全譯本，1962；Yip Wai-lim 選譯，1970；Richard John Lynn選譯，1975）。《人間詞話》（A. Rickett譯本，1977）。另有香港學者黃兆傑編譯《早期中國文學批評》（Early Chinese Literary Criticism，1983）翻譯了從古代到六朝的一系列文論文本。

《傳統中國的詩歌與詩學》（*Traditional Chinese Poetry and Poetics: an Omen of the World*，1985）、余寶琳（Pauline Yu）《中國詩歌傳統中的意象讀法》（*The Reading of Imagery in the Chinese Poetic Tradition*，1987）、張隆溪《道與邏各斯》（*The Tao and the Logos: Literary Hermeneutics, East and West*，1992）、蘇源熙（Haun Saussy）《中國美學問題》（*The Problem of a Chinese Aesthetic*，1993）在內的一批重要專著。

此一時期的批評闡發，顯示出全面超越傳統研究的重大變化。其一，研究者普遍具有鮮明的理論意識，考證、譯注、賞析的語文學範式已讓位於西方七〇年代興起的各種人文社科批評方法，如高友工、梅祖麟對唐詩展開的結構主義分析；浦安迪基於榮格原型批評的《紅樓夢》研究；王靖宇運用解釋《荷馬史詩》口頭傳統的「帕裡-勞德」理論對《詩經》的考證等。其二，在中西比較詩學的理念下，尋找解釋中國文學傳統的詩學框架，建立具有涵蓋性的詩學模式，比如宇文所安從宇宙論模型提出的「非虛構傳統」；陳世驤、高友工從文類和審美經驗出發建構的「抒情傳統」；張隆溪從闡釋學角度提出的「道」。然而，當代西方漢學的中國傳統文論研究，在提供各式眼花繚亂的概念話語與批評模式之際，也向我們提出如下問題：如何在不脫離比較語境的基礎上，正確評估漢學研究方法與思想創構的關係。

與中國古典文論在西方的傳播相比，如果從十九世紀末理雅各、翟理斯等翻譯名家與中國學人的交往算起，海外中國傳統文論研究在中國的譯介和影響，已有百年歷史。二十世紀三〇年代開始，陳受頤、方重、朱謙之等學者從影響研究的角度，集中、系統地發表一批關於中國文學文化與啟蒙時代歐洲（十七、十八世紀）思想之關係的論述[6]，著重介紹了早期傳教士漢學家對中國文學文化的闡釋。五〇-八〇年代，由於歷史原因，海外漢學譯介中心由大陸轉向港臺，僅見諸報端的譯評文章已不下百篇，重要的英文專著，如劉若愚的《中國詩歌藝術》（杜國清譯，臺北幼獅，1977）、《中國文學理論》（杜國清譯，臺灣經聯，1981）、韓南的《韓南中國小說論集》（王秋桂編，臺灣聯經，1979）也相繼刊行臺灣譯本。此外，另有中國古典文學翻譯委員會編《英美學人論中國古典文學》（中文大學，1973）、施叔青《西方人看中國戲劇》（聯經，1976）、侯健編《國外學者看中國古典文學》（中央文物供應社，1982）、鄭樹森編《中美文學因緣》（東大，1985）等

---

[6] 黃鳴奮：《英語世界中國古典文學之傳播》，上海：學林出版社，1997年版，第12頁。

論文集問世。

　　1978-1980年，錢鍾書先生相繼赴歐、美、日三大國際漢學重鎮交流訪問[7]，推動並重啟大陸新時期以來海內外中國古典文學研究的互動交往。此後，以《文學遺產》為代表，多家學術期刊不定期編譯刊發海外古典文學研究論文，並推出海外漢學家訪談專欄，介紹海外研究趨勢及動態[8]。八〇年代末以來，在上海古籍出版社「海外漢學叢書」（王元化主編）和江蘇人民出版社「海外中國研究叢書」（劉東主編）全面引介海外漢學整體研究狀況的基礎上，海內外中國傳統文論研究的交流呈現出一種「加速」趨勢，漢譯名著大量湧現，柳存仁、丁乃通、夏志清、高友工、梅祖麟、王靖宇、韓南、柳無忌等著名漢學家[9]的中國古典文學研究均有漢譯本問世。至九〇年代，大陸海外漢學研究機構先後成立，相繼推出《國外中國學研究》（四川外國語學院，1991）、《清華漢學研究》（清華大學國際漢學研究所，1994）、《國際漢學》（北京外國語大學海外漢學研究中心，1995）、《法國漢學》（清華大學國際漢學研究所，1996）、《漢學研究》（北京語言文化大學漢學研究中心，1996）《中國學研究》（復旦大學中文系，1997）、《（復旦）漢學論叢》（復旦大學國際文化交流學院，1997），《世界漢學》（中國藝術

7　1978年，錢鍾書一行6人參加了義大利北部奧蒂賽依（Ortisei）小城舉行的第26屆「歐洲漢學家會議」，他在題為《古典文學研究在現代中國》的演講中說到：「我們還得承認一個缺點，我們對外國學者研究中國文學的重要論著，幾乎一無所知；這種無知是不可原諒的。」會後，錢鍾書第一次知道，夏志清1961年出版的《中國現代小說史》以及書中對他的介紹。1979年，錢鍾書參加中國社會科學院代表團赴美國訪問，先後前往哥倫比亞大學、加州大學伯克利分校的著名漢學研究機構，與夏志清、浦安迪、宇文所安、余國藩等重要漢學家會面；1980年，錢鍾書訪問日本，在早稻田大學文學講談會上宣講論文《詩可以怨》。

8　《文學遺產》於20世紀80年代末推出「海外學者訪談」專欄，相關訪談成果於2008年結集出版。參見《文學遺產》編輯部編：《學鏡：海外學者專訪》，南京：鳳凰出版社，2008年版。

9　柳存仁《倫敦所見中國小說書目提要》（書目文獻出版社，1982）、丁乃通《中國民間故事類型索引》（孟慧英等譯，春風文藝出版社，1983；鄭建成等譯，北京民間文藝出版社，1986）、白之《白之比較文學論文集》（湖南文藝出版社，1987）、夏志清《中國古典小說導論》（胡益民譯，安徽文藝出版社，1988）、高友工和梅祖麟《唐詩的魅力：詩語的結構主義批評》（李世耀譯，上海古籍出版社，1989）、王靖宇《（左傳）與傳統小說論集》（北京大學出版社，1989）、韓南《中國白話小說史》（尹慧譯，浙江古籍出版社，1989）、施耐德《楚國狂人屈原與中國政治神話》（張嘯虎等譯，湖北教育出版社，1990）、時鐘雯《中國戲劇的黃金時代：元雜劇》（蕭善田等譯，山西人民出版社，1991）、《海外學者評中國古典文學》（王守元和黃清源主編，濟南出版社，1991）、柳無忌《中國文學新論》（中國人民大學出版社，1993）、浦安迪《中國敘事學》（北京大學出版社，1996）等。

研究院中國文化研究所，1998）等帶有連續性出版性質的叢刊、集刊，為海內外學術研究的「整合」提供了相對成熟和完善的機制與平臺。

伴隨漢學研究著作的譯介，對海外古典文學批評的學術史梳理和個案考辯也漸成風氣。前者有王麗娜《中國古典小說戲曲名著在國外》（學林出版社，1988）、張弘《中國文學在英國》（花城出版社，1992）、黃鳴奮《中國古典文學之傳播》（學林出版社，1997）、周發祥《西方文論與中國文學》（江蘇教育出版社，2000）、王曉路《中西詩學對話──英語世界中的中國古典文論》（巴蜀出版社，2000）等專著所做整理和探索。後者則突出表現為，海外漢學重要代表人物及觀點著作所受到的持續關注和爭論，如劉若愚以文學四要素對中國文論的系統化改造、葉維廉對道家美學的現象學闡釋、宇文所安對中國文學傳統「非虛構」特徵的命名，都曾在內地學界引發不同程度的討論甚至批評，而由此形成的「批評─反批評」現象也成為近年來漢學研究界的熱點之一。

由此，我們不得不承認，在日漸多元的學術話語中，海外中國傳統文論研究以其自成體系的學科體制和「異質」的研究模式，在「中國傳統文論的現代轉換」進程中切實扮演了「他者」的角色。這一群體所呈現出的別樣觀念與方法，刺激了內地學界陳陳相因的學術話語，並為我們打開了眾多曾被忽視和遮蔽的研究領域。

第二節　中國傳統文論海外傳播與接受的幾種形式

在中國文化西傳歐洲的歷史上，以外國文字輸出中國文化並產生過重要影響的中國人並不多，較著名者有參與了禮儀之爭、後定居巴黎的黃嘉略，協助理雅各英譯中國經典的王韜，最早留學歐洲的清末外交官陳季同，「生在南洋，學在西洋，娶在東洋，仕在北洋」的辜鴻銘等。直至二十世紀六〇年代，在全球「學術流散」的大趨勢下，西方才開始成批出現中國留學生以中國文史傳統為題而撰寫的英語博士論文，並從中產生了一個深刻改變西方漢學研究格局的華裔學術群落。而在海外古典文學研究領域，具有相當影響力的華人學者，除本書專章討論介紹的劉若愚、葉維廉、唐君毅、牟宗三、徐復觀、杜維明、陳世驤、高友工、孫康宜、林順夫、葉嘉瑩、夏志清、王德威、黃維樑、張錯外，至少還可以舉出洪煨蓮、施友忠、柳無忌、羅郁正、李田意、丁乃通、柳存仁、張心滄、程抱一、涂經詒、余國藩、馬幼垣、王靖獻、王靖宇等。以下就後者所列華人學者逐一做簡要介紹。

洪煨蓮（Hung, William，1893-1980），原名業，字鹿岑，譜名正繼，號煨蓮。福建侯官（今閩侯）人。當代國際著名歷史學家。洪煨蓮（洪業）在美期間，花了相當大的功夫整理杜詩，他不但在哈佛開了杜甫課，而且在耶魯大學、匹茲堡大學、夏威夷大學等高校演講時，也都以講杜甫的作品和品格為主。他將自己多年來研究杜甫的成果整理成書，《中國最偉大的詩人杜甫》於1952年出版。這本英文專著分上下兩冊。上冊收錄了杜甫的詩作374首，並詳細說明其時代背景與史實的關係。下冊是注解，注明各詩的出處，中外人士的翻譯，歷朝歷代給杜詩所作注解，其中大量夾雜洪煨蓮本人的觀點和看法。該書對杜甫的生平有很多新發現，對杜詩提出了不少新見解。在序言裡，洪煨蓮很謙遜地說自己英文不好，可能造成某些失實。但大多數學者都認為他將杜詩譯得非常傳神。這本書在杜甫及杜詩研究者當中，是當之無愧的權威之作。

施友忠（Shih, V. Yu-chung 1902-2001）福建福州人。先後獲得福建協和大學學士、北平燕京大學碩士、美國南加州大學哲學博士等學位。1945-1973年，任教於西雅圖華盛頓大學東亞系。其英譯《文心雕龍》（*The Literary Mind and the Carving of Dragons, New York: Columbia University Press*, 1959. Hong Kong: The Chinese University Press,1983）被認為是該書最好的英譯本之一。

柳無忌（Liu, Wu-chi，1907-2002），江蘇吳江人，為近代著名詩人柳亞子的哲嗣。1927年於北京清華學校畢業後赴美留學，1931年以《英國浪漫主義詩人雪萊》論文獲耶魯大學英國文學博士學位。1932年回國後，他先後在南開大學、西南聯大、中央大學任教。1946年再度赴美，前後執教於勞倫斯大學、耶魯大學和印第安那大學，任中國文學教授。著有《孔子的生平與時代》（*Confucius，His Life and Time，Philosophical Library*，1955），《中國文學導論》（*An Introduction to Chinese Literature*，1966）等。

羅郁正（Lo, Irving Yu—Cheng，1922- ），福建福州人，1939年入上海聖約翰附中，其間在劉大傑的私人指導下攻讀中國古典文學。1942年入聖約翰大學文理學院英文系，1949年羅郁正於哈佛大學獲得英國文學碩士學位，後入威斯康辛大學攻讀英國文學及比較文學，並於1953年獲哲學博士學位。曾在美國多所大學東亞系從事中國文學教學、研究和翻譯工作。他參與策劃的數種中國古典文學、尤其是中國詩歌的英譯選集在美國產生了很大影響，他也積極從事中美兩國之間的文學和文化交流，曾作為美國代表團成員出席中美比較文學學術會議。羅郁正的主要學術著譯包括《辛棄疾研究》（*Hsin Ch'i-chi*，1971），與著名華裔

學者柳無忌合編的中英文版中國古典詩詞選集《葵曄集—中國歷代詩詞曲選集》（*Sunflower Splendor: Three Thousand Years of Chinese Poetry*，1975-1998），以及與美國漢學家舒威霖（William Schultz）合編的中國清代詩歌選集《待麟集》（*Waiting for the Unicorn：Poems and Lyrics of China's Last Dynasty，1644-1911*，1986）等。

李田意（Li，Tien-Yi，1915-2000），河南汝陽縣人。1933年入北京大學攻讀，後轉南開大學，1937年獲文學學士學位。曾先後任教於西南聯大及中央大學。1945年前往美國，先後獲耶魯大學歷史碩士學位、哲學博士學位。歷任耶魯大學助教、副教授、教授，專授中國語言文學課程。在耶魯大學期間，還曾兼任該校遠東出版社主任及總編輯，出版書籍多種。1969年接受俄州大學之聘，為該校中國歷史及「文學囑香」講座教授，1971年至1975年兼任東亞語文系主任。著有《中國小說研究論著目錄》（*Chinese Fiction: A Bibliography of Books and Articles in Chinese and English, 1968*），《中國文學史：精選書目》（*The History of Chinese Literature: A Selected Bibliography*, 1968），等專著多種。

丁乃通（Ting，Nai-tung，1915-1989）浙江杭州人，早在1936年即畢業於北京清華大學西方語文學系，並於1938年獲得美國哈佛大學英國文學碩士學位，三年後又在哈佛大學獲得博士學位。民國時期先後在浙江大學、河南大學、中央大學、嶺南大學教授英國文學，1957年起客居美國，任教於泛美大學和西伊利諾大學。在美從事英國文學研究教學多年，後轉向民俗文學研究，因編撰《中國民間故事類型索引》（1978）而馳名海內外。他借用芬蘭學派的AT分類法來處理中國民間故事，依據580多種故事資料，歸納出843個類型，涵蓋故事7300餘篇。另著有《聖人與蛇婦：亞洲和歐洲文學中一個女妖故事的研究》（1966）、《中國和印度支那灰姑娘故事的來龍去脈》（1974）、《中國天氣諺語》（1972）等。

柳存仁（Liu, Ts'un-yan，1917-2009），山東臨清人，早年畢業於北京大學，先後獲倫敦大學哲學博士及文學博士學位。曾任澳大利亞國立大學中文系主任、亞洲研究學院院長，澳大利亞人文科學院首屆院士、英國及北愛爾蘭皇家亞洲學會會員。專長道教典籍史、中國小說史及先秦文獻等。主要著作有《佛道對中國小說的影響》（*Buddhist and Taoist Influence on Chinese Novels*，1962），《倫敦所見中國小說書錄》（*Chinese Popular Fiction in Two London Libraries*，1967），《和風堂文集》（*Selected Popular from the Hall of Harmonious Wind*，1976）。

張心滄（Chang Hsin-Chang，1923-），英籍華裔著名中國文學理

論研究家、愛丁堡大學中文系教授。張心滄與夫人丁念莊，同畢業於上海滬江大學，後留學愛丁堡大學（1948-50年），張心滄獲英國文學博士學位，丁念莊或語言學博士學位，於劍橋大學東方學院（Faculty of Oriental Studies）任教，教授明清戲曲、小說、傳奇。編譯《中國文學：通俗小說與戲劇》（*Chinese Literature:Popular Fiction and Drama*，1973）一書，全書共有十二章，是對中國13世紀至18世紀小說戲劇進行選擇和探研的一部專著；另著有《中國文學之二：山水詩》（*Chinese Literature 2:Nature Poetry*，1977），以「自然詩」兼指「山水詩」和「田園詩」，敘及陶淵明、謝靈運、王維、孟浩然和柳宗元五位詩人。

程抱一（François Cheng，1929- ），原名程紀賢，祖籍江西南昌，出生於山東濟南，畢業於重慶立人中學、南京金陵大學，1948年隨父赴法國定居，在巴黎第九大學取得博士學位，任教於巴黎第三大學東方語言文化系。2002年程抱一被選為法蘭西學術院（Académie française）院士，也是迄今為止唯一一位亞裔院士。他的許多作品已經成為西方學術界研究中國繪畫、詩歌的主要參考材料。主要中國美學、詩學著作有《張若虛詩之結構分析》（*Analyse formelle de l'œuvre poétique d'un auteur des Tang : Zhang Ruoxu*，1970），《中國詩語言研究》（*L'Écriture poétique chinoise*，1977），《虛與實：中國畫語言研究》（*Vide et plein: le langage pictural chinois*，1979）等。

涂經詒（Ching-I Tu，1935- ），1958年獲得臺灣大學學士學位，1967年獲得西雅圖華盛頓大學博士學位，自1966年起任教新洲羅格斯大學，曾為該校東亞語言文化系主任，現任羅格斯大學孔子學院院長。英譯《王國維〈人間詞話〉》（*Poetic Remarks in the Human World— Jen－Chien Tz'u－Hua*，臺北：中華書局，1970年）。另著有《明代的理學與文學批評:以唐順之為例》、《中國八股文的文學性探討》、《傳統性與創造性: 東亞文明論集》等。

余國藩（Anthony C. Yu，1938-2015），美國芝加哥大學巴克人文學榮休講座教授 （Carl Darling Buck Distinguished Service Professor Emeritus In the Humanities），為該校神學院、比較文學系、英文系、東亞系、社會思想系宗教與文學合聘榮休講座教授（Professor Emeritus of Religion and Literature）。余國藩也是、美國國家藝術和科學院院士，美國學術聯合會理事以及臺灣中央研究院院士。研究範圍涉及西方神學、中國古典小說戲曲。余國藩以英譯《西遊記》（Journey to the West，四冊）飲譽學界，著有《余國藩西遊記論集》、《重讀石頭記：<紅樓夢>裡的情欲與虛構》、《從歷史與文本的角度看中國的政教問題》等著作及若干論文。

馬幼垣（Ma, Yau-woon 1940- ），廣東番禺人。香港大學文學士、耶魯大學博士。在美國夏威夷大學執教逾四分之一世紀，1996年榮休後任該校榮譽教授。曾在斯坦福大學、臺灣大學、清華大學（新竹）、東海大學、香港大學任客座或兼任教職。研究以中國古典小說和海軍史為主，尤以《水滸》研究著稱。主要英文著作有與劉紹銘（Joseph S. M. Lau）合編的《中國傳統故事：主題與變奏》（*Traditional Chinese Stories: Themes and Variations*, 1978），《孔子與中國古代文學批評：與古希臘的比較》（*Confucius and Ancient Chinese Literary Criticism: A Comparison with Early Greeks*，1970）。中文著作有《中國小說史集稿》、《水滸論衡》、《水滸二論》、《水滸人物之最》、《景印兩種明代小說珍本序》等。

王靖獻（Wang, Ching-hsien，1940- ），臺灣花蓮人，早年筆名葉珊、後改筆名楊牧，臺灣著名現代詩人。1963年畢業於臺灣東海大學，1966年獲愛荷華大學文學碩士，1971年獲加州伯克利大學比較文學博士。曾先後執教於麻省大學、臺灣大學及西雅圖華盛頓大學等。著有《鐘與鼓—〈詩經〉的套語及其創作方式》（*The Bell and the Drum:Shih Ching as Formulaic Poetry in an Oral Tradition*,1974）。

王靖宇（Wang, John Ching-yu），臺灣大學外文系畢業，美國明尼蘇達大學碩士，康奈爾大學博士，歷任密西根大學中國語言文學助理教授、斯坦福大學中國文學、比較文學教授兼亞洲語文系主任，現任斯坦福大學柯羅賽特（Edward Clark Crossett）人文講座教授。主要研究中國傳統小說理論與文學批評，對《左傳》和《紅樓夢》的敘事理論有深入研究。主要著作有《金聖歎》（*Chin Sheng-t'an*，1972），《早期中國敘事文研究》（*Early Chinese Narrative: The Tso-chuan as Example*，1977）等。

在我們看來，這一學術群落的文化身份有其特別之處。他們是龍的傳人，對中國傳統文化懷有一種「根」的體認和漂泊異鄉而產生的「鄉愁」之寄；而他們生活、教育的主體環境，又往往是西方文化主宰的現代文明地帶。這就使得海外華人學者之於中國傳統，呈現出「自我」與「他者」、「看」與「被看」兼而有之的色彩，從而具有了與純粹大陸學者不同的文化立場、思維方式和闡釋視野。

本書選取的角度，正是處於東西兩種文化之間的海外華人學者及其創造性重塑中國傳統文學思想的嘗試。我們的研究並未奢求面面俱到的通史敘事，而依據不同研究者的專長和個性，以個案的方式呈現對該命題的思考。同時，雖然從比較詩學的視野來溝通中西文藝美學，藉以彰顯中國古典美學在世界文論中的地位、意義和價值，是海外華人學者的共同努力。然而，這種努力卻因動機和立場的差異而顯示出不同的路徑。因而，入選

本書的五組個案，則分別代表了二十世紀後半葉至今，海外華人學者重釋中國傳統文論的幾種具有代表性的闡釋路徑及理論構型。

第一章考察「比較詩學」之於中國傳統文論的實踐及理論意義。本章分別討論了劉若愚以「求同」為目的「體系重建」以及葉維廉以「見異」為旨歸的「文化模子」原型。劉若愚以溝通中西詩學體系，建立普遍的文學理論為旨歸，他以西方詩學體系來整理中國文論，異中求同、同中探異，其溝通中西文論的篳路藍縷的開拓之功，深刻地影響著此後中西學者中西文論比較的思路和進程；而葉維廉則以「文化模子」原型，著力探討以道家精神為根基的「以物觀物」的美感經驗的獨特價值，藉以反思、批判西方現代性的弊端，顯示出與劉若愚「求同」不同的「探異」的獨特思路。他們位於中西理論的前沿，共同地將西方現象學與中國美學相溝通的比較詩學的探討，對我們思考理論旅行過程中的種種問題具有重要的啟示。

第二章檢視「海外新儒家」的「中國藝術精神」命題及其現代價值。二十世紀後半葉，儒學思想在美國漢學界可謂風光無限，不僅有以狄百瑞[10]（William Theodore de Bary）為代表的學者力倡「宋明理學（新儒家）」與中國傳統的積極意義，更有以徐復觀、唐君毅、方東美、杜維明等為代表的「港臺及海外新儒家」身體力行，在文史哲多個領域展開儒學的現代詮釋。作為儒家文化的海外傳人，上述學者從藝術、美學角度切入對「中國藝術精神」這一命題的重視，凸顯出他們獨特的問題視角和美學主體的意識。他們或者以儒家理性精神作為中國藝術精神的主體，或以莊子精神作為中國藝術精神的代表，或視其兼通儒道精神，又抑或將其視為傳統文化整體的「天人合一」的生態精神。其對儒、道、禪的偏向與偏頗，既體現出海外新儒家文化身份的堅守和精神追求的差異；其兼通和綜合，又顯示出代際遞變以及回應現實問題（現代性和全球化）的活力。正是在這一過程中，「中國藝術精神」這一命題得以不斷發展，由中國人性哲學和宇宙精神所滋養的這一美學精神，也就具有了真正的根性。對這一過程的描述和反思，對於我們從文化的深層土壤開拓古典文藝美學的價值，提供了來自傳統人性論和文化精神的獨特立場和闡釋視野。

第三章揭示「中國抒情傳統」與「傳統之現代發明」的關係。「中

---

[10] 狄百瑞（William Theodore de Bary，1919-），美國哥倫比亞大學梅森榮休講座教授及榮休副校長。狄百瑞研究興趣是東亞的宗教和思想傳統，尤其是中國、日本和韓國的儒學。他把新儒學研究引入美國，提倡一種對亞洲在通識和核心課程中的位置的全新構想。近年撰寫和編輯超過二十五部著作。

國抒情傳統」在海外華人學術界的彰顯及其對於中國臺灣本土文化的影響，使得中國文化的獨特性、世界意義以及現實價值獲得了較為深刻的展示。以陳世驤、高友工、孫康宜、林順夫等人為代表的海外華人學者，站在中西詩學比較的立場上，對中國古典審美文化有別於西方的「抒情傳統」進行了歷時性的梳理和共時性的討論，整理出其整體的文化脈絡。他們對中國古典的審美經驗和漢字詩學的獨特形式進行了深入的探討，一方面既與「經驗」與「形式」的西方現代美學進行了對話，另一方面，則顯示出中國文藝美學所具有的現代性價值和世界性意義，並由之推及對中國傳統文化精神的闡揚。正是這一「感性」的抒情傳統，成為中國文化參與世界對話的基礎。

第四章則呈現中國古典文學之傳播與接受的現代實踐。以葉嘉瑩為代表的海外華人學者，以「傳道者」的身份，不遺餘力地推動中國文學傳統的海外傳播，將中國古典文化放在國際語境中進行自覺的對話。她親炙講壇，不斷地以個體的生命感性來展示古典詩詞的魅力，借其「興發感動」的獨特實踐，使中國古典文藝美學獲得現代的活力和生命，構成中國古典文化新生的獨特路徑。以此親身踐行的生命體悟為基礎，她對中國古典詩詞的美學特質進行建構，並從更為廣泛的創作、傳播和接受等環節，與西方現代詩學進行溝通，從而體現出比較詩學的顯著特徵。這種發自心靈守候的比較和建構意識，這種發自感性文本的獨特體悟，顯示出一個詩人學者的自覺努力，對我們極富啟示。

第五章則轉向傳統文論話語在海外中國現代文學批評中的顯現。古為今用，從學科建設角度，將古典文化應用於現代批評是古典文藝美學現代價值最為直接的體現，也是「中國古代文論現代轉換」這一命題最為艱難的地方。以夏志清、張錯、王德威、黃維樑等為代表的海外華人批評家，置身於西方批評理論的現場，或自覺或不自覺地將中國傳統文化的內在精神、表達方式和理論話語運用到中國現代文學研究中，取得了令人矚目的實績，獲得中西批評方法結合之後的獨特創新。然而，海外華人批評家在闡釋中呈現出的誤讀與誤區，也提醒我們注意，如何真正發現中國古典文藝美學的獨特價值和智慧，以與西方批評方法互補共生，並有效地應用於當代的批評實踐，就成為我們借鑒和反思的起點。

為更全面地反映中國傳統文究在海外的研究實績，我們還特別在附錄中專章討論了美國哈佛大學宇文所安教授在文義疏釋、術語更新、思想創構方面的貢獻。

上述學術群體，或從事比較詩學、或從事中國哲學思想、或從事中國古典文學，又或者從事現代文學批評。他們對中國古代文論現代價值

的揭示，也出於不同的動機和目的，比如尋找普遍的文學理論，又或者作為自身哲學體系建構的一個部分，又或者從實際批評出發……他們置身於不同的時代，面對的現實問題也存在代際差異，但從根本上言，立足本土文化進行傳統重建、立足時代語境闡揚傳統精神、立足跨文化視野實現中西溝通，又正是這些不同的海外華人學術群體所具有的共同特徵。海外華人學者這種種複雜、多元、差異的學術圖景，及其異中有同的整體特徵，正形成一種有別於中國大陸半個世紀以來的古代文論研究的學術譜系，構成中國古代文論現代轉換的海外傳統。

第三節　建立中國傳統文論研究的全球視野與整體觀念

與以往大陸學界對海外華人學者的分散式介紹不同，本書通過一組相對集中的專題研究，勾勒出二十世紀中期以來海外中國傳統文論研究的興趣中心及重要成果，其目的則在於推動建立一種大的中國古典文學研究的「整體觀」。這種整體意識，不是說把作為研究對象的中國古典文學／文論研究向文化、地理、圖像、考古等「泛文化」領域擴展，而是希望在「研究隊伍」和視野上建立一種全球意識，進而從海內外學術交往的互動影響中，解釋中國傳統文論現代轉換的軌跡，並嘗試以跨國意識、比較視野更新傳統中國文論的研究格局。

其實，自二十世紀八〇年代以來，西方史學界已開始關注「全球化」與歷史書寫的關係，相關實踐漸成氣候，成為當下極重要的「全球史」流派。這一新史觀，是自新文化史的「微觀」史學之後，打破蘭克（Leopold von Ranke）建立的近代「國族史學」書寫範式的又一次觀念更新。

雖然蘭克在十八世紀，已然雄心勃勃地提出了「世界史」的研究計畫，但其「世界史」寫作仍然建立在各民族國家相互分立的視野之上，因而呈現為一種「國族史」簡單相加的拼盤式景觀。相較而言，當今的「全球史」寫作並不僅僅滿足於從歷時、共時的座標中構建一幅橫縱交錯的歷史圖景，更重要的是，它還特別強調「互動」和「交往」在塑造人類歷史進程中的重要意義，也就是說，全球史把族群間經濟、政治、文化的交往視為文明的基本推動力。因此，「全球史關注世界史中涉及的一種全球進程，即隨時隨地都在發生的日漸增進的相互聯繫和彼此依賴」[11]，並把二十世紀的世界歷史視為一個典型的「全球化」過程：

[11] [美]布魯斯·馬茲利什：《世界史、全球史和新全球史》，參見《全球史評論（第2輯）》，北京：中國社會科學出版社，2009年版，第14頁。

> 民族國家是在晚近時代形成的，不能成為人類歷史經
> 驗一以貫之的基本考察單位，更適宜的基本單位應是「社
> 會」、民族、文化、文明以及族群國家等等。這樣的視
> 角，與民族國家歷史的拼盤自然也大不同，問題不僅在於
> 民族國家單位的上溯實際並不尊重歷史，而且在於，同
> 「國別史」或者區域史相比，世界史要特別關注的正是跨
> 社會、民族、文化、文明、國家的聯繫。[12]

「全球史」提倡的「大範圍的互動研究」以及由此凸顯的對整體意識和交往意義的重視，為我們從學術史角度考察二十世紀中國傳統文論的現代轉換提供了新的切入點。

事實上，海外中國傳統文學／文論研究在學術方法、研究對象、思維模式、言說理路上呈現出的「異質性」特徵，與全球化時代的「學術流散」現象密切相關。隨著近代西方資本主義開啟全球化進程，人類不斷跨越空間、國別、種族、語言、文化、學科的界限，流向地理及文化意義上的彼岸。因而，流散現象本身即是近百年來全球化進程的必然產物，流散學者的學術研究更集中體現出一種「學術全球化」傾向。本書所討論的海外華人學者，正是二十世紀以來全球文化互動及國族交往中興起的特殊族群。他們是遠離母體的「他者」，又身處西方文化的「邊緣」，這雙重「他者」的身份讓他們不斷地越界、移動，去探求邊緣地帶的新的可能。這些流散學者所具有的雙重民族和文化身份——游離於他國與故土之間，既可以和故土文化進行對話，同時也能促進故土文化更具有全球性特徵。

以「中國抒情傳統」的海外建構為例，其空間上沿及北美、港臺的跨地域特點，其時間上跨越半個世紀的歷史沿革，其內容上牽涉傳統文學、美學、藝術的跨學科佈局，直接促成了中國傳統文論現代轉換中一次聲勢浩大的「現代發明」。近年來，這一理論闡發，在陳國球、黃錦樹、王德威等海外現代文學批評家的推動下，更有向中國現代文學領域擴散的趨勢。對此，如果我們能把這一類實踐不僅視為本土研究的「他者」，更視為二十世紀中國傳統的現代轉化這一「整體過程」中的一個有機組成，那麼經「整體觀照」後的海外中國傳統文學／文論研究，不

---

[12] 趙軼峰：《〈全球文明史〉與「世界史」概念的再思考》，《東北師大學報（哲學社會科學版）》，2006年第5期，第81頁。

僅呈現出一種闊大的學術氣象，更能從中找到某些與本土研究相似的立意和命題。

　　可以說，正是有了近三十年的「請進來」、「走出去」，大陸古典文學／文論研究中的一元化意識才得以逐步消解，基於「文化比較」的詩學發明才使得中國傳統文學批評獲得了現代價值和世界意義。同時，在海內外學界互動的大背景下，我們並不排除差異的繼續存在。實際上，正是有了觀念、立場、視角和方法上的差異，才可能造就對話和互動的學術空間。一切有價值的交流，都應是在尊重差異的前提下發生的。交流應該是雙向的，不應再像過去三十年間那樣，以大陸學界對境外的「單向接受」為主，而是在真正的「交往」意義上，掃除各自的「盲視」和「偏見」，打破觀念性、時間性、空間性的自我設限，進而在跨地域、跨科際的學術整合中實現海內外的互動與雙贏。

第一章　比較詩學視野中的中國古典文論

　　在二十世紀美國的中國文論研究界，有兩位華人比較文學學者格外引人矚目，他們便是劉若愚和葉維廉。劉若愚是一位難得的把中國傳統文論與西方二十世紀文學理論整合起來的語際批評家，是一位在華人學界、比較文學界與漢學界三個領域都有極為重要影響的出類拔萃之學者。他的比較詩學體系在西方漢學界產生過重大影響，並對中國文藝理論走向世界做出了不可忽略的貢獻。葉維廉則是蜚聲中西比較詩學、美學研究界的理論批評家，比較詩學中國學派的開創者。他曾被美國著名詩人吉龍・盧森堡（Jerome Rothenberg）稱為「美國現代主義與中國詩藝傳統的匯通者」。樂黛雲先生曾經這樣評價葉維廉：「他是著名的詩人，又是傑出的美學理論家。他非常『新』，始終置身於最新的文藝思潮和理論前沿，他本身就是以現代主義詩歌創作起家，且一直推介前衛藝術並身體力行；他又非常『舊』，畢生徜徉於中國詩學、道家美學、中國古典詩歌的領域而卓有建樹。」[1]

　　劉若愚和葉維廉對中國詩學與西方詩學之匯通進行的開創性嘗試，構成二十世紀六〇年代至九〇年代海外華人學者中國古典詩學闡釋和研究的最高成就。劉若愚以理論總體架構見勝，葉維廉則以文本細讀見長，但他們的一個共同傾向則是借鏡西方詩學以闡釋中國詩學，嘗試把中國詩學引向現代詩學批評實踐，從比較視野發掘中國詩學的現代意義和價值。本章擬對他們的理論成就分節論析，而他們理論的共同點（如以現象學闡釋中國詩學）則在第四節進行專門比較和分析。

第一節　劉若愚的《中國文學理論》

　　劉若愚（James J. Y. Liu，1926—1986），美國傑出的華裔漢學家、比較文學家，是美國華人學界較早影響中西比較詩學研究的學者之一。曾與美國東海岸哥倫比亞大學的夏志清教授被譽為「東夏西劉」。1948年，劉若愚畢業於北京輔仁大學西語系，在清華大學研究生院攻讀一學期後，到英國留學。1952年獲英國布里斯托爾大學（University of Bristol）碩士學位。其後，曾在英國倫敦大學、香港中文大學、美國夏

---

[1]　葉維廉：《葉維廉文集》（第壹卷），合肥：安徽教育出版社，2002年版，第1頁。

威夷大學、匹茲堡大學、芝加哥大學任教。1967年起,劉若愚在斯坦福大學(Stanford University)執教,曾任該校東亞語言系(現改為東亞語言與文化系)主任。1977年榮升為中國文學和比較文學教授。

劉若愚畢生致力於中國文學、中國文學理論的教學和研究,寫有八種英文著作,論文五十多篇。著作有:《中國詩學》(*The Art of Chinese Poetry*,1962),《中國之俠》(The Chinese Knight Errant,1967),《李商隱的詩》(*The Poetry of Li Shang-yin*,1969),《北宋六大詞家》(*Major Lyricists of the Northern Sung*,1974),《中國文學理論》(*Chinese Theories of Literature*,1975),《中國文學藝術精華》(*Essentials of Chinese Literature Art*,1979),《語際批評家:闡釋中國詩歌》(*The Interlingual Critic:Interpreting Chinese Poetry*,1982),《語言・悖論・詩學:一種中國觀》(*Language-Paradox-Poetics:A Chinese Perspective*,1988)。這些著作中的理論思考,是他融匯中西文學批評的理論實踐,其中多部著作被列為西方漢學研究的必讀書。他的著述不僅對西方讀者、學者瞭解中國傳統詩學精華及其特點有極大的幫助和開啟之功,而且對中國本土學者的研究亦有推動和拓展視野之作用。在中國詩歌翻譯、中國文學的海外傳播尤其是中西詩學比較研究等領域,劉若愚的成果具有里程碑式的意義。

在美國主流大學教授中國文學、中國文學理論,劉若愚處於一個把中國文學理論推向現時代的舞臺,這個舞臺的宏大背景就是西方文學理論。因此,首要的任務是如何找到二者交流的匯通點、找到能被西方世界接受和認同的言說方式。在建設中國文論體系的過程中,劉若愚的《中國文學理論》作為第一部應用西方理論體系駕馭中國古代文論的學術專著,極大地豐富了中國文論研究的可能性,擴展了構建中國古代文論體系的視野、創造出理解與闡釋中國文學思想的系統理論。該書兼采中西文學思想和批評方法之長,以現代的、理性的、跨文化的眼光整理中國古代感性的文藝理論,曾一度因其耳目一新的文學理論形態引起學者們的普遍重視——飽受讚賞也備受批評。

一、寫作的目的

在《中國文學理論》第一章《導論》中,劉若愚明確指出了他寫作該書的三個目的,並做了解釋說明:

> 第一個也是終極的目的,在於提出淵源悠久而大體上
> 獨立發展的中國批評思想傳統的各種文學理論,使它們能

　　夠與來自其他傳統的理論比較，從而有助於達到一個最
　　後可能的世界性的文學理論（an eventual universal theory of
　　literature）。」[2]

　　很多的學者認為，「世界性的文學理論」是不可達到的目標，劉若
愚自己也並非天真地相信會有一個普遍接受的文學定義，但他認為尋求
比現存更適切、應用更廣的文學理論是值得嘗試的。劉若愚的這種學術
信念和執著是他取得卓越成就的原動力。
　　第二個目的也是較直接的目的是「為研究中國文學和批評的學者闡
明中國的文學理論」。[3]在劉若愚之前，中國文學批評史的寫作已取得
了較大成就。從二十世紀初，陳鐘凡寫作第一部《中國文學批評史》開
始，很多學者在此領域中努力開拓。從體例上看，中國文學批評史著作
可以分為：1、紀傳體──以專門的批評家為綱，以歷時為暗線，進行
編撰，如朱東潤的《中國文學批評史》；2、編年體──以歷史朝代的
劃分為明線，對專門的批評家、問題進行分析，如郭紹虞二卷本的《中
國文學批評史》；3、以文學問題為綱──分門別類，通過對專門的批
評家的觀點的闡釋闡明文學理論問題，如傅更生的《中國文學批評通
論》。總之，以時為綱，以人為綱，還是以文學問題為綱，蓋取決於撰
述者的編撰需要。學者們的這些嘗試體現了文學批評史寫作的各種可能
性。劉若愚的《中國文學理論》是中國文學批評史寫作的另一種嘗試。
他認為：「雖然已有成打（中文和日文的）一般文學批評史，但其中有
些只不過是廣征博引，穿插以事實的敘述而已，以及論述某一專題或著
作的無數論文（包括一些英文的），而許多重要的批評概念與術語仍未
闡明，主要的中國文學理論仍未獲得適當的敘述。」劉若愚也指出，郭
紹虞和羅根澤對中國古代文學理論的搜集與整理，使中國文學理論有了
一些秩序，「但是我們需要更有系統、更完整的分析，將隱含在中國批
評家著作中的文學理論提取出來。」[4]《導論》中還有一段話也表達了
相同的旨趣：「中國批評家通常是折中派或綜合主義者；一個批評家同
時兼采表現論和實用論，是常有的。因此，一個批評家的見解可能散見
於本書不同的章節。縱非所願，實難避免。否則，或是以年代次序討論
所有批評家，而寫成一部編年紀或搜集一些批評文萃加以翻譯，串以事
實的敘述與流水帳似的評論，或是耽溺於蒙昧主義（obscurantism），

[2]　劉若愚：《中國文學理論》，南京：江蘇教育出版社，2006年版，第2-3頁。
[3]　劉若愚：《中國文學理論》，第5頁。
[4]　劉若愚：《中國文學理論》，第5頁。

甚至是走火入魔（mumbojumbo），堆砌野狐禪（zen-my）（若非野人頭zany）的話語，以便使『神秘的東方』與『不可測的中國人』這種神話永傳下去。」[5]這段話既是對書中體例安排做的一點說明，也隱晦地表達了劉若愚對此前一些文學批評史的看法。在《中國文學理論》中，劉若愚對「文」、「氣」、「道」等概念和範疇的討論，對中國文學理論的系統化梳理，為研究中國文學理論的中西方學者帶來了新的視角和諸多啟發。

劉若愚的第三個目的與其第一個目的即終極目的的緊密相聯，是「為中西批評觀的綜合鋪出比迄今存在的更為適切的道路，以便為中國文學的實際批評提供健全的基礎。」[6]他認為，對於中國文學的研究，必須考慮中國的傳統文學理論，不能將純粹起源於西方文學的批評標準完全應用於中國文學，但當我們以世界性的觀點來研究中國文學時，只採用中國傳統理論作為批評基礎可能會不盡如人意。因此，世界性文學理論的形成有其必要性，但它的形成，前提條件是對世界各具特色的文學理論的比較與綜合，而這種比較與綜合應奠基在對各種文學傳統理論的系統、深刻地瞭解之上。劉若愚對中國文學傳統理論的分析與系統化研究為中西批評觀的深入比較和綜合打下了一定的基礎。

有些人認為，許多中國傳統思想是直覺的而不是分析的，分析中國傳統批評是否是應該的？劉若愚對此解釋說：「我不是為分析而分析，而是為將來可能的綜合做準備的。總之，綜合之前必先分析：若不先分析自然橡膠，何以知道綜合橡膠的制法？況且，若閱讀原文，或許有可能不經過分析就瞭解中國傳統的批評著作，但閱讀各種翻譯，則不儘然。翻譯中文的批評著作而不加以任何分析，可能導致嚴重的誤解。」[7]從劉若愚的研究目的和立場來說，他的研究，並非像一些學者所認為的「以西釋中」，而他本人也非如西方學者施密特所指責的「歐洲中心」論者和具有（西方）「種族優越感」的人。[8]他站在更高的境界，超越民族與文化的立場，孜孜不倦地從事著他心中的聖事。

---

[5] 劉若愚：《中國文學理論》，第18頁。
[6] 劉若愚：《中國文學理論》，第6頁。
[7] 劉若愚：《中國文學理論》，第6頁。
[8] 詹杭倫：《劉若愚 融合中西詩學之路》，北京：文津出版社，2005年版，第182頁。

二、中國古代文學理論體系的建構

　　劉若愚的《中國文學理論》，因其所面對的是西方知識傳統浸淫下的西方讀者，故不同於之前的文學批評史著作。在體例上，劉若愚將中國文學理論分為六大類，即形上理論、決定理論、表現理論、技巧理論、審美理論、實用理論。這一分類源自對美國學者艾布拉姆斯（M. H. Abrams）《鏡與燈》（*The Mirror and the Lamp*）中所提出的文學四要素說及其理論框架的適當借鑒和改造。在艾布拉姆斯看來，西方的藝術理論可以納入四個大類中，每一類都傾向於四要素——宇宙、作品、藝術家和觀眾——中的一個要素，其中傾向於宇宙的是模仿論，傾向於觀眾的是實用論，傾向於藝術家的是表現論，只關注作品的是客觀論。

　　劉若愚修改了艾布拉姆斯藝術四要素的圖表，將其範圍縮小至文學理論，同時否認自己以前在《中國詩藝》中認為「作品可能是一個客觀存在」的看法。他提出文學理論的四要素之間存在一個相互影響、作用的迴圈過程，因此，整個藝術過程應該是一個完整的圓圈。由此，他得出了自己的圖表和分類（如下）。

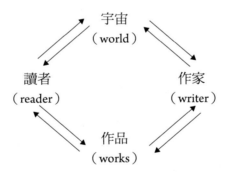

　　在劉若愚的圖表裡，宇宙影響、感發作家，作家對之作出反應，此為藝術過程的第一階段。作家由於對宇宙的這種反應而創作出作品，這是藝術過程的第二階段。作品與讀者見面，對讀者產生影響為第三階段。讀者因閱讀作品而對宇宙的反應有所改變，這是藝術過程的第四階段。同時，每一階段的作用都不只是單向的。因此，這一過程也可以逆向進行。整個藝術過程是一個生氣勃勃的整體。以這個框架把含混的中國文論各安其位，劉氏就把中國文學理論分為六類，即形上理論、決定理論、表現理論、技巧理論、審美理論和實用理論。凡是基於表現宇宙

原理的理論都可歸入形上理論；決定理論則認為文學是當時政治和社會現實的不自覺的和不可避免的反映與顯示；表現理論重在作家和作品的關係，而表現對象形形色色，或是普遍的人類情緒，或是個人氣質、才氣、感受，或道德風貌；技巧理論側重於語言技巧；審美理論的基礎是把文學看成優美的文辭麗飾，與技巧理論不同，主要關切文學作品對讀者的功效；實用理論重在創作過程的第四階段，把文學看作實現政治目的、社會目的、道德目的以及教育目的的手段。

在第二至第六章的具體論述中，劉若愚細緻地梳理了每一種理論的起源、發展脈絡，對其中涉及到的概念、術語、範疇做了界定。在第七章則詳細討論了六種理論之間相互影響與綜合的特點，並對一些批評家之間的矛盾或者他們理論的內在矛盾進行了分析，如對《詩大序》的矛盾、陸機的「採擇主義」、劉勰的「綜合主義」以及六種理論在清朝的發展態勢和交互影響都做了討論。由此，在劉若愚創造性的建構中，在與西方文藝理論流派並置對應中，中國古代詩學贏得了一個較為完整的體系。

三、中西文學理論的比較

《中國文學理論》不只是一部系統地闡述中國古代文學理論的著作，也是一部中西方文學理論溝通、對話的著述。在《導論》中，劉若愚說得很清楚：「各類的特點，彼此之間以及與西方理論的異同，將是以下各章的主題。」[9]誠然，中國古代文學理論的梳理、歸類是這本書的主要內容，中西方文學理論的比較非題中應有之義，但劉若愚認為這也是書的主題之一，這自然與他的寫作目的密切相關。他指出：「屬於不同文化傳統的作家和批評家的文學思想的比較，可能展示出哪種批評概念是世界性的，哪種概念是限於某幾種文化傳統的，而哪種概念是某一特殊傳統所獨有的。進而可以幫助我們發現（因為批評概念時常是基於實際的文學作品），哪些特徵是所有文學所共同具有的，哪些特徵是限於以某些語言所寫以及某些文化所產生的，而哪些特徵是某一特殊文學所獨有的。如此，文學理論的比較研究，可以導致對所有文學的更佳瞭解。」[10]為了發現中西文學批評中共同的概念，劉若愚在討論每一種理論之後，總會對其與西方相應的理論進行比較，提煉、概括出它們的異同之處。如第三章最後一部分指出中西表現理論的三點差異，這種差異的討論是著眼於兩者的主要傾向或者大多數理論家的觀點而言的。另

9　劉若愚：《中國文學理論》，第18頁。
10　劉若愚：《中國文學理論》，第3頁。

外，對中西方文學理論的比較也是考慮到本書的西方讀者的接受心理，使他們在中西文學理論共同的場域中理解中國文學理論，在兩者的對接中更加鮮明地認識本土理論的特色。

在各章的論述中，中西方理論的比較體現出不均衡性，如第二章論述中國形上理論與西方模仿理論、表現理論、象徵主義、現象學的相似和不同，篇幅較長，而討論中西表現理論、中西技巧理論、中西審美理論時，提綱挈領地指出它們的相似點或者不同，都只有一頁甚至一段，但其觀點以及宏觀的視野、比較的意識卻對從事中西比較詩學的學者卻有著較大的啟發性。

在比較的過程中，劉若愚發現中西詩學對文本的闡釋、理解，對作家、作品與宇宙關係的探討，都存在不同程度的一致和類同，這表明作為一種與西方截然不同的異質文化，中國詩學與西方詩學的對應和補足，不僅有助於理解中西藝術理論的深度差異（同中有異）；也為拋棄狹隘歐洲中心論，尋找和建構跨越種族、文化藩籬的普世「總體詩學」，提供了可能。而且，通過橫向（中西）與縱向（內部各派）的比較，中國詩學與西方詩學之間饒有興味的一些論題也得以顯現出來，為中西詩學的深入比較拓展了空間。

四、是非成敗任評說

在這個多元對話的全球化時代，對中國古代文論的現代闡釋已離不開西方文學理論的大背景，這是無可爭議的事實。無論是中國本土的學者還是海外的漢學家，都清醒地認識到這一點。而在二十世紀七〇年代，劉若愚不但有此卓識，而且做出了可貴的探索和努力，影響深遠。

劉若愚對中國古代文學理論的研究方法為中外許多學者所借鑒。黃維樑在《中國古典文論新探》一書中將艾伯拉姆斯的藝術四要素圖表應用於《文心雕龍》，指出《文心雕龍》各篇涉及到作品與自然、社會、時代和作品本身。[11]葉維廉也在修正艾伯拉姆斯和劉若愚的圖表的基礎上，得出了自己的藝術諸要素關係圖，他所增加的文化、語言等因素，實際上仍然未出其右。同時，劉若愚的開拓也啟發了許多後來漢學家對書中提到的中西詩學差異與類同的關注。余寶琳在她的一篇論文《中國詩論與象徵主義》中直接引用劉若愚界定的形上理論，從莊子到司空圖、嚴羽、謝臻、王夫之、王士禎的詩歌主張與十九世紀末、二十世紀初的西方象徵主義和後期象徵主義作了詳盡的比較，可以看作是劉若愚

---

[11]　黃維樑：《中國古典文論新探》，北京：北京大學出版社，1996年版，第59頁。

在《中國文學理論》一書中「形上理論與象徵主義的比較」章節的延伸和深入。[12]這樣的例子不勝枚舉。劉若愚在中外比較文學界的影響由此可見一斑。

同時，學界對劉若愚的研究方法也頗多批評。樂黛雲教授認為劉若愚處理中國古代文論的這一做法，是一種體系對另一種體系的切割和強加。曹順慶教授在《中國文學理論的世紀轉折與建構》一文中甚至將此書定位為「一部典型的『以西釋中』之著」[13]。這些看法有合理之處，畢竟這種體系化的努力不可能盡善盡美。一方面是由於中國詩學本來在材料上極為零散，每一批評家的文論思想又歷來兼收並蓄，很難徹底歸屬於某單一流派。劉若愚不得不從善於折衷的中國古代文論家的理論裡挑挑揀揀。結果即使是對一個批評家而言，如劉勰、陸機，他們的理論也如串珠般散落於全書各個章節作為某一整體的一個部分。另一方面，劉若愚在論述中缺乏對中國文論自身特色的總體論說。劉若愚對中國古代文論的系統化，雖然有經驗歸納的過程，但畢竟是參照了艾氏之後經過外部推演才確定的總體理論把握方式。框架式的比較研究固然可以實現較為明確的定位與分類，加強我們對於中國文論的理解，但一旦以這個理論推論建立的框架作為根本的衡量標準，特別是當難以在具體理論文本和框架之間達成邏輯的一致性時，就容易導致某種對中國文論的表述「混亂」，因而有學者批評他是「削足歸納」[14]。劉若愚雖然在比較的視野中清醒地意識到了中西文論諸種差異，並由此對於艾氏框架作了創造性的調整而擴大了該框架的適用性，但總體而言，沒能在中西文論的差異中尋找到合乎中國文論自身特色的最終說明。

前文我們已經分析了劉若愚寫作《中國文學理論》的初衷和立場，他始終沒有忘記自己的華裔身份，並且始終為了超越中西異質文化的鴻溝、實現對「總體詩學」的共建和中西詩心文心的共鳴和相通而努力著。因此，在評價他的研究成果時，這是一個不可忽視的因素。將《中國文學理論》視為「以西釋中」的典型案例似乎有些欠妥。劉若愚曾在《導論》部分說：「來自一種文學的批評標準，可能不適用於另一種文學」。「有些學者曾將艾伯拉姆斯這一值得稱讚的圖表應用於分析中國文學批評，可是我個人的研究認為：有些中國理論與西方理論相當類似，而且可以同一方式加以分類，可是其他的理論並不容易納入艾伯拉姆斯的四類中的任何一類。」因此，他對四個要素重新排列，「設計了

---

[12] 余寶琳：《中國詩論與象徵主義》，《比較文學》1978年第4期。
[13] 曹順慶：《中國文學理論的世紀轉折與建構》，《中州學刊》2006年第1期。
[14] 毛慶耆、譚志圖：《評〈中國文學理論〉》，《文藝理論與批評》1996年第2期。

一個分析的圖表以及用以質問任何批評見解的一套問題。」[15]可見，劉若愚並非機械地將艾伯拉姆斯的四要素套用在中國古代文學理論中，而是根據中國古代文學理論的實際情況，創造性地改變了艾伯拉姆斯原來的圖表，這是一個大的發展，應該予以充分肯定。另外，不可否認的是，艾伯拉姆斯的四要素非常簡明地概括出文學活動中最基本的因素，具有廣泛地普適性。劉若愚以此四要素作為建構理論的基點，正是出於這方面的考慮。

　　《中國文學理論》向我們展現了海外華人學者在跨文化的視野下努力淘汰陳舊觀念，提出新方法、新視角，不斷超越自我的氣魄，他們的學術研究活動充滿著生生不已的生命力，值得我們探究和珍視。

第二節　跨文化對話中的道家美學

　　葉維廉（Wai-Lim Yip，1937- ）長期生活於西方學術語境，這使得他能以一種第三者的眼光觀照中西文化之特質，創造性闡釋中國詩學之精髓。葉維廉在詩學研究領域著述頗豐，主要理論著作達十六種之多，包括《中國現代小說的風貌》（原題為《現象、經驗、表現》，1970），《秩序的生長》（1971），《飲之太和》（1980），《比較詩學》（1983），《尋求跨中西文化的共同文學規律》、《歷史、傳釋與美學》（1988），《解讀現代與後現代》（1992），《中國詩學》（1992）、《從現象到表現》（1994年），*Modern Chinese Poetry 1955-1965: Twenty Poets from the Republic of China*（1970），*Chinese Poetry: Major Modes and Genres*（1976），*Lyrics from Shelters: Modern Chinese Poetry 1930-1950*（1992），*Diffusion of Distances: Dialogues between Chinese and Western Poetics*（1993）.2003年安徽文藝出版社出版《葉維廉文集》（1-9卷），上述主要著作和他的詩作得以結集問世。葉維廉的批評著作涉及比較詩學理論之建構、中西詩學之匯通、詩學詮釋學、古典與現代之匯通等諸多領域，體現了強烈的文化責任感和中西比較意識。

　　作為一個海外遊子，葉維廉一直致力於維護自己故土的傳統文化。西方哲學對知識論的偏重，在他看來，是對宇宙本真本樣的偏離；而工業文明對文化多樣性的消滅，則促使他思考文化全球化在發展中國家現代化進程中的負面後果。在當今文化對話的全球格局中，葉維廉認為道家美學作為中國詩學的理論據點和獨特的東方美感經驗，對於重新評價

---

[15]　劉若愚：《中國文學理論》，第3、13、12頁。

西方知識論的偏限，反思現代工業文明、經濟全球化對人類文化生存的
災難有著重要的理論價值。本節擬分析葉維廉道家美學再闡釋的思路和
蹤跡，重點考察道家美學的世界價值及葉維廉的解讀策略。

一、以物觀物與中國詩學的美感經驗

　　對中國詩的美學據點「道家美學」的重新發現，是葉維廉傾力於中
國山水詩的結果。二十世紀七〇年代上半葉，葉維廉一直致力於思考中
西詩歌美感意識的差異及其中西詩歌美學上的匯通。《語法與表現：中
國古典詩與英美現代詩美學的匯通》（1973）、《中國古典詩中山水美
感意識的演變》（1974、1975）是這一方面的代表之作。中國山水詩這
一文體最為有力地承載了道家美學傳統，典型地代表了中國文學的美學
理想。

　　葉維廉對中國山水詩個性的關注始於他對中國詩的翻譯。西方學者
對中國詩的翻譯使得中國詩「自由活動的空間和境界完全被破壞了」，
他為此「急起來，氣起來」。在這種不同文化進行轉換的過程中，他進
一步思考中國山水詩與西方自然主義詩歌的差異。針對西方學者把華茲
華斯比作陶潛、謝靈運，他提出了異議。他認為這只是一個表面化的論
斷。文化責任感驅使他尋找中國詩歌的文化之源。他從中國山水詩的傳
統中探求其衍生的歷史，繼而探尋中國詩的美學據點。

　　之所以用「以物觀物」概括中國詩學的美感經驗及其中國美學的風
範，是因為在葉維廉看來，道家「以物觀物」的觀物感物程式不僅影響
和規定了中國詩的表達和傳達，也影響和規定了中國美學不同於西方的
美學個性。「中國的山水詩人要以自然自身構作的方式構作自然，以自
然自身呈現的方式呈現自然，首先，必須剔除他刻意經營用心思索的自
我——即道家所謂『心齋』『坐忘』和『喪我』——來對物象作凝神
的注視，不是從詩人的觀點看，而是『以物觀物』，不滲與知性的侵
擾。」[16]

　　道家美學理念規定了中國山水詩人的觀物態度和中國山水詩的審美
品格。鍾情於山水詩，以山水詩作為中國詩歌美學風貌的體現，是因為
在葉維廉看來，山水詩最為典型地承載了道家美學，承載了中國詩歌的
美學理想。山水在詩中由襯托的地位升騰為主位的美感觀照對象，則猶
待晉至宋間文化急劇的變化發生，「其間最核心的原動力是道家哲學的

---

[16] 葉維廉：《中國古典詩中山水美感意識的演變》，參見《中國詩學》，北京：生
活・讀書・新知三聯書店，1992年版，第97頁。

中興」[17]。郭象注的南華真經「不僅使莊子的現象哲理成為中世紀的思維的經緯，而且經過其通透的詮釋，給創作者提供了新的起點」[18]。道家美學為中國詩學提供了思想資源，其歷史變遷導致山水美感的產生。

　　由對山水詩的尋根進而到對道家美學個性的發掘，道家美學不僅僅影響了中國詩歌的品格，而且決定了中國詩歌不同於西方詩歌的鮮明個性，「道家的美學大體上是要以自然現象未受理念歪曲地湧發呈現的方式去接受、感應、呈現自然，這一直是中國文學和藝術最高的美學理想，求自然得天趣是也」[19]。葉維廉認為中國的山水詩人所呈現的山水是透明、自足、靈動的，這來源於道家美學的觀物態度和表現程式。而中西詩歌的差異正在於其觀物方式的不同，即以我觀物和以物觀物之間美學感應和表現程式的分別：

> 　　在前者，以自我來解釋「非我」的大世界，觀者不斷地以概念觀念加諸具體現象的事物上，設法使物象撮合意念；在後者，自我融入渾一的宇宙現象裡，化作眼前無盡演化生成的事物整體的推動裡，去「想」，就是去應和萬物互相的自由興現。前者「傾向於」用分析性、演繹性、推論性的文字（或語態），用直線追尋、用因果律的時間觀，由此端達到彼端地推進使意義明確地界定。後者「傾向於」將多層透視下多層聯繫的物象和它們併發性的興發以戲劇的方式出來，不將之套入先定的思維系統和結構裡。[20]

　　在《言無言：道家知識論》一文，葉維廉進一步闡發了以物觀物的美學態度——消解距離，把定時、定位、定向的限制消解：第一層含義是「以不斷換位的方式去消解視限、消解距離，而能意會到物物之間的無限延展，物物之間互依互存互顯的契合」，從各個角度都可以實現與物的融洽結合；另一層含義是並時性，即觀者同時從此看去，從彼看來。「能夠同時從不同的距離看，能夠自由的轉移，則有賴主體的虛位」，「唯有主體虛位，才可以任素樸的天機活潑興現」，「主客自由換位，意

[17]　葉維廉：《中國古典詩中山水美感意識的演變》，參見《中國詩學》，第90頁。
[18]　葉維廉：《中國古典詩中山水美感意識的演變》，參見《中國詩學》，第91頁。
[19]　葉維廉：《無言獨化：道家美學論要》，參見《葉維廉文集》（第貳卷），合肥：安徽教育出版社，2003年版，第133頁。
[20]　葉維廉：《無言獨化：道家美學論要》，參見《葉維廉文集》（第貳卷），第133頁。

識與世界互相交參、補襯、映照,同時出現,物物相應和、相印認」。

道家的「以物觀物」決定了中國詩學的美學品格:消解中心,物我兩行。視覺的遊移在最大程度上實現了觀察者這樣一個中心的潛隱,外物的多姿多彩由於觀察者蹤跡的變動得到了最大程度的彰顯。正因為物我一體、未始有物,所以能夠實現天機的完整性,實現「天放」的境界。

葉維廉的「以物觀物」側重詩人的視界,同時也包括詩詞作品在傳釋過程中讀者接觸物象、事象時的過程。葉維廉也正是以觀物方式的思考為基礎展開他對中國古典詩的傳釋活動的分析。在葉維廉這裡,「以物觀物」強調了詩人運思、表達的方式,即詩人不以主觀的情緒或知性的邏輯介入去擾亂眼前景物內在生命的生長與變化的姿態,景物直觀讀者目前,毫無阻礙地出現;「以物觀物」也強調了中國詩在傳統釋活動中「利用其未定位、未定關係、或關係模棱的詞法語法,使讀者獲得一種自由觀感、解讀的究竟,在物象與物象之間作若即若離的指義活動」[21]。

在葉維廉的闡釋中,「以物觀物」的方式在作者與讀者之間架起了共同通向事物真實面貌的橋樑,它早已超越了老莊原著的歷史局限,不僅與中國晉宋以來的山水詩有著最為親密的血緣關係,還與中國詩歌發展史、與中國現當代文化觀念緊密相關。同時,通過中西互釋的策略,道家美學與西方美學具有了可供溝通的共同話語————觀物方式,在這個為中西詩學對話所搭建的比較空間中,道家美學的獨特個性得以凸顯。

二、中國山水詩與「以物觀物」

葉維廉以中英山水詩的絕對性差異為出發點,從語言、文化、歷史層面探討了中英山水詩「以物觀物」、「以我觀物」之間的差異。與王國維不同的是,葉維廉在他的比較詩學研究中認為,「以物觀物」才是中國的美感領域和生活風範的典型代表,這是中國詩歌區別於「以我觀物」的西方詩歌的最大特點。

葉維廉只承認「以物觀物」這一觀物方式對中國藝術思維、表達程式的影響。對現象本真狀態的強調一直是葉維廉詩學的核心,他反覆強調中國詩歌是未經分割、表裡貫通,無分時間空間、川流不息的現象本身。他分別「以我觀物」與「以物觀物」,前者以自我來解釋「非我」的大世界,觀者不斷以概念、觀念加諸具體現象事物之上,設法使物象

---

[21] 葉維廉:《中國古典詩中的傳釋活動》,參見《中國詩學》,第18頁。

配合先定的意念；在後者，自我融入渾一的宇宙現象裡，化作眼前無盡
演化生成的事物整體的推動裡。而在詩歌中，直現的事物最大程度地接
近真實世界，使其保持本來的姿勢、勢態、形現、演化，正是中國詩的
最大特點。現象（由宇宙的存在及變化到人的存在及變化）本身自成系
統，自具律動。語言的功用，在藝術的範疇裡，只應捕捉事物伸展的律
動，不應硬加解說。任事物從現象中依次湧出，讓讀者與之衝擊，讓讀
者與之參與，讓讀者各自去解說或不解說。[22]

　　葉維廉的理論來源於它對道家美學傳統的認可。他從道家美學那裡
汲取營養，強調與物為春、物各自然的素樸狀態。葉維廉一直避免講關
於詩歌的「情感」問題，雖然學界普遍承認中國詩的抒情傳統。這與其
對道家美學和禪宗美學的推崇有直接關係。在他看來，道家美學特別是
從《老子》、《莊子》激發出來的觀物感物的獨特方式下，主體虛位，
從宰製的位置退卻，我們才能讓素樸的天機回復其活活潑潑的興現。

　　葉維廉認為，山水景物在中國詩歌中由襯托的地位升長為主要的美
感觀照對象，有賴於魏晉至宋之間文化的急劇變動，例如名士對漢儒名
教的反抗；道家的中興和隨之而起的清談之風；知識階層追求與自然合
一的隱逸與遊仙等等。正是這些變化直接地間接地引發了中國獨特的山
水意識的興趣。以莊子、郭象等為代表的道家哲學，重視萬物「物各自
然」的自由興作，主張齊物順性以保持天機的完整。他們認為，山水自
然之值得觀覽，是因為「目擊而道存」，因為山水自然即天然，即完
整。這種觀念構成了中國山水詩人觀物示物的獨特視角。

　　但葉維廉的理論與王國維的理論有相當的差距。首先王國維與葉維
廉各自詩學立論的文類基礎不同。如前所述，王國維重在探討「重視人
類之興味」的抒情詩，它的詩學理論核心是「情」、「欲」。而葉維廉
強調的卻是中國的山水詩重視景物自然顯現、悠然自足的狀態。厄爾‧
邁納認為「一種文類可能不只是一種詩學的基礎文類，而且反映著詩歌
實踐和詩為何物的設想」[23]。對於王國維和葉維廉而言，它們立論的文
類傾向不同，其理論指向就有了相應的分歧。

　　葉維廉與王國維都認為，詩人的視境與作品的境界有著相通之處，
「以物觀物」既是詩人的視境，也是作品的境界。從王國維《人間詞
話》的原文看，「以我觀物」和「以物觀物」視境的不同，使得詩詞作
品的「境界」有了優美和壯美的區別。葉維廉的「以物觀物」側重詩人

---

[22]　葉維廉：《現象‧經驗‧表現》，參見《葉維廉文集》（第壹卷），第326頁。
[23]　[美]厄爾‧邁納：《比較詩學》，北京：中央編譯出版社，1998年版，第177-
　　　178頁。

的視界,同時也包括詩詞作品在傳釋過程中讀者接觸物象、事象時的過程。葉維廉也正是以對觀物方式的思考為基礎開始他對中國古典詩的傳釋活動的思考的。在葉維廉這裡,「以物觀物」強調了詩人運思、表達的方式,即詩人不以主觀的情緒或知性的邏輯介入去擾亂眼前景物內在生命的生長與變化的姿態;景物直觀讀者目前,毫無阻礙地出現;也強調了中國詩在傳統釋活動中「利用其未定位、未定關係、或關係模棱的詞法語法,使讀者獲得一種自由觀感、解讀的究竟,在物象與物象之間作若即若離的指義活動」[24]。

可見,王國維和葉維廉之「以物觀物」雖然都指的是詩人的視界,但它們具有不同的側重點和涵義。在王國維看來,以我觀物與以物觀物之分歧點在於詩人處理情感方式的不同,以及由此而來的詩詞作品所體現的意境的不同。而在葉維廉看來,「以我觀物」與「以我觀物」之分歧點在於它們對待自然景物的方式不同。所以,「以物觀物」雖然是一個命題,但在兩位學者卻有著不同的內容。

葉維廉僅僅論及了「以物觀物」之於中國山水詩發生學上的意義,而對於「以我觀物」他是持否定態度的。中英詩歌是否具有如葉維廉所謂的涇渭分明的界限,實在是一個有待繼續探討的問題。[25]葉維廉和王國維理論的分歧之處在於,他們對於藝術之為藝術的宗旨的理解的差距源於他們不同的文化價值取向。這一分歧的根本在於他們探討的雖然是詩歌這一文體,但一個側重抒情詩,一個側重山水詩;一個強調藝術之美,一個強調自然之美。王國維認為美術之務在描寫人生,而葉維廉卻強調詩歌對於自然原生態的直觀顯現;王國維認為「故美術之為物,欲者不觀,觀者不欲。而藝術之美所以優於自然之美者,全存於使人易忘物我之關係也」(《紅樓夢評論》),而葉維廉在中國山水詩中所發現的正是對於自然之美的無言獨化的顯現。

一個命題在其旅行過程中,其意義必然隨著作者意圖和使用語境的變化發生相應的轉變。從這個意義上說,一個命題所能提供的往往只是

---

[24] 葉維廉:《中國詩學》,第18頁。

[25] 奚密認為中西詩歌的區別並不在於有我或無我,他認為這種差別主要體現在二者不同的結構方式上,浪漫主義展示出詩人與自然間的一種辯證的關係,這種關係指的是二者之間持續不斷地交流和互答。這種交流和互答在時間上表現為一個過程,一個心靈與自然交流的發展演變的過程,詩本身就是一個過程。詩人與自然對象是分隔開的兩極,通過交流而創造意義。而中國的自然詩,卻是相對地獨立於時間秩序之處,它就像繪畫一樣,通過並列共時表現出來。在中國山水詩裡,詩人與自然之間,不是西方那種線性互答的關係。詩人與自然共置(embeded)在這個世界中,使它作為一個整體同時地演出。英美自然詩歌給予我們力量與緊張,而中國山水詩給予我們寧靜與和諧。

其作為「語詞」的意義。它為不同時代的人們提供了相同的話題，可相同的話題背後又潛藏著不同的問題指向。因而一個歷史性的命題作為語詞，其內容又處於不斷增加或減少、充實或剝落這樣一個衍異的過程中。

葉維廉對道家美學與現象學的溝通做出了獨到的闡釋。以現象學為契入點，深入到中國文化尋找可以闡釋中西方美學的共同命題——「觀物方式」，這是葉維廉在比較詩學研究過程中的理論貢獻。對「觀物方式」的考察是葉維廉解決中國美學、中國文學問題的基本出發點。以對觀物方式這一命題的思考為基礎，他對中西比較詩學、美學領域最為基礎性的問題進行了自己的思考。他對道家美學及中國山水詩意義的重新發現在當代的中國詩學研究中具有開拓性的意義。

「以物觀物」作為道家傳統，意味著對個人情感的排除，對自然本真狀態最大程度的親近。這與審美判斷無關乎個人情感、欲望、意志以及知性和理性的特點是相契合的，這正是「以物觀物」作為一個美學命題的內涵。但道家對情感的否定意味著抽空了審美的現實性，使它成為了一個純而又純的理想境界。王國維運用這一命題對中國抒情詩進行了現代闡釋，他承認以物觀物所具有的「無我」的特點，但他並沒有排除情感之於文學的基質性意義，而是把它上升到了一個應有的高度，這與他對文學與現實之關係的思考是密切相關的。葉維廉以以物觀物來闡釋中國的山水詩，強調中國山水詩對於景物自然狀態的真實顯現，這與道家美學傳統是一脈相承的。

在談到中國詩歌的源起和特點時，「物感」說似乎一直都是這一話題的中心。[26]觀物與感物之側重點的不同在於，前者強調個人親身親眼經歷的自然原本狀態，後者強調帶有先驗色彩的情感之於藝術創作的優先意義。觀物比之於感物，少了一層主觀唯心的神秘色彩，更強調審美知覺及其直觀感受的意義。張節末先生認為中國美學感知優先於情感，「詩歌的真正本質其是對境（其中有自然和人）所作的純粹的感性直觀」[27]。正是知覺將人與自然最為直接地聯繫起來；相對於知覺，情感和觀念與自然的關係是第二位的。在以物觀物的過程中，個人的視野和情懷在與自然的對答中成為了一個流動的整體。因此，作為道家傳統的「以物觀物」，它是中國詩學美感經驗的源頭，也是中國詩學美感經驗的集中體現。

---

[26] 在《樂記》以及漢代以來對「物感」說的論述中，對「氣」、「道」的形而上意義的重視是非常明顯的，氣之動物、物之感人以至於吟詠情性其是一貫的表述。

[27] 張節末：《中國美學史研究法三題》，《光明日報》2001年10月16日，B02版。

三、直覺：語際溝通的現代性

現代漢語的直覺（直觀）作為一個泊來概念[28]，是一個現代性的詞語，而非中國文化所固有。它是一個來自現代日語的外來詞，由漢字詞語組成，乃由日語使用漢字來翻譯歐洲詞語時所創造。1905年王國維作《論新學語之輸入》談到「intuition」的引入情形：

> 十年以前，西洋學術之輸入，限於形而下學之方面，故雖有新字新語，於文學上尚未有顯著之影響也。數年以來，形上之學漸入於中國，而又有一日本焉，為之中間之驛騎，於是日本所造譯西語之漢文，以混混之勢，而侵入我國之文學界……雖然，余非謂日人之譯語必皆精確者也。試以吾心之現象而言之，如「idea」為「觀念」，「intuition」之為「直觀」，其一例也。夫「intuition」者，謂吾心直覺五官之感覺，故聽嗅嘗觸，苟於五官之作用外加以心之作用，皆謂之「intuition」，不獨目之所觀而已。……「intuition」之語，源出於拉丁之「in」及「tuitus」二語。「tuitus」者，觀之意味也，蓋觀之作用，於五官中為最要，故悉取由他官之知覺，而以其最要之名名之也。[29]

在王氏看來，intuition意味著五官感受與心理作用的協調，並非僅指耳聽目視。

以「直覺」闡釋道家美學，始自郭紹虞。早在三〇年代，郭紹虞在談到莊子的「神遇」時說：「這個和他的名學有關，因為他的知識論立言高遠，富於神秘的色彩。他所重的知識是性知，是先天之知。這先天之知，是不用經驗，不以觸受想思知的」，而「莊子所謂聽以氣雲者，即是直覺。蓋莊子之所欲探討而認識者，即莊子之所謂『道』。道是宇宙的本體而非宇宙的現象。明宇宙的現象須後天的經驗之知，故是常識所能辨別的；明宇宙的本體貴先天的性知，所以是超常識的。」[30]郭氏

---

[28] 德文Anschauung一詞在漢語學界被譯為了「直觀」、「直覺」。藍公武譯的《純粹理性批判》將與德語Anschauung相對應的Intuition譯為「直觀」，此後的版本大都從藍譯，如最近鄧曉芒的新譯本。漢語「直觀」、「直覺」具有相同的詞源。

[29] 姚淦銘、王燕：《王國維論文集》（第3卷），北京：中國文史出版社，1997年版，第42頁。

[30] 郭紹虞：《中國文學批評史》，天津：百花文藝出版社，1999年版，第37頁、第

以「先天之知與經驗之知」作為區分本體與現象的特徵；先天之知是絕對和獨立的，所以是排斥經驗的。很明顯，郭氏是以康德的先驗之知與經驗之知這一對範圍闡釋道家的。在郭氏看來，神遇的境界正是超越了耳聽目視的感覺而達到了與道合一。郭紹虞強調莊子對直覺的重視，但他卻以康德的主觀唯心主義美學闡釋道家。在康德那裡，直覺和先天之知，顯然是矛盾對立的。「聽之以氣」是直覺，但「道」卻是先天的性知，兩者之間如何進行溝通，郭紹虞並未進行詳述。

徐復觀寫於1966年的《中國藝術精神》也以直覺闡釋道家美學。他說：「忘知，是忘掉分解性的、概念性的知識活動，剩下的便是虛而待物的，亦即是徇耳目內通的純知覺活動。這種純知覺活動，即是美的觀照。」[31]在徐氏看來，所謂觀照，是對物不作分析的瞭解，而只出之以直觀的活動。孤立化、專一化的知覺，正是美的觀照得以成立的條件。孤立的知覺之知，即是美的觀照中的直觀、洞察。與郭氏不同，徐復觀不僅強調直觀，而且強調美的「觀照所以能使對象成為美的對象，是來自觀照時的主客合一，在此主客體合一中，對象實際是擬人化了，人也擬物化了」[32]。徐復觀認為直覺是對知識的排除，他據以立說的理論基礎是胡塞爾的現象學。在胡塞爾看來，作為第一哲學的現象學是以對絕對知識的追求為取向的，胡塞爾的這種理性主義精神與徐復觀所謂直覺顯然是互相排斥的。

劉若愚的《中國文學理論》認為，「氣」被解釋為直覺的認識，這是他與郭紹虞、徐復觀的一致之處。「莊子用『氣』和『神』這兩者所表示的是『精神』，或一個人藉以了悟道的那種直覺的、超理性的能力。而當一個人達到這種直覺了悟的境界時，莊子稱之為『神人』。」[33]但他認為，根據莊子的觀點，這種直覺的認識並非與生俱來，而是經過長期的專心致志和自我修養才能獲得的。老子和莊子關於直觀自然以及與道合一的觀念[34]，被文學批評家應用於創作，成為了劉若愚所謂妙悟派。後來，劉氏把妙悟派改稱為「形而上學的批評家」[35]，認為受道家影響的中國批評家與現象學家都提倡二度直覺，那

　38頁。
[31]　徐復觀：《中國藝術精神》，上海：華東師範大學出版社，2001年版，第44頁。
[32]　徐復觀：《中國藝術精神》，第48頁。
[33]　劉若愚：《中國文學理論》，第58頁。
[34]　劉若愚：《中國文學理論》，第59頁。
[35]　60年代初，劉若愚寫作《中國詩藝》一書時，單列妙悟派（the Intuitionalists View）一章。在後來的著作《中國文學理論》裡，劉若愚以「形而上學的批評家」替代先前稱之為直覺主義的批評家。

是在對現實中止判斷之後達到的。[36]

雖然早期的莊子研究者以「直覺」闡釋道家美學，闡釋富於感悟色彩的「聽之以氣」，但其理論傾向具有鮮明的差異：郭紹虞以康德闡釋莊子，徐復觀以胡塞爾闡釋莊子，其自身矛盾之處是顯而易見的。

葉維廉十分重視直覺、經驗之於道家美學的意義，他用現代詞彙「直覺」闡釋「以物觀物」。道家的觀物、感物方式，之所以與西方形成了如此鮮明的差異，在於它對「直覺」的重視；道家對於知性、理性等人為因素的排除，正是一種直觀、直覺的狀態。道家從「最直接的經驗開始」[37]，所以能夠擺脫知識架構的糾纏。

在葉維廉那兒，直覺是作為知識論的對立形象出現的，葉維廉認為，由於對人和語言的限制性的認識，即人知力無法概括所有的事件同時發生共存的整體，因而對人和知力和語言表示出極大的不信任感，「這一個對人、宇宙萬物和語言的相互關係的認識，是道家影響下中國美學詩學的據點」[38]。

概念、名制、意識、語言，這是西方哲學賴以成立的基本單位。在葉維廉看來，道家美學是反概念、反名制、反意識、反語言的。這決定了道家美學所具有的反知識論的基本品質。這個反概念、反名制、反意識、反語言的境界，是一個信賴「最初直覺」的境界，「我們張目一看，我們看到萬物，或是萬物呈現在我們眼前，透明、具體、真實、自然自足」[39]。而西方哲學正因為「不能信賴他們接觸萬物時對萬物之為萬物的最初直覺，不信賴他們作為一個在未求解狀態前的自然反應」，執著於「對所謂真理的追逐」，所以偏離了事物的本真。

在《言無言：道家知識論》一文裡，葉維廉對道家的這種反知識傾向進行了闡釋，西方自柏拉圖以來由於對知識論的偏重，其對作為對知識追求的架構，始終堅牢未變。而道家知識論的獨特之處在於：

> 1、道家的知識論，在語言的破解中建立一種「離合引申」
> 的活動，不但開向異乎尋常的樸實而詭奧的遮詮行為，
> 引至「顯現即無、無即顯現」的美學，而且還對「名」
> 與「體制」之間的辯證關係作了深刻的反省。

---

[36] 劉若愚：《中國文學理論》，第303頁。

[37] 葉維廉：《言無言：道家知識論》，參見《中國詩學》，第39頁。

[38] 葉維廉：《無言獨化：道家美學論要》，參見《葉維廉文集》（第貳卷），第127頁。

[39] 葉維廉：《言無言：道家知識論》，參見《中國詩學》，第39頁。

2、道家美學是反名制的。「名」之用，是產生於一種分
　辯意欲，依著人的情見而進行。因為「名」是依附著
　人的情見、意欲，所以由各種「名」圈定出來的意義
　架構往往是含有某種權力意向。

3、語言之用，不是通過「我」說明性的策略，去分解、
　去串連、去剖析物物關係渾然不分的自然現象，或是
　通過說明性的指標，引領及控制讀者的觀、感活動，
　而是用來點興、逗發萬物的自真世界。

4、大制無割。道家的知識就是發生在我們介於「名制」
　中的「知」與物物化育運轉有實的「不可全知」之間
　的「若即若離」的聯繫。[40]

　　在他看來，康德所舉出的所謂「真知的情況與條件」和他承傳、衍化的柏氏、亞氏的架構，可以為瞭解道家哲學據點與立場提供一個比對的作用。在葉看來，道家與康德代表著迥然相異的兩種美學個性。在道家看來，直覺是容不下智力的，而「莊子的偉大處，是他用了獨特的哲學方式，點興出來這物我的關係，使我們可以認可印曆，使我們並未完全因智知而消失的原性在我們心中再生」。[41]西方自柏拉圖以來，對知識、概念的偏重使他們相應地疏離了萬物自然而然的原始狀態，理念與現象之間涇渭分明的界限只不過是一個人為的假定而已。與此相反，中國的道家美學是反語言、反名制的，這種對概念分封的疏遠與西方的知識論傳統形成了鮮明對比。莊子的現象哲理是對西方哲學傳統的一個有力的反拔。

　　《純粹理性批判》第一部專門論述直觀之於先驗感性論的地位。在康德看來，知識不問其以何種式樣、何種方法與對象相關，其所由以直接與對象相關，及一切思維所由以得其質料者，為直觀（Anschaung）。人惟在直觀中，授自身以對象，而直觀僅限在對象授與吾人之限度內發生。如果以「直覺」闡釋道家的「以物觀物」，那麼康德美學並沒有構成對道家美學的真正挑戰。康德充分肯定了直觀之於思維的基礎性意義。

　　康德對審美判斷無關乎理性、知識的論述，與葉維廉對道家美學的論述是一致的。葉維廉把康德看成與道家美學水火不容的兩種美學傾

---

[40] 葉維廉：《言無言：道家知識論》，參見《中國詩學》，第61頁。
[41] 葉維廉：《無言獨化：道家美學論要》，參見《葉維廉文集》（第貳卷），第131頁。

向，因其所重在康德的知識論而忽視了其對美學領域的開拓。在康德看來，審美是無關乎理性和道德而獨自成體的。如果著眼於康德的審美論，會發現其與道家並非絕無共同點。而葉維廉之所以著力對康德進行批判，是因為在他看來，康德正是西方知識論的典型代表。

與對康德的批判相一致，之於道家美學，葉維廉顯然更為看重其反理性、反知識傾向，而非其審美傾向。它推崇道家美學，也正是出於此意的。

所以，葉維廉以「直覺」闡釋道家美學，卻與康德分道揚鑣，傾向於經驗主義、實用主義。經驗主義、實用主義認為知識是以感性經驗為基礎的，它們摒棄了理性主義所謂先驗的理性基礎。休謨的經驗主義與道家美學的共通點也正在於對理性、規劃、先驗種種原則的責難。

四、全球化視野中的道家美學

現代化帶來了前所未有的變化，它以其快速的資訊管道傳播著知識，充塞著人們的感官，人類也因此摘掉了想像的翅膀，一步步走向平面化生存。感官欲望的滿足是以剔除靈魂的自由想像為代價的。經濟工業化、全球化、資訊化給人類帶來了毀滅性的災難。為啟蒙知識份子所激賞的現代性進程，糾結著權力、經濟、文化種種問題，其弊端越來越明顯地暴露出來。

1998年，葉維廉應邀到北京大學，以對現代工業文明的反思為主題進行了講座。從全人類命運的角度看，葉維廉認為現代化、全球化也是一種語言建構的神話，我們也可以用「道可道非常道，名可名非常名」的方式將其神話爆破而回歸合乎自然律動的一種樸素。道家思想在否定人為的同時，又指向一種無為而無不為的自然境界。在葉維廉看來，道家美學對權力、名制的否定仍具有其現代意義。

首先，道家美學為我們反思全球化進程提供了一個中國視角，葉維廉的思考正是基於現代化的這種負面影響而深入的。葉維廉之所以推出道家思想，在於西方的自由思想潛藏的困境在於，「本質上無法做到道家不斷去語障（尤其是服役於權力的語言操作）解心囚所依循的基準：收復整體的生命世界，持護『自然』自生自律自化的運作」。[42]道家思想跨越了時空的限制而具有了其現代意義。道家的這種否定精神與後現代主義理論家的批判精神具有一致性。

文化工業「是人性整體經驗的減縮化和工具化，把商業至上主義推

---

[42] 葉維廉：《道家美學與西方文化》，北京：北京大學出版社，2002年版，第148頁。

演到一個程度，使任何殘存的介入和抗拒的自覺完全抹除」[43]。阿多諾的「文化工業」理論畢竟是西方思想內部的產物，因此它具有針砭資本主義制度的直接性。跨國資本主義是催速現代化進程的主角，它們是權力和財富的擁有者，是經濟殖民化、文化殖民化的獲利者。同第三世界國家一樣，資本主義國家同樣面臨著經濟工業、文化工業的諸種弊端。不同於第三世界國家的是，資本主義國家在權力和經濟方面的優勢能夠保障其獲得持續的利益，而第三世界國家文化傳統的斷裂是與其經濟上的受壓迫、受剝削同步的。

　　對於第三世界國家，這種現代性進程既是被動又是主動的。第三世界國家希望獲得「現代化代表科學的理性主義和啟蒙精神下的民主思想」，但卻被迫接受現代化進程中的負面結果：人性的異化。第三世界期望借西方思想擺脫科學方面的愚昧和政治方面的黑暗，但西方勢力的介入卻使其再次陷入了另一個圈套。它們成為了資本主義世界殖民的對象。葉維廉說：「西方工業革命資本主義下的『文化工業』便成了弱化民族意識的幫兇。」[44]全球化文化滲透著西方強權的汁液，「西方工業技術推動下打著現代化的旗號以經濟意欲為綱、以語言框限權力為部署、以消費為主軸、以目的至上、工具理性至上所刻劃出來的全球化文化」[45]，吞噬了各地文化的獨特性與多元性。這需要我們反思自五四以來現代性的複雜情結。再者，文化生態的重建依賴於美的想像，「尤其是道家去語障解心囚所喚起的物我之間互參互補互認互顯活潑潑整體生命的印證」[46]。在道家那裡，事物的原真狀態呈現出一個敞開的境界，萬物因為沒有人為的束縛，沒有語障和成規的限定而自由自然。道家美學對當前文化生態和自然生態的建設性意義也正在於此。

　　後現代的致命之處在於其對生命的放逐。「雖然資訊工業給我們提供了與世界各地可以瞬息相連的超空間，但人們在放逐了自然之後又把自然賦給我們的想像放逐，並在一種新的仰賴情結中，沉入擬真的現實而愈來愈遠離原真的世界、遠離我們生命原真的狀態；後現代藝術在否定藝術獨立個性的同時與商品拜物主義妥協，是政治與文化的奪權。」[47]後現代文化生態，「平面化，無深度性，沒有生命的物像以廣告世界奪目的光芒構成一組喚不起原物的幻象和擬象，計畫式的可複製

[43] 葉維廉：《道家美學與西方文化》，第153頁。
[44] 葉維廉：《道家美學與西方文化》，第157頁。
[45] 葉維廉：《道家美學與西方文化》，第148頁。
[46] 葉維廉：《道家美學與西方文化》，第161頁。
[47] 葉維廉：《道家美學與西方文化》，第160頁。

的幻象，在崇高性全面解體後，現在是物像的享樂主義……」[48]道家美學精神的真諦不僅僅在於提供一個否定性的觀察方式，其對於生命原真狀態的重視為我們重新審視文化工業的種種弊端、創造和諧的文化生態提供了啟示。

仰賴道家美學，並不意味著葉維廉持保守主義的態度。他並非主張要回到那小國寡民、純淨無爭的桃花源。而是「以藝術家人文關懷的想像方式來應用生態科學技術把機器人性化」[49]。從這個意義上說，道家提供了一種逆反性的視角，「返者道之動」。

五、新古典主義傾向的可行性

八〇年代以來，隨著對五四文化激進主義的反思，文學研究界對當時的文化保守主義如學衡派、國粹派的歷史合理性進行了重新評價。保守主義的理性溫和立場正是二十世紀中國文化革命所缺乏的。對理性、均衡、常態、健康、沉穩等文化態度及審美特質的強調無疑具有其歷史依據和現實意義，但把一切歸罪於五四的激進主義思想，這無疑是一種文化決定論的觀點。王元化先生認為五四反傳統是作為反對封建思想而提出的，而並不意味著反對文化遺產。[50]他還認為把從五四至今七十年來的各種失誤的源頭歸結到五四，「這是一種討債算帳式的研究『五四』的方式。我不否認歷史的事件之中經常存在著複雜的聯繫，但這種聯繫不是簡章的因果關係」[51]。

葉維廉的美學研究正基於對五四時期激進思潮的批判，他強調向古典特別是道家精神的回歸。在葉維廉看來，對人、宇宙萬物和語言相互關係的認識，是道家影響下的中國美學詩學的據點。闡釋道家之於中國詩學、美學意義，強調道家美學的觀物感物方式對中國文學和藝術的美學理想之走向的影響，這是葉維廉國學研究的著力之處。

從中國美學的歷程看，儘管儒家美學一直處於顯位，制約和規定著中國士大夫的精神生活和價值傾向，但在藝術方面，因其注重點在藝術和藝術的功用，所以未能實現真正的超越。道家思想雖然其最初關注點不在藝術，但正因為其傾向於「自然」，所以能夠擺脫道德、教化、功用種種限制。也正是因為其關注點不在於藝術，所以它能夠切近藝術的真諦，正如郭紹虞在論述道家的文學批評思想時指出，道家雖不論文卻

[48] 葉維廉：《道家美學與西方文化》，第159頁。
[49] 葉維廉：《道家美學與西方文化》，第162頁。
[50] 王元化：《傳統與反傳統》，上海：上海文藝出版社，1990年版，第33頁。
[51] 王元化：《傳統與反傳統》，第51頁。

而能攫得純文藝的神秘性，其在文學批評上的價值和影響，則道家所論固遠勝於儒家。[52]

對立德立功的重視剝奪了藝術的獨立性，這是儒家正統觀念的局限。道家因其不執於一端的立場對這種觀念進行瞭解構，這是舊傳統內部道家美學所載負的歷史意義。自西學入侵、傳統崩潰的晚清以來，中國一步步走向現代化，新的歷史賦予了道家美學不同以往的現代意義。

葉維廉認為道家美學代表著中國的美學風範，並以此與西方形成顯著差異。他希望中西文化可以達成文化的交融——「假定西方的讀者哪一天肯開懷接受部分東方的美感領域及生活風範，假定我國的讀者不再過度地迷惑於物質主義自我中心的西方的思維方式和內涵」[53]。「在我們看來，莊子的『無待』，常常被視為絕對自由的最高典範，卻必須與他強調的『齊物』思想連在一起看；它從根本說是大異於西方壟斷的、自我中心的、個人主義的取向的。」[54]葉維廉期望從傳統文化中汲取營養，以期實現中西文化的這種互補交流。

問題在於，以道家美學作為中國詩學和美學的據點，這一對道家形象的現代塑造能夠在多大程度上代表中國文化？在葉維廉看來，近現代以來中國社會的現代變遷在某種程度上犧牲了中國文化的合理精神，激進的功利主義思想與道家思想成為了截然對立的兩面。但是，在中國本土，道家精神也並非是一枝獨秀、一成不變地得以延續的。相對於現代牟宗三、張君勱等人對新儒學的提倡，道家精神並沒有成為主導話語。僅僅以道家精神作為中國美學風範的主流，把中國美學風範歸結為國粹文化，葉維廉的立場是帶有新保守主義色彩的。當前大眾文化的興盛遠遠背離了昔日的文化傳統，知識份子這種懷舊式的理想也只是一個一廂情願的烏托邦。以道家美學為主導，必然走向本質主義的中國美學：把中國闡釋為鐵板一塊的實體—把東方視為西方的反面或所謂「他者」，認為兩者在哲學、美學、文學以及社會生活方面，都沒有共同之處。從本質主義的立場出發，必然把東西方文化歸結為各不相同、固定不變和超越歷史的某種傳統，而忽視不同文化自身歷史的變化、不同文化在言說方式上的一致性。西方所謂的東方，是一個充滿了異國情調的形象。之於東方學者，描述這種異國情調，而忽視中國文化現代性進程面臨的

---

[52] 郭紹虞：《儒道二家論「神」與文學批評之關係》，《燕京學報》1928年第4期。

[53] 葉維廉：《語法與匯通——中國古典詩與英美現代詩美學的匯通》，參見《葉維廉文集》（第壹卷），第121頁。

[54] 葉維廉：《歷史整體性與中國現代文學研究之省思》，參見《中國詩學》，第202頁。

諸多困境，往往陷入了另一個極端立場。主張對經典的回歸並不能從根本上解決文化的爭端。

把傳統和現代看成截然對立的兩面，一方面忽略了歷史傳統的傳承性，一方面誇大了現代化的負面影響而反倒看不清現代化對傳統的揚棄。因此，在批判西方文化時，把中國理想化、浪漫化和神聖化，往往陷入另一種自我中心立場。在西方世界，視非西方文化為與西方文化截然不同的另一種文化模式，贊同異國情調和神秘東方的態度，正是一種潛在的殖民心態；對於東方學者，強調東方文化對西方文化的超越，傾向於國粹，卻是一種固步自封的保守主義心態。兩者並不是跨文化交流所應持的平和心態。

第三節　現象學與中國文藝理論溝通的可能性

儘管現象學在二十世紀二〇年代和三〇年代已經達到了它的繁盛時期，但它真正進入漢語學界卻是半個世紀以後的事情，「直到六〇年代，現象學方面的中文著述才開始出版。但對現象學的研究首先是從法國存在主義的介紹開始的」，「現象學在中國的較為廣泛的傳播是在1978年以後」[55]。二十世紀六〇年代以來，以現象學視野觀照中國文藝理論成為了學界的一個新傾向；這也是現象學真正進入中國文藝理論研究領域的新開端。[56]這個新傾向肇始於臺灣學者及美國華人學者的莊學研究。自1966年臺灣學者徐復觀的《中國藝術精神》嘗試用現象學的觀念闡釋莊子以來，劉若愚的《中國的文學理論》（1975）、葉維廉的《飲之太和》（1980）等在這方面作了進一步的探索，現象學與中國文藝理論特別是《莊子》的可供溝通之處是其中最為熱點的問題。

一、劉若愚、徐復觀的理論探索

二十世紀六〇年代以來，徐復觀、劉若愚和葉維廉不約而同地嘗試把現象學運用於《莊子》研究中。饒有意味的是，在漢語學界現象學作為「第一哲學」受到重視竟然是從藝術領域開始的。劉若愚、徐復觀十分合拍地強調現象學與《莊子》的匯通之處，這與二十世紀六〇年代以來現象學在美國和臺灣的傳播直接相關。[57]這也正是現象學能夠與莊子

---

[55] [瑞士]Iso kern、倪梁康：《現象學在中國》，《江海學刊》2000年第5期，第72頁。

[56] 就筆者所觸及的資料看，二十世紀六〇年代以降，文藝理論研究領域對現象學的接受和運用是現象學在中國傳播的第一站。

[57] 現象學在美國和臺灣的傳播見[美]赫伯特・施皮格伯格的《現象學運動》第四編

進行對話的外在誘因。現象學在歐洲的盛行時期與在中國的影響時期的這種錯位，可以歸因於歷史的選擇傾向，不同時期學界總有著不同的價值觀念和理論趨向。[58]

　　徐復觀的《中國藝術精神》專門把藝術精神的主體——心齋之心與現象學的純粹意識進行了比較。徐氏認為心從實用與分解之知中解放出來，而僅有知覺的直觀活動，這即是虛與靜的心齋，即是離形去知的坐忘。此孤立化、專一化的知覺，正是美的觀照得以成立的重要條件。並認為現象學的歸入括弧、中止判斷，實近於莊子的忘知。不過，現象學是暫時的，而莊子則是一往而不返的要求。因為現象學只是為知識求根據而暫時忘知；莊子則是為人生求安頓而一往忘知。現象學的剩餘，是比經驗的意識更深入一層超越的意識，即純粹意識，實有近於莊子對知解之心而言的心齋之心。再者，徐氏認為現象學強調主客合一，並且認為由此所把握到的是物的本質。而莊子在心齋的虛靜中所呈現的也正是「心與物冥」的主客體合一，並且莊子也認為此時所把握的是物的本質。莊子忘知後是純知覺的活動，在現象學的還原中，也是純知覺的活動。莊子強調「虛」，所以現象學之於美的意識，只是儻而遇之，而莊子則是徹底的全般呈露。凡是進入到美的觀照時的精神狀態，都是中止判斷以後的虛、靜的精神狀態，也實際是以虛靜之心為觀照的主體。[59]但徐氏認為現象學並不曾把握到心的虛靜本性，未能見到藝術精神的主體。徐復觀認為莊子的這種藝術精神正因為是從人格根源之地所湧現、所轉化出來，所以是徹底的藝術精神；這也正是現象學所無法比擬的。[60]《中國藝術精神》的後半部用大量篇幅論述了古代畫論，在徐氏看來，由莊子所顯出的典型，徹底是純藝術精神的性格，而主要又是結實在繪畫上面。因此該書「第三章以下，可以看作都是為第二章作證、舉例」[61]。

　　劉若愚的《中國文學理論》（*Chinese Theories of Literature*，1975）英文版於1975在美國出版。在「形上理論」一章，劉氏專門把中國的形上理論與法國現象學美學家杜夫潤（Mikel Dufrenne大陸譯為杜夫海納）的

「現象學運動的地理分佈」。
[58] 儘管現象學和實用主義在西歐和美國的盛行大致處於同一時期（現象學的創始人物胡塞爾和實用主義大師杜威同出生於1859年），但在中國相對於五四時期胡適對實用主義的青睞而言，現象學在中國學界登臺並產生影響卻是半個世紀以後的事情。
[59] 徐復觀：《中國藝術精神》，上海：華東師範大學出版社，2001年版，第47頁。
[60] 徐復觀：《中國藝術精神》，第79頁。
[61] 徐復觀：《中國藝術精神》，第4頁。

理論進行了比較，意在「喚起注意其中某些要素展示出與中國形上理論顯著的類似點」。在劉氏看來，「形而上理論」是「最有趣的論點，可與西方理論作為比較；對於最後可能的世界文學理論，中國人的特殊貢獻最有可能來自這些理論」[62]。劉氏所作的比較大致如下：首先，中國形上批評家認為文學和自然都是「道」的顯示，杜夫潤認為藝術和自然都是「有意義的存在」的顯示；這種「存在」的概念，可與道家認為「道」是所有存在之整體的概念並比。其次，現象學與中國形上觀更類似的一點是：杜夫潤肯定主體與客體的一致，以及「知覺」與「知覺對象」，或者「內在經驗」與「經驗世界」的不可分，這正像中國形上觀批評家肯定「物」和「我」一體，以及「情」（內在經驗）和「景」（外在世界）不可分。[63]第三，現象學和莊子都不依賴原始直覺，而意求達到摒棄經驗知識以後、可稱為「二度直覺」的狀態，莊子「心齋」正像胡塞爾的判斷的中止。[64]

徐復觀和劉若愚所描述的莊子與現象學的可供溝通之處，是否是東方和西方哲學思想的一次不期而然的巧合的相似呢？徐氏和劉氏的論點大致可以歸納為道與存在的比較，莊子的心物為一與現象學的主客為一的比較，以及莊子的心齋和坐忘與現象學的還原的比較。

首先，就道與存在所具有的終極意義而言，它們具有一致性，因為它們都力圖為那不可命名的形而上問題進行命名。但是道所具有的形而下品格也是非常明顯的，莊子認為道「無所不在」（《知北遊》），他強調「齊物」（《齊物論》）、「與物宛轉」（《天下》）。道雖然是不能通過知覺活動把握的，但通過「遊」，即「心」與「自然」的自由交流，可以達到「獨與天地精神往來而不傲倪於萬物」（《天下》）的境界。雖然莊子認為道「恍兮惚兮」，但他認為道又存在於生活經驗之中，所謂「在螻蟻」、「在稗」、「在瓦」、「在屎溺」（《知北遊》）。

其次，莊子的心物為一與現象學的主客為一有著實質性的不同。胡塞爾批判了自然主義，他認為現象之根源處於現象對之顯現的認識主體的意識之中。現象學以意向性問題作為開端，意向性把認識和對象統一起來，意向是意識意指某物，這裡體現了主體和客體的共同存在。但從根本上看，胡塞爾現象學是仍是以主客體的相互對立為前提的，只不過他所關注的中心在主客體相關聯的意向性，重在對意識形式、主觀活動結構進行分析。即使是杜夫海納，它在強調主體和客體的協調時，又引

[62] 劉若愚：《中國文學理論》，臺北：聯經出版事業公司，1980年版，第27頁。
[63] 劉若愚：《中國文學理論》，第109頁。
[64] 劉若愚：《中國文學理論》，第113頁。

進了另一個本體論的概念——先驗，他認為在先天的層面，主體和客體實現了高度的協調。杜夫海納認為，情感是主體與客體融和在審美經驗之中，從而實現交流的「關節點」。可以說，在杜夫海納那裡，先驗和情感是實現主體和客體交流的前提。莊子的「齊物」思想更強調自然萬物各自為春，互不妨礙、逍遙自在的情形；莊子希望排除知識、人為對於人與自然這種單純關係的介入。社會的動盪和階級的差別是莊子的主要批判對象，他提到了「絕聖棄智」，代表知識構成的概念、思想應該也在他的「小國寡民」的理想國的範圍以外。強調天人一體，故莊子又是否定情感的[65]，因此僅僅從主、客之合一出發而認為莊子與現象學思想的趨同，是不符合莊子與現象學的文本原意的。

再者，莊子「心齋」和「坐忘」與胡塞爾的所謂「還原」、「加括弧」包含著不同的意義。莊子的心齋和坐忘，帶有很強的自省色彩；而胡塞爾的所謂還原，更多地強調在純粹意識領域對先見、知性的排除。莊子的心齋和坐忘趨向的是忘知，而現象學的還原、加括弧趨向的是純粹意識。前者更側重於一種生命體驗狀態，而後者為的是達到徹底的知識。現象學所作的努力並非單純返歸的心理活動，它的最終指向是仍然是現象的呈現方式及其意義。「還原」的最大教導是：「徹底的還原是不可能的。」[66]梅洛·龐蒂的這句話從側面說明這種努力儘管有著美妙的設想，但卻不是完美和全能的。

徐復觀認為莊子的精神是徹底的藝術精神，就莊子與現象學而言，它們雖有可以溝通的地方，但就藝術精神而言，現象學顯然不及莊子。就現象學的關注點而言，在胡塞爾那裡，現象學並不是以對藝術的解釋為任務的，它以對「自然主義」的批判為出發點，所關注的是現象的顯現方式。而莊子的藝術精神其根源在於對人生境界、人格精神的關注。徐復觀對莊子的闡釋開闢了六○年代以來莊學研究的新天地，但他對現象學與莊子所作的比較，雖然注意到了莊子的獨特之處，卻沒有相應地注意到現象學的理論背景。所以徐復觀才僅僅局限於以莊子所體現的藝術精神比之於現象學。

劉若愚氏旨在尋找「世界性的文學理論」，因此他更多地注意到了中西文論中可供溝通的共同命題，以及這些命題所具有的一致的理論趨向。這種綜合的努力雖然遭到了一定的非議，但這種工作的先行意義卻

---

[65] 《莊子·大宗師》曰：「若然者，其心忘，其容寂，其顙頯；淒然似秋，暖然似春，喜怒通四時，與物有宜而莫知其極」，莊子嚮往的是去除心機和欲望的自然之情。

[66] 〔法〕梅洛·龐蒂：《知覺現象學》，北京：商務印書館，2001年版，第8頁。

是不容忽視的。但道與存在、莊子的主客合一與現象學的主客合一之所以能相提並論，卻僅僅因為它們是可以共通的，而不是共同的。

不可否認，以西釋中對古典文本重新解讀的意義。但問題在於這種溝通是否是站在同一平臺，其中的共同話語又是否具有有效性？就徐復觀、劉若愚的研究而言，他們的理論的價值取向一是出於對民族文化精神的維護，一是出於對西方科學主義和實證主義的反思和反擊。而莊子與現象學的關係成為了這兩個價值取向的一個最為恰當的例證。正因為此，他們更注重在經典文本中發掘中西美學可能溝通的共同點，《莊子》成為了與現象學銜接的最為有力的資源。剝離了兩種理論的歷史文化背景，僅僅把它們進行內容上的比較，可能會有許多驚人的發現，但這種比較的危險性也恰在於此，相似背後可能存在著巨大的差異，差異背後也可能有著相同的立足點。

二、葉維廉的綜合與實踐

1970年以來，葉維廉開始探討中國傳統美學（尤其是道家美學）在詩中的呈現及其與西洋現代詩之間的融匯。《無言獨化：道家美學論要》（收於1980年出版的《飲之太和》）和《言無言：道家知識論》兩文是這一論題的力作。葉維廉以一個文化邊緣人的身份對自己本土的文化傳統進行了新的評價。作為中國美學的根系，道家美學在他看來並非是已經枯死的僵屍，而是一脈源遠流長的活水。它滋潤著中國詩學的美感經驗，並使得這種美感經驗在歷史的長河中得以彰顯。

之所以推出道家作為與西方哲學對話的主角，是因為在他看來道家美學作為中國詩學美感經驗的主流，它的路向與西方哲學的傳統是迥異的。兩個文化性格如此迥異的理論如何能夠實現交流？其價值又何在？葉維廉雖然沒有明確地回答這個問題，但從他的表述我們可以看出，他是以道家美學與現象學之間的匯通為理論架構的。西方的現象學特別是海德格爾的存在主義現象學是他反思中國美學的參照；而中國的道家美學思想是對西方哲學的一個有力反撥。海德格爾的現象學與道家美學之間之所以能夠實現這種溝通，是因為現象學從本質上是反形而上學的；而中國的道家主張「道無所不在」。在對待理念與現象之間的關係這一問題上，現象學與道家美學具有方向的一致性。

葉維廉認為，莊子的現象哲理是對西方哲學傳統的一個最為有力的反撥。[67]之所以以「現象哲理」來概括道家哲學的意義，是因為葉維廉

---

[67] 葉維廉「莊子的現象哲理」這一提法，出自《中國古典詩中山水美感意識的演變》一文，「山水在古代詩歌裡，由襯托地位騰升為主位的美感觀照對象，其間

是從「觀物方式」入手分析道家美學的。胡塞爾關於意識活動的意向性思想啟發了他從物我關係入手考察中西美學之差異。在葉維廉看來，現象與本體的差異是西方傳統哲學的基本精神，但在莊子哲學那裡，卻不存在這種差異。正是基於「以物觀物」的觀物和表達程式，道家美學才使得自然的本來面目得以呈現。基於對道家對自然認識的描述，葉維廉認為，「道家的『心齋』、『坐忘』的意識，不如西方企求躍入形而上學的本體世界；對道家而言，宇宙現象本身『便是』本體世界」[68]。

　　葉維廉觀念中的「現象」是依託於現代漢語語境的。他所謂的「現象」不同於胡塞爾「現象學」所謂「現象」。在葉維廉看來，現象是與自然相對的，自然因為人類對之看法的不同而呈現不同的面貌。道家排除了知性、理性等人為因素的干擾，使得自然的面貌得以真實地呈現；如果有著知識、名制的負擔，則不能親近自然的本真。葉維廉強調「直觀」對於道家美學的意義。在他看來，道家對於知性、理性等人為因素的排除，是因為其對直觀的重視。「山水自然之值得流覽，可以直觀，是因為『目擊而道存』（『寓目理自陳』），是因為『萬殊莫不均』，因為山水自然即天理，即完整」[69]。而最完整的天機即自然的渾沌，即「概念、語言、意識發生前」的無言世界的歷驗，在這個世界裡，質原貌樸的萬物萬象可以自由興發地流向我們，「莊子強調『未始有物』，老子強調『複歸於嬰』，是因為『古之人』在渾然不分裡對立分極的意識未成立之前，兒童，在天真未鑿的情況裡，都可以直接地感應宇宙現象中的具體事物，不假思索，不借抽象概念化的程式，而有自然自發的相應和」[70]。

　　中國古代的文藝理論不乏對於情景關係的精闢見解，但自覺從物我關係這一角度對藝術家和自然的關係以及藝術作品由此體現出來的特點進行考察卻始自近代的王國維。王國維曾嘗試對中國詩的觀物方式進行考察。他在區分了「有我之境」與「無我之境」的基礎上提出「以我觀物」和「以物觀物」之不同：

最核心的原動力是道家哲學的中興。而其中郭注的莊子，影響最大」，「郭象注的南華真經不僅使莊子的現象哲理成為中世紀的思維的經緯，而且經過其通透的詮釋，給創作者提供了新的起點」。

[68] 葉維廉：《無言獨化：道家美學論要》，參見《葉維廉文集》（第貳卷），第137頁。

[69] 葉維廉：《中國詩學》，第92頁。

[70] 葉維廉：《無言獨化：道家美學論要》，參見《葉維廉文集》（第貳卷），第130頁。

> 有我之境，以我觀物，故物皆著我之色彩。無我之
> 境，以物觀物，故不知何者為我，何者為物。（《人間詞
> 話》第三則）

王國維以「以我之境」和「無我之境」區分了詩詞作品中作者與自
然的關係，「有我之境」指的是作者在所描寫的景物上凝結自己濃郁的
悲歡哀樂之情，而「無我之境」指的是寧靜自然景象使作者陶然忘機，
與之渾化。此處，王國維對詩詞作品中物我關係的考察來源於他對中國
道家美學「以物觀物」傳統及叔本華美學的接受。在《叔本華之哲學及
其教育學說》中，王氏以叔本華哲學「忘利害關係」、「全離意志關
係」的意義闡釋「無我之境」，認為「無我之境」所體現的正是「優
美」的境界。其實，「以物觀物」也暗合了道家美學素處以默、虛以待
物的思想傳統。

葉維廉得力於現象學的概念去分析和闡釋中國固有的美感意識和美
學觀念。他受現象學「意向性活動」的啟發，從「觀物方式」入手探討
中西山水美感意識的差異，並進而探討中西美學的一些基本問題。在研
究中，葉維廉發現很多中西山水詩的比較研究結果都趨於表面化而不見
落實，於是他從中西不同文化根源的模子出發，對其由觀物應物表現的
程式上的不同進行了探索，從而將陶潛、謝靈運等中國山水詩人的創作
與英國華茲華斯的山水詩區別開來。他受胡塞爾對於物我關係思考的啟
發，認為中國詩人對自然「即物即真」的感悟，正是排除了Noetic（知
性、理性）的結果。在他看來，「知性」、「理性」對中國詩人的心智
活動起不了作用，「王維的詩，景物自然興發與演出，作者不以主觀的
情緒或知性的邏輯介入去擾亂眼前景物內在生命的生長與變化的姿態；
景物直觀讀者目前，但華氏的詩中，景物的具體性漸因作者介入的調停
和辯解而喪失其直接性」。[71]可以說，正是基於對物我關係的思考，葉
維廉才得以區分出中西山水詩的顯著差異。

葉維廉進一步把這種觀物方式的差異歸結為中西文化模子的差異，
強調不同文化間的文本進行相互對照比較的必要。這也是他不同於先前
比較詩學研究學者的一個最大特點，如他所說：「對於東西文學批評及
東西文學本身同時有深湛的瞭解的學者如錢鍾書和陳世驤，他們的研究
中也確實可以給我們很多精奧的啟示，但在純學理上方法上或我稱之謂

---

[71] 葉維廉：《中國詩學》，第89頁。

『模子應用的自覺』方面，當時還沒有正面的提供。」[72]

　　對「觀物方式」及其「文化模子」的考察是葉維廉解決中國美學、中國文學問題的基本出發點。以現象學為切入點，深入到中國文化尋找可以闡釋中西方美學的共同命題——「觀物方式」，這是葉維廉在比較詩學研究過程中的理論貢獻，也是他較之於劉若愚、徐復觀的顯著不同之處。以對觀物方式這一命題的思考為基礎，他對中西比較詩學、美學領域最為基礎性的問題進行了自己的思考。他對道家美學及中國山水詩意義的重新發現在當代的中國詩學研究中具有開拓性的意義。

　　葉維廉注重尋找「跨越中西文化的共同文學規律」，他強調中西「文化模子」之不同，從而克服了研究中盲目比附的缺陷，對把比較引向語言、文化、歷史的縱深具有開創性的意義。他在理論研究法和文本闡釋學方面給我們的啟示在於：從「文化模子」的多樣性出發，我們應該尊重不同文化的獨特性，從而趨向更加理性、更加具有可比性的對話。

　　從劉若愚、徐復觀和葉維廉的理論實踐中我們可以發現，尋找現象學與中國文藝理論的可供溝通之處，一直是一個艱難的跋涉過程。一個理論從表面上看可能符合研究者的主觀意圖，但是如何冷靜地運用它，排除文化民族主義情緒或西方中心主義的影響，避免簡單的以此比彼，實在是中西比較研究中一個值得注意的問題。就拿現象學來說，中國學者如何在其有效的範圍內運用它是一個首要解決的問題。任何一種理論都有其產生的文化背景和適用範圍，所以拿現象學和莊子作比較，流於此優彼劣的結論，往往會陷入狹隘的民族主義的陷阱之中。就葉維廉的研究而言，他所注重的是現象學與中國美學的共通之處，而非僅僅浮泛地羅列其共同之處，這與他對中西不同「文化模子」的注意是直接相關的。

三、闡釋的現代性與語言溝通中的障礙

　　雖然在二十世紀上半期，歐洲「任何哲學現在都企圖順應現象學方法，並且用這種方法表達自己」[73]。但現象學並非是一個能對一切文化進行操戈的理論武器。現象學在徐復觀、劉若愚和葉維廉這裡的待遇至少說明，理論之間雖然有著可供溝通的共同詞彙，但這種詞彙真正能否

---

[72] 葉維廉：《中國古典文學比較研究·前言》，參見《中國古典文學比較研究》，臺北：黎明文化事業股份有限公司，1978年版，第3頁。

[73] [美]赫伯特·施皮格伯格：《現象學運動·序言》，參見王炳文、張金言譯《現象學運動》，北京：商務印書館，1995年版，第1頁。

概括不同文本的原始意蘊，卻是一個首要問題。道與存在，莊子的主客合一與現象學的主客一，莊子「心齋」、「坐忘」與胡塞爾的所謂「還原」、「加括弧」是否有著如劉若愚和徐復觀所預期的「類似點」，這已經不是一個簡單的相互比附的問題，它與闡釋的現代性及其語言溝通中的障礙有著直接的關係。

首先，從語言形態上看，《莊子》通過寓言展示的是一個形象化的世界，人與物間的相互關係構成了一個寓言最基本的價值取向。這是它與西方哲學文本的顯著不同之處。《莊子》並不是以高度抽象化的哲學語彙進行論述的文本。正因為此，對它的闡釋就有了相應的自由度。二十世紀八〇年代以來，以現象學甚至後現代主義理論對之進行種種闡釋就是這種自由度的施展。

當然，思想的溝通不依賴於文本形態統一與否，但不同的文本形態如寓言化的文本和哲學文本往往造成溝通上的障礙。這不僅因為一者為形象世界，一者為邏輯體系，更因為形象化文本意義的不確定性。在這種溝通的障礙背後，卻又往往可以找到可供溝通的共同命題。可以說，莊子的寓言世界是一個意義敞開的世界，它提供了可供闡釋的多種可能性。正因為這種不確定性，西方的各種理論似乎都能在這裡找到言說權力和言說空間。

其次，中西美學的現代闡釋不僅涉及到西方哲學與「文學」（現代意義所謂的純文學）的關係，還涉及西方哲學與中國傳統「學術」的關係。就文學和哲學的關係而言，長期以來，哲學對文學的優勢是以它的邏輯和理性為利刃的。雖然「凝縮為關鍵字和規範的敘述能使價值和許諾得到強化」[74]，但「批評一味信賴形式範疇致使我們像形而上學哲學家慣於對待整個經驗那樣來對待文學經驗，即把它置於概念的控制之下，繼而想像出某種上帝般的超然和權力」[75]。哲學對文學權力的剝奪是以哲學高於文學、它是一切知識的基本原理這樣的預設為前提的。以哲學解讀文學往往會造成文學意義的歪曲和流失。就哲學與學術的關係而言，近代意義上的哲學是西學東漸之後的產物，因此用近代哲學的概念和範疇闡釋像《莊子》這樣在傳統上屬於學術的思想，我們不得不思考的是西方哲學的概念和範疇與中國學術的概念和範疇能實現多大程度的溝通？中西方是否存在一對一的等值的命題和範疇？

在寬泛的意義上，我們可以將《莊子》視為文學文本。《莊子》

---

[74] [美]馬克·愛德蒙森：《文學對抗哲學》，王柏華、馬曉冬譯，北京：中央編譯出版社，2000年版，第15頁。

[75] [美]馬克·愛德蒙森：《文學對抗哲學》，第10頁。

豐富的想像力、形象化的語言和寓言的形式是符合「文學」的近代含義的。而按「文學」的古代含義，《莊子》則屬於「學術」。[76]因此對《莊子》的闡釋面臨兩個分支，要麼將其中的抽象性概念與現代西方哲學的範疇等同，要麼用西方哲學的命題對《莊子》中的寓言故事進行解讀。這兩種傾向的危險性在於西方哲學命題和範疇能否應用於像《莊子》這樣作為現代意義的「文學」和作為傳統意義的「學術」的文本？

現代闡釋是以現代漢語為思維工具的，而現代漢語詞彙和古代漢語詞彙同字異義的現象阻礙了這種闡釋。漢語詞彙意義的演變並非單一文化圈的產物，十九世紀、二十世紀以來傳教士翻譯著作的影響，日語「漢語」借詞的影響，都無形中加劇了古代漢語與印歐語系的交流，詞彙在引進與翻譯過程中往往剝落了原意或添加新意，這往往造成理解和交流上的障礙。文化領域中大量的日語來源的漢語外來詞，其中有很多是日本借用古代漢語的詞去意譯印歐語系各種語言的詞彙，因而其詞義與古代漢語原有的詞義不盡相，甚或完全不同。因此，我們應該反思的是：詞彙能否成為學術的生長點？「一個『哲學問題』是不知不覺採用了那些被包含在用以陳述該問題的詞彙中的假定的產物；在認真地看待問題之前，應當對那些假定進行質疑。」[77]羅蒂反思了哲學是否是世界的第一原理這樣一個問題；另一方面，對於哲學詞彙能否準確再現現實提出了疑問。就語言學層面而言，詞彙所體現出來的意義並非一對一的，它往往是在表達中確立其與文本的關係並產生其特定意義的。這種複雜性造成了交流中的障礙。

因此，完全排除文化背景和語言交流的影響，進行詞彙的單純類比，往往造成文化交流上的更大障礙。這也正是闡釋的現代性帶來的負面影響。在對《莊子》的闡釋過程中，主體、客體這樣的現代漢語詞彙成為了最為鋒利的解剖刀[78]，我們是否可以預先進行如劉若愚所言「主

---

[76] 按義大利學者馬西尼的考證，「早在19世紀此詞已以『literature』之意來使用了，所以不應該把它看成是日語借詞」，西方來華人士最早以現代意義的「literature」使用過「文學」這一概念。（[義大利]馬西尼：《現代漢語詞彙的形成——十九世紀漢語外來詞研究》，黃河清譯，上海：漢語大詞典出版社，1997年版，第250頁。）按郭紹虞先生的考證，兩漢之前，「文學」是文章、學術的統稱。

[77] [美]理查‧羅蒂：《哲學和自然之鏡》，李幼蒸譯，北京：商務印書館，2003年版，第13頁。

[78] 主體、客體這樣的概念並非漢語內部的產物。現代漢語的主體和客體都是源自日本的外來詞，主體（源自日語shutai）:哲學上指有意識和意志的人。客體（源自日語kyakutai）指外界的事物，是主體的認識對象和活動對象。現象，在現代漢語中指事物在發展變化中所表現的外部形式。古漢語《寶行經》：「觀世間現象

體」相當於「心」、「客體」相當於「物」這樣的設定，如果答案是否定的話，那麼，「心」「物」一體即現象學所謂主客不分這樣的觀點將會受到質疑。我們不能盲目趨向於現象學而忽視對中國美學傳統的認識，現象學與《莊子》產生於不同的文化背景，其可供溝通的思想也是極其有限的。

審美經驗方面，現象學與中國美學傳統有著顯著的差異，杜夫海納認為，相對於自然，「藝術充分發揮趣味並引起最純粹的審美知覺」[79]，「存在於自然對象之中，就像存在於世界上；我們被拉向自然對象，然而又受自然對象的包圍和牽連。因此，審美意向性不那樣純，它更指向自然，它針對的對象屬於自然」[80]。顯然，這與莊子對自然的親近形成鮮明的對比，在莊子看來，天地自然是最為純粹的審美對象。中國美學是自然優先而非藝術優先的，「人與自然的關係為古人審美經驗中最基本的關係」[81]。莊子對自然的重視，從根本上規定了中國古代的審美經驗。而自然直接維繫著「道」，所謂「道法自然」，「道」所具有的審美傾向性是指向自然的。

審美意識方面，現象學的懸擱、終止判斷是一種更為抽象和理性的方式。現象學能實現多大程度的還原，是一個值得疑問的地方。正如趙汀陽在評價現象學時所言，「因為假裝知識意識沒有負擔，所以顯得『純粹』，同時也顯得『基本』。現象學恰恰應該把好像隱藏著的生存情況顯現出來，而不是像胡塞爾那樣以為知識意識是純粹的並且基本的」[82]。莊子的「心齋」、「坐忘」更注重個人的生命體驗，現象學對生存狀態的遮蔽與莊子形成了鮮明的對比。

思想有可供溝通的共同話語，並不意味著它們處於同一對話平臺。就上述以現象學對《莊子》的闡釋而言，諸位學者都提到了現象學與中國藝術理論所具有的可供溝通之處，但它們卻絕非僅僅相互佐證的關係。現象學和《莊子》產生於不同的文化背景，它們的思想也並非能夠純屬巧合地完全相似。對於中西方讀者而言，如果不從原典入手而忽視它們之間的差異，或許所見只能如盲人摸象般有所局限。因此在進行比較研究時，如果脫離具體文本的文化背景，僅僅羅列其相同或相異之處，其危險性是不言而喻的。我們在關注西方詩學與中國詩學的一些共

三十有九，文殊現象七十一」，謂佛、菩薩等現身於人間。

[79] [法]米蓋爾杜夫海納：《美學與哲學》，孫非譯，臺北：五洲出版社，1987年版，第40頁。

[80] [法]米蓋爾杜夫海納：《美學與哲學》，第44頁。

[81] 張節末：《中國美學史研究法發微》，《浙江大學學報》2001年第4期，第50頁。

[82] 趙汀陽：《不純粹的現象學》，《哲學研究》1999年第6期，第54頁。

同概念和範疇時，應該重視這些概念和範疇各自所具有的豐富意蘊，應該關注不同理論在思維傾向上的共通性及其互相啟發之處。

從物我關係的角度看，現象學與道家美學有著可溝通之處。西方哲學史上自古希臘以來，對主客二分的強調一直是哲學上的一個中心問題。以二分法為基礎問題，對思維與存在、人與自然對立性的強調成為了哲學思維的顯著特點。現象學的出現無疑對這種二分法進行了強有力的衝擊，梅洛·龐蒂曾將現象學看成是克服主觀現象與客觀現象劃分的謹慎嘗試。現象學集中注意觀察現象顯現的方式和揭示現象在我們意識中的構成，它將存在的信念懸擱在一邊，在接受現象時的虛心的態度體現了它的周密性和對以科學概念對現象作簡化的反抗。從這種意義上說，現象學是對主客二分的克服。莊子齊天人、齊物我、齊生死的思想同現象學有著可參照之處。但《莊子》更多的是出於對社會和人生的思考，其旨在「通天地之統，序萬物之性，達死生之變，而明內聖外王之道，上知造物無物，下知有物之自造也」[83]。莊子為現象學提供了另一個參照，即對待物我關係的態度與人生狀態、終極關懷的思考直接聯繫起來。

其次，現象學對審美知覺的重視、對意向性的論述，直接啟發了對中國美學「審美經驗」的重視。從意識主體與現象客體之間的關係入手，即從觀物方式入手，考察中國美學問題，這是現象學給予我們的最大啟發之處。對審美關係的關注，克服了研究中二元對立的思維習慣，從而避免了僅僅以唯心主義或唯物主義的標籤給中國美學的一些問題定性。如葉嘉瑩先生注意到「西方現象學之注意意識主體與現象客體之間的關係，與中國詩論之注重物我交感之關係，其所以有相似之處，也就正因為人類意識與宇宙現象接觸時，其所引起的反應活動，原是一種人類之共相的緣故」[84]。葉維廉對於現象學與中國藝術理論的溝通所進行的探索，就是以觀物方式為切入點的。他對中西觀物方式之差異的思考直接深入到中西美感經驗生成的基礎之上，從而對中西美學的個性有了更為深刻的認識。

現象學對於中國學界更深層意義上的啟發之處，在於他為我們重新審視中西美學的溝通提供了一種反省性的可能。現象學大師胡塞爾所謂「面向事實本身」，意味著不偏執於概念上的探索，不為種種先見干擾。在我們的研究中，對現象學與中國文藝理論的溝通保持一種清醒的態度，不盲從、不輕斷，才是現實和可取的。

---

[83] 郭象：《〈莊子〉序》，見郭慶藩《莊子集釋》，北京：中華書局，1961年版，第3頁。

[84] 葉嘉瑩：《葉嘉瑩論詞》，上海：上海古籍出版社，1999年版，第88頁。

第四節　劉若愚、葉維廉之於當代文論研究的意義

　　二十世紀五〇至七〇年代，由於社會主義與資本主義兩大陣營意識形態與文化範式的根本對立，以及史無前例的「文化大革命」的衝擊與破壞，和其他學科一樣，中國大陸的比較文學學科遭到扼制、發展緩慢，比較詩學幾近一片空白。而這一時期的海外華人與港臺學者雖然同中國大陸幾乎沒有學術聯繫，但他們依然於此期間在西方的學術氛圍下繼續進行比較詩學的研究，這在很大程度上彌補了中國大陸中西比較詩學研究的不足和空白。他們的研究視野能夠及時跟上西方文學理論發展的步伐，也是當時甚至八〇年代以後大陸學者所無法相比的。

　　多元世界容納多元方法，殊途同歸是全球化的特點和趨勢。海外學者研究中國文論的方法是各自不同的：宇文所安（Stephen Owen）的《中國文論：英譯與評論》選擇了通過文本一段中文、一段英譯地來講述文學思想；魏世德（John Timothy Wixted）的《論詩詩：元好問的文學批評》選擇了以某種著作為中心，詳細論述其背景，並一直追溯到文學討論的源頭；余寶琳（Paulin Yu）的《中國傳統的意象閱讀》選擇了通過一個核心問題，進行深入而廣泛的探討。而諸種方法中首推劉若愚《中國文學理論》一書所創製并實踐的方法。即按照西方理論，將中國文論分成幾大類，再選舉原始材料予以應證。

　　因此，1975年海外第一部研究中西比較詩學的著作——劉若愚先生的《中國文學理論》對海外比較詩學的影響是非常深刻的。該書作為一部以英語完成的中國文學理論專著，以全新視角立意，完全擺脫了傳統中國文學理論的俗套，給中國文學理論研究提供了重要的思考方法和思想資源，而且作為一部以英語完成的中國文學理論專著，在打破中西文化研究的壁壘方面也作出了開拓性的貢獻。

　　追根溯源，劉若愚的比較詩學體系發軔於1962年他發表的英文著作《中國詩學》。全書共分為三篇：「作為詩之表現媒介的中文」、「中國的傳統詩觀」、「走向一個綜合的理論」。這部早期著作自有其不成熟之處，然而由此開始，劉若愚便展開了他建構中西比較詩學循序漸進的努力。

　　首先，始終關注語種之間的差異。劉氏始終秉持著建立普遍適用的世界文學理論與方法的理想，不回避差異，而是分析差異，為最後的中西詩學理論的綜合做積極準備。對不同語種之間差異問題的思考，形成他後來的兩部著作：《語際批評家：闡釋中國詩歌》和《語言‧悖論‧

詩學：一種中國觀》。其次，嘗試將中國文論系統化，對這一方面深入思考的結晶就是上文詳述的《中國文學理論》。最後，在綜合中西詩觀的基礎上建構自己的詩學觀念和詩評方法。在這一過程中他始終堅持理論聯繫實際，形成了另外三部著作：《李商隱的詩》、《北宋六大詞家》和《中國文學藝術精華》。此外，還有一部向世界展示中國古代多元文化之俠客文化的《中國之俠》。

就劉若愚的比較視野來說，他在中西方文論之間構成的富有意義的對話當然體現了他所說的難能可貴的「世界文論」的普遍訴求，或者說這也是經由理論推演而使中國文論進入西方理論視野的有效嘗試。他所做出的艱苦努力和取得的豐碩成果，理應受到後來學者的理解和尊重。在詹杭倫的《劉若愚——融合中西詩學之路》這本綜述劉若愚的專著中，曾引用夏志清在致劉若愚悼文中所給的表述：

> 劉若愚不止是用英語講述中國詩學的「語際批評家」（interlingual critic），他更想成為把中國傳統詩學與二十世紀歐美文學理論綜合起來而自成一家之言的「語際理論家」（interlingual theorist）。「語際批評家」與「語際理論家」這兩個稱號無疑為英年早逝的劉若愚教授打造了一頂沉甸甸的學術桂冠。[85]

楊乃喬在《全球化時代的語際批評家和語際理論家——誰來評判劉若愚及其比較文學研究讀本》的論文中談到了劉若愚教授複雜的學術角色，他也認為部分學者評價劉若愚「以西釋中」的說法缺乏全球化時代文學理論研究的國際性眼光。「與其說是從一種狹隘的本土視域給出的閉守性與維護性評價，不如說是從文學理論研究的民族主義者跌落到後現代的本土主義的保守主義者。」[86]我們必須客觀地承認文化間的差異是不可能完全消除的，這也正是世界多樣性的一個重要表現。至於最後誰來評判及怎樣評判劉若愚教授及其比較文學研究的諸種讀本確實是當下國內漢語學界應該思考的問題。古今中外多少例子已經證明，「誤讀」（misreading或misunderstanding）無處不存在、無時不發生。誤讀在很多方面都是不可避免的：無論是劉若愚之於中國文學理論，還是我們

---

[85] 詹杭倫：《劉若愚——融合中西詩學之路》，北京：北京出版社，2005年版，第1頁。

[86] 楊乃喬：《全球化時代的語際批評家和語際理論家——誰來評判劉若愚及其比較文學研究讀本》，《徐州師範大學學報》2006年第2期。

之於劉若愚。我們不妨樂觀一點，既然無法避免，那就不要回避。誤讀的效果也可以是正面而積極的，在一定程度上可以加速主體文學與客體文學、本土文化與外來文化的融合。相容並包的過程，也是世界文論大花園百花齊放的盛大展覽，這應該正是我們所希冀看到的。顯然，劉若愚的努力證明了他一直在不遺餘力地向此目標邁進。

劉若愚關注得更多的是比較之「同」，然而就理論的發展來說，也許比較之「異」更應該獲得充分的討論並展現出相應的價值和意義，也只有這個「異」的前提，才會為不同的文論系統之間提供互為增益的機遇，而最終拓展對於文學的理解。對於先賢篳路藍縷的開拓，善於學習並敢於超越，這才是後繼學者應有的學術胸懷和抱負。

同劉若愚一樣，葉維廉也以西學視野觀照中國詩學，嘗試實現古典與現代、東方與西方的匯通。站在中國本土文化立場，葉維廉對傳統進行了溫情的觀照，並熱切希望實現本土文化的延續。

他在繼承中國傳統文化的同時，運用西方理論對中國詩學、美學理論進行了富有創造性的現代闡釋。葉維廉對道家文本的現代闡釋，肯定了道家美學對知識、權力和語言的否定，為道家美學與現象學之間的溝通提供了有益嘗試，為新時期的美學研究開啟了一扇通透的視窗。從知識論、語言學、闡釋學的角度聯接傳統和現代，道家美學的新意正是在這一現代視域中得以生成。

葉維廉對傳統的肯定基於兩個反思，一是對五四新文化運動的清理。雖然當時的仁人志士所宣導的啟蒙思潮確有歷史變革的進步意義，但卻造成了歷史的中斷，「也正是這些外來的信念，在當時甚至現在，仿佛都已染上了神話的色彩，極大地觸擾了中國本源的感受性，造成一種延續不斷的異化感與隔離感」[87]。二是對西方現代化進程的批判，「西方理性控制、支配、進而異化了自然界，將其變成了一件物體來對待。這一個過程，不只使人與大自然失調，而且使得人自己變成了一件物體」[88]。而這兩個問題的根源正在於現代理性對人性的縮減，這是中西文化共同面臨的危機。

在《創世紀》1999年秋季號中，他說道家思想在現代更加需要，因為它是真正意義上的使人解放的哲學，他自己正致力於把道家精神投向現代藝術。如果承認中西方各自的傳統，那麼，在何種程度上，中西方文化能夠實現並行不悖的發展？「在我們看來，莊子的『無待』，常常

---

[87] 葉維廉：《中國詩學》，第203頁。
[88] 葉維廉：《中國詩學》，第203頁。

被視為絕對自由的最高典範，卻必須與他強調的『齊物』思想連在一起看；它從根本上說是大異於西方壟斷的、自我中心、個人主義的取向的。」[89]道家美學為我們提供了一個重新審視歷史的視角，這是它所蘊含的現代意義。在全球化的歷史時期，歷史賦予了傳統以文化建設的意義。問題在於現代化的趨勢是不可阻擋的，我們不能緊擁傳統而固步自封。

　　以「現象哲理」概括莊子的觀物方式，以「直覺」和「經驗」闡釋莊子的觀物方式，葉維廉對現象學大師胡塞爾和海德格爾以及現象學和實用主義之間的理論衝突進行了調和。首先，以胡塞爾作為「第一哲學」的現象學闡釋道家美學，卻與胡塞爾背道而馳走向了海德格爾，因為胡塞爾的純粹意識並非直覺意義上的非理性的體驗。而以海德格爾為代表的存在論現象學闡釋道家美學，則是基於現象的最根本含義——真正顯現自身。其次，葉維廉以「直覺」和「經驗」闡釋道家美學，卻並沒有循康德一派，他所秉承的是以杜威、詹姆斯為代表的美國實用主義。以實用主義闡釋莊子，他重現了道家美學的經驗內涵，卻在一定程度上掩蓋了道家與實用主義的差異以及美國實用主義和歐洲大陸「第一哲學」現象學的交鋒。胡塞爾從數學和純粹邏輯出發，企圖追尋確定性的知識和意識對現實的準確再現；而在實用主義者那裡，真理和體系這樣的東西只是一個精緻的假定而已，重要的是經驗所明示的事實。這是葉維廉對道家美學進行現代闡釋的知識譜系。

　　這顯示出傳統的現代闡釋中的一個悖論。葉維廉對道家美學的現代闡釋是超越性的，由於闡釋視野是跨文化和跨時空的，道家美學的現代意義得以生成；但意義生成是以現代知識的增長為前提的。葉維廉批判了現代理性對人性的縮減，但又無法回避運用現代知識對中國傳統進行闡釋。葉維廉並沒有重新開始，他的命脈必然依賴於傳統，並以自己的方式回應傳統。但他並沒有因此走向封閉和保守，如他所言，我們必須同時顧及不同「模子」的歷史，始可以找出適當的重點加以比較和研究。[90]不同文化模子的比照和互識，是闡釋的基礎，它使得傳統的現代意義的生成為了可能。

---

[89]　葉維廉：《中國詩學》，第202頁。
[90]　葉維廉：《葉維廉文集》（第壹卷），合肥：安徽教育出版社，2002年版，第40頁。

第二章　港臺及海外新儒學語境中的中國藝術精神

　　現代新儒學思想博大精深，研究領域涉及歷史、哲學、藝術、道德、宗教等，二十世紀八〇年代以後逐漸成為「顯學」。但國內外學界對現代新儒學的研究重心主要集中在其哲學、文化思想層面，相關成果很多，而對其文藝思想的研究相對來說可謂涉足者稀。雖然進入新世紀以後對於這個層面的關注和研究有增多的趨勢，但要麼是片言散論、缺乏整體觀照，要麼是所有問題皆納入囊中、缺乏問題意識。筆者在對台港及海外新儒學思想進行考察的時候發現，他們中有三位學者前後相續地探討過同一個重要話題：中國藝術精神。這三位學者便是已經逝去的唐君毅、徐復觀先生，還有正延續著新儒學薪火的美國華裔學者杜維明先生。「中國藝術精神」不管是在現代新儒學的思想體系中，還是在二十世紀中國文論的建構史上，都是一個非常重要的命題。它標誌著時代文化的動向，彰顯著中國文化在困境中的掙扎和出路，也體現著現代新儒學獨特的美學視角和方法，其現實意義和學術價值都不容小視。

第一節　道德理性與中國藝術精神

　　說到「中國藝術精神」，我們馬上會想到徐復觀先生的那本影響甚廣的《中國藝術精神》。很多學者認為徐復觀是提出這個問題的第一人，然而事實並非如此。明確標舉「中國藝術精神」的第一人是與徐復觀同被稱為台港新儒家的另一位學者——唐君毅。唐君毅先生在《中國文化之精神價值》一著中首次提出中國藝術精神這個命題。該書雖初版於1951年，但實「動念於十年前」[1]。唐君毅在自序中敘述了寫作緣起：

　　　　原余於十七年前，即曾作一長文，名中國文化之根本精神論，發表於中央大學文藝叢刊。當時曾提出「天人合一」與「分全不二」，為解釋中國文化之根本觀念。繼後三、四年中，曾陸續對中國之哲學、文學、藝術、宗教、道德皆有所論。後輯成中西哲學思想之比較論集，予正中

---

[1]　唐君毅：《中國文化之精神價值・自序》，參見《中國文化之精神價值》，桂林：廣西師範大學出版社，2005年版，第1頁。

> 書局出版。在此書印刷之際，正個人思想有一進境之時，
> 及該書印出，即深致不滿，並曾函正中書局，勿再版。然
> 書局仍續有再版印行，遂欲另寫一書，以贖衍尤。[2]

　　根據這段話，我們可以推算，他對中國藝術精神這個問題的思考大約是在1937至1938年，而後可能又作了一些修改補充。也就是說，他提出這個命題比徐復觀至少早了十幾年，甚至可能是二十幾年的時間，並且在這個問題上他肯定影響了徐復觀。（該問題留待第二節探討）

　　唐君毅被牟宗三先生譽為「文化意識宇宙中的巨人」[3]。他在挖掘中國文化之精神價值的過程中，歸納提煉出了中國藝術精神。但唐君毅只是提出並簡單闡釋了問題，未如徐復觀那樣對中國藝術精神進行了系統的建構，所以不為人知。唐氏拈出三個核心範疇（遊、生、化）作為探討中國藝術精神的切入點，闡釋的過程中常有靈光閃現，頗多精彩見解──；切入問題之後他又試圖在儒道之分中凸顯儒家，並欲將所有理論全部統攝進自己建構的以道德理性為本體的哲學體系。這種努力的最終結果卻是使他的體系充滿悖論，也讓「中國藝術精神」這個問題走向了重重矛盾。

一、中國藝術精神的核心範疇

　　《中國文化之精神價值》共十七章，第十章題名「中國藝術精神」，第十一章題名「中國文學精神」。這種編排不禁令人產生疑問：難道中國藝術精神與中國文學精神有重大差異？著者何以作此種區分？要解釋這個問題恐怕還得聯繫唐氏其他著作中對中國文學藝術的的探討。綜觀他所有關於文藝的敘述和理論，筆者發現，唐氏的確總結出了包括建築、書畫、音樂、雕刻、文學等在內的中國藝術的一個共同特點──虛實相涵，進而拈出一關鍵範疇────遊，但相較於其他藝術類型，唐先生顯然對文學更為熟悉，在探討中國文學的時候，他又發現了除虛實相生以外的其他一些重要特點、精神，於是乎就做了這種編排。此外，恐怕唐先生還有一種思考，那就是文學在中國各類藝術中的地位相對較高，尤其對於儒者而言。出於文學正統的考慮，當然就有可能想把文學特別凸顯出來。在這部著作以後，唐君毅仍然沒有停止對中國文學精神的挖掘，在之後的《中華人文與當今世界》一著中，他又從儒道

---

[2]　唐君毅：《中國文化之精神價值·自序》，第1頁。
[3]　牟宗三：《哀悼唐君毅先生》，參見牟宗三、徐訏等著《唐君毅懷念集》，臺北：牧童出版社，1978年版，第14頁。

相分出發，歸納出了影響中國文學的另外兩個重要美學範疇：生與化。

（一）虛實相涵之可「遊」

唐君毅是這樣描述「中國藝術精神」的：

> 中國文學藝術之精神，其異於西洋文學藝術之精神
> 者，即在中國文學藝術之可供人之遊。凡可遊者之偉大
> 與高卓，皆可親近之偉大與高卓、似平凡卑近之偉大與高
> 卓，亦即「可使人之精神，涵育於其中，皆自然生長而向
> 上」之偉大與高卓。凡可遊者，皆必待人精神真入乎其
> 內，而藏焉、息焉、修焉、遊焉，乃真知其美之所在。[4]

唐君毅以一「遊」字來區別中國藝術精神與西方之差異，確實有一定道理。「遊」本來就是中國古典美學裡的一個重要範疇，唐氏拈出此字也不足為奇，只是這「遊」字涵義豐富而難以言傳，想將其解釋清楚並使之囊括「中國藝術精神」，也並非易事。

可唐君毅確實用一「遊」字囊括了中國藝術（包括建築、書畫、音樂、雕刻、文學等）的本質和特色，並且以此與西方藝術作了區別。我們以他對建築、書畫和文學的分析為例。

建築方面，他以教堂和金字塔作為西方的典型建築，認為它們都只可仰望、遠觀，使人敬畏卻難以讓人的精神涵育其中；而中國的塔卻可於人拾級而登，遠望四方，中國的宮殿，高大寬闊，四通八達，皆可讓人神遊其中。中國古之人家多重門深院，可堪人之遊息；西式洋房則恒重高大，缺平順深曲。洋房有臥室、客廳、書房，卻無堂屋。中國住家之堂屋正如中國古代之明堂，天地軍親師之神位在焉，婚喪之禮在焉，老人之教子孫在焉……堂屋之中，人類政治、社會、教育、文化之精神所流行，人之責任感、向上心所藏修息遊之地。[5]此乃融精神於生活，納高遠於卑近，藏無限於有限也。

中國古代書畫同源。書法為中國特色藝術，毛筆之毫可任意鋪展，回環運轉，作書者可順其意之所至而游心於筆墨中，輕之重之，左之右之，上之下之，橫斜曲直，陰陽虛實之變化遂無窮。因虛處以涵實，故

4　唐君毅：《中國文化之精神價值》，臺北：正中書局，1981年版，第302頁。
5　唐君毅：《中國文化之精神價值》，第302-305頁。

能有沉著蒼勁之美，亦所以可成人之精神所藏修息遊之所。中國畫重線條，所以有書法美。西洋畫總愛圖滿顏料，其質實而可遠觀；中國畫卻必要留出虛白，有虛白才能有疏朗空靈之美。此虛白，為意之行、神之運之往來處，即山川人物靈氣之往來處。又西洋畫重光色明暗，講究科學比例，說明其觀景有一定角度；而中國畫家游心於物，隨時易景，並無一定觀。故中國山水畫重遠水近流、縈回不盡、遙峰近嶺、掩映回環、煙雲綿邈、縹緲空靈之景，亦皆所以表現虛實相涵，可悠遊往來之藝術精神也。[6]

中國文學重詩歌散文，西方文學重小說戲劇。小說戲劇好佈局謀篇之大開大合，使人精神振幅擴大而生激蕩，並且精神一旦被提起便如同被驅迫著，不至結局終難放下而休息。然中國的詩歌散文皆不以表現生命力見長，而重在表現理趣、情致、神韻等。詩文之價值在於使人隨時停下玩味吟詠，因而隨處可讓人藏、修、息、遊，精神得一安頓之所。[7]中國詞類較多助詞，如矣、也、焉等，乃用來助人涵詠吟味。此類字並無意義，純表語氣，卻能使文章讀來頗有韻致，正如中國畫中之虛白。中國字大多都可虛實兩用而無需有語尾變化，至多僅變音而已。[8]字可虛實兩用，實者虛、虛者實，虛實相涵，則實物當下活起來，美之自生。

不得不承認，唐君毅的分析頗得中國藝術三昧。但是，他卻接著強調，他所論之「遊」，乃孔子「游於藝」之「遊」。[9]也就是說，中國藝術精神的這一特徵源自儒家傳統。這不免讓人費解，何以得出此一結論？他未道出緣由。那麼事實是否如此呢？筆者認為要澄清這個問題必須首先對「遊」這一範疇作一分析。

「游於藝」出自《論語·述而》「志於道，據於德，依於仁，游於藝」一句。此處「藝」指六藝。楊樹達，楊伯峻均引《禮記·學記》中說法作為「游於藝」的注釋：「不興其藝，不能樂學。故君子之於學也，藏焉，修焉，息焉，遊焉。夫然，故安其學而親其師，樂其友而信其道，是以雖離師輔而不反也。」[10]他們認為兩處的「遊」字為同義。由此推測，唐君毅也可能是受了這種注釋的影響才將「藏、修、息、游」作為「遊」範疇的擴展說明，進而闡釋了中國藝術精神。那麼

---

[6] 唐君毅：《中國文化之精神價值》，第306-308頁。

[7] 唐君毅：《中國文化之精神價值》，第318-319頁。

[8] 唐君毅：《中國文化之精神價值》，第321頁。

[9] 唐君毅：《中國文化之精神價值》，第302頁。

[10] 楊樹達：《論語疏證》，上海：科學出版社，1955年版，第111頁。楊伯峻：《論語譯注》，北京：中華書局，2002年版，第67頁。

「遊」到底為何義？「藏、修、息、遊」又是何所指呢？筆者認為，「游於藝」不能與孔子修身明道的功夫相分。六藝中含藝術的成分，因此「游」又必定與藝術有關。在孔子那裡，藝術與道德似乎從未截然兩分，更多的時候，兩者是一而二、二而一的關係，或者說道德的藝術化與藝術的道德化已經相滲相糅、精神互化了，兩者皆為孔子修身之道。孔子將「遊」用在「藝」之前，現在看來很難說有多少藝術思考的成分在裡面，應該有但並非全部。既然六藝中也有非藝術，自然這「遊」並非藝術狀態的獨有形容。筆者認為，「游」應該一方面有熟練掌握、自由運用的意思，另一方面指熟習六藝後的身心自適，精神入悠遊之境、達明道之功的狀態。後人談及藝術時頗愛用「游於藝」一語，其實乃後人把孔子言作了完全藝術化的理解和活用。

那麼，「藏、修、息、遊」又是何指呢？此四字本出於《禮記‧學記》，根據孫希旦的《禮記集解》，「藏」意為入學受業；「修」意為修正業；「息」意為退而私居；「游」意為游心於居學也。所謂「藏焉必有所修，息焉必有所遊，無在而非義理指養。其求之也博，其入之也深；理浹於心，而有左右逢源之樂；身習於事，而無艱難煩苦之跡」[11]。可見，「藏、修、息、游」原本是用來講學習的，每字的意義皆不同。那麼唐君毅將這四字用來形容中國藝術精神就只是借字，並未借意。而他又常用一「遊」字概括「藏、修、息、遊」四字，亦說明他已賦予這些詞以新的意涵。

唐君毅論述中國藝術時所說的「藏、修、息、遊」，主要是指藝術創作者和欣賞者通過這種獨特的藝術而使精神和心靈可以像身體暢遊於自然山水中一樣，觀觀走走，賞賞看看，回環遊視，悠游往來，會心玩味，與天地共和諧。人之身心與藝術「物我合一」，無隔無礙，並在此狀態中獲得趣、獲得靜，得以休、得以安。這些意涵顯然已經超出了孔子「游於藝」之「遊」的內涵和外延。

我們知道，「游」得以成為中國文論和美學的重要範疇，不僅源自孔子「游於藝」的思想，也可追溯至莊子的「逍遙遊」。「逍遙遊」所包涵的「無待」思想乃後世藝術家所追求的藝術至高境界的源頭。後世文人似乎更愛用莊子的「逍遙遊」來表達自己在藝術活動中所獲得的精神忘我超脫之境。

有了孔子的「游於藝」和莊子的「逍遙游」，後世文人逐漸對「遊」有了更頻繁的使用，也使得這個範疇的美學色彩越來越濃厚。總

---

[11]　孫希旦：《禮記集解》，北京：中華書局，1998年版，第964頁。

的來說，「遊」範疇有一個從實到虛的發展過程，那就是由自然之遊到虛幻之遊，由身體之遊到精神之遊的過程。「遊」似乎上天下地無所不能，它超越了時空的限制，身體的限制。不論是自然山水抑或是太虛幻境，古人無所不能游，即便無法身臨其境，精神亦可代而遊之。「遊」與「由」同音，象徵精神自由；「游」又從水，暢遊水中、與水一體象徵物我合一，坐忘自適。「遊」的虛化亦成了「遊」的審美化。唐君毅主要是從藝術主體精神的層面上來說「游」談藝的。藝術皆可觀、可賞、可玩味，但唯獨中國藝術可遊，亦即可待精神入其內。心靈涵育其中則自可藏憂傷，息疲憊，修俗擾，遊無窮，擁抱美進而忘卻美。這種可親近的美絕非可望而不可即，這種感覺婉轉幽深而非波濤洶湧，這種如臨其境的藝術不會讓你仰望而自歎渺小，因為不經意間它已與你融為一體。

那麼，為什麼中國藝術皆可「遊」呢？唐君毅的解釋是，它們都有虛實相涵的特點：「凡虛實相涵者皆可遊，而凡可遊者必有實有虛。一往質實或一往表現無盡力量者，皆不可遊者。……故吾人謂中國藝術之精神在可遊，亦可改謂中國藝術之精神在虛實相涵。虛實相涵而可游，可遊之美，乃回環往復悠揚之美。」[12]也就是說，西方藝術因為「一往質實或一往表現無盡力量」而無法讓人的心靈在此安頓、悠遊，中國藝術之虛實相涵處即精神可悠遊往來處。更進一步說，中西藝術精神之根本差異，即在主體之心靈，一種精神狀態。所以這個「遊」字，是沒有對應的英文可以翻譯的。西方藝術缺乏這種主體精神。

筆者認為，這是唐君毅在中西比較中的重大「發現」。他為後來的學者提供了一種中西比較的路向，徐復觀和杜維明都是順著這個理路將問題繼續深入的。這種闡釋的路向不僅給後來的研究者帶來了啟發，也產生了曠日持久的爭議。除此之外，唐君毅在這個問題上還犯了一個明顯的邏輯錯誤，那就是一廂情願地將「游」引向了儒家孔子。事實上，將「游」引向儒家，就等於將「虛實相涵」也引向了儒家。但筆者認為，中國藝術虛實相涵的特點主要是受了道家思想的影響。《老子》第十一章曰：「三十輻，共一轂，當其無，有車之用。埏埴以為器，當其無，有器之用。鑿戶牖以為室，當其無，有室之用。故有之以為利，無之以為用。」[13]莊子繼承了老子以無為用的思想，如《莊子‧天道》：「休則虛，虛則實，實則備矣。」[14]而唐君毅在另外一部著作《中華人

[12] 唐君毅：《中國文化之精神價值》，第302、306-307頁。
[13] 陳鼓應：《老子今注今譯》，北京：商務印書館，2004年版，第115頁。
[14] 陳鼓應：《莊子今注今譯》，北京：中華書局，2001年版，第337頁。

文與當今世界》中也再次提到了中國藝術虛實相涵的特點，並且用了一系列「中國……中之虛無之用」的標題，標題本身就告訴我們這種特點實來自老莊哲學的影響。唐君毅不是自相矛盾嗎？這種矛盾普遍的存在於唐氏著作中，他還曾指出，儒道兩家思想同是最含藝術性的哲學學說，但兩者區別顯著：「孔子之藝術精神是表現的充實的，純粹之藝術精神是觀照的空靈的。統於道德之藝術精神，必重表現其內心之德性或性情，而以充實為極致，而莊子之藝術精神重觀照，必以空靈為極致，所以是純粹之藝術精神。前者較後者為尤高。」[15]「充實」真的高於「空靈」嗎？這個結論顯然缺乏說服力。

　　以唐君毅的學力似乎不該犯這種邏輯錯誤，恐怕這都是他維護儒學的言不由衷之語。當他作為一個沒有身份的欣賞者一頭紮進中國藝術的時候，他發現了藝術的真諦，可是回到新儒家的身份以後，他又不由自主的把中國藝術的精神價值歸為儒學的影響。站在儒家的立場來談藝術，偏偏撇不開一個「如影隨形」的老莊。對於先生的錯誤，筆者只能是作同情的理解、理性的批判了。

（二）生「生」與大「化」

　　上文談到唐君毅將中國藝術精神和中國文學精神分章而論，為說明問題，筆者認為有必要在此將兩章的目錄引入：

---

[15]　唐君毅：《人文精神之重建》，參見《唐君毅全集》（卷五），臺北：學生書局，1991年版，第108頁。

脫感

（三）中國文學不長於英雄之歌頌、社會之寫實，而
　　　尚豪俠以代英雄

（四）中國小說戲劇，不重烘托一主角之性格與理
　　　想，而重繪出整幅之人間

（五）中國人間文學中之愛情文學重回環婉轉之情
　　　與婚後之愛

（六）中國人間文學範圍，包含人與人之各種關係，
　　　及人與歷史文化之關係

（七）中國文學之表情，重兩面關係中一往一複之
　　　情，並重超越境之內在化

（八）中國無西方式悲劇之理由

（九）中國之悲劇意識

（十）中國悲劇意識之虛與實、悲與壯

　　從目錄可以看出，唐君毅在談文學以外其他藝術的時候，邏輯很清晰。其方式是先提出差異，再把差異落實到具體藝術類型上，然後總結出中國藝術共通的精神。但對於文學精神的闡述則比較雜亂，除與其他藝術共通的精神之外，還提出了另外的一些特點。也許之後唐君毅自己也意識到關於中國文學精神的問題沒有講清楚，所以才又撰文作了整理和補充，進而提出了兩個中國文學精神的核心範疇：生與化。

　　這兩個範疇，不是唐君毅從具體的文學中歸納出來的。探討這個問題，唐君毅選擇了一條不同的研究路向，即一種自上而下的方法：從儒道哲學中分別找出關鍵概念，然後再論述兩種思想精神造就了不同內容的文學。他說：

　　　　中國哲學中之一大道理，我們可說即是生化之道理。
　　中國哲學以儒道二家為主流，佛家可與道家合為一類。儒
　　道二家都講生化，但我們可以說儒家所長者，偏在講生，
　　道家所長者，偏在講化。生是相繼相續，此是生命之韻律
　　之來復；化是轉易變化，此是生命中之韻律之轉變，合以
　　成生命之節奏……儒家思想善於講如何使宇宙人生之莊嚴
　　的一面，能生生相續下去；道家思想善於講如何從宇宙人
　　生之平凡庸俗的一面，超拔轉化出來……大約受儒家影響
　　之中國文學，多善於表現「生」之情，而以性情勝、氣象
　　勝，受道家影響者之中國文學，多善於表現「化」之意，

而以神韻勝、胸襟勝。[16]

　　筆者認為這兩個概念抽得准，拈得好。儒家的確是更強調生生相續，道家更關注超拔轉化。但簡單的將佛家與道家合為一類則有失草率，有待商榷，不過佛道之異同不是本文的研究對象，在此姑且不論。

1.道家美學與「化」

　　筆者在接觸唐君毅先生的著作之前，曾經作過莊子研究。那時筆者就發現《莊子》一書中有一重要範疇──「化」，這個範疇並沒有象「道」、「游」、「自然」等其他範疇一樣受到足夠的重視。學者們都知道「物化」乃莊子哲學、美學的關鍵範疇，卻不曾注意「物化」其實只是「化」的一種意義。「化」乃莊子思想中一個更根本的範疇，它衍生出各種豐富的意義，這些意義不僅影響了中國人的生存觀念，也造就了後世中國文論的美學趣向。唐君毅能將這個範疇提煉出來並以之與儒家思想相別異，考察其在文學中的精神體現，正說明此精神與中國文論、美學有著密切關係。

　　唐君毅認為表現「化」之意的道家型文學可以分為四種：[17]

　　（1）超塵俗以自化於自然。

　　例如陶淵明所作的很多田園詩即體現這種精神：「久在樊籠裡，復得返自然」（《歸田園居》）、「采菊東籬下，悠然見南山」（《飲酒》）……都表達詩人由塵俗中超拔，化除種種塵想，以返於自然，與自然化一的心情和狀態。

　　（2）化自然物之質實以歸於虛靈。

　　此類文學，重在將一一質實之自然物，化於空靈的意境中。如王維之「空山不見人，但聞人語響。返景如深林，複照青苔上」，蘇軾詞「時見幽人獨往來，縹緲孤鴻影」。在這些詩詞中，人皆化為一聲、一影、一似有還無的東西，由是而見一空靈意境。

　　（3）取美化之自然物與人物以入文學。

　　道家型文學不僅擅於化實為虛，而且亦最長於取本來善化之人、物入文學。如：雲、月、水、煙霞、花草、鴻鶴……都是自然界中經常變化往來的東西；又如：高人逸士，俠客神仙，居無定處、行無定蹤、乃善化的人物，這些亦是道家型文學的題材。

---

[16] 唐君毅：《中華人文與當今世界》（上冊），參見《唐君毅全集》（卷七），臺北：學生書局，1991年版，第305-306頁。
[17] 唐君毅：《中華人文與當今世界》（上冊），第306-308頁。

（4）將人間驚天動地之歷史化入寂天寞地。

此類文學如蘇東坡詞《念奴嬌》由「大江東去，浪淘盡，千古風流人物」開始，然後說周郎事，最後以「人生如夢，一樽還酹江月」收尾，便是將驚天動地之三國事納入寂天寞地中加以超化。又如七十回本的《水滸》，把無數驚天動地之好漢，一夢中加以收束。此類思想源於莊子之「參萬歲而一成純」（《莊子‧齊物論》）的觀念，這一觀念即含歷史中一切複雜喧囂之事物皆可化歸純一而歸於虛無寂寞的意思。

這四種文學能否歸為道家型，筆者尚存質疑。筆者認為這類文學中也有佛禪的影響，並且還存在著一個問題：「化」範疇是如何在道家哲學中特別凸顯出來的？把「化」作為道家的重要思想能否成立？這些都需要追根溯源的研究。但唐君毅沒有做這些工作，因此筆者希望接著唐君毅先生把這個問題講清楚。

「化」是個涵義較為豐富的字，也是個頗具中國特色的字。確切地說，英文中並無與之相對應的單詞。「change」，「turn」，「alter」等都只表「化」之一義——變化，顯得過於單薄淺顯了。

按《說文解字》：化，教行也。從匕從人，匕亦聲。《段注》釋為「教行於上則化成於下。……上匕之而下從匕謂之化」。[18]那麼，「匕」又為何意？《說文解字》：匕，變也，從到人。凡匕之屬皆從匕，呼跨切。《段注》釋義：「變者，更也。凡變匕當做匕，教化當作化。今變匕字盡作化，化行而匕廢矣。」[19]徐灝認為二字當為古今字，應該說是有道理的。匕，從倒人，以示變化，此為本義。而「化」之甲骨文，從二人，象二人相倒背之形，一正一反，亦可表示變化的含義。按《段注》「上匕之而下從匕謂之化」，說明「教行」之義也是從「變化」義引申來的，《段注》又曰：「化篆不入人部而入匕部者，不主謂匕於人者，主謂匕人者也。今以化為變匕字矣。」[20]從化入匕部來看，也說明變化乃「化」之本義。那麼，許慎為何把「化」解釋為「教行」而不是「變化」呢？筆者推測，可能是因為「教行」與人有關，專指人的變化，所以人們逐漸開始用帶人旁的「化」來特指教行、教化。久而久之，反而掩蓋了「化」的本義。因此才會在《說文解字》中出現「匕」與「化」的不同解釋。再後來，很可能是由於「匕」字的字形太過簡單，很容易與其他形似的漢字混淆，人們乾脆就以「化」取代了「匕」，最終「化行而匕廢矣」。而「化」字除了本義外，則逐漸引申

---

18 徐中舒編：《說文解欄位注》，成都：成都古籍書店，1981年版，第407-408頁。
19 徐中舒編：《說文解欄位注》，第407頁。
20 徐中舒編：《說文解欄位注》，第408頁。

出了教化、感化，化生、化育，物化、化合、渾化，消融等多種含義。

　　中國古人認為，變化乃宇宙自然的本性。對中國文化影響甚深的《易經》就被稱為是變易之學。但《易經》中並未出現「變」、「化」二字，而《易傳》中則出現了27個「化」字，但含義只有三種。一指變化，如《易傳‧繫辭上》：「天地變化，聖人效之。」二指教化、感化，或者通過教化、感化而達到一種和諧狀態，如《易傳‧彖傳上》：「下觀而化。」《易傳‧彖傳下》：「聖人久於其道，而天下化成。」三指交感化育，生長孕育。如《易傳‧繫辭下》：「男女構精，萬物化生。」在《易傳》裡，「化」更多的還是以其本義「變化」的含義出現。

　　在《論語》中，「化」字未曾出現。《孟子》裡共出現五次，有三種含義，一處指死者，如《孟子‧公孫丑章句下》：「且比化者，無使土親膚，於人心獨無恔乎？」另有三處指教化、感化，如《離婁章句上》：「瞽瞍厎豫，而天下化。」第三種含義較為複雜，出現於《盡心章句下》的名句：「大而化之之謂聖。」朱熹《孟子集注》釋：「大而能化，使其大者泯然無複可見之跡，則不思不勉，從容中道，而非人力之所能為矣。張子曰：『大可為也，化不可為也，在熟之而已矣。』」[21]根據朱子的注釋，這個「化」字大約指渾化無跡。

　　在《道德經》裡，「化」共出現三次，分別在第三十七章和第五十七章，有兩處以「自化」一詞的形式出現，三處含義均為自生自長，即自然而然的生長。與老子相比，莊子就顯得對此字情有獨鍾了。據筆者統計，《莊子》一書「化」字共出現九十餘次。總的來說主要有以下六種涵義：

　　（1）物化，即物我互化、渾化為一。

　　如《莊子‧齊物論》：「昔者莊周夢為蝴蝶，栩栩然蝴蝶也。自喻適志與！不知周也。俄然覺，則蘧蘧然周也。不知周之夢為蝴蝶與？蝴蝶之夢為周與？周與蝴蝶則必有分矣。此之謂物化。」又如《達生》：「工倕旋而蓋規矩，指與物化而不以心稽。」

　　（2）虛化，幻化，轉化。

　　如《莊子‧大宗師》：「浸假而化予之左臂以為雞。」又如《知北遊》：「臭腐複化為神奇，神奇複化為臭腐。」

　　（3）變化，生長。

　　《莊子》中之「化」以此意為最多見，有時也以「自化」一詞形式

---

[21]　[宋]朱熹：《孟子集注》，濟南：齊魯書社，2006年版，第216頁。

出現。如《莊子・大宗師》：「同則無好也，化則無常也。」又如《在宥》：「而物自化。」再如《天地》：「天地雖大，其化均也；萬物雖多，其治一也。」

（4）消融，超化，化歸純一。

如《莊子・大宗師》：「不如兩忘而化其道。」這種意思在《莊子》中多處出現，但有時並不局限於「化」字，如《莊子・齊物論》：「參萬歲而一成純。」

（5）化生。

如《莊子・刻意》：「化育萬物。」由化而生，原於大道；大道而行，自本自根。人皆知生中含化，卻少謂化裡孕生，化隨生續，生自化轉，生化有道，化生無窮。

（6）造化，萬化。

指自然界的創造者，也指自然。如《莊子・大宗師》中有「夫造化者必以為不祥之人」。還有：「今一以天地為大爐，以造化為大冶」，亦有「萬化而未始有極」。

綜上分析，至少有兩點值得注意：首先，「化」字從本義向引申義的發展、成熟過程，應該是在春秋戰國時期完成的，特別是到了莊、孟時代，「化」字的內涵越來越豐富、複雜，差不多出現了10種含義，甚至更多。在此過程中，《莊子》顯然起到了最關鍵的作用。另外，在先秦時代，儒、道兩家已經以其不同的思想傾向性各自選取了不同的「化」意。在孔孟這裡，「化」主要還是指教化、感化。在儒家思想影響下，教化逐漸發展成為中國文論的重要範疇，而以教化為「網上紐結」的一個儒家文藝理論體系也隨之建立、成熟。與儒家相比，《莊子》中的「化」意有著明顯的親自然性和無為的特點，這與道家重視自然和變化的思想相一致。由此看來，唐君毅先生提出的道家所長偏在講化，即超拔轉化的觀點，是經得起驗證的。

綜觀《莊子》之「化」，那六種含義乃相對而言，有的在意義上實有交叉。因而《莊子》書中常常是一個「化」字兼含幾意，很難作截然區分。如「莊周夢蝶」中的「物化」，其實還含有「變化」和「超化」之意。再如《莊子・逍遙遊》所述鯤化為鵬，其「化」即兼「變化」、「轉化」、「化生」三意。但不論「化」意何變，總不離兩個基本義：「變」與「合」（第六義除外）。第二、三義主要強調「變」，一、四義主要強調「合」。當然，「合」也是一種變，強調了變的方式和結果。莊子喜歡言「變」，認為萬物皆有變，只有變化乃永遠不變。那麼變化從何而來，有何歸宿？當然是循「道」而來，自生自化，千

變萬化，終歸純一。化中有多，化中有一。所以莊子要齊萬物，等生死，入於混沌，這便是「合」。萬物始於「道」，經過「變」，終歸於「合」，趨於「一」。這是莊子大「化」哲學的深刻內涵，是他對宇宙萬物的理解。因而，言莊子重「變」實不如言其重「化」來得更貼切。

莊子之道乃「大而化之」之道，莊子之美乃「大而化之」之美。體會「化」之六義，它體現的是一種廣闊的胸襟——它是消解，是容納，還潛藏著新的生命元素；它又是一種境界，出神入化，往來無形，意會勝於言傳，與審美結緣。這個範疇所包含的思想對中國後世文學產生了極其深遠的影響，形成了文學上的一些特色，正是唐君毅先生所言之道家型文學。但「化」的精神對後世的影響還遠遠不止如此。它作為母範疇，還衍生出諸多子範疇，包括儒家的「教化」，道家的「物化」、「獨化」等，以後更衍生出「化工」、「化境」兩個彰顯古人獨特審美趣味的文論範疇。

臺灣被稱為「後新儒家」代表人物的賴賢宗先生認為：

> 《莊子》一書勸人忘我，進而達到化境：莊子以「化」為美的最高境界，「化」不是單純的天和人之間的同一性，在「天與人不相勝」的思想架構下，化是精神自由的差異化活動、精神自由的無限開展，這亦即此前所說的「渾」，「透過忘我而達到化」就是「反虛入渾」，也就是說，依於自我虛無化的體驗而回返於雄渾的本體，所呈現的是一種「天地有大美而不言」（莊子，知北遊）的「大美」。道家的這種「透過忘我而達到化」的思想，後經魏晉玄學的發掘，隋唐佛學的發揚，直接促成了做為華夏美學的核心所在的境界美學的產生。[22]

這段話包含了兩個重要資訊：首先，「化境」脫胎於莊子「化」的思想；更重要的，莊子之「化」還促成了境界美學的產生。這說明了「化」在莊子美學中的重要性，進而也說明它在中國傳統美學中的重要性。「化境」常被用來指「境界」的一種較高的狀態。它可以與「意境」的涵義相似，體現的是情景交融、主客合一、意與境渾，而化境之「化」即是形容「融」、「合」、「渾」皆「化」得極好、極自然。有學者指出：「幾乎所有的理學家都用『化』來概括『天人合一』過程的

---

[22] 賴賢宗：《意境美學與詮釋學》，臺北：國立歷史博物館，2003年版，第152頁。

性質及所達到的境界。邵雍言：『雨化物之走，風化物之飛，露化物之草，雷化物之木。……性應雨而化者，走之性也；應風而化者，飛之性也；應露而化者，草之性也；應雷而化者，木之性也……』程頤說：『贊天地之化育』。朱熹、張載講『氣化』……他們有一個基本觀點：人是天地『化』出來的，本為一體。」[23]這裡所說的「天人合一」，即是一種化境，因為「化」就是「融」，是「合」，是「渾」，而不是「分」。

化境又超出了意境所指的範圍，用來形容創作主體的創作技巧所達到的高度。金聖歎在《水滸傳・序一》中說文章有三種境界：

> 心之所至，手亦至焉者，文章之聖境也；心之所不至，手亦至焉者，文章之神境也；心之所不至，手亦不至焉者，文章之化境也。夫文章至於心手皆不至，則是紙上無字無句，無局無思也。[24]

即是說，作文章不要刻意為文。遣詞造句，謀篇佈局皆自然流露，化於無形才能出上品。可見，化境不僅是創作過程中物我冥合的狀態，也不只是作品情景交融、意境相諧的表現，它還是作家成竹在胸、心手合一、不著痕跡的神化境界。化與化境體現了審美的無限。

真正對「化境」一詞作過相對明確解釋的是清代的賀貽孫。他在《詩筏》中說：「清空一氣，攪之不碎，揮之不開，此化境也。」[25]又說：

> 詩家化境，如風雨馳驟，鬼神出沒，滿眼空幻，滿耳飄忽，突然而來，倏然而去，不得以字句詮，不可以跡象求。[26]

賀貽孫對化境的描述正是上文所述兩種意旨：一方面強調意境之渾然一體，虛活靈妙，似空似幻，另一方面又標榜得象忘言，得意忘象，不著一字，盡得風流，力求作品所出，渾然天成，了無滯礙。然若要做

---

[23] 陳望衡：《「天人合一」的美學意義》，《武漢大學學報》1998年第3期。

[24] [清]金聖歎評點，文子生校點：《第五才子書施耐庵水滸傳》（上），鄭州：中州古籍出版社，1985年版，第6頁。

[25] [清]賀貽孫：《詩筏》，參見郭紹虞編選《清詩話續編》（上），上海：上海古籍出版社，1999年版，第137頁。

[26] [清]賀貽孫：《詩筏》，參見郭紹虞編選《清詩話續編》（上），第165頁。

到後者，又必須先「煉句煉字」，方能工巧之至而入自然，臻至「無法之法」。所以他說：「煉句煉字，詩家小乘，然出自名手，皆臻化境。」[27]對於這一點，王漁洋也說過：「舍筏登岸，禪家以為悟境，詩家以為化境，詩禪一致，等無差別。」[28]可見，他們對於作品要超越語言媒介的有限而臻於無限的看法是一致的。

　　雖然至清代才出現對「化境」本身的描繪性解釋，但事實上這一範疇早在明代就開始被文人們使用了。比如，明代王世貞在《藝苑卮言》裡說：「五七言律至仲默而暢，至獻吉而大，至於鱗而高。絕句俱有大力，要之有化境在。」[29]他亦在《弇州四部稿》中四次用到「化境」一詞。另外，據筆者在文淵閣四庫全書電子版中的搜索，明人胡震亨在《唐音癸籤》卷六論詩時也用了「化境」，此外，朱謀垔在《畫史會要》卷四評畫時、張丑在《清河書畫舫》中論書時、董其昌在《畫禪室隨筆》卷一論書時，都用到「化境」一詞。其他如李攀龍的《滄溟集》，吳桂森所撰《周易像象述》等都有「化境」一詞出現。至清代，王夫之在《薑齋詩話》[30]中，翁方綱在《石洲詩話》[31]中都曾用化境來評詩。可見，此一美學範疇在明清時期已被廣泛使用，特別是清代的文人，已把作品有無化境作為評論詩詞文賦書畫等的重要標準，「化境」顯然已經進入綜合性藝術理論體系。但為什麼這個範疇是在明清時期出現並廣為人用呢？實際上這與意境說在明清時期的發展、成熟有著密切關係。不論是化境、意境或境界，在明清以前都有一個孕育形成的過程。明代社會已經出現資本主義萌芽，在這一轉折時期，各種思想異常活躍，文學流派迭起，客觀上促進了文學藝術各門類理論的發展，並且文藝理論的各種概念、學說等的全面闡釋都呈現出前所未有的迅速發展趨勢。在此背景下，包括化境、意境在內的各種境界說（如：妙境、聖境、神境等）都徹底成熟起來。

　　明清文人用「化境」評詩詞文，更多的是強調一種渾然天成的境界。而這種境界需要的是「化工」，而非「人工」。明代的李贄在《雜說》一文中就說過：

27　[清]賀貽孫：《詩筏》，參見郭紹虞編選《清詩話續編》（上），第141頁。
28　[清]王士禛：《香祖筆記》，上海：上海古籍出版社，1982年版，第146頁。
29　[明]王世貞：《藝苑卮言》（卷六），參見丁福保輯《歷代詩話續編》（中冊），北京：中華書局，1983年版，第1049頁。
30　王夫之：《薑齋詩話》，參見《清詩話》，上海：上海古籍出版社，1999年版，第13頁。
31　翁方綱：《石洲詩話》（卷五），參見郭紹虞編選《清詩話續編》（下），第1465頁。

《拜月》、《西廂》，化工也；《琵琶》，畫工也。
夫所謂畫工者，以其能奪天地之化工，而孰知天地之無工
乎？今夫天之所生，地之所長，百卉具在，人見而愛之
矣，至覓其工，了不可得，豈其智固不能得之歟！要知造
化無工，雖有神聖，亦不能識知化工之所在，而其誰能得
之？由此觀之，畫工雖巧，已落第二義矣。[32]

　　需知化工無工，天下之至文，皆非有意為文，只有如風行水上，自
然成文，才能入「第一義」，才能入化境。清人沈德潛在《說詩晬語》
中也認為能夠表現真性情才是「真化工筆也」，正所謂「天機自到，人
工不能勉強」[33]。

　　化境不僅是中國古典美學的重要範疇，也是一直存活於現代的美學
範疇之一。美學大師朱光潛先生就把「化境」作為作文的最高境界。
「化境」甚至已擴展到了翻譯領域。錢鍾書先生曾提出：「文學翻譯的
最高理想可以說是『化』。把作品從一國文字轉變成另一國文字，既不
能因語文習慣的差異而露出生硬牽強的痕跡，又能完全保存原作的風味，
那就算得入於『化境』。」[34]

　　由「化」至「化境」，從根本上說其實是莊子「化」的思想逐步實
現了轉型。這為我們建構現代文論體系提供了一個很好的個案。

2.儒家美學與「生」

　　相對於道家的長於講化，儒家真的長於講「生」嗎？唐君毅將表現
「生」之儒家型文學也分為四類[35]：

（1）讚美人之自然生命之延續之文學。

　　此類文學即表現人對自然生命之「生」的本身加以讚美讚歎的詩
文。詩經中大雅、頌等詩中讚美祖先之長壽、子孫之眾多等即是此類，
亦為後來一切慶賀頌美之文學的本源。

（2）體驗人與自然之生意相通之文學。

---

[32] 李贄：《雜說》，參見張凡編注《李贄散文選注》，北京：北京師範學院出版
社，1992年版，第125頁。
[33] 沈德潛：《說詩晬語》，參見《原詩・一瓢詩話・說詩晬語》，北京：人民文學
出版社，1979年版，第200、209頁。
[34] 錢鍾書：《錢鍾書散文》，杭州：浙江文藝出版社，1997年版，第269頁。
[35] 唐君毅：《中華人文與當今世界》（上冊），參見《唐君毅全集》（卷七），第309-
311頁。

　　這是指從人自己之生命與自然界之生命之相感，而生意相通、有所寄意的文學。如陶淵明詩《讀山海經》其一「眾鳥欣有托，吾亦愛吾廬」。此乃我與自然相通相融而如環抱之相，得見一儒者心情。中國一切表示天地之化機、生機之詩，皆為此類。

　　（3）從人現在之生命與往古或過去之生命相通所成之文學。

　　這種文學與道家型文學不同，道家型文學認為從過去到現在，過去就消失了，它消融泯化於現在。而儒家則認為，過去雖然消逝了，然我現在之懷念，便使過去者，若復活於現在，亦永生於現在。如陶淵明的《詠荊軻》。中國一切詠史、懷古、思舊、傷逝，以及哀祭碑銘之文學，皆屬此類。此即由儒家所謂尚友千古、不忘故舊、事死如事生、事亡如事存之意發展而來。

　　（4）個人之生與他人之生相感相生之文學。

　　此「生」主要指人在夫婦、父子、兄弟、朋友、君臣等倫理關係中之相通相感之生。而中國文學又極善於把各種倫理之情彼此貫通起來加以表現。比如蘇武《答李陵詩》之「結髮為夫妻,恩愛兩不疑」，古人即以此喻朋友之情。情可相生，則情更濃，將各種情錯綜加以表現，此情即成至情而見至性。見性情之文學乃最高之文學。

　　筆者認為，這四類文學能否全部歸為儒家影響是值得質疑的。最起碼第二、三兩類就很難做純粹的歸屬。但唐君毅有一點是正確的，那就是儒家善於講如何使宇宙人生之莊嚴的一面生生相續下去。可這種生生相續的思想一旦滲透到文學當中，很容易與其他的思想融和，因此其具體的表現很難一一挖掘出來，作截然區分。「生」作為中國哲學的一個重要範疇，不僅指生生不息，還有很多豐富的涵義。中國古代不論儒道佛都講生，並且對中國文藝產生了非常深遠的影響。對於這個問題，唐君毅先生的老師方東美先生倒是作了更為詳細的闡釋，此不贅述。因此，拋開唐君毅的偏頗之處不說，我們至少可以肯定的是，生和化確實是中國文學中的兩種重要思想，因而可以成為中國文學精神的核心範疇。

　　可是，對於中國文學藝術精神而言，生、化兩個範疇與遊範疇似乎並不是一個層面上的概念。唐君毅的相關闡述和歸納總體感覺是既有一定道理，同時又有點邏輯混亂。為何會出現這種情況呢？首先，唐先生本沒必要將中國藝術精神和中國文學精神分章而論，兩者分論就意味著他想在文學那裡突出更多的東西；再者，唐氏在拈取核心範疇的時候是站在兩個不同的出發點上，「遊」是從藝術精神主體出發總結出來的，而「生」與「化」則是從儒、道哲學出發，從文學內容表現的角度提出

來的，所以不是一個層面的概念；最後，唐氏在談藝術的時候，總是下意識地想作一種儒、道的區分，區分的目的當然是想凸顯儒家。如前所述，他不僅強調「遊」來自「游於藝」，更強調儒家表現「生」之性情文學乃最高之文學。

唐君毅到底想在中國文學精神裡突出什麼東西，表現性情之文學為什麼是最高之文學？要回答這兩個問題就必須結合唐氏其他關於文學藝術的論述以及他所建構的哲學體系，才能探個究竟。

二、道德理性與中國藝術精神

綜觀唐君毅對藝術的研究和探討，有個頗有意思的現象，那就是他像鍾嶸將詩分品一樣，將各類藝術也作了層位高低的區分：

> 內容有意義而重在表述其意義之文學，其純美的價值較低，此即散文、小說、戲劇。
> 內容無意義，而重在表現一純形式之美之藝術，其純美的價值較高，此即建築、雕刻、圖畫、書法、舞蹈、音樂。
> 內容有意義而意義融於其形式中者最高，此即為詩歌頌贊箴銘等。[36]

唐君毅衡量各種藝術價值之高低有兩個標準：一為意義，一為美。這也就是內容與形式。即是說，在內容上要「言之有物」，在形式上要追求美。這就如同劉勰在《文心雕龍》中將情辭、文質並舉一樣，顯然是繼承了傳統儒家「文質並用」的文藝觀。問題是，世間何來「內容無意義」之藝術？唐君毅所說的「意義」到底何所指？

唐氏認為，詩歌頌贊哀祭箴銘之文不僅具有音樂性，可譜之於音樂，且含藏具體意義，所以為藝術中之最高。他又指出，自整個中國文學而言，「言志之詩文，實居首位」[37]，詩又高於詞。因為「詩人的作品是性情的流露，詞人的作品是才氣的表現」[38]，前者發於自然，後者出於有意。原來，唐君毅並不是想把詩詞區別開來，而是想將上文所講的表現性情之文學凸顯出來。如此說來，中國古代很多詩並不能稱為

---

[36] 唐君毅：《文化意識與道德理性》，參見《唐君毅全集》（卷二十），臺北：學生書局，1991年版，第444頁。
[37] 唐君毅：《中國文化之精神價值》，第342頁。
[38] 唐君毅：《中華人文與當今世界補編》（上冊），參見《唐君毅全集》（卷九），臺北：學生書局，1991年，第24頁。

詩，只能算作詞，很多詩人亦不是真正之詩人，只能算詞人而已。唐君毅舉例說杜甫與李白的區別即是「詩人與詞人的不同」，因為杜甫所注意的，是人類向上的善的方面，而李白所注意的乃人類虛偽鄙俗的惡的方面。「他們雖同是抱著現實社會不足的悲觀，一面卻有悲天憫人的聖人之懷，一面就未免有些玩世不恭的態度了。」[39]

　　說到這裡，問題逐漸明晰了。所謂「言志」，所謂「性情的流露」，所謂「悲天憫人的聖人之懷」，體現在詩歌中，就是「言之有物」，就是唐君毅所強調的「意義」。詞不如詩，乃因其工於形式卻無發乎自然之情志。正所謂有情志則自成高格，自有名句。進一步言，情志較容易體現在語言藝術——文學中，較難直接體現於建築、雕刻、舞蹈、音樂、繪畫等其他藝術中。因而前者「內容有意義」，後者則「內容無意義」。雖然文學「內容有意義」，但又不是所有類型的文學都具有美的形式。唐君毅認為，散文、小說、戲劇就不太講究形式美，而詩歌頌讚哀祭箴銘之文則兼有內容和形式之美。這又如何理解呢？他所說的「形式」具體是指什麼呢？答案不難找到。劉勰的《文心雕龍》有《明詩》篇、《頌讚》篇、《銘箴》篇和《哀悼》篇，分別論述了這幾種文體的特點：詩歌主抒情言志，頌讚主歌功頌德，銘箴主警戒規勸，哀悼主哀挽悼念。劉勰將這些文體歸為「有韻之文」，排序時特意將其放在「無韻之筆」的前面。也即是說，這些文體的共同特點是「有韻」，唐君毅所說的形式美其實就是指韻律美。散文、小說、戲劇屬「無韻之文」，因而也就缺乏韻律之美。

　　在「意義（情志）」與「美（韻律）」兩個標準下，詩歌當仁不讓成為最高之藝術。詩歌有情志，一唱三歎之音又給人以美的享受，最大限度地處理好了情與辭、文與質的關係，當然應屬內容與形式兼美之藝術。於是唐君毅順理成章地得出並再次印證了一個早已存在的傳統結論：詩歌乃中國藝術之正統。那麼，詩歌的情志來自於哪裡呢？唐君毅斷定，來自道德理性。

　　唐君毅是一個熱衷於建構哲學體系的學者。他的哲學體系以道德理性為本體，以「三向九境」為架構，試圖將包括中國儒學、印度佛學、古希臘和德國古典哲學以及西方存在主義哲學在內的人類優秀文化皆納入他的理論框架中，建構一個和諧的人生理想境。

　　唐氏將人類所有文化活動都統歸於道德自我，認為一切文化活動皆

---

[39]　唐君毅：《中華人文與當今世界補編》（上冊），參見《唐君毅全集》（卷九），第27頁。

不自覺或超自覺地表現道德價值。所謂道德自我，即道德理性，是一種
「形上自我」：

> 吾人所謂理性，即能顯理順理之性，亦可說理即性。
> 理性即中國儒家所謂性理，即吾人之道德自我、精神自
> 我、或超越自我之所以為道德自我，精神自我、或超越自
> 我之本質或自體。此性此理，指示吾人之活動之道路，吾
> 人順此性此理以活動，吾人即有得於心而有一內在之慊
> 足，並覺實現一成就我之人格之道德價值，故謂之為道德
> 的。……此理此性為形上的、超越的、精神的。[40]

這種道德理性既「表現於人之日常之情感意志行為中，亦表現於吾
人自覺是求一非實踐性理想，如求一真理或美之活動中。唯如是，吾人
乃得說道德理性之為一切求一文化理想之實現的文化活動之必然的基
礎，而為支持人類之人文世界之永久存在者」[41]。

如此，唐君毅的哲學基點可概括為以道德理性為體，以文化意識為
用。在這一系統中，道德理性貫穿生命存在的一切精神活動中，所有文
化活動皆依靠人的理性而生長，從人的心靈出發最終歸於人的自我。每
種文化活動皆表現出一種道德價值，藝術當然也不例外。因此，在唐君
毅的哲學體系裡，藝術與道德的關係不再是世俗主義儒家觀念裡的那種
功利的關係。也就是說，他提出了一個「藝術的本質是什麼，而不是藝
術的功能是什麼」的問題。那麼，藝術的本質是什麼？藝術精神的主體
如何呈現？這些根本性的問題都要溯源至其哲學本體——道德理性，求
美之活動當然也要依於這一本體。他說：「求美本身亦依於一道德心靈
而可能，故亦表現道德價值。而求美之活動亦複待人之道德意識為之基
礎，其他之文化活動之為之扶持，乃能繼續表現道德價值，而使求美之
活動之繼續成可能。」[42]那麼求美的意識何以會依於一道德心靈呢？因
為事物之美在天地，不容我私有而獨欣賞，獨表現。由是求美之活動可
以使人自製其私欲，而培養其道德之價值。所以說，求美之心依於一
大公無私之道德心靈。[43]但唐君毅同時強調，文學藝術之直接目的在求

[40] 唐君毅：《文化意識與道德理性》，參見《唐君毅全集》（卷二十），臺北：學生
　　書局，1991年版，第19頁。
[41] 唐君毅：《文化意識與道德理性》，參見《唐君毅全集》（卷二十），第21頁。
[42] 唐君毅：《文化意識與道德理性》，參見《唐君毅全集》（卷二十），第392頁。
[43] 唐君毅：《文化意識與道德理性》，參見《唐君毅全集》（卷二十），第395頁。

美，不能將其化為求善的手段。也就是說，我們必須承認文學藝術的相對獨立性，無功利性。他還說：「一切文學皆原於人之自覺的依其情志之所向，而構想一故事或境界以成」，所以重情志及其道德意義並不妨礙文學之純美，「因文學既必依情志，而有其故事與境界，則文學所述之故事與境界之美，必不能離人之情志。人之情志，原不能無一道德意義與善的意義」[44]。如此，藝術與道德就不再是二分的關係，而是一而二、二而一的關係。藝術統於道德理性之下。

唐君毅晚年所著的《生命存在與心靈境界》一書，通過兼收並蓄東西文化的不同思想理論將人生分為九境，企圖以此囊括人類一切文化。此九境分別是：萬物散殊境、依類成化境、功能序運境、感覺互攝境、觀照淩虛境、道德實踐境、歸向一神境、我法二空境、天德流行境。[45]九境按世間到出世間之邏輯順序排列，揭示生命心靈之精神境界的多層升進，並且每境都可涵攝前境的內容。在這龐大的文化哲學構架中，求真、求美、求善依次向上排列，文學藝術屬於九境中的第五境，即觀照淩虛境。它涵蓋了前面的求真之人生境界，其上第六境為道德實踐境，第九境為儒教境，又涵蓋了前面的求真和求美之人生境界。這種排列顯然也是為其哲學的道德理性本體而服務的。

至此我們可以得出結論，中國藝術精神即「遊」，是在道德理性本體之下的一種主體精神狀態。中國藝術精神，意即中國藝術主體之精神。在這種前提下，不是從藝術精神主體的角度歸納出的範疇「生」與「化」，當然就顯得與「遊」隔了一層。筆者認為，雖然唐君毅的儒家本位立場使得他對待儒、道的態度存在明顯的偏執，更令其哲學體系充滿矛盾，但他對中國藝術精神的闡釋還是有著某種深刻性的。在他並不系統的闡述裡，中國藝術精神之主體初步呈現了。這是唐君毅先生對於中國藝術精神——這個二十世紀重要美學話題的最大貢獻。

第二節　人格修養與中國藝術精神主體之呈現

徐復觀先生的《中國藝術精神》一書自1966年由臺灣學生書局第一次出版，即刻引起學界關注。1987年又由大陸的春風文藝出版社出版，不管是在臺灣還是大陸，該著都被一版再版，可見其影響之廣。徐復觀

---

[44] 唐君毅：《中華人文與當今世界》（上冊），參見《唐君毅全集》（卷七），第291、293頁。
[45] 唐君毅：《生命存在與心靈境界》（上冊），參見《唐君毅全集》（卷二十三），第47-52頁。

雖然不是第一個提出問題的人，但他卻是第一個對中國藝術精神進行系統建構的人。正是他的這本著作，才使得中國藝術精神成為二十世紀中國文論史上的一個重要問題。他對莊子的「再發現」，更推動了大陸莊子美學研究的熱潮。

一、《中國藝術精神》的寫作緣起與美學方法

徐復觀在《中國藝術精神》的自敘中談寫作緣起的時候並沒有提及唐君毅。那麼唐君毅對中國藝術精神的闡釋有沒有影響到徐復觀呢？筆者認為是有極大可能的。徐復觀是在中國建國後才開始做學問的，1949年，他在香港創辦了一本雜誌《民主評論》，唐君毅在這本雜誌上發了不少論文，他們一直有著學術上的往來。而唐君毅的《中國文化之精神價值》是1951年初次出版的，徐復觀不太可能不關注到這本著作，因此他很可能受了唐君毅的啟發。當然，促成他寫作的還有其他主客觀方面的原因。

徐復觀先生在《中國藝術精神》初版的《自敘》中一開始便提到，他在寫完《中國人性論史‧先秦篇》（完稿於1962年底）後便要著手寫這部有關中國藝術的書。又說從1963年的夏季起，他利用授課以外的片斷時間，斷斷續續地寫成了這裡印行的三十多萬字。而這篇《自敘》是寫於1965年8月18日。[46]可見該著從著手準備到最後完稿歷時約三年。

為什麼要寫這部書？徐先生透露了自己的動機，他「是要通過有組織的現代語言，把這一方面的本來面目，顯發了出來，使其堂堂正正地匯合於整個文化大流之中，以與世人相見」[47]。他立志要「為三千年中的聖賢、文學家、藝術家，伸冤雪恥」[48]。用現代語言顯發古典，其實就是大陸學界自九〇年代以來所一直熱衷和探索的古典文論、美學現代轉型的問題。如果我們進一步追問，徐先生為何要顯發「這一方面的本來面目」呢？不難發現，徐著的問世，實有外在的現實因素。徐氏說：

> 我在探索的過程中，糾正了許多古人，尤其是現代人們，在文獻上、在觀念上的誤解。尤其是現在的中國知識份子，偶而著手到自己的文化時，常不敢堂堂正正的面對自己所處理的對象，深入進自己所處理的對象；而總是想

---

[46] 徐復觀：《中國藝術精神‧自敘》，參見《中國藝術精神》，上海：華東師範大學出版社，2001年版，第6頁。

[47] 徐復觀：《中國藝術精神‧自敘》，參見《中國藝術精神》，第1-2頁。

[48] 徐復觀：《中國藝術精神‧自敘》，參見《中國藝術精神》，第6頁。

先在西方文化的屋簷下，找一容身之地。但對西方文化的
動態，又常陷於過分的消息不靈。[49]

　　然後他舉例說一些人隨便將中國繪畫比附成西方的某一畫派，其實
是不恰當的。誠然「任何人不必干涉他人的藝術活動與見解；但說到
『中國傳統』的時候，便要受到中國畫史事實的限制。今日有些人太不
受這種歷史事實的限制了……」[50]可見，徐復觀是要為中國藝術，尤其
要為中國的繪畫正名，還它們本來面目，進而向某些人證明，中國繪畫
並不劣於西方繪畫，中國藝術也不差於西方現代藝術。

　　或許有人要問，以莊學、玄學為基底的藝術精神與高度工業化的社
會處於完全對立的地位，那麼中國畫的生命會不會隨中國工業化的發展
而消亡呢？對於這個疑問，徐復觀的解釋是：

　　　　藝術是反映時代、社會的。但藝術的反映，常採取兩
　　種不同的方向。一種是順承性的反映；一種是反省性的反
　　映。順承性的反映，對於它所反映的現實，會發生推動、
　　助成的作用。因而它的意義，常決定於被反映的現實的意
　　義……如由達達主義所開始的現代藝術，它是順承兩次世
　　界大戰及西班牙內戰的殘酷、混亂、孤危、絕望的精神狀
　　態而來的。看了這一連串的作品──達達主義、超現實主
　　義、抽象主義、破布主義、光學藝術等等作品，更增加觀
　　者精神上殘酷、混亂、孤危、絕望的感覺。此類藝術之不
　　為一般人所接受，是說明一般人還有一股理性的力量與要
　　求，來支持自己的現實生存和對將來的希望。
　　　　中國的山水畫，則是在長期專制政治的壓迫，及一般
　　士大夫的利慾薰心的現實之下，想超越社會，向自然中
　　去，以獲得精神的自由，保持精神的純潔，恢復生命的疲
　　困而成立的，這是反省性的反映。[51]

　　徐復觀認為：「順承性的反映，對現實猶如火上加油。反省性的反
映，則猶如在炎暑中喝下一杯清涼的飲料。」[52]在現代社會，人們更加
需要清涼解暑的藝術，只有這種藝術才可能治療現代人精神困頓之病。

---

[49]　徐復觀：《中國藝術精神‧自敘》，參見《中國藝術精神》，第3頁。
[50]　徐復觀：《中國藝術精神‧自敘》，參見《中國藝術精神》，第3頁。
[51]　徐復觀：《中國藝術精神‧自敘》，參見《中國藝術精神》，第5頁。
[52]　徐復觀：《中國藝術精神‧自敘》，參見《中國藝術精神》，第5頁。

　　徐復觀經常批評有些人盲目模仿西方現代藝術。臺灣當時所謂的現代藝術其實就是西方藝術的「拿來」。他先後寫過多篇論文直接間接地批判現代藝術。這些文章多集中發表在《中國藝術精神》出版之前，如：

1、《傳統文學思想中詩的個性與社會性問題》，《文星》2卷3期，1958年7月1日。

2、《釋詩的比興——重新奠定中國詩的欣賞基礎》，《民主評論》9卷15期，1958年8月1日。

3、《詩詞的創造過程及其表現效果—有關詩詞的隔與不隔及其他》，《民主評論》10卷12期，1959年6月15日。

4、《文心雕龍的文體論》，《東海學報》1卷1期，1959年。

5、《毀滅的象徵——對現代藝術的一瞥》，《華僑日報》，1960年5月24日—5月25日。

6、《危機世紀的虛無主義》，《華僑日報》，1961年6月9日。

7、《中國虛無主義》，《華僑日報》，1961年6月19日—6月20日。

8、《非人的藝術與文學》，《華僑日報》，1961年7月17日。

9、《達達主義的時代信號》，《華僑日報》，1961年8月3日。

10、《現代藝術的歸趨》，《華僑日報》，1961年8月14日。

11、《現代藝術的歸趨——答劉國松先生》，《聯合報》，1961年9月2日—9月3日。

12、《從藝術的變，看人生的態度》，《華僑日報》，1961年9月3日。

13、《藝術與政治》，《華僑日報》，1961年9月8日。

14、《愛與美》，《華僑日報》，1961年10月1日。

15、《現代藝術對自然的叛逆》，《華僑日報》，1961年11月5日。

16、《答虞君質教授》，《民主評論》13卷2期，1962年1月16日。

17、《問文體觀念的復活——再答虞君質教授》，《民主

評論》13卷4期，1962年2月16日。

18、《藝術的胎動，世界的胎動》，《華僑日報》，1964
　　年3月14日－3月15日。

19、《回答我的一位學生的信並附記》，《學藝週刊》13
　　期，1964年12月28日。

20、《現代藝術的永恆性問題》，《民主評論》16卷1
　　期，1965年1月1日。

　　以上論文有的是片斷式地批評，有的是整篇地批評現代藝術。其中
發表於《華僑日報》的《現代藝術的歸趨》一文還在當時的臺灣引發了
一場激烈的「現代畫論戰」。在徐復觀的觀念裡，中國藝術精神與現代
藝術精神是互相對立，相互拒斥的。不難想見，「現代畫論戰」以及徐
氏圍繞現代畫議題所作的反思，很有可能是他創作《中國藝術精神》的
主要原因。所以他在這部著作的「三版自序」中也提到他在著手寫這部
書的時候，正是許多人標榜以抽象主義為中心的「現代藝術」的時候。
他試圖通過重建傳統以批判現代，讓「中國藝術精神」以真面目示人，
進而與西方對視。《中國藝術精神》實際上是他對現代藝術所作的總批
判和總反省。之後，他便較少涉及現代藝術的研究了。

　　就徐先生學術思想的內在理路來看，《中國藝術精神》與之前出版
的《中國人性論史・先秦篇》有著深層的內在聯繫。他的美學思想實由
人性論的關懷延伸而來。

　　徐復觀認為，中國文化畢竟走的是人與自然過分親和的方向，征服
自然以為己用的意識不強。於是，以自然為對象的科學知識，未能得到
順利發展。因此中國在「前科學」上的成就，只有歷史的意義，沒有現
代的意義。而道德與藝術則不然，徐氏不僅要在人的具體生命的心、性
中發掘出道德的根源、人生價值的根源，也要發掘出藝術的根源。因為
中國文化在這兩方面的成就，不僅有歷史的意義，並且也有現代的、將
來的意義。兩部著作先後的完成就是要把中國文化在這兩方面的意義特
別顯發出來。

　　徐復觀指出：「人性論不僅是作為一種思想，而居於中國哲學思想
史中的主幹地位，並且也是中華民族精神形成的原理、動力。要通過歷
史文化以瞭解中華民族之所以為中華民族，這是一個起點，也是一個終
點。文化中其他的現象，尤其是宗教、文學、藝術，乃至一般禮俗、人
生態度等，只有與此一問題關連在一起時，才能得到比較深刻而正確
的解釋」，「而我國的藝術精神，則主要由莊子的人性論所啟發出來

的」。[53]所以徐復觀稱這兩部著作實為人性王國中的兄弟之邦，藉以讓世人知道，「中國文化，在三大支柱（即科學、道德、藝術——引者注）中，實有道德、藝術的兩大擎天支柱」[54]。可見，除外在現實的刺激因素之外，《中國藝術精神》的問世實乃徐氏思想信念的理之所至。

正因為徐復觀意識中潛藏著這樣的寫作動機，因而決定了他在研究藝術時自成一家的美學方法。徐先生這樣說明他研究美學的方法：

> 我把文學、藝術，都當作中國思想史的一部分來處理，也採用治思想史的窮搜力討的方法。搜討到根源之地時，卻發現了文學、藝術，有不同於一般思想史的各自特性，更須在運用一般治思想史的方法以後，還要以「追體驗」來進入形象的世界，進入感情的世界，以與作者的精神相往來，因而把握到文學藝術的本質。[55]

這樣看來，徐復觀的美學方法主要是治思想史的方法與「追體驗」的方法的相結合。其治思想史的方法具體又體現在兩種方法的運用：整體的方法和闡釋法。

（一）整體的方法

「整體性」是徐復觀人文研究方法的總特徵。比如他的《中國人性論史・先秦篇》就是他所寫的「以特定問題為中心」的中國哲學思想史的一部分。他說：

> 沒有一部像樣的中國哲學思想史，便不可能解答當前文化上的許多迫切問題……要出現一部合乎理想的哲學思想史，決非易事。於是，我想，是否在歷史文化的豐富遺產中，先集中力量，作若干有系統的專題研究；由各專題的解決，以導向總問題的解決，會更近於實際？[56]

---

[53] 徐復觀：《中國人性論史・先秦篇・序》，參見李維武編《徐復觀文集》（第三卷），武漢：湖北人民出版社，2002年版，第2頁。

[54] 徐復觀：《中國藝術精神・自敘》，參見《中國藝術精神》，第2頁。

[55] 徐復觀：《中國文學精神・自序三》，參見《中國文學精神》，上海：上海書店出版社，2004年版，第5頁。

[56] 徐復觀：《中國人性論史・先秦篇・序》，參見李維武編《徐復觀文集》（第三卷），第1-2頁。

　　正因為有了這種整體的考慮，徐復觀不僅作了人性論史的研究，也作了藝術史及其他方面的考察。而這些都是他整個思想史研究體系的一部分。

　　「整體」是一種學術視野，亦可是一種中國式的觀物方式，還是一種歷史意識。在徐復觀的意識裡，文化是一個整體，民族精神是一個整體，個人是一個整體，一部作品也是一個整體，創作主體與客體也可以構成一個整體。這種整體性是萬物存在的方式和狀態。思想史中的整體性則是理解的基礎。強調整體性並不是要抹煞局部，整體是包含了局部的整體，是體現著部分與部分、部分與整體的複雜關係的整體。

　　任何思想系統都是由部分與整體所融構成的結構性的意義之網。每個部分都有與整體一致的意義，也有屬於自己的意義，可以與其他部分的意義交叉互釋。無論是古典哲學還是藝術或是其他，都必須放在中國整個文化的全部發展過程中才能得到適當的定位。徐先生就經常通過古代的人性論去看文學藝術，又通過文學藝術去看古代政治經濟結構，將他們匯合於整個文化大流之中，以與世人相見。另外，徐先生強調在治思想史的過程中要深入古人的思想，與古人對話。他把自己和研究對象看成一個整體，與研究對象之間進行互為主體性的對話，與古人的精神相往來。

　　整體的方法還將歷史本身作為方法，而且還是必不可少的方法。凱西爾在其著作《人論》中說過：「毫無疑問，沒有歷史學，我們就會在這個有機體的進展中失去一個必不可少的環節。藝術和歷史學是我們探索人類本性的最有力的工具。沒有這兩個知識來源的話，我們對於人會知道些什麼呢？我們就只能依賴於我們個人生活的資料，然而它能給予我們的只是一種主觀的見解，並且至多只是人性的破鏡之散亂殘片而已……歷史學與詩歌乃是我們認識自我的一種研究方法，是建築我們人類世界的一個必不可少的工具。」[57]可見，歷史學作為方法，有著不可替代性。

　　徐復觀思想史的研究既是目的，也是方法。他說：「近年來我所做的這類思想史的工作，所以容易從混亂中脫出，以清理出比較清楚的條理，主要是得力於『動的觀點』、『發展的觀點』的應用。以動的觀點代替靜的觀點，這是今後治思想史的人所必須努力實踐的方法。」[58]此處「動的觀點」、「發展的觀點」正是指一種歷史的觀點。任何思想都

---

[57] ［德］恩斯特・凱西爾：《人論》，甘陽譯，上海：上海譯文出版社，2004年版，第284-285頁。

[58] 徐復觀：《中國藝術精神・自敘》，參見《中國藝術精神》，第4頁。

有其歷史背景，任何人都在創造歷史。瞭解古人和古人的思想離不開對歷史的考察，研究者「由古人之書，以發見其抽象的思想後，更要由此抽象的思想以見到在此思想後面活生生的人；看到此人在縱的方面所得的傳承；看到此人在橫的方面所吸取的時代……」[59]古典精神經時間的過濾，往往會充當時代的重要角色。徐復觀不僅有著自覺的歷史意識，還把歷史融入現實，為現實導向。比如他創作《中國藝術精神》，是對藝術史的考察，亦是對現實的回應。

（二）闡釋法

徐復觀的方法意識還與西方闡釋學的意圖有不謀而合之處。他也認為科學方法不是萬能的，不能作為所有學問的普遍要求。現代西方的闡釋學要求精神科學返回到人類生命與經驗中來，徐復觀正是以生命和人性為核心來闡釋古典。

總的來說，要把握一個思想家的思想，首先要學會如何提煉主題所展開的結構。他說：

> 中國的思想家，系出自內外生活的體驗，因而具體性多於抽象性。但生活體驗經過了反省與提煉而將其說出時，也常會澄汰其衝突矛盾的成分，而顯出一種合於邏輯的結構。這也可以說是「事實真理」與「理論真理」的一致點、接合點。但這種結構，在中國的思想家中，都是以潛伏的狀態而存在。因此，把中國思想家的這種潛伏著的結構，如實的顯現出來，這便是今日研究思想史者的任務，也是較之研究西方思想史更為困難的任務。[60]

徐復觀認為任何解釋都會比原文獻上的範圍說得較寬、較深，因而常常把原文獻可能含有但不曾明白說出來的意義也說了出來。以《中國藝術精神》為例，儘管莊子本人可能無意開出藝術精神的主體，但並不妨礙後人作別有意義的「誤解」。徐復觀還引用凱西爾的話說明「解釋」的必要和價值：「哲學上過去的事實，偉大思想家的學說與體系，不作解釋便無意味。」可以說，沒有解釋的純敘述事實上是沒有可能

---

[59] 徐復觀：《治思想史的方法問題》，參見李維武編《徐復觀文集》（第二卷），第16-17頁。

[60] 徐復觀：《治思想史的方法問題》，參見李維武編《徐復觀文集》（第二卷），第3頁。

的。任何人的解釋不能說完全，也不能說沒有錯誤。[61]

　　從某種意義上說，人文學科是一種尋找「意義」的學科，而闡釋是意義的實現方式。徐復觀將闡釋作為一種方法，是以文本的語言文字意義解釋為基礎，進入到文本歷史觀念的解釋。傳統的中國經典闡釋學重視文字訓釋，而現代西方闡釋學更重視義理的闡發。徐復觀則強調訓詁與義理的相結合，認知與體驗的相結合。他將闡釋的全過程歸納為三個階段：先由文字實物的具體，以走向思想的抽象，再由思想的抽象以走向人生、時代的具體。[62]

　　徐復觀不僅將闡釋由文字層面推向歷史層面，更由此進一步推向精神層面。想必這是他治思想史多年的經驗之談，也是解讀中國傳統思想的不二法門。

（三）「追體驗」的方法

　　如果說治思想史的方法是帶有普遍性的學術方法，那麼對徐復觀而言，「追體驗」則是他得以探索人性、深入藝術獨有的功夫和必備的法寶。

　　他在《中國人性論史・先秦篇》和《中國藝術精神》兩部著作中都曾提到這種方法。在前者，他說：「人格與一般對象不同。一般對象是量的存在，可以用數字計算，並可加以分割。人格是質的存在，不能用數字計算，並不能加以分割。人性論是以人格為中心的探討。人性論中所出現的抽象名詞，不是以推理為根據，而是以先哲們，在自己生命、生活中，體驗所得的為根據。」[63]可見，人性論的探討，以整全的人格為基礎，以先哲出自內外生活的體驗為核心，作為研究者要體驗到古人之體驗，感受到古人之感受，就不能靠邏輯推理，而必須「以其人之道還治其人之身」，仍然用體驗的方法追古人之體驗，感古人所感，言古人所言。

　　人性是徐復觀整個學術思想的核心，也是他研究藝術的尺度。因此，在藝術的天地，「體驗」與「追體驗」皆必不可少。徐復觀在《中

---

[61] 徐復觀：《治思想史的方法問題》，參見李維武編《徐復觀文集》（第二卷），第4頁。

[62] 徐復觀：《治思想史的方法問題》，參見李維武編《徐復觀文集》（第二卷），第17頁。

[63] 徐復觀：《中國人性論史・先秦篇・再版序》，參見李維武編《徐復觀文集》（第三卷），第11-12頁。

國藝術精神》中以超過三分之二的篇幅探討古代繪畫,但他曾經很遺憾地坦言自己是個一筆也不能畫的人。在中國,常可發現在一個偉大的藝術家的身上,美學與藝術創作是合而為一的。而在若干偉大的畫論家中,也常是由他人的創作活動與作品,以「追體驗」的功夫,體驗出藝術家的精神意境。徐復觀雖不能畫,但卻可以「把他們已經說出來的,證以他們的畫跡,而加以『追體認』」[64]。

為什麼要強調「追體驗」的方法?「追體驗」到底是一種怎樣的方法?從徐復觀的各種論述來看,所謂「追體驗」其實就是「體驗」。他認為,「體驗」首先是古代哲人和藝術家人格修養的工夫。中國的文化是心的文化,人生價值的根源在心的地方生根。心的作用是由工夫而見,是由工夫所發出的內在經驗,它本身是一種存在,不是由推理而得的,必須自我經歷,一旦體驗,當下即是。體驗所成即表現為人性論或藝術的精神境界。這是第一層「體驗」。第二層「體驗」則是指研究者由人性論或藝術意境,體驗其中涵藏的人格和精神,以把握人性的本來面目或藝術的本質。因此,「追體驗」所體現的其實是一種「古今同在」的對話,是研究主體與對象之間的互為主體性的交流,是生命主體與生命主體間的精神往來。

除了以上方法之外,最重要的是他透過中西比較以形構問題意識的方法。他認為中國藝術的價值需在西方文化的較量下始能顯現。在《中國藝術精神》一書中,時常見到他以西方為參照反觀儒道思想的精言辟語。在中西美學的比較與會通上,徐復觀的研究可謂開風氣之先。他是最早運用現象學觀念與莊子思想進行比較的學者。而且在這一方面徐復觀是非常慎重的,他說:

> 我們與西方的比較研究,是兩種不同的劇場、兩種不同的演出相互間的比較研究,而不是我們穿上西方舞臺的服裝、用上他們的道具的比較研究。我們中國哲學思想有無世界地意義,有無現代地價值,是要深入到現代世界實際所遭遇到的各種問題中去加以衡量,而不是要在西方的哲學著作中去加以衡量。

但不可否認,西方的哲學著作確可以培養人的思考力,打個比喻,人的頭腦好比是一把刀,西方哲人的著作好比是一塊砥石,「我們是要

---

[64] 徐復觀:《中國藝術精神・自敘》,參見《中國藝術精神》,第4頁。

拿在西方的砥石上磨快了的刀來分解我國思想史的材料，順著材料中的條理來構成系統」，但不要搭上西方某種哲學的架子來安排我們的材料。[65]以這種思考力來研究藝術精神，即使並沒有什麼預定的美學系統，想必探索下來也自然會形成中國的美學系統。

　　理清了作者的創作動機和美學研究方法之後問題就變得非常明晰了，徐復觀當時所思考的問題其實就是一個傳統的現代轉型的問題，所謂重建傳統即是一個現代轉型的過程。關鍵在於，轉型的第一步應該怎麼走？在徐氏看來，絕對不是盲目從西，也不是通過一味尋求中西之同以獲取一種虛假的認同感和自信心，而是應該以現代語言「還傳統以本來面目」。的確，我們在如今眾多滲透著中西比較意識的現代轉型的嘗試中經常可以看到，很多學者「發現」了中西的同，而忽視了同背後的異，就是因為第一步沒走好。因此徐復觀所做的第一步的工作──凸顯中西表面之同下面隱藏的本質之異，意義重大。那麼他是如何開展這種研究的呢，那就是挖掘中國藝術精神。雖然徐先生將儒、道藝術精神分章而論並且有意凸顯莊子與中國藝術尤其是繪畫的本然聯繫，但在作者客觀的分析中，我們分明能夠發現儒、道藝術精神的不期然而然的會歸。筆者相信，比之儒、道之異，這種同和通更能體現中國美學的特質。

二、人格修養與儒、道藝術精神之會通

　　從徐復觀對儒、道藝術精神的分別闡述中，我們可以拈出四個關鍵字：人格修養，工夫，境界，為人生而藝術。兩種藝術精神之會通就集中體現在這四個點上。

（一）人格修養

　　徐復觀所強調的人格修養，是指「意識地，以某種思想轉化、提升一個人的生命，使抽象的思想，形成具體的人格」[66]。他認為中國只有儒道兩家思想，由對現實生活的體悟反省接近於主宰具體生命的心或性，由心性潛德的顯發轉化生命中的夾雜，而將其提升、純化，轉而又落實於現實生活之上，以端正它的方向，奠定人生價值的基礎。所以只有儒道兩家思想，才有人格修養的意義。

---

[65]　徐復觀：《我的若干段想》，參見李維武編《徐復觀文集》（第二卷），第19-20頁。

[66]　徐復觀：《儒道兩家思想在文學中的人格修養問題》，參見李維武編《徐復觀文集》（第二卷），第362頁。

　　人格修養與文藝創作有怎樣的關係呢？首先，它並不能直接形成創作的動機；再者，就創作的能力來講，在人格修養外還另有工夫；第三，文藝創作並非一定有待於人格修養，但人格修養所及於創作的影響，絕不是片斷的、緣機而發的，而是全面的、由根而發的影響；最後，當文學藝術修養深厚而趨於成熟時，便進而為人格修養。所以，作品的價值與人格修養有密切關係。徐復觀指出：

> 決定作品價值的最基本準繩是作者發現的能力。作者要具備卓異的發現能力，便必需有卓越的精神；要有卓越的精神，便必需有卓越的人格修養。中國較西方，早一千六百年左右，把握到作品與人的不可分的關係，則由提高作品的要求進而提高人自身的要求，因之提出人格修養在文學藝術創造中的重大意義，乃系自然的發展。[67]

　　一言以蔽之，人格修養乃中國藝術精神的最高境界得以實現的必要的主體條件。徐復觀還引用美學家費夏（F.T.Vischer 1807-1887）的話進一步印證他的觀點：「觀念愈高，含的美愈多。觀念的最高形式是人格。所以最高的藝術，是以最高的人格為對象的東西。」[68]這對於儒家和道家都是適用的。

　　儒道兩家所成就的人格修養，不止於文學藝術的根基，但也可以成為文學藝術的根基，一旦發而為藝術精神的主體因素，便對中國藝術產生決定性的影響，進而主導著中國藝術發展的總體方向。在中國，作為一個偉大的藝術家，必以人格的修養，精神的解放，為技巧的根本，為境界的根本，正所謂「外師造化，中得心源」。即使現代藝術也是如此。徐復觀在《摸索中的現代藝術》一文中談到，任何人都可以加入到現代藝術的摸索的行列中，但基本的條件「當然最後要關係到人格修養上的問題」[69]。

　　雖然儒、道都講人格修養，但其內容卻各有側重。儒家的人格重道德（仁），道家的人格重自由超脫。所以儒家藝術精神因仁美的和諧統一而得以充實，道家藝術精神則以其純而又粹的品格深得藝術之本質。

---

[67] 徐復觀：《儒道兩家思想在文學中的人格修養問題》，參見李維武編《徐復觀文集》（第二卷），第363頁。

[68] 徐復觀：《中國藝術精神》，第34頁。

[69] 徐復觀：《摸索中的現代藝術》，參見《徐復觀文錄》（三），臺北：環宇出版社，1971年版，第110頁。

　　綜觀中國古典美學，自孔子始，審美一直與修養有著根本的聯繫。中國美學講境界，藝術以境界為最上。正如王國維所說：「（詞）有境界則自成高格。」[70]（不惟詞如此，中國其他藝術皆如此）而修養的歸宿即是境界。由修養直達境界，此一境界，既是人生境界，亦是審美境界。因為人在這種狀態下身心皆得到解放。這個過程是一種內在的精神體驗，它超越了感觀，最終也超越了人世的善與美，由有限至無限，所以是「無聲之樂」，甚至「無萬物之美而可以養樂」（荀子《正名》）。

（二）工夫

　　修養是自我完善、自我提升、自我超越的過程，工夫則是這一過程得以進行的方法和手段。「工夫」不論在徐復觀的人性論研究裡還是在他的美學思想裡都是個十分重要的範疇。他是這樣解釋「工夫」的：

> 「工夫」，當然也可以概括在廣義地「方法」一詞之內。但這種概括的說法，對「工夫」一詞的特性不顯，亦即對中國文化的特性不顯。所以這裡應作一補充地解釋。簡單地說：對自身以外的客觀事物的對象，為了達到某種目的而加以處理、操運的，這是一般所說的方法。以自身為對象，尤其是以自身內在的精神為對象，為了達到某種目的，在人性論，則是為了達到潛伏著的生命根源、道德根源的呈現──而加內在的精神以處理、操運的，這才可謂之工夫。人性論的工夫，可以說是人首先對自己生理作用加以批評、澄汰、擺脫，因而向生命的內層迫進，以發現、把握、擴充自己的生命根源、道德根源的，不用手去作的工作。[71]

　　徐復觀的美學思想實由他的人性論延伸而來，所以人性論的工夫在審美體驗裡仍然適用。

　　徐復觀所說的「工夫」是針對其心的文化之「心」而言的，是心的文化中之重要一部分。根據徐復觀的定義，「心」是人的生理構造中的一部分，是「形而中者」，因而是「身」的一部分。在現代新儒家成員中，熊十力、牟宗三、唐君毅都十分重視心的形而上的意義，以哲學的

---

[70] 王國維：《人間詞話》，上海：上海古籍出版社，2002年版，第28頁。

[71] 徐復觀：《中國人性論史・先秦篇》，參見李維武編《徐復觀文集》（第三卷），第410頁。

立場建立儒學的形上學。與他們不同，徐復觀把「心」向人本身落實，向現實裡落實。他認為由上向下落、由外向內收，是中國思想發展的一般性格。換言之，「中國思想的發展，是徹底以人為中心，總是要把一切東西消納到人的身上，再從人的身上，向外向上展開。」[72]本心是人身神明發竅的所在，心是具體的、身體性的，必須通過工夫而使其作用得以顯現。所以工夫是修身與養性的結合。因此徐復觀指出：「人的修養的根本問題，乃在生命裡有情與理的對立。」[73]工夫即是要得情欲與道德之中。它是使人身心和諧、精神平衡的生命實踐。

孔、孟、老、莊都有一套修養的工夫，例如：孔子的「克己」及一切「為仁之方」乃至他所倡揚的樂的藝術，孟子的「存心」、「養性」、「集義」、「養氣」，老子的「致虛極，守靜篤」，莊子的「墮肢體，黜聰明」、「外物」、「坐忘」⋯⋯他們通過這種身心的修養工夫，使心從其他生理活動中擺脫出來，以心的本來面目活動，這時心才能發出道德、藝術的活動。雖然他們各自工夫的內容並不相同，但其進路都是由生理作用的消解，而主體始得以呈現。而在主體呈現時，是個人人格的完成，同時也是主體與萬物的融合，審美境界亦得以呈現。孔孟與老莊在把群體涵融於個體之內，因而成己即要求成物這一點上並無二致。

可以這樣說，要想真正瞭解中國藝術精神，必須從修養工夫透進，方能得其三昧。

（三）境界

徐復觀認為，藝術精神的境界有高與低、偏與全之分。其最高境界呈現的是全，是圓滿俱足。儒家藝術精神與道家藝術精神的最高境界不論在形式上還是內容上都是十分相似的。

儒道兩家藝術精神的最高境界在美的表現形式上都歸於簡易、平淡、素樸。儒家真正的藝術精神是以音樂為中心的孔門藝術精神，它以簡易為音樂美的最高境界。《樂記》有云：「樂由中出，故靜。禮自外作，故文。大樂必易，大禮必簡。」「樂由中出」即「樂由性出」，性自本自根的自然而感，其感的性格依然是靜的。所以此時由樂所表現的，只是「性之德」。性德是靜，故樂也是靜。順著此種根源之地去言樂，則大樂必簡必易。簡易由靜而來，簡易之至，以至於「無聲之樂」。這可以說是在對於被限定的藝術形式的否定中，肯定了最高而完

[72] 徐復觀：《中國人性論史・先秦篇》，參見李維武編《徐復觀文集》（第三卷），第326頁。
[73] 徐復觀：《談禮樂》，參見李維武編《徐復觀文集》（第三卷），第99頁。

整的藝術精神。

　　莊子的藝術精神裡容不下世俗浮薄之「小美」，而只有「大美」、「至美」。《莊子‧天下篇》曰：「判天地之美，析萬物之理，察古人之全。……後世之學者，不幸不見天地之純，古人之大體，道術為天下裂。」徐復觀認為，此處的「美」與「理」、「全」、「純」，都是對道術本身的陳述。道是美的，天地是美的，德也是美的，則由道、由天地而來的人性當然也是美。由此，體道的人生，也應即是藝術化的人生。與最高藝術合體了的人生，當然也是純樸淡泊的人生。因此莊子說：「素樸而天下莫能與之爭美」（《莊子‧天道》），「澹然無極而眾美從之」（《莊子‧刻意》）。落實在繪畫上，逸格或平淡天真之美，始終成為中國繪畫中最高的嚮往，其淵源正在於此。

　　儒家與道家藝術精神最高境界的更根本的相似體現在其具體內容上。如前所述，孔門藝術精神的最高境界是樂與仁、藝術與道德的自然而然的融合統一。這是一種體現著無限性的藝術境界。而莊子藝術精神的最高境界也即是「最高的藝術精神與最高的道德精神，自然地相互涵攝」[74]，道德在莊子那裡與在孔子那裡的意義同中有異。同表現在：莊子的虛靜之心，對人與物作新發現後，當下皆作平等的承認，平等的滿足，這是藝術性的。但由平等觀點而來之對人物的平等看待，及在此平等看待中自己與人物皆得到自由，皆得到生的滿足，則實又可回歸於儒家之所謂仁義。異表現在：孔子的仁是一般意義上的道德，而莊子的所謂「大仁」則是超脫世俗，與萬物相通。但兩者都體現了人格的美與善。所以徐復觀說：「在道德與藝術的忘我中，在道德與藝術的共感中，莊子之對孔、顏，或感到較之對老子更為親切。」[75]在這裡，徐復觀看到了儒家與道家在藝術上的最重要的會通點。

　　海外新儒家杜維明先生也曾揭示了這種會通。他在研究王陽明思想的過程中發掘出儒家學說的一個「新維度」：「忘我的藝術是道家的一個重要題目，它最合乎曾點精神。所以說，通過道家的修養，陽明給儒家學說增添了一個新維度。他向道家學到的東西與孔子本人贊同的東西之間有一個契合點，這就是曾點精神。」[76]徐復觀認為，曾點所呈現出的其實是「大樂與天地同和」的藝術境界，孔子正是感動於這種藝術境界才發出感歎。也就是說，他與杜維明一樣都承認，不論是孔子還是莊

---

[74] 徐復觀：《中國藝術精神》，第55頁。
[75] 徐復觀：《中國藝術精神》，第55頁。
[76] 杜維明：《宋明儒學思想之旅——青年王陽明》，參見郭齊勇、鄭文龍編《杜維明文集》（第三卷），武漢：武漢出版社，2002年版，第90頁。

子實則對藝術的本質有著相同的體認。在孔子那裡，藝術雖然依附於道德，但又超越於道德。因為藝術首先要具有審美價值，才可能實現社會的影響。藝術之為藝術的本質，在莊子那裡和曾點精神裡都可得顯。而徐復觀進一步認為，曾點所呈現的藝術境界與道德境界，可以相融和。所以儘管藝術與道德在本質上有其同中之異，但在最高境界上卻是相同的。

其實不只是徐復觀，李澤厚先生也認為審美的最高境界乃道德與審美的完美統一。他將審美分為「悅耳悅目」、「悅心悅意」、「悅志悅神」三個方面，認為這三個方面是人的審美能力的形態展現：悅耳悅目一般是在生理基礎上但又超出生理的感觀愉悅，它主要培養著人的感知；悅心悅意一般是在理解、想像諸功能配置下培育人的情感心意；悅志悅神卻是在道德的基礎上達到某種超道德的人生感性境界，這種審美形態相當於徐復觀的藝術精神的最高境界。具體說，所謂「悅志」，是對某種合目的性的道德理念的追求和滿足，是對人的意志、毅力、志氣的陶冶和培育；所謂「悅神」則是投向本體存在的某種融合，是超道德而與無限相同一的精神感受。所謂「超道德」並非否定道德，而是一種不受規律強制、束縛卻又符合規律的自由感受。而且他也認為要達到「悅志悅神」的境界，審美主體必須有一定的修養。他說：「暴風驟雨，狂濤巨浪，險峰峻嶺，無垠沙漠……，在具有一定文化教養的人們那裡，都可以喚起悅志悅神的審美愉快。」「悅志悅神」是整個生命和存在的全部投入。在西方，它經常與上帝的依歸感相聯繫，從而走向宗教。在中國，則呈現為與大自然相融會的「天人合一」的精神境界。[77]

雖然李澤厚的這種分類多少受了康德思想的影響，但他確確實實觸及到了中國藝術之根源的東西，因而與徐復觀的觀點不謀而合。

（四）為人生而藝術

為人生而藝術是與為藝術而藝術相對而言的，在中國文藝史上似很難找到為藝術而藝術的典型。中國文人從來都不愛離開人生談藝術，不管是「詩言志」，還是「詩緣情」，抑或是「童心」說、「性靈」論……都是立足於人生的感悟和體驗；不論是積極入世，還是消極避世，抑或處於出世入世之間，中國文人都愛在藝術中尋找心靈的安頓，詩意的棲居。

在我國傳統思想中，雖然老、莊較之儒家是富於思辨的、形上學的

---

[77] 李澤厚：《美學四講》，北京：生活・讀書・新知三聯書店，1989年版，第165-167頁。

性格，但其出發點和歸宿點依然是落實於現實人生之上。這是因為兩家都富於憂患意識。此憂患意識是從當事者對吉凶成敗的深思熟慮而來的遠見，乃人類精神開始直接對事物發生責任感的表現，也即是精神上開始有了人的自覺的表現。[78]

無論孔孟還是老莊，都面臨相似的憂患時局。只不過儒家是救濟於憂患，道家則是解脫於憂患。孔子要救濟，便有意識地把音樂作為提升人自身的人生修養之資，而莊子要解脫，便無心於藝術，一心只在體道，不以美為目的，而只以精神的自由解放為目的。孔子與莊子開闢出的是兩種人生，故在為人生而藝術上實表現為兩種形態：儒家所開出的藝術精神，常需要在仁義道德根源之地有某種意味的轉換，沒有此種轉換，便可以忽視藝術，不成就藝術；而由莊子所開出的藝術精神，則是純粹的、直上直下的，因此對儒家而言，莊子所成就的是純藝術精神。儘管是兩種人生，但在為人生而藝術這一點上，兩家是一致的。因此，可以說，為人生而藝術，才是中國藝術的正統。

正因為是為人生而藝術，所以才需要人格修養的工夫，才有藝術境界與道德境界乃至人生境界在最高點上的會歸。這樣，對於藝術主體而言，人格修養就變得至關重要。徐復觀在《中國藝術精神》裡提出了一個非常重要的詞：主體。他對儒、道藝術精神的闡釋必須從這個角度進行理解，才能順理成章，進而才能看出奧妙。雖然他在儒家藝術精神那裡沒有特別強調「主體」一詞，在莊子思想中則發現了藝術精神主體的呈現，但從具體論述來看，徐氏對儒、道藝術精神的探討都是從主體精神的意義上來談的。我們可以得出這樣的結論：徐復觀所謂的中國藝術精神，其實質就是中國藝術主體之精神。他與唐君毅的立場和出發點是一樣的。只不過唐氏乃「無意識」之舉，徐氏為有意識之言，後者讓中國藝術精神之主體徹底呈現而已。

中國藝術精神之主體異於西方藝術精神之主體者，即在人格修養方面。當然此人格修養並非我們現在所言普通意義上的人格修養，而是中國古典文化語境，或者更具體的說是儒道文化語境下的人格修養。那麼，徐氏的人格修養與唐君毅的道德理性是不是一回事呢？筆者認為，就中國藝術精神主體而言，它們非常相似，但道德理性是形而上的哲學本體，而人格修養則是形而下的體驗現世生活之本心。徐復觀也曾說過，將莊子的道作形而下的理解，就是一種體道的工夫，就是藝術精神。

[78] 徐復觀：《中國人性論史‧先秦篇》，參見李維武編《徐復觀文集》（第三卷），第32頁。

　　徐復觀對人格修養的定位其實源於他的「中國文化乃心的文化」的定位。中國傳統文化所重視的是人的價值問題，即人應該如何行為才有價值、才有意義。此為中國文化的中心。而指出人生價值的根源來自於人生命的本身——就是人的「心」，這是中國文化最大的貢獻。「中國文化最基本的特性，可以說是『心的文化』。」[79]儒家的仁義之心和道家的虛靜之心只不過是心的兩面，皆為人生所固有，所以二者不僅在根源處可以相連，在最高境界處也可以相通。每個人在現實生活中經常作不自覺的轉換。

　　心的文化有這樣幾個特點：首先，它不是形而上學；第二，它不是唯心論的「心」；第三，它不是主觀性的文化，心是「主體」，心之為價值根源，須在克服主觀性之後方能成立。有學者認為徐復觀所提出的「中國心」即是牟宗三所說的「智的直覺」：「作為一種中國工夫，智的直覺不僅是生命創造的人性根源，也是通向萬物存在本體的呈現原則，它是人之自由意志或道德良知的真我呈現，亦可以是主體寂虛心齋的審美判斷所成就的藝術精神。」[80]應該說兩者確有相似，但並不能完全劃等號，因為徐氏一再強調「中國心」並非形而上學，只能算「形而中者」，牟氏的「智的直覺」則屬於他所建構的道德形上學。所以二者不宜等同。

　　徐復觀就是以心的文化為前提、背景和基礎來闡釋中國藝術精神的，中國藝術精神之主體即是由人格修養的工夫所呈現的本心。儒家藝術精神與道家藝術精神的會通首先和根本地體現在這種根源處的統一。因為在心的地方同根，儘管是不同的進路，它們在諸多方面可以會通。

第三節　修身與「中國藝術精神」話題的轉換

　　海外新儒家杜維明先生提出了一個值得當下美學界關注的現象，那就是三代新儒家學者已經自然而且必然地完成了一種轉向：這種轉向最早體現在熊十力先生提出的發人深省的自然活力論，還有梁漱溟強調以調和折中的態度對待自然。再來即是，中國臺灣、中國香港、中國大陸的三位新儒學思想家錢穆、唐君毅和馮友蘭不約而同地得出結論：儒家傳統為全人類作出的最有意義的貢獻是「天人合一」的觀念。[81]杜維明

---

[79]　徐復觀：《心的文化》，參見李維武編《徐復觀文集》（第一卷），第31頁。

[80]　張毅：《儒家文藝美學：從原始儒家到現代新儒家》，天津：南開大學出版社，2004年版，第414頁。

[81]　杜維明：《新儒家人文主義的生態轉向：對中國和世界的啟發》，《中國哲學

將這一轉向稱為「生態的轉向」。幾位大儒的結論似乎並非全新的發現，但從他們對此觀念所作的闡釋來看，這種發現也不是在複述傳統的智慧。事實上，他們不僅是在回歸那個他們鍾愛的傳統，也是從當下的需要出發來重新理解這個傳統。杜維明借著他所發現的這一轉向重提舊話，接著徐復觀往下講，卻悄悄轉換了「中國藝術精神」的話題，至此，台港及海外新儒學的「中國藝術精神」闡釋被畫上了句號。

一、話題的轉換：孟子修身觀念的美學啓示

　　杜維明先生在《孟子思想中的人的觀念：中國美學探討》[82]一文中集中考察孟子的修身觀念是如何同中國藝術理論相關聯的。他開篇即說道：「徐復觀先生在他的《中國藝術精神》一書中指出，儒家和道家都確信自我修養是藝術創造活動的基礎，這與藝術的根本目的是說明人們去完善道德和精神的品格的陳舊觀點恰恰相反。它提出了一條解答藝術本身是什麼，而不是解答藝術的功能應當是什麼的思路。在這個意義上，藝術不僅成了需要把握的技巧，而且成了深化的主體性的展現。」[83]杜維明總結了徐復觀闡述中國藝術精神的出發點和理路，進而順著這一理路繼續說下去。

　　為何專門去探討孟子的修身觀念？杜維明的真正目的並不在於探究與道家美學所不同的，或是作為道家美學之補充的儒家美學存在的可能性，而是想盡量開發這兩種傳統學說所共有的象徵符號資源。他明確指出：「把徐先生的分析推進一步，我認為，把修身作為一種思維模式，比起人們試圖系統地將傳統分梳為道家和儒家來說，也許出現得更早些」[84]，「儒家強調的人文主義，也許初看起來與道家的自然主義相衝突。但是，按照他們對自我修養的共同關注，我們不能說儒家堅持社會參與和文化傳承與道家追求個人自由不相容。道家批評儒家的禮儀，儒家批評道家的避世，都體現一種對話式的交互作用，它反映出兩家之間存在著更深沉的一致。」[85]可見，杜維明並不是要論證孟子同中國美學

史》2002年第2期。

[82] 該文選自杜維明《儒家思想——以創造轉化為自我認同》，此書中譯本最早由臺灣東大圖書股份有限公司於1997年出版。

[83] 杜維明：《儒家思想——以創造轉化為自我認同》，參見郭齊勇、鄭文龍編《杜維明文集》（第三卷），武漢：武漢出版社2002年版，第280頁。

[84] 杜維明：《儒家思想——以創造轉化為自我認同》，參見《中國藝術精神》郭齊勇、鄭文龍編《杜維明文集》（第三卷），第296頁。

[85] 杜維明：《儒家思想——以創造轉化為自我認同》，參見《中國藝術精神》郭齊勇、鄭文龍編《杜維明文集》（第三卷），第198頁。

有著什麼特殊的關係，而是要借孟子思想生髮出中國美學整體的特性，進而在一定程度上修正和補充徐復觀的闡釋。

杜維明所用的「修身」這個概念，並不是僅僅對於人的形體而言。修身的內容實則比形體的轉化要豐富得多。「身」只是一個含意有限的形象說法，非英文「body」可以代替，它其實象徵了整個自我，乃儒家文化中極其豐富和莊嚴的符號。所謂修身，即修己，包含了自我轉化、自我提升、自我超越的全過程。比之徐復觀所說的「人格修養」，「修身」有著更為廣闊的涵義。「人格修養」容易被人們作為純粹的道德操練來理解。事實上自孔孟以降，後世的一些儒者確有此一傾向。事實是，人們一直用一種不太恰當的「手段」與「目的」的用語來描述藝術與人格（修養）之間的關係，而這種表述卻模糊了二者的共生關係。但是，如果我們將人格修養擴展為杜維明所說的「修身」來理解，那麼它與中國藝術的特殊關聯就會變得更加明朗，甚至可以說，「修身」就是中國藝術精神的根本。藝術也由此可以理解為「深化的主體性的展現」，這是傳統中國所特有的一種「大藝術觀」。

孟子的修身觀念包含兩個方面的深意，一方面：「大體」與「小體」的和諧發展。在孟子看來，心為「大體」，身體只是「小體」。修身就是要使「大體」，而不只是「小體」得到發展。一個向學生傳授六藝的儒師，必定要認識到六藝既是需要操習的動作，又是應從精神層面上去掌握的科目。因此他主要關心的是一個學生作為一個完整的人在轉化過程中的身心的全面發展；另一方面，在人的身、心的結構中，存在著將自我發展為與天地合一的真正潛能。修身更重要的是為了體驗人與自然之間生命的內在共鳴。「大體」可以「上下與天地同流」，但它歸根結底只不過是本真的人性。修身就是要將本真的人性顯發出來，而美的實現則需要這種修身的工夫。所以，儒家的修身方法不僅具有社會學的意義，也具有美學的意義。古人通過修身所實現的人生境界，自然同時也是審美境界。

表面上看，杜維明強調修身仿佛仍然是對徐復觀「中國藝術精神主體之呈現」的舊話重提，但事實並非如此。杜維明雖然選擇了與徐復觀相同的闡釋路向，但卻悄悄轉換了話題，而孟子修身觀念中的美學因素實為話題的轉換提供了可能性。

在孟子那裡，與修身一樣，美也是一個動態的過程。由於將修身作為理解美的觀念的基礎，因而「美」很難成為一個完全客觀化的靜態範疇，它與善、與真一樣，都是人在不斷成長過程中出現的品質，它們作為一種激勵人心的鵠的而存在。「充實之謂美」。「當美塑造著我們的

充實感時，不是作為一種固定的原則，而是作為正在體驗生命的自我，和所感知的實體對象之間的一種動態的相互影響而起作用的。我們在事物當中看到了美。在描述美的過程中，我們的注意力從外在的物質形體轉向內在的生命力，最後達到無所不包的精神境界」。[86]修身包含著主體的自我轉化，而這種自我轉化無論在美的創造或欣賞中，都是美的真正基礎。在主體的自我轉化這一環節上，杜維明拈出兩個重要概念：「相遇」和「聽的藝術」。

（一）相遇

> 我們欣賞的對象可能是一棵樹、一條河流、一座大山或一塊石頭，但是，我們感受到它們的美，使我們覺得它們並不是毫無生氣的對象，而是一種和我們活生生的相遇。確切的說，是一種「神會」。[87]

杜維明用「相遇」來指稱審美主體與審美客體之間的關係，來形象地表徵古典美學裡物我的神會，正是為了說明，中國傳統美學裡並沒有主客二分，古人不會把自己的人格強加於外在世界，《孟子》關於人的思想並不是一種人類中心論，就其終極意義而言，它旨在表明人的自我轉化首先體現為一種態度的轉變，而人的自我實現則取決於人與自然的互動。正像徐復觀先生所說的：欲「成己」必需「成物」，而不是「宰物」、「役物」。

二十世紀著名的猶太宗教哲學家馬丁・布伯（Martin Buber）認為，人生與世界具有二重性：一是「為我們所用的世界」，一是「我們與之相遇的世界」，可以用「我─它」公式稱謂前者，用「我─你」公式稱謂後者。布伯所謂「我─它」的範疇實指一種把世界萬物（包括人在內）當作使用對象，當作與我相對立的客體的態度，所謂「我─你」實指一種把他人他物看作具有與自己同樣獨立自由的主體性的態度，此時，在者於我不復為與我相分離的對象。[88]人置身於二重世界中，即人為了生存不得不築居於「它」之世界，但人也棲身於「你」之世界。人

86　杜維明：《儒家思想——以創造轉化為自我認同》，參見《中國藝術精神》郭齊勇、鄭文龍編《杜維明文集》（第三卷），第297頁。

87　杜維明：《儒家思想——以創造轉化為自我認同》，參見《中國藝術精神》郭齊勇、鄭文龍編《杜維明文集》（第三卷），第297頁。

88　[德]馬丁・布伯：《我與你》，陳維綱譯，北京：生活・讀書・新知三聯書店，1986年版，第17-21頁。

對「你」的熾熱渴念又使人意欲反抗「它」、超越「它」，正是這種反抗造就了人的精神、道德與藝術。布伯說：「人無『它』不可生存，但僅靠『它』則生存者不復為人。」[89]布伯的學說直接針對西方思想史上兩種居於支配地位的價值觀。雖然他的目的在於闡釋宗教哲學的核心概念——「超越」的本真涵義，以及澄清基督教文化的根本精神——愛心，但他對人生態度的兩種概括在某種意義上說是具有普遍性的。

如果我們把人與世界的關係概括為主要的三種形態：認知的、實踐的和審美的，那麼就會發現，前兩者所體現的其實就是布伯所稱的「我——它」關係，而審美所呈現的則應該是「我——你」關係。我與你相遇，「你」便是世界，便是生命，無須有待於他物，我當以我的整個存在，全部生命和本真人性來接近「你」。最終「我」與「你」都昇華了自己，超越了自己。這便是「神會」，亦是孟子修身觀念的真諦所在。因此，「我」與「你」的相遇，是審美的相遇，亦是一種突出的生態精神的呈現。當代生態美學特別推崇這種「我——你」的相遇關係，它批評現代人類的實用主義和功利性，痛斥他們將「我——他」關係加以絕對化和極端化，著眼於「我——你」關係的和諧建構和擴展，因為只有後者才體現人與自然的親和無間，人與社會的和諧融洽。正如杜維明先生在《存有的連續性：中國人的自然觀》一文中所指出的：人心「對自然的審美欣賞，既不是主體對客體的佔有，也不是主體強加於客體，而是通過轉化與參與，把自我融入擴展著的實有」[90]。「我」在展開審美體驗時，漸漸忘記了「我」的存在，完全「化」入「你」的體內，以「你」的存在為自己的存在，逍遙游於「我——你」共同的精神世界，這即是審美化境，是生態美學在中國傳統美學中所發現的生態智慧。杜維明還指出，對於人與自然的這種互通性和親切性的審美體驗，往往是堅持不懈地進行自我修養的結果，「返回自然的過程不僅包含著記憶，而且也包括『絕學』和遺忘。我們能參與自然界生命力內部共鳴的前提，是我們自己的內在轉化」[91]。也就是說，修身所呈現的那個自我轉化的過程，即是「我——你」相遇共融的過程。此一相遇，此一共融，真正體現了深刻的生態美學精神。

---

[89] [德]馬丁・布伯：《我與你》，陳維綱譯，第51頁。

[90] 杜維明：《儒家思想——以創造轉化為自我認同》，參見《中國藝術精神》郭齊勇、鄭文龍編《杜維明文集》（第三卷），第235頁。

[91] 杜維明：《儒家思想——以創造轉化為自我認同》，參見《中國藝術精神》郭齊勇、鄭文龍編《杜維明文集》（第三卷），第236頁。

（二）聽的藝術

藝術感動並影響著我們，古人們相信，它來自人與天地萬物共有的靈感之源。講到聽的藝術，很多人馬上會想到音樂，這當然是沒錯的。但除此之外，它在這裡更蘊涵深一層的隱喻。「聽」具有生態層面的重要意義。

聽覺的感知作用在先秦儒學中占重要地位。杜維明相信：

> 如果我們將眼光盯著外部世界，那麼，儒家之道是不可得見的；如果僅僅依靠視覺形象化這種對象化活動，是不能把握宇宙大化的微妙表現的。誠然，像舜這樣的聖王，能夠通過對自然之微妙徵兆的探索來洞察宇宙活動的初幾。但是，我們卻是通過聽的藝術，才學會參與天地萬物之節律的。「耳德」或「聽德」，使我們能夠以不是咄咄逼人的，而是欣賞的、相互贊許的方式去領悟自然的過程。[92]

當代生態美學一直在做的一項工作，就是拋棄西方的二分法思維模式，在中國傳統生態智慧中發掘這種主體對待自然的審美的態度。因為此一審美的態度真正消融了主客二分，體現了物我的平等、和諧、共融。杜維明先生認為先秦儒家是經過身心的修養將自己開放給所置身於其中的世界，通過拓展和深化自己的非判斷性的接受能力，而不是將自己有限的視野投射到事物秩序上，才得以成為宇宙的共同創造者。

筆者認為，聽的藝術除了可以表明態度以外，還聯繫著特殊的感受和表達方式。「聽的藝術」裡所說的「聽覺」，並不是指人的生理聽力，而是指人的感受能力。正如馬克思曾經說的，要理解音樂，必須具有「音樂的耳朵」。那麼，要聽懂自然，就必須具有親和自然、體悟自然的能力。聆聽與傾訴相對，自然之中自有天籟，天籟即是自然生命的傾訴。面對自然的私語，我們只能閉目傾聽，用聽來交流，用耳來感受。正如佛祖釋迦牟尼在靈山會上拈花示眾，眾皆默然，唯迦葉破顏微笑一樣，聽的藝術正是這種無需言語的心靈默會。所以，莊子也用「聽」來描述他的「心齋」：無聽之以耳而聽之以心，無聽之以心而聽之以氣（《莊子·人間世》）。此乃莊子的修身之法。在聽的過程中，

---

[92] 杜維明：《儒家思想——以創造轉化為自我認同》，參見《中國藝術精神》郭齊勇、鄭文龍編《杜維明文集》（第三卷），第298頁。

我們不再是外在於自然的主體，而成為各種生命力內部共鳴的息息相關的一部分。不僅莊子重視「聽」，孔子更是以音樂這種聽覺藝術來實現他的人生境界。所以孟子才會選擇音樂作為隱喻討論孔子之聖性：「孔子，聖之時者也。孔子之謂集大成。集大成也者，金聲而玉振之也。金聲也者，始條理也；玉振之也者，終條理也……。」（《孟子・萬章下》）而代表人格發展至高峰的「聖」字之古體「聖」，即以耳為根。可以這樣說「聽」體現了生態學的關係原則，「聽德」其實是中國藝術共有的特點，因而中國藝術是體現著生態精神的偉大藝術，又或者我們可以說，從某種意義上，中國藝術精神就是一種生態精神。

更進一步講，「聽」在古人那裡也是一種表達方式。聽者無言，無言與有言相對，因此也是表達方式之一種。無言甚至更勝於有言，只有無言才不會咄咄逼人，才會以欣賞的姿態和審美的眼睛「傾聽」自然。有言則容易陷入主觀，破壞物我的相融，天人的合一。所以才有「此時無聲勝有聲」之說。因為無言就是沒有明確的語意，於是也就具有感受的無限可能性。「有言」從某種意義上說是對藝術的限制，言是表達的媒介和形式，有媒介和形式便是有隔，便是有限，否則便是不隔，便是無限。無言和聽的藝術是一致的，它們象徵著精神的自由和無限，表達了「我」對「你」的尊重，體現了平等和共存。

杜維明從孟子的修身觀念裡挖掘出「相遇」和「聽的藝術」兩個美學因素，借此告訴我們，修身不僅呈現出中國藝術精神主體之特徵，也體現出一種生態美學精神。生態美學本是一個現代範疇。在二十一世紀初的中國美學界，引起最多關注和爭論的就是這個範疇。它作為美學的一種新理論或者方法，更多地凸顯出傳統與現代銜接和轉化的可能性。因此，強調修身體現生態美學精神，其實就是對修身作一種新的現代理解和轉換。生態美學研究人與自然、人與社會以及人自身處於生態平衡的審美狀態，提倡綠色的人生、審美的人生。而孟子的修身觀念則明確表示，人首先要實現自身的和諧，才能與天地合流。生態美學強調整體性，而孟子在關注整體性的同時，還看到了「整體」中的「根本」，那就是人自身的生態和諧。事實上，人與自然、人與社會的生態平衡確實依賴於人本身對待外物的態度和方式，此一態度和方式則根源於人的認識和精神境界。人必須從自身做起，修身是一種重要途徑，它不僅導向生態平衡，也直指審美的和諧人生。它作為自我轉化、自我提升、自我超越的全過程，不僅是孟子所宣導的，也是道家所追求的。《大學》有云：自天子以至於庶人，壹是皆以修身為本。如果我們用現代話語來解讀中國傳統之「修身」理念，其實它就是「精神生態」。由此，它將給

予中國當代的生態美學研究以重要的啟示。

至此，杜維明先生宣佈，現代新儒學美學開始了全新的生態轉向，這一轉向，即意味著台港及海外新儒學語境中「中國藝術精神」話題的終結。

二、從分離到融和：話題轉換的背後

杜維明使「中國藝術精神」這個話題轉換為一種生態美學的探討，在話題轉換的背後，他還做了很多重要的工作為前代新儒家學者糾偏。

現代新儒學之第二代台港新儒學的美學研究有著諸多共性。首先，強調中西之異。與二十世紀後期在中國學界興起的比較詩學努力尋找中西美學的共同據點不同，不論是唐君毅、徐復觀，還是方東美，他們的美學思想都重在別異。「中國藝術精神」這個話題本身就顯示了它是以西方為參照系和對立面的。標舉中國藝術精神即是要在中西之異中凸顯中國傳統。唐君毅提出「中國藝術精神」是為探尋中國文化之精神價值，以反對學界全盤西化之傾向。徐復觀系統建構「中國藝術精神」也是想告訴世人：在人類文化的三大支柱（道德、藝術、科學）中，中國文化實有兩大支柱，其中之一就是藝術。中國藝術作為對現實的反省性反映，可以幫助人類尋回失落遺忘已久的心靈。現代社會科學的高度發展，物質的高度繁榮，並沒有同時帶來精神的充實健康，相反，戰爭、污染、疾病……到處氾濫，孤獨、憂鬱、絕望……充斥心靈。而西方藝術作為對現實的順承性反映，不但無法解決這些問題，相反還如同火上澆油。他非常自信的告訴世人：「假如現代人能欣賞到中國的山水畫，對於由過度緊張而來的精神病患，或者會發生更大的意義。」[93]任何比較都分為兩個方面，一為求同，一為別異。比較的最終目的還是為了實現某種程度的融和與會通。台港新儒學雖然特別強調別異，但這種對話方式在客觀上必然導向中西的融和、會通，中國傳統文論即是在此中西融通過程中開始了現代轉型。

再者，在闡釋中國藝術精神的時候，唐君毅和徐復觀都試圖作儒道的區分。這種區分使問題走向重重矛盾。如前所述，唐君毅在探討文學精神的時候區分了所謂儒家型文學與道家型文學，結果卻是讓這種文學分類看起來似是而非。另外，將「遊」的精神統屬於孔子之「游於藝」，意圖則更加明顯。唐君毅區分儒道，最終是為了凸顯儒家。與唐君毅不同，徐復觀似乎是站在一個相對中立的立場來論述儒、道之異。

---

[93]　徐復觀：《中國藝術精神‧自敘》，參見《中國藝術精神》，第5頁。

可是他在探討中國藝術精神的時候，卻出現了一個似乎有點讓新儒家們尷尬的結果：那就是孔門藝術精神最終沒落了，成了千古一遇、曇花一現的標的，後人只可仰望而興歎其光輝了。由莊子之道顯發的中國藝術精神存活下來，卻又只純粹地落實到了山水畫上面。這種結果似乎與「中國藝術精神」的名稱極不相符。因而徐氏的闡述在學界一直充滿爭議。台港新儒家的另一位學者方東美在探討美學問題的時候，也是有這種儒、道相分的趨向。可見這是台港新儒學的共同問題。

最後，他們都選擇了從人性哲學到藝術精神的理路，自上而下的理路。正因為選擇了這樣的理路，才有了中國藝術精神主體之呈現。不論是唐君毅的「游」，還是徐復觀的儒、道藝術精神，都是對中國藝術精神主體心性的挖掘；不論是道德理性，還是人格修養，都是對中國藝術精神主體的精神預設。也正因為選擇了這一理路，他們才會自覺不自覺地去作儒、道的區分，因為儒家的仁義之心和道家的虛靜之心畢竟是心的兩面，產生了道德與藝術兩大文化支柱。與台港新儒學的方法不同，中國大陸出現一位與他們差不多同時期的美學家宗白華先生，他用另外一種自下而上的理路去探討藝術，同樣也發現了有別於西方的中國藝術精神。他從藝術本身出發，不專門講人性、分儒道，而用一種無所偏向的、無功利的眼光來欣賞藝術，徜徉於中西藝術的海洋。這種無目的的散步式的美學，反而避免了台港新儒家無法避免的矛盾，值得人們反思。

台港新儒學的中國藝術精神闡釋為何會出現這些共性？因為他們的文化身份和立場。他們屬於現代新儒學學派，該學派以接續孔孟道統、復興儒學為己任，以服膺宋明理學特別是儒家心性之學為主要特徵，以儒家思想為本位吸收、融合西方哲學，並以弘揚中華民族文化及其生命精神為宗旨，謀求中國社會和哲學文化的現代化。而第二代台港新儒家們處在台港一隅，更直接和深切地感受到西方文化的巨大衝擊和國學在二十世紀的衰落，尤其是儒學的「花果飄零」，他們急於向西方宣告中華文化的無可取代性，向世界展示民族文化的精髓。1958年，徐復觀與唐君毅、牟宗三、張君勱聯名發表了《為中國文化敬告世界人士宣言》，肯定中國文化之活的生命之存在。所以，他標舉「中國藝術精神」，就是要向現代藝術，向西方文化優越論宣戰，還中國文化以真面目，讓中國傳統文化重新發出璀璨光芒，挺立於世界文化之林。這種觀念來自於強烈的憂患意識和濃厚的本土意識。

台港新儒學凸顯的中西、儒道之分，在第三代海外新儒學這裡發生了改變。杜維明的美學探討告訴我們：從修身、修養來理解中國古典美學，更容易觸到中國藝術的本質，此處儒、道藝術精神之分則不顯；再

者，正如道家學說裡存在著豐富的生態思想一樣，先秦儒學，尤其是孟子關於人的思想同樣開啟了一種現代意義上的生態精神。修身這一觀念本身所包含的人自身、人與自然以及人與社會的和諧發展，正是生態美學所追求的理想的生存狀態。而在當下，對文化的生態關注，是全世界的共同趨向。

杜維明作為海外華裔學者，1981年以來一直從教於美國哈佛大學，經常往來於中美之間，可謂真正的中西文化對話交流的使者。這種文化身份促使他在思考美學問題的時候，不再著眼於中西、儒道的分離，而是融和。整合儒、道，以凸顯全整的中國文化；會通中西，以構建融匯古今的新的中國文化。這是杜維明在話題轉換背後的貢獻。

第三章 「中國抒情傳統」的海外建構

　　所謂「中國抒情傳統」，從學術史研究的角度，專指二十世紀後半期以來，緣起於海外華人學者，後延伸至港臺的一個從整體文學層面考察中國古典文學傳統的研究取向。在陳世驤《中國的抒情傳統》一文的基礎上，高友工、林順夫、孫康宜、蔡英俊、呂正惠、張淑香、王文生、蕭馳等學者不斷開拓，建立起一套包括文學史、文學理論（本體及範疇）及其哲學基礎在內的研究體系，於「傳統的現代轉換」中，構成了一個獨具洞見的「學術譜系」。

　　作為西方文學觀念的舶來品，從古希臘語七弦琴（Lyre）一詞演變而來的「抒情」（Lyric），既是一個強調藝術形式特徵的文類概念，亦是一個關乎文學經驗本質的範疇。自亞里斯多德以來，人們一直相信詩歌的本質在於模仿，而各種文類也以模仿方式的不同得以劃分,它們「只有三點差別，即摹仿所用的媒介不同，所取的對象不同，所採用的方式不同」[1]，因而「抒情詩」不過是文學作品組織形式的命名，是短小又富於音樂性的韻文作品的名稱。然而自1800年華茲華斯（William Wordsworth）在《抒情歌謠集序》中指出「詩是強烈情感的自然流露」以後，浪漫主義批評家們就把詩歌定義為「情感的表現和傾吐」，而「抒情詩」的創作機制——表現，更被視為有別於「模仿」的另一種文學本質。同時借助著德國古典主義哲學對主觀精神的推崇，諸如「情感」、「想像」等關乎內在經驗的語彙被引入抒情結構的領地，使之從一種特殊的文類形式轉向了「超文類」的經驗意義，也即從「抒情詩」走向了「抒情性」。正如俄羅斯文論家瓦・葉・哈利譯夫在《文學學導論》中所言：

　　　　在十九世紀（最初—是在浪漫主義美學中），對敘事、抒情、戲劇的另一種理解得以確立：不是作為語言藝術的形式，而是作為由哲學範疇所確定下來的某些憑智慧可以領悟的本質：文學類別開始被視為藝術內容的類型。……在二十世紀，文學類別一而再再而三地被置於同語言學現象（語法上的第一、第二、第三人稱）以及時間

---

[1] [古希臘]亞里斯多德：《詩學》，參見羅念生譯《詩學・詩藝》，北京：人民文學出版社，1982年版，第3-9頁。

範疇（過去、現在、將來）的彼此關聯之中。[2]

因而抒情研究除了要探討「簡短的韻律結構」和「音樂性」一類的形式結構要素外，更要牽涉「抒情角色」、「抒情時間」、「情感類型」等經驗意義的解讀。

中國文學傳統中，「抒情」最早見於屈原《九章‧惜誦》「惜誦以致愍兮，發憤以抒情」，其中「抒」本義為「泄」，「抒情」則意指情感之宣洩，多有苦悶不遇之感。也許是有違儒家詩教溫柔敦厚的傳統，「抒情」一詞在西方近代文學觀念傳入中國之前並沒有得到太多闡發，更難與文類產生聯繫。取而代之，「文學與情感」的討論則在諸如「言志」、「緣情」、「性靈」等重要觀念的言說中得以安頓，進而發展出一個至少疊加了漢代以來儒家詩論、魏晉以來「物色緣情」詩觀、唐宋律詩美學理想以及明清「至情」信念的文論傳統，加之中國詩在形式特徵方面與西方抒情文類的諸多契合，用指稱「Lyric」的「抒情」概念重新解釋中國詩歌傳統則具備了從外在形態到內在經驗的多種可能。

考察西方觀念與中國傳統在「抒情」經驗上的疏離與遇合，引發了「中國抒情傳統」研究的種種發明與誤讀。然而這一研究的目的，不僅在於從一個新的面向重新體認和闡釋傳統，更在於借助「抒情」文類所反映的感知世界和統整經驗的方式，探求中國文化的特殊理想與價值。

第一節　開拓：陳世驤與「中國抒情傳統」的發現

1958年，韋勒克（Rene Wellek）在教堂山大會上以題為《比較文學的危機》之演講，引領國際比較文學從重視「影響研究」、依靠材料考證、強調事實聯繫的「法國學派」時代，進入了重視「平行研究」、看重文學作品自身獨立性和文學性、強調跨文化和跨學科研究視野的「美國學派」時代。這一研究轉向，對以比較為基本思維方式的海外「中國古典文學」研究亦產生了重要影響。六〇年代，著名留美學者陳世驤顯然已成為這一新主張的實踐者，在其美國亞洲學會年會演講稿《中國的抒情傳統》一文中，他開宗明義地指出：「比較文學的要務，並不止於文學相等因式的尋找；它還要建立文學新的解釋和新的評價」[3]，隨即

---

[2] ［俄］瓦‧葉‧哈利譯夫：《文學學導論》，周啟超等譯，北京：北京大學出版社，2007年版，第361頁。

[3] 陳世驤：《中國的抒情傳統》，參見《陳世驤文存》，瀋陽：遼寧教育出版社，1998年版，第1頁。

提出了以標榜文化獨特性為宗旨的「中國抒情傳統」論斷。自此,作為一個特殊的學術譜系,「中國抒情傳統」研究開始了它漫長的旅程。

一、文類研究:「抒情傳統」的理論起點

中國文學批評,自《毛詩序》起,就有了文學分類的自覺,根據《周禮》「大師……教六詩:曰風、曰賦、曰比、曰興、曰雅、曰頌」而提出的「六藝」中,風、雅、頌即指詩的種類。至魏晉南北朝,文學審美的獨立價值首次得到文人們的廣泛的認同,文學批評中的文類問題也發展為中國獨有的一套文體學。曹丕在《典論・論文》中指出:「夫文本同而末異,蓋奏議宜雅,書論宜理,銘誄尚實,詩賦欲麗。」[4]陸機《文賦》則更把「文章」細分為十大類,逐一對應其美學特徵:「詩緣情而綺靡。賦體物而瀏亮。碑披文以相質。誄纏綿而悽愴。銘博約而溫潤。箴頓挫而清壯。頌優遊以彬蔚。論精微而朗暢。奏平徹以閒雅,說煒曄而譎誑。」[5]同時,以「詩文為正統」的古典文學體系,又按劉勰「音韻之別」劃定的「文筆之分」建立了獨特的文類分野:「今之常言,有文有筆,以為無韻者筆也,有韻者文也。」[6]至於戲曲、小說等俗文學,雖然至明清以來有了驚人的發展,但始終未能進入「雅」文學的範疇,也因此在文類上沒有取得和詩文同等的地位。

而在西方傳統中,自柏拉圖(Plato)和亞里斯多德(Aristotle)以來,人們就一直傾向於把整個文學領域分為三大類,這種分類至今仍然通用。它們是戲劇文學、敘事文學和抒情文學。亞里斯多德把文學建立在摹仿論的基礎上,認為「只有三點差別,即摹仿所用的媒介不同,所取的對象不同,所採用的方式不同」,於是就有了以上三類文學:「假如用同樣媒介摹仿同樣對象,既可以像荷馬(Homer)那樣,時而用敘述手法,時而叫人物出場,或化身為人物,也可以始終不變,用自己的口吻來敘述,還可以使摹仿者用動作來摹仿。」[7]這就是古希臘的史詩、抒情詩和悲喜劇。發展至黑格爾(Hegel),則以文學創作的主客關係論述詩(文學)的分類,指出敘事詩是客觀性文學,抒情詩是主觀

4　曹丕:《典論・論文》,參見郭紹虞、王文生編《中國歷代文論選》(第一冊),上海:上海古籍出版社,2001年版,第158頁。

5　陸機:《文賦》,參見郭紹虞、王文生編《中國歷代文論選》(第一冊),第171頁。

6　劉勰:《文心雕龍・總術》,參見周振甫編《文心雕龍今譯》,北京:中華書局1986年版,第385頁。

7　[古希臘]亞里斯多德:《詩學》,參見《詩學・詩藝》,人民文學出版社1982年版,第3-9頁。

性文學，二者都有其片面性，唯獨戲劇是揚棄了主觀與客觀的綜合藝術，具有優越的地位。在此後的漫長歷史中，三大文類的地位幾經變遷，形式也多有變化，但這一經典的劃分方法和評價體系卻最終保留下來，成為西方文學傳統的重要組成。

東西兩大文學傳統對於文類的不同解說和偏好，在二十世紀五〇年代國際比較文學「平行研究」的轉向後，終於得以在文化獨特性的層面上相互對話。1991年厄爾・邁納（Earl Miner）《比較詩學》的登場標誌著文類理論在比較詩學研究中取得重要進展，該書最大的特色即在於建立在「普遍性詩學體系」上的關於「基礎詩學」的大膽假設。由於把人類的全部文學活動看作一個整體，因而能從具有普遍意義的文類三分法——戲劇、抒情詩、敘事文切入，對不同的文學傳統進行考察，從而發現了建立在文類基礎上的「原創詩學」：西方詩學是建立在戲劇文類上的「摹仿——情感」詩學；而世界上眾多的其它的詩學體系（包括以中國為代表的東方詩學）基本都是建立在抒情詩文類上的「情感——表現」詩學；還沒有建立在敘事文學基礎上的詩學。

然而追溯歷史，美國華裔漢學家陳世驤，早在二十世紀六〇年代提出的「中國抒情傳統」論題，就已從中西文類的比較中得出了類似厄爾・邁納的理論設想。

（一）陳世驤：文類研究與比較視野[8]

在《中國的抒情傳統》一文中，陳世驤首次把西方文類中的抒情詩概念引入對中國文學大傳統的考察中。他的「新的解釋和評價」具體到文學傳統的跨文化比較研究時，就開啟了以西方文類三分法為基礎的中西文學傳統的二元對立比較，即西方的戲劇傳統對應東方的抒情傳統。對此，陳世驤分別從「文學創作」和「批評理論」兩方面展開論證。

在「文學創作」的層面，他認為《詩經》、《楚辭》、漢賦、樂府是「抒情傳統」得以在中國文學中確立主潮地位的四大因素。對於《詩經》，陳世驤特別強調了它的音樂性同西方「抒情詩」的契合：「《詩經》是一種唱文（詩者，字的音樂也）。因為是唱文，《詩經》的要髓整個說來便是音樂。因為它彌漫著個人弦音，含有人類日常的掛慮和切身的某種哀求，它和抒情詩的要義各方面都很吻合」；而《楚辭》則被視為「楚的悼亡詩」，由各式各樣的抒情體組成（祭歌、頌詞、悲詩、悼亡

---

[8] 本小節「陳世驤：文類研究與比較視野」中出現的引文，若未特別注明，皆選自陳世驤：《中國的抒情傳統》，參見《陳世驤文存》，瀋陽：遼寧教育出版社，1998年版。

詩），其中的代表《離騷》則突出地表現為「文學家切身地反映自我影像」。作為「中國抒情傳統」的兩大源頭，《詩經》與《楚辭》結合了抒情詩體的兩大要素：「以字的音樂做組織」和「內心自白做意旨」，此後則「時而以形式見長，時而以內容顯現」。漢代的樂府進一步發展了抒情詩的音樂性，並實現了漢代「舉國上下制度化詩合於樂、合於歌的傳統」；漢賦由於散韻結合而產生的「引人入勝的詞句和音響」形式，充分拓展了「描寫」在中國抒情傳統中的地位，使得這一以詞藻堆砌而著稱的文體在「振奮和怡悅的語言音樂裡，如此將自己的話語強勁的打入他人的心坎」。此後中國文學的主流則在這四大類型開拓的道路中，徹底地張揚著抒情的聲音。陳世驤還特別強調了中國後起的敘事和戲曲文學中抒情文體的「聲勢逼人、各路滲透」。就此，其結論是，「就整體而論，我們說中國文學的道統是一種抒情的道統並不算過分」。

在「批評理論」的層面，陳世驤則指出，以史詩和戲劇為主要批評對象的希臘人，一方面至亞里斯多德的《詩學》問世之時，仍舊未給抒情詩體命名[9]；另一方面，他們對文學創作的探討則始終不離「故事的佈局、結構、劇情和角色的塑造」，由於對衝突、張力等戲劇文學特質的偏愛，終而形成了「客觀分析佈局、情節和角色的癖好」。而中國古典文學批評則對抒情詩投入了全部的熱情，他們的愛好是「詩的音質，情感的流露，以及私下或公共場合中的自我傾吐」，因此，自孔子起，文學批評談論詩之興觀群怨，就是關於「傾吐心中的渴望、意念、抱負」的詩的意旨論，其著重於「情的流露」，而這也成為「詩的品質的說明」；同時，中國批評家對「詩法」的關注，也不在張力和衝突，而是「意象和音響」的和諧。

最後，陳世驤從文類之不同歸結出東西兩大文學「相抵觸的、迥異的傳統形式和價值判斷」，完成了他尋找偉大傳統之間差異性的比較要務：

> 說明文、分析文和長篇解說是西歐人的特長，而直覺感應力，以凝聚的精華從內在經驗中明快地點出博大精深的聯想卻是東方人的拿手好戲。總括地說，滔滔的雄辯對簡明的點悟語，法庭上所用的分析對經驗感應的迴響是東西正派批評不同的分野。[10]

9　《中國的抒情傳統》一文指出，亞里斯多德在《詩學》第一章第六、七節裡曾指出用抑揚格、挽歌體或其相等音步寫成的抒情詩「直到目前還沒有名字」。
10　陳世驤：《中國的抒情傳統》，參見《陳世驤文存》，第5頁。

　　還值得一提的是，陳世驤在該文結尾提出了文類升降的問題。他指出抒情詩在西方傳統中自文藝復興以來就一直處於上升地位，這一劣勢文類在浪漫主義時期卻獲得了至高無上的聲譽，「本世紀英國詩評家德林克瓦特（Jonh Drinkwater）曾很有資格的說『抒情詩是純詩質活力的產物』，因此，『抒情詩』（Lyric）和『詩』（Poetry）是同義詞」，如果用極端一點的看法來解說，此一時期的西方文學觀念正契合了中國「抒情詩的傳統」。針對西方文類變化的這一有趣現象，我們依據陳世驤的思路回溯中國文學，則可發現，自二十世紀初以來，「戲劇」和「小說」在文類競爭中的優勢地位日漸顯露，梁啟超「三界革命」聲勢最浩大者正是「小說界革命」，他所謂「小說文學之最上乘」的宣言，不也像西方重新發現了Lyric那樣，在古老的東方重新發現了敘事和戲劇文學的傳統嗎？

（二）對「次文類」[11]的考察

　　沿著「文類研究」的方向，「中國抒情傳統」研究並不滿足於「三大文類」之上的宏觀概括，而進一步展開了對「次文類」變遷的考察。如果把這方面的全部成就拼接起來，就構成了一部類似於梁啟超在《中國美文及其歷史》中嘗試勾勒的「中國詩歌史」，而貫注其中的線索則是「抒情傳統」如何在這些具體的形式中產生、興盛、變異、式微的過程。這正如蕭馳所言，「抒情傳統」研究的要務之一即是對「次文類」更替沿革的歷史言說和解釋：

> 　　不斷被重新塑造之持續過程，不斷被延展為新的文類和文類間不斷拮抗，交融的過程：由古體而律化，由詩而詞、曲，由詞曲而延伸為戲曲、小說中之「抒情境界」、「原型場景」以及結構法則中的整一觀點。[12]

　　陳世驤之後，高友工於《中國文化史中的抒情傳統》一文中明確把「抒情傳統」視為「中國自有史以來以抒情詩為主所形成的一個傳統」，並詳細考察了律詩、詞體、戲曲等「抒情美典」在抒情詩這一文

---

[11] 本文的「次文類」，指在三大文類劃分標準下，每一基礎文類隨時代和地域之不同而發展出的不同形式，如中國抒情詩類即可劃分為四言詩（《詩經》）、楚辭、樂府、五言詩、律詩、詞、曲、戲劇等不同的「次文類」。
[12] 蕭馳：《中國抒情傳統》，臺北：允晨文化實業股份有限公司，1999年版，第13頁。

類大傳統中各自生髮出的抒情特質。林順夫和孫康宜等學者則在七〇年代北美風行一時的「文類研究」（genre study）影響下，具體地辨析了詩體和詞體的文類風格。林順夫的《中國抒情傳統的轉變——姜夔與南宋詞》以共時性的方法展現了南宋詠物詞的獨特形式及情感意義；而孫康宜先生的兩本著作——《抒情與描寫——六朝詩歌概論》、《詞與文類研究》——則以歷時性的方法分別探究了五言詩和詞的文體演變過程及意義嬗變。臺灣學者呂正惠基於中國「詩文」共為正統文學正宗的現象，把視野由三分而擴展為四分，對散文也加以「抒情式」的觀察。在《形式與意義》一文中，他指出以「駢文」和「散文」為分野的中國散文，可分為四大類型——駢文（以六朝為主）、先秦兩漢之「文」、古文（以唐宋為主）、小品文（以明、清之際為主），雖然這一文體沿革內在地反映出「美文」與「實用文」的對立，但它們卻共同體現著中國散文對「文字感性」的重視：

> 古文家和駢文作家一樣重視文字，不過兩者的重點不同罷了。駢文作家講究的是對仗、聲律之美，是全文四平八穩的平衡之美；古文家所講究的，用韓愈的話來說，是「言之長短與聲之高下者皆宜」，是全篇「文氣」流動之自然合宜。[13]

　　散文家們對「文字感性」的重視與「感情本體主義」相互交織，「把經驗凝定在某一範圍內，加以深化和本體化」[14]，共同構成了中國抒情傳統的兩大特色。

　　對抒情文學「次文類」的考察，逐漸形成了「中國抒情傳統」研究的文學史意識，他們通過具體分析「形式與意義」的關係，構築出中國文學發展的新的解釋。

二、陳世驤：考據視野與抒情源頭

　　陳世驤（Shih-hsiang Chen）（1912-1971），字子龍，號石湘。祖籍河北灤縣。幼承家學，後入北京大學主修英國文學，1932年獲文學學士。1936年起任北京大學和湖南大學講師。1941年赴美深造，在紐約哥

---

[13] 呂正惠：《形式與意義》，參見劉岱、蔡英俊編《中國文化新論：文學篇（一）抒情的境界》，臺北：聯經出版事業公司，1982年版，第47頁。

[14] 呂正惠：《形式與意義》，參見劉岱、蔡英俊編《中國文化新論：文學篇（一）抒情的境界》，第57頁。

倫比亞大學專攻中西文學理論。1947年起長期執教加州大學伯克萊分校東方語言文學系，先後任助理教授、副教授和教授，主講中國古典文學和中西比較文學，並協助籌建該校比較文學系。在此期間，他結交楊聯陞、吳魯芹、夏濟安、夏志清兄弟等留美學者，延攬張愛玲入加州大學研究，同時作育英才無數，聶華苓、鄭愁予、瘂弦、商禽、楊牧等一大批臺灣作家、學者都直接間接受到他的指點和提掖，為開創五六〇年代美國華人學者人文社會科學研究的新局面頗多貢獻。1971年5月23日以心臟病猝發逝於加州伯克萊。[15]。

陳世驤與朱光潛、錢鍾書等人同屬中國二十世紀二、三十年代培養出的博古通今型學者。他們的共同特點在於出身國內知名大學外文系，有出國深造的經驗，且國學涵養甚深，大多在中年後轉向傳統文化研究，具有強烈的比較意識，同時對考據學和西洋科學研究方法甚為傾心。

自漢代起中國就發展出一套關於文字訓詁的方法，辨析字義、考訂讀音，專著如《說文解字》、《爾雅》、《方言》、《釋名》、《廣雅》等，碩果累累，可以說，「訓詁本身，也是中國學人在進行思考與研究時最基本的方法，一度還有人誇張地說過：『訓詁明而義理明』」[16]。以清代乾嘉學派為代表的傳統「國學」研究，一向重視對文字的考據和辨析，是清代文人摒棄明末之浮躁學風，重新師承漢代經學考據訓詁方法的結果，其往往成為學者較量學識的重要舞臺，也從一個側面印證了中國文字在傳統文化中的獨立性和獨特性。龔鵬程從文化內部的自我傳承與演進的角度對五四新文化運動之學術特點的分析，為陳世驤等人治學風格的形成提供了恰切的解釋：

> 五四新文學運動，乃是一個新文化運動，它既從晚明文學中得到滋養，又從王陽明到黃宗羲、顏元、閻若璩、胡渭的學術發展中，發現了「反玄學的革命」之路，攻擊宋明理學、批判吃人的禮教。於是，在學問上注重比較實際的考證之學，形成了胡適、顧頡剛及後來中央研究院所代表的史料考據學風。[17]

---

[15] 陳子善：《陳世驤文存·本書說明》，參見陳世驤《陳世驤文存》，瀋陽：遼寧教育出版社，1998年版。

[16] 龔鵬程：《文字意義的探索》，參見《漢代思潮》，商務印書館2005年版，第97頁。

[17] 龔鵬程：《晚明思潮·自序》，參見《晚明思潮》，商務印書館2005年版，第2頁。

　　陳世驤的「抒情傳統」研究最見功力之處，正是他立足中西兩大語言體系，考證古典詩學概念的嘗試。整個研究既顯示了深厚的文字學、考據學功底，又能巧妙對比西方語言學的詞根變化形式，對照兩種語言傳統，探求詩學概念反映出的人類心靈的「原型結構」。他特別重視對中國詩歌源頭階段的考察，但由於英年早逝，僅涉及了《詩經》與楚辭[18]兩大類型。其中，用他自己的話來說，研究《詩經》，「目的在追索詩三百之所形成的過程，進而考察其藝術成就，和它對後世傳統的文學批評標準的貢獻」[19]。他為自己設計了兩條蹊徑：

　　　　其一為「詩」在語源學上的真意；其二為歷來論詩傳
　　統裡一個人云亦云的術語，即意義隱晦的「興」字。[20]

　　並以《中國詩字之原始觀念試論》和《原興：兼論中國文學特質》兩篇文章，分別探討了「詩」與「興」兩個古典詩學概念在文字學意義上的「抒情特質」，為中國抒情文學的發生尋找源頭依據。

（一）「詩」的原始意象[21]

　　陳世驤對「詩」的概念探究，集中體現於《中國詩字之原始觀念試論》一文。首先，他從語用學的角度考察了「詩」字最早的使用情況。他認為是《詩經》發明且展現了「詩」這個字的意義，三百篇中共有三處，分別是《大雅》中的《卷阿》和《崧高》，《小雅》中的《卷伯》。《卷阿》的獨特之處在於首次把「歌」和「詩」對立辨析，認為「詩」配樂才是「歌」；《崧高》被視為最早的贈答詩，體現出詩以表情的特點；《卷伯》則突出了作者的切身感受，通過「作為此詩」的表述，強調了「詩」之語言製作的特點。他認為新名詞的產生代表了新觀念的明晰和形成，而「詩」字的產生所明晰的正是其與音樂抒情性相對的語言抒情性，這一特點通過「言」的偏旁表現出來。

　　其次，陳世驤通過對《說文解字》的辨析，從字源學角度考證「詩」之原始意象。他認為，「詩」與「志」皆從「㞢」聲，其形如一

---

[18] 陳世驤關於楚辭的論文《論時：屈賦發微》，參見葉維廉編，古添洪譯《中國古典文學比較研究》，臺北：黎明文化公司1977年版，第48-108頁。

[19] 陳世驤：《原興：兼論中國文學的特質》，參見《陳世驤文存》，第142頁。

[20] 陳世驤：《原興：兼論中國文學的特質》，參見《陳世驤文存》，第148頁。

[21] 本小節「『詩』的原始意象」中出現的引文，若未特別注明，皆選自陳世驤：《中國詩字之原始觀念試論》，參見《陳世驤文存》，瀋陽：遼寧教育出版社，1998年版。

足著地，含義相反相成：一是「止」，停也；一是「之」，去也。他對照英文中「leave」一詞，亦兼有「留」和「去」二相反義的現象；又舉出「life」一詞，一面指存留於今世，一面指漸漸離開今世，在英語文學中常不謂其「存留」而多言其「奔逝」的使用慣例。進而從比較文字學的角度，說明一字之具有相反二義乃為人類文字原初創造的共同傾向。因而，所謂「詩者，志之所之也，在心為志，發言為詩」（《詩大序》），正體現了「㞢」對「詩」的影響：「之」即「離」，體現向外的趨勢；「在」即「止」，體現停留於內的趨勢，「志」與「詩」相通，一個停止於內，另外一個則借助語言表現在外，而旨趣大異也。因此，可以說詩「既是蘊止於內心的深情至義，又是宣發於外的好語言了」[22]。

最後，從人類學角度觀察，詩、樂、舞合一的現象乃人類原始藝術之綜合性的表現，因而詩歌內在地包含了音樂與舞蹈的生命律動的節奏，於「言之不足」時，轉而「歌詠之」，而終於「手舞足蹈」：

> 詩者，志之所之也。在心為志，發言為詩。情動於中而形於言；言之不足，故嗟歎之；嗟歎之不足，故歌詠之；歌詠之不足，不知手之舞之，足之蹈之也。[23]

由此，朱自清眼中的中國詩學開山綱領《詩大序》已另有一番新意：「蘊止於心，發之於言，還帶有與舞蹈歌詠同源同氣的節奏的藝術」[24]，這一中國「詩」字的原始意象為中國詩學長久以來一直以抒情言志和韻律結構為其基本特點的傳統奠定了基礎。

（二）「興」與「抒情傳統」的靈魂[25]

陳世驤認為中西傳統在詩的命名上一直存在著顯著區別：英文「poetry」一詞，泛指「製作」，著重「技藝」，因此詩的本質更多由創作的結構、設計、規則來體現；而中文的「詩」字，則「專重詩的藝

---

[22] 陳世驤：《中國詩字之原始觀念試論》，參見《陳世驤文存》，第21頁。

[23] 《毛詩序》，參見郭紹虞、王文生編《中國歷代文論選》（第一冊），上海：上海古籍出版社，2001年版，第63頁。

[24] 張節末：《中國美學史研究的新途徑之一——海外華人學者對中國美學抒情傳統的研尋》，《江西社會科學》2006第1期。

[25] 本小節「『興』與『抒情傳統』的民間性」中出現的引文，若未特別注明，皆選自陳世驤：《原興：兼論中國文學特質》，參見《陳世驤文存》，瀋陽：遼寧教育出版社，1998年版。

術的要素本質的表現」，是一種內在精神的統一。中國的文學觀念顯現在作為一個統一類型的「詩三百」中，其是「第一個具有規模的中國文學創作的原始型態」。對此，陳世驤以四十頁篇幅的《原興：兼論中國文學的特質》[26]給出了自己的解釋：緣起於「詩三百」的中國「抒情性」文類，其靈魂正在於「興」的始終貫穿。

首先，他從字源學的角度還原了「興」字產生的原初圖景。他同意高本漢教授的意見，認為「興」比「詩」更屬於「原始的意會字」。綜合羅振玉和郭沫若的觀點，此字的甲骨文代表「四手托一物之象」，所托之物為環轉的槃，因此，「興」乃是初民合群舉物旋游時所發出的聲音，帶著神采飛逸的氣氛，共同舉起一件物體而旋轉。而詩樂舞同源時代產生的《詩經》作品，之所以能超越各自的具體內容而最終統納於「詩」這一文類，正是因為共同緣於「興」的引導，而「具有相等的社會功用，和相似的詩質內蘊」。

其次，「興」的原始意蘊通過貫穿於整個「詩三百」中的「詩法」而得以保留並影響著後世的詩歌創作，其主要通過節奏的控制、音韻的營造以及文義的表現來實現。節奏方面，陳世驤認為歷代學者把「興」視為「內容分類」（《詩大序》）、「言外之意」（鍾嶸、孔穎達）或「作詩發端的技巧」（朱熹）之種種解釋，致使由「興」所規定的《詩經》「複遝、疊覆乃至反覆回增」的原始節奏的結構逐漸隱沒，終於引發了劉勰所謂「興意銷亡」的感歎。因為，「興」正是通過規定詩的結構來體現「帶著自然流露的情緒和吶喊的舞踴」之節奏，進而內在地延續著詩作為綜合性藝術的原始形態：

> 「興」的因素每一出現，輒負起它鞏固詩型的任務，
> 時而奠定韻律的基礎，時而決定節奏的風味，甚至於全詩
> 氣氛的完成。「興」以回復和提示的方法達成這個任務，
> 尤其更以「反覆回增法」來表現它特殊的功能。[27]

音韻方面，起興之句往往確立全詩的韻式，使傍韻、協音、腳韻等要素「振鳴於字裡行間」，各種音律的相互迴響與節奏一起營造出詩之感人的「氛圍」，從而達到與詩樂舞合一的原始藝術相似的效果；文義

---

[26] 此文英文原題為「*The Shih-Ching: Its Generic Significance in Chinese Literary History and Poetics*」，文章討論的焦點「《詩經》的普遍意義（Its Generic Significance）」，經陳世驤高足楊牧的意譯表述為「原興」。

[27] 陳世驤：《原興：兼論中國文學特質》，參見《陳世驤文存》，第152頁。

方面，則認同H.W.Garrod的解釋：

> 起初這個世界是新鮮的。人一開口說話就詩詠。為外界
> 事物命名每成靈感；妙喻奇譬脫口而出，如自然從感官流露
> 出來的東西。[28]

他指出，詩三百中起興的對象不外乎自然山水、花鳥蟲魚、人工器具，或是各類群體生活，其中又以農業和繁衍（生育、女子、愛情等）為最重要的主題，皆是初民們對生活敏銳的觀察和驚喜的發現，洋溢著人類原初的詩性思維。因此，「『興』就是來自『新鮮世界』裡的詩質」，其中的成功意象必然如萬物出生時那樣渾樸新鮮而動人。

最後，「興」這一概念亦同時體現了集體創作與個人才情間的密切關係。一方面，「民歌」的原始因素是「群體」活動的精神，源自人們情感配合的「上舉」衝動，其中集體勞動或節日歡慶為此提供了最大的原動力。另一方面，這種無意識的呼喊，只有在領唱脫穎而出之際，才能憑藉其個人之才情，把人群當下的「興發」化為靈感的章節，配合集體的舞蹈和樂音。因此，始於初民合群遊戲時「上舉歡舞」之聲的「興」這一概念，則在由群體的呼喊到領唱者的結構創造過程中，成為了《詩經》民歌創作的最初方式。因此，「興」是中國詩歌形成一種抒情文類的靈魂，也是中國文學抒情特質的最初由來。後世的文學創作儘管是個人的天才體現，但卻始終脫不開根源於「興」之氣氛的民間傳統。

陳世驤的發現，為從古典詩學概念發掘抒情傳統做出了首次成功地實踐，集中體現了他「運用西方文學和語言學理論並結合中國傳統的考據方法」的研究路徑。他對中國詩歌源頭進行的實證主義式的探究，顯然比其後來者從哲學思辨的層面演繹古典批評概念來得生動務實也新意迭出。但遺憾的是，他對詩經、楚辭、漢賦、樂府的推崇並沒有獲得更多的迴響，此後的學者視這些創作為中國文學史上孤立的現象，而把「中國抒情傳統」的源頭推後至漢末五言詩的興起。也正因為如此，陳世驤極具考據特色的「溯源」研究，才在這中國抒情傳統的學術譜系中自成一家、獨具特色。

---

[28] C・Day Lewis，*The Poetic Image*，p.25。轉引自陳世驤：《原興：兼論中國文學特質》，參見《陳世驤文存》，第165頁。

第二節　延展：高友工的「抒情美學」及其追隨者

1978年，美國普林斯頓大學東亞系教授高友工返台，在母校臺灣大學客座講學一年，引發了當地媒體所謂「高友工旋風」的熱潮，在這一年中，高友工完成了他關於「文學研究之美學問題」的理論著述，並初步提出了「中國抒情美學」的構想。高氏的研究以美學理論之思考而起，亦以美學史之梳理而終，通體滲透著強烈的「形而上」色彩，與前輩學者陳世驤重材料考據的實證風格大相徑庭。在高友工的努力下，「中國抒情傳統」研究顯然已不滿足於文學現象的比較，而試圖從哲學思辨的「本體論」高度建立中國古典文化的新的研究體系和價值觀念；同時，高友工有意識地融入結構主義等西方現代語言學批評成果，極大地提升了「抒情美學」進行批評實踐的可操作性和科學性，催生了一批以之為線索的文學史論述。可以說，正是高友工「抒情美學」的問世為「中國抒情傳統」研究打下堅實的理論根基。

一、「抒情美學」概說

「抒情美學」是高友工對中國五大藝術門類所共同遵循的「潛含美學」的理論概括和歷史研尋。這一美學理論的基礎在於，把中國藝術視為一種以「創作行為」和「作者經驗」為基礎的藝術傳統，因而高友工的理論創構承襲了西方美學中「主體論」一派的傳統，以「美感經驗」為對象，通過探討經驗的三個層次——感性的快感、形式結構的完美感、境界的悟感——發掘出「抒情美典」的藝術規則、技術標準和文化理想。

（一）經驗與形式：抒情美學的現代形態

什麼是文學？什麼是文學研究的對象？文學研究的方法又有哪些？對此，從美學角度切入說明，正是自現代以來文學獲得自身合法性和根本解釋的重要途徑之一，更為現代學者重新闡釋傳統提供了新的角度和方法。

從西方文學批評的歷史來看，我們今天所常用的「文學」觀念，是一個以美學規定性為基礎的現代概念，而西方現代意義上的「文學理論」亦是接受了以「審美」為學理基礎的「純化」洗禮，而最終確立的以「語言藝術」為論述範圍的現代學科：

> 美學在十八世紀後半期的出現為文學和文學研究提供

了具有現代色彩的學科框架和話語方式，正是在傳統詩學
不斷美學化的過程中，誕生了現代意義上的文學觀念和文
學理論的觀念，從而使得西方文學理論通過審美現代性的
獲得實現了現代性的轉化。[29]

　　二十世紀以來，現代美學的創構始終離不開兩大主題，一為「審
美心理」，一為「藝術形式」。始自鮑姆嘉通（Alexander Gottlieb
Baumgarten）對「感性認識之完善」的立論，美學自命名之初就從追問
本質的形而上學轉向了對於主體心理結構的探究，自此「美感經驗」
（審美經驗）成為現代美學研究的一條主線，其鼎盛之時當屬二十世紀
前十五年的審美心理學時代，此間以心理學為基礎的一系列研究，使得
「感覺」、「情緒」、「想像」、「記憶」、「直覺」等概念進入了現
代美學體系，並構成了一個動態的審美欣賞的過程理論。受此影響朱光
潛先生寫就了中國第一部現代美學著作《文藝心理學》，全面疏理了這
一流派的基本觀點及得失，並以此構築了自己的美學體系。
　　現代美學的另一重要成果則是對「藝術形式」的開拓，自1913年英
國美學家貝爾（Clive Bell）在其《藝術》一書中提出「有意味的形式」
這一個概念以來，「形式如何從自身成為審美對象」就成為俄國形式主
義、英國形式主義、英美新批評等眾多流派不約而同的目標，在這場聲
勢浩大的運動中，「形式」作為藝術美學新的本體和「自律性」的說
明，獲得了自身的意義。表現在文學中，則是對於語言和文本的空前崇
拜，以及以語言學為學理基礎的「文學性」本體論的確立。這一影響也
體現在朱光潛先生的另一本著作《詩論》中，此書第八至第十二章，專
門討論中國傳統詩歌之獨特形式及其形成的原因，並注意到中國抒情詩
體系中最具民族特色的「律詩」形態，以中西比較的立場發出了古典詩
歌通向現代形式美學的先聲。
　　經過這兩個理論創構階段，現代美學原理即可概括為「美即美
感」和「形式即本體」[30]。由此考查二十世紀五〇-六〇年代如蘇珊·朗
格（Susanne Langer）的《情感與形式》、杜夫海納（Susanne Langer）
的《審美經驗現象學》或阿恩海姆（Rudolf Arnheim）的《藝術與視知
覺》等現代美學的體系性著作，則可發現「經驗」和「形式」正是現代
美學理論的兩個基本支撐點，而這也是進入高友工「抒情美學」基本原

---

[29]　陳躍紅：《比較詩學導論》，北京：北京大學出版社，2005年版，第83頁。
[30]　張法：《二十世紀西方美學理論》，成都：四川人民出版社年，2007年版。此一
　　　說法借自該書第二章和第三章的標題。

理的最佳門徑：

1.美感經驗

　　「美感經驗」是高友工抒情美學研究的基本對象。相較於陳世驤自文學客體——文類——解釋抒情詩的策略，高友工則開創了從主體立場——「美感經驗」——解釋「抒情」活動的美學路徑。

　　美學與藝術哲學的區別是其確定美學研究對象的依據。在多篇文章中，高友工一再指出「美學關注個體的創造性體驗，而藝術理論則關心和研究藝術的本質」[31]。美學的出發點是作家，因而側重於以「美感經驗」為基礎的「創作心理」和「創作標準」等「創作過程」；而藝術哲學的對象則是「藝術品」本身，故將其視為一個獨立自足的個體進行關照。「抒情美學」這一命名的目的正在於突出此理論對藝術創造過程中「為什麼創造」和「怎麼創造」的關注，從而把藝術創作的精神狀態——美感經驗——作為研究的中心。作為高友工「抒情美學」的基本解釋，「經驗」在時間上表現為「現在」與「過去」的並存，在對象上則是「自我」與「客體」的共顯。他特別強調文學創作中的「主體經驗」和文學欣賞中的「主體再經驗」之間的關係，認為通過「經驗的再經驗」過程，創作經驗在欣賞經驗中得以保存。因此「創造的目的不是在藝術，而是在其經驗本身」，而「創作經驗」的重要性也在於它是無限多「再經驗」的永恆原形。正如高友工所言：「對許多闡釋者來說，理想的審美體驗就是重新啟動那起初導致藝術對象產生的體驗」[32]，抒情藝術的特殊性正在於它必須進入創作經驗，而不是僅僅依靠審美活動的解釋。高友工的「抒情美學」正是選取了「創作」這一緯度，以抒情藝術對「經驗」保存的特殊方式為考察對象，展開其對中國美學的重新思考。

　　在此基礎上，他以「內化」和「符號化」為抒情藝術的基本經驗形態。內化是審美活動中把外在材料轉化為內在心象或心境等精神式樣的意識活動；而符號化則是通過藝術媒介把心理意識轉化為符號形式的物化活動。內化使零散的外在刺激融為完整統一的「心象」和「心境」，實現了一種「情境」和「物我」的「同一關係」；符號化則通過構築物化系統而保存「美感經驗」（抒情藝術的符號化通常表現為意象的）。

---

[31] 高友工：《中國抒情美學》，參見樂黛雲、陳玨編《北美中國古典文學研究名家十年文選》，南京：江蘇人民出版社，1996年版，第2頁。

[32] 高友工：《中國抒情美學》，參見樂黛雲、陳玨編《北美中國古典文學研究名家十年文選》，第4頁。

因此，內化和符號化發揮了「整合和結構化」的功能，使得抒情藝術表現出「一」與「和」的基本風格，形成既簡單又複雜的形式，「簡單是因為所有的因素都濃縮成一個整體，複雜是因為內在的結構可以由各種不同的層次和趨向組成」[33]。同時，作為創作者的個體活動，「經驗」的「自我」與「現實」性又使得「內化」和「符號化」的實現過程體現了「動」的特徵。因此，「和諧與流動」體現著抒情藝術的理想風格：「和諧是將各種不同性質溶合為一個統一的形式的描述；而流動則突出了在創作過程中，對不同特性的瞬間的融合與滲透」[34]，然而，高友工並不滿足於把抒情傳統視為「專指中國自有史以來以抒情詩為主所形成的一個傳統」[35]，而更強調其在廣義上並不限於「專指某一詩題、文體，也不限於某一種主題、題素」，而是「涵蓋了整個文化史中某一些人的『意識形態』，包括他們的『價值』、『理想』，以及他們具體表現這種『意識』的方式」[36]。就此而言，「抒情傳統」更需要通過形式以外的種種「外緣解釋」獲得深層次的說明，以生命價值和文化理想為其最終歸宿。在此基礎上，「抒情美學」重新審視中國古代藝術理想的境界，認為中國傳統藝術追求的正是這樣一種建立在感性基礎上的結合了形式和生命直覺之反思的「美感經驗」，從而為中國古代文學重視經驗的傳統找到一種現代依據和一個西方知音，使「中國抒情傳統」在借用語言學方法論時不至於深陷科學理性之牢籠，而迷失了中國古典藝術精神的實質。

2.形式與意義

對抒情文學創作架構中的兩大要素——形式與內容——的關注，在陳世驤的《中國的抒情傳統》一文中已初見端倪，他指出「以字的音樂做組織和內心自白做意旨是抒情詩的兩大要素」，而由《詩經》和《楚辭》開啟的中國抒情道統結合了這兩大要素，「時而以形式見長，時而以內容顯現」。高友工的古典文學研究，最早也以自覺運用西方現代語言學研究方法而著稱。他敏銳地注意到中國古典詩歌自身嚴密精准的聲

---

[33] 高友工：《中國抒情美學》，參見樂黛雲、陳珏編《北美中國古典文學研究名家十年文選》，第19頁

[34] 高友工：《中國抒情美學》，參見樂黛雲、陳珏編《北美中國古典文學研究名家十年文選》，第19頁。

[35] 高友工：《中國文化史中的抒情傳統》，參見《中國美典與文學研究論集》，臺北：臺灣大學出版社，2004年版，第105頁。

[36] 高友工：《文學研究中的美學問題:美感經驗的定義與結構》，參見《中國美典與文學研究論集》，第95頁

律體系為現代語言學批評理論提供的諸多便利條件。在1968-1978的十年間，他與美籍華人語言學家梅祖麟合作完成了三篇從語言學角度討論唐詩「詩學」的重要論文[37]。其方法從最早的新批評之微觀細讀（close reading）過渡到後來的結構主義理論對深層結構的探究，自始至終皆貫穿了語言學本位的態度。羅曼・雅各森的結構主義詩學對高友工產生了重要影響，雅氏贊同索緒爾提出的「選擇和組合構成了語言符號排列的兩種基本方式」[38]，但他認為詩性語言與普通語言之不同在於「詩的作用是把對等原則從選擇過程帶入組合過程」，即是指「對等原則」在普通語言中，僅僅只是選擇詞語的某種機制，並不具有組詞成句的功能，但在詩歌語言中，「對等原則」通過相似或相反使「不相鄰」成分獲得聯繫的功能取代了「延續原則」通過語法連接「相鄰」成分的功能，成為構句的首要原則。這一論斷使高友工初步注意到「抒情詩」的基本組織原則與結構主義詩學所提出的「對等原則」之間的關係。通過「對等原則」與「延續原則」在抒情詩句式和意義中的考察，高友工以「材料——結構——意義」的漸進解釋突破了傳統「形式與內容」論的二元對立，把體現美感形式的結構作為溝通感性材料和理想境界的中間環節，真正實現了以微觀文本結構之美展現哲學境界之美的批評實踐。

　　抒情美學的三個層次確切地說是其核心概念「美感經驗」的分析方法，但其中卻深深滲透了高友工多年語言學批評的理念，內在地體現了從新批評到結構主義再到高氏通過引入「傳統」這一價值判斷而實現對結構主義之超越的嘗試。首先，高友工的「經驗材料」是直接引起「快感」的材料，組成十分複雜，高氏顯然對其採取了一種解剖式的條分縷析，這一過程十分類似新批評對語言形式的解剖，而他們的效果也十分相似，都是矛盾張力的顯現，各種感覺層次的交響類似於語言中「肌質」的效果；其次，「結構美感」又類似於結構主義對新批評單個效果的模式整合，而且直接採用結構主義的「對等原則」和「延續原則」，進一步把結構主義的方法從意義分析擴大到經驗分析的領地，它是整個

---

[37] 三篇論文分別是：《杜甫的〈秋興〉——語言學批評的實踐》（1968年，《哈佛大學亞洲研究學報》第28期）、《唐詩的句法、用字與意象》（1971年，《哈佛大學亞洲研究學報》第31期）、《唐詩的語意、隱喻和典故》（1978年，《哈佛大學亞洲研究學報》第38期）。三篇文章見中文譯本《唐詩的魅力》，上海：上海古籍出版社，1989年版。

[38] 選擇即指一種「縱聚合」關係，體現為一個結構中某一位置上可以相互替換的相似或相異成分的集合，其構成了「對等原則」的基礎；組合則是一種「橫組合」關係，表現為以線性序列為特徵的句段關係，發展出以語法邏輯為特徵的「延續原則」。

美感經驗層次中直接體現形式的部分。可以說,材料與結構都隸屬於傳統批評中的「形式」成分,其獨特處正在於充分利用了現代語言學對「細讀」和「系統」的發現,使形式分析不僅限於個別體裁的精密解說更上升到一種模式及美典的普遍形態。高友工抒情美學中一系列的文本分析,正是利用這一語言學理念的實踐。最後,高氏提出的「境界」層次強調的正是抒情藝術特有的價值追求,它必須引入超出作品系統的外部研究因素才能實現,這正好與其提出的「傳統」這一概念相對應,是對於結構主義理念的超越,因而也可以說是所謂「意義」的闡釋。

(二)回歸中國經驗:從「抒情美學」到「抒情傳統」

自近代以來,西方藝術逐漸與技術和科學相區別,發展為以「追求美」為基本屬性的「美的藝術」,因而美學又稱為藝術哲學,形成了以藝術分類體系為主要構架的研究範式,試圖把藝術門類、審美類型及其歷史發展結合起來,推衍各類藝術的共性,建構包容萬有的美學體系。「抒情美學」的共時性原理,同樣可視為這種現代藝術哲學範式下的產物,其論述的對象並不限於中國文學藝術,而是一切文化中的「抒情」文類,用高友工自己話來說「任何偉大的文化必然地包括著兩種傳統」(抒情傳統與敘事傳統),「但也必然地會有所偏愛」[39],中國文化也不例外。一旦結合「文化史」或「藝術史」的歷時性演變來考察,「抒情美學」就顯然代表著中國藝術發展中的主流,進而可以從這普遍性的「抒情美學」中推衍出針對中國古典藝術的「抒情傳統」。從「抒情美學」到「抒情傳統」正是從「共性」到「差異」的理論演進,而在架構上則表現為從共時性的美學原理到歷時性的藝術史勾勒。

就此而言,二十世紀前半期,宗白華先生「研尋中國藝術之意境的特構」亦是在現代美學對藝術的統合效用下,立足於古典語和文化差異,發掘中國古典藝術共同的內在精神和理想。其理論的兩大突出特點:一是「跨藝術門類」的研究對象;一是以「意境」為核心的理論框架。前者超越了文學之苑圍,以史學的胸懷觀照中國藝術的整體面貌;後者則以「意境的創造」為旨歸,把文化現象上升到哲學的高度,完成了中國藝術史乃至文化史特徵的理論歸納,為在現代美學規範下尋找跨藝術門類的民族美學理論開創了典範。就此而言,正如蕭馳先生指出的那樣,「中國抒情傳統」從學術形態上看始於「陳世驤《中國的抒情傳統》一文所開創的學術傳統」,而更根本地說,則是「一個濫觴於宗白

---

[39] 高友工:《文學研究的美學問題(下):經驗材料的意義與解釋》,參見《美典:中國文學研究論集》,北京:生活・讀書・新知三聯書店,2008年,第77頁

華先生對『中國意境特構之研尋』的現代學術領域」[40]，從這個意義上來說，高友工先生承繼的正是宗白華跨藝術門類之美學研究的路徑。宗白華立足於古典文化語境，發掘出「意境美學」，而高友工則在文類比較的立場中，發現了「抒情美學」。雖然他們對中國文化精神之「道統」的概括不盡相同，但其始終立足於跨越藝術門類的立場和對民族審美理想的哲學審思卻不乏異曲同工之妙，皆是藝術哲學與文化史融會視野下，發掘文化理想及其精神的獨特成果。

1.共時性美學原理：抒情經驗的三個層次

在確立「經驗」與「形式」為抒情美學研究的基本對象後，高友工從「美感經驗」之「觀念－結構－境界」的三個層次出發描畫了抒情美典「快感-美感-悟感」的經驗過程和經驗價值，從共時性的角度為「抒情美學」提供了一個適用於各文化傳統的抽象理論構架：

（1）觀念：快感與心理學方法

對「抒情美學」快感層次的分析，高友工與三〇年代的朱光潛有著相似的立場，即以「心理學」作為美學研究的重要途徑，通過分析「美感經驗」的發生機制和心理結構來建構美學大廈的根基。在《文藝心理學》中，朱光潛把「美感經驗」視為「我們在欣賞自然美或藝術美時的心理活動」，因而以快感、美感、移情、聯想等心理學概念的區分來解說美學及其批評原理，這一研究路徑在高友工的抒情美學中同樣清晰可辨。他認為「內化」和「符號化」是抒情藝術的兩面，而「內化」則決定了美感經驗首先是一種感知活動，是交織了「感象」、「記憶」、「想像」、「情緒」、「認知」等一系列複雜心理活動而形成的內化的觀念印象，給人以強烈的感官愉悅，依賴於直接的感覺刺激。因此，對各種經驗材料的心理學現象分析構成了「抒情美學」中「快感」層次的主要解釋方法。

（2）結構：美感與語言學方法

在結構層次，經驗超越了直接的感官愉悅，通過反省自身而表現為外在形式的完美統一，此時經驗作為客體得以在一種靜觀的距離中成為結構分析的對象，集中反映著「抒情自我」及「抒情現實」的內在結構。高友工批判性地借用結構主義詩學大師羅曼・雅克布遜（Roman Jakobson）關於日常語言的理論，認為藝術美感經驗中的結構原則由

---

[40] 蕭馳：《中國抒情傳統》，臺北：允晨文化實業股份有限公司，1999年版，第1頁。

「等值」（equivalent）和「延續」（continuous）兩種基本原則共同構成，而由「等值通性」到「延續關係」，由「延續關係」到「轉移關係」的層層演變，決定了「抒情過程」和「描寫過程」的分野，進而形成「抒情精神」與「悲劇精神」的不同傳統。

（3）境界：悟感與經驗價值

經驗結構的美感來源於反省時有距離的審視，但「一個深刻動人的經驗是在感覺及反省之後一定會對我們個人的精神生命有一種衝擊」[41]，它不僅給人以藝術的美感，更顯示了生命的意義，此時美感、真理、道德融為一體，這個層次即為「境界」，高友工把其譯為「inspace」，特別強調一種內化的經驗特徵。「抒情美學」一方面借鑒語言學的批評方法具體地分析「經驗表達」的結構，另一方面則立足於「經驗」對於生命價值的揭示和肯定，使中國古典美學超越「結構的表像」直抵「抒情的境界」

2.歷時性藝術史勾勒：中國藝術史中的抒情傳統

抽象的普遍性理論適用於任何一種文化，從共時性角度展開的「抒情美學」也不例外，但高友工並不把這一哲學思辨的成果作為美學建構的根本目標，而是在歷史現象的描述中尋求理論架構的證明。以中國古代五大藝術門類在抒情傳統形成中的美學趣味及歷史興衰為考察對象，高友工勾勒出「中國抒情美學」的歷時性畫卷：

（1）音樂

中國抒情藝術的發端樣態是音樂。其內在層次漸進地表現為訴諸快感的「聲」、體現結構性的「音」和展現人生境界的「樂」，既與美感體驗的三個層次相互對應，又形成了以境界之樂為「君子之樂」的理想。「樂」在外部是一個大的文化活動的一部分，履行其外在的社會功用；在內部，「樂」又是一種內在經驗的象徵性表現。「樂由中出，禮自外作」的古訓，即體現出「作為藝術的樂」的內化特徵以及「作為禮儀的樂」的道德功能間的基本關係。在此基礎上，「樂和同，禮辨異」所表徵的「和諧與內在生命力」也成為中國抒情美學的理想。

（2）文論

語言的「指稱性」制約了早期文論的發展，故而「中國文學的抒情傳統可以遠溯至先秦時代，但文學理論卻只是政治或哲學理論的附

---

[41] 高友工：《中國文化史中的抒情傳統》，參見《中國美典與文學研究論集》，第114頁

庸」[42]，因此高友工把自建安時期出現的個人抒情傾向視為抒情文論真正的登場：《古詩十九首》開創了一種新的抒情題材，實現了由「贈答體」向「自省體」的轉變，是「抒情走向內化」的關鍵；曹丕提出的文氣問題則極大的推動了文學由社會功用向個人表現的轉化；陸機的《文賦》是中國文論走向抒情傳統的宣言，他首次把創作過程作為研究對象，實現了文學研究中心從作品到作者的轉移；《文心雕龍》則借「神思」和「情文」分別闡述了「內化」的創造性心理過程和「符號化」的語言形式。這一時期的文論奠定了抒情文學創作的基本標準和理想。

（3）律詩和書法

書法和律詩同是以「文字」作為媒介的藝術，二者在隋唐時期，皆經歷過一個「內容與形式」相結合的內化過程，但卻分別發展為精神境界的「內構」和氣勢的物化「外現」兩種美學趣味：

> 前者是將物象化為心象，因而是一種內在的形構。後者則是將心象轉化為藝術性的物象，這是一種外向的流轉。[43]

作為「意的形構」，律詩通過其音律、句、聯所構築出的時空結構象徵地表現內在境界，是「內容與形式」的完美融合：《古詩十九首》中的詠懷詩，從「立意」的角度引導著律詩在「內容」上的「內省方向」；而齊梁時期的「詠物詩」則通過首聯與末聯的內外轉換創造了一個「內省的形式」，成為律詩「形式」上的源頭。而作為「氣勢的物化」，書法中的草書則以表現動態的「氣」為其主旨和理想，更依仗「物化」形態的意象表達，讓欣賞者想像創作者的心理狀態，從而重新體驗創作過程。兩種美典分別代表著抒情藝術中標舉和諧的「意境」和體現流動的「氣勢」。「意境在審美觀念所設計的精神空間中實現，而氣勢則代表了一種與線條的演進相聯繫的生命韻律」[44]，因而，唐代以「遊心空際和寫意物外」為其美學追求。

（4）繪畫

繪畫在宋元時代自寫實藝術轉化為抒情藝術，先有山水畫對內在空

---

[42] 高友工：《中國文化史中的抒情傳統》，參見《中國美典與文學研究論集》，第128頁。

[43] 高友工：《中國文化史中的抒情傳統》，參見《中國美典與文學研究論集》，第154頁。

[44] 高友工：《中國抒情美學》，參見樂黛雲、陳玨編《北美中國古典文學研究名家十年文選》，第50頁。

間的象徵性勾勒，進而發展出繪畫中的「意境」表達；接著水墨畫則結合了書法的「筆勢」和「墨色」的象徵意味，強調抽象形式的內在「氣勢」；最終，通過「詩意和筆法」的結合，「內化」和「意象」相互融合的抒情理想，在文人畫的藝術形式中得以完成。

正如高友工所言，「抒情原則上有一種即興性、瞬間性、主觀性，而它的特色是在它短暫和有限的形式中卻要象徵一種永恆和無限」[45]。中國抒情藝術的結構洗練精緻而其內蘊卻豐厚悠遠，這一的特性貫穿在詩、書、畫「三絕」中，構成了「以畫為重心，詩書為輔」的美的歷程。

高友工的「抒情美學」對中國五大藝術門類共同遵循的「潛含美學」的理論概括和歷史研尋，是借「經驗」與「形式」等現代美學形態，對中國古典傳統加以「現代性轉化」的一次發明。一方面，在西方現代語言學理論的視野下，其極力突出「形式與意義」的分析方法，把現代美學對「形式」的重要發現運用到中國古典文學研究中；同時，他亦從「美感經驗」的角度劃分出「抒情美典」的結構層次，創構出一套包含「情感」、「經驗」、「形式結構」等現代美學要素的中國美學理論，從而「為一向欠缺一個總體的整合框架（甚至問題意識、問題感）的古典文學／文論找到可以安頓它們的各個環節的總體敘事」。[46]

二、高友工：語言學批評方法的介入

高友工（Yu-Kung Kao）（1929-），1952年於臺灣大學中文系畢業後赴美深造，於1962年獲哈佛大學博士學位，並自該年9月起任教於普林斯頓大學東亞研究學系，至1999年6月榮休止，是當代華語學界重要的美學家及中國文化的詮釋者，也是崑曲研究專家。他於中國古典詩歌研究中率先引入新批評、結構主義等語言學批評方法，在深入研究文學形式的基礎上，挖掘中國傳統中的潛含美學，提出「抒情美學」的「美典」問題，使「形式與意義」批評方法成為「美典」批評的基本範式，由此對七〇－八〇年代的北美及臺灣古典文學研究發生過重要的影響。

二十世紀的分析哲學理論在對思維與語言關係的考察中，逐漸凸顯了「邏輯形式」這一經典命題的研究意義，同時，現代語言學重視結構、系統、功能的體系也逐漸形成，並成為這一時期發展最為迅速的學

---

[45] 高友工：《中國文化史中的抒情傳統》，參見《中國美典與文學研究論集》，第163頁。

[46] 黃錦樹：《抒情傳統與現代性：傳統的發明，或現代性的轉化》，《中外文學》2005年第34卷第2期。

科。語言作為一個自足的系統獲得的獨立地位，直接影響了二十世紀西方文學觀念的最大變革——「文學本體」的發現。自1917年俄國形式主義學派理論家維克多・什克洛夫斯基（Viktor Shklovsky）發表《作為技巧的藝術》這一開創性論述以來，關於「文學性」的討論，就以回歸語言形式批評的方式迅速波及文學研究的各個層面，形成了多個批評流派，並從現代語言學的角度對文學形式的意義進行了重新闡釋。

高友工對「中國抒情傳統」研究的突出特點，在於他批判性地借用西方現代語言學批評方法對中國古典文學進行細讀分析，從而重新賦予了「形式與意義」這一古老命題以現代生命力。

（一）唐詩的語言學批評

高友工的古典文學研究，最早以自覺運用西方現代語言學研究方法而著稱。他敏銳地注意到中國古典詩歌自身嚴密精准的聲律體系為現代語言學批評理論提供的諸多便利條件。在1968-1978的十年間，他與美籍華人語言學家梅祖麟（Mei Tsu-lin）合作完成了三篇從語言學角度討論唐詩「詩學」的重要論文[47]。其方法從最早的新批評之微觀細讀（Close Reading）過渡到後來的結構主義理論對深層結構模式的探究，始終貫穿著語言學本位的態度。正是這一長達十年的深入研究，使「形式與意義」的語言學方法在「抒情美學」中的運用成為可能。

1.新批評的細讀實驗

1968年高、梅二人發表了他們的首篇語言學批評文章《杜甫的〈秋興〉——語言學批評的實踐》。在此文中，他們運用新批評巨匠燕卜遜（William Empson）和瑞恰茲（I.A.Richarads）的理論，從「音型、節奏變化、句法摹擬、語法性歧義、複雜意象以及不和諧措詞」等幾個批評維度展開論述。

首先，梅、高二人實踐雅各遜（Roman Jakobson）等人提出的從功能音韻學角度研究「語音層與語義層的溝通」的理論。在音韻方面，分別觀察相同音型的聚合與不同音型的分離對詩行「陌生化」效果的影響；在語法節奏方面，則突出節奏變化和平仄違例對「張力」意蘊的表現。

---

[47] 三篇論文分別是：《杜甫的〈秋興〉——語言學批評的實踐》（《哈佛大學亞洲研究學報》1968年第28期）、《唐詩的句法、用字與意象》（《哈佛大學亞洲研究學報》1971年第31期）、《唐詩的語意、隱喻和典故》（《哈佛大學亞洲研究學報》1978年第38期）。三篇文章的中文譯本參見《唐詩的魅力》。

其次，他們重點考察燕卜遜提出的「詩語中的歧義現象」，他們重點討論了「歧義的」和「假平行」兩種不同的「含混」方如何對詩歌「深層結構」及「表層結構」的意義產生影響。

最後，在整個分析過程中，他們有意識地突出新批評理論所特別關注的「戲劇性場面」，即矛盾衝突中的和諧感，驗證了布魯克斯（Cleanth Brooks）的「詩意悖論」（paradox）、瑞恰茲的「反諷」（irony）以及艾倫‧泰勒（Tate Allen）的「張力」（tension）等理論在唐詩中的表現：在句法摹擬上，他們指出句法結構上的「擬聲」、「擬空間」、「擬時間」的效果是實現詩歌意義內在分裂的重要手段；在複雜意象方面，則特別突出了想像與現實的衝突；而措詞的不和諧性則通過性質詞的分裂感來實現寓意的矛盾。

這一形式主義意味甚濃的嘗試，充分體現了「新批評」理論解讀單個文本和個別作家獨特風格的優越性，從微觀的條分縷析中重估了偉大詩人的價值：

> 歸根結底，詩是卓越地運用語言的藝術，根據這個內在尺規—創造性地運用語言並使之臻於完美境界—，杜甫的確是一個無與倫比的詩人。[48]

2.向結構主義的過渡——唐詩字詞、句法研究

由於「新批評」的中心目的是闡釋詩歌本身，因而在辨析語言特徵、尋找詩性效果的同時，「很少注意連接不同作品的任何較大結構」。1971年，高、梅二人的第二篇語言學批評《唐詩的句法、用字與意象》問世，此時，他們逐漸脫離對單個文本的依賴，轉而揭示作為風格類型的「唐詩」內部各要素間相互影響的規律，並嘗試對中國格律詩特有的句法模式進行歸類。在研究宗旨上，二人呈現出向「結構主義」系統觀靠攏的傾向，但是具體的分析過程及援引理論，仍然採用「新批評」的微觀分析方法，表現出明顯的過渡特徵。因此，揭示近體詩的諸多構成因素代替了對具體詩作的分析，成為此篇論文的要旨所在，具體而言，則從「詞和句子」的角度探尋弗萊（Northrop Frye）所謂的「較大層次的結構原則」：

第一，借用門羅‧比厄茲利（Monroe C‧Beardsley）在《美學》一

---

[48] 高友工、梅祖麟：《杜甫的〈秋興〉》，參見《唐詩的魅力》，第31頁。

書中提出的兩種審美形態：構架（structure）和肌質（texture），藉以
區分「句子」與「詞」的不同作用。「構架」體現的是句與句之間的關
係，在唐代近體詩中則體現為「聯」之間節奏、意象、語氣等的關係；
「肌質」則是詞語間局部的相互影響，具體則表現為名詞、動詞、形容
詞相互作用而產生的特別韻味。對「架構」和「肌質」的不同偏重構成
了性質迥異的句法。

　　第二，以唐納德・大衛（Donald Davie）的三種句法理論分析唐
詩，即獨立性句法、動作性句法和統一性句法。「獨立性句法」的特點
在於不通過語法的邏輯關係而以名詞意象的並列來實現表達效果（如張
繼《楓橋夜泊》裡「月落烏啼霜滿天／江楓漁火對愁眠」），因而特別
強調名詞及名詞性特徵的「肌質」作用；「動作性句法」則是一種動態
句法，以施動與受動關係中的及物動詞為中心，在古漢語中還擴展出使
動用法（如「春風又綠江南岸」中的綠字），突出動詞及動態意象的作
用；「統一性句法」則指由語法推演所帶來的突出句中節奏和時間連續
性的句法，唐詩特別之處即是以兼語句為基礎的「流水對」，其重點在
於語法的推論作用。以上三種句法的作用分別表現為：構成意象、摹擬
動作、推演銜接。

　　第三，根據恩斯特・卡西爾（Ernst Cassirer）《語言與神化》中的理
論，把語言分為兩極：意象語言和推論語言。意象語言是不可分割的，表
現為穩定的、靜態的圖像或感覺的呈現，盡可能的驅逐語法的作用；而
推論語言則正好相反，以連續的邏輯推演而貫穿語義，常表現為虛詞的介
入，語法在其中扮演重要的角色。這兩種語言對詩意效果的影響具體表現
為：節奏語義的不連續及連續、客觀的和以我為中心的敘述視角、感官意
識和理性理解的接受分野、絕對時空和相對時空的場景營造。

　　基於以上結論，梅、高二人提出唐代近體詩聯句間相互關係的一種
結構原則：從以突出「意象語言」為中心的句式發展到以突出「推論語
言」為中心的句式，因而律詩通常是以客觀的意象營造發端，經過對外
物動作的模擬加入「擬人」的主觀情緒，最後則以尾聯的推論句式介入
作者的主觀心聲回歸當下現實。整個過程完整的體現了從非連續到連
續、從客觀到主觀、從絕對時空到相對時空的結構模式。這一結論顯然
直接影響了高友工「律詩美典」的結構分析。

3.結構主義對等原則的在「意義研究」上的運用

　　梅、高的第三篇語言學批評《唐詩的語意、隱喻和典故》寫於1978
年，離他們首次合作已過去十年。此間，正是結構主義理論大行其道的

時代，這篇文章在梅、高眼裡「可以看作從肯定或否定的角度，對雅各遜理論及其代表的結構主義方法的評論」[49]。

雅各遜（Roman Jakobson）是結構主義流派中始終專注於詩學研究的學者。他贊同索緒爾提出的「選擇和組合構成了語言符號排列的兩種基本方式」：選擇即指一種「縱聚合」關係，體現為一個結構中某一位置上可以相互替換的相似或相異成分的集合，構成「對等原則」的基礎；組合則是一種「橫組合」關係，表現為以線性序列為特徵的句段關係，發展出以語法邏輯為特徵的「延續原則」。但雅各森認為詩性語言與普通語言之不同在於「詩的作用是把對等原則從選擇過程帶入組合過程」，即是指「對等原則」在普通語言中，僅僅只是選擇詞語的某種機制，並不具有組詞成句的功能，但在詩歌語言中，「對等原則」通過相似或相反使「不相鄰」成分獲得聯繫的功能取代了「延續原則」通過語法連接「相鄰」成分的功能，成為構句的首要原則。因此，詩歌語言對「對等原則」的運用就成為結構主義詩學的核心命題。

梅、高二人在此基礎上，進一步考察「對等原則」的適用範圍，使其從形式研究擴展到意義領域，他們認為「對等原則」使結構中兩個成分因相等或相對意義而發生聯繫，從而產生超出他們自身意義以外的新的意義，而「新意義的產生」正是「對等原則」在「意義研究」上的貢獻。由於唐詩中的隱喻和典故[50]從屬於「那種產生新意義的總體過程」，因而可以視為「對等原則」在意義生成方面的突出範例：

首先，他們並不同意雅各遜「詩性語言是由對等原則單獨組成」的主張，而認為存在「隱喻語言」（即前面的意象語言）和「分析語言」兩種詩性語言，前者由對等原則構成，後者則由邏輯關係或語法關係構成，普通語言和詩性語言的不同並不是使用語言的類的不同而是程度的差異，普通語言中多分析性語言，而詩性語言中多隱喻語言。因此，他們提出必須對體現了「分析性語言」的以「組合」為基礎的「延續原則」進行「詩語」的考察。其次，他們認為結構主義對「語言」和「言語」的區分也應該運用到意義研究中來，他們引入新批評慣用的「傳

---

[49] 高友工、梅祖麟：《唐詩的語意、隱喻和典故》，參見《唐詩的魅力》，第177頁。

[50] 對唐詩典故的考察則指出這樣一個事實，雖然典故與詩義的相似或相反通過「對等原則」的確能顯現出新的意義並進而實現某種程度上的組織功能，但是一旦引入典故，它所指涉的意義就必然跳出文本本身，而成為「歷史原型」與「具體意義」的結合，因此，至少在對「典故」意義的分析中，必須對結構主義引入「傳統」的概念，因為正如語言是言語的倉庫那樣，從意義角度來說，傳統也是個別詩作的源泉。

統」這一概念，從而使得詩歌意義的研究不必局限於具體文本的單一語義鏈，而也可通過對等原則使一首詩與某種文學傳統中的其他詩相聯繫。最後，他們指出「對等原則」是隱喻與典故的共同基礎：隱喻偏重於對象的描述，適用於客觀的呈現；而典故則強調對象動作的表現，突出因果聯繫，因而適於表述具有價值判斷的人類行為（這種區別類似於敘事學中的「事件」和「情節」的區別）。這一區別意味著「詩是分裂的自我所發出的聲音」：隱喻體現著物我同一的神化思維，典故則通過歷史關涉人的道德行為進而體現著理性思維。隱喻主要表現當下感情的同一關係，而典故則把歷史看作原型再現而突出現在與過去相互聯繫的延續關係。

　　經過了一系列語言學批評，高友工已初步注意到「抒情詩」的基本組織原則與結構主義詩學所提出的「對等原則」之間的關係。他以「對等原則」的運用為轉折，把自六朝興起的「對句」視為中國抒情詩自覺傳統的開始；而抒情詩定義的兩大特點——內容偏於主觀性情感性、形式簡潔緊湊，也分別通過六朝文論對《詩大序》的闡釋以及六朝「言不盡意」的理論而被凸現出來。同時，他對「對等原則」與「延續原則」在抒情詩句式和意義中的考察也直接構成了「抒情美學」的基本觀點。

（二）漢字結構的抒情可能

　　基於對唐詩中「意象語言」和「分析語言」的區分，高友工在《中國語言文字對詩歌的影響》一文中進一步把這一分野的根源推延至「文字」。他認為，自《馬氏文通》至趙元任的《國語入門》，中國現代語法理論大體走了西方索緒爾結構主義一派，更重視從口語角度分析語言的特性，其反映出追求語言交流功能的現代語言學觀念。而中國特有的「文字文化」則突出「語言」（口語）與「文字」的差別，因此不得不對文字本身投以特別的關注。西方語言學把「口語」和「文字」的差別僅僅視為一種語言風格的差異，但是從「口傳」到「書記」，卻體現著書寫對文化各個層面的影響，直接反映出文字的運用對思想方式的改變：

　　一方面，口語以雙向互動的交流為其存在方式，而獨立於口語的文字則更可能成為個體意識活動之靜觀內省的代表，因而文字語言本身就具有很多意象語言的特點[51]。具體到語言形式，與西方表音文字對口語的

---

[51] 這裡必須再區分一下。文字語言指，當語言以其存在方式劃分時，表現為「文字」和「口頭」的分野，但是這不僅僅是載體不同的問題，而直接體現了美學理想的不同，而所謂文字語言就是指當語言以文字的方式存在時，所表現出的不同於口語的美學追求和形式特徵；意象語言，則是與分析語言相對的一個概念，他

依賴不同，中國文字的相對獨立性更適宜於意象的創造和句構的規範，文字的意象追求在句型、節奏、對仗三個方面影響著詩歌藝術形式。

另一方面，文字與口語的區別類似繪畫與音樂的區別，即視覺藝術的意象理想與聽覺藝術的動感追求。中國藝術中動感的理想是氣勢，形象的理想則為境界，書法和律詩分別予之以完美的體現：

> 律詩將時間性的節奏轉化為空間性的圖案，把實踐性的語言所代表的現實世界提升為空間性的文字所象徵的形象世界，而書法卻創造了一種空間性的節奏，象徵了一個動感的世界。[52]

另一方面，高友工認為「口語文化」與「文字文化」的分別並不僅僅體現在文字的發明與否，而應該擴大到藝術傳統的兩個不同方向——內化的和外化的。他認為音樂、舞蹈等追求動感的藝術是外化的藝術，而詩歌這樣追求意象的藝術是內化藝術。中國樂府、詞、曲中音樂的不斷失傳，正說明了歌、舞等外化藝術形式寄生於以文字為基礎的詩文等內化藝術形式的事實。在此基礎上他指出詩歌自身由公開的外向活動轉為內向活動（由樂府轉向古詩）的時刻，正是由表演藝術轉入抒情藝術的時期。而在中國詩歌發展史上正是由「樂府」發展到「古詩」的時代，因此，他提出，五言詩是中國抒情傳統真正的開端。這一論斷推翻了陳世驤《詩經》、《楚辭》為中國抒情傳統源頭的看法，深刻的影響了此後學者對於抒情傳統斷代史的研究。

高友工從文字及書寫文化的角度考察中國文學傳統的研究，一方面繼承了中國古典文化的研究範式，另一方面也是以西方語言學理論實踐中國文學「現代轉化」的重要嘗試。

三、普林斯頓的追隨者：抒情美典與斷代文學史重構

作為二十世紀後半期華語學界最為重要的古典文學闡釋架構之一，海外及港臺的「中國抒情傳統」研究，不僅致力於比較詩學論域中「抒情美學」的理論建構，同時也傾力於構築抒情傳統之文學史書寫及重構

可能同時存在於口語和文字表達中，他的特點在於語法關係的弱化和名詞及名詞性短語的並置。高友工認為文字語言具有較強的意象性，即是指出在同等情況下文字比口語更接近意象語言的特點。因而，以「文字文化」為基礎的中國詩歌則更多的具有了意象語言的特徵。

[52] 高友工：《中國語言文字對詩歌的影響》，參見《中國美典與文學研究論集》，第196頁。

的話語空間。早在陳世驤的開拓性綱領《中國的抒情傳統》一文中，追溯和呈現文學史源流的敘述策略就已展露出抒情傳統介入文學史修撰和品評的學術路向，此後，高友工的「抒情美學」不僅在思辨哲學的層面奠定了抒情傳統的共時性理論基調，也在文化史流變的敘述中開闢出抒情傳統的歷時性圖景，由此演化出的「美典」理論，經由高友工及其門下的林順夫、孫康宜等學者的斷代文學史重構，勾勒出中國文學抒情流變的來龍去脈。可以說，抒情傳統視野下的中國文學史敘事，為當下學界重寫文學史的嘗試提供了一種獨特的理論視界和實踐樣態。

　　1962年底，高友工獲得哈佛大學博士學位，進駐美國漢學重鎮普林斯頓大學東亞語言文學系，他的到來使得該系創始人牟復禮（Frederick. W.Mote）得以專心於中國歷史研究，而中國文學研究的領地則逐漸交由高友工耕耘[53]。七〇年代，高友工門下的林順夫、孫康宜等學者在中國古典詩歌研究中取得突破性進展，三人的研究成果儼然已勾勒出中國詩歌抒情之最強音的來龍去脈。

　　此一時期普林斯頓大學名家雲集，孟而康（Earl Minar，又譯厄爾‧邁納）、劉子健等比較文學大家也在此潛心教學與科研，他們與高氏門徒的切磋顯然對此後比較文學研究對中國文學抒情本質的關注大有啟迪[54]。而以宇文所安（Stephen Owen）的唐詩研究為代表，北美中國古典詩歌研究佳作迭出，形成了一些共同的研究熱點，「自傳」、「生活方式」、「追憶」等關鍵字成為從文化視角重新闡釋中國詩歌傳統的有效途徑，高氏及其追隨者的抒情傳統研究自然也顯著地反映了這一歷史階段的學術趣味。同時，普林斯頓大學東亞系在語言教學與研究中的一貫傳統[55]，也為高友工深入研究詩歌的「形式與意義」提供了適宜的土壤。

　　由於一向強調文學研究中的美學問題，高友工把美學在具體文化實踐中形成的藝術典式及規範稱為「美典」，以此代表「某一人群、族群、甚至於某些個人對於藝術品的反應和評價」，並通過形式分析創構一套關於美感經驗的「可以傳承的對於美的認識和評價」[56]。七〇年代

---

[53]　參見普林斯頓大學東亞系網站，http://eastasia.princeton.edu/content/view/128/244/。

[54]　相關資訊，可在孫康宜、林順夫等人專著的前言、後記、致謝詞中找到。

[55]　普林斯頓大學東亞系的壯大成長直接受益於牟復禮於1959年實施的語言培訓計畫，這一計畫旨在培養學生的閱讀能力，進而實現對普大葛斯德（Gest）東方圖書館中豐富的中文典籍資源的直接利用，同時亦使漢學研究者能掌握現代漢語。見其網站網址，http://eastasia.princeton.edu/content/view/128/244/。

[56]　高友工：《中國文化史中的抒情傳統》，參見《中國美典與文學研究論集》，第106頁。

以來，高友工及其普林斯頓的追隨者（孫康宜、林順夫），圍繞抒情美學的兩個核心質素——「形式」與「意義」，展開了具體的「美典及其演進」的敘說，從「抒情傳統」的角度重構了中國文學史上自漢末至宋末的一段風雲傳奇。在這個引人入勝的文學史敘事中，高友工的律詩美學宛如一部英雄正傳，盛讚了抒情文學最偉大時代的輝煌；孫康宜和林順夫的詞體興衰，則似那淒婉動人的後傳，在追憶中描摹抒情之音的承接與轉變；末了，孫康宜追本溯源，探望那英雄尚未誕生的時代，卻發現一切早已醞釀其中，這正如故事的前傳，預示著一個偉大時代的黎明。

（一）正傳：律詩美學——中國抒情理想的典範

作為高友工「美典理論」的首要對象，律詩被視為中國抒情傳統的典範形式，其完美地把「抒情自我」（lyrical self）和「抒情現時」（lyrical moment）相融合，使中國詩歌傳統中「由自然物境的描寫發展的山水、田園詩體」與「由自我心境的表現所生的詠懷、言志詩體」融為一體。1986年林順夫、宇文所安合編的《抒情之音的生命力》（*The Vitality of the Lyric Voice*）由普林斯頓大學出版，其中收錄的《律詩美學》（「The Aesthetics of Regulated Verse」）堪稱上述設想的理論典範。

高友工認為，從「形式」分類的角度而言，律詩與五言詩的傳統保持了一脈相承的歷史聯繫。在詩體形式上，五言詩的聲律與辭律最終演化為律詩中的平仄律與對仗修辭的普遍規則；而在詩體內容上，不論是山水詩對描摹自然景致的偏好，還是宮體詩對刻畫感官體驗的迷戀，都是保存美感體驗之瞬間情景的重要方式，它使得中國抒情文學最終走向詠物詩的描寫傳統與詠懷詩的表現傳統相互融合的道路。這一趨勢在初唐、盛唐和中唐的文體發展過程中經歷了三種美典的演變，圍繞著「形式與意義」的辯證關係，時而強調「印象」時而注重「表現」，塑造出律詩美典的豐厚內蘊。

1.初唐詩——作為抒情形式的四聯結構

高友工認為初唐詩人的最大貢獻在於創造了四聯形式的抒情意義，這一結論根源於他與美籍華人語言學家梅祖麟合提出的一種唐代近體詩的結構原則：律詩通常是以客觀的意象營造發端，經過對外物的動作模擬加入「擬人」的主觀情緒，最後則以尾聯的推論句式介入作者的主觀心聲，回歸當下現實。

以此為基礎,高友工指出律詩的四聯結構摒棄了描寫技法的鋪排枝蔓而以表現「抒情瞬間」為其追求的理想,從而在緊湊的形式中實現了描寫和詠懷的完美同一:

> 抒情藝術本身是一種有限制的藝術形式,它必須是一種形式本身可以很快地完成。只有這樣它才能顯示它與創作者本身合為一體,而使欣賞者可以想像作品後面的作者,尤其是作者創作時的活動與心境。[57]

因此,他把「律詩美典」的四聯形式視為一個二元結構,分別對應創作中的「外物內化」和「回歸現實」兩個階段。前三聯用於「呈現」外在世界內化後的內在圖景,通過並置意象刻畫「抒情瞬間」,而尾聯則在對內化印象的「反思」中與真實的自我相聯繫,進而重回時間之流。初唐詩人在律詩規則之內成功創獲了一種新的藝術視野,以自我表現的方式把形式與意義統一起來,因而「簡明的形式和精密的結構使客觀外物的內在化和內在情感的形式化二者在新的美學之中得以和諧相處。」[58]

2.盛唐詩——直覺體驗的抒情世界

盛唐詩人則通過山水田園詩這一新的題材,把一種生活觀融入律詩的「抒情之意」中,發展出一種「意在言外」的抒情理想。高友工認為盛唐詩人面對的主要問題是作為詩歌內容的「志」與作為表現媒介的「言」之間的矛盾,圍繞如何超越言不盡意的創作悖論,詩人們選擇了一種直覺式的感知方式和生活態度,並因此重新發現了陶淵明的詩學意義。在陶潛的詩歌中真或美通過日常生活來體現,並在回憶或想像觸手可及的範圍內演繹著生命體驗與藝術體驗交織時創造出的自足自樂的世界。陶潛對生命直覺式的感悟方式直接影響了王維、孟浩然等人的山水田園詩,使描繪一個存在於自然中的理想世界成為新的美學追求。直覺體驗與語言呈現的關係以中國哲學「言不盡意」的傳統為背景,最終形成了中國詩學的一個核心觀念「意在言外」,而以王維的「自然」為核心,「沖淡」、「典雅」、「清奇」、「質樸」等美學風格則共同構築

---

[57] 高友工:《中國文化史中的抒情傳統》,參見《中國美典與文學研究論集》,第153頁。

[58] 高友工:《律詩美學》,參見樂黛雲、陳珏編《北美中國古典文學研究名家十年文選》,第87頁。

了中國抒情美學的理想。

3.中唐詩──走向歷史深處

　　中唐詩人的貢獻則在於為律詩引入了強烈的歷史感，這種歷史感的增強表現為律詩語言現實指涉性的加強以及四聯結構中大量用典的出現，其美學風格的形成可以追溯到杜甫。如果說盛唐詩人於自然描摹中表現個人情感，那麼杜甫則通過用典展現深厚的歷史感，其最引人注目的詩歌成就正在於「對七律有限的視野的深化和拓展」，從而打破了「抒情瞬間」和「虛構理想世界」的自足世界，創造出一個「包含過多歷史文化內涵的視野」。高友工對用典的語言學研究表明，用典所創造的意象世界可以引入簡單意象無法表達的複雜意義緯度──一個包含了個人、當下和傳統在內的廣義的「歷史」，因而，通過客觀的評價抒情自我與宇宙和歷史文化的關係，詩人「在歷史中為自己畫了一幅自畫像」，同時也使得律詩顯現出某種超越文體形式的闊大情懷。

（二）後傳：詞學──抒情傳統的轉變

　　現代西方學者對「詞」的系統研究始於1974年劉若愚（James J. Y. Liu）《北宋六大詞人》（*Major Lyricists of the Northern Sung*）的出版。此後，「詞」的研究開始在北美各大學興盛起來，接下來的十年，產生了不少的論文和學位論文，這些文章開始界定詞的主要形態，為其後「詞」在英語世界的研究打下了基礎[59]。其中比較重要的就有高友工門下的林順夫和孫康宜。高友工一貫傾力於律詩研究，在教學中卻不乏對詞學的推崇，1990年北美詞學會議上就有《詞之美典》（「The Aesthetic Consequences of Formal Aspects of Tz'u」）一文問世。在其影響下，眾多學子投身詞學研究，他們皆充分利用高氏「律詩」結構的經典結論，重視突出各自研究對象與作為理想抒情形式的律詩間的諸種關聯，開拓「抒情傳統」於詞體一脈中的美學理想和形式寓意；同時亦結合思想史與偉大作家的創造力來闡明每一次文體新變的意義。完成於七〇年代的林順夫及孫康宜的詞學專著就是其中最成功的代表。

1.孫康宜的五代北宋詞研究：天才與傳統

　　孫康宜（Kang-I Sun Chang），美國著名華裔漢學家。1944年生於北京，1946年隨家人遷往臺灣，1968年移居美國。1965年畢業於臺灣東海

---

[59] 譯自余寶琳主編的《宋詞之聲》（*Voices of the Song Lyric in China*）之緒論，此書是1990年布萊津裡奇會議（詞學研討會）的作品集，1994年由加州大學出版。

大學，1978年獲普林斯頓大學文學博士學位，師從高友工教授，並受牟復禮、厄爾・邁納等學者的影響，曾任普林斯頓大學葛斯德東方圖書館館長，現在為美國耶魯大學首任Malcolm G. Chace'56 東亞語言文學系講座教授，並為該系兩任系主任。

1980年，孫康宜的《晚唐迄北宋詞體演進與詞人風格》[60]（*The Evolution of Chinese T'zu Poetry: From Late T'ang to Northern Sung*）由普林斯頓大學出版，全書圍繞著詞體形式的演進展開，突出了兩個重要的理念：

> 其一，詩體的演進乃時代新美學與文化觀的反應；其二，詩體的根本意義植基於其恒動的演化史上。[61]

第一，標舉北美詞學界七〇年代的「文體研究」（genre study），實踐以下觀念：「其一，詩體的演進乃時代新美學與文化觀的反映；其二，詩體的根本意義植基於其恒動的演化史上。」[62]因而，孫康宜在繼承高友工文體形式的結構主義研究成果上，始終把詞體演進置於抒情傳統的歷史進程中加以考察，注重各種藝術形式的相互影響和承繼，同時亦對形式與時代美學的關係尤為用心，歷史文化因素的滲入甚為明顯。她追溯了詞體發生的多個源頭，指出作為樂府民歌主要形式的絕句是小令最初效仿的對象；而中唐之後出現的新樂、民間教坊則是詞之形成的文化環境，因而在詞之不斷文人化的過程中，俗語俗樂的影響始終不絕如縷，詞中「直言不隱」的風格也正是這種傳統的體現。她亦粗略的揭示出南宋詞日漸內化、個人化、象徵化的發展走向與北宋詞體之影響間的關係，指出中國抒情文體始自民間歡娛而歸於個人抒情的內在定律：

> 不論詞或律詩，一過了其文體演變史的拓荒階段，隨即會出現許多甚具影響力的詩人詞客、他們的達意方式都直接有力，或者——用我的說法來講——他們的修辭策略都屬「直言無隱」的一派。但後起之秀營構意象的目的，主要卻在建立自己「晦澀」的象徵世界。[63]

---

[60] 北大2004年出版此書，更名為《詞與文類研究》。

[61] 孫康宜：《詞與文類研究·前言》，參見《詞與文類研究》，北京：北京大學出版社，2004年版，第1頁。

[62] 孫康宜：《詞與文類研究·前言》，參見《詞與文類研究》，第1頁。

[63] 孫康宜：《詞與文類研究》，第156頁。

　　第二，在「文體研究」的基礎上，注重詞體發展與詞人風格間的關係，在文學史敘述中呈現以「天才與傳統」之關係為基本線索的論述脈絡。對此，孫康宜曾指出自己的觀點與布魯姆（Harold Bloom）在《影響的焦慮》一書中提出的「強勢詩人」多有契合：

　　　　畏友布魯姆（Harold Bloom）教授嘗發讜論，以為「強勢詩人」（strong poet）的風格（style）經常發展為詩體（genre）成規，進而轉化為其特性。反之，弱小詩人只能蕭規曹隨，跟著時代的成規隨波逐流。[64]

　　因而全書「史」的線索以追溯歷代詞體大家間的聯繫為基本面貌。她選取五大詞人，各立專章加以詳細闡發，並以之作為考察詞體演進的基本線索。同時，形式分析始終是用以說明詞人獨特風格的基本方法，並且作為詞人間相互影響的重要證據而貫穿始終，高友工語言學研究的影響顯露無疑。雖然孫康宜對詞體形式的抒情效果分析，直接援引的是奧爾巴哈（Erich Auerbach）教授在《模擬：西洋文學中顯示的呈現》（*Mimesis: The Representation of Reality in Western Literature*）一書中提出的「並列法」與「附屬結構」，但亦可視為高友工的「意象語言」與「分析語言」的另一種說法，都是語言的對等和延續兩種句構原則的語法表述；同時，她始終以高友工對律詩四聯結構的結論為參照，逐步論述這一理想樣式在詞體形式中的日漸滲透和變異。可以說，孫康宜的研究體現了高友工藝術史研究中「共時性」與「歷時性」相結合的特點，對詞體發展至北宋的歷程給予了見解獨到的解說，並在天才與傳統的平衡關係中找到了自己的立場。

2.林順夫的南宋詠物詞研究：文化史與文學性的共融

　　林順夫（Shuen-fu Lin），旅美華裔漢學家，1965畢業於臺灣東海大學，1967年赴美國普林斯頓大學東亞文學系攻讀中國古典文學及文化史，師從高友工，亦深受牟復禮的影響。1972年以姜夔詞的結構研究獲得博士學位，1978年出版《中國抒情傳統的轉變：姜夔和南宋詞》。1973-2012年任教於美國密西根大學（University of Michigan）東亞語言文化系。專注於中國詩歌美學和哲學，特別以南宋詞研究、莊子研究著稱。

　　1972年，林順夫提交了自己的博士畢業論文，題目是《姜夔詞的結

---

[64] 孫康宜：《詞與文類研究·中文版序》，參見《詞與文類研究》，第2頁。

構分析》。此時，導師高友工剛剛完成《唐詩的句法、用字與意象》，提出「意象語言」與「分析語言」兩種詩歌語言，而他關於律詩四聯結構二分性的經典結論亦在此文中初步成型。形式美學的理念顯然直接影響了林順夫，唐詩句法的諸多結論直接被借鑒到他對南宋詠物詞的結構分析中，成為此文初稿時的核心部分。經過六年的潛心研究，1978年，《中國抒情傳統的轉變——姜夔與南宋詞》（*The Transformation of the Chinese Lyrical Tradition: Chiang K'uei and Southern Sung Tz'u Poetry*）由普林斯頓大學出版，本書最大的亮點在於增加了相當於一章篇幅的前言，其中作者有意識地引入宋代文化史的視野，嘗試在文本文學性與思想史、文化史之間尋求某種恰當的平衡，以期超越形式主義狹隘的技術分析立場，進而使詞體躋身為抒情傳統歷史進程中具有轉折意義的一筆，開創了北美詞學關注文化思想史的研究路數。如果我們把此書與兩年後孫康宜的五代北宋詞研究一同審視，那麼二人已經完成了一部輪廓清晰的詞體發展史，並為高友工的詞體美學提供了有力的文學史例證。

在圍繞「詞序」、「詞之內部結構」、「詠物特質」三個緯度展開的文本「文學性」考察中，林順夫試圖由外及內地論述詞之結構的層層轉變，並使之與十三世紀產生的中國美學意識相互照應。林順夫的切入點在於「抒情傳統的轉變」，適時高友工和孫康宜的美典研究尚未問世，抒情傳統的發展線索還不甚清晰，因而此作不僅要突出「轉變」，更要樹立「典範」，全書的詞體結構分析正是在這樣一種對照中顯示出「形式與意義」在抒情美典中的張力：

> 我所關心的問題將始終集中於從結構上理解重物的詩歌意識，即對姜夔詞從外形到語義，或者兩者之間的內在統一性上加以分析。[65]

從抒情傳統追求「和諧統一」的美學理想來看，姜夔在詞序中引入的「可以回想起創作情感發生的情境」，使得詞序不僅是傳統意義上聯繫具體現實的橋樑，更是主詞表現抒情瞬間之自足世界的重要部分（前者僅僅涉及創作背景，而後者則是構成創作行為的有機組成[66]），這如

---

[65] 林順夫：《中國抒情傳統的轉變——姜夔與南宋詞》，上海：上海古籍出版社，2005年版，第39頁。

[66] 林順夫特別強調了姜夔詞序中的創作情境與創作背景的差異，創作情景是對產生詞之「情感形態」的模擬，因而往往會在詞中找到貌似重複的交待，這種重複亦是詞序與詞相互聯繫的標誌；而創作背景則多是客觀的事實交待，介紹創作的緣由、時間、地點等現實因素，詠物詞的詞序往往以創作背景而不是創作情景為

戲曲中說部與唱部間的結構關係——「說部通常介紹引起唱部中感情變化的背景，而唱部表現的則是在表演環境中生成的『情感形態』」[67]，促使序與主詞之間形成一個更大的「相生」結構，拓展了抒情形式的空間。然而，林順夫指出，在「關注於物」的新的美學意識下，姜夔詠物詞的詞序重新返回到交待客觀背景的立場，序與詞又恢復了各自的獨立性，這是從「重抒情主體走向重物」的形式表現，也是詠物詞形成的關鍵要素。

詞體內部結構的轉變則主要表現在從小令到慢詞的韻律變化中，林順夫借用弗萊（Northrop Frye）的術語，稱其為「從複現節奏到語義節奏」的轉變。以近體詩為參照的小令仍然完美的體現了抒情詩以對等原則為基礎的複現節奏，「標準的令詞與律詩頗為接近，而不分闋的小令則與絕句大體相當」。慢詞擴張了的篇幅，則使得以連續性和過程性為標誌的語義節奏出現在詞的這種形式中，打破了意象並置的傳統抒情結構，而以流動的語義貫穿始終，同時，虛詞的介入進一步增強了行文的委婉跌宕，有利於整合零散的意象群，進而創造出以長短句為特徵的更符合人類情感進程的語言形態，它使得抒情主體與客體的關係從「融合」轉為「距離」，從而在形式上增強了「客觀」的效果。

詠物詞的內容更體現出「對物的關注」的美學。傳統抒情詩中，「抒情主體的聲音」無論在何種形式中總會適時出現，但詠物詞則以「主體意識的消隱」為特徵，被視為「有情無我」。因而，詠物詞並不是對物本身的描寫和讚美，而是以物為感情結構的仲介，刻畫某種由物所象徵的情感，即所謂「寄託」。這類詞中往往以多重比喻構成情感的複合結構，使「抒情對象」與「抒情主體」相分離，從而創造出「情感象徵性」的體類風格：

> 物具體象徵著人類的一種特殊的情感，而且，也體現
> 著這種情感的具體性和多義性，深度和廣度……物除了作
> 為激起人們的微妙情感的東西外，本身也就是這種情感的
> 體現。[68]

由於詠物詞中的抒情主體把情感寄託於物，因而發展出從客觀的外

主，體現的正是一種詠物詞「物化」的客觀態度，因而姜夔的詠物詞序亦與宋詞自蘇軾起的「詞序」貌合神離了。

[67] 林順夫：《中國抒情傳統的轉變——姜夔與南宋詞》，第57頁。
[68] 林順夫：《中國抒情傳統的轉變——姜夔與南宋詞》，第135頁。

在視角觀察和分析主體情感的技法，較之於抒情傳統中以抒情主體的瞬間感覺為中心的自我表現方式，詠物結構中獨立於抒情主體和抒情瞬間之外的情感，便有了將不同時空融為一體的可能。因此，雖然詠物詞與杜甫的律詩一樣也以用典著稱，但典故的意義卻不只把歷史和文化意識引入傳統的抒情形式，而是力圖創出多重經驗的表現空間。

對形式與意義關係的討論，是高氏「美典」研究關注結構美感的一貫態度，相對於國內中國文學史敘述中流於空泛的「風格」評說，這一模式顯然從語言媒介和形式特性等方面重估了文學作品和文學現象的美感價值。然而，林順夫的開創性意義卻在於其有意識地將文化史、思想史的視野引入文類研究，具體到姜夔詞的創作，則力圖從時代意識的普遍性和姜夔個人生活境域的獨特性角度對其詞體風格的形成加以文化史的觀照。他認為南宋經濟和文化的高度發達與政治處境的日漸衰微之間的張力，形成了這一時代獨特的文化景觀：文人士大夫大多安於私家園林中以高度物質享受為基礎的日常生活，從而把中國文化中有關生活美學的思想發揮到極至，促發了「關注於物」的哲學轉向（朱熹的客觀認識論），反映在詠物詞中，則是創作視野的日趨狹窄以及創作風格的日趨物化。林順夫從文化思想史角度解說文體結構的路徑，進一步在高友工對抒情美學的歷時性闡發中得以運用和深化，為中國古典文學史研究中的文本細讀與歷史意識的結合提供了有益的範本。

（三）前傳：六朝五言詩——抒情傳統的黎明

1986年，孫康宜的《描寫與抒情：六朝詩歌概論》（Six Dynasties Poetry）由普林斯頓大學出版，作為六朝文學研究在美國漢學界的拓荒之作，此書一改傳統文學史對此一時期文學「浮華」、「綺密」的評判而把其視為一個偉大的詩歌革新的時代，以此強調「中國古典詩歌就是在表現與描寫的互動中，逐漸發展的一種綿密又豐富的抒情文學」。[69]此書秉承孫氏對「天才與傳統」的一貫偏愛，以偉大詩人為線索，通過陶淵明、謝靈運、鮑照、謝朓、庾信五位詩人的生命歷程考察了「田園詩」、「山水詩」、「七言樂府」、「聲律」和「宮體詩」等次文類的「形式與意義」，描畫出「抒情」與「描寫」並行融合的歷程，回應了高友工把中國抒情傳統的發端歸於漢末興起的五言詩的論點。

孫康宜認為六朝詩歌關注「抒情之音」的傳統，始自陶潛。他摒棄了東晉詩壇的「玄言」風尚，以自傳式詩體實踐自我表現、於「虛構人

---

[69] 曹晉：《當代女學者論從・總序》，參見孫康宜《描寫與抒情：六朝詩歌概論》，上海：上海三聯出版社，2006年，第3頁。

物」和「自然」中尋找「知音」，並以此作為超越生命傷逝的自我慰
藉，創造出以征服死亡為核心的抒情聲音，並在這一過程中完成了抒情
主體與自然外物的統一。接下來，抒情性則在鮑照直抒胸臆的七言樂府
中顯現，他對人類命運的評判在一系列關注現實的詩歌創作中通過個人
與歷史重疊的瞬間展開，而抒情性也表現出以「女性」為「知音」的傾
向。政治生涯的坎坷，成為了六朝最後一位大詩人庾信在其詩歌中注入
強烈歷史感的根本動因，他將個人感情與對歷史的深切關懷統一起來，
超越了狹隘的個人感懷，創造出融合政治變遷與個人自傳的抒情體式，
無愧為杜甫歷史風格形成的前驅。

　　六朝詩歌的「描寫」傳統，則被孫康宜追溯至謝靈運開創的山水
詩。她認為謝靈運追求「形似」的詩歌美學創造出一種山與水交錯出現
的描寫結構，因而明顯帶有「賦」的特質，同時又因以物象「並置」來
表現抒情瞬間而有別於「賦」的繁瑣鋪張。鮑照在山水詩的基礎上拓展
了詠物詩的空間，他摒棄了謝氏詩歌中司空見慣的大規模山水景觀，而
注重單個物體的聚焦，不以模擬為最，而把「感情和印象」融合在象徵
的形式中以表現詩人抒情瞬間的視界。謝朓與永明時期「聲律」試驗的
密切關係，使其在詩歌句聯結構的形式主義試驗中多有創構，他借短句
表現山水圖畫美的嘗試使抒情瞬間的表達以一種內化描寫的方式固定下
來，最終構成了律詩的中間二聯的基本結構。而庾信所處時代的審美
理想，可以用蕭繹在《金樓子》裡的話概括——情、采、韻，其中，
「采」即強調一種以描寫為主旨的「為藝術而藝術」的理想，並最終發
展出以對事物細節的精緻刻畫著稱的「宮體詩」。

　　最後，孫康宜指出描寫與抒情在不同偉大詩人的筆下時而偏向一
端，時而又交相呼應，但是具有影響力的詩人不論偏向描寫還是抒情，
卻始終立足於尋找一種合適的形式，一種能把抒情與描寫完美融合的形
式，最終，這一理想在唐代的律詩體類中得以實現。孫康宜的這一結
論，為高友工律詩形式研究的歷史淵源提供了強有力的理論支援，並在
其獨特的論述視角中豐富著抒情傳統的研究論域。

　　在本節結束之際，我們試圖把高友工及其普林斯頓的追隨者經由抒
情美學和美典批評的路徑完成的文學史重構，視為二十世紀七〇年代北
美中國文學研究中獨特的一脈。由於身處「形式主義」大行其道的年
代，以現代語言學為基礎的形式分析構成了這一理論創構的基本特點，
它使「抒情美典」的文本解讀實現了從傳統之鑒賞批評向語言形式的
「細讀」分析的轉化，並從「文學性」的角度重估了中國文學的價值和
意義。同時，它更突破了「形式主義」的文本自足體系，廣泛引入文化

史、思想史的研究方法，從歷史和文化的深層因素為文學類型及其演變
提供新的解釋和說明。

第三節　多元：「抒情傳統」在臺灣

　　1978年，高友工的「中國抒情美學」構想適時登陸臺灣，在古典文
學、美學研究界普遍興起的「危機意識」中找到了適宜的生長土壤。此
後，經由各路古典名家不斷開拓、辛勤耕耘，「抒情傳統」的理論預設
不僅在學院中取得了多元化的研究實績，更試圖通過教育、出版和文藝
創作等現實途徑，介入文化的重建和復興。可以說，「中國抒情傳統」
在臺灣，已不僅僅只是一個學術問題，而是伴隨著學者對於現實社會
的觀照和參與，切實地影響著當代臺灣的文藝面貌和傳統文化的現代
命運。

一、接受的視域

　　相對於國際漢學界以及大陸古典文學研究界的反響平平，「抒情傳
統」在臺灣的接受，也許可以視為此一研究思路獲得長久生命力的關鍵
一筆，其影響之廣、持續時間之長，在華語地區終成一個傳奇：

　　　　七〇年代末之後的三十年間，至少在臺灣中文學界，
　　影響了一個年輕世代，刺激生產了一批重要的研究成果──
　　換言之，影響臺灣中文學界的古典文學研究近三十年──足
　　以和同時代以外文系學者為主體的比較文學的中國古典文
　　學研究分庭抗禮。[70]

（一）來自中文系的呼應

　　二十世紀後半期以來，臺灣地區的文學批評與美學研究一直呈現著
多元共生的景觀。一方面1949年後一批大陸學者來台，使中國古典文學
批評與美學理論得以傳承和發揚，形成了以中文系為主的研究群體；另
一方面，西方美學與文學批評的引入，又催生了以外文系為主的比較文
學的興起。二者融會的歷程即表現為中國古典批評理論之現代建構的演
進。其間，五〇年代是中文系以闡發語言形式特色為基礎的中國文學美

---

[70]　黃錦樹：《抒情傳統與現代性：傳統的發明，或現代性的轉化》，《中外文
　　學》2005年第34卷第2期。

感獨特性的發揚;六〇年代,則在以外文系為主導的比較文學研究中表現為尋求中西文化「共相」和「互釋」的匯通意識。

七〇年代以來,中、外文系學者在大規模論戰中走向融合,面對比較文學「闡釋研究」對傳統古典文學、美學的種種「發明」與「誤讀」,以中文系為主體力量的研究群體接受了外文系的比較立場,但關注的重心則從「闡釋」的「共相」轉向文化的根本「差異」,試圖凸顯傳統中國文學的特質與藝術精神,因而其古典美學的理論建構普遍滲透著反思和危機意識。1979年,以臺灣師範大學中文系為主的學者創立了「中國古典文學研究會」,標誌著這一股趨向在學術建制上的正式登場,「相對於臺灣中文系學術研究上普遍的抱殘守缺、陳陳相因,這是頗為罕見的一股重造傳統的活力」[71],隨之而來的則是一系列期刊、叢書和研究團體的面世和成立:

> 1977年起由中、外文系學者,諸如:姚一葦、侯健、楊牧、葉慶炳、高友工、柯慶明等創辦之《文學評論》、1978年柯慶明、林德明合編《中國古典文學研究叢刊》、1979年起中國古典文學研究會主編之《古典文學》、1979年顏崑陽、蔡英俊、蕭水順、龔鵬程合著的《中國文學小叢刊》、1982年蔡英俊主編之《中國文化新論‧抒情的境界》《中國文化新論‧意象的流變》、1988年李正治《政府遷台以來文學研究理論及方法之探索》等。[72]

高友工的「抒情美學」正值此一時期登陸臺灣。在此之前,「語言美學」和「審美感性」一直是中文系學者解釋傳統的兩大著力點:前者以「語言形式」的美感特質為中心強調對「文學性」的體認,自王夢鷗後漸成氣候;後者則突出主體經驗之「審美感性」的興發,以葉嘉瑩的「境界說」為典範。如是考量,高友工「抒情美學」與臺灣中文學界的「視域融合」正是「審美感性」和「語言美學」在「抒情」這一涵蓋性命題之下的匯通。高氏理論一方面描畫以「美感經驗」為核心的主體意識結構,並標舉「境界」為「抒情的完成」;另一方面,又始終貫穿語言學分析方法,以「美典」為基礎,細分客體藝術品的符號結構,在關

---

[71] 黃錦樹:《抒情傳統與現代性:傳統的發明,或現代性的轉化》,《中外文學》2005年第34卷第2期。

[72] 林素玟、周慶華等著:《臺灣文學》,台北:萬卷樓圖書有限公司,2001年版,第191-192頁。

注美感經驗的同時，亦能從「形式與意義」的辯證分析中獲得抒情文學本體論的種種闡說[73]。

正是在這樣的歷史機緣下，「中國抒情傳統」這個源起於海外比較文學、比較詩學視野下的學術傳統，不是在以外文系為主的比較文學研究中獲得追捧，卻是在中文系學者的領域內確立了自己的聲譽。然而，在接受抒情美學「美感經驗」和「美典層次」的論說框架基礎上，高氏理論中深澀的西方話語卻逐漸淡出視線：其從心理學角度對「美感經驗」的細密解說，在成堆的繁雜術語中顯得空前絕後；而其新批評和結構主義語言學方法的理路也曲高和寡，被視為「割裂整體感性」的元兇[74]，並未實際進入古典文學的細讀實踐。相對地，臺灣中文系學者以古典美學語言對這一理論加以改造，在作品解讀中沿續有悠久歷史的以意逆志、知人論世的閱讀法以及講求修辭意境的鑒賞論，從而使「抒情美學」的話語體系更趨於古典情味，處處表徵出這批學者特殊的師承和學術素養：

> 譬如王國維以降的詞的傳承（夏承燾、唐圭璋、冒廣生、顧隨、迄被譽為當代兩岸說詩談詞第一人的葉嘉瑩）、詩的傳承（甚至包括錢鍾書、錢仲聯）。他們的學術表述也是更為傳統的──如詩話、詞話、箋注、選集等，而在作品的釋讀上，沿續的是有著悠久歷史的以意逆志、知人論世的閱讀法，及玩味技藝修辭意境的鑒賞論。[75]

圍繞著「抒情傳統」在臺灣的繼承和創造，形成了一個開放的學術群體，三十年間，相關文學史及範疇史的討論、延伸和變異競相登場、生機勃勃：

> 而這些著作，以各自的方式補充論證參與發明了該傳統。相對於陳世驤－高友工的比較文學、比較詩學框架，可以發現這些中文系出身的學者，憑自身的學養與興趣，對抒情傳統有不同的補充甚至延伸。相對於高友工以律詩

---

[73] 呂正惠：《物色論與緣情說──中國抒情美學在六朝的展開》，參見《抒情傳統和政治現實》，臺北：大安出版社，1989版。

[74] 參見顏崑陽在《中國文學小叢刊》之《總序──從傳統出發》中對新批評方法的批評，臺灣故鄉出版社，1979年。

[75] 黃錦樹：《抒情傳統與現代性：傳統的發明，或現代性的轉化》，《中外文學》2005年第34卷第2期。

為抒情美典，因各自不同的論述需要，他們各自建構了各
自的美典（情景交融─含蓄美典、詩史、宋詩、《蘭亭集
序》、古詩十九首、《石頭記》……）；而如果美典是有
多個選擇的選項，那顯然道出它的詮釋空間遠未被窮盡，
它還在建構中，處於半開放的狀態。[76]

（二）傳統之發明：作為「宏大敘事」的「抒情傳統」

2005年，臺灣學者黃錦樹[77]發表《抒情傳統與現代性：傳統之發
明，或創造性的轉換》，從「現代建構」的角度重新審視「抒情傳統」
的歷史機緣和理論訴求，視其為對抗五四白話文學史觀的另一次傳統的
發明，進而為「抒情傳統」勾勒出一副「宏大敘事」的面孔，為研究這
一理論流變提供了全新的視角。

就歷史機緣而言，臺灣學術界自七〇年代以後的歷史境域與「五
四」新文化時期頗多相似，亦與大陸新時期以來的文化大環境相類同，
它們面臨的共同語境即是：在現代學術體制下，傳統文化的合法性及其
承繼的危機。隨著中西文化日漸頻繁的正面交鋒，臺灣學術界對西方理
論最初的好奇和熱情逐漸退卻，取而代之的則是對傳統文化之根本精神
的普遍關懷，甚至昔日以「闡釋」為榮耀的比較文學也從「求同」走向
「見異」，出現了葉維廉「文化模子尋根」那樣地回歸意識。這一歷史
選擇的逆轉，交疊著梁啟超、梁實秋、三〇年代的「學衡派」等眾多五
四時期「文化保守主義」者的身影，亦預示著日後大陸學界日漸關注的
「現代轉換」議題，顯露出古典傳統的困境和堅守。

後現代大師利奧塔曾用「宏大敘事」一詞概括了「現代」、乃至古
希臘以來西方社會的總特徵，目的在於突出西方以哲學為代表的話語機
制對於人類本質和宇宙本質的「虛構性」及「故事性」特徵，而正是憑
藉著此種「宏大敘事」對眾多分散知識和矛盾進行的統和，科學取得了
合法性。用這一概念來界定「抒情傳統」，不僅能為各時期理論創構之
功用提供合理解釋，更清楚地揭示出「抒情傳統」的理論形態與其目的
（尋求自身合法性）間的關聯。

「抒情傳統」宏大敘事的內在衝動，源於對五四白話文學史的反
抗。五四新文學傳統這個典型的大敘事：

---

[76] 黃錦樹：《抒情傳統與現代性：傳統的發明，或現代性的轉化》，《中外文
學》2005年第34卷第2期。
[77] 黃錦樹，臺灣國立暨南國際大學中國語言文學系副教授。

> 不止規模宏大，並且把複雜的古典世界一元化，以科
> 學主義的啟蒙理性之名、實證史學考證方法的強悍，以白
> 話文學史的獨斷敘事論證白話文的上升和文言的衰弊是中
> 國文學史的客觀規律[78]。

而相對中國文學的現代宣言，古典傳統進入世界格局和現代學術體系的努力卻多少是被動和艱難的：

> 古典詩文卻以更為傳統的方式維繫它前朝以來的學術
> 傳承……正源於此一系統並不是用近現代學術的表述方
> 式，而且一直沒有形成一種規模宏大的敘事以相抗衡，故
> 而沒有構造出可以和《白話文學史》典範頡頏的典範。[79]

對此，黃錦樹指出「中國抒情傳統」逐漸顯現的大敘事構架，具有創構古典傳統神化的功能，同時，由於其理論建構始終籠罩在中西文化優劣論的焦慮之下，以比較的框架來考量差異、認識自身就成為這些特殊學術身份的理論參與者的共識，進而逐漸形成以比較視野為特色的研究範式和操作方法。

另一方面，抒情傳統的「宏大敘事」正值臺灣建設民族國家的歷史時期，在社群身份認同的形成過程中，它扮演重要角色。誠如特雷・伊格爾頓（Terry Eagleton）所言：「在英國研究中，關鍵不在英國文學而在英國文學：我們偉大的『民族詩人』莎士比亞和彌爾頓，亦即，對於『有機的』民族傳統和認同（identity）的意識，而新應徵者則可以通過人文學習而被接納到這一傳統和認同中來。」[80]與「英國文學」類似的情況是，隨著「中國文學」的立科，敘述源流、風格和變革的文學史產生了，這當中不可避免地必須追溯中國文學的特質──是什麼使中國文學的面貌有異於西方文學？「抒情傳統」之大敘事正描畫出這一古典傳統的源流，在更廣泛的社群中改變著世人對於民族國家的想像和認同。籍由文化的此種功用，臺灣曾在八〇年代興起過「中華文化復興運

---

[78] 黃錦樹：《抒情傳統與現代性：傳統的發明，或現代性的轉化》，《中外文學》2005年第34卷第2期。

[79] 黃錦樹：《抒情傳統與現代性：傳統的發明，或現代性的轉化》，《中外文學》2005年第34卷第2期

[80] ［英］特雷・伊格爾頓：《二十世紀西方文學理論》，伍曉明譯，北京：北京大學出版社，2007年版，第27頁。

動」，置身於這股風潮中的「抒情傳統」研究，借助著學院話語的權威，在塑造一大批所謂「民族文化經典」的過程中，將其對民族文學獨特性的思考植入人心，並通過此種方式實質性地溝通了諸如性別、種族、階級等長期對立的社會因素，進而得到國家教育體制和意識形態的支持，逐漸走向「國有化」的道路。美國漢學家宇文所安指出，傳統之現代化的重要方式之一就是對於傳統的「國有化」：「在所有情況下，民族國家支援傳統文化都是為了通過繼承一份文化的遺產來培養歸屬感和團結情緒。」[81]如今，抒情傳統在臺灣已經表現出從專業研究機構向學高等教育課堂延伸的趨勢。

由是而言，無論是臺灣學術界對中國古典文學、美學、藝術加以系統整理和評析的風潮，還是政府意識形態大力推進的所謂「中華文化復興運動」[82]，顯然都為「宏大敘事」的登場營造了適宜的接受心理和成長空間。而作為一個典型的「宏大敘事」，「抒情傳統」經過陳世驤和高友工的開拓後，已經初步具備了完整的現代學術形態：起源神化（陳世驤的「詩」與「興」）、知識論的合法性論證（高友工《文學研究的理論基礎──試論「知」「與「言」》）、文學史重構以及完整的哲學美學理論框架一應俱全。誠如黃錦樹所言，與同一時期的「新儒家」之創構具有相同的目的和功能：「『中國的抒情傳統』這樣的論題，相當程度上以現代的學術格式企圖重新命名那被五四啟蒙光照遮蔽的古典榮光。」[83]在此框架內，臺灣學者努力擴充其涵蓋範圍，為更多傳統文論範疇和文學作品的合法性提供強有力的證明，並在「傳統的現代轉化」過程中，留下了獨特的軌跡。

二、理論的多元走向

《詩大序》和魏晉美學新變是臺灣「抒情傳統」研究的兩大熱點。前者試圖從「起源論」的角度，進一步確證陳世驤關於中國詩「感性

---

[81] [美]宇文所安：《把過去國有化：全球主義、國家和傳統文化的命運》，參見田曉菲譯《他山的石頭記──宇文所安自選集》，南京：江蘇人民出版社，2003年版，第348頁。

[82] 詳見《中華文化叢書‧國外學者看中國文學》，臺灣中央文物供應社，中華文化復興運動推行委員會，1982年。其序言指出，此叢書為「中華文化復興運動委員會」策劃、協調、推動，「蒙幸行政院慷慨允支持，由政府專案撥助」，且「尤其注重於學術研究與叢書編印」，在整理古籍與譯介西著相結合之基礎上，以比較研究之方法編輯此叢書。其編委亦多學術界名流，如：侯健、王夢鷗、黃永武、葉慶炳、尹雪曼等。

[83] 黃錦樹：《抒情傳統與現代性：傳統的發明，或現代性的轉化》，《中外文學》2005年第34卷第2期。

蘊於心，文字表於外」的特點；而後者，則更集眾家之力，試圖超越
《詩大序》的政教詩學，而以抒情主體之發現為焦點，重新命名「抒情
傳統」的緣起及其邏輯，從而把諸如「情景交融」、「物色」、「緣
情」、「氣類感應」等一系列中國美學和文學理論上的重要命題納入了
「抒情傳統」的視野。

　　就此而言，臺灣「抒情傳統」研究的突出特點在於其對「古代文
論」本身表現出的濃厚興趣，如果說高友工的「抒情美學」是針對「古
代文學」特質的現代理論創構，那麼臺灣學者的努力方向則在於論證
「古代文論」與「抒情傳統」的並行不悖。

（一）抒情自我與情景交融

　　蔡英俊（1954- ），英國華克威大學比較文學理論博士，現任臺灣
清華大學中國文學系教授、人文社會學系主任。

　　全書旨在挖掘「抒情自我」與「情景交融」理論間的內在關聯，相
對於高友工以形式美學為基礎的「律詩美典」，蔡英俊更偏重於從主體
意識的角度探討「美感經驗」，梳理出一條「情景交融美典」的歷史脈
絡。蔡英俊認為魏晉士人以「情」為核心的生命意識，在文學創作上表
現為「抒情主體的發現」和「緣情」理論的提出；同時，與「抒情」理
論對「情」之「安頓」相適應的是，「物色」、「形似」等寄託主體情
志於自然的詩論相應而生，形成中國文學批評中關注於「景」的一維。
此一時期，「情」為個人生命之表徵，而「景」則標示著超越性的理想
世界，是「情景交融」的發軔期。唐末，司空圖《詩品》極力宣揚「思
與境諧」、「象外之象」、「韻外之旨」等觀念，開啟「情景交融」在
宋代詩學中追求「物我同一」、「超以象外」的詩境先河。至南宋，中
國文學擺脫「情」偏勝於「景」的傳統，確立「情景交融」的審美理想
與術語系統。此後，以清代王夫之從「詩教」觀念上探究「情景遇合」
的詩論為代表，批評家開始致力於「情景交融」與「美善合一」的匯
通，為抒情傳統之美感經驗在「境界」層中的價值實現尋求可能。此
時，藝術美典不僅給予我們美感，更顯示出蘊含著真理和道德的生命意
義，這即是中國文化於美感經驗中尋求道德生命的特質：

　　　價值的問題，甚至人存在本質的問題，是中國文化傳
　　統的旨趣理想。[84]

---

[84] 蔡英俊：《「抒情自我」的發現與情景要素的確立》，參見柯慶明、蕭馳編
　　《中國抒情傳統的再發現：一個現代學術思潮的論文選集》（上），臺北：臺大

（二）歎逝：物色與緣情

呂正惠（1948-），台大中文系畢業，東吳大學中國文學博士，現任教於清華大學文學研究所及中國語文學系。

呂正惠是臺灣最早涉足「抒情傳統」研究的代表學者之一。1982年，由蔡英俊主編的《中國文化新論：抒情的境界》收錄呂正惠的專論《形式與意義》。此文延續陳世驤的「比較視野」，又融入高友工「形式美學」的理路，首次深入「抒情傳統」的內在邏輯，細密探討中國詩詞的「形式與意義」——「感情本體主義的傾向」和「對文字感性的重視」。同時，呂正惠頗具獨創性地考察「散文的四種類型」與抒情傳統的關係，極大地拓展了後者的疆域，並試圖從「正統文學」與「民俗文學」分野的視角描畫「抒情傳統」與「敘事傳統」的流變。

1989年出版的《抒情傳統與政治現實》，收有呂正惠「抒情傳統」研究的代表性論述《物色論與緣情說——中國抒情美學在六朝的展開》，全文以古人「文學觀」的內在意涵及演變為討論中心，把抒情傳統看作兩段式發展的兩個系統：一是以「《詩經》－興－《詩大序》」為線索的一線；一是以「《古詩十九首》－物色－緣情說」為脈絡的一線。二者的區別始於自「興」到「物色」論的微妙變化。借用日本著名漢學家吉川幸次郎提出的「推移的悲哀」，呂正惠認為，適應《詩經》而產生的「興」與配合早期五言詩而提出的「物色」論，前者表現了初民生命與自然相輔相承的歡欣與喜悅，而後者則在抒情主體的「歎逝」意識中流露詩人對生命本質的悲歡：

> 以「歎逝」的角度觀察大自然，從而賦予大自然一種變動不居、淒涼、蕭索而感傷的色澤，並把這一自然「本質化」、「哲理化」，使渺小的個人在其中感悟到生命的真相，而唏噓不已。[85]

具體到作為文學理論的《詩大序》和「物色」論，前者是以「志」界定的群體世界的政治化詩學，而後者則因生命意識的發現而突出了個我世界的一般性哀樂。因此，作為自「古詩十九首」以來對於「情」之

出版中心，2009年版，第366頁

[85] 呂正惠：《物色論與緣情說——中國抒情美學在六朝的展開》，參見《抒情傳統和政治現實》，第18頁。

哲學思考的詩學表現,「物色」論中情與物是一體兩面的詩觀,反映著
「從社會群體的和諧問題到個人生死問題」的轉變。而抒情傳統則真正
源於陸機「緣情」說對抒情主體的重新界定,由此往後的抒情詩都是透
過這種觀念去體察人生的哀樂:

> 以《古詩十九首》為代表的早期五言詩最大的特色
> 是,以生命的自覺為基調,發展出一套獨特的觀物方式和一
> 套獨特的闡釋感情的方式。基於前者,「物色」由於令人聯
> 想到人生的短暫與無常,因而染上了深厚的悲涼色彩。基於
> 後者,由於意識到人在客觀的歷史情境中的有限性和無能為
> 力,「情」就特別被提出來,而被認為是人的「存在」的本
> 質,是人的價值與人的悲劇性的根源。[86]

據此,呂正惠的結論是:「興」的觀物方式自《詩經》之後,只保
留在民間傳統和少數詩人中,而正統文學中的文人傳統,則幾乎完全是
「物色緣情」的繼承者。因此,在創作方面,《古詩十九首》是中國獨
特抒情傳統的真正源頭,而《詩經》、《楚辭》則只能算是「遠祖」;
理論方面,相較於《詩大序》對抒情主體「集體意識」的強化,六朝美
學中「物色論」和「緣情說」則開啟了中國抒情美學關注抒情自我和時
間的轉變。

(三)後之視今,亦猶今之視昔:時間 VS. 不朽

張淑香(1948-),師從葉嘉瑩,臺灣大學中國文學碩士。美國哈
佛大學文學博士,現為臺灣大學中文研究所教授。

對於「本體論」的追問,構成了張淑香抒情傳統研究的基本線索。
她避開蔡英俊、呂正惠等人以「古代文論」為研究對象的建構思路,而
試圖從哲學宇宙觀的角度,自現象的討論深入本質的反省,進而追溯
「抒情傳統」的意識形態原型,此即張淑香所謂的「本體意識」。在
《抒情傳統的本體意識——從理論的「演出」解讀〈蘭亭集序〉》一文
中,她以中西神話結構之差異為突破口,視魏晉美學為中國哲學」一元
論」中「集體共同存在的通感意識」在時空形態中的具體表現,其本質
上則是一條感覺與情感紐帶:

這種集體意識之強固深沉，有如一個恢恢密密之羅
網，將萬物相容並包，盡納其中。在空間上，它聯繫了
個人與社會群體，並擴充到自然世界。不但人與人之間，
聲息相通；即自然之物色，亦與人相感相應。而當這種渾
然一體之情從時間上延展，就產生了合縱的歷史意識。透
過與時俱存的記憶之長流，過去與現在融為一體，並奔向
未來。當人們為失落的過去慨歎時，過去便已然復活，並
照會了未來。在古典的中國，歷史幾乎取代了西方宗教的
地位，成為聯繫所有人類生命與精神的守護者。靠恃著歷
史不死的記憶，人足以克服虛然隕歿的命運繼續存在。有
了這種貫穿時空，集體共同存在的通感意識，人類精神的
「不朽」，才有可能；「名」的流傳才有意義。中國傳統
中所體會的悠悠宇宙，原是個有情天地，生生不已的根
源，因此才有「情之一字，所以維持世界」之說。而也就
是由此同一根源，化育了中國的抒情傳統。[87]

這種「集體意識」堅信：人類的個體生命雖然損益於無盡的時間流
逝，然而人類的集體生命，卻因藉著歷史的延續而佔有了永恆的時間，
因而，以「歷史時間超越自然時間」的「不朽」之哲學觀，使得個人對
於時間的永恆焦慮在集體共感的歷史延續中得以化解，而以「不朽」為
動因的「文學創作」亦具有了超越死亡的宗教的力量。由此而言，蔡
英俊所謂的「生命意識的覺醒」、呂正惠所謂的「情感本體主義」和
「歎逝」皆是中國哲學對於「時間意識」和「歷史意識」之基本態度
的反映。

就此觀察六朝文學美學，張淑香發現《蘭亭集序》中「後之視今，
亦猶今之視昔」的深沉慨歎。誠如宇文所安眼中的《典論·論文》——
「這裡跳動著一顆非凡的心靈，《論文》的主要價值或許在於它本身就
是一篇文學作品」[88]，《蘭亭集序》作為一篇傳世的抒情美文，其經典
文學的地位長期遮蔽了內蘊其中的理論宣言，而這個文本卻表現了一個
從主觀抒情之過程轉化為抒情理論之演出的雙重結構：

[87] 張淑香：《抒情傳統的本體意識——從理論的「演出」解讀〈蘭亭集序〉》，參
見《抒情傳統的省思與探索》，臺北：大安出版社，1992年版，第44-45頁。
[88] [美]宇文所安：《中國文論：英譯與評論》，上海：上海社會科學院出版社，
2003年版，第61頁。

　　　　藉王羲之《蘭亭集序》的作為理論兼理論演出之「作
　　品」的雙重性，直探「抒情傳統」的本體意識。指出「死
　　生亦大矣」的生命之自覺的意識，以及「雖世殊事異，所
　　以興懷，其致一也」的縱貫古今的生命共感，正是「抒情
　　傳統」所以成立維繫的本體；而「群賢畢至，少長咸集」
　　的晤常觴詠，與「崇山峻嶺，茂林修竹」、「天朗氣清，
　　惠風和暢」的寄託觀察，則正是這一抒情傳統達到「興
　　感」、「合契」的基本表現形態。[89]

　　相較於「言志」與「緣情」在文學現象上的理論闡發，王羲之則直
指文化本體對於生命的體驗與反省，回蕩著歷史於文字中追尋「不朽」
的「有情」信念，更從抒情傳統的立場，說明了文學的誕生、文學創作
的過程、文學創作的意義與功能：「肯定文學的意義，唯在溝通古今之
情，聯繫一切生命於一體。」[90]

（四）氣感世界：漢代美學與抒情傳統

　　龔鵬程（1956-），享譽海內外華人世界的當代學者和著名思想家，
研究領域廣泛，精通中國文學、中國史學、中國哲學、中國宗教。先後
擔任南華大學、佛光大學校長。現遊歷大陸，任北師大特聘教授，並任
北大、南大、川大等校客座教授。

　　進入抒情傳統，龔鵬程選擇逆其道而行。針對蔡、呂、張等學者
關於魏晉時期抒情美學新變的命題，《從〈呂氏春秋〉到〈文心雕
龍〉——自然氣感與抒情自我》則站在中國文學史的「通變」觀上展
開反思：

　　　　歷史的發展，本來即有常有變。……一位歷史研究者，
　　貴在知其常而審其變，方能清楚地解說歷史推延地歷程，
　　把「階段性」跟「延續興」的歷史觀，做較好的統合。[91]

---

[89] 張淑香：《抒情傳統的省思與探索·前言》，參見《抒情傳統的省思與探索》，
　　第1-2頁。
[90] 張淑香：《抒情傳統的省思與探索》，第56頁。
[91] 龔鵬程：《自然氣感的世界》，參見《漢代思潮》，北京：商務印書館，2005年
　　版，第28頁。此章原名為《從〈呂氏春秋〉到〈文心雕龍〉——自然氣感與抒
　　情自我》，載於中國古典文學研究會編《文心雕龍綜論》，臺北：臺灣學生書
　　局，1988年版。

因此，他的這篇文章，目的在於溝通「抒情傳統」研究中陳世驤的《詩三百》起源論和高友工的《古詩十五首》起源論之間的歷史斷裂，匣清位於二者之間的漢代哲學美學觀承前啟後的意義。在把形成於漢代的以「氣感」為核心的天人感應宇宙文化模式視為抒情傳統得以延續和產生轉折之原因的基礎上，亦把這種「氣類感應」的貫穿描畫為「抒情傳統」之「常」的因素，而魏晉的「緣情說」只是「階段性」的「變」相。

龔鵬程指出自《呂氏春秋》以來，中國哲學已開始了提倡「重己、情欲與氣類感應」的哲學。《呂氏春秋》以「同氣」為理想的宇宙觀，使個體生命在天人合一觀念的統攝下顯示出天地四時之象，因而才催生了魏晉時期四時與情感相對應的「物色緣情」理論的出現。而漢代初現的對「性情」概念的區別，則一方面於孔孟「言性不言情」的傳統中開創出追問「情為何物」的重情的人性論；另一方面又因這種重視情的態度，而在先秦的道德主體、認知主體之外，發現了感性主體的存在。因而，如果跳出歷史發展的歷時性因素，而直接面對事物本身，氣類感應的世界也是一個天人感應的世界，一個有情的世界。

在此，龔鵬程的特出之處在於，以宗教情感的審美特性來調和漢人抒情言論中的「道德」與「情」的對立關係。他特別強調，如果用當代神學美學的觀點來看，宗教經驗的神聖性質具有超越的特點是一種「美善合一」的經驗，它並不像強調形式本位的美學家那樣把道德與美感絕然分開，而是強調美感之中同時包蘊價值的意義。因而，漢代美學關鍵字「天人感應」的宗教意義表現在文學上則是：

> 讀詩，為一美感經驗；讀之而得溫柔敦厚焉。溫柔敦厚的詩教，遂不得不成為美的境界之現實[92]。

可以說，氣類感應世界的內在宗教意蘊使《詩大序》中的「政教」與「情志」終不能偏勝於一隅，在諸如《文心雕龍》的「原道自然」中實現了這「美善一也」的趣味。至於魏晉士人「聖人有情無情」之爭論，最終卻也在《世說新語·傷逝篇》中劃歸於「聖人忘情」的命題，此中緣由正在於「不能無哀樂以應物，然則聖人之情，應物而不累於物者也」[93]。這種重情卻不累於情的態度，正是由漢人「發乎情，止乎禮

---

[92] 龔鵬程：《自然氣感的世界》，參見《漢代思潮》，第24頁。
[93] 何邵：《王弼傳》，參見《三國志·鐘會傳》裴松所作注中引用的何邵《王弼傳》。

義」所開啟的傳統，其並非「以理絕情」而是「理情性」的問題，即順情以理情最終走向無情。對「情」的這種「反」而非「禁」的認識正是漢人對於」抒情傳統」的一大貢獻。

三、「抒情傳統」與現實社會

除卻在理論研究上的實績，臺灣地區「抒情傳統」研究的一大特色，在於其與現實社會間的密切聯繫。一方面，學者們在教育體制內，以課程改革的方式影響新一代公民對於傳統特質的認知；另一方面更積極投身於文化普及和文藝創作等公共實踐中，催生了一批標榜「抒情傳統」理念的藝術作品，從某種程度上改變了傳統作為「遺產」的存在方式，為其參與現代文化提供了可能。

（一）抒情傳統與通識教育

自現代以來，教育在國家民族觀念的形成過程中，扮演了越來越重要的角色。大學不僅是知識技能傳承的高級研習所，更逐漸演變為培養群體認同感和歸屬感的文化集散地。作為文化的重要組成，文學的命運亦與之休戚相關，借助著學院話語的權威性，一大批所謂的「民族文化經典」深入人心，並通過此種方式實質性地溝通了諸如性別、種族、階級等長期對立的社會因素。現代文學構建「文化共同體」的效力，讓我們想起儒家美學對文學功能的經典想像——「群」，而所謂的「禮辨異、樂和同」更讓我們看到儒家審美教育藍圖中奇樂融融的文化奇景。而如今正是公共教育系統中的文化教育扮演了這個至關重要的角色：

> 大樂與天地同和，大禮與天地同節。和故百物不失，
> 節故祀天祭地。明則有禮樂，幽則有鬼神。如此，則四海
> 之內，和敬同愛矣。[94]

1.通識課程：「中國古典文學的抒情傳統」

通識教育（general education），又譯為普通教育、一般教育，既是大學的一種理念，也是一種人才培養模式。自1984年起，臺灣各大學全面實施通識教育課程選修制度，作為一個歷史和地域概念，其核心理念

---

[94] 《禮記·樂記》，參見《中國文論：英譯與評論》，[美]宇文所安著，王柏華、陶慶梅譯，上海社會科學院出版社2003年版，第57頁。

是通過學習統整的知識來培養健全的人格和全面發展的人。在重視專才的當代社會，文化的整合作用和群體認同感的獲得，至少很大程度上是通過這類通識教育得以實現。

臺灣大學中文系在其2000學年首先開設了面向全校學生的通識課程——「中國古典文學的抒情傳統」和「中國古典文學的敘事傳統」，分兩學期完成。其中，「中國古典文學的抒情傳統」以歷時性的文學史敘事勾勒「民族文學」的脈絡，從詩經、辭賦、漢魏詩、唐詩、宋詩、唐宋詞到明清小品，由柯慶明、鄭毓瑜等七位教授輪流授課。針對通識教育的對象和目的，課程確立了其基本授課思路：一是不言理論，以感性經驗的體認實現概念的體認；二是以現代生活體驗貫通古人的藝術體驗。此後，臺灣清華大學等高校亦開設此課[95]。至此，「中國抒情傳統」這一由學院專家建構出的文化課題已經不滿足於知識精英內部的傳承和體認（中文系內部），而謀求在更大文化群體內獲得回應。誠如宇文所安而言：

> 我們現在所理解的「中國文學」是在二十世紀初期才產生的，在當時的文學史寫作裡，在當時剛剛誕生的國家學校系統所編寫的教科書裡。在十九世紀後期和二十世紀初期，文學與文化遺產在新的國立學校教育系統裡被機構化、體制化，從而成為民族國家穩固的基礎之一。[96]

隨著「中國文學」的立科，因課程之需求，敘述源流、風格和變革的文學史書寫也產生了，這當中不可避免地必須追溯中國文學的特質——是什麼使中國文學的面貌有異於中國以外的文學？對於這個始自二十世紀初的龐大工程來說，其最新成果自當包括以「抒情傳統」和「敘事傳統」為分野的「中國文學」敘述的確立，而使之參與到通識教育的進程中，一方面是適應現代教育體制而獲得自身存在之說明、另一方面則在更廣泛的社群中改變了世人對於民族國家的想像和認同。可以說，進入通識教育，正是「抒情傳統」之研究參與民族國家觀念之確立的重要舉措。

---

[95] 詳見《花蓮師範學院通識教育「語文領域」座談會紀錄——文學組》及《臺灣通識教育中的中文課程設計》兩篇會議紀要。

[96] [美]宇文所安：《把過去國有化：全球主義、國家和傳統文化的命運》，參見《他山的石頭記——宇文所安自選集》，第346頁。

2.出版：《中國文學小叢刊》

　　人文普及在某種程度上亦是另一種通識教育，相較而言，它更少學院色彩，而更多面向普通大眾，特別是文學文化愛好者。因而此一路數中媒介之力量實不可低估，出版即是一例。在以普通古典文學愛好者為對象而編輯的《中國文學小叢刊》一書中，顏崑陽以「從傳統出發，走入現代，走向未來」為叢書定下了基本的調子，並主張「保存感性的欣賞傳統」，從文學批評進入文學賞析，由理性智慧之思考相容感性審美之體驗：

> 　　第一個主張，是期許在重理中國古典詩歌之際，能回顧傳統、認清傳統、尊重傳統。然後，以傳統為基點，將中國古典詩歌的精美處，導入現代人的心眼中。更進而期望吾人依藉對古典詩歌深切的認識與陶養，而為中國現代詩的創作出一條銜接傳統文化的正軌。第二個主張，是為了矯正新批評者手段上的偏差。他們過度偏重理論性的分析，甚至引用許多深澀的批評格式，硬套入一首本來很明白易解的古典詩歌上，將它宰割的支離破碎……我們提出一套較完整的詩歌鑒賞過程──由感性，入理性，再出於感性……除了依藉理論分析，為讀者敲開鑒賞一首詩的大門之外，還希望保持一份感性的欣賞，確實掌握一首詩的情感意境，以帶引讀者共同走入詩人的心靈殿堂。[97]

　　由這份激揚的宣言催生的12輯專著，集中了一批臺灣抒情傳統研究的中心力量──蔡英俊、龔鵬程、呂正惠、顏崑陽等，而作為論述對象的「古典文學」竟也是清一色的古典詩歌。其實我們完全可以認為這是一個以古典抒情詩之主題呈現基本思路的文學普及宣言，其中彌漫著強烈的抒情弦音。這些年輕的抒情傳統闡發者，努力把各自的研究成果融入古典文學體認的感性解讀中，並多少為其提供了理論上的支援。龔鵬程的《春夏秋冬：中國古典詩歌中的四季》即援引他關於《文心雕龍》與「物色說」、「緣情說」的理論，直接把自然與抒情傳統之關聯視為此一主題的基本線索；蔡英俊的《愛恨生死：中國古典詩歌中的生命》

---

[97] 顏崑陽：《中國文學小叢刊》（第三套）之《總序──從傳統再踏出一步》，臺灣故鄉出版社1981年版。另可參見顏崑陽為《中國文學小叢刊》（第一套）所寫的《總序──從傳統出發》，臺灣故鄉出版社1979年版。

與《興亡千古事：中國古典詩歌中的歷史》則以「詩言志」的抒情傳統為依據，分別以個人生命之「情」與歷史使命之「志」的歷史紛爭，探討抒情傳統之情志的內在意蘊；顏崑陽《喜怒哀樂：中國古典詩歌中的情緒》一書則始終貫穿從「情」到一般「情緒」的視角轉換……

在這批「抒情傳統」闡釋者的詩化語言背後，是傳統文化「現代轉化」的一次通俗演繹，正是通過向現代普通讀者提供一種文學闡釋的向度和文學再經驗的方式，他們也為高友工式的「抒情美典」找到了安頓的區間。

（二）抒情傳統與現代社會

美學的別名又為藝術哲學，其共通之處在於二者對萬物之美的追問。不過前者更偏向於哲學美學的形而上思考，而後者則自黑格爾以來就以「美的藝術」為對象。抒情傳統研究中，高友工創構的「抒情美學」，一方面切實構建了哲學美學的理論框架，另一方面又始終貫穿著以文化史為基礎的藝術哲學的思考。因而，「抒情美學」的理論闡發，極易在藝術創作中找到融合的區間。2000年以來，臺灣出現了一批以「抒情傳統」為主旨和內涵的當代藝術作品，成為當代臺灣藝術最為重要的概念之一。

1.崑曲：白先勇與青春版《牡丹亭》

自2004年以來，由當代臺灣著名作家白先勇召集兩岸三地藝術家編創的青春版《牡丹亭》已在世界範圍內公演超過一百場，引起了文化界的極大震撼。這是一出特別強調「抒情傳統」意味的現代版古典戲曲，其以「崑曲」的抒情形式承載了湯顯祖《牡丹亭》的「至情」體驗，細膩地詮釋出抒情精神的美感特質，並為這一傳統美學的理想尋找到了現代觀眾的認同和接受。

在青春版《牡丹亭》的編劇名單中，臺灣「抒情傳統」的重要闡發者張淑香的名字赫然在目，她的加入為《牡丹亭》於「抒情傳統」的歷史坐標系中找到了自己的定點：

> 從《牡丹亭》神話解讀透視湯顯祖的情觀，由杜麗娘所體現出來的情感境界，實呼應了中國文學抒情傳統的內在精神。抒情美典重視個人感知生命的活動，肯定主觀的內在經驗之獨立自足，並以內化的感性經驗所形成的心境觀照為美感的價值與意義。所有偉大的抒情詩人，莫不是

因為他們所流露在生活感受中的個人內在情性氣質與心靈
的豐美而為世人讚頌。[98]

　　自誕生之日起，《牡丹亭》的魅力即在於其對「至情」的頌揚，而
這一「情」字正是它與抒情傳統之關聯的依據。從「情」之內蘊的變遷
來看，明末的中國文人已對「詩言志」之「志」進行了本質上的置換。
在那個時代流行的「性靈」風潮中，「情」與「理」的誓不兩立，使其
成為了中國文學論爭中的公案。袁枚《答蕺園論詩書》說：「且夫詩者
由情生者也，有必不可解之情，而後有必不可朽之詩。情所最先，莫
如男女。古之人屈平以美人比君，蘇、李以夫妻喻友，由來尚矣」[99]，
這顯然已把「情」集中在男女之愛情上。加之「性靈」文人強調以
「目」、「口」、「耳」的感官體驗來說明「情」，因而，「至情」
之於陸機之「緣情」已不甚相同，其間更渲染出文人對於人性之「真」
的推崇。而「抒情傳統」之本體在臺灣學術界的言說雖各有版本，但其
中最為重要的正是所謂的「抒情主體意識的發現」以及「魏晉士人生命
意識覺醒」的敘說（詳見本章第二節），其與強調「至情」的文學有著
內在的聯繫——在詩意中突出「有我」之生命意識。由是而言，《牡丹
亭》一路的文學不僅寄予了「抒情傳統」的理想，更是對於這一理想的
豐富和拓展：

　　　　湯顯祖筆下的杜麗娘，即被賦予強烈的個人生命感與
　　自覺意識。她的夢裡夢外，生生死死，死死生生，莫非為
　　情。她的一切活動都緣於她對自我與世界的感知以及對個
　　人情感經驗的肯定堅持。情是她的生命原力能量的核心，
　　所以她的真情穿破夢幻，她的深情滲透地獄，她的至情征
　　服人間。她的愛情冒險旅程，乃展現出吾情一以貫之的整
　　體經驗意義與精神風格。她的情，不是偏狹的，而是活性
　　的。所以才有發展與成長生機。遂在自我肯定個人的情感
　　價值之際，更能涵泳世界，擴充情感與心智的遼闊視域，
　　成就洋溢英雄特質的生命境界。這種濃縮個人與世界於二

[98] 張淑香：《捕捉愛情神話的春影——青春版〈牡丹亭〉地詮釋與整編》，參見
　《姹紫嫣紅牡丹亭：四百年青春之夢》，桂林：廣西師範大學出版社，2004年
　版，第109頁。
[99] 袁枚：《答蕺園論詩書》，參見《小倉山房詩文集》（第4冊），上海：上海古
　籍出版社，1988年版，第1803頁。

度和諧的情感模式，形成具有內在統一性與完美的生命境
界，其本身即體現了一種文化的理想，抒情美典所追求的
極致之美。[100]

2001年5月18日，聯合國教科文組織公佈首批「人類口述非物質遺
產」一共十九項，崑曲名列第一，超過了日本能劇和印度梵劇。對此，
白先勇把崑曲的成功歸結於自身形式的美感與抒情性，並以之為中國的
高雅藝術、精英文化——崑曲是載歌載舞的藝術，不同於其他劇種，歌
舞之餘也要表現出詩的境界，這三者的結合是崑曲難得之處[101]。相較於
西方戲劇對「張力」、「矛盾」和「情節」等要素的突出，崑曲由於文
人傳統的介入，其「遊戲」和「講唱」的敘事風格逐漸滲入濃厚的抒情
音調，歌者即「曲」，而「曲」的部份「寫情則沁人心脾，寫景則在人
耳目」……古詩詞之佳者無不如是，因而其精神仍然是抒情性的詩詞意
境，由此也才成為中國綜合型藝術之戲曲大家庭中最為閨秀的一支：

> 崑曲是包括文學、戲劇等雅俗共賞的表演藝術形式，
> 特別是崑曲的文學性，我們的民族魂裡有詩的因素，崑曲
> 用舞蹈、音樂將中國「詩」的意境表現無遺，崑曲是最能
> 表現中國傳統美學裡抒情、寫意、象徵、詩化特徵的一種
> 藝術。[102]

追及歷史，自明萬曆到清乾嘉之間，崑曲獨霸中國劇壇，足足興盛
了兩百年，其流傳之廣，歷時之久，少有劇種可與之匹敵。其婉麗嫵
媚、一唱三歎的曲調配合以明清傳奇為主的獨特文類，其中名著如《牡
丹亭》、《長生殿》、《桃花扇》等，正是陳世驤、高友工等學者眼中
滲透著濃重抒情傳統因素的敘事文學經典。而青春版《牡丹亭》正可視
為中國「抒情傳統」藝術在現代的成功突圍，即以崑曲之抒情形式展現
文本之抒情體驗的典範。

2.電影：朱天文與候孝賢的抒情電影

---

[100] 張淑香：《捕捉愛情神話的春影——青春版〈牡丹亭〉地詮釋與整編》，參見
《姹紫嫣紅牡丹亭：四百年青春之夢》，第109頁。
[101] 白先勇：《白先勇說崑曲》，桂林：廣西師範大學出版社2004年版，第125頁。
[102] 白先勇：《白先勇說崑曲》，第122頁。

> 侯孝賢「基本是個抒情詩人而不是說故事的人」。他
> 的電影的特質也在於此，是抒情的，而非敘事和戲劇。[103]

　　作為當代臺灣電影的代言人，侯孝賢以其擯棄一板一眼的劇情敘事而標舉中國古典抒情文法的個人風格獨樹影壇。用侯氏御用編劇朱天文的話來說，這正是「抒情的傳統」中彌漫著的「詩的情調」。朱天文曾在《悲情城市十三問》中徵引陳世驤的「抒情傳統」研究作為解說侯氏影片追求「東方情調」、推崇「詩的境界」的理論依據。她認為正是這種流溢著「綿綿詠歎、沉思與默念」的「詩的方式」使侯孝賢的電影極具抒情詩氣質：

> 　　詩的方式，不是以衝突，而是以反映與參差對照，既
> 不能用戲劇性的衝突來表現痛苦，結果也不能用悲劇最後
> 的「救贖」來化解。詩是以反映時空的無限流變，對照人
> 在其中存在的事實卻也是稍縱即逝的事實，詩不以救贖化
> 解，而是終生無止的綿綿詠歎、沉思與默念。[104]

　　因而，從這個更寬廣的視野去看侯孝賢的電影，不論是其外在繼承中國抒情傳統的電影文法還是其影片背後所滲透的東方美學意識，都暗示出侯孝賢電影中的古典詩情。

　　就故事本身來說，侯氏的電影往往線索不明朗，缺少戲劇性，因而評論界常常把其視為對往日追憶的複寫和往復再現的抒情交響，其中包納著極其私人化的抒情品質。同時，侯孝賢的影片場景又擅長以漸顯的方式開始、漸隱的方式結束。由於這種電影分句法的反覆使用，其長鏡頭已經不再是趨向現實的漸進線，而更像是深入情意的語氣詞，拖著長長的尾韻，在淡遠悠長的抒情語氣當中，營造出一種重章疊句、回環往復的美。此外，偏愛悲劇的侯氏電影卻並不刻意營造戲劇性的激烈衝突，也不用順時性的平鋪直敘，而多數使用畫外音來回溯往事。他與剪接師廖慶松創造性地使用了「氣韻剪輯法」，把過去與現在混在一起，以散點輻射開來的段落醞釀「詩一般的氣氛」：

---

[103] 朱天文：《最好的時光——侯孝賢電影記錄》，濟南：山東畫報出版社，2006年版，第335頁。

[104] 朱天文：《悲情城市十三問》，參見《最好的時光——侯孝賢電影記錄》，第274頁。

即沒有過去、現在、未來的清楚界限。你所看到的也
許都是現在，但這個「現在」裡包含了過去與未來，我們
的觀念是把時空全模糊掉了，因它的「情緒」而去轉換。
我覺得那種感覺也許更接近感情本身，而我讓觀眾看到的
也是情感本身，而不是所謂的電影的解說形式：中近景、
特寫去釀造一個戲劇空間的張力。[105]

這段話中反覆強調的「現在」正驗證了高友工對「抒情傳統」之
「美感經驗」的解釋——抒情結構中「現時」和「過去」的對立總是通
過「再經驗」的方式趨向於「現實性」，因而對於大多數抒情者來說，
「過去」總表現為「現在」。而在故事的內蘊方面，侯氏影片則往往以
「情」取勝，而不擅於歷史和哲學。如獲得金獅大獎的《悲情城市》，
雖然是一部史詩般的作品，但它不像中國的歷史片以政治歷史事件的正
面切入和波瀾壯闊的歷史畫卷取勝，而追求以種種情感的詩化方式渲染
和傳達「興亡之感」。正是秉承了東方古典詩人的抒情氣質，侯孝賢用其
獨特的鏡頭語言繼續著「抒情傳統」在當代的演繹，而朱天文也才說：

正如既是韻文就不能沒有韻，既是戲劇，就不能沒有
動作。於悲劇的境界，西方文學永遠是第一手。而於詩的
境界，天可憐見，還是讓我們來吧。[106]

「抒情」為解釋中國文學提供了一個很好的切入點，它讓我們注意
到以下問題：一種文化的內在本性到底是先天給定，還是後天建構？或
是二者交互影響的結果？對中國文學而言，「抒情」是在與世界的不斷
衝撞和對照中逐漸形成的自我認識，它原本一直都存在卻要借鏡西方以
顯現，並在重塑傳統的過程中建構了自身的歷史。

陳世驤首度引入文類視野，以比較文學的立場揭示中國文學潛在的
抒情傾向；而後，高友工借助現代美學觀念重釋「抒情」意涵，使之成
為各類中國藝術的原型經驗和文化理想；嗣後，側重考察古典文論觀念
中的抒情意識及其文化機緣的臺灣中國古典文學研究，更在影響現實文
化實踐之際拓展了「抒情」自身的闡釋空間。二十世紀九〇年代以來，

[105] 廖慶松：《〈悲情城市〉創作談》，《北京電影學院學報》1992年第2期。
[106] 朱天文：《悲情城市十三問》，參見《最好的時光——侯孝賢電影記錄》，第
274頁。

以大陸背景遊學歐美的王文生[107]、蕭馳[108]等學者以對話的姿態為「抒情傳統」研究注入了新的活力。王文生教授自1993年發表《〈詩言志〉——中國文學思想的最早綱領》以來，對以仿照西方文學批評及美學理論建構中國文學批評框架的研究範式多有反思，他提倡「在中國文學思想自身的歷史發展中見其體系；在文學思想與宇宙的關係中見其取向；在文學思想與其他思想形式的關係中見其相互作用；在中國文學思想與西方文學思想的總體比較中見其特點」[109]的研究宗旨，並通過題為《詩言志源流》的系列研究梳理抒情美學的重要範疇，標舉以「情境」為核心的抒情結構，並以「情味」為美感價值重新描畫了中國美學的發展歷程。蕭馳則是近期最為活躍的抒情傳統闡發者，他的研究集中考察抒情傳統與中國思想的糾葛，以期還原抒情理想背後的「觀念背景」；同時亦把傳統視為一個不斷變動且複雜多元的觀念體系，分專書討論了「周易宇宙觀」、「宋明理學」及「六朝隋唐佛學」[110]與抒情傳統的互動過程，揭示出抒情傳統的多元背景。

近年來，隨著對「傳統的現代轉化」日漸深入的討論，「抒情傳統」研究逐漸進入國內學界的視野，其中的「抒情美學」更引起了國內古典美學研究的關注，被大陸學者譽為「中國美學史研究的新途徑」[111]。長期以來，以蘇聯移植的馬克思主義美學為範式而建立的中國現代美學體系，形成了一套以社會歷史經濟論為核心的美學言說方式，

---

[107] 王文生，湖南衡陽人。1953年畢業於武漢大學外文系。歷任武漢大學講師、副教授、教授、中文系主任，中國古代文論學會、中國文藝理論學會常務理事專於中國古代文論研究。後遊歷歐美講學，現定居美國。著有《臨海集》、《論情境》、《中國美學史》（兩卷），與郭紹虞合編《中國歷代文論選》等。

[108] 蕭馳（1974- ），北京人，中國人民大學古代文論碩士，華盛頓大學（聖路易斯）比較文學博士，現任新加坡國立大學中文系教授。著有《中國詩歌美學》、《中國抒情傳統》、《抒情傳統與中國思想：王夫之詩學發微》、《佛法與詩境》、*The Chinese Garden As Lyric Enclave: A Generic Study of The Story of the Stone*等。2011-2012年，蕭馳將此前關於中國抒情傳統的研究著作修訂後，在臺灣結集出版了他的「中國思想與抒情傳統」三部曲：《玄智與詩典》、《佛法與詩境》、《聖道與詩心》。

[109] 王文生：《〈詩言志〉——中國文學思想的最早綱領》，參見《〈中央〉研究院中國文哲研究集刊》（第三期）抽印本，1993年，第14頁。

[110] 對上述問題的討論分別參見以下著作：《中國抒情傳統》（臺灣允晨文化實業股份有限公司1999年版）、《抒情傳統與中國思想：王夫之詩學發微》（上海古籍出版社2003年版）、《佛法與詩境》（中華書局2005年版）。另見《中國思想與抒情傳統》（三卷）（《玄智與詩典》、《佛法與詩境》、《聖道與詩心》），台北：聯經出版事業股份有限公司，2011年版。

[111] 張節末：《中國美學史研究的新途徑之一——海外華文學者對中國美學抒情傳統的研尋》，《江西社會科學》，2006年第1期。

以之關照中國古典美學則在很大程度上忽略了美感趣味自身的歷史。對國內學界而言,「抒情美學」則於此處提供了一種新的研究路徑,它始終把美學的創構植根於東西比較的視野中,同時又從「外部研究」回歸到「內部研究」,圍繞著形式與美感建構新的闡釋系統,提出對於中國古典美學的另一種理解方式和認知可能。

從某種意義上來說,本章在即將結束之際,試圖回到問題發生時的狀態:是怎樣一種原因,讓人類自太初之始便有了難以抑制的抒情衝動?雖然在歷史的恒久前行中,新的內容和形式不斷增加,然而「抒情」卻儼然已經成為了超越具體形式和情感類型的文化符號,而以其獨特的應答方式始終活躍於人類文明的舞臺。透過「中國抒情傳統」理論建構中各路精彩的言說,我們是否可以認為,此中種種解釋正是一個偏愛抒情方式的民族對於這一永恆困惑的追問,而暗藏其中的亦是人類對於自我認知的永久好奇。

第四章　中國文學傳統的海外發揚

　　二十世紀以來，海外漢學家尤其是海外華人學者致力於中國文學傳統的海外傳播和研究，於中國文學傳統在海外的延續發揚貢獻卓著。他們在海外教授中國古典文學，著書立說，出版中國古典文學作品集，張揚中國古典文學的個性，推動中國文學走向世界，擴大了中國文學傳統在海外的影響，也促進了中國文學與西方文學的交流。本章以加拿大著名華人女學者葉嘉瑩的古典詩詞教學和研究為例，對她在古典詩詞的海內外傳播、詩學理論以及詞學研究等方面的貢獻進行介紹和分析，藉以展現海外華人在中國文學傳統的海外發揚方面所做的工作和成績。

　　在當代中國古典詩詞的推廣和研究方面，葉嘉瑩是一個傑出的代表，被譽為「國際漢學大師」。1990年，由於教學和研究的突出成績，葉嘉瑩被加拿大政府授予「加拿大皇家學會院士」榮譽稱號，成為加拿大皇家學會有史以來唯一的中國古典文學院士。2008年12月，中華詩詞學會授予葉嘉瑩「中華詩詞終身成就獎」，以表彰她在詩詞理論上的成就以及她在海內外推動中華詩詞傳播所做出的傑出貢獻。祝辭中說：「茫茫五洲學海路，耿耿華夏赤子心。她甘於奉獻，傾心育才，是推動中華詩詞在海內外傳播的傑出代表。」「她是將西方文論引入古典文學從事比較研究的傑出學者，其詩論新意迭出，別開境界，在中文學術界產生了重大影響。」[1]走過九十一個春秋（至2015年）的葉嘉瑩無愧於這些獎勵和稱號。

第一節　詩詞「傳道士」

一、「東西南北人」

　　1924年，葉嘉瑩生於北平舊家。1945年，畢業於北平輔仁大學國文系後，葉嘉瑩在中學教國文。1948年底隨丈夫到臺灣。先在臺灣的中學教國文，後被臺灣大學、臺灣淡江大學、輔仁大學等校聘為專任或兼職教授，講授詩選、文選、詞選、曲選、杜甫詩等課程。1966年，葉嘉瑩被臺灣大學派往美國講學，先後被美國密西根大學、哈佛大學聘為客座

---

[1]　葉嘉瑩學術網站www.yejiaying.com，2009年3月26日。

教授。1969年定居加拿大，成為加拿大不列顛哥倫比亞大學中國古典文學研究生導師第一人，用漢語教亞洲系的必修課及研究生課程，用英語教授全校學生的選修課。不到一年，因出色的工作受聘為終身教授。1989年葉嘉瑩退休。從1992年起又被美國耶魯大學聘為講座訪問教授。

在海外多年，葉嘉瑩一直熱心於推廣和宣揚中國古典文學，曾被多國多所大學聘為客座教授。她除了在加拿大、美國等國家的大學授課外，還應各種單位、團體之邀四處講學，次數之多、聽眾之多恐怕是當今學者中少有。在加拿大，她曾到溫哥華金佛寺講授陶淵明《飲酒詩二十首》；多次應溫哥華中華文化中心的邀請講授各種詩詞講座，如「中國古典詩歌的欣賞與吟唱」課程、北宋名家詞講座、清代詞史等；為加拿大西門沙菲大學港口分校與嶺南校友會合辦之「嶺南長者學院」講古詩十九首；在渥太華為旅加大學校友及中文學校做了多次講演；也曾為加拿大宋慶齡兒童基金會舉辦的兒童古詩學習班授課，等等。葉嘉瑩不但認真授課，還曾把講課所得的酬金捐出來，用於協助在海外舉辦古典詩詞教研培訓班，激發海外學子學習中國古典文學的熱情。

在美國哈佛大學做研究時，葉嘉瑩也為當地各學術及文藝團體做講演多次。1979年春季在美國明尼蘇達大學講課三個月；1998年春季在美國加州萬佛城講授杜甫詩；2001年2月，葉嘉瑩應邀赴美國紐約哥倫比亞大學任訪問教授，開設《歷代名家詩》及《歷代名家詞》兩門課程，為期3個月；2008年5月在美國馬里蘭大學演講《從雙重性別與雙重語境談晚唐五代詞的美感特質》，在哈佛大學演講《現代文論與傳統詞學》等。此外，葉嘉瑩也曾到馬來西亞、日本、新加坡、臺灣、香港、澳門等地多所大學講演授課。

經過多年艱辛的努力和無私的付出，葉嘉瑩成為北美中國古典文學界著名的專家，對北美詞學的建立功不可沒，在北美有著較大的影響，但她的夢想卻是回到祖國，為古典文學的傳承做點事情。葉嘉瑩曾說：

> 在海外教書，有些學生，一點中文根柢都沒有的，要全用英文教學；我的研究生儘管都學過中國話，可看中文書，我也可用中文講課，但詩詞裡非常精微美妙的東西，在不同文化傳統的心靈中，體會不一樣。無論我給他們講課的時候，以及他們用英文寫論文給我看的時候，我們的詩歌都變成另外一種文字時，很多精微美妙的東西都失去了。詩歌是語言藝術，語言是一種符號，所有作用都在語言符號中傳達出來。一旦語言符號丟去的話，只把大意翻

譯出來，像人，血肉都沒有了，只剩下骨骼，沒生命了，
所以我一直想回到內地來教書。[2]

　　除此之外，葉嘉瑩回國教書也是為了報答祖國的養育之恩，她說：

　　　　我想我是由自己的祖國──中國培養我接受教育的，我
　　多年來在海外宣揚我們祖國的文化，這當然是一件有意義
　　的工作。可是當我在1977年旅遊的時候，看到我們自己的
　　祖國的同胞這麼愛好中國古典詩詞，我就想我也應該回到
　　祖國來，與我們祖國的文化的源流能夠繼承接續起來才
　　是。我好像是一滴水，要回到我們祖國的江河之中。所以
　　那個時候，我就有一個念頭，我願意回到自己的祖國來，
　　也能夠教古典詩詞，跟國內的愛好古典詩詞從事古典詩詞
　　教學的朋友們來共同研討，向他們學習。[3]

　　這是葉嘉瑩作為一名海外華裔學者所具有的「懷京華北斗之心，盡
書生報國之力」（繆鉞）的具體體現。葉嘉瑩曾指出自己在古典詩詞研
究道路上有一種由「為己」到「為人」的轉變，即由一己賞心自娛的評
賞轉變為為他人的傳承責任的反思。這種轉變的原因在於葉嘉瑩看到詩
詞評賞界中存在的一些困惑和危機，產生了一種不能自已的關懷之情。
如果從深層次來講，這是儒家傳統對葉嘉瑩的影響。葉嘉瑩從小研讀四
書五經等傳統經典，尤其是《論語》對葉嘉瑩說詩和個人修養影響很
大。儒家提倡修身、齊家、治國、平天下，對中國古代士子之影響根深
蒂固。葉嘉瑩所受的傳統教育，也使她在思想意識深處埋藏著一種報國
之志。
　　早在1979年，葉嘉瑩就開始回國講授古詩詞。1988年她曾在原國家
教委禮堂舉行過十次「唐宋詞系列講座」。1991年，葉嘉瑩在南開大學
創辦了「比較文學研究所」，並募得海外人士的捐款，修建了研究所辦
公大樓。1997年，葉嘉瑩將研究所更名為「中華古典文化研究所」，葉
嘉瑩被聘為南開大學中華古典文化研究所所長。與此同時，葉嘉瑩還捐
出退休金的半數（十萬美金），在南開大學設立了「駝庵」獎學金和
「永言」學術基金，用以培養有志於古典文學普及和研究的人才。葉嘉

[2]　沈秉和、葉嘉瑩：《千秋共此時──葉嘉瑩教授訪談錄》，《澳門日報》2002年
　　1月27日。
[3]　葉嘉瑩：《唐宋詞十七講》，石家莊：河北教育出版社，1997年版，第1-2頁。

瑩的愛國情懷和精神境界感動和吸引了許多莘莘學子。現在，在她的周圍，積聚了一大批古典詩詞的愛好者、傳播者和研究者。她每年有一個學期在國內講學。從1979年至今的三十多年來，葉嘉瑩應邀在國內北京大學、北京師範大學、南開大學、天津大學、天津師範大學、南京大學、南京師範大學、復旦大學、武漢大學、中山大學、暨南大學、雲南大學、四川大學、湖北大學、湘潭大學、遼寧大學、遼寧師範大學、黑龍江大學、蘭州大學、新疆大學等幾十所大學講授古詩詞，並受聘為客座教授或名譽教授。應社會各團體的邀請，她也舉行了多次古典詩詞專題講演，在國內引起了廣泛的影響，被聘為中華詩詞學會顧問。

的確，從大陸到臺灣，從臺灣到海外，葉嘉瑩始終以教書為生，無論用中文還是英文，傳授的都是古色古香的中國古典詩詞。如今，已至耄耋之年的葉嘉瑩還是一如既往地在學校教授弟子，到世界各地進行詩詞演講，現身說法，為古典詩詞的傳承和走向世界貢獻餘力。有人形象地稱她是「東西南北人」。

葉嘉瑩對中國古典詩詞的熱愛和執著感動著一批又一批的弟子和聽眾，她對古典詩詞興發感動之作用的獨到領悟、不拘一格的解讀、淋漓盡致的闡發，牽引了多少年輕人步入古典文學這深奧博大的國學殿堂，中國古典詩詞的美境也伴隨著她的足跡傳播到世界各地。葉嘉瑩以其融入生命體悟的個性化學術風格在海內外產生相當的影響。中國大陸的《人民日報》、《光明日報》、《文匯報》、《北京日報》，中國香港的《香港作家報》、《大公報》，中國澳門的《澳門日報》，中國臺灣的《自由時報》、《民生報》、《中國時報》、《聯合報》，美國《波士頓新聞》、《僑報》，加拿大《世界日報》、《星島日報》，新加坡《聯合早報》等都對她作過報導。

有人說葉嘉瑩是一個農夫，也是一個播種人，在東西方傳播著優秀、古老的中國文化。[4]六十多年的播種，葉嘉瑩收穫的是桃李滿天下的幸福。她為中國傳統文化和古典文學的研究、傳播培養了一大批專業人才。她的學生遍佈歐美、中國大陸以及港澳臺地區。許多學生已是海內外一些大學的知名教授和學術帶頭人。臺灣許多大學的中國古典文學研究所主任和加拿大許多大學的中國古典文學教授都是她的學生，如臺灣大學的吳宏一、臺灣中央研究院文哲研究所的林玫儀、加拿大阿爾伯達大學東亞系的梁麗芳（Laifong Leung）、加拿大麥吉爾大學的方秀潔

4　夏悲：《使中國古典文學走向世界和永生的人》，《國際人才交流》2000年第2期。

（Grace S. Fong）等。在她的弟子中，有很多白種人，其中一些也已成為頗有成績的漢學家。

二、傳道理念

　　葉嘉瑩以堅毅的精神在詩詞傳播和研究中矻矻幾十年，她的力量來自於對中國古典詩詞的熱愛和傳承的責任感。從葉嘉瑩的表述中，我們可以總結出她不懈於古詩詞的講授和研究的理念，主要有三點：

（一）發掘詩詞的感發生命

　　在現當代，我們常常從實用主義的立場出發，認為學習古典文學沒有用，但葉嘉瑩卻認為：「詩歌是帶著一種興，帶著強大感發的力量的，是能夠呼喚起你心靈深處很多美好的感情和高尚的意趣的，是生生不已的。」[5]在《從中西詩論的結合談中國古典詩歌的評賞》一文中，葉嘉瑩說：「我認為我國古代詩歌中有一種興發感動的生命，這生命是生生不已的，像長江、黃河一樣不停息地傳下來，一直感動我們千百年以下的人。我以為這才是中國古典詩歌中最寶貴、最可重視的價值和意義之所在。學習古典詩詞，還不僅是學習一種學問知識而已，重要的是要使青年人的心靈復活起來，讓他們以生動活潑的心靈，來欣賞、體會中國古代詩歌中的一些偉大、美好的生命，這才是學習中國古代詩詞的最重要的一點意義和價值。」[6]讀詩詞可以獲得兩方面的力量：

　　　　一面是讓你有一顆興發感動活潑不死的心，對生命有無盡的關懷，不會只是充滿物欲。還有一方面就是詩詞可提升你的人格及修養；當你在面對人生種種的考驗時，你能掌握自己，也能夠在苦難之中慰解自己。[7]

　　每當有學生問葉嘉瑩，讀詩有什麼用時，她回答：「詩之為用乃是要使讀詩者有一種生生不已的富於感發的不死的心靈」，「而且這種感發還不僅只是一對一的感動而已，而是一可以生二，二可以生三，以至於無窮之衍生的延續。」[8]「至於學習中國古典詩歌的用處，我個人以

5　葉嘉瑩：《唐宋詞十七講》，第53頁。
6　葉嘉瑩：《古典詩詞講演集》，石家莊：河北教育出版社，1997年版，第1-2頁。
7　姚白芳：《能作好音是迦陵──訪葉嘉瑩教授談詩詞》，臺灣《龍樹月刊》1991年第14期。
8　葉嘉瑩：《我的詩詞道路》，石家莊：河北教育出版社，1997年版，第198頁。

為也就正在其可以喚起人們一種善於感發的富於聯想的活潑開放的更富
於高瞻遠矚之精神的不死的心靈。」[9]「如果把中國古典詩歌放在世界
物象的大背景中來看,我們就會發現中國古典詩歌實在是富於這種興發
感動之作用的文學作品,這正是中國詩歌的一種寶貴的傳統。」[10]

這些話語至少表達了葉嘉瑩對古典詩詞的兩點認識:一、中國古典
詩詞中有生生不已的興發感動的生命,這是我們中國詩歌的一種寶貴傳
統;二、學習中國古典詩詞是有用的,對於激發人的心靈和提升人格修
養等有著重要的意義和價值。

葉嘉瑩經歷了國內戰爭、抗日戰爭、解放戰爭、臺灣白色恐怖時
期,飽嘗少年喪母、中年喪女之痛,在最痛苦的時候是從詩詞中獲得力
量。她在《迦陵文集・序言》中說:「是古典詩詞給了我維生的工作能
力,更是古典詩詞中所蘊含的感發生命與人生智慧,支持我度過了平生
種種憂患與挫傷。」[11]所以,以上這些話都是她深切的體會所得。

葉嘉瑩既體悟到古典詩詞感發生命的重要意義,所以,她教授、研
究中國古典詩詞時既不同於一般學者的純學術研究,也不同於一般文士
的純美的欣賞,而是注重發掘詩詞的感發生命。她說:「我之喜愛和研
讀古典詩詞,本不出於追求學問知識的用心,而是出於古典詩詞中所蘊
含的一種感發生命對我的感動和召喚。在這一份感發生命中,曾經蓄積
了古代偉大之詩人的所有心靈、智慧、品格、襟抱和修養。」[12]因此,
她認為,在講授古典詩詞時,除去對文字典故、內容、技巧等做理性的
分析、解釋外,「更能對詩歌中感發之說明的美好的品質作一種感性的
傳達,使讀者或聽者能夠從其中獲致一種屬於心靈上的激勵感發,重新
振奮起中華民族在幾千年的歷史中藉詩歌而傳承的一種精神力量,應該
是一件極有意義的事。」[13]為了這件極有意義的事情,葉嘉瑩傾盡畢生
精力,也終於贏得了海內外聽眾和讀者的認同和贊許。凡是聽過她的課
和演講的人,都對她帶有生命體悟的解說印象深刻。「她的課令所有聽
者耳迷心醉,念念難忘。因為她絕非死板的說教,而是充滿著鮮活的主
體精神。她將中國古典詩歌中所蘊涵的古代優秀詩人的修養品格,作為
中國文化和民族精神的命脈,一併托出,並且又融合了自己坎坷的人生

---

[9] 葉嘉瑩:《葉嘉瑩說詞》,上海:上海古籍出版社,1999年版,第139-140頁。
[10] 葉嘉瑩:《葉嘉瑩說詞》,第140頁。
[11] 葉嘉瑩:《迦陵雜文集》,臺北:臺灣桂冠圖書股份有限公司,2000年版,第272頁。
[12] 葉嘉瑩:《葉嘉瑩作品集・總序》,參見《漢魏六朝詩講錄》(上),臺北:臺灣桂冠圖書股份有限公司,2000年版,第13-14頁。
[13] 葉嘉瑩:《迦陵論詞叢稿》,上海:上海古籍出版社,1980年版,第375頁。

經歷以及深切的創作與研究的體驗和發現，於是使所有聽者在精神情感上獲得獨特的感發，進入深湛的領會境界。」[14]在異域文化中，在用外語講課的過程中，葉嘉瑩所致力的仍然是傳述和表達出中國古典詩詞中的感發生命，在外國學生中的反應也極好。

由此我們可以看出，葉嘉瑩對於古詩詞的教學和研究完全來自於她對詩詞的愛好和體悟，她向讀者竭力傳達的是自己所體悟到的詩歌中的一種生命，一種生生不已的感發的力量。她以自己的感悟和理論解說著中華民族的優秀之魂，以一顆對故國赤誠的心來感動著人們。葉嘉瑩帶有個人生命體悟的詩詞講授也感染著學生和聽眾。她並不以學者自期，對於自己的作品也未曾以學術著作自許。這種超然於功利主義之上的境界並非一般人所能達到的。

（二）薪火相傳

對於傳承中華民族優秀的學術文化，葉嘉瑩有著強烈的使命感。她多次談到詩詞傳承的問題，表達了她作為一個教師、一個愛國者的心願。

在一次採訪中，葉嘉瑩說：「我從1945年大學畢業開始教書，教了60多年，沒有一年休息不教書。教書是我最大的快樂。任何一種學術文化得以延於久遠，都正賴其有繼承和發揚的傳人，教學就正是這樣一種薪盡火傳的神聖的工作。我的心願就是能夠教幾個好學生。」[15]平實的話語中有著不平凡的氣度。

幾十年來，葉嘉瑩將自己全部的時間和精力用在了詩詞的教學和研究中，她的親戚朋友看到她那麼忙，很是辛苦，而生活又十分簡單，就說葉嘉瑩是苦行僧加傳道士。作為一個詩詞「傳道士」，葉嘉瑩所傳之道，不僅僅是詩詞之美，「而是詩詞內所包含的全部中國文化傳統的精華。詩詞蘊藏的內涵是非常豐富的，經過千百年來的淘汰，能夠傳流下來的作品，一定是有價值的，不好的已經被淘汰了。我們從古典詩詞所讀到的，是我國文化的精華，是當年古人的修養、學問和品格，有好多很寶貴的東西在裡面，現在的青年一般都不喜歡讀古典詩詞，因為它的語言是古典的，裡面又有很多典故，有很多歷史的背景，他們自己看是看不到裡面的好處的，難免對它們冷淡隔膜，這是很大的損失。所以我要把這些好處講出來，希望能夠傳達給他們，讓他們能夠理解。只要有

14　李晶：《度盡劫波情猶在──記一代宗師葉嘉瑩教授的風雨人生》，《女子世界》2001年第6期。

15　傅宏亮：《詞學大師葉嘉瑩教授訪問記》，葉嘉瑩學術網站www.yejiaying.com，2008年12月6日。

人願意聽，只要我的能力還可以講，我都願意去講。」[16]「我只希望在傳承的長流中，盡到我自己應盡的一份力量。」[17]當葉嘉瑩不再為衣食而憂時，她的教學和研究都已從個人的修身、立家上升到為國家民族和傳統文化盡一份責任的高度。

為了讓中國詩詞中的感發生命的長流永不乾涸，葉嘉瑩說：「我們一定要有青少年的不斷加入，來一同沐泳和享受這條活潑的生命之流。」「一個人的道路總有走完的一日，但作為中華文化之珍貴寶藏的詩詞之道路，則正有待於繼起者的不斷開發和拓展。至於我自己則只不過是在這條道路上，曾經辛勤勞動過的一個渺小的工作者而已。」[18]在講課的過程中，她也教育學生在古詩詞的傳承中要盡一份自己的責任。她對學生說：「每一代人都有每一代人的責任，我們要承先啟後，各負起自己的責任來，如果中國優秀的文化遺產和精神財富在你們這一代損毀了，丟掉了，那你們就是這一代的罪人。」[19]在給一位學生徐曉莉的信中，她寫道：「人生總有一天像燃燒的火柴一樣化為灰燼，如果將這有限的生命之火點燃起其他的木柴而使之繼續燃燒，這火種就會長久地流傳下去，所以古人常說『薪盡火傳』。我對這些古人的作品研讀得越久，對他們的景仰和愛慕也就越深，有人曾勸我，年紀慢慢老了，該多寫點書，少教些課。這話也有道理，可是當面的傳達才更富有感發的生命力。如果到了那麼一天，我願意我的生命結束在講臺上。」[20]葉嘉瑩的思想和行為讓我們敬佩之餘，也令人對傳統文學在現當代的價值有了深刻而切實的認識。正如她的學生所說：「她講課的神態之投入，儼然就是傳統的化身。小中見大，上完一堂課，也可以領受到這種傳統的魅力。」「對於她來說，沒有什麼比發揚中國古典文學更值得為之獻身的了。」[21]在很多人眼中，葉嘉瑩不僅是一名具有奉獻精神的兢兢業業的教師，更是我們中國古典詩詞美的傳播者和發揚者。

對於中國傳統文學和詩論，我們不能只停留在瞭解的階段，更要考慮如何將之發揚光大。葉嘉瑩深明此理，故她認為，現在我們做的工作就是要整理中國古代寶貴的遺產，一方面保存古代傳統固有的精華，一

[16] 傅宏亮：《詞學大師葉嘉瑩教授訪問記》，葉嘉瑩學術網站www.yejiaying.com，2008年12月6日。
[17] 葉嘉瑩：《我的詩詞道路·前言》，參見《我的詩詞道路》，第21頁。
[18] 葉嘉瑩：《我的詩詞道路·前言》，參見《我的詩詞道路》，第20頁。
[19] 李晶：《度盡劫波情猶在——記一代宗師葉嘉瑩教授的風雨人生》，《女子世界》2001年第6期。
[20] 徐曉莉：《師表人傑鄉根》，《天津日報》1988年10月14日。
[21] 梁麗芳：《永遠年輕：我的老師葉嘉瑩教授》，《作家風采》2001年。

方面使之有理論化、系統化的補充和擴展。[22]多年來，在教學之余，葉嘉瑩比較有系統地從事詩詞的欣賞和寫作，這是她於古典文學傳承中的另一項重要工作。及至今日，葉嘉瑩著作等身。中國大陸、臺灣、香港地區以及美國刊行的葉嘉瑩著作達50多種。而《迦陵論詞叢稿》、《王國維及其文學批評》、《中國古典詩歌評論集》、《中國詞學的現代觀》、《葉嘉瑩說詞》等則是她的代表著作，在海內外詩詞學界產生了較大的影響。近二十多年來，葉嘉瑩更是以開放的心態，宣導以西方新理論補足和擴展中國傳統詩學。在《從中西詩論的結合談中國古典詩歌的評賞》、《對傳統詞學與王國維詞論在西方理論之觀照中的反思》等文章和講座中，對中國舊詩的評析和估價，傳統詩學的承繼等議題展開討論。1986年至1988年為《光明日報》撰寫「隨筆」專欄，在1986年寫的《前言》中指出「如何將此新舊中西的多元多彩之文化來加以別擇去取及融會結合」，是開放政策下處於反思時代的青年們所當思考的一項重要課題。她在隨筆中用西方的詮釋學、現象學、符號學、接受美學、新批評等理論對張惠言、王國維的評詞方式予以觀照，梳清了近百年來關於常州詞派理論的紛爭，並在一定程度上使王國維感發說詞方式實現了現代闡釋。葉嘉瑩的這些研究對我們整理傳統詩論具有很好的示範意義。

　　葉嘉瑩少承家學，三、四歲父母親課識字，教以四聲之分辨。六歲從姨媽讀四書，又從伯父葉廷乂誦讀唐詩。傳統的啟蒙教育，培養了葉嘉瑩對中國古典詩詞的濃厚興趣。因此，葉嘉瑩認為，中國古典文學文化的教育要從小孩子抓起。1996年，她與田師善合編出版了幼兒讀物《與古詩交朋友》，選擇了適合小孩子年齡、興趣的五、七言絕句一百首，並配製了一盒吟誦磁帶。葉嘉瑩也曾經到天津電視臺去講授古詩詞。1998年9月，她寫信給江澤民主席，在信中，她說：「除去培養研究生以外，我以為更為基本的工作實在應該從幼稚園和小學做起。我的理想，是在幼稚園和小學課程中增設『古詩唱遊』一科，以吟唱和遊戲的方式教兒童們背誦古詩。……我現在已是年逾古稀之人，目前別無所求。我只盼望在我有生之餘年，還能夠為我所愛的祖國以及我所愛的古詩中所體現的優秀中華文化，做出最後一點貢獻。」[23]江澤民主席收到信後，十分支持葉嘉瑩的建議，並做了專門指示，有關部門採取了一系列有效措施。目前，大陸很多省市都開展了「中華詩詞走進中小學校

---

[22] 葉嘉瑩：《我的詩詞道路》，第142頁。
[23] 葉嘉瑩：《葉嘉瑩給江澤民主席的一封信》，《中華詩詞》2000年第3期。

園」的活動，取得了良好的效果。

葉嘉瑩曾說，她的願望只是想把自己心中對古典詩詞的熱愛化為一點星火，希望能藉此點燃起其他人，特別是年輕人心中對古典詩詞的熱情，她相信中國古典詩詞所蘊含的生命和智慧，必將在神州大地上展現出一片璀璨的光華。[24]她所關心的不是她個人的生活和發展，不是她的成功與獲得，而是後起的年輕人如何在詩詞研究道路上，「更開拓出一片高遠廣闊的天地，並且能藉之而使我們民族的文化和國民的品質，都因此而更展放出璀璨的光華。」[25]她曾言：「一個人只有在看透了小我的狹隘與無常以後，才真正會把自己投向更廣大更高遠的一種人生境界。」[26]葉嘉瑩已從初到海外為「小我」之謀生發展而奔波到為「大家」、「民族」而奔走呼號，這已進入到一種境界，那就是不為個人私利所左右，而從民族文化、國民品質的角度來著眼，立意甚高。此種態度彌足珍貴，值得我們學習。

（三）讓古典詩詞走向世界

葉嘉瑩在海外講授古典詩詞，對於她而言不僅是作為教師的一份職責，也是她要把中國文化文學推向世界的一種信念所致。周發祥曾說：

> 中國古典文學遠播歐美，對於那裡的讀者來說，它無疑是一種異國文學，西方學者予以介紹，自然會用自己讀者所熟悉的理論和方法進行闡釋或剖析，用他們所熟悉的作家和作品進行類比或反襯，以取得以近喻遠、以易解難的效果。[27]

葉嘉瑩面對的是西方的讀者、學生，所講的內容對於聽者而言是一種異質文學、文論，如果她在介紹、講解中國古代文學、文論時，完全採用中國傳統的批評方法，西方的學者、學生將難以理解，也無法獲得一種認同感。如何讓外國人聽懂中國詩詞並進而喜愛詩詞，這是葉嘉瑩初到加拿大任教時所面臨的最大問題。在瞭解和掌握了一些西方理論

[24] 盧曉麗：《化作春泥更護花——訪加拿大哥倫比亞皇家學院院士、中國古代文學專家葉嘉瑩》，深圳《南山報》2000年10月10日。
[25] 葉嘉瑩：《我的詩詞道路·前言》，參見《我的詩詞道路》，第21頁。
[26] 葉嘉瑩：《葉嘉瑩作品集·總序》，參見《漢魏六朝詩講錄》（上），臺北：臺灣桂冠圖書股份有限公司，2000年版，第20頁。
[27] 周發祥：《西方文論與中國文學》，南京：江蘇教育出版社，1997年版，引言第2頁。

後，為了向西方學生做出邏輯性的理論詮釋，使他們更容易明白知曉，葉嘉瑩將中國傳統的評說方式與西方文學理論結合起來闡發中國古典詩詞的意蘊，深受學生的喜愛。

葉嘉瑩指出：「西方人學中國古典文學，說起來就像東方人讀莎士比亞，但更有隔膜。西方人能講詩，但不能講詞。研究的方法雖然有很多種方式，但他們體會的意境不夠，理論卻很嚴格。」[28]西方一些研究者因對中國古代文學傳統缺乏深入的瞭解，故在他們的著作中，對中國古典詩詞的評說往往出現誤解和曲解的現象。如何將中國古典詩詞、文論豐富的意蘊在當代的語境下予以完滿的闡釋，如何使中國古典文學、文論走向世界，讓世界人民瞭解中國文學的魅力，確立其在世界文學中的地位？兩種不同的文化背景、學術背景，使葉嘉瑩能夠從跨文化角度對這些問題進行思考，並在教學和研究實踐中不斷探索，尋找合適的途徑。

葉嘉瑩認為：「在改革開放的浪潮中，各個領域都需要觀念的創新，古典詩詞在這方面的需要尤其迫切。因為，中華民族有著悠久的歷史傳統，我們的文化智慧是早熟的。中醫中藥需要用科學去探索和證實，古典詩詞也是一樣。我們的祖先曾透過他們智慧的體悟留下了很多不能用科學解釋但卻有具含某種真正價值和意義的美好的東西，我們要用現代化的理論反思來證明它們的價值，為它們在世界文化的大坐標系中找到應有的位置。」[29]「我對西方理論之探索，主要也還是為了想把中國詩詞之美感特質以及傳統的詩學與詞學，都能放在現代時空之世界文化的大座標中，為之找到一個適當的位置，並對之做出更具邏輯思辨性的理論之說明。」[30]她在以西方文學理論對張惠言和王國維的評詞方式進行觀照時，更是明確地指出，她之所以這樣做，目的就是：

> 從一個較廣較新的角度，把中國傳統的詞學與西方近代的文論略加比照，希望能藉此為中國的詞學與王國維的詞論，在以歷史為背景的世界文化的大座標中，為之找到一個適當而正確的位置。[31]

---

[28] 夏悲：《使中國古典文學走向世界和永生的人》，《國際人才交流》2000年第2期，第31頁。

[29] 安易：《讓古典詩詞走上現代化道路——記葉嘉瑩教授》，《今晚報》1994年10月21日。

[30] 葉嘉瑩：《我的詩詞道路·前言》，參見《我的詩詞道路》，第19頁。

[31] 葉嘉瑩：《葉嘉瑩說詞》，第194頁。

　　這些話語都表明葉嘉瑩的宏大理想，即為中國古典詩詞和詩論走向世界並找到其在世界文化大座標中的位置而努力。事實上，葉嘉瑩多年來已將中國古典詩詞和詩論的美和特點傳遍亞、美、歐等大洲。她的一些文章曾收入或發表在美國出版的書籍和期刊中。如《拆碎七寶樓臺──夢窗詞之現代觀》曾在百慕大舉行的1967年漢學討論會上宣讀，收入加利福尼亞大學C.伯奇主編的《中國文學類型研究》一書。1971年1月參加美國貞女島（Virgin Island）舉行的有關中國文學批評的會議，提交《常州詞派比興寄託之說的新檢討》。《吳文英詞之現代觀》、《常州詞派的檢討》、《王沂孫及其詠物詞》曾分別刊載於《哈佛亞洲研究》第二十九卷（1969年）、三十五卷（1975年）、四十卷（1980年），《據王國維的理論談王詞之評賞》收入 *Voices of the Song Lyric in China*（Berkeley: University of California Press, 1994）。1998年，她與海陶瑋合作撰寫的 *Studies in Chinese Poetry*（《中國詩研究》）一書由美國哈佛大學亞洲中心出版，《吳文英詞之現代觀》等4篇及葉嘉瑩其他9篇文章均收入其中。這些文章在國外發表，得到美國和加拿大中國文學研究界的好評，對於擴大中國古典文學在西方的影響起了積極的作用。

　　就如加拿大溫哥華《世界日報》1999年7月21日的報導所說，是葉嘉瑩「使中國古典文學走向了世界」，正是她的教學和研究，大大推進了中國古典詩詞和古代文論在海外的發揚。

　　「所謂的文學對話也只有在全面而充分地瞭解自身文學傳統並自覺把國別文學放到國際語境中來加以考察，才能真正實現。從這個意義上說，對話的比較文學觀，就是重視和強調中國文學的發生與發展的世界文學因素，就是重視和研究中國文學對世界文學的發生和發展所具有的作用。因為中國文學不是一個封閉的系統而本身就是一個開放的世界。」[32]葉嘉瑩對中國傳統文學、文論瞭解之深，自不待言，更可貴的是她能夠在以歷史為背景的世界文化的大座標中來考察中國傳統文學和詩學，這是一種自覺的、對話的比較文學觀。

第二節　「興發感動」說

　　葉嘉瑩雖以細膩、獨到的詩詞闡發而聞名海內外，但在她的研究意識中，理論的梳理和建構更為重要，著名的「興發感動」說和詞學理論

---

[32] 樂黛雲等著：《比較文學原理新編》，北京：北京大學出版社，1998年版，第86頁。

的建構體現出她作為一個詩學家的理論睿智。

一、「興發感動」說的內涵指涉

　　「興發感動」一詞最早出現在葉嘉瑩1975年寫的《〈人間詞話〉中批評之理論與實踐》一文中。此後，除了在批評實踐中運用這一概念外，葉嘉瑩從不同的層面對其做了理論上的闡發，不斷豐富著「興發感動」說的意蘊，使其成為一個具有時代新意的學說。

　　從字意來看，「興發感動」即指真誠純摯情意之發動。但是作為一個詩學概念，「興發感動」說的內涵遠不是如此簡單的，其指涉要豐富得多。

　　葉嘉瑩對「興發感動」說的闡發，包括興發感動的產生、表現、體驗等方面，與作品的創作、欣賞等階段密切相聯。而「興」、「發」、「感」、「動」這四個動詞的有趣組合，實質上也意味著一個動態的發展過程，因此，「興發感動」說的內涵清晰地顯示出作品從產生到完成的動態軌跡。

（一）「興發感動」的產生：創作的緣起和動力

　　在討論「興發感動」的產生時，葉嘉瑩主要是圍繞著詩歌創作的原動力這一問題而展開，並力求以跨文化的例證來進行闡發。

1.「心物交感」

　　在《碧山詞析論》中，葉嘉瑩指出：「興發感動之力的產生，原當得之於內心與外在事物相接觸時的一種敏銳直接的感動。這種感動可以得之於大自然界的花開葉落的引發，也可以得之於人事界的離合悲歡的遭遇。」[33]雖然這段話的第一句表述不甚嚴密，有循環解釋之嫌，但還是闡明了興發感動的起源。詩人敏感之心觸接外界時，自然現象、萬物靈長、人情世態、遭際變故等引發了詩人心靈的震撼、情感的搖盪，遂在其心中凝聚成一種興發感動的情意。

　　這種觀點很顯然是對中國古代「心物交感」詩論的認同。在《禮記・樂記》、《詩大序》、陸機的《文賦》、鍾嶸的《詩品》等著作中都談到了藝術創作中人心與外物相互觸動整合的現象。《禮記・樂記》中言：「音之起，由人心生也。人心之動，物使之然也。感於物而動，故形於聲。聲相應，故生變；變成方謂之音。」[34]《詩大序》：「詩

[33] 葉嘉瑩：《迦陵論詞叢稿》，上海：上海古籍出版社，1980年版，第212-213頁。
[34] 《禮記・樂記》，參見《十三經注疏》（下），北京：中華書局影印本，1980年

者，志之所之也，在心為志，發言為詩。情動於中，而形於言。」[35]陸機《文賦》中也描述了詩人感物為文的過程：「遵四時以歎逝，瞻萬物而思紛；悲落葉於勁秋，喜柔條於芳春。心懍懍以懷霜，志眇眇而臨雲；詠世德之駿烈，誦先人之清芬；游文章之林府，嘉麗藻之彬彬。慨投篇而援筆，聊宣之乎斯文。」[36]鍾嶸《詩品》序文之開端曰：「氣之動物，物之感人，故搖蕩性情，形諸舞詠。」[37]初唐駱賓王云：「操觚染翰，無非山水助人」，[38]「哀緣物興，事因情感」[39]等等。這些觀點都體現出古代詩論家、詩人對詩歌創作中人心與外物交感現象的認識。

不過，葉嘉瑩並沒有停留在中國傳統理論的視界中，她又引入美國學者詹姆斯‧艾迪（James M. Edie）的觀點來論證「心物交感」是中西方創作中的共有現象，也是中西方詩論中共同關注的問題。

詹姆斯‧艾迪談到現象學的研究對象時說：「現象學不會只注重經驗中的客體或經驗中的主體，而要集中探討物體與意識交接點。因此，現象學要研究的是意識的意向性活動（consciousness as intentional），意識向客體的投射，意識通過意向性活動而構成的世界。[40]由此，葉嘉瑩指出：「我們重視內心與外物感應的這一點，與西方的現象學也有暗合之處。現象學重視內心主體與外物客體接觸後的意識活動。他們所說的主體就是人的意識，我們中國稱之為心。當你的主體意識與外在客體的現象一接觸的時候，就一定會引起你主體意識之中的一種活動。所謂現象學就是要研究你這個主體投向客體的時候，你的主體意識的活動。你可以感受，你可以感動，可以是回憶，可以是聯想，各種活動都包括在其中了。我們中國所重視的心與物，交相感應的作用就正是相當於西方現象學所說的主體意識與客體的外物現象相接觸的時候所產生的活動。這本來是我們所有的人類、凡是有意識的人類一個共同的意識活動。」[41]「至於詩歌之創作之重視心物交感之作用，自然也是由於這種

版，第1527頁上。

35　《詩大序》，參見《十三經注疏》（上），第269頁下。

36　陸機《文賦》，參見郭紹虞主編《中國歷代文論選》（第1冊），上海：上海古籍出版社，1979年版，第170頁。

37　鍾嶸著、陳延傑注：《詩品注》，北京：人民文學出版社，1961年版，第1頁。

38　駱賓王：《秋日於益州李長史宅宴序》，參見清陳熙晉《駱臨海集箋注》，上海：上海古籍出版社，1985年版，第316頁。

39　駱賓王：《與博昌父老書》，清陳熙晉《駱臨海集箋注》，第291頁。

40　James M. Edie, "Introduction" to What Is Phenomenology? Thévenaz, What Is Phenomenology?, ed. and tr. by James Edie, Chicago: Quadrangle Books, 1962, pp.19-20. 轉引自鄭樹森《現象學與文學批評‧前言》，臺灣東大圖書公司1984年版，第2頁。

41　葉嘉瑩：《唐宋詞十七講》，第437-438頁。

作用既是人類在意識活動中之基本共相，因此乃成為了創作活動之興發感動之基本源泉的緣故。」[42]

葉嘉瑩將「心物交感」視為「興發感動」產生的基本源泉，是總結中西理論的結果，也是其諸多創作體驗的總結。

2.感興之因

人為什麼會對宇宙萬物有所感發和體悟？劉勰《文心雕龍‧明詩》篇提出「人稟七情，應物斯感，感物吟志，莫非自然。」[43]按照劉勰的觀點，人是有七情六欲的，所以會應物而感。但是為什麼面對同樣的事物情景，有些人會有所感觸，而有些人不會？為什麼人對有些自然現象感慨萬端，對有些自然現象卻無動於衷？葉嘉瑩在《中國古典詩歌中形象與情意之關係例說》中討論「興」時指出，「物」與「心」相感發的關係有多種，既有可以從理性上說得清楚的感發關係，如「物」的形象與「心」的情意之間有可以類比的相近之處，就能引起見物起興的感發；也有不能從理性上解說的物心感發關係。她認為，由外在因素而感發起興，這種感發關係，「也許並非理性可以解說，然而卻必然有著某種感性的關聯，既可能為情意之相通，也可能為音聲之相應，既可能為正面之相關，也可能為反面之相襯，而且相同的物象既可以喚起不同的感興，不同的物象也可以喚起相同的感興。」[44]「而如果就『興』之直接感發的特色而言，則『音聲之相應』實在應該乃是較之『情意之相通』還更為基本的一種引起感發之動力。」[45]

可見，在葉嘉瑩看來，外界引起人的感發，或者是因情意之相通，或者是因音聲之相應。兩者相比，則後者是引起感發的一種更為基本、原始的動力。對於這個問題的討論，其實不只涉及到了主體感興之因，也關聯到文學創造中主客體發生關係的方式問題。

相對於有情之人言，外界事物雖無情，但有意，它們本身包含著意義，這種意義是客觀存在的，當人對事物有所感觸時，也就是發現事物意義的那一刻。而且當人發現事物所蘊含的意義與自己情意有相通之處時，就會達至一種物我交融的境界；當事物之意與人之情相背離時，人會在反差中尋求一種自我的確證。這兩種情況都會激發作者的創作欲

---

[42] 葉嘉瑩：《葉嘉瑩說詞》，第90頁。

[43] 劉勰著，薛恨生標點：《文心雕龍》，上海：上海新文化書社印行，1930年版，第30頁。

[44] 葉嘉瑩：《迦陵論詩叢稿》，石家莊：河北教育出版社，1997年版，第15頁。

[45] 葉嘉瑩：《我的詩詞道路》，第201頁。

望。因此,「興發感動」既可以生於情意相通之際,也可能生於情意不通之處。

從音聲相應角度來說,客觀世界中的不同聲音,會引起人的不同情感,不同處境下同一種聲音引發的情感也不盡相同。在古代詩歌中,音聲相應,引起人感發的例子很多,比如:「關關雎鳩,在河之州,窈窕淑女,君子好逑。」「杜鵑啼血猿哀鳴」、「感時花濺淚,恨別鳥驚心」等,都是因音聲而引起人情意之感發。明代徐渭說:

> 樂府蓋取民俗之謠,正與古國風一類。今之南北東西雖殊方,而婦女、兒童、耕夫、舟子、塞曲、征吟、市歌、巷引,若所謂《竹枝詞》,無不皆然。此真天機自動,觸物應聲,以啟其下段欲寫之情,默會亦自有妙處,決不可以意義說者。[46]

因此,可以說「情意相通」和「音聲相應」是創作主體對客體感興的緣起,也是文學創造中主客體發生關係的兩種方式。現在的文學理論通常認為創作主體對客體審美價值的評價並非出於理性的思考,而是以情感體驗為特徵。主客體連接的紐帶是情感,主體以情觀物,移情於物,物和人一樣有了生命和情趣,在情感體驗中發現自身與對象的情感關係。另外,主體是以感性直觀的思維方式把握客體。客體以具體形象向主體展現自身,主體也是以形象為仲介連接客體。[47]這裡的形象不僅僅是可視形象,也應包含聽覺形象。所以,客觀事物的音聲自然是主體把握客體的直觀方式之一。

3.創作的動力

葉嘉瑩將詩人因外界而產生的興發感動,視為詩歌創作的基本動力。「詩歌的創作,首先需要內心有所感發而覺得有所欲言,這便是詩歌之孕育的開始。」[48]「發自內心的感動,才是使詩人寫出有生命之詩篇的基本動力。」[49]

同時,與重視音聲相應為興發感動產生的基本動力相呼應,葉嘉瑩

---

[46] 徐渭:《奉師季先生書》,參見《徐渭集》卷16《書》,北京:中華書局,1983年版,第458頁。

[47] 童慶炳主編:《文學理論教程》,北京:高等教育出版社,2004年第3版,第121頁。

[48] 葉嘉瑩:《迦陵論詩叢稿》,第9頁。

[49] 葉嘉瑩:《迦陵論詞叢稿》,第292頁。

還注意到吟誦在古典詩歌創作中的妙用，即可以形成一種直接感發之作用。在《談古典詩歌中興發感動之特質與吟誦之傳統》一文中，葉嘉瑩集中探討了這個問題。首先，她分析了吟誦對詩歌形式如頓挫、押韻、聲律等方面所產生的影響，之後，又討論了吟誦對詩歌興發感動作用的影響。她說：

> 當一個人內心有了某種激動之感情時，常不免會有一種想要用聲音來加以宣洩的生理上之本能的需要。而當人類的文明進化到有了詩歌以後，於是這種內心之情志的興發感動，遂不僅只表現為單純的發聲，還有了與聲音相配合的文字，然後才逐漸更進一步地有了配詩之樂與合樂之舞，……而當詩歌脫離了合樂而歌之時代，而進入到吟誦之時代的時候，中國的詩文論著中對於詩文與吟誦之音聲的關係，遂有了更進一步的認識。[50]

接著，她引用陸機《文賦》和劉勰《文心雕龍》的《神思》、《聲律》篇中關於詩文創作和聲吻吟誦關係的討論，得出結論：「中國古代詩人作詩總說『吟詩』或『詠詩』，這並不是隨便泛言之辭，而是古人作詩時是確實常伴隨著吟詠出之的。」[51]

此外，葉嘉瑩又指出音聲相應是古今中外的一種共同現象。法國女學者朱麗亞·克利斯特娃曾借用希臘文中的「chora」來指稱詩歌創作的原始動力。她認為「chora」是一種最基本的動能，是由瞬息變異的發音律動所組成的，是類似於發聲或動態的一種律動。[52]葉嘉瑩指出，克利斯特娃所說的「chora」，實際上是她對聲音之感發在詩歌創作中的重要性的體認，雖然與我們中國「興」的意義並不相同，「但就其對詩歌之創作的一種原始動力之與音聲密切相關這一方面之體認而言則是頗有可以相通之處的。」[53]

葉嘉瑩「音聲相應」有著不同的指向。談論心物感發的關係時，提到了「音聲相應」，指的是創作主體因客體的音聲而有所感興；談到創作中吟誦的感發作用時，葉嘉瑩又論及「音聲相應」，而此處卻指的是

---

[50]　葉嘉瑩：《我的詩詞道路》，第191頁。
[51]　葉嘉瑩：《我的詩詞道路》，第192頁。
[52]　Julia Kristeva. *Revolution in Poetic Language*，New York: Columbia University Press，1984，pp.25-26.
[53]　葉嘉瑩：《我的詩詞道路》，第202頁。

創作主體的吟誦音聲對於創作的感發。所以，同是「音聲相應」，雖然
受眾相同，都是創作主體，但音聲發出者卻不同，前者是客觀事物，而
後者是創作主體。可見，在不同的語境下，「音聲相應」的涵義是不
同的。

對古典詩歌創作中吟誦作用的彰顯和重視，體現出葉嘉瑩回到「原
點」的理論思路。隨著我們吟誦傳統的失落，現當代研究文學創作的學
者和研究古代文論的學者，自然都不大關注對吟誦問題的討論。而從人
類最原始的創作實際出發，吟誦應該具有相當重要的意義。所以，葉嘉
瑩重視音聲之作用，把音聲相應看成是「興發感動」的基本動力，將吟
誦視為詩歌蘊含直接興發感動之力量的一個主要原因，這是對人情感產
生和詩歌創作最富有本真意蘊的闡釋，也是在西方理論觀照中對中國傳
統「興」論所作的某種程度的還原和現代闡釋。她的這些研究不但對我
們瞭解詩歌創作的原始風貌和發展演變有所幫助，也彌補了現代文學創
作研究和中國古代文論研究中的某些不足。

（二）「興發感動」之作用：詩歌本質與傳承

1.詩歌的本質——「興發感動」之作用（力量）

葉嘉瑩認為：「詩歌之所以為詩歌，在本質方面是一直有著某些永
恆不變的質素的緣故。」關於這種質素，在經過多年的批評實踐後，她
在1976年寫的《境界說與中國傳統詩說之關係》一文中，提出了一個較
明確的說法，那就是「詩歌中興發感動之作用」[54]。「中國詩歌之傳統
原是以自然直接的感發之力量為詩歌中之主要質素的。」[55]在她看來，
「興發感動」之作用（力量）是詩歌的主要質素，是詩歌的基本生命
力；而有生命的詩篇，就是具含「興發感動」之力量的詩篇。

她分析了鍾嶸、嚴羽、王士禎、王國維以及蘇格拉底、柏拉圖等人
的相關觀點，認為他們對詩歌感發作用都是有所認識的。所以，這個論
斷不僅來自於葉嘉瑩研究古詩詞的深切體悟，也是她分析中國傳統詩說
和西方詩論的基礎上總結出來的。

既然詩歌基本生命是其所具有的「興發感動」的力量，那麼，這種
力量又源於何處？葉嘉瑩認為：詩歌的基本生命「有賴於詩人內心深處
之一種興發感動的力量」，作品真正生命的獲致，「在於作者之心與外

---

[54]　葉嘉瑩：《迦陵論詞叢稿》，第355頁。
[55]　葉嘉瑩：《葉嘉瑩說詞》，第149頁。

物相交接時，所產生的一種興發感動的力量。」[56]可見，作品「興發感動」的力量與作者所具含的「興發感動」的力量密切相關。

　　具有「興發感動」之力量的詩歌是否都是好詩？如何來衡量作品的「興發感動」之力量？葉嘉瑩指出：「真正使一首詩歌成為好詩的基本因素，則主要實當以其形象與情意相結合時所傳達出來的感發生命之品質為衡量之標準。」[57]「感發之生命在質與量上實在還有著許多精微的差別。」「這種質與量上精微之差別的主要因素，則與醞釀和孕育出這種感發之生命的作者有著極密切的關係。」[58]這就是說，具備「興發感動」力量的詩歌並不一定都是好詩，富有「興發感動」的詩歌在思想價值和藝術價值上是有區別的，是以感發生命的質和量上的差別作為衡量之標準。

　　波蘭美學家、批評家羅曼·英伽登在《文學的藝術作品》一書中認為，文藝作品是一種純粹「意向性客體」，既具有實在客體的性質，又具有觀念客體的性質，這是文藝作品的基本存在方式。[59]如果從這一觀點來看，詩歌即是一種純粹的意向性客體，那麼葉嘉瑩所說的詩歌之基本生命、主要質素應屬於「觀念客體」的性質，「興發感動之作用」自然也屬於「觀念客體」的性質。如此則「興發感動之作用」隱含著一種意向性活動，所以，葉嘉瑩所謂的「興發感動之作用」的觀點既是從詩歌本體的角度來立論，又有著一種向外的指涉，即詩歌外射的一種作用，這自是關涉到作品的接受乃至傳承。

2.「詩教」之新解

　　詩教是中國傳統詩學中一個重要的詩學命題。「詩言志」、「文以載道」以及提倡溫柔敦厚的詩風等等，即是古代文論家的詩教觀在文學創作上的體現。至於文學的教化功能，不但強調其對個人修養的作用，對人際關係的協調，更是將其提升到治國經邦的高度，文學的倫理價值也因此被擴大和歪曲，給文學套上了一種無形的枷鎖。在1992年寫的《談古典詩歌中興發感動之特質與吟誦之傳統》一文中，葉嘉瑩談到詩教的問題。她說：

---

[56]　葉嘉瑩：《迦陵論詞叢稿》，第292、311頁。
[57]　葉嘉瑩：《唐宋詞名家論稿》，河北教育出版社1997年版，第265頁。
[58]　葉嘉瑩：《迦陵論詞叢稿》，第360頁。
[59]　R. W. Ingardon. *The Literary Work of Art*，trans. G. Grabowiez, Evanston: Northwestern University Press, 1973.

> 詩教，若依其廣義者而言，私意以為本該是指由詩歌
> 的興發感動之本質，對讀者所產生的一種興發感動之作
> 用。這種興發感動之本質與作用，就作者而言，乃是產生
> 於其對自然界及人事界之宇宙萬物萬事的一種「情動於
> 中」的關懷之情；而就讀者而言，則正是透過詩歌的感
> 發，要使這種『情動於中』的關懷之情，得到一種生生不
> 已的延續。[60]

　　葉嘉瑩提倡的是對自然界、人世間發自內心真情的一種關懷，這種關懷是一種博大的宇宙人生、萬事萬物的關懷，是一種大關懷。葉嘉瑩對詩教的這種認識和理解，是對中國詩教理論的一種發展，使詩教從狹隘的範圍中走出來，也走出其困境，獲得一種新時代的新氣象。

　　二十世紀九〇年代，中國文化處在歷史轉型期，人們的觀念發生較大變化，文學創作的形式和思維也在更新換代，創作世俗化、個性化等得以迅猛發展。文學的社會價值、倫理價值乃至政治功能統統受到批判和抵制，文學教化的功能在人們的意識中逐漸淡漠以至隱退，詩教昔日崇高尊貴地位的輝煌喪失殆盡，詩教似乎已壽終正寢。但是，隨著高科技時代的到來，物欲高度膨脹，整個人類都普遍存在著對人尊嚴和價值的冷落問題，所以人文關懷被提到全人類的日程上。二十世紀末至今，大陸從上到下都在呼籲人文關懷，都提倡對人的生命、情感、尊嚴、價值、自由以及全面發展等方面的關注。與此相聯繫，也宣導對自然世界充滿仁愛關懷之情，因為這與人的生存、發展等問題緊密相關。而文藝在人文關懷這個領域中有著不可替代的作用，有著其獨具的優長。它與那些條條框框的規定不同，是以形象性、具體性、生動性和豐富性為特點，以強烈感染力、巨大的震撼力與衝擊力訴諸於人的心靈，給人們以積極的精神影響和審美享受。所以，現在很多學者如錢中文、童慶炳等都提倡文學創作要有人文精神。如童慶炳在《歷史──人文之間的張力》一文中說：人文主義「以人為中心，人為天地之心，為五行之秀，人的良知、道德、尊嚴是所有價值中最有價值的。文學就在人文這個園地裡。作家就是這個園地裡的園丁。他們難道不應該對人、人性、人的生存有一種悲天憫人的情懷嗎？」[61]

　　葉嘉瑩所提倡的對自然界、人事界要有「情動於中」的大關懷的詩

---

[60] 葉嘉瑩：《我的詩詞道路》，第197頁。
[61] 童慶炳：《歷史──人文之間的張力》，參見《文藝報》1999年7月15日。

教，與國內學界對文學「人文精神」的呼喚交相呼應，對當今文學創作和文學接受都有借鑒和啟迪作用。

3.感發生命，生生不已

在「興發感動」說中，葉嘉瑩旗幟鮮明地強調讀者、評論者對作品「興發感動」力量的發掘和傳達。

她說：「一個藝術的作品是由兩方面完成的。雖然我們創作時不一定先想著讀者，但是你寫出來要能夠引起讀者共同的一種感動和感發，這才是一個作品的完成。」「會讀的讀者就要從作品之中把作品所潛藏的本質感發的力量都發掘出來，這才是會批評、會欣賞的讀者。」[62]我們在評說詩詞時，「不該只是簡單地把韻文化為散文，把文言變為白話，或者只做一些對於典故的詮釋，或者，將之勉強納入某種既定的理論模式之內而已；更應該透過自己的感受把詩歌中這種興發感動的生命傳達出來，使讀者得到生生不已的感動，如此才是詩歌中這種興發感動之創作生命的真正完成」。[63]「說詞人如何把一篇藝術成品提升為美學客體，而對之做出富有創造性的詮釋，當然也就成為了說詞人所當具備的一種重要的修養和手段。」[64]這即是說，詩人寫出具有「興發感動」之力量的詩歌，並不意味著作品的完成，作品的最終完成還要在於其對讀者產生作用之後，依賴於讀者的參與，由讀者發現其潛能。讀者不是被動的接受，而是要發掘出作品的感發生命，並能夠將其傳達出來，對作品做出富有創造性的詮釋，主動積極地參與到詩歌生命的創造中。

在中國傳統詩說中對於讀者的作用重視不夠，但亦有所認識。如「詩無達詁」、「詩可以興」之說，實際上已隱含了讀者在詩解說中的潛在作用。趙歧、朱熹等人將「意」理解為讀者之意，這就使孟子的「以意逆志」的含義發生了變化，從而顯出了讀者在欣賞中的作用。趙歧說：「志，詩人志所欲之事；意，學者之心意也。……以己之意逆詩人之志，是為得其實矣。」[65]朱熹言：「當以己意迎取作者之志，乃可得之。」[66]但趙歧、朱熹還是主張讀者必須以己之「意」來推逆或迎取作者之「志」，讀者並無主觀發揮之自由。至清代袁枚則認為：「作詩者，以詩傳；說詩者，以說傳。傳者，傳其說之是，而不必其盡合於作

---

[62] 葉嘉瑩：《唐宋詞十七講》，第139、496頁。
[63] 葉嘉瑩：《迦陵論詞叢稿》，第356頁。
[64] 葉嘉瑩：《葉嘉瑩說詞》，第97頁。
[65] 《十三經注疏》，北京：中華書局影印本，1980年版，第2735頁下。
[66] 朱熹：《四書集注》，長沙：嶽麓書社，1987年版，第440頁。

者也。」[67]此說,更將說詩者之說從作者之志中解放出來,對說詩者的任意解說從理論上給予了明確的肯定。常州詞派的周濟指出詞之「無寄託,則指事類情,仁者見仁,知者見知」。[68]譚獻所言:「甚且作者之用心未必然,而讀者之用心何必不然。」[69]這些說法也都是凸顯出讀者在作品意蘊闡發中見仁見智自由發揮的作用。

葉嘉瑩對讀者作用的強調,無疑受到這些傳統理論的影響,但相較而言,西方現象學、接受美學等文學理論之於葉氏的影響更大。

二戰之後,西方批評理論界開始關注讀者在作品意義建構中的作用。捷克著名的結構主義學者穆卡洛夫斯基把藝術品分成了兩部分:未經讀者閱讀的文本只能是一種人工製品,只有經過讀者閱讀理解之後,它才能成為一個審美客體。閱讀過程是一個審美過程,只有經過審美的人工製品,才能轉化為真正的藝術品。[70]現象學代表人物英伽登也曾指出:文藝作品雖然是人的意向性對象,但本身只能提供一個具含很多層次的架構,其中留有許多未明白確定之處,必須依賴於人的閱讀,依賴於讀者的意向性行為才能真正地實現或存在。並提出了「積極閱讀」的概念以及讀者是文學藝術作品的共同創造者的主張,強調主體在審美活動中的再創造。「積極閱讀」指的是讀者要有一種積極的閱讀態度,一種創造的態度。在閱讀中超越作品所描寫的細節,並能夠在許多方面有所補充,這種補充,就是所謂「具體化」。如此,作品才能產生一種美感經驗,否則一切作品將毫無生趣。正是在這個意義上,英伽登說:「讀者在某種程度上證明自己是文學的藝術作品的共同創造者。」[71]

二十世紀六〇年代末出現的「接受美學」以及後來的「讀者反應批評」都在肯定讀者作用方面達到前所未有的程度。接受美學的創始人德國的姚斯認為:「在作者、作品與讀者的三角關係中,讀者絕不僅僅是被動的部分,或者僅僅作出一種反應,相反,它自身就是歷史的一個能動的構成。一部文學作品的歷史生命如果沒有接受者的積極參與是不可思議的。因為只有通過讀者的傳遞過程,作品才進入一種連續性變化的

---

[67] 袁枚:《程綿莊〈詩說〉序》,參見《小倉山房詩文集》,收入《傳世藏書‧別集》(第13冊),海口:海南國際新聞出版中心、誠成文化出版有限公司,1996年版,第534頁。

[68] 周濟:《介存齋論詞雜著》,參見《介存齋論詞雜著‧複堂詞話‧蒿庵論詞》,北京:人民文學出版社1959年版,第4頁。

[69] 譚獻:《複堂詞話》,參見《介存齋論詞雜著‧複堂詞話‧蒿庵論詞》,第19頁。

[70] [俄]穆卡洛夫斯基:《詩學篇》,法蘭克福,1967。參見陳惇、劉象愚《比較文學概論》,北京:北京師範大學出版社,2000年版,第143頁。

[71] [波蘭]羅曼‧英伽登:《對文學的藝術作品的認識》,北京:中國文聯出版公司1988年版,第40頁。

經驗視野之中。」[72]

　　接受美學另一位代表人物沃爾夫岡‧伊瑟爾在《閱讀過程：一種現象學方法探討》中認為，文學作品有兩個極點，「我們可稱之為藝術極點和美學極點。所謂藝術極點是指作家創作的作品；所謂美學極點就是由讀者完成的實現過程。這種極性使得文學著作既不與其本身等同，又不與其實現等同，而應該介於二者之間。著作不僅僅是作品，因為作品只有被實現才會顯示其活力。實現過程依賴讀者的個性──儘管他反過來受到其他格式作品的影響，作品與讀者的溶和使作品得以生存。這種溶和雖不能被明確定位，但永遠存在。因為，一方面，它不同於作品中的現實，另一方面又與讀者的個性相異。」[73]伊瑟爾還提出了一個重要的概念：「隱含的讀者」。這指的是作家本人設定的能夠把文本加以具體化的預想讀者。他認為，文學接受過程，就是「隱含的讀者」積極參與創造的過程。[74]

　　西方近現代文學批評，經歷了一個從作家──作品到文本──讀者的轉向過程，讀者成為文學理論中一個不可忽視的研究緯度，其作用得到了前所未有的關注。葉嘉瑩身處其中，受到這些理論的直接影響，故此吸納了英伽登、伊瑟爾等人的理論來建構其「興發感動」說，使其理論具有了鮮明的時代特色，也是對古老的「興」論的一種發展。不過，穆卡洛夫斯基、英伽登、姚斯、伊瑟爾等人的上述觀點是從重視讀者能動作用的角度立論，側重點是讀者；葉嘉瑩儘管也強調讀者和批評家的作用，但她的立足點是「興發感動」，重點在於「興發感動」生命的發掘、實現和生生不已的延續。這是他們的不同之處。

（三）「能感之」、「能寫之」

　　「能感之」和「能寫之」出自王國維《人間詞話》，對於這兩個概念，王國維沒有做更多的解釋，只是談到了常人和詩人的區別：常人對各種境界「能感之」，而詩人則不僅「能感之」，而且還「能寫之」，把感受到的境界上升到藝術的形象。詩人為什麼能寫之？是因為詩人對宇宙人生能夠入乎其內。王國維也舉了「能感之」的內容：「悲歡離合、羈旅行役」。至於對作者和作品「能感之」、「能寫之」的各種因

[72] [德]姚斯、霍拉勃：《接受美學與接受理論》，周寧、金元浦譯，瀋陽：遼寧人民出版社，1987年版，第24頁。

[73] 胡經之、張首映主編：《西方二十世紀文論選》（第3卷），北京：中國社會科學出版社，1989年版，第185頁。

[74] Iser, Wolfgang. *The Implied Reader*, The John Hopkins University Press, 1974.

素，「所感」、「所寫」內容的社會因素等問題，都沒有作精密的理論探討，為後人留下許多闡釋的空間和使它們成為詩學概念的契機。研究王國維及其《人間詞話》的學者，大多都關注「入乎其內」、「出乎其外」、「詩人之境」、「常人之境」等問題，對「能感之」、「能寫之」這兩個概念卻很少做詳細的討論。葉嘉瑩則以「興發感動」為基點，討論了「能感之」、「能寫之」的要素以及其對於作家、作品興發感動力量產生的影響等問題，這是其研究的創意所在。

1.「能感之」與「能寫之」的要素及其關係

葉嘉瑩指出，詩人的心理、直覺、意識、聯想等是心與物產生感發作用時，影響詩人感受的種種因素。[75]也就是說，詩人的心理、直覺、意識、聯想等因素直接影響詩人感發生命的品質，但從葉嘉瑩的著述中，我們可以看到，「能感之」的因素不只於此。葉嘉瑩曾言：「我論詩一向主張中國詩歌之傳統，實在以其中所蘊含的興發感動之生命為主要之質素。而這種感發之生命的質素，則與詩人的心性、品格、學養、經歷，都有著密切的關係。」[76]因先天稟賦的差異，每個人的心理、意識等都有所不同，但一個人後天修養、生活經歷、順逆遭際等對其性格、心理影響更大。葉嘉瑩將這些稱之為「能感之」的要素。這些要素，對詩人的感受深淺、厚薄以及感受方式等有著潛在的或直接的影響。所以，我們在體認作家作品的成就和特殊品質時，不僅要考慮到作家的心理意識、學養品格等方面，也要關注自然、社會以及作家的生活遭際等因素。

在詩詞創作中，不但要具備「能感之」的條件，而且也要具備「能寫之」的條件。「能寫之」即能把興發感動的情意通過語言和詩詞的形式敘寫和表達出來。葉嘉瑩指出，字質、結構、意象、張力等，都可視為將此種感受予以表達時，足以影響表達效果的種種因素，這些因素與作者的表現技巧有關。對於寫作技巧的重視也關涉到作品的成功與否，關涉到作品興發感動之生命的傳達。在葉嘉瑩看來，影響作家興發感動力量傳達的因素和影響詩歌生命品質的因素都可以歸結為「能感之」和「能寫之」兩大類。

在這兩種因素中，葉嘉瑩認為，「能感之」在作家創作和作品感發生命中地位更重要。她說：

---

[75] 葉嘉瑩：《迦陵論詞叢稿》，第311頁。
[76] 葉嘉瑩：《我的詩詞道路》，第92-93頁。

　　　　「能寫之」實在只是一種傳達詩歌的感發之生命的手
　　段，至於藉此手段所傳達出的感發生命之本質，則其品質
　　之大小、深淺、厚薄、廣狹之差異，卻必然與詩人之「能
　　感之」的因素，結合有極為密切之關係，如此則詩人之性
　　情、學養、襟抱，便自然仍在詩歌之感發生命中佔有極重
　　要的地位。[77]

　　評價作家和作品時，最關鍵的是要把握影響他們「興發感動」生命
產生和存在的「能感之」和「能寫之」的要素，但相比較而言，則對
「能感之」的要素更要重視，「能寫之」只是傳達和表現興發感動的表
現手法，是一種媒介，不可過份強調。
　　葉嘉瑩所例舉的「能感之」的要素包括心理、意識、直覺、聯想
等，是西方直覺主義和精神分析學說的研究對象和批評術語；「能寫
之」的要素則有字質、意象、架構、張力等，是新批評派理論術語。葉
嘉瑩借鑑了這些理論和批評術語，將之恰當地運到中國古典詩詞的評賞
以及自己的理論架構中，使她的批評和理論顯示出中西交融的特點。

2.「能感之」、「能寫之」——批評的兩種標準

　　葉嘉瑩既主張對於作家、作品、批評家的衡量應以其「興發感動」
之生命為主。在批評過程中，她將「興發感動」之生命的衡量落實到具
體的「能感之」、「能寫之」的要素上。
　　葉嘉瑩說：「若想要對一個作者有公平客觀的評價，便不能只以狹
隘的道德或主觀的好惡來對之妄加毀譽，而須要先對其感受之內容及寫
作之技巧有徹底深入的瞭解，更須要對其何以如此感與如此寫的時代社
會背景也有清楚的認識，如此才能對一位詩人作出比較全面而公允的評
價。」[78]這段話中，葉嘉瑩雖然沒有明確提到「能感之」和「能寫之」
的概念，但從前面的論述可以得知，「寫作技巧」、「何以如此感如此
寫」等話語顯然是屬於「能感之」、「能寫之」的要素。在談到詩歌的
感發力量時，葉嘉瑩明確說道：

　　　　一般而言，要想在詩歌之形象中傳達出一種感發的力

---

[77]　葉嘉瑩：《我的詩詞道路》，第93-94頁。
[78]　葉嘉瑩：《迦陵論詞叢稿》，第211頁。

量，則首在具眼，次在具心，三在具手。具眼，所以才能
對一切事物有敏銳之觀察而掌握其鮮明之特色；具心，所
以才能對所觀察接觸之事物引起真切活潑的感發；具手，
所以才能以豐美之聯想及切當之言語來加以表達。[79]

　　按照葉嘉瑩的觀點，具眼、具心應屬於「能感之」的範圍，而具手
屬於「能寫之」的範圍。她還指出，一個作者創作一篇作品，要賦予作
品一種發揮功能的潛在力量，注意語彙的選擇，語序的排列，句法、章
法的結構，這些都會影響作品的感發潛力。[80]由此，「能感之」和「能
寫之」應是評價一個作家所要持有的準則。

　　對於一個評論者來說，應該具備哪些條件？葉嘉瑩說：「對於詩歌
的評賞，自然也當以能否體認及分辨詩歌中這種感發之生命的有無、多
少為基本之條件。因此，說詩者之責任，卻原不僅在於能感受，而更在
於能夠予以詮釋和說明。如此，則在詩歌中所蘊涵和表現的這些『能感
之』、『能寫之』的種種因素，自然便是他所賴以分析和說明的主要憑
藉。所以如果不能探觸到詩歌中真正生命之所在，不能分辨其「境界」
之有無、深淺，對一首詩歌的好壞以及有無評說之價值都無法做出正確
的判斷，這樣當然無法成為一位優秀的說詩人；然而如果在探觸感受到
詩歌中這種生命力之後，而無法對之做精密的分析和說明，當然也同樣
無法成為一位優秀的說詩人。」[81]顯然，一個優秀的說詩人，應該具備
「能感之」和「能寫之」的條件，「能感之」則能探求到詩歌的感發生
命，「能寫之」則能對之進行詮釋和說明。

　　同時，我們從上段的引文「詩歌中所蘊涵和表現的這些『能感
之』、『能寫之』的種種因素，自然便是他（批評者，引者注。）所賴
以分析和說明的主要憑藉」這句話也可以看出，葉嘉瑩將作品「興發感
動」生命的衡量也落實到「能感之」和「能寫之」的要素中。她曾說：
「文字本身乃是組成一篇作品的基礎，文字所表現出的形象（image）
肌理（texture）、色調（tone colour）語法（syntax）等，自然是評說一
首詩歌時重要的依據。」[82]形象、色調、語法原都是西方文學理論之術
語，屬於「能寫之」的要素。可見，葉嘉瑩將詩歌蘊涵的「能感之」和
「能寫之」的要素作為評賞詩歌的依據。這可從葉嘉瑩作品分析的實踐

[79]　葉嘉瑩：《唐宋詞名家論稿》，第265頁。
[80]　葉嘉瑩：《唐宋詞十七講》，第496頁。
[81]　葉嘉瑩：《迦陵論詞叢稿》，第311-312頁。
[82]　葉嘉瑩：《葉嘉瑩說詞》，第120頁。

中得到驗證，舉一例以說明。葉嘉瑩認為李璟的詞特別富於感發力量，
其主要原因是：「具備了既『能感之』又『能寫之』的詩歌中之二種重
要的質素。」[83]葉嘉瑩曾說：「能感之」、「能寫之」「這兩類因素，
在詩歌中當然都是佔有極重要之地位，只是這些因素之所以重要，卻仍
然有賴於詩歌中先須具有一種興發感動之生命力始可為功。」[84]

　　從以上的闡述，我們可以得出如下結論：評價作家、作品、批評
家，「能感之」、「能寫之」的要素是兩個重要準則，但其最終的旨歸
仍然是「興發感動」的生命。這是葉嘉瑩文學批評的標準，是其「興發
感動」說重要組成部分。

　　通過以上三個方面的分析，我們對葉嘉瑩「興發感動」說的內涵總
結如下：作者在創作前，心靈因物之激發和音聲相應而產生一種「興發
感動」的情意，這種「興發感動」成為作家創作的基本動力；在具備
「能感之」、「能寫之」的基礎上，作家在作品中傳達出自己「興發感
動」之情；如此，則「興發感動」之作用便成為作品的基本生命和主要
質素；對於讀者而言，「興發感動」亦涵蓋了欣賞作品的全過程——起
興、聯想、評判，進而發掘出作品「興發感動」的力量。「興發感動
（之作用）」並非是一成不變的，在作者、作品、讀者這三個環節中，
其意蘊已發生了不同程度的改變，這種改變取決於作者的創作和讀者的
個性化解讀。

二、「興發感動」說的特點和創新之處

（一）體系完整，中西融合

　　「興發感動」說是葉嘉瑩提出的一個獨特的詩學概念，是其文學批評
理論的核心。這一學說統攝了創作、欣賞等全過程，既包含了作者創作準
備、表達技巧、作品的質素，還包含了作品的欣賞、完成和評價等環節，
清晰地反映出世界與作者、作者與作品、作品與讀者等之間的關係。

　　在葉嘉瑩之前，沒有人提出「興發感動」這一概念，更沒有人對此
概念進行全面深刻地闡發，但如此言說，並非是斬斷其與中國傳統文論
的聯繫，相反，此一概念是葉嘉瑩在充分繼承中國古代「興」論的基礎
上提出的。「興」是中國詩論中一個有著強大生命力的詩學理論。從漢
代至今，「興」的研究史已有兩千多年，自其進入文論家的研究視野，
一直為人們所青睞。歷代詩論者在各自的言說語境中，賦予「興」以個

---

[83]　葉嘉瑩：《唐宋詞名家論稿》，第44頁。
[84]　葉嘉瑩：《迦陵論詞叢稿》，第311頁。

性化和時代化的內涵，故其彌久彌新，不斷豐富，衍生為一個具有多重意蘊，帶有中國文化積澱的詩學理論。殷璠的「興象」說、司空圖的「韻味」說、嚴羽的「興趣」說、王士禎的「神韻」說等，都是以「興」為理論核心的，不過他們的側重點不同。殷璠的「興象」說包括審美感受、審美意象、審美效果三個主要環節，司空圖的「韻味」說重點在於詩歌的審美效果上，嚴羽兼重審美感受、審美意象、審美效果三個環節，但支點移到審美感受方面，王士禎主要立足於審美鑒賞和審美效果。[85]可見，這些詩論已統攝了作家、作品、評賞者等諸方面，對作家、評賞者的審美感受、審美鑒賞以及作品本體的審美意象等問題都有探討。而我們從葉嘉瑩的「興發感動」說中，也可以尋找到中國古代「興」論等傳統理論的因素，只是因時代之變化和西方理論的影響，在「興發感動」說的建構中，葉嘉瑩吸納了西方文學批評的某些觀念和術語，增加了一些新質，使「興發感動」說成為一個富有新意、具有鮮明理論個性和時代特色的中西融合、體系完整的詩學概念。

（二）重視詩論中的讀者「在場」

在中國傳統批評中，雖然也有一些詩論家注意到讀者的作用，但都是隻言片語，沒有理論性的闡發。葉嘉瑩在繼承傳統詩論的基礎上，吸收西方接受美學和讀者反應論等理論，在她的「興發感動」理論中，對於讀者之於作品興發感動之生命的延續中的作用給予了十分明確而充分地肯定，對於完善傳統「興」論有著重要的理論意義。

（三）對「能感之」、「能寫之」的新解和運用

葉嘉瑩吸收西方文學理論，對王國維提出的「能感之」和「能寫之」的要素及這兩者之間的關係的新解，在王國維詩學批評史上是前所未有的；對這兩個批評術語的理論性闡發和運用亦具有開創之功。

（四）創立了新的批評標準

葉嘉瑩將「興發感動」之作用視為詩歌的主要質素和基本生命力，因此，她將「興發感動」之作用確立為批評標準，指出評論詩詞就是要探求其中的感發生命之本質及作用，這是葉嘉瑩的一個創造。

在詩詞批評中，葉嘉瑩執著地實踐著自己的主張，這方面的例子在她的著述中隨處可見，在此，我們試舉她對溫庭筠詞的分析為例：溫庭筠人品為人所訾，對於溫庭筠的詞，歷來多有微辭，如果從「知人論

[85] 劉懷榮：《中國古典詩學原型研究》，臺灣：文津出版社，1996年版，第358頁。

世」的評價標準來評價其詞，則勢必會抹煞其價值。葉嘉瑩則從興發感動生命中的精神本質上的倫理價值來分析溫詞。在《迦陵論詞叢稿‧後敘》中，她說我們在評賞溫詞時，「當從其意象與音聲的巧妙結合，去體會其由美感所直接喚起的感發和聯想，而且我們還應該認知，在美感的品質及美感的經驗中，也同樣可以在讀者的心靈中，引發出一種正面的倫理價值」。[86]葉嘉瑩從感發之作用的角度，肯定了溫庭筠詞的價值，這是對前人看法的反撥和拓展，具有創新意義。

　　葉嘉瑩不但用「興發感動」之作用來評價詩詞作品和作家，比較它們（他們）的異同，而且對詩論、詞論或一個時代的詩風、詞風甚至是小說比如《紅樓夢》的分析評論也以此為基準。這些都說明，「興發感動」說是一個普適性較強的學說。在衡量作品、理論的「興發感動」之作用時，葉嘉瑩將之具體落實到「能感之」、「能寫之」的要素上，但其最終的旨歸仍然是作品的「興發感動」之生命。

　　這一批評標準的確立是葉嘉瑩經過大量的批評實踐和古典詩詞創作之後，與中國傳統詩論相驗證的結果。她曾說：「古語有雲『耳聞之不如目見之，目見之不如足踐之。』我對這種興發感動之作用的重視及提出，至少並非只是耳食之言，而是我自己經過創作及批評的實踐後，與古人之說相印證所得的結果。」[87]

　　葉嘉瑩十歲開始寫古詩，數十年來創作了幾百首詩詞。2007年，中華書局出版了《迦陵詩詞稿》[88]，收錄了葉嘉瑩創作的所有詩詞及散曲、小令等。其中古近體詩近四百六十首，詞一百零八首，散曲小令十三支，套曲九支，還有應酬文字三十多篇。這些詩詞曲內容豐富，感懷時事、憑弔古跡、評論古人、抒寫親情、友情等等，其情感真摯、深沉，格調高遠。讀她的詩詞，常常會被其中所蘊含的感發生命所打動，被那份真摯、持久的故國之思所感染。作為一位女性詩人、詞人，葉嘉瑩對文學創作的規律有著自己獨到的體悟，「興發感動」說包含了葉嘉瑩創作經驗，這是不容置疑的事實。

　　葉嘉瑩對詩歌的「興發感動」之作用的重視，也是有針對性和現實性的。葉嘉瑩生活在海外，但她對故國的摯愛促使她通過各種方式瞭解國內情況，從1974年開始，葉嘉瑩經常回國，對國內詩壇、文學批評之勢態也頗為關注。在二十世紀七〇年代末到八〇年代初期，因受「文

---

[86]　葉嘉瑩：《迦陵論詞叢稿》，第367頁。
[87]　葉嘉瑩：《迦陵論詞叢稿》，第355-356頁。
[88]　2000年，臺灣桂冠圖書股份有限公司也曾出版同名書，收錄葉嘉瑩創作的部分詩詞稿。

革」之影響，中國文學創作和文學批評的政治性較強，所以，葉嘉瑩提出要重視詩歌的「興發感動」之作用，其目的之一也是希望詩人和批評家能夠認識到文學創作和批評中「興發感動」之作用的重要性，詩人能寫出富有感發作用的真正的好詩，批評家、讀者能夠不只從政治和道德倫理的角度分析批評、欣賞作品，而是注重發掘作品中「興發感動」的生命，並將這種「興發感動」的生命予以完滿地傳達出來，使詩歌的生命在閱讀和批評中得以復活再現，使讀者、聽者從中獲得一種心靈上的激勵感發，「重新振奮起中華民族在幾千年的歷史中藉詩歌而傳承的一種精神力量。」[89]

葉嘉瑩對中國傳統的詩論有著系統的認識，又有著創作古典詩詞的感性經驗，更積累了許多批評經驗，因此，我們說「興發感動」說是根植於葉嘉瑩的創作實踐和具體作品、文論的批評實踐，有著葉嘉瑩自己的生命體驗和詩學體驗的理論。

從以上的討論中，我們很明顯地看到，葉嘉瑩的「興發感動」說在繼承中國古代「興」論等傳統理論的豐富意蘊，吸收西方文學理論合理因數的基礎上，形成了富有新意、具有鮮明理論個性和時代特色的詩學概念。在新的研究視野、研究方法、研究理論的啟示下，學術界對中國傳統「興」論的研究也有一些新發展。對「賦比興」的現代闡釋[90]，對「興」的原型研究[91]，對「興」是否可以作為一個詩學的原命題[92]等問題的研究，豐富了「興」的內涵，也推動了「興」的現代化進程。在這個進程中，葉嘉瑩走在前列。

第三節　詞學理論的建構

葉嘉瑩的詩詞教學和研究，不僅有細膩的感性品鑒，也體現出鮮明的理論意識。她曾指出，王國維的《人間詞話》具有融合中西之特點，但缺乏理論性的闡述，我們所做的也即是在王國維的基礎上，對他提出的詞論進行理論化的闡發，希望能夠對中國文學批評體系的建立有借鑒作用。多年來，在詞學研究中，葉嘉瑩不遺餘力地實踐著自己的觀點。

---

[89] 葉嘉瑩：《迦陵論詞叢稿》，第375頁。

[90] 參見陳麗虹：《賦比興的現代闡釋》，杭州：中國美術學院出版社，2002年版。

[91] 參見陳世驤：《原典：兼論中國文學的特質》，中文大學《中國文化研究所學報》第3卷第1期。周英雄：《作為組合模式的『興』的語言結構與神話結構》，edited by John J. Deeneyed. *Chinese-Western Comparative Literature Theory and Strategy*, Hong kong, 1980, pp.51-78.

[92] 參見劉懷榮：《中國古典詩學原型研究》。

細讀她的著述，我們理出她對詞的創作、發展、分類、評賞等一系列問題所做的富有特色的闡述，並在此基礎上構建出葉嘉瑩的詞學理論體系。

一、詞之創作

對於詞的創作問題，葉嘉瑩並無專門討論，但她對詩歌的創作問題有著較深入的論述，而在葉嘉瑩看來，這一問題的討論具有普遍性，即她所談的不僅僅是詩歌的創作問題，也包括詞、散文、小說的創作，她用「興發感動」之作用作為詩歌、小說、文學流派等尤其是詞的批評標準便是明證。因此我們在梳理葉嘉瑩詞學體系時，不應忽略她對這一問題的闡述。

中國古代詩論中對於詩歌創作已有很多討論，與前代詩論相比，葉嘉瑩的研究有兩點值得肯定：一是很明確地指出了「興發感動」是詩歌創作的基本動力，探討了「興發感動」產生的兩個原因，並注意到吟誦在詩歌創作中的作用；二是比較了中西方有關詩歌創作的一些觀點。關於這些，在「興發感動」說中已有詳細的討論，此處不贅。

二、詞發展的四個階段──詞史研究

在《對傳統詞學與王國維詞論在西方理論之觀照中的反思》中，葉嘉瑩從詞的內容、寫作形式等方面分析了唐五代及兩宋詞在發展演進中所形成的三種重要詞風，即「歌辭之詞」、「詩化之詞」、「賦化之詞」。在1991年發表的《論王國維詞：從我對王氏境界說的一點新理解談王詞之評賞》一文中，葉嘉瑩認為王國維的詞可以稱為「哲化」之詞。[93] 現將葉嘉瑩對四類詞的闡發簡括如下：

（一）歌辭之詞

詞原本是依據燕樂填寫的供歌唱的歌辭。當文人染指詞的創作時，並非具有寫詩時那種「言志」的明顯意圖，只是為歌女而寫的適合於樽前月下演唱的歌辭，內容多是以美女和愛情為主。代表作家有溫庭筠、韋莊、馮延巳、晏殊、歐陽修等。

（二）詩化之詞

詩化之詞基本上是以男性作者來直接敘寫男性之思想和情志，其與歌辭之詞已有明顯的不同。詞之詩化，是一種自然而然的演變，因為文

---

[93] 葉嘉瑩：《葉嘉瑩說詞》，第253頁。

人們已習慣了言志之詩學傳統，便在有意無意間將詞的創作由遊戲之寫作轉入了言志抒情的詩化階段。李煜後期的「變伶工之詞為士大夫之詞」屬於一種由歌辭之詞向詩化之詞的轉變。蘇軾是詞「詩化」的主帥。葉嘉瑩認為蘇軾是有見於柳永的一些詞作流入於俗俚淫靡，為挽救柳詞之失，故致力於詞內容方面的開拓。蘇軾「一洗綺羅香澤之態」的詞確實造就「詩化」的第一個高峰，對詞風的多樣化、詞境的拓展都有直接有力的推動。靖康之難，國破家亡，詞人們從溫柔鄉、繁華夢中驚醒，蘇軾詞開始顯現出時代的特有價值，受到人們一致的好評，如王灼即評蘇詞為「指出向上一路，新天下耳目，弄筆者始知自振。」[94]胡仔在《苕溪漁隱叢話》雲蘇詞：「直造古人不到處，真可使人一唱而三歎。」[95]胡寅亦指出蘇詞可「使人登高望遠，舉首高歌，而逸懷浩氣超然乎塵垢之外。」[96]足見對蘇軾詞評價之高。蘇軾詩化之詞對南宋詞人們的影響很大。南宋張孝祥、陸游、辛棄疾、劉克莊、劉過等人繼蘇軾掀起了詞詩化的第二個高峰，他們以高昂而又沉鬱、激憤而又隱憂的情懷抒寫著他們報國殺敵之志、振衰救弊之意、憂患國難之心以及請纓無門之恨、「卻將萬字平戎策，換得東家種樹書」[97]之無奈，將詞推向更廣闊的境域。清代王士禎、陳維崧等人將詩化之詞又推進到另一個高峰。

（三）賦化之詞

賦化之詞是寫作方式和體制發生改變後的結果。葉嘉瑩認為賦化之詞的興起，目的在於避免柳永一些詞作的俗靡和蘇軾豪放末流的粗獷叫囂之弊，從寫作方式上加強詞之幽隱深微的特美，隱含著對詞深微幽隱的雙重或多重意蘊的美學特質的潛意識的追求。葉嘉瑩以周邦彥為賦化之詞的代表作家，他對南宋詞人造成了很大的影響，賦化之詞在南宋盛極一時。姜夔、史達祖、吳文英、周密、王沂孫、張炎等人之詞皆以安排勾勒為特色，將賦化之詞推向了另一個高峰。[98]

在論述賦化之詞前，葉嘉瑩分析了柳永慢詞對花間詞的改變，只是沒有提及柳永之於賦化之詞的作用。其實，如果從寫作方式和詞體制的改變來看，柳永應為賦化之詞的先鋒將士。柳永多寫長調慢詞、善用

---

[94] 王灼：《碧雞漫志》，參見嶽珍《碧雞漫志校正》，成都：巴蜀書社，2000年版，第37頁。

[95] 胡仔：《苕溪漁隱叢話》（後集），北京：人民文學出版社，1962年版，第193頁。

[96] 胡寅：《題酒邊詞》，參見《宋六十名家詞·酒邊詞》，中華書局聚珍仿宋版。

[97] 辛棄疾：《鷓鴣天》「壯歲旌旗擁萬夫」。

[98] 葉嘉瑩：《迦陵論詞叢稿》，石家莊：河北教育出版社，2000年版，第220頁。

「領字」、長於鋪敘，世所共稱，其佳者仍不失詞幽微隱約的言外之意蘊的美學特質，柳永為賦化之詞的先鋒應是毫無疑問的。

（四）哲化之詞

　　在分析了王國維《人間詞》之後，葉嘉瑩認為，王國維詞中具有深微要眇的意蘊，兼有歌辭之詞、詩化之詞、賦化之詞的多種因素，不能將其歸屬於這三類中的任何一類，這不但是王詞的一種特質，也是王詞在詞之意蘊方面的一種開拓。並將王國維的詞與以上三類詞做了比較。她說：與歌辭之詞相比較，王國維詞多以小令形式為主，富於直接感發的方面與之相近，但不同的是，王國維的詞並非如歌辭之詞那樣無意於抒寫自我情志的應歌之作，而是在顯意識中具有強烈的言志抒情的用心，這一點又與詩化之詞相近，但在本質和表現方式方面，與詩化之詞又有著極大的差別。如果以王國維和蘇辛相比較，則蘇辛二家詞之胸襟志意，開闊變化之處，非王國維能及，而王國維之哲思的深至之處，也非蘇辛所有。此外，蘇辛遣字謀篇、用典等往往舉重若輕，有神行的自然之致，而王國維常以有心安排為之，給人以殫思竭智之感。在有心安排方面，王國維詞與賦化之詞有相近之處，但在形式上，賦化之詞大多是長調，而王國維詞則多用小令；就內容而言，賦化之詞多敘寫現實中的情事，而王國維則借用一些具體的物象或事象來喻寫心中的哲思。從王詞所開拓的詞境來看，可以稱為哲化之詞。

　　葉嘉瑩四類詞的劃分，不只著眼於詞的縱向發展，也有橫向對比之意。從縱向即史的角度講，這四類詞相繼而出，是詞發展的四個階段；從橫向而言，按照葉嘉瑩的看法，詞到南宋末期，在創作上已完成了前三種不同的美感特質，元明清時期同時存在這三種詞作，因此，這種劃分自然也有了橫向對比之意。

　　傳統詞論的「婉約」、「豪放」之分注重詞風格和內容的不同，雖體現出一種史的意味，但就詞的整個發展史來講，是一種不完整的體認。清代陳廷焯《白雨齋詞話》中，對詞的發展史有一個簡明的概括，他說：「以詞較詩，唐猶漢魏，五代猶兩晉六朝，兩宋猶三唐，元明猶兩宋，國朝詞亦猶國朝之詩也。」[99]這種分法基本上符合詞的發展事實。亦有詞論家以唐詩初、盛、中、晚的發展階段來比擬詞的發展史，如清代劉體仁在《七頌堂詞繹》中曾說：「詞亦有初盛中晚，不以代也。」[100]江順詒曰：「比詞於詩，原可以初盛中晚論，而不可以時代

[99] 陳廷焯：《白雨齋詞話》（卷7），上海：上海古籍出版社，1984年版，第251頁。
[100] 劉體仁：《七頌堂詞繹》，參見唐圭璋《詞話叢編》（第1冊），北京：中華書

先後分。」[101]近代，胡適的三段論詞史觀頗有開創意義。1926年胡適在《詞選・自序》把詞的發展史分為三個時期：「詞的自然演變時期」，從晚唐到元初（850-1250年）；「曲子時期」，從元到明清之際（1250-1650年）；「模仿填詞時期」，自清初到二十世紀初（1650-1900年）。胡適又把第一時期的詞分成：「歌者的詞」、「詩人的詞」、「詞匠的詞」三個階段。[102]這種分期雖然不完全符合詞發展的實際情況，但打破了清代詞論家以朝代更迭分期的模式，從語言角度、詞人身份、創作功能的變化角度去梳理詞的發展歷程，富有新意，在方法論上有啟迪意義。

葉嘉瑩對詞的劃分，既吸取了古代「婉約」、「豪放」的合理內核，也參照了胡適對詞的分期法，但創新意味也不容忽視。她立足於詞的審美特質，從創作者的意識，詞之意蘊、體制、寫作手法等綜合因素入手，比較客觀地描述出詞的發展歷史，對詞史之研究確有啟示性。程千帆先生曾在給葉嘉瑩的信中，評價葉嘉瑩這種依詞美感特質進行的分期，「理清了歷代詞學中之一種困擾，是對詞學之一大貢獻。」[103]

三、詞美學特質及其成因──詞的本體研究

西方新批評比較重視文學本體研究，瑞恰慈曾言：「為了說明詩如何重要，首先必須多少弄清它究竟是什麼，迄今為止，這個最初的任務做得極不完全。」[104]其實，對於我們中國詞的本體研究同樣「做得極不完全」，我們要評價詞的價值，當然也要認清詞究竟是一種怎樣的文體，如果對詞的本體特質缺乏認識，對詞的評價自然也如「隔霧看花」。美國學者韋勒克認為，對文學本體的認識，必須對「其審美的功能與意義方面加以描述。只有當這些審美興趣成為中心議題時，文體學才能成為文學研究的一部分；而且它將成為文學研究的一個主要部分，因為只有文體學的方法才能界定一件文學作品的特質。」[105]依據韋勒克的觀點，對詞本體的認識，就必須對詞的審美特質、詞的意義等問題進行探究。

局，1986年版，第618頁。
[101] 江順詒：《詞學集成》（卷1），參見唐圭璋《詞話叢編》（第4冊），第3227頁。
[102] 胡適：《詞選・自序》，參見《胡適古典文學研究論集》，上海：上海古籍出版社，1988年版，第552頁。
[103] 葉嘉瑩：《詩詞論叢・序》，參見《清詞散論》，收入《葉嘉瑩作品集》（第二輯），臺北：臺灣桂冠圖書股份有限公司，2000年版，第8頁。
[104] 趙毅衡：《新批評──一種獨特的形式主義文論》，北京：中國社會科學出版社，1986年版，第3頁。
[105] [美]雷內・韋勒克、沃倫：《文學理論》，北京：生活・讀書・新知三聯書店，1984年版，第193頁。

（一）詞美學特質及其成因

對於詞的美學特質，歷代詞論家是有所體認的，但如葉嘉瑩所說，他們都未能將幾類詞綜合其異同做出理論性的通說，只是形成了一些抽象、模糊的概念而已。如張惠言對詞的定義是：「意內而言外謂之詞。」詞可以「道賢人君子幽約怨悱不能自言之情，低徊要眇，以喻其致。」[106]劉熙載也說詞是「言有盡而音意無窮也。」[107]陳廷焯認為：「作詞之法，首貴沉鬱，沉則不浮，郁則不薄。」「發之又必若隱若見，欲露不露，反覆纏綿，終不許一語道破。」[108]沈祥龍曾說：「詞貴意藏於內，而迷離其言以出之，令讀者於伊愴怏，於言外有所感觸。」「蓋心中幽約怨悱，不能直言，必低徊要眇以出之，而後可感動人。」[109]王國維指出：「詞之為體，要眇宜修。」「詞之雅鄭，在神不在貌。」這種感性式的評說，不勝枚舉。葉嘉瑩認為這些評論家的觀點俱可以證明他們對於詞曲折深蘊耐人尋繹的特美是有所體認的，而且對於詞的這種特質如何加以發掘和詮釋的問題，也有了一些較深入的思考，但缺陷在於只是形成了一些模糊的觀念，缺乏理論性的闡述。葉嘉瑩對詞美學特質問題所做的理論性闡述正是在繼承前人詞學觀點的基礎上展開的。

在分析了四類詞之後，葉嘉瑩明確指出了詞的美學特質：

> 第一類歌辭之詞，其下者固不免有淺俗柔靡之病，而其佳者則往往能在寫閨閣兒女之詞中具含一種深情遠韻，且時時能引起讀者豐富之感發與聯想；第二類詩化之詞，其下者固在不免有浮率叫囂之病，而其佳者則往往能在天風海濤之曲中，蘊含有幽咽怨斷之音，且能於豪邁中見沉鬱，是以雖屬豪放之詞，而仍能具有曲折含蘊之美；至於第三類賦化之詞，則其下者固在不免有堆砌晦澀而內容空乏之病，而其佳者則往往能於勾勒中見渾厚，隱曲中見深思，別有幽微耐人尋味之意致。[110]

此外，葉嘉瑩認為王國維的「哲化之詞」具有深微要眇的意蘊，兼

---

[106] 張惠言：《詞選・序》，參見《詞選》，北京：中華書局，1957年版，第2頁。
[107] 劉熙載：《藝概》，上海：上海古籍出版社，1978年版，第106頁。
[108] 陳廷焯：《白雨齋詞話》（卷5），第7頁；《白雨齋詞話》（卷1），第9-10頁。
[109] 沈祥龍：《論詞隨筆》，參見《詞話叢編》（第5冊），第4048頁。
[110] 葉嘉瑩：《葉嘉瑩說詞》，第151-152頁。

有歌辭之詞、詩化之詞、賦化之詞的多種因素。由此,葉嘉瑩歸納出詞的美學特質:詞在不同階段,其佳者往往都具有一種深遠曲折耐人尋繹的意蘊。

在古代,人們以「婉約」、「豪放」、雅鄭、本色與變格等作為衡量詞的標準,葉嘉瑩則拋開這種對立的詞學觀念,打通門派之見,旨在尋求詞在美學方面具有的一種特質。同時,這一界定,也意味著詞學觀念的一種變化。1949年以後,國內詞學研究重點在於詞集的版本整理、文字校勘、作者考證,古代著名詞家的詞集或歷代詞之選集大多都已出版。關於詞研究的著作和論文不可勝數,在各種版本的古代文學史中,詞亦佔有了相當的份量。但由於人們的觀念、意識形態等影響,對詞這種文體的美學特質關注較少,詞的藝術價值往往得不到正確的認識,特別是《花間詞》一類婉約風格的詞作,被視為淫靡浮豔、消極低沉而加以排斥。葉嘉瑩對詞審美特質的這種界定,有助於詞之評賞。

詞為何具有這種特質?前人對此多語焉不詳。葉嘉瑩認為,詞的這種特質的形成,與《花間集》中對於女性的敘寫密切相關。但其他文類也有女性敘寫,為什麼只有詞中的一些作品才特別富有幽微要眇引人生言外之想的特質呢?葉嘉瑩透過西方女性主義文學理論,對此問題進行了深入剖析。

首先,她引入克利斯特娃有關符號作用的觀點進行分析。克利斯特娃把符號的作用分為兩類:一類是符示的(semiotic),其能指的符記單元(signifying unit)與所指對象(signified object)沒有任何限制關係;另一類是象徵的(symbolic),其符表的符記單元與其所指對象是一種被限制的作用關係。[111]葉嘉瑩認為,傳統詩歌中,作者有心之喻托,用以托喻的符表與所托之意的符義,都是作者一種顯意識的安排,屬於克利斯特娃所說的「象徵的」層面,符表與符義是一種明白的、被限定關係的。而初期詞人寫作時,顯意識中並無「言志」之意,他們以自由的心態抒寫愛情和美麗,而美和愛是「最富於普遍之象喻性的兩種品質,因此《花間集》中所寫的女性形象,遂以現實之女性而具含了使人可以產生非現實之想的一種潛藏的象喻性。」這種情況屬於克利斯特娃所說的「符示的」層面,其符表和符義之間保持在一種不斷引人產生聯想的生髮運作之中,對其所指的符義對象並不能做出任何限制性的實指,這是花間詞蘊含豐富象喻的一個重要原因。[112]

[111] Julia Kristeva. *Revolution in Poetic Language*,translated by Waller Margaret,New York,Columbia University Press,1984.
[112] 葉嘉瑩:《論詞學中之困惑與〈花間〉詞之女性敘寫及其影響》(上),《中外

　　其次，葉嘉瑩借用西方女性主義文論關於女性語言和男性語言的提法對中國詩詞的語言進行了分析。葉嘉瑩曾言：「在中國的小詞裡，詞人們經常使用一種女性的語言。什麼叫女性的語言？一般來說，男子說話時比較注重理性和邏輯，而女子說話時則比較注重感性和形象，小詞裡邊有很多地方不是很有邏輯，不是把事情說得很清楚，但卻有深刻的感受在裡邊。這就是一種女性的語言。」[113]並從詞與詩這兩種文體的語句形式、表述內容意識兩個方面做了較為細緻的理論性分析。她認為，詞較之於詩乃是一種更為女性化的語言。從語言形式上看，詩句式整齊，語言明晰，屬於男性語言；詞長短不齊，節奏錯落變化，語言比較混亂和破碎，屬於女性語言。從內容性質看，詩言志載道，往往關乎行道、仕隱等主題，是一種男性意識的語言。花間詞則集中筆力抒寫美色愛情，而且往往以女子的感情心態來寫傷春怨別之情思，屬於女性化的語言。[114]這種女性化的語言是詞美感特質形成的另一項重要因素。

　　另外，葉嘉瑩將西方「雙性人格」的概念引入對中國詩詞的探討中。美國文論家勞倫斯‧利普金曾說：男性作家假借女性之口抒寫自己的失意和被棄的隱痛，作品就呈現出一種「雙性人格」的特色。[115]葉嘉瑩受之啟發，指出：花間詞的作者絕大多數是男性，他們以女子口吻寫相思怨別之情時，也於無意間流露了心中所蘊含的幽約怨悱不能自言之情。這是「一種很微妙的結合，一種『雙性』的結合。」[116]故此，《花間》詞就具有了一種「雙性人格」。而那些男性作者用男性口吻所寫的詞，也富含一種言外的意蘊深微之美，是因為其所表現的情意深摯綿長，本質上已具含了女性的情思。[117]據此，「雙性人格」就是花間詞形成幽微要眇耐人尋味特質的又一項重大因素。

　　詞在發展變化中，改變了花間詞女性敘寫的特點，那麼它是否還具有幽微要眇的雙重意蘊呢？這個問題的探討，對於詞特性的劃定是很重要的。葉嘉瑩對柳永、蘇軾、辛棄疾、周邦彥等幾個對詞發展有重要影響的作家的詞進行了分析，認為他們所寫的好詞都具有雙重的意蘊之

　　文學》（臺灣）1992年第8期，第16、26頁。

[113] 葉嘉瑩：《中國詞學的現代觀》，長沙：嶽麓書社，1992年第2版，第203頁。

[114] 葉嘉瑩：《論詞學中之困惑與〈花間〉詞之女性敘寫及其影響（上）》，《中外文學》（臺灣）1992年第8期，第19頁。

[115] Lawrence lipking. *Abandoned Women and Poetic Tradition*，University of Chicago Press, 1988, P.xv-xxvii.

[116] 葉嘉瑩：《中國詞學的現代觀》，第204頁。

[117] 葉嘉瑩：《論詞學中之困惑與〈花間〉詞之女性敘寫及其影響（下）》，《中外文學》（臺灣）1992第9期，第12頁。

美，只是雙重意蘊的具體內涵不同而已。

（二）詞本體研究的意義

葉嘉瑩對詞美學特質以及成因的分析獨具特色，並能夠把對詞審美特質的追問與詞的發展史、詞的類型等問題結合起來進行探討，既完善了詞的本體研究，也重新書寫了詞的發展史。所得出的一些有新意、有學術價值的觀點，對中國詞學研究有一定的理論和現實意義。二十世紀八〇年代以後，隨著文學理論的繁盛，人們觀念的更新，新理論、新方法的運用，詞的研究別開洞天，成績斐然。詞學研究者開始正視詞的美學價值，並從不同的角度解讀詞的藝術特性和豐富的意蘊，詞的本體研究也進入系統、深入的理論性研究階段。葉嘉瑩得西方學術風氣之先，在詞的本體研究方面具有導夫先路之功。二十世紀八〇年代，葉嘉瑩回國講學時，就比較重視對詞美學價值的發掘，她對詞的美學特質的定義，影響較大。可以說，在中國學術界對詞美學特質這一問題的探討方面，葉嘉瑩是一位先行者。國內著名的詞學家繆鉞先生認為葉嘉瑩「所論能融會古今中外，對詞之特質做出了根本的探討，體大思精，發前人所未發，是繼《人間詞話》後，對中國詞學之又一次值得重視的開拓。」[118]

同時，葉嘉瑩從女性主義的視角切入，創造性地使用女性主義批評理論對詞特質的成因做了深入、獨到的理論闡釋，解開了詞千年來深受人們喜愛的原因，也使人們對晏殊、歐陽修等一些身為宰相的人，不顧詞為「小道」、「末技」，懷著矛盾的心態創作詞的現象有了較為清晰的認識。在運用女性主義文論分析中國詞學問題時，葉嘉瑩不是簡單地照搬西方女性主義文論，而是恰當地使用女性形象、女性語言、「雙性人格」等概念和觀點，並與研究對象、中國詞學傳統、文化傳統等緊密聯繫起來，將西方理論化而用之，融會貫通，並沒有牽強附會和「隔」的感覺，所謂出於斯，不同於斯也。

中國詞學要走上現代化的道路，要與世界文論同步發展，就必須解決歷史上遺留的一些困惑和爭議。而詞的美學特質及其形成問題，是許多困惑的關鍵所在。葉嘉瑩以詩人的情思，學者的理性，體悟詞的特質，檢討其特質形成的原因，目的也在於解決中國傳統詞學中的一些困惑，為建立中國詞學理論體系做出自己的貢獻，這對中國詞學研究走上現代化的道路有推動意義。

---

[118] 葉嘉瑩：《我的詩詞道路·前言》，《我的詩詞道路》，第18頁。

四、四種說詞方式——詞之評賞

　　經過多年的教學和研究，葉嘉瑩在詞的解說方面積累了豐富的經驗，總結出評賞四類詞的比較適用的方法，其最終目的就是要更好地發掘出詞的「興發感動」之力量。

　　葉嘉瑩認為王國維以感發聯想說詞的方式適用於歌辭之詞的評賞。因為歌詞之詞的作者在寫作時並無顯意識的言志抒情之用心，但其作品所傳達的效果，卻往往能以其「要眇」之美而觸引讀者產生豐美的感發和聯想。此種感發和聯想難以用作者顯意識之情志來加以實指，因此也很難用傳統的評詩眼光和標準加以衡量。而王國維感發聯想的說詞方式的特色就在於評者能夠從那些本無言志抒情之用心的歌辭之詞的要眇特質中，體會出許多超越於作品外表所寫之情事以外的極豐美也極自由的感發和聯想。這種感發和聯想與詩中經由作者顯意識之言志抒情的用心而寫出來的內容情意，有很大的不同。[119]

　　對於詩化之詞，葉嘉瑩主張採用一種屬於「賦」的方式加以評說，這種評說沒有模式可循。因為這一類詞在本意的敘寫中，就已經蘊含了一種曲折深蘊的屬於詞之特美了，不需要在詩篇的本意之外去推尋衍義。但葉嘉瑩提出了評說詩化之詞時要注意的兩點：第一，此一類詞敘寫的情志已是作者顯意識中的一種明白的概念，讀者不可以以一己之聯想對之做任意的比附和發揮。詩化之詞中的好作品，其所表達的情志之本質中已具含一種屬於詞之特質的曲折含蓄之美，讀者在評說時，要對此有深入的掌握和探討。第二，除去情志之本質方面的含蓄之美外，這一類作品，做為「詞」的文類而言，在表達形式方面也同樣具有一種曲折含蓄之美，如此才是詩化之詞中的成功作品。[120]因此在說詞時也要重視挖掘這類作品在表達方面的藝術特色。此外，葉嘉瑩認為西方重視作品中意識型態的流派「意識批評」與此種批評方法相似，而且也可以參考西方其他的批評理論方法如新批評的細讀法等進行評說。

　　至於周邦彥、姜夔、史達祖、吳文英、王沂孫諸家詞的賦化之詞，葉嘉瑩則認為可用張惠言的比興寄託之法來解讀。因為以比興說詞，「乃是先肯定了作者一定有一種賢人君子幽約怨悱之情，不過只是用低徊要眇的方式來傳達而已。」[121]而賦化之詞往往是作者以有心用意的思索和安排，來造成一種深隱幽微的含蘊和托喻。

[119] 葉嘉瑩：《葉嘉瑩說詞》，第166-167頁、170頁。
[120] 葉嘉瑩：《葉嘉瑩說詞》，第191-192頁。
[121] 葉嘉瑩：《葉嘉瑩說詞》，第170頁。

作為哲化之詞的代表，王國維的詞在意境方面已表現出受西方思潮影響的特色，「這種超越於現實情事以外，經由深思默想而將一種人生哲理轉為意象化的寫作方式，對於舊傳統而言，無疑地乃是一種躍進和突破。」[122]「充分顯示了中國詞之發展，在當日接受了西方思潮之影響以後的一種新的意境和趨向。」因此，葉嘉瑩認為，我們應當重視王國維詞在意境方面所表現出來的拓展，並在評論時，「不能僅以舊傳統的評賞方式，對之做但憑直感的概念式的評說，而應該要用一種既綜合有張惠言及王國維兩家評詞之理論，同時既重視感發之聯想，也重視語碼之推尋，且應採用西方精密的思辨方式對之做一種多角度多方面的、既有感性也有知性的評賞，如此才能對之作出較為正確和深入的理解和評說。」[123]

葉嘉瑩之所以對四類詞以何種方式解說為宜做了劃分，其實最終的目的就是要發掘出詞的「興發感動」之力量。她的這些觀點對於發掘詞的意蘊有著重要的啟示意義，尤其對於初學詞的人，無疑提供了一條捷徑。當然，批評理論與方法日益豐富和發展，對中國古典詩詞的解讀也不應拘泥於某一種方法。

葉嘉瑩詞學理論融合中西，自成體系，既繼承了中國傳統詞論，又以西方理論為觀照，並且具有西方思辨性的特點；從內涵上既關涉到詞的創作論、本體論，又包括評說方式等一系列議題，體現出理論性、體系性的特點；而且都是借西方理論的觀照來分析，現代闡釋的目的也是很明顯的。

從以上三節內容，我們可以看出，葉嘉瑩不僅僅是一個中國古典詩詞的海外研究者，也是一個中國古典詩詞的撒播者，一個中國文化的使者，一個中西文化對話交流的活載體。她將中國古典詩詞這支奇葩獨秀展現給異域的人們，讓許多不同文化背景的人們領略中國古典詩詞婀娜多姿、豐美深遠的意蘊。這既是葉嘉瑩在中外學術交流中的最大貢獻，也是她尋找中國古典文學在世界文化大座標中的地位所做出的鍥而不捨之努力的見證。如今，她的「興發感動」說、詞學理論和研究方法已廣為學界和讀者所知，她為中國古典詩詞的海內外傳播所做的努力也聞名遐邇。葉嘉瑩為自己有能力在中國古典詩詞的弘揚方面做些事情感到幸運，「而能有這樣一位傑出的詩人、學者，這又何嘗不是中國古典文學的幸運？」[124]有一首詩曾這樣評價她：「詩名馳海宇，德望仰高山。去

---

[122] 葉嘉瑩：《葉嘉瑩說詞》，第253頁。
[123] 葉嘉瑩：《葉嘉瑩說詞》，第250頁。
[124] 祝曉風：《寂寞詩詞解人心》，《中華讀書報》，1997年12月31日。

國播薪火，尋根報故關。傳經輸五內，掖後散千鍰。濟濟儒林裡，誰堪伯仲間？」[125]在我們撰寫中國古典詩詞、文論的傳播史以及外國中國古代詩詞、文論的研究史時，葉嘉瑩的實績和精神是不可缺少的一部分。

在中國文學傳統的海外傳播的進程中，還有很多像葉嘉瑩這樣的學者，如劉若愚、高友工、蕭馳、林順夫、孫康宜等人，他們在異域文化語境中默默地耕耘，將中國文學優秀的傳統推介到世界，讓西方人瞭解我們文學傳統的精髓，在與西方的對話、交流中弘揚中華民族的文化精神。

---

[125] 秋楓：《面對葉嘉瑩》，《中華詩詞》2000年第3期。

第五章　傳統文論話語與海外中國現代文學批評

　　關於中國傳統文論的現代轉換的討論，「實踐」應是其必然的旨歸。如果幾百、幾千年前的先輩們關於文學的那些觀點，哪怕只是隻字片語，仍能穿越漫漫時空而與今天的文學產生對話，我們應能由此洞悉中國傳統文論話語真正的生命力所在，亦能藉以與現代文論家對傳統文論的理論闡釋進行比照，反思理論與實踐之間的磨合與距離，對所謂的「轉換」問題也應有實際的啟益。故此，要考察中國傳統文論現代觀照的海外視野，正在進行中國現代文學研究的海外華人「批評家」及其文學批評中的中國傳統文論話語實踐應是必要的考察對象。

　　這裡所討論的「海外華人批評家」，指的是曾經或正在歐美留學，有著「西學」背景，並且在境外學術機構從事二十世紀中國文學與文化研究的華人學者[1]。從代際分層的角度來看，到目前為止，海外華人批評家可分為三代：第一代以夏濟安、夏志清兄弟為代表，於二十世紀五〇年代赴美；第二代以李歐梵、王德威為代表，於二十世紀六、七〇年代赴美；第三代是二十世紀八〇年代出國的大陸青年學人，如劉禾、趙毅衡、許子東、陳建華、唐小兵等[2]。本章選擇夏志清、王德威、黃維樑、張錯四位批評家為個案，其中夏志清和王德威是海外華人批評家不同代際的代表，借由他們的中國現代文學研究，或許可以探究中國傳統文論話語在當代的不同特徵、存在方式與影響；黃維樑在中國古代文論實際應用方面的強烈意識和所做的努力尤為突出，對這種帶有自覺意識的中國傳統文論話語實踐的成敗得失的考察，應具有反思與借鑒的意義；而張錯的詩人與批評家雙重身份，古詞古韻的詩歌創作與文學研究中的西學規訓，也能對我們關於傳統與現代、理論與實踐的思考有所啟示與助益。

---

[1]　李鳳亮：《海外華人學者批評理論研究的幾個問題》，《文學評論》2006年第3期。
[2]　程光煒、孟遠：《海外學者衝擊波——關於海外學者中國現當代文學研究的討論》，《海南師範學院學報（社會科學版）》2004年第3期。

第一節　夏志清：中國傳統之「感性」存在

　　夏志清（Hsia, C. T.，1921-2013），1921年生於上海浦東，原籍江蘇吳縣。1942年畢業於上海滬江大學英文系，抗戰勝利後任教北京大學英文系。1947年考取北大李氏留美獎學金赴美深造，1951年獲耶魯大學英文系博士學位，1952至1954年在耶魯從事研究期間，開始從事現代中國文學史研究。此後，相繼任教於美國密西根州立大學、紐約州立大學及匹茲堡州立大學，1969年起任哥倫比亞大學東方語言文化系中文教授，1991年退休並任中文名譽教授。2013年12月29日（當地時間），在美國紐約去世，享年九十二歲。英文著作有 *A History of Modern Chinese Fiction*（《中國現代小說史》）（1961年）、*The Classic Chinese Novel*（《中國古典小說》）（1971年）、*C.T.Hsia on Chinese Literature*（《夏志清論中國文學》）（2004年），中文著作有論文集《愛情·社會·小說》（1970年）、《文學的前途》（1974年）、《人的文學》（1977年）、《新文學的傳統》（1979年）、《印象的組合》（1983年）、《夏志清文學評論集》（1987年）、《夏志清序跋》（2004年）和散文集《雞窗集》（1984年）、《歲除的哀傷》（2006年）、《談文藝憶師友》（2007年）等。

　　海外華人批評家夏志清及其中國文學研究在大陸學界的最初登場，因其「西化」之特徵，引來大陸學界普遍「聲討」。其西學背景、反共意識形態、文學性標準、西方理論批評方法，以及隨手拈來的西方作家、作品，讓他坐實了「西方中心」的罵名。然而，拋開大陸與海外的意識形態之爭，夏志清以《中國現代小說史》（以下簡稱《小說史》）為代表的理論著述，的確因其真知灼見，深刻地影響和改變了海外漢學的現代中國文學研究。正如王德威所言，這些研究「更象徵了世變之下，一個知識份子所作的現實決定：既然離家去國，他在異鄉反而成為自己國家文化的代言人，並為母國文化添加了一層世界向度」[3]。正是在這個意義上，我們才說夏志清代表了海外華人現代文學批評的某種獨特身份和傳統情懷。

　　在大陸正式發表的研究成果中，海外學者王海龍的《西方漢學與中國批評方式──夏志清現象的啟示》[4]以及復旦大學彭松和唐金海的

[3]　王德威：《重讀夏志清教授〈中國現代小說史〉──英文本第三版導言》，參見夏志清《中國現代小說史》，上海：復旦大學出版社，2005年版，第33頁。
[4]　王海龍：《西方漢學與中國批評方式──夏志清現象的啟示》，《揚州大學學

《海外華人學者現代文學研究中的傳統因素——以夏志清、李歐梵、王德威為例》[5]曾直接論及夏志清中國文學研究中的中國因素。前者以中國批評方式在西方漢學中的建設性意義為出發點，分析了夏志清強調批評感性、知人論世及時代社會背景的批評方法對操練「新批評」的西方漢學家的挑戰，由此凸顯出夏志清作為文化持有者在西方漢學中的成功參與；後者分析了中國傳統在夏志清精神視景中的投影，主要表現為感時憂國的傳統士大夫使命感、儒家人道主義傳統、知人論世的整體批評取向、有法則的印象式批評等。總的來說，前者以中國批評方式在西方漢學中的建設性意義為旨歸，這一點非常值得肯定，但也使論文很大部分的篇幅用於分析西方漢學的歷史和生態，而對夏志清的中國批評方式僅點到為止；後者的「中國因素」又稍顯寬泛且不夠深入。本節意在借鑒二者的基礎上，從中國傳統文論話語的運用角度，更具體、集中地挖掘夏志清中國現代文學研究中蘊藏的傳統文論方法、思維或意識。鑒於夏志清的西學背景以及中西文論的相通之處，本章只求「吻合」之中的啟示，而不刻意區別孰西孰中。

一、文學感性之才性論批評與體悟式批評

　　在夏志清《中國現代小說史》中，我們不難發現其對文學感性的重視。這種「文學感性」把文學看作心靈的表達，因此對寫作者來說，創作必須首先忠於自己所看到和感覺到的；對批評家來說，則要重視自己的閱讀體驗。

（一）作家感性與才性論批評

　　在評及巴金的《愛情三部曲》時，夏志清尖銳地指出：「巴金是一個書呆子作家，他籠統描繪了一個有著愛情和革命卻缺乏真實感的世界……巴金的想像力，完全沒有受到感官的滋養，它只是賣弄陳腔濫調」；而對巴金後來創作的《秋》，夏氏認為「《秋》應當算是中國現代長篇小說中的一部巨著」，因為「在這本書裡我們看到，一個作者如果忠實於自己的感受，儘管文體平平無奇，人物心理不夠微妙，它卻能發揮震撼人心的力量」[6]。可見夏志清認為，相對於文字技巧方面的更高要求，「文學」對作家的最基本要求便是忠於自己的感性，這樣才能

報》（人文社會科學版）1998年第5期。

5　彭松、唐金海：《海外華人學者現代文學研究中的傳統因素——以夏志清、李歐梵、王德威為例》，《文學評論》2007年第5期。

6　夏志清：《中國現代小說史》，上海：復旦大學出版社2005年版，第176、181頁。

充分發揮想像力，才能感動讀者。夏志清基於作家創作感性的挖掘最成功的例子莫過於張愛玲。在《小說史》的張愛玲這一章裡，夏志清第一次提出張愛玲對世界給予她的感官感受，例如色彩、嗅覺、音樂等的愛好，認為「憑張愛玲靈敏的頭腦和對於感覺快感的愛好，她小說裡意象的豐富，在中國現代小說家中可以說是首屈一指」[7]；「小說裡每一觀察，每一景象，只有她能寫得出來，真正表達了她自己感官的反應，自己對人對物累積的世故和智慧」，這是一種「非個人而無處不流露自己真正『感性』的境界」[8]。而另一方面，在關於左翼作家的評論中，夏志清對共產主義信仰之於作家感性的消磨不甚滿意。例如，他認為，魯迅自信仰共產主義後，便「很難再保持他寫最佳小說所必需的那種誠實態度」，缺少其「最佳作品中屢見的坦誠」[9]，「由於魯迅怕探索自己的心靈，怕流露出自己對中國的悲觀和陰沉的看法，所以他只能壓制自己深藏的感情，來做政治諷刺的工作」[10]，基於上述分析，夏志清對「轉向」後的魯迅在文學創作方面的美學趣味始終不能認同。儘管夏氏的這一看法曾一度成為他與大陸學界激烈爭論的焦點之一，但主張感性經驗高於意識形態的「文學性」立場，卻造就了夏志清文學史寫作中偏重作家研究的傾向。

在以作家作品為組織原則的《小說史》[11]中，夏志清雖然並未擺脫自身政治立場的局限性，而屢屢觸及意識形態「雷區」，但因其始終把文學感性的追求置於文學批評標準的首位，終能在意識形態的迷霧中數次脫險，發掘出一批獨具個性和美學意識的重要作家、作品，如張愛玲意象之繁複與豐富、沈從文之牧歌情懷與田園視景、錢鍾書之心理描寫及對知識份子的譏諷、端木蕻良之雙重視景與史詩意圖等。對此，在《小說史》中，夏志清始終不吝溢美之詞，頻繁使用「最」、「第一」、「傑出」、「優秀」一類修辭表述，高度肯定和讚譽那些注重生

7　夏志清：《中國現代小說史》，第259頁。
8　夏志清：《<張愛玲的小說藝術>序》，參見《歲除的哀傷》，南京：江蘇文藝出版社，2006年版，第182頁。
9　夏志清：《中國現代小說史》，第35、29頁。
10　夏志清：《中國現代小說史》，第35頁。
11　《小說史》全書共三編十九章，除了每編第一章對社會時代背景的論述外，有十章為作家專論，其餘各種對文學流派的論述也都是以代表性作家評論為主。關於《小說史》，夏志清自己也曾說過：「作為介紹現代中國小說的開創性著作，我認為它的最主要任務是辨別與評價」（夏志清：《論對中國現代文學的「科學」研究──答普實克教授》，參見《中國現代小說史》，第326頁），即從大量可得的作品中理清線索並將可能的偉大作家與優秀作家從平庸作家中辨別出來，給予其文學史的定位。

命情懷和張揚個性美學的作家，如「張愛玲該是今日中國最優秀最重要的作家」、沈從文是「中國現代文學中最偉大的印象主義者」、「張天翼是這十年當中最富才華的短篇小說家」、端木蕻良的《科爾沁旗草原》是「當時最具實驗性的中國小說」等等。

　　夏志清對作家風格和個性的準確把握、果斷定位、盛情褒揚，使《小說史》的面貌迥異於二十世紀五、六〇年代中國大陸文學史寫作的僵化套路和政治話語，卻與中國古代文論的才性論批評不謀而合。才性論批評來源於古人的人物品鑒意識，肇始於曹丕的「文以氣為主」之說，至劉勰的「體性」論、「風骨」說而集大成，之後則發展為對作家創作心理、個性情感特徵，以及作品風格的關注。而夏志清對作家創作感性的重視，隱含著對作家創作心理、個性情感特徵的關注，並以作家作品的風格品鑒、評價定位為其小說史寫作的主要任務。曹丕的「文氣」、劉勰的「風骨」曾得到後代文論家的多種闡釋，在現代乃至當今的中國古代文論研究中更是眾說紛紜，其中尤以對「文氣」、「風骨」概念之解釋的紛擾為最。然而，就文學批評實踐而言，才性論批評歸根結底乃是對作家個性、風格的把握與評價，從這一點上來說，夏志清走的正是中國古代文論才性論批評的路子。回到才性論批評產生之前的先秦時期，中國文論已形成觀風俗、識美刺的教化論批評，才性論批評的在魏晉時期的興起則標誌著批評觀念由社會教化向作家才情的重大轉變。而在《小說史》寫作與面世的二十世紀五、六〇年代，夏志清的才性論批評、風格史寫作與當時中國大陸文學史的政治寫作模式迥然相異，此後更深刻地影響和推動了二十世紀八〇年代大陸學界文學批評觀念的重塑。

（二）批評家感性與體悟式批評

　　在夏志清的中國現代文學研究著作中，其對古今中外各種藝術門類的精通和喜愛常溢於字裡行間。這種對文學藝術的真誠喜愛，在其文學批評著作中的體現便是對文學藝術的尊重及個人閱讀體驗的自然流露——或心神領會，或擊節叫好，或扼腕嘆惜，或深惡痛絕，再加上夏氏偶爾獨特的口語化表達，我們常常可見一個為文學而動容的夏志清。「沈從文的文體和他的『田園視景』是整體的，不可劃分，因為這兩者同是一種高度智慧的表現，一種『靜候天機，物我同心』式創造力（negative capability）之產品」，「他能不著痕跡，輕輕的幾筆就把一

個景色的神髓，或者是人類微妙的感情脈絡勾畫出來」[12]——這樣的批評語句糅合了個人的體驗，若非對作品有著深入的體悟是絕對寫不出來的。對閱讀體驗的重視使夏志清特別能體察不同作家的神采、獨特個性，往往能挑出其文學作品中的代表性意象而給人警醒而深刻的印象，又或是對作家創作中的獨特長處和不足做同情式的體恤和包容。張愛玲《金鎖記》結尾時曹七巧那只令人毛髮悚然的戴鐲子的骨瘦如柴的手臂、錢鍾書《圍城》裡那個帶著諷刺意味的怪鐘，都經夏志清點撥而給讀者留下深刻的印象；端木蕻良的《科爾沁旗草原》儘管「在文體上以及處理上不無缺點」，但夏志清卻倍加珍惜他寫作時的「二十一歲的年紀，他的愛國熱情，他的革命的浪漫主義，他對軍隊生活與政治刊物的新近參與，以及他對失去的家和失去的土地的清新記憶」，而給予好評[13]。

夏志清也曾多次強調自己對閱讀體驗、經驗的重視。在論及中國古典文學研究時，夏志清非常坦誠地說：「那些並未進入個人境界的詩詞、庸俗粗劣的小說戲曲，如有學者借用西法硬把它們說成有趣、生動，甚至偉大，我總覺得他在自欺欺人，缺乏批評家應忠實於自己閱讀反應的那種最起碼的真誠。」[14]「真正值得我們注意的見解，都是個別批評家主觀印象的組合，此外並無科學的客觀的評判。」[15]

然而，正是夏志清的這種對批評家感性、閱讀體驗的強調引發了西方另一著名的中國文學研究學普實克的批評，並將普式稱為「主觀批評家」[16]。對此，夏志清專門撰文回應，對普實克「過於依賴一套關於中國現代史和現代文學的『科學的』理論，並且一成不變地以假定的意識形態意圖來判斷每一位作家和每一部作品」的做法進行批駁，再一次申明「文學家應憑自己的閱讀經驗去做研究，不容許事先形成的歷史觀決定自己對作品優劣的審查」，「不首先拿自己的真誠反應去適應一套關於中國現代小說的既定理論」[17]。

無獨有偶，夏志清的這種批評理念也引來了臺灣學者顏元叔的「非

---

[12] 夏志清：《中國現代小說史》，第147頁。
[13] 夏志清：《中國現代小說史》，第417頁。
[14] 夏志清：《東夏悼西劉——兼懷許芥昱》，參見《歲除的哀傷》，第155頁。
[15] 夏志清：《追念錢鍾書先生——兼談中國古典文學研究之新趨向》，參見《歲除的哀傷》，第230頁。
[16] [捷]雅羅斯拉夫·普實克著，《普實克中國現代文學論文集》，深圳大學比較文學研究所主編，長沙：湖南文藝出版社，1987年版，第211-253頁。
[17] 夏志清：《論對中國現代文學的「科學」研究——答普實克教授》，參見《中國現代小說史》，第355、332頁。

難」。這一次，夏志清被指責為「印象主義」批評家。對此，夏志清辯駁道，他強調「個別批評家印象組合」之重要，卻並非「印象主義」者。他表示自己「所服膺的批評家即是能『建立印象為法則』的批評家」[18]，因為「任何人對一首詩的評判，基於分析與比較兩個過程。但善讀詩的人，讀了一首詩，心裡有數，他所得的『印象』，即已包涵了『分析』、『比較』在內」[19]。夏志清進一步指出，「能『建立印象為法則』的批評家，自己書讀得多，悟性特別高，用不著借助於『最時髦、最科學的文學理論和批評方法』」[20]。借此，夏志清進一步批判了文學批評愈來愈科學化、系統化的趨勢，認為這「可能是文化的退步，而不是進步」[21]。

　　無論是普實克的「主觀批評」，還是顏元叔的「印象主義批評」，這類責難首先說明了夏志清文學研究中鮮明的批評家感性特點。那麼，夏志清到底是不是以「主觀」、「印象」為主呢？這讓人聯想到中國古代文學批評中非常典型的印象式批評。劉勰之「玩」、「味」，鍾嶸之「品」，嚴羽之「妙悟」都注重讀者對文學作品的主觀感覺和體會，其發展至極致則難免以讀者的主觀感覺代替作品本身，甚至讀者的主觀感覺、瞬間頓悟亦是「羚羊掛角，無處可尋」；與此相適應的批評表達方式，則以印象式詞語、形象之喻為主，意義模糊，難以界定。夏志清自己對中國古代詩話「用的批評字眼，給人飄忽不定、含糊不清的感覺」亦頗有微詞[22]，而其文學批評著作不僅立論、觀點堅定明確、擲地有聲，絕不會給人觀點模糊、無法把握的感覺，而且非常注重作家生平經歷及時代社會背景分析，結合以中外古今比較，有理有據，絕不是僅憑個人主觀感覺代替客觀評價。因此，與其說夏志清是「主觀」、「印象主義」的，不如說其所採取的是一種有別於中國古代印象式批評的體悟式批評。中國古代印象式批評重在讀者印象，不加理性梳理，而夏志清的體悟式批評主要特點則在於以對作品的閱讀體驗為文學批評的基礎，但卻並不讓批評家個體的主觀感覺淩駕於作品本身、文學史本身的「客觀」之上。以夏志清英美文學研究科班出身、深受「新批評」影響的西學背景，他必然知道對作為一門學科的現代文學批評而言，「科學」、

---

[18]　夏志清：《勸學篇——專複顏元叔教授》，參見《談文藝憶師友》，上海：上海書店出版社，2007年版，第86頁。

[19]　夏志清：《勸學篇——專複顏元叔教授》，參見《談文藝憶師友》，第85頁。

[20]　夏志清：《勸學篇——專複顏元叔教授》，《談文藝憶師友》，第87頁。

[21]　夏志清：《勸學篇——專複顏元叔教授》，《談文藝憶師友》，第88頁。

[22]　夏志清：《黃維樑的第一本書——〈中國詩學縱橫論〉序》，參見《新文學的傳統》，北京：新星出版社，2005年版，第238頁。

「客觀」之重要性,而其標舉批評家的「體驗」、對作品的「真誠反應」,則是對當今以所謂「科學」的歷史觀、時興文學理論方法去研究文學而「喧賓奪主」的做法的反撥——其實,中國古代的印象式批評,也未嘗不是一種「喧賓奪主」。從這一個意義上來說,夏志清的體悟式批評結合了中國古代印象式批評及西方科學精神,可以說是對西方人文學科「科學化」趨勢的反撥,也是對中國古代傳統印象式批評的揚棄。而對中國現代文學史寫作來說,夏志清獨具個人風格的體悟式批評,無疑為當時面目平板、毫無生氣的「集體寫作」方式吹進了一股清涼的風。

二、作家生平、社會時代背景之知人論世方法與儒家入世情懷

(一)知人論世方法

如前文所述,夏志清非常重視對作家生平、社會時代背景的分析,這在《小說史》的寫作中非常明顯:首先,幾乎在對每個作家的文學批評之前都有詳細的生平經歷的考察,並從中挖掘與作家個性心理、文學創作相關的影響因素;其次,對現代小說史的歷史分期,都配有詳細的社會時代背景考察,尤其是政治思潮對文學創作思想、流派的影響;最後,作家個人與社會時代潮流、文學創作流派或親或疏的關係,是夏志清評價一個作家能否忠實於自己的感性,超越時代限制而獨具個性的重要指標。例如,張愛玲少年時期對圖畫、色彩、音樂的敏感之於小說創作的白描功力、華麗意象、舊戲般的蒼涼意味的影響;沈從文的少年軍旅生涯為其觀察人性、積累素材奠定的基礎;魯迅在政治社會、民族國家與個人自由思想之間的掙扎與選擇;張天翼個人才華對馬克思主義社會分析式寫作的超越;乃至後來在一篇專論中分析張賢亮的資本家家庭、「右派」經歷及豐富藝術素養對其創作題材和風格的直接影響[23],等等。凡此種種,無不讓人想起中國古代文論知人論世的批評方法。

孟子的「頌其詩,讀其書,不知其人,可乎?是以論其世也,是尚友也」本意雖在「尚友」,但卻提出了讀書與知人、知世的關係,由此發展而來的知人論世說是對詩歌、作者、世運三者關係的綜合認識。一般來說,知人論世有兩個維度:一是因詩而知人、知世;一是知人、知

---

23 夏志清:《張賢亮:作者與男主人公——我讀〈感情的歷程〉》,原載菲力浦·F·威廉斯(Philip F. Williams)、吳燕娜(Yenna Wu)合編的《改造與反抗:中國勞改隊裡的作家們》(*Remolding and resistance among writers of the Chinese prison camp*),紐約:羅特雷潔(Routledge)出版社2006年版,第13-26頁。李鳳亮譯,刊於《中山大學學報》2008年第5期。

世以知詩[24]。這兩個維度在後代的發展有注重知人的才性論，也有以詩為史的「詩史說」。夏志清對作家生平及社會時代背景的重視，當是其理解、分析文學作品（包括內容和形式）的一種方法，這由前面的論述已可以看出。此為「知人論世」在夏志清文學批評中的第一層含義。「知人論世」在夏志清文學批評中的第二層含義，則是其對作品思想內容本身的重視。在夏著中，其對文學作品思想內容中實際人生、人性及社會道德內涵的重視和分析甚於藝術技巧。夏志清曾指出：「批評的首要問題仍然是看一個故事或一部小說對人類狀況是否言之有趣或是否重要。」[25]而夏氏文學批評的最精彩甚至可以說具有「打動人心的力量」（夏氏文學批評的常用語）之處，往往在於其對作品思想內容的精闢分析。例如評老舍的《駱駝祥子》：

> 特別出色的是祥子和虎妞之間婚前婚後的緊張關係的描寫，像茅盾在《虹》裡所寫梅和柳遇春的婚姻生活一樣，在這裡讀者像是爬上了現代中國文學的一個高峰，可以俯視赤裸裸的人生經驗的狂暴可怖，一點不溫情，說教或投合大眾趣味。[26]

又如，分析許地山《玉官》裡的女主角的性格特點：

> 從她的許多美德和弱點來看，玉官實在是個傳統的中國婦女的典型。即使在她最後覺醒之前，我們拿任何倫理規範來評論她，她都算得上是個很好的人。她是一個傳教士，作者自然可用一套宗教上的善惡標準去衡量她的一生。但要緊的是，這個宗教觀點，在小說裡並沒有替代了中國人一向遵守的道德標準。正因為作者同時採用這雙重的尺度，我們才能充分瞭解到她的弱點與深厚的人性。[27]

諸如這樣一些評論，往往能得讀者會心一笑，「因詩而知人、知世」也。

---

[24] 劉明今：《中國古代文學理論體系：方法論》，上海：復旦大學出版社，2000年版，第376頁。
[25] 夏志清：《中國古典小說史論》，胡益民等譯，南昌：江西人民出版社，2001年版，第15頁。
[26] 夏志清：《中國現代小說史》，第131頁。
[27] 夏志清：《中國現代小說史》，第66頁。

　　夏志清也曾經說過：「我從來不是馬克思主義信徒，可是我相信我們在美國研究中國小說的人，也應該開始注意文學作品與人生、社會、政治和思想互為因果的齒輪關係了。這種『一爐而冶』的研究方法，其實也不一定傷害到一部文學作品結構的完整。這方法絕對行得通。」[28]顯然，夏志清對文學與人生、時代、社會、歷史、政治的聯繫有著自覺的理解。實際上，夏志清此語是針對美國批評界研究文學過於重視文學內部結構，把文學與時代、社會背景割裂開來的研究方法和思路而發的，他甚至對一些批評家的做法不無揶揄：「專家讀小說，不是光為了自己過癮。他們死盯著一本書，精讀再三，務求他日發表一得之見。⋯⋯在這種情勢下，小說中的一枝一葉，必經眾人細心剖析，仿佛天下文章細微晦隱者莫過於此。」[29]夏志清受「新批評」影響之大論者已多有提及，然而夏志清對「新批評」過於注重形式之缺陷的洞見到底來源於哪？王德威論及「夏志清的野心」不僅在於「細讀文本」這類「新批評」的基本功夫，而是對文學形式內在道德意蘊的強調，他將夏氏對「新批評」缺陷的洞見歸之於其對李維斯（F.R.Leavis）「大傳統」的傳承[30]。雖然夏志清自己也曾在不同場合提到過自己對李維斯文學批評的服膺，然而，值得注意的是，夏志清對現代中國文學整體成就的評價前後曾經發生過較大轉變，正是在這一轉變中，我們或可探析夏志清知人論世的文學批評方法所折射出的微妙的心態變化。

（二）儒家入世情懷

　　在夏志清那篇名文《現代中國文學感時憂國精神》裡，他提出現代中國文學的一個重要特徵──感時憂國傳統，也就是作品所表現的道義上的使命感。如其所言，「現代的中國作家，不像陀思妥耶夫斯基、康拉德、托爾斯泰和湯瑪斯·曼那樣，熱切地去探索現代文明的病源，但他們非常感懷中國的問題，無情地刻畫國內的黑暗和腐敗」；但同時，「中國作家的展望，從不逾越中國的範疇」，他們「視中國的困境為獨特的現象，不能和他國相提並論」，「這種『姑息』的心理，慢慢變質，流為一種狹窄的愛國主義」[31]。正是這種狹窄的愛國主義使得現代

[28] 夏志清：《中國小說、美國批評家──有關結構、傳統和諷刺小說的聯想》，劉紹銘譯，《當代作家評論》2005年第4期。
[29] 夏志清：《中國小說、美國批評家──有關結構、傳統和諷刺小說的聯想》，劉紹銘譯，《當代作家評論》2005年第4期。
[30] 王德威：《重讀夏志清教授〈中國現代小說史〉──英文本第三版導言》，參見夏志清《中國現代小說史》，第34頁。
[31] 夏志清：《現代中國文學感時憂國精神》，參見《中國現代小說史》，第359頁。

中國文學脫離了普世軌道，淪為愛國宣傳的工具，因而夏志清「總覺得『同情』、『諷刺』兼重的中國現代小說不夠偉大；它處理人世道德問題比較粗魯，也狀不出多少人的精神面貌來。」[32]甚至「中國文學傳統裡並沒有一個正視人生的宗教觀」，因而「比不上發揚基督教精神的固有西方文學豐富」[33]。

　　由此，我們不難看出夏志清實際上是在拿中國現代文學與西方文學作比較，並且，西方文學廣闊的人性、宗教、世界視野正是矗立於中國現代文學面前的一支不可比擬的標杆。夏氏以西方文學為標準來衡量中國現代文學，這是不少論者對其冠以「西方中心」之名的根本原因所在，誠如他自己所說：「1952年開始研究中國現代小說時，憑我十多年來的興趣和訓練，我只能算是個西洋文學研究者。」[34]然而，到1978年撰寫《小說史》中譯本序時，他已坦承「對中國新文學看法之改變」[35]：「現在想想，拿富有宗教意義的西方名著尺度來衡量現代中國文學是不公平的，也是不必要的」，「中國新舊文學讀得愈多，我自己也愈向『文學革命』以來的這個中國現代文學傳統認同」，「我更珍視新文學這個傳統」[36]。在《人的文學》裡，夏志清對新文學傳統的內涵做了詳細的闡述：「我認為新文學的傳統，即是『人的文學』，即是『用人道主義為本』，對中國社會、個人諸問題，加以記錄研究的文學。」[37]而在《新文學的傳統》裡，夏志清則進一步說：「假如我們認為中國的文學傳統應該一直是入世的，關注人生現實的，富有儒家仁愛精神的，則我們可以說這個傳統進入二十世紀以後才真正發揚光大，走上了一條康莊大道。」[38]

　　仔細分析夏志清前後的轉變，不難發現，夏志清在逐漸向中國文學的實際情形靠近。如果說，文學作品思想內容中的人性、人生、社會道德等方面的內涵一直是夏氏文學批評所注重的，那麼，早期的夏志清多年浸潤於基督教精神影響下的西方文學，更為看重作品內在的普世價值，因而對中國文學及其所表現的中國社會現實，難有同情之理解。隨著對中國文學傳統的深入瞭解，夏志清後期的現代中國文學研究，逐漸能對關注現實人生、針砭時弊的寫實、入世精神有所體認。對於「知

---

[32] 夏志清：《中國現代小說史·中譯本序》，參見《中國現代小說史》，第14頁。
[33] 夏志清：《中國現代小說史·中譯本序》，參見《中國現代小說史》，第13頁。
[34] 夏志清：《中國現代小說史·中譯本序》，參見《中國現代小說史》，第11頁。
[35] 夏志清：《中國現代小說史·中譯本序》，參見《中國現代小說史》，第15頁。
[36] 夏志清：《中國現代小說史·中譯本序》，參見《中國現代小說史》，第14-15頁。
[37] 夏志清：《人的文學》，參見《談文藝 憶師友》，第102頁。
[38] 夏志清：《新文學的傳統·自序》，參見《新文學的傳統》，第2頁。

詩」來說，這不正是一種「知人、知世」的表現嗎？

　　在夏志清闡述其對中國現代文學態度轉變的文章《人的文學》裡，其最重要的論析對象便是周作人，其關於中國現代文學之「人的文學」傳統的概括更是直接得自周作人早年提出的「人的文學」觀點。而關於周作人，他做如下論斷：「他是無休止向古人認同：理學傳統圈外，竟還有不少思想活潑、頭腦開明而關注民間疾苦的讀書人。這些讀書人，他認為延續了真正儒家的傳統。」[39]所以，他「讀中國現代文學，讀到舊社會的悲慘故事」，「總不免動容，文字的好壞反而是次要的考慮。只要敘述是真情實事，不是溫情主義式的杜撰」，「總覺得有保存價值，值得後人閱讀回味」[40]。他認為：「當代讀書人和古代讀書人的最主要區別，即是我們在自由世界裡生活，充分享受了知識份子的權益，也多少盡了知識份子的責任，看到任何不公不平的事情，至少沒有人來剝奪我們的發言權」[41]。由此，我們看到一個思想更加包容、成熟，欲為世間不平盡言的儒家知識份子，而不僅僅是當初那個多少有點「不近人情」的文學批評家。

　　不僅如此，夏志清的儒家情懷，還表現在他對中國古代文化不人道一面的深惡痛絕、對革命暴力的反感、對宗教觀念愈來愈淡薄的當代西方文化的失望，顯示出其嚴肅、保守的文化立場及儒家「道統」意識。

　　再回到夏氏的「感時憂國」之說，王德威的反問尤其值得深思：夏氏提出「感時憂國」之說的同時，其本人是否也顯出了一種「感時憂國」的心態？[42]夏志清對中國現代文學整體狀況的批判，實際上包含著的正是對中國文學走向、中國文化命運的關切和憂慮，深蘊其中的，正是其儒家入世精神。由此可見，在夏志清的精神視景裡，儒家入世精神是一以貫之的，只不過，後期更加明顯、自覺而已──而這正是其「知人論世」之中國內在精神基礎及特質。

三、中西結合之通觀整合思維

　　中西比較是夏志清中國現代文學研究的一個非常鮮明、重要的特色，如本節開頭所言，其文學著述中隨手拈來的西方作家、作品便是明證，由此而來的「西方中心」論調在學界似乎也已經成為一種主流。然

---

[39] 夏志清：《人的文學》，參見《談文藝憶師友》，第109頁。
[40] 夏志清：《人的文學》，參見《談文藝憶師友》，第104頁。
[41] 夏志清：《人的文學》，參見《談文藝憶師友》，第105頁。
[42] 王德威：《重讀夏志清教授〈中國現代小說史〉──英文本第三版導言》，參見夏志清《中國現代小說史》，第38頁。

而，正如前文所論述的，夏志清的中國現代文學研究中，其實蘊藏著豐富的中國傳統文論話語因素，而不是那麼「西方中心」。因此，與其說夏志清是「西方中心」的，不如說其是「中西結合」的。

在前文所作分析中，無論是文學感性之才性論批評、體悟式批評，還是作家生平、社會時代背景之知人論世方法、儒家入世情懷，都隱約可見「中西結合」的影子。夏志清重視作家感性進而凸顯作家個性的才性論批評，雖在注重作家創作個性及風格方面與才性論批評不謀而合，其實質卻不是著眼於「人」的人物品鑒，而更多是著眼於「文學」的風格評論，其批評的出發點更可能是西方的文學性標準。因而，才性論批評在夏志清的文學批評中，毋寧說是西方文學性與中國風格論的結合。而夏氏以注重個人閱讀體驗為特徵的體悟式批評，既有別於中國古代傳統的印象式批評，又與西方人文學科「科學化」趨勢針鋒相對，可以說是中國古代印象式批評及西方科學精神的結合物。同理，夏志清的知人論世方法在對「新批評」極端形式主義的反撥中內蘊中國的儒家入世情懷，其潛在的前提便是對「新批評」從理論到實際文學批評的熟悉和洞察。由此可見，對中西文學及文學批評理論方法優缺點的了然於胸，使夏志清在其中國現代文學研究中隨時以西補中或取中補西，中西結合而達到融會貫通的程度。黃維樑在他那篇深得夏志清本人認同的評夏文章《文學博士夏志清》中總結出夏志清文學批評的「三通」——通識（博觀作品熟悉理論）、通達（思想技巧並受重視）、通變（匯通眾說以創新見）[43]，認為「通」實可謂夏志清文學批評的根本特點。實際上，黃維樑這一「三通」觀點很大程度上是由中國古代文學批評家劉勰的「博觀」、「通變」說啟示而來，而劉勰的「博觀」、「通變」說及其以「體大而慮周」著稱的《文心雕龍》是中國古代由通觀整合思維所決定的集大成批評的代表。因而，可以說，夏志清融合中西而自成體系的中國現代文學批評體現的正是中國傳統的通觀整合思維。

儘管中西結合在夏志清的文學批評中已達到融會貫通的程度，本文所論其文學批評中的中國傳統文論方法、意識與思維亦只求吻合而不刻意區別孰中孰西，然而，一個必然的追問是：「中」與「西」兩種不同因素在夏志清的精神視景裡，分別是以何種方式存在的？

這就必須考察夏志清個人的求學經歷與治學領域的變化。出生於1921年的夏志清，在現代中國動盪憂患的環境中成長，1942年畢業於英

---

[43] 黃維樑：《文學博士夏志清》，參見《文化英雄拜會記：錢鍾書、夏志清、餘光中的作品與生活》，臺北：九歌出版社，2004年版，第68—80頁。

文系，1947年赴美之後，「從英國文學入手，自詩歌而詩劇，而小說，更擴展到西洋文學經典著作，然後轉折回來專攻中國古今小說」[44]。多年的西方文學閱讀與專業訓練的結果，使夏志清一開始研究中國現代小說史時，更像個「西洋文學研究者」，也使其中國現代文學研究一開始就顯示出明顯的「西化」特徵。對於自己治學領域的變化，夏志清也說過：「我至今覺得自己很幸運：先治西洋文學，再攻中國文學，一點也沒有走冤枉路……一個研究我國傳統任何一方面的學人，假如他對西洋文化並無較深入的瞭解，就吃了很大的虧。」[45]此語自然是就治學視野而言，然而，假如夏志清當初的「先治西洋文學」是一種幸運，多少帶有一點偶然性，那麼，他的「再攻中國文學」是否就是一種必然的選擇呢？以大多數海外華人批評家的選擇來看，這種猜想不無道理。對於海外華人學者來說，無論他們如何「西化」，「中國」作為文化血緣關係的傳統，終歸是他們的必然選擇。這種必然，帶有一種先天的感性。在論及小品文的「傳統的感性」時，夏志清說過這麼一句話：「一個作家，為了自覺地反抗培育他的傳統，或許容易接受一種新的信仰和哲學，但是他不可能僅憑意志去改變他的感性。」[46]這句話也適用於夏志清本人——就夏志清的中國文學研究而言，如果說西學是一種訓練，那麼以注重作家才性、批評家體悟、知人論世方法、儒家入世情懷等方式為特點的「中國批評傳統」就是一種「感性」的存在，在其接受多年西學訓練的思想背景裡，仍然不露痕跡地發揮著作用，顯示出「中國批評方式」在世界漢學界的獨特價值。

第二節　王德威：彼岸的中國「想像」

王德威（Wang, David Der-wei），臺灣大學外文系畢業，美國威斯康辛大學麥迪森校區比較文學博士。曾任教於臺灣大學、美國哈佛大學、哥倫比亞大學東亞系，美國哈佛大學東亞語言及文明系 Edward C. Henderson 講座教授、復旦大學「長江學者」講座教授。2004年獲選為臺灣「中央研究院」第25屆院士，2006年獲得「華語文學傳媒大獎」年度文學批評家等榮譽。英文著作有 *Fictional Realism in 20th-Century China: Mao Dun, Lao She, Shen Congwen*（1993年）、*Fin-de-siècle Splendor: Repressed*

[44] 林以亮：《稟賦‧毅力‧學問——讀夏志清新作〈雞窗集〉有感》，參見夏志清《雞窗集》，上海：上海三聯書店，2000年版，第1頁。
[45] 夏志清：《雞窗集‧自序》，參見《雞窗集》，第21頁。
[46] 夏志清：《中國現代小說史》，第93頁。

Modernities of Late Qing Fiction, 1849-1911（1997年）、*The Monster That is History: History, Violence, and Fictional Writing in Twentieth-century China* （2004年）等。中文著作有《從劉鶚到王禎和：中國現代寫實主義散論》（1986年）、《閱讀當代小說：臺灣‧大陸‧香港‧海外》（1991年）、《小說中國：晚清到當代的中文小說》（1993年）、《想像中國的方法：歷史‧小說‧敘事》（1998年）、《如何現代，怎樣文學？：十九、二十世紀中文小說新論》（1998年）、《被壓抑的現代性：晚清小說新論》（2000年）、《現代中國小說十講》（2000年）、《眾聲喧嘩：三〇與八〇年代的中國小說》（2001年）、《眾聲喧嘩以後：點評當代中文小說》（2001年）、《跨世紀風華：當代小說20家》（2002年）、《歷史與怪獸：歷史，暴力，敘事》（2004年）、《後遺民寫作》（2007年）等。編著《臺灣：從文學看歷史》（2005年）等文學選本多種，譯有福柯《知識的考掘》（1993年）。

　　作為繼夏志清、李歐梵之後在中國大陸影響較大的海外華人批評家，王德威為大陸學界所熟知應該始自其提出的晚清「被壓抑的現代性」命題，該命題「對中國現當代文學研究造成了強烈的衝擊，很少有一個中國現當代文學的命題『這樣被反覆談論』」[47]。針對王德威「沒有晚清，何來『五四』？」的呼聲及其亟亟為晚清文學重新定位的動作，論者或質疑其表面「多元」而實質「二元」的立論前提，或指責其沒有真正返回中國的歷史現場，回避對作為文學本質的語言的現代性的探討，或指出其深層的歷史方法的謬誤，總的來說，彈甚於贊，大多傾向於為「五四」作為中國「現代」文學的起點辯護[48]。然而，相對於「五四」，王德威把早前學界關於中國現代文學的研究範圍向前推至「晚清」，這樣一種研究取向，是否帶有些許探尋中國現代文學傳統的意味？以此為切入點，我們能否覓得王德威探尋傳統背後真正的中國「傳統」因素？

[47] 王曉初：《褊狹而空洞的現代性——評王德威〈被壓抑的現代性——晚清小說新論〉》，《文藝研究》2007年第7期。

[48] 參見冷露：《評王德威「被壓抑的現代性」說》，《中國現代文學研究叢刊》2002年第2期；林分份：《史學想像與詩學批評——王德威的中國現代小說研究》，《當代作家評論》2005年第5期；張志雲：《一個錯位的「晚清」想像——評王德威「被壓抑的現代性」說》，《雲南民族大學學報》（哲學社會科學版）第23卷第5期；吳福輝：《尋找多個起點，何妨返回轉捩點——現代文學史質疑之一》，《文藝爭鳴》2007年第7期；王曉初：《褊狹而空洞的現代性——評王德威〈被壓抑的現代性——晚清小說新論〉》，《文藝研究》2007年第7期等。

一、晚清文學研究與現代性反思

王德威在其名文《沒有晚清，何來「五四」？》的第一段末尾開宗明義提出：

> 在世紀末重審現代中國文學的來龍去脈，我們應重
> 識晚清時期的重要，及其先於甚或超過「五四」的開創
> 性。[49]

可見，「晚清」在王德威的現代中國文學研究中，最基本且首要的意義便是「現代中國文學的來龍去脈」的關鍵所在。換言之，王德威之重視晚清，目的之一就是探尋中國現代文學的傳統和發展去向。鑒於此，王德威在論述其所謂晚清「新舊雜陳、多聲複義」的現象時，特別重視晚清在歷史時間上與前之經典說部、後之現代小說的關係。如：《蕩寇志》使「小說與政治的主從關係，邁入了新的『技術』模式」，《品花寶鑒》使「小說與情色主體的辨證，也變得益發繁複」，「幾乎所有經典說部，從《水滸傳》到《紅樓夢》，均在此時遭到諧仿」；《浮生六記》、《何典》「對二十世紀作家的浪漫或諷刺風格，各有深遠影響」，《何典》還可視為「『五四』白話文學的又一先導」[50]。故此，傳統正是王德威所謂「被壓抑的現代性」第一個方向的題中之義——「它代表一個文學傳統內生生不息的創造力」[51]。

這一文學傳統的創造力的重要體現，便是王德威以晚清為結點而輻射開來的中國現代文學譜系。王德威把晚清小說歸納為四大文類：狎邪小說、俠義公案小說、醜怪譴責小說、科幻奇譚，並且認為這四個文類「預告了二十世紀中國『正宗』現代文學的四個方向」，其不僅在鴛鴦蝴蝶派、新感覺派、武俠小說中作為「潛存的非主流創作力依稀可辨」，而且即使在正統「五四」典律內的作品中，也有有意無意的「洩露」[52]；更重要的是，在二十世紀末兩岸四地的中文小說中，「中國文學已然重拾晚清即已開始、至今尚未完成的『發明』現代的工作」[53]。於是，在王德威的中國現代小說研究中，我們處處可見其對文學譜系的

---

[49] 王德威：《被壓抑的現代性——晚清小說新論》，宋偉傑譯，北京：北京大學出版社，2005年版，第1頁。
[50] 王德威：《被壓抑的現代性——晚清小說新論》，第4頁。
[51] 王德威：《被壓抑的現代性——晚清小說新論》，第10頁。
[52] 王德威：《被壓抑的現代性——晚清小說新論》，第55—56頁。
[53] 王德威：《被壓抑的現代性——晚清小說新論》，第15頁。

梳理：老舍、張天翼、錢鍾書、王禎和等的笑謔傾向；沈從文、宋澤萊、莫言、李永平等對「原鄉神話」的追逐；張愛玲、蘇偉貞、施叔青、朱天心等的現代「鬼」話；中國現代文學中母親形象、詩人之死、「革命加戀愛」敘述線索；從晚明到清代到現代的中國小說中的「惡」的敘述等等。在這一條條文學譜系的鏈條中，儘管王德威非常注重這些作品在相互影響之中的流變，但如此自覺且頻繁的類型化、單元化的比較研究，給人的印象則更多是對文學傳統的梳理。對此，王德威謂之「傅柯式的探源、考掘工作」[54]。探源溯流，在王德威的現代中國小說研究中，可以說是一項最基本的工作，或者說研究方法，正如其所說：「我的研究必須是歷史性的，即將當代論述置於知識與文學的傳統中考量」[55]。

事實上，王德威的學術譜系梳理指向的是二十世紀末的華語小說，其關於晚清文學的探討正是以「晚清說部與二十世紀末中文小說的潛在對話」作結，而這種世紀末與世紀末的對話，是以「眾聲喧嘩」為基本特徵的。王德威正是借此「提醒讀者注意『五四』之前與當代這兩個時代潛藏的對話交往，因此打開以往現代時期的頭尾座標」[56]。由此，我們可以看出王德威所探討的「晚清現代性」的特質及其與「『五四』現代性」的關係。王德威對這兩者關係最集中的表述是：

> 「五四」其實是晚清以來對中國現代性追求的收煞——
> 極倉促而窄化的收煞，而非開端。[57]

這句話包含兩個重要資訊：一是「五四」與晚清在中國現代文學中的起點地位，二是「五四」單一現代性對晚清多元現代性的窄化。借著十九世紀末與二十世紀末這兩個頭尾時代的對話，「五四」被擱置的同時亦被顛覆了，而王德威最終要彰顯的則是與「五四」單一現代性相對的晚清多元現代性。

可見，王德威的晚清文學研究的最終目的在於「對現代性的反思」，正如其所說，是為了「發掘多年以來隱而不彰的現代性線索。」[58]所以，王德威的晚清文學研究就並不是簡單的回歸傳統，而是

---

[54] 王德威：《被壓抑的現代性——晚清小說新論》，第56頁。
[55] 王德威：《被壓抑的現代性——晚清小說新論》，第55頁。
[56] 王德威：《被壓抑的現代性——晚清小說新論》，第366頁。
[57] 王德威：《被壓抑的現代性——晚清小說新論》，第56頁。
[58] 王德威：《被壓抑的現代性——晚清小說新論》，第5頁。

回到傳統中尋找現代性的起源和線索。

同時，王德威提倡眾聲喧嘩的晚清現代性，以此為真正的中國本土現代性而與「五四」爭奪中國文學現代性的話語權，這種本土現代性本身還包含著一層世界向度。因為「晚清之得稱現代，畢竟由於作者讀者對『新』及『變』的追求與瞭解，不再能於單一的、本土的文化傳承中解決」[59]，因而在王德威看來，中西對話及碰撞成了本土現代性的題中之義。因此，可以說，王德威對晚清文學及本土現代性的研究，內含傳統的維度，也有來自西方的影響。

二、想像史觀與「歷史怪獸」

王德威的探源溯流與文學譜系整理也顯示出其中國現代文學研究中的歷史意識。不僅如此，除了文學史本身的線索整理之外，其歷史意識還表現在以下一些方面。

其一，注重分析作家作品所處的時代社會背景，甚至引用歷史著述，如分析中國現代小說「革命加戀愛」敘述線索時對1927年大革命失敗前後社會政治的分析[60]；在討論茅盾、薑貴、安德列・馬婁三個人的小說中歷史敘述的運作前，引用了大段的歷史資料。

其二，除了文學作品本身，作家的人生經歷，甚至作家寫作的行為、讀者閱讀行為本身，亦成為其分析的對象，或者說文本。例如，論述「革命加戀愛」時，將作家文學創作中的革命敘述與其自身愛情經歷相結合，認為「他們『現實生活中』的愛情故事與他們的革命文學事業，產生極可觀的互動關係」[61]；又如，詩人之死的論述以詩人的自殺行為本身為研究對象，結合其創作，探析自殺、寫作與（後）現代性形成的極複雜的對話關係[62]。

其三，注重解讀作品深層的歷史、政治意識形態及其與現實政治的對話與互動關係，這應該是王德威文學研究的一大特色，或者說最大關注點。無論是晚清「被壓抑的現代性」的「五四」針對性、「小說中國」的由小說虛構中國，還是「歷史的怪獸」如何在一個世紀以來，以不同的形式肆虐中國，其文學研究總是以文學作品與歷史、政治意識形態的互動為旨歸。正如其所說：「小說、歷史、政治間錯綜糾纏的關

---

[59] 王德威：《被壓抑的現代性——晚清小說新論》，第6頁。

[60] 王德威：《歷史與怪獸：歷史・暴力・敘事》，臺北：麥田出版社，2004年版，第19—95頁。

[61] 王德威：《歷史與怪獸：歷史・暴力・敘事》，第64頁。

[62] 王德威：《歷史與怪獸：歷史・暴力・敘事》，第155—225頁。

係，是二十世紀中國小說最重要的課題之一」，「現代小說自文類的形成、內容與形式的取捨，在在見證意識形態及權力的角逐，而小說與歷史間所謂的虛實對話，永遠是帶有政治意味的好戲」。[63]

在王德威的中國現代文學研究中，「歷史」無所不在，正如其自承：「文學與歷史的互動一向是我所專注的治學方向」[64]。但是讓人迷惑的是，歷史在其文學研究中的地位似乎超越了文學本身而成為主角，而且除了文學譜系整理與時代社會背景分析，小說與作家、小說與歷史及政治的虛虛實實、交互錯綜的關係處處挑戰著讀者對「歷史」傳統理解的界限。這讓人不得不思考王德威對於「歷史」的理解和定義，以及歷史與文學的關係。

早在「晚清現代性」提出的時候，就有論者指出王德威史學方法中的「想像」成分。所謂「被壓抑的現代性」是基於想像的結果，這點王德威並不諱言。在他看來，「比起『五四』之後日趨窄化的『感時憂國』正統，晚清毋寧揭示了更複雜的可能」，而「有幸發展成為史實的，固屬因緣際會，但這絕不意味著稍稍換一個時空座標，其他的契機就不可能展現相等或更佳（或更差）的結果」，所以，「作為文學讀者，我們卻有十足能力，想像歷史偶然的脈絡中，所可能卻並未發展的走向」。[65]王德威之返回晚清，正是為了想像那段沒有成為史實的「歷史」，或者說，想像才是王德威得以返回晚清的途徑。那麼，王德威何以這麼自信，憑想像即可返回歷史？進一步閱讀王德威的其他相關著述，即可發現，「想像」其實是根植於王德威所謂歷史的概念中的。

在《歷史‧小說‧虛構》一文中，王德威系統闡述了自己對「歷史」的看法。其主要吸取西方闡釋學家與新歷史主義者的相關觀點，認為他們的理論「提醒我們注意到大多數學者所忽略的歷史『寫作』層面」，而「歷史可視為一種擁有本身話語類型的敘事陳述」，所以，「只有在我們認清歷史具有『文本特質』（textuality）及敘述活動性質之時，我們才能開始討論歷史話語陳述；而歷史陳述『可信度』的達成主要並非僅根據眾說紛紜的『事實』，而是來自人類對事物『可理解性』（intelligibility）所作的努力。」[66]可見，在王德威看來，作為一種敘述活動的歷史，本質上帶有與文學類似的虛構性質，這樣一來，想像

63　王德威：《小說中國——晚清到當代的中文小說》，第13頁。
64　王德威：《歷史與怪獸：歷史‧暴力‧敘事》，第5頁。
65　王德威：《被壓抑的現代性——晚清小說新論》，第2、8、9頁。
66　王德威：《想像中國的方法：歷史‧小說‧敘事》，北京：生活‧讀書‧新知三聯書店，1998年版，第299、301頁。

歷史又有何不可呢？歷史學家通過歷史遺跡、史籍想像歷史，而王德威則通過文學文本及創作活動想像歷史，在這個意義上，二者可謂殊途同歸。於是，歷史與小說的界限開始模糊。

在確定歷史的虛構性的基礎上，王德威進一步確認小說虛構歷史的作用：「比起歷史政治論述中的中國，小說所反映的中國或者更真切實在些」[67]，「相對於歷史敘事，我以為文學虛構反而更能點出二十世紀中國所經歷的晦暗與不明」[68]。他於是主張「小說之類的虛構模式，往往是我們想像、敘述『中國』的開端」，而他的目的，卻「不在於藉小說來補充、映照所謂歷史事件的原貌，而在於指證小說與歷史敘述、虛構與事實間，相互辯證、運作的錯綜關係」[69]。王德威還進一步強調：「我們如果不能正視包含於國與史內的想像層面，缺乏以虛擊實的雅量，我們依然難以跳出傳統文學或政治史觀的局限」，因此，他「一反以往中國小說的主從關係」，提出「小說中國是我們未來思考文學與國家、神話與史話互動的起點之一。」[70]

王德威「想像」、「虛構」的歷史觀對西方相關理論的借鑒是明顯的，但卻對中國讀者的傳統史觀造成了很大衝擊。實際上，王德威對自己有別於中國傳統的史觀是有著非常自覺的認識的。他認為中國古典小說所涵藏的歷史話語「不僅意指中國古典小說慣於指涉或擷取官方或半官方史學著作中的技巧、主題甚或角色與背景，同時也涵蓋一似真寫真實模式——這種寫真實模式不論其素材為真為假、史學上信而有征或僅系虛構，均要求作者與讀者將之視為一『有意義』的歷史記載」[71]；這一歷史話語作為一種「道德指導原則，或作為解釋不可能存在事物的立論基礎」，「毋寧是提供我們研究歷史時一個優先考慮的理念，也就是我們期望從過去學到某些『有意義』的東西」[72]。在此，王德威以「似真」代替傳統的「模擬」，在承認文學對客觀事物擬仿的同時，也提醒我們注意文化歷史環境塑造「真實」感的動機，而「擬仿」是有別於「模擬」的，意在忠實複製世界表像[73]。換言之，王德威不僅顛覆了中國傳統史觀對「真實」的信仰，而且，試圖探討形成這一信仰的背後的文化、歷史與政治機制。這正是王德威注重解讀作品深層的歷史、政治

[67] 王德威：《小說中國──晚清到當代的中文小說》，第3頁。
[68] 王德威：《歷史與怪獸：歷史‧暴力‧敘事》，第6頁。
[69] 王德威：《小說中國──晚清到當代的中文小說》，第4、32頁。
[70] 王德威：《小說中國──晚清到當代的中文小說》，第4頁。
[71] 王德威：《想像中國的方法：歷史‧小說‧敘事》，第303頁。
[72] 王德威：《想像中國的方法：歷史‧小說‧敘事》，第304頁。
[73] 王德威：《想像中國的方法：歷史‧小說‧敘事》，第314頁。

意識形態及其與現實政治的對話與互動的原因。

　　有趣的是，王德威受西方闡釋學與新歷史主義影響非常大的「想像」史觀，在衝擊中國傳統史觀的同時，卻又在中國史學敘述的傳統中找到了依據。如其在《歷史與怪獸：歷史，暴力，敘事》一書的「序論」中所寫：該書書名中的「怪獸」「其實頗有所本，指的是遠古傳說中的『檮杌』。檮杌典出《神異經》，這種怪獸外表怪誕，本性凶劣，且好鬥不懈」[74]。而耐人尋思的是，在《孟子》中，檮杌也是歷史的代稱；在晚明《檮杌閑評》中，檮杌「既是對歷史的投射，也可延伸為說書人對小說地位的反省」[75]。因此，「檮杌」一詞在中國傳統敘述中經歷了「由怪獸到魔頭、惡人、史書、小說的轉變」[76]。王德威的「想像」史觀雖不是直接受此啟發而產生，但對「檮杌」的探源溯流和發現使他感歎「我們對傳統裡面各種年代知識份子文人對歷史等問題的思考，卻視而不見，或注意不夠」，因此在做現代文學史的時候，也「特別希望強調這個傳統的層面」[77]。

　　但是，如前所述，在王德威的文學研究著作中，歷史的分量甚至超過文學本身──不僅極少對作家作品做直接的評價定位，而且其以文學譜系、類型與單元模組展開的現代中國文學研究，貌似分門別類地把眾多的作家作品網羅其中，但最重要的仍不過是其事先劃分好的類別和線索，也就是其設想中的歷史與意識形態內涵。這就如同以網捕魚，或許由於漁翁太在意自己手中的漁網結不結實、好不好看，反而忽視了網中的魚是否大，甚或是不是魚。而且，歷史、政治與意識形態在王德威的文學批評系統中並沒有細緻的區別，混為一談似乎也無不可，從而更使其文學研究顯示出一種泛文化的特徵。對此，曾有論者指出：「晚清小說在王氏的眼中不再是一個自我滿足的封閉的系統，而是一個開放的文化研究的讀本」[78]，這句話用在王德威的現代中國文學研究中也未嘗不合適。

三、多元循環觀念與中國傳統辯證思維

　　閱讀王德威的現代中國文學研究著作，不難發現，「辯證」、「否

---

[74]　王德威：《歷史與怪獸：歷史・暴力・敘事》，第8頁。

[75]　王德威：《歷史與怪獸：歷史・暴力・敘事》，第9頁。

[76]　王德威：《歷史與怪獸：歷史・暴力・敘事》，第9頁。

[77]　李鳳亮：《二十世紀中國文學研究的整體觀及其批評實踐──王德威教授訪談錄》，《文藝研究》2009年第2期。

[78]　徐萍：《行走於真實和虛構之間──論王德威的小說觀》，《語文學刊》2006年第8期。

定」、「曖昧」、「對話」、「循環」、「迴旋」、「吊詭」等詞語出現的頻率非常高，而這些詞語給人的感覺總體上是不確定、閃爍、矛盾的。不妨看看一些例子：

辯證：「我的目的，不在於藉小說來補充、照映所謂歷史事件的原貌，而在於指證小說與歷史敘述、虛構與事實間，相互辯證、運作的錯綜關係」[79]；「寫實小說內蘊一種否定的辯證（negative dialectic）。這種辯證顯示，作家越是書寫，越是暴露他們的無力感，顯示他們無法到達那個唯有透過革命才能達到的理想家國形態……革命行動的完成也可能指向革命書寫本身意義的作廢」[80]。

否定：「魯迅以驚見砍頭所象徵的意義崩裂起家，竟至自身迎向崩裂的主題、人物與風格，以作為對此一現象的批判。這不能不看做是一為求『全』卻自我割裂、否定的極致演出」[81]；「只要我們仍然視寫實主義為一種『否定的敘事策略』，用以反映（男性）作家對革命與愛情未曾實現或未能企及的欲望，白薇不無可疑的『寫實』作品，就有更大的探討空間」[82]。

曖昧：「我以為詩人（聞捷——筆者注）非常可能是從他曾堅信的『極權主義』教條中，汲取他『極端主義』的死亡動機。如此，他的死便為阿爾瓦雷的二分法添加了曖昧的層次」[83]；「在這部小說的歡息及眼淚背後，我們似乎也聽到一種捉摸不定的、曖昧的笑聲潛伏左右」[84]。

對話：「自殺、寫作與（後）現代性，在過去四十年間的中國文學史裡，形成了極複雜的對話關係」[85]；「沈從文在中期以後的作品中，似已逐漸體認是類寫作情景的吊詭性。而其最戲劇性的告白，則非《邊城》與《長河》兩作所形成之對話形態莫屬」[86]。

迴旋、循環：「當多數作家對共產黨興起作線性的、因果邏輯的描述，薑貴看到的卻是一種迴旋，在其中政治、道德、欲望的驅力相互糾纏，從而產生不可思議的畸形怪物」[87]；「張愛玲一脈的寫作絕少大

---

[79] 王德威：《小說中國——晚清到當代的中文小說》，第32頁。
[80] 王德威：《歷史與怪獸：歷史‧暴力‧敘事》，第25頁。
[81] 王德威：《小說中國——晚清到當代的中文小說》，第20頁。
[82] 王德威：《歷史與怪獸：歷史‧暴力‧敘事》，第59頁。
[83] 王德威：《歷史與怪獸：歷史‧暴力‧敘事》，第171頁。
[84] 王德威：《小說中國——晚清到當代的中文小說》，第61頁。
[85] 王德威：《歷史與怪獸：歷史‧暴力‧敘事》，第162頁。
[86] 王德威：《小說中國——晚清到當代的中文小說》，第255頁。
[87] 王德威：《歷史與怪獸：歷史‧暴力‧敘事》，第114頁。

志。以『流言』代替『吶喊』，重複代替創新，迴旋代替革命，因而形成一種迥然不同的敘事學」[88]；「合而觀之，這三位作家（指茅盾、薑貴與安德列・馬婁——筆者注）與作品間形成極有趣的對話關係：歷史與虛構、政治與文學、左派與右派、傳統與現代、集權與解放、大我與小我，東方與西方這些重要議題，在他們的生命與作品中相互滌蕩，循環質詰……」[89]。

　　這些詞語於王德威的筆下，小自一個作家及其創作行為本身、作家作品之間、一種文學潮流或寫作形式內部，大至其文學研究的根本指向——文學與歷史、意識形態內涵之間的關係，乃至其歷史發展觀，或為內部（或自身）的自我否定、質詰，或為二者之間的相互否定、對立與對話，甚至多者之間的相互映照。拋且這些詞語本身的具體意義不說，其所起的結構形式的作用，已足以讓人聯想到王德威文學研究的根本思維模式。那麼，這些詞語所反映出來的王德威的批評思維又是怎樣的呢？

　　單從字眼上看，這些詞語總體上的不確定、閃爍、矛盾特徵，與傳統的單一、確定價值觀背道而馳，卻與（後）現代的內在邏輯和精神特徵不謀而合。事實上，王德威在其文學研究中所大量採用的現代西方文學理論、批評方法，在很大程度上反映出其這方面的思維特徵。例如，探討詩人之死時對阿爾瓦雷（Alfred Alvarez）兩種追求「自我了斷」類型的借鑒、從後設敘事的角度解讀顧城的小說《英兒》、在討論臺灣女作家的邊緣詩學時對斯皮瓦克（Gayatri Spivak）邊緣觀點的引用等。閱讀其文學批評著作，讀者不難從中發現弗洛依德（Sigmund Freud）、德勒茲（Gilles Deleuze）、福柯（Foucault）、布希亞（Jean Baudrillard）、德里達（Jaques Derrida）、本雅明（Walter Benyamin）、巴赫金（Bakhtin）、熱納特（Gerard Genette）等大家的影子。而其中運用最多，在王德威的文學批評中起著重要的指導作用的，無疑是福柯的知識考古學和權力理論及巴赫金的對話與狂歡理論。對小說與歷史、意識形態互動關係的關注，對「眾聲喧嘩」的文學圖景的嚮往，這兩點王德威文學研究的重要特徵，或者說旨歸，皆來源於此，而其達到這兩種目的的途徑也就是運用這些文學批評理論所展開的解構和建構過程，也即通過否定作辯證思考，借曖昧模糊界限，用對話強調開放，以迴旋、循環反抗單一、線性。正如其所言：「由於巴赫金（Bakhtin）、

---

[88] 王德威：《張愛玲再生緣——重複、迴旋與衍生的敘事學》，參見劉紹銘、梁秉鈞、許子東編《再讀張愛玲》，濟南：山東畫報出版社，2004年版，第9頁。
[89] 王德威：《小說中國——晚清到當代的中文小說》，第33頁。

傅柯（Foucault）等人的述作影響，當代讀者應更能理解，每一個時代皆充斥著複雜的矛盾與衝突。」[90]曾有論者指出，「其對中國小說的解讀中，解構主義的幽靈每每遊弋其間，竟至成為其文本闡釋的一大頭彩。」[91]王德威亦不諱言自己對解構方法的運用：「『譴責』小說強烈的引導我們採取一種解構（deconstruction）的看法」[92]，「九十年代以來的作品告訴我們一個新的教訓：即便是那脆弱的詩學的正義也需加以解構，才能顯示歷史的不義」[93]。對此，林分份的評論更為肯定：「王德威在此亮出瞭解構思維的底牌。」[94]然而，在王德威的現代中國文學研究中，「解構」到底是一種方法，還是思維模式？這尚待商榷。

從前面提取的關鍵字語來看，可以發現其內涵相互之間具有一定的重疊、互補性。例如，「辯證」就常與「否定」一起使用，「曖昧」在模糊界限的同時亦是對原存界限的「辯證」思考，同理，「循環」相對「線性」也當然更具辯證色彩。因此，「否定」、「曖昧」、「循環」皆可視為達到「辯證」的方法或者途徑，在王德威的文學批評中，則表現為作家創作自身、一種文學思潮或創作形式內部自相矛盾的兩個方面，或者，作家作品之間、文學與歷史、意識形態之間錯綜複雜的關係。無論如何，終有「二元」的客觀存在。例如，小說—歷史敘述、虛構—事實、極權主義—極端主義、眼淚—笑聲、流言—吶喊、重複—創新、迴旋—革命、傳統—現代⋯⋯不勝枚舉。但是，讀者不難發現，在這些二元概念之間，王德威並不做簡單的「二選一」的是非判斷，而是更注重它們相互之間超越對立的更加複雜的關係，或否定，或曖昧，或循環。如果用一個詞語來概括，在王德威的文學批評中出現頻率同樣很高的「對話」應最為合適。通過否定、曖昧、循環的辯證思維，王德威突破了簡單的二元對立模式而達到對話的理想狀態。而超越二元對立的結果，在王德威的願景裡，自然是眾聲喧嘩的「多元」局面：就晚清小說而言，「呈現出一個多音複義的局面，其『眾聲喧嘩』之勢足以呼應當時那個充滿爆發力的時代」[95]；就二十世紀中文小說而言，則是整合

[90] 王德威：《被壓抑的現代性——晚清小說新論》，第10頁。
[91] 林分份：《史學想像與詩學批評——王德威的中國現代小說研究》，《當代作家評論》2005年第5期。
[92] 王德威：《從劉鶚到王禎和：中國現代寫實主義散論》，臺北：時報文化出版企業有限公司，1986年版，第75頁。
[93] 王德威：《被壓抑的現代性——晚清小說新論》，第374頁。
[94] 林分份：《史學想像與詩學批評——王德威的中國現代小說研究》，《當代作家評論》2005年第5期。
[95] 王德威：《被壓抑的現代性——晚清小說新論》，第21頁。

了「兩岸四地」（中國大陸、香港、臺灣、星馬）和北美地區華語文學創作、跨越以往「中央與邊緣、正統與延異的對比」的「眾聲喧嘩」新格局。另外，「迴旋」、「循環」還反映出王德威的文學、歷史發展觀。王德威對張愛玲的「迴旋」詩學的命名、對「毛派」問題螺旋循環式發展的揭示、對世紀末與世紀末文學對話中「迴旋不已的衝動」的洞察……處處向讀者訴說著其對捲曲內耗式審美的迷戀，以及對線性發展的反動。由此，「多元」、「循環」可以說是王德威現代中國文學研究中起根本性作用的兩個重要觀念，決定著其在空間座標上對眾聲喧嘩的文學格局的嚮往與在時間座標上對「反線性」的執著。這兩種觀念，正是王德威以解構為方法，進行辯證思維的結果。

　　王德威的辯證思維，以解構為方法而達至多元、循環的文學觀念，其「解構」方法如前所述雖是以西方現代文學理論為工具，然而「辯證」思維、「多元」與「循環」的文學觀念卻交織著中西兩種思維方式，反映出其在「中」與「西」之間的折中與取捨。

　　如前所述，王德威提出「晚清現代性」帶有顛覆「五四」現代性的潛在目的。如王德威所述：「我們無須視文學的現代進程——不論是在全球或地區層次——為單一、不可逆的發展。現存的許多現代性觀念都暗含一個今勝於昔（或今不如昔）的時間表。相對於此，我以為在任何一個歷史的關鍵上，現代性的顯現都是許多求新求變的可能相互激烈競爭的結果。然而這一競爭不必反映優勝劣敗的達爾文鐵律；其結果甚至未必是任何一種可能的實踐」[96]，此中「單一」、「不可逆」在極大程度上正是指向「五四」現代性。關於單一，王德威認為「其原因自西方的文化壟斷到中國的激烈的反傳統主義，不一而足」[97]；而關於線性，卻是西學東漸並以西方是尚的結果。在此，王德威表現出打破西方現代性話語霸權、尋找真正的中國現代性的拳拳苦心——「以西方為馬首是瞻的現代性論述，也不必排除中國曾有發展出迥然不同的現代文學或文化的條件」，「假若我們對中國文學現代性的瞭解，僅止於遲到的、西方的翻版，那麼所謂的『現代』只能對中國人產生意義」[98]。由這點出發，王德威以「循環」反「線性」，意欲尋找真正的中國現代性，卻與中國傳統辯證思維特質不謀而合。以中國為代表的東方辯證思維走的是循環式的封閉道路，以「兩極」和「中庸」為特徵；而西方辯證思維走的是螺旋式的上升道路，以「正——反——合」為特徵。前者導致折中的「和」，只能原地徘徊，不能前

---

[96] 王德威：《被壓抑的現代性——晚清小說新論》，第7頁。
[97] 王德威：《被壓抑的現代性——晚清小說新論》，第10頁。
[98] 王德威：《被壓抑的現代性——晚清小說新論》，第7、8頁。

進，後者則走向「合」，向上、向前發展[99]。「五四」現代性的線性發展觀儘管受西方現代自然科學進化觀的影響很大，恐怕也不能避免西方辯證哲學的螺旋式上升邏輯，而王德威的循環發展觀則在一定程度上顯現出與中國傳統辯證思維的相似之處。此其一。

其二，中國傳統辯證思維的最主要原則——「中和」，強調執其兩端而用其中，提倡事物的兼濟性與中和之美，可謂是對二元對立一定程度的超越，但其重在補充，主次之分非常明顯。相對而言，王德威以解構為方法，突破二元對立而走向對話，進而「多元」共存，雖然可能只是一種理想願景，但仍可謂是其借鑒西方而對中國傳統辯證思維的補益和發展，值得深思。

由上所述，可以看到，王德威以晚清現代性為起點而展開的現代中國文學研究中，中西兩種因素交織糾纏之關係異常複雜：他對晚清文學及本土現代性的研究，內含傳統的維度，也有來自西方的影響；而他受西方闡釋學與新歷史主義影響非常大的「想像」史觀，在衝擊中國傳統史觀的同時，卻又在中國史學敘述的傳統中找到了依據；最後，其以解構為方法、多元循環的辯證思維既符合中國傳統循環觀的時間邏輯，又以對話、多元對中國傳統辯證思維有所補益和發展。其中，「西方」因素尤為明顯，而「中國」因素反似無意識、不自覺的「洩露」，甚至可以說只是一種巧合。如果說，王德威的中國現代文學研究亦是其對中國的一種想像，這就讓人不得不思考：他的這種想像是否帶有太多西方的印跡？正如其所言：「浪跡國外，古中國的一切竟成為一種新的異國情調。」[100]

第三節　黃維樑：文論雕「龍」者

黃維樑，廣東澄海人。1969年畢業於香港中文大學中文系，獲學士學位；1976年獲美國俄亥俄州立大學文學博士。1976年至2000年任教於香港中文大學中文系，2003年起任臺灣佛光人文社會學院文學系教授。自1981年起，歷任美國、內地、臺灣多所大學客座教授，曾任香港作家協會主席，1992年起擔任香港作家聯合會副會長，2001年起擔任香港新亞洲出版社總編輯、新亞洲文化基金會秘書長。著有《中國詩學縱橫論》（1977年）、《怎樣讀新詩》（1982年）、《香港文學初探》（1986年）、《中國文學縱橫論》（1988年）、《中國古典文論

---

[99] 褚兢：《東西方哲學發端時期辯證思維之差異》，《萍鄉高等專科學校學報》1991年第1期。

[100] 王德威：《小說中國——晚清到當代的中文小說》，第245頁。

新探》（1996年）、《香港文學再探》（1996年）、《中國現代文學導讀》（1998年）、《中西文論比較》（2002年）、《期待文學強人：大陸臺灣香港文學評論集》（2004年）等學術論著；編著《中國現代中短篇小說選》（1984年）、《中華文學的現在和未來》（1994年）等多部書籍；著有散文《突然一朵蓮花》（1983年）、《大學小品》（1985年）、《至愛：黃維樑散文選》（1995年）等。曾獲梁實秋文學獎（翻譯獎）等多項寫作獎。

　　劉勰為解「文心」、析文采而寫出中國文學批評史上第一部體系嚴密、「體大而慮周」的文學理論專著——《文心雕龍》，而今，亦有一人竭力「讓雕龍成為飛龍」[101]，並以此為中心，為中國古代文論的現代轉化做了大量實際的工作——此人正是黃維樑。黃維樑在中國古代文論的現代轉化以及中國本土文論的體系建設方面具有非常自覺的意識，其所做的努力在文論嚴重「西化」的今天讓人印象深刻，其所雕之龍正是「中國」文論之龍。

　　黃維樑早期的《怎樣讀新詩》曾引起較大反響。例如有論者謂之「試驗一種中西統合的方法，把詩論帶向新境界」，在傳統與現代如何銜接上，「有實質的探討」[102]，較為準確地指出了黃維樑文學研究中主要和顯著的特點。然而，到目前為止，就筆者所見的材料，對黃維樑的相關論述大多集中於其散文寫作與香港文學研究方面[103]，而對其文論研究及對中國古代文論的現代實踐，除了在論述其文學研究中的中西比較方法時有所涉及之外[104]，還沒有專論對此做過較為系統、全面的探討。

---

[101] 黃維樑：《20世紀文學理論：中國與西方》，參見《讓〈文心雕龍〉成為文論飛龍——中國古代文論的體系建設與現代應用》（試行本），2008年10月編印，第8頁。《讓〈文心雕龍〉成為文論飛龍——中國古代文論的體系建設與現代應用》為作者編印的試行本，非正式出版，經作者本人同意授權使用。

[102] 游志誠（遊喚）：《文學批評的實踐與反思》，台中縣立文化中心編印，1993年，第265—278頁。轉引自黃維樑：《附錄二：〈怎樣讀新詩〉書評摘錄》，參見《新詩的藝術》，南昌：江西高校出版社，2006年版，第341頁。

[103] 散文方面，如林宋瑜：《割不斷的血脈——評黃維樑的兩部散文集》，《暨南學報》（哲學社會科學版）1992年第4期；朱壽桐：《寫出心靈的健康與壯碩——評黃維樑的散文創作》（此文中「黃維樑」誤作「黃維梁」——筆者注），《江蘇行政學院學報》2002年第3期；柳泳夏：《為香港文化辯護：黃維樑散文的憂患意識》，《湖北師範學院學報》2003年第1期。香港文學研究方面，如曹惠民：《「當前化」批評中的史家風度——評黃維樑的香港文學研究》，《評論和研究》1997年第4期；曾紹義：《有容乃大——略論黃維樑的中國文學研究》，《當代文壇》2001年第1期。

[104] 例如，程亞林：《實事求是地比較中西文論》，《文藝理論研究》2005年第4期；盧文芸：《黃維梁之縱橫論及其他——論香港沙田派文論家黃維梁的文學批評》（此文中「黃維樑」誤作「黃維梁」——筆者注），《海南師範學院學

聯繫到二十世紀九〇年代以來，大陸學界興起的那場幾可謂「曠日持久」的關於中國古代文論現代轉化的理論探討，黃維樑在相關方面的探索和實踐實屬難能可貴，對其所做探索的得失經驗進行研究總結也實為必要之舉。下文將從研究重點、研究方法、思維傾向三個方面對黃維樑的中國古代文論研究和實踐做比較全面的探討。

一、《文心雕龍》：中國文論的體系建設

　　《文心雕龍》研究是黃維樑中國古代文論研究的一個重中之重。雖然也曾對中國詩話詞話的批評手法做過比較系統的研究，但他認為：「體大慮周、高明而中庸的《文心雕龍》公認是中國古代文論的傑構，最宜優先成為重新詮釋、現代應用、向外輸出的文學理論。」[105]而其近年所做研究可概括為以《文心雕龍》為中心的三個「嘗試」：「嘗試通過與西方文論的比較，重新詮釋它；嘗試以中西文論合璧的方式，以《文心雕龍》為基礎，建立一具中國特色的文論體系」；「嘗試把它的理論，用於對古今中外的實際批評」[106]。如果說重新詮釋是中國古代文論研究必要的基礎工作，那麼，試圖以《文心雕龍》為基礎建立中國文論體系，並且應用於實際批評才是黃維樑文論研究的重點和目標所在。

　　黃維樑曾將《文心雕龍》與西方文學理論名著亞里斯多德（Aristotle）的《詩學》、韋勒克（Rene Wellek）和沃倫（Austin Warren）的《文學理論》，以及其他西方當代文學理論做比較，發現《文心雕龍》的視野比《詩學》和《文學理論》廣闊得多，亦能涵括許多當代西方文學理論，因而其架構是非常宏偉的，足可以為「國寶」而更好地利用和發揚光大[107]。

　　由是，黃維樑以《文心雕龍》為基礎建立了兩套中國文論體系——一謂「情采通變體系」，另一套體系黃維樑沒有給予命名，為了討論方便，筆者根據自己的理解，在這裡暫把它稱為「本體外延體系」[108]。兩

報》（人文社會科學版）2001年第4期。

[105] 黃維樑：《20世紀文學理論：中國與西方》，參見《讓〈文心雕龍〉成為文論飛龍——中國古代文論的體系建設與現代應用》（試行本），2008年10月編印，第7頁。
[106] 黃維樑：《20世紀文學理論：中國與西方》，參見《讓〈文心雕龍〉成為文論飛龍——中國古代文論的體系建設與現代應用》（試行本），第7頁。
[107] 黃維樑：《〈文心雕龍〉與西方文學理論》，參見《中國古典文論新探》，北京：北京大學出版社，1996年版，第57-65頁。
[108] 「本體外延體系」見於2006年10月南京「中國文學與文化的傳統與變革」學術研討會論文《以〈文心雕龍〉為基礎構建中國文學理論體系》，「情采通變體系」見於2007年10月香港「東西方研究國際學術研討會」論文《20世紀文學理論：中國與西方》。二文均收於黃維樑編印的《讓〈文心雕龍〉成為文論飛龍——中國古代文論的體系建設與現代應用》（試行本）。

套體系的主要架構如下：

情采通變體系	本體外延體系
情采	**文學通論**
詩言志	文學本體研究
聖賢書辭，總稱文章，非采為何	文學外延研究
情者文之經，辭者理之緯	
情采	風格‧文類
剖情析采（實際批評）	**實際批評及其方法論**
通變（文學史、分類文學史、比較文學）	**文學史及分類文學史**
文之為德也大矣（文學的功用）	

　　比較兩套體系，可以發現，其實際內容沒有分別，且實際批評和文學史是兩套體系共同的組成部分，區別則主要在於：

1、從語言表述上來說，情采通變體系採用的是中國古代文論的詞彙，為文言；本體外延體系採用的是現代的詞彙，是白話。

2、從體系建構的基點或者骨幹理論來說，情采通變體系更直接地以《文心雕龍》為基礎，以「情采」、「通變」這兩個具有一定統括作用的概念為骨幹；本體外延體系依據的是韋勒克和沃倫對文學研究的「內在研究」、「外延研究」二分法及「文學理論」、「文學批評」、「文學史」三分法。

3、從體系組成的具體細目來說，具體內容在歸屬的專案上互有交叉。例如，文學的功用在情采通變體系中被作為獨立的大項目單列出來，在本體外延體系中則應屬於文學外延研究；比較文學在情采通變體系中歸入「通變」一項，而在本體外延體系中，則應該屬於文學外延研究；在情采通變體系中，「情采」有兩大獨立分項——第一分項是對「情」、「采」各自含義、地位及其相互關係的闡釋，第二分項則是對風格、文類這兩種同時涉及情、采的文學概念的論述，這兩大分項的具體細目在本體外延體系中可能歸屬於文學本體或外延研究，不能一概而論，但「情采」如若放在本體外延體系中，則應屬於文學通論這一大部分；「剖情析采」這一項目限於「情」與「采」的含義，其所涉及的實際批評只能涵括劉勰「六觀」中的「四觀」，即位體、事義、置辭、宮商，另外「兩觀」——「奇正」與「通變」則歸入「通變」一項之中，而在本體外延體系中，實際批評可以完整地涵括「六觀」。

從整體上來說，本體外延體系層次更為分明，情采通變體系的各個綱目之間則有交叉重合之處，例如「情采」的第一分項和第二分項不能合而為一，「剖情析采」不能涵括「六觀」，從而使「通變」一項中亦包含實際批評的項目。然而，關於情采通變體系，黃維樑謂之「具有中國特色的文論體系」[109]。其中國特色應該主要指以下兩點：一是如上文所述語言表述用的是中國古代文論的文言詞彙，其所用作綱目的「情采」和「通變」也的確是中國文論中有著獨特內涵與統括作用的概念；二是情采通變體系實際上是由三大部分——（某一）文學作品（「情采」與「剖情析采」）、作品之間的相互比較（「通變」）、文學的功用（「文之為德也大矣」）組成，這一架構與本體外延體系有別，體現了中國人對文學認識的思維特點，同時，「比較文學」及「文學的功用」得到了強調。在情采通變體系中，文學的功用雖然也包括「文學的個人價值」，但無疑，「文學對國家社會的貢獻」作為《文心雕龍》儒家思想的主要體現，更具有中國特色——對文學的社會功用的重視是中國古代文論的一個非常重要的特色，甚至對現代文學亦產生了重大影響，使文學與政治的關係一度達到極為密切的程度。黃維樑將其單獨提出來作為一項，用心也應在此。關於比較文學，其本來是「先在西方興起」，但卻「成為最近數十年來海峽兩岸三地文學研究的一門顯學」[110]，黃維樑於此體系中突出「比較文學」，一個重要的目的自然是為了說明中國古代文論中本來就有比較文學思想，我們大可不必唯西方馬首是瞻。

然而，此情采通變體系之「中國特色」並不那麼純粹。首先，其所採用的中國古代文論文言詞彙在實際應用中須被「翻譯」成現代白話，就連其主要架構「情」、「采」也須對應理解為「內容」與「形式」，這是現代人理解文言的必要之舉。因而，這套以中國古代文言為語言形式的文論體系，仍必須藉助現代的語言和思維形式才能被充分理解和運用。其次，儘管黃維樑同時提出兩套體系的目的在於通過中西比較，以凸顯情采通變體系的「中國特色」，然而對「比較文學」的強調，本身就源自一種西方思維，更何況情采通變體系的總體架構還沒能擺脫韋勒克和沃倫「三分法」（文學理論、文學批評、文學史）的影響

此處分析兩種體系的異同及其所謂中國特色，並不是主張「中國特

---

[109] 黃維樑：《20世紀文學理論：中國與西方》，參見《讓〈文心雕龍〉成為文論飛龍——中國古代文論的體系建設與現代應用》（試行本），第7頁。

[110] 黃維樑：《中國文學縱橫論・發潛龍之幽光——新版自序》，參見《中國文學縱橫論》，臺北：東大圖書股份有限公司，2005年增訂二版，第1頁。

色」必得是古代的而完全排斥現代和西方因素，實際上，「古代文論現代轉換的出發點是如何處理古與今、中與西的關係這一問題」[111]。針對中國古代文論現代轉換問題，王元化先生提出的「三結合」——古今結合、中西結合、文史哲結合的方法，其中的兩個結合，就是針對古今、中西矛盾的。黃維樑建構的這兩套體系凸顯的正是古今、中西之矛盾。下面試從實際批評與中西比較的研究方法兩個方面分析黃維樑對這兩套體系的應用及其在「古今」、「中西」結合上的得失。

二、實際批評：中國古代文論的現代應用

　　夏志清先生在為黃維樑的第一本文學研究專著《中國詩學縱橫論》所做的序中說：「維樑專以詩話詞話作者『實際批評』手法的高下精粗來鑒定中國詩學傳統，可說還是創舉。」[112]此語點出了黃維樑中國古代文論研究的另一個重點，即對「實際批評」的重視。事實上，從博士論文的選題《中國印象式批評：詩話詞話研究》，到第一本學術專著，乃至其到目前為止的學術生涯，實際批評始終是黃維樑學術研究中的一個重點，更是其中國古代文論研究的焦點和目標所在。如其所言：「對文學理論的研究，我的興趣很大，可窮一生之力而為，但我卻不甘心只研究理論，更希望把理論研究之所得，落實於對作品的批評」[113]；「至於把中國古代文論應用於現代作品的實際批評，則似乎仍未成氣象」[114]。故此，黃維樑希望「『古為今用』這顆文論的新星」「光焰萬丈長」，以證明中國古代文論的價值[115]。

　　在中國古代文論研究中，黃維樑對實際批評的重視主要表現在：一是對古代文論實際批評手法的理論研究，二是從古代文論中提取具有現代適用性的觀念和批評方法，古為今用。在古代文論實際批評手法的理論研究方面，黃維樑著力最多的就是印象式批評。然而，有趣的是，黃維樑從古代文論中所提取的具有現代適用性，並認為可以廣泛應用的批評方法卻並不是印象式批評，而主要是來自《文心雕龍》的一系列理論，尤其是「六觀」說。

　　黃維樑以《文心雕龍》為基礎建立中國文論體系，並致力於將之應

---

[111] 蔣述卓、劉紹瑾、程國賦、魏中林等：《二十世紀中國古代文論學術研究史》，北京：北京大學出版社，2005年版，第150頁。

[112] 夏志清：《中國詩學縱橫論・序》，參見黃維樑《中國詩學縱橫論》，臺北：洪範書店有限公司，1982年版，第6頁。

[113] 黃維樑：《中國文學縱橫論・原序》，第2頁。

[114] 黃維樑：《中國古典文論新探・後記》，第166頁。

[115] 黃維樑：《中國古典文論新探・後記》，第166頁。

用於文學的實際批評，其「應用」具有顯性與隱性之分──「顯」在於其對《文心雕龍》一系列理論的大力推介和著意應用，即為了應用這些理論特意選擇合適的文學作品而做的批評文章；「隱」則在於《文心雕龍》對其文學批評的影響，這種影響是潛移默化的，非刻意為之。

（一）對《文心雕龍》的顯性應用

為了在實際批評中具體應用《文心雕龍》的相關理論，黃維樑曾寫過多篇文章，專門使用《文心雕龍》的理論來批評古今中外的文學作品。這種目的性從這些文章的題目就可以看出來，例如《讓雕龍成為飛龍──〈文心雕龍〉理論「用於今」「用於洋」舉隅》、《炳耀仁孝，悅豫雅麗──用〈文心雕龍〉理論析評韓劇〈大長今〉》、《「重新發現中國古代文化的作用」──用〈文心雕龍〉「六觀」法析評白先勇的〈骨灰〉》等。黃維樑對《文心雕龍》理論的顯性應用既有從總體上著手，即以《文心雕龍》為一個評價文學的完備體系對某一作家作品進行較為全面的析評，也有以《文心雕龍》中的某一理論為中心展開，例如實際批評的「六觀」法、關於文學作品結構的理論、文學史思想等進行的重點發揮；有對作家作品的評論，也有對電視劇的評析；評析的作品更是包含古今中外。黃維樑「刻意」以此證明《文心雕龍》理論之「可轉換、可轉化、可採用」[116]。

1.對《文心雕龍》的體系性應用

為了把《文心雕龍》的理論體系應用於文學批評，黃維樑特意寫了一系列批評文章。例如，餘光中之「詩心文心與《文心雕龍》仿佛深有感觸」，可謂「藻耀而高翔，故文筆之鳴鳳也」──其用以寫散文的「金色筆」「取熔經意，自鑄偉辭」，用以寫詩的紫色筆「比義敷華，首尾周密」，用以評論、編輯、翻譯的「黑筆」、「紅筆」「藍筆」則「照辭如鏡，平理若衡」[117]；紅遍亞洲的韓國電視劇《大長今》以儒家思想為主導，強調人要「發揮事業，炳耀仁孝」，尤其是其主角大長今集諸種美德於一身，已臻聖者的境界，在表現手法上則是「辭淺會俗，奇悅雅麗」[118]；餘光中的《聽聽那冷雨》開頭即以春雨感染人，更透過

---

[116] 黃維樑：《20世紀文學理論：中國與西方》，參見《讓〈文心雕龍〉成為文論飛龍──中國古代文論的體系建設與現代應用》（試行本），第7頁。

[117] 黃維樑：《余光中的「文心雕龍」》，參見《讓〈文心雕龍〉成為文論飛龍──中國古代文論的體系建設與現代應用》（試行本），第30-38頁。

[118] 黃維樑：《炳耀仁孝，悅豫雅麗──用〈文心雕龍〉理論析評韓劇〈大長今〉》，參見《讓〈文心雕龍〉成為文論飛龍──中國古代文論的體系建設與現

想像以及比喻、誇飾、麗辭、聲律等藝術手法，表達了對鄉土文化的懷念；馬丁・路德・金的《我有一個夢》以比喻和對比把劉勰《麗辭》篇和《比興》篇的要義發揮得淋漓盡致，其通過和平手段爭取黑人自由與平等的主題正是比喻、麗辭、排比凝聚表達出來的[119]。由這些專門應用《文心雕龍》的理論所做的評論，可發現黃維樑對《文心雕龍》進行體系性應用的一些特點。

首先，對《文心雕龍》的引用比比皆是——或在分析作品之後徵引之，以說明作品與《文心雕龍》理論的契合之處；或先提出理論，而後以作品的具體體現來印證之；或直接以之形容作家作品的特點。

其次，總的思路都是從「情」和「采」兩方面對作品加以析評——作品以怎樣的辭采，表現了什麼主題與感情，其總的結構和風格如何。這正如黃維樑在評析《大長今》時明確所說：「對文學作品的評論，離不開『剖情』和『析采』二大項目。」[120]

第三，根據評析對象的具體特點，適當應用某些理論。例如，對一個作家（例如余光中）的創作的整體評價，以「通變」理論解析其繼承與創新的特點；對適合的對象，例如余光中詩文中的感時憂國之思，「文學的功用」便派上了用場。

從以上分析可見，黃維樑對《文心雕龍》理論的體系性應用，基本上採用的是「情采通變體系」的思路；而在進行作品的實際批評之前，也基本上都會先對「情采」進行一番「內容」與「形式」之類的解釋，或者說是古今「翻譯」。

2.對「六觀」說的重點發揮

「六觀」是劉勰在《知音》篇提出的從事作品批評時應觀察的六個方面——位體、置辭、通變、奇正、事義、宮商。黃維樑幾乎是「驚喜」地發現了「六觀」說：「……《辨騷》一篇，是中國古代罕見的實際批評佳構，是一個現代實際批評的雛形」[121]。於是，他大膽地對「六

代應用》（試行本），第45-53頁。

[119] 黃維樑：《讓雕龍成為飛龍——〈文心雕龍〉理論「用於今」「用於洋」舉隅》，參見《讓〈文心雕龍〉成為文論飛龍——中國古代文論的體系建設與現代應用》（試行本），第39-44頁。

[120] 黃維樑：《炳耀仁孝，悅豫雅麗——用〈文心雕龍〉理論析評韓劇〈大長今〉》，參見《讓〈文心雕龍〉成為文論飛龍——中國古代文論的體系建設與現代應用》（試行本），第45頁。

[121] 黃維樑：《現代實際批評的雛形——〈文心雕龍・辨騷〉今讀》，參見《中國古典文論新探》，第8頁。

觀」說進行現代改造，調整次序，對其具體意義進行有所取捨、引申的闡釋，並釐清了「六觀」之間的相互關係，由此形成了一個「現代化」了的「六觀」說：

第一觀	位體	作品的主題、體裁、形式、結構、整體風格	整體大觀	作品本體論
第二觀	事義	作品的題材、所寫的人事物等種種內容，包括用事用典	局部紋理	
第三觀	置辭	作品的用字修辭		
第四觀	宮商	作品的音樂性，如聲調、押韻、節奏等		
第五觀	奇正	作品的整體手法和風格，是正統還是新奇的	文學史或比較文學角度	
第六觀	通變	作品的整體表現，如何繼承與創新		

此表根據黃維樑《重新發現中國古代文化的作用——用〈文心雕龍〉「六觀」法評析白先勇的〈骨灰〉》一文（《中國古典文論新探》第10-11頁）相關內容整理得出。

黃維樑認為「六觀」說是《文心雕龍》「全書大體系中的一個小體系，它在實際衡量作品上，照顧周到，其理論極具實用價值」，從而主張「以『六觀』說作為評騭作品的一個理論體系，把它應用於當代文學作品的實際析評」[122]。他不僅根據「六觀」說逐條分析、實際批評白先勇的小說《骨灰》和范仲淹的《漁家傲》，更通過論析當代十篇批評文章（黃維樑在論述之前特別提到這十篇文章的代表性，即這十篇文章的作者包括大陸、香港、臺灣、海外的華人批評家，所評作品則囊括由古至今各個文類的作品）所注意的專案都「離不開六觀說的範疇」來證明「六觀」說的實用性及普遍性價值。

黃維樑從古代文論中提取具有現代適用性的批評方法並應用於現代文學批評，這一古為今用的過程實際上包含兩個層次：首先是對相關批評方法的現代闡釋，其次才是具體應用於實際批評。在對相關批評方法的現代闡釋方面，黃維樑一方面綜合各家進行增益補充，例如對位體、事義的解釋；另一方面則是大刀闊斧地斫刪砍減，只取大體的、概括性的意義或最重要的精神實質，例如對奇正、通變之別忽略不計，只「把它們當作用比較、用透視的方法來衡量作品的整體風格和成就」[123]；最

---

[122] 黃維樑：《〈文心雕龍〉「六觀」說和文學作品的評析——兼談龍學未來的兩個方向》，參見《中國古典文論新探》，第26-27頁。

[123] 黃維樑：《重新發現中國古代文化的作用——用〈文心雕龍〉「六觀」法評析白

後，還運用系統思維，理清各個要素之間的關係，力求聯結各點，形成一個體系。應該說，黃維樑所做的闡釋是比較成功的，至少可以讓讀者從紛繁複雜、眾說紛紜的古代文論名詞解釋中解脫出來而有了一個較為清晰明瞭的認識。而在具體應用方面，以黃維樑對《骨灰》及上述十篇批評文章的分析而論，則難免給人「對號入座」的機械印象。黃維樑對此亦有自覺的認識：「評析作品時，我們如果一律一、二、三、四、五、六觀地採用此法，則寫出來的論文極有可能流於機械化，非常單調」，「不提倡這種模式化的文學批評寫作」[124]。這讓人不得不感歎，相對於理論闡釋，「古為今用」實踐之尤為艱難。蔣述卓先生在《論當代文論與中國古代文論的融合》一文中曾提到：

> 古文論研究關鍵的問題在於沒有真正做到「今用」，古代文論的研究者很難把自己的研究心得與當代文學理論和批評實踐結合起來，而當代的批評實踐和理論研究則更多採用西方的文學批評理論、方法和術語。[125]

黃維樑同時涉獵中國古代文論研究和當代文學批評，所做的正是上述當代文論與中國古代文論融合的實踐，可謂難能可貴。但是，疑問仍然存在：古代文論的現代運用如何才能不露痕跡，或者說更為自然？這一問題提醒我們還應該注意的是，《文心雕龍》對黃維樑現代文學研究可能起到的隱形影響。

（二）《文心雕龍》的隱性影響

黃維樑自稱「新古典主義者」，在詩歌評論中，「肯定新詩的價值，評論時主要秉持中國、西方的古典詩學原則」[126]。雖然此「古典」不乏西方的影響，但《文心雕龍》在其赴美之前，於香港讀大學時就已深入其心，因此我們有理由相信，《文心雕龍》的影響應該更持久深入，甚至對其在美求學時的知識選擇和理論思考起著一定程度上的潛導向作用。

先勇的〈骨灰〉》，參見《中國古典文論新探》，第11頁。
[124] 黃維樑：《中華文化「春來風景異」——用〈文心雕龍〉六觀法析范仲淹〈漁家傲〉》，參見《讓〈文心雕龍〉成為文論飛龍——中國古代文論的體系建設與現代應用》（試行本），第22頁。
[125] 蔣述卓：《論當代文論與中國古代文論的融合》，《文學評論》1997年第5期。
[126] 黃維樑：《新詩的古典主義者·自序》，參見《新詩的藝術》，南昌：江西高校出版社2006年版，第2頁。

　　黃維樑文學批評的新古典主義主張主要體現在新詩評論中。他主張詩要明朗而耐讀——「明朗則不會艱深晦澀，耐讀則不致淺陋無味」[127]。因而，他不欣賞「現代」或「後現代」晦澀、怪異的作品，也認為「五四」初期的很多白話詩及三十年來大陸的新詩，一般來說，都失諸太淺；卞之琳和餘光中才是其「『新古典主義』詩藝的典範」[128]。

　　詩要明朗，這是古典主義對感情節制、形式均整要求的結果。黃維樑高度重視詩的邏輯性，「豐富的想像之舟，還得有個頭腦清醒的舟子來導航。邏輯、秩序等知性因素，必須發生作用，使感性不會氾濫成災，亂作一團。」[129]與此相對應，黃維樑要求「圓融的詩，脈絡紋理，宜明晰可循」[130]，因而「一定要經過縝密的構思，要有嚴謹的結構」[131]。在論及對新詩的結構要求時，黃維樑經常引用《文心雕龍》關於結構的觀點，「規範本體謂之鎔」、「剪截浮詞謂之裁」、「體必鱗次」、「外文綺交，內義脈注」等語句隨處可見。黃維樑還曾撰專文對劉勰與新批評家的結構觀點進行比較，也曾從《文心雕龍・鎔裁》論《離騷》的結構，可見其對《文心雕龍》結構觀點的重視[132]。

　　詩要耐讀，指的是「詩有兩份朦朧、三分含蓄，就不會言盡意盡、一覽無遺」[133]。黃維樑對詩的這種要求，與中國詩學史上的言外之意說如出一轍。言外之意說雖然從發現到提倡再到發展經歷了比較長時期、多個文論家的闡釋，但劉勰的「重旨」觀點無疑是其中重要的一環。《文心雕龍・隱秀》主張「文外之重旨」、「餘味曲包」，對《文心雕龍》推崇備極的黃維樑又怎會忽視劉勰這一重要主張呢？

　　黃維樑之為「古典」，正如夫子自云：「我傾向於古典主義的和諧、清晰、理趣，而這些都是知性的表現。」[134]其所欣賞的作家作品，都具有一定的古典主義色彩。例如後期逐漸返歸中國古典傳統，憑詩集《蓮的聯想》建立了其新古典主義風格的餘光中[135]；喜寫古代事物，

---

[127] 黃維樑：《新詩絮語》，參見《新詩的藝術》，第85頁。
[128] 黃維樑：《新詩的古典主義者・自序》，參見《新詩的藝術》，第3頁。
[129] 黃維樑：《揭開朦朧詩的面紗》，參見《新詩的藝術》，第201-202頁。
[130] 黃維樑：《揭開朦朧詩的面紗》，參見《新詩的藝術》，第198頁。
[131] 黃維樑：《怎樣讀新詩》，參見《新詩的藝術》，第123頁。
[132] 二文分別見於《精雕龍與精工甕——劉勰和「新批評家」對結構的看法》，《中國古典文論新探》，第38-56頁；《委心逐辭，辭溺者傷亂——從〈文心雕龍・鎔裁〉論〈離騷〉的結構》，《讓〈文心雕龍〉成為文論飛龍——中國古代文論的體系建設與現代應用》（試行本），第15-19頁。
[133] 黃維樑：《新詩的古典主義者・自序》，參見《新詩的藝術》，第2頁。
[134] 黃維樑：《突然，一朵蓮花・自序》，香港：山邊社1983年版，第1頁。
[135] 黃維樑：《情采繁富，詩心永春——詩論餘光中各時期詩作的特色》，參見

在語言音韻方面受《婉容詞》影響而兼有舊體詩詞之長的流沙河[136]；以「文小」、「愁思」繼承詞中婉約派，詩作素有「美麗的現代詞」之稱的鄭愁予[137]；內心呼喚返回古典，中國意識極強的黃國彬[138]；還有具有東方古典蘊藉之美的卞之琳和追求古典澄美的梁實秋[139]……理性、邏輯、秩序是黃維樑所重視的，此為「古典」，那麼其之為「新」呢？這由其對新舊詩的相關論述可見一斑。他在《論詩的新和舊》一文中論述了舊詩更新之必然性──舊詩的有形格律、無形陳套已經不適應現代社會的生活和語言現實，因而必須在形式、格律上放寬要求，從而肯定了新詩不容置疑的文學史地位。此正可謂「設文之體有常，變文之數無方。……文辭氣力，通變則久」（《文心雕龍・通變》）。黃維樑詩觀古典，強調舊新詩「母與子的、源與流的關係」以及新詩不應該自絕於傳統，同時肯定新詩的價值和存在，這毋庸是劉勰「取熔經意」、「自鑄偉辭」所講的繼承與創新的要求。

在這些非專為應用《文心雕龍》的理論而寫的批評文章中，《文心雕龍》的主張散見其中，卻如星星點綴夜空一般，融洽而不失個性。這種自然而然的應用，少了那些因「刻意」而造成的「做作」和拘泥，更可見批評家長期浸潤其中的學術興趣和涵養。誠然，那些為專門應用《文心雕龍》而寫的文章是出於作者推廣、發揚中國古代文論的苦心，但從古代文論現代轉換的長期目標來看，這種潛移默化的影響及應用毋寧是更為理想的效果，也更應引起研究者的重視。

黃維樑對新舊詩的看法反映出其對文學發展和文學史的辯證眼光。聯繫前文所講的古今語言轉換及「六觀」說的現代闡釋，在古今結合問題上，黃維樑已經給出了較好的答案：首先，在文學發展、文學史層面上，秉持古典審美觀，同時支持文學形式的新舊嬗變，在繼承與創新之間追求辯證發展；其次，在古今語言轉換層面上，採取翻譯的做法，把文言轉換成現代白話；第三，在古代文論觀念的現代闡釋層面上，如前所述，一方面綜合各家進行增益補充，另一方面大刀闊斧地斫刪砍減，只取大體的、概括性的意義或最重要的精神實質，最後還聯結各個要素，形成體系；第四，在實際批評中，致力於從整個體系以及重點理論

　　《新詩的藝術》，第206頁。

[136] 黃維樑：《蜀中大將：流沙河及其作品》，參見《新詩的藝術》，第179-194頁。

[137] 黃維樑：《江晚正愁予──鄭愁予與詞》，參見《新詩的藝術》，第269-284頁。

[138] 黃維樑：《攀山者的獨語──讀黃國彬的三本詩集》，參見《新詩的藝術》，第299-324頁。

[139] 黃維樑：《新月豐盈為滿月──悼念卞之琳先生》，參見《期待文學強人──大陸臺灣香港文學評論集》，香港：當代文藝出版社，2004年版，第68-69頁。

上應用《文心雕龍》的理論，為此寫出多篇旨在應用的文章，同時亦無形中受其影響，形成新古典主義的審美理想，對《文心雕龍》達到自然應用的程度。因此，儘管其因著意應用和發揚《文心雕龍》而難免流於機械化，但我們仍然可以說，黃維樑在古今結合上取得了較好的成績。

三、研究方法之中西比較

黃維樑所撰專著中有兩本以「縱橫論」命名：一為1977年的《中國詩學縱橫論》，一為1988年的《中國文學縱橫論》。其實，在黃維樑的中國文學、文論研究中，「縱橫」乃其研究方法的一個形象概括。對此，黃維樑曾多次做過解釋：縱橫論「縱指歷史，橫指地域」[140]；「我研究中國古典文論，有兩個特點，一是喜歡作橫的比較，二是喜歡作縱的繼承。橫的比較指拿中國古典文論和西方的文論比較；縱的繼承指將中國古典文論應用於現代文學作品的批評，也就是讓今人擇善而從地繼承中國古典文論的遺產」[141]。縱的繼承，即上文所述古今問題，黃維樑重視傳統，致力於發揚中國古代文論，在體系建設和重點發揮、理論闡釋和實際應用方面做出了很大的努力，取得了較好的成績。橫的比較，也即中西比較，亦是黃維樑文學、文論研究方法的重要特點。

在黃維樑的文學論著中，中西比較的例子比比皆是，涉及的範圍很廣。有作家的比較，例如流沙河與契訶夫；有批評論著的比較，例如《文心雕龍》與亞里斯多德的《詩學》及維勒克和沃倫的《文學理論》的比較；更多的是文學批評的具體概念、觀念、方法等的比較，例如中國印象式批評與英國印象式批評、新批評的比較，劉勰與新批評家關於結構的觀點的比較、劉勰「物色動心」說與弗萊（Northrop Frye）「基型論」（原型論）的比較，「賦」、「比」、「興」與西方文學技巧（生動、對比、比喻、結構）的比較，「興」、「隱」與象徵、言外之意及反諷的比較，蘊藉、浮慧兩種技巧模式與弗萊德曼（Norman Friedman）的八種敘述觀點的比較，摘句與安諾德（Matthew Arnold）「試金石」的比較，中國「意象」概念與艾略特（T.S.Eliot）「意之象」（objective correlative）的比較，等等。在黃維樑的文學、文論研究中，中西比較是一種自覺的意識，除了中西比較的專題個案（如用弗萊的「基型論」觀點分析杜甫的《客至》與《登高》；討論「五四」新詩

---

[140] 黃維樑：《中國文學縱橫論·原序》，參見《中國文學縱橫論》（2005年增訂二版），第1頁。
[141] 黃維樑：《中國古典文論新探·後記》，參見《中國古典文論新探》，第165-166頁。

所受的英美影響；分析艾略特和中國現代詩學的關係；比較劉勰和「新批評家」對結構的看法），在一般的研究文章中，其思路亦隨時在中與西之間切換——「我國宋代的梅堯臣有一番話，說得幾乎與亞里斯多德一模一樣」[142]；「亞氏的生動、對比、比喻三大原則，叫人聯想到我國《毛詩序》的賦比興三義之說」[143]；「詩人獨居翡冷翠的落寞，探望初生兒子時的哀傷，正值秋冬，是劉勰所說『陰沉』、『矜肅』的季節，和佛萊『基型論』天人類比說吻合，可說是另一種『妙造自然』，或『天造地設』」[144]。

黃維樑的中西比較意識及其對中西文學與文論的稔熟展示了其開闊的視野，但總地來說，黃維樑文學、文論研究總的思維框架是西方的。

首先，黃維樑文論研究的結構設想往往來自西方理論。例如他以《文心雕龍》為基礎構建的兩套文論體系中，即便是更具中國特色的情采通變體系也還是帶有韋勒克和沃倫「三分法」的影子；又如，實際批評是其文學、文論研究的重點和目標所在，對中國文論實際批評手法的研究也是其研究的一個重要內容，然而他所秉持的「實際批評」概念卻是倫納（Laurence D.Lerner）所說的「對某些作品的深入研究」[145]，自然，其選擇「六觀」法實際應用於現代文學批評也是基於這個概念的；再如，在將中國文論實際批評手法之重要一宗——印象式批評與新批評比較時，以海茲列特（William Hazlitt）的三階段論來說明兩者的分野。

其次，黃維樑對古代文論的術語及表述進行的現代翻譯及闡釋，融入了大量西方現代文學理論及範疇，有著顯著的「以西釋中」的色彩。例如，「情」、「采」可分別翻譯為「內容」與「形式」，而內容與形式可以說是西方文論術語。當然，這裡面存在一個客觀的情況：相比古典文言的傳統，現代漢語及現代中國人的思維方式更多受到西方的影響。但是，有關中西術語的問題仍然是亟待思考和解決的。對此，黃維樑亦有自覺：「研究中國文學，如果儘量以西方的格式為格式，以西方的術語為術語，則在言外之意這一命題下，除了象徵、基型等名詞之外，metaphor，motif，recurring imagery等等，也可以斟酌採納。」[146]他所採取的方法，以「六觀說」為例，是「在把六觀說應用於實際批評的

---

[142] 黃維樑：《文學的四大技巧》，《中國文學縱橫論》，第193頁。
[143] 黃維樑：《文學的四大技巧》，《中國文學縱橫論》，第221頁。
[144] 黃維樑：《攀山者的獨語——讀黃國彬的三本詩集》，參見《新詩的藝術》，第307頁。
[145] 黃維樑：《現代實際批評的雛形——〈文心雕龍・辨騷〉今讀》，參見《中國古典文論新探》，第2頁。
[146] 黃維樑：《中國詩學史上的言外之意說》，參見《中國詩學縱橫論》，第174頁。

時候」，「還可以用六觀說以外的詞語和概念，諸如神思、體性、時序、情采、比興、聲律等等，而且和西方古今的批評詞彙交互地、比照地運用」[147]。可見，中西比較是黃維樑藉以達到中西結合的途徑。

夏志清亦曾指出過黃維樑中國古代文論研究的這一根本特點：「他走的是大多旅美中國詩學研究者的路線，即是借用西洋批評來詮釋我國固有的詩學傳統。」[148]然而，黃維樑在堅持以西釋中路線的同時，絲毫也不忘其文化的「中國根性」：「我『橫的比較』『縱的繼承』的研究取向，其深層動機乃在於說明中國古典文論的價值。」[149]

值得一提的是，黃維樑對中西文論的不平等地位一直深為感懷：二十世紀以來，「『洋為中用』成為大潮流、主旋律，不論這西潮是清是濁，會不會嗆人甚至溺死人」[150]，而「在當今的西方文論中，完全沒有我們中國的聲音」[151]。因此，他曾多次撰寫文章批駁「艱難文論」、「文論的惡性西化」的現象，強調：「中西文化是應該平起平坐的」[152]，「我們從事文學批評時，不應該由西方的東西專美」[153]，從而主張「重新發現中國古代文化的作用」[154]，以「在國際文論界占一席位」[155]。在文論研究方面，可以說，黃維樑的中國意識是非常強烈的。對致力於發揚中國古代文論的黃維樑來說，以西釋中只是實際操作中的方法論，「中國」才是其最終闡釋和關懷的對象。

關於黃維樑中西比較的研究方法，曾有論者對其不「實事求是」有所詬病，並且提出：「除了比『早』，比『全面』之外，還應該比『深細』」，「在中西文論比較研究中應細察細辨疑似之跡，絕不能馬虎從

---

[147] 黃維樑：《〈文心雕龍〉「六觀」說和文學作品的評析——兼談龍學未來的兩個方向》，參見《中國古典文論新探》，第35-36頁。

[148] 夏志清：《中國詩學縱橫論·序》，參見《中國詩學縱橫論》，黃維樑著，第4頁。

[149] 黃維樑：《中國古典文論新探·後記》，第166頁。

[150] 黃維樑：《20世紀文學理論：中國與西方》，參見《讓〈文心雕龍〉成為文論飛龍——中國古代文論的體系建設與現代應用》（試行本），第4頁。

[151] 黃維樑：《〈文心雕龍〉「六觀」說和文學作品的評析——兼談龍學未來的兩個方向》，參見《中國古典文論新探》，第25頁。

[152] 黃維樑：《中西文化平起平坐——紀念錢鍾書先生逝世六周年》，參見《中國文學縱橫論》，第259頁。

[153] 黃維樑：《〈文心雕龍〉「六觀」說和文學作品的評析——兼談龍學未來的兩個方向》，參見《中國古典文論新探》，第36頁。

[154] 黃維樑：《重新發現中國古代文化的作用——用〈文心雕龍〉「六觀」法評析白先勇的〈骨灰〉》，參見《中國古典文論新探》，第20頁。

[155] 黃維樑：《〈文心雕龍〉「六觀」說和文學作品的評析——兼談龍學未來的兩個方向》，參見《中國古典文論新探》，第36頁。

事」[156]。這一評論可說點出了黃維樑文論研究中的深層問題。

四、思維方式之普遍性傾向

黃維樑在中國文學、文論研究中所主張、欣賞、提倡的文論觀念、方法往往具有很明顯的普遍性特徵。

黃維樑以《文心雕龍》為基礎建立中國文論體系，而所謂體系，「必須首先具備體系性，又要有恆久型，還要有普遍性和實用性」，他還特別指出：「普遍性指和西方的經典文論多有相同、相通之處。」[157]基於此，《文心雕龍》的體大慮周、極高明而道中庸深得黃維樑推崇。對於《文心雕龍》沒有辦法涵括的西方現代文論，例如馬克思主義、心理分析學說、女性主義、後殖民主義等等，則以「事義」一詞的擴大性解釋——作品的題材、內容及思想、義理等，將其統納其中。由是，「《文心雕龍》這個今天看來不能涵蓋一切的體系，就趨向於完備了」，以此建構的體系，則是「一個泱泱大體系」，「是一個中國文學理論體系，也可作為一個全球的文學理論體系」。[158]

《文心雕龍》的「六觀」法深為黃維樑所提倡，他認為「如何實際地析評作品，《文心雕龍》的六觀法，提供了一個可以放諸四海而皆准的方法學典範」，這一方法「是可以用來衡量古今中外各種作品，極具普遍性實用價值的」，而「西方『新批評』（The New Criticism）及其以前的種種技巧分析理論，基本上都可以納入六觀法的體系裡面」。[159]

「六何」法是黃維樑所提倡的讀新詩的方法，即何時、何地、何人、何事、為何、如何。此「六何」來自新聞報導，「原來『怎樣讀新詩』和『怎樣寫新聞』，雖然『讀』與『寫』不同，『新詩』與『新聞』有異，卻大有相通之處」[160]；並且，「『六何』法也不限於用來分析新詩；用於分析古典詩詞和現代小說，同樣適合」[161]。

而亞里斯多德《修辭學》的三大原則——生動、對比和比喻是黃維樑尋覓多年，驚喜發現的「文學的月桂樹」，再加上「結構」成為四大

[156] 程亞林：《實事求是地比較中西文論》，《文藝理論研究》2005年第4期，第45-46頁。
[157] 黃維樑：《以〈文心雕龍〉為基礎構建中國文學理論體系》，參見《讓〈文心雕龍〉成為文論飛龍——中國古代文論的體系建設與現代應用》（試行本），第9頁。
[158] 黃維樑：《以〈文心雕龍〉為基礎構建中國文學理論體系》，參見《讓〈文心雕龍〉成為文論飛龍——中國古代文論的體系建設與現代應用》（試行本），第14頁。
[159] 黃維樑：《重新發現中國古代文化的作用——用〈文心雕龍〉「六觀」法評析白先勇的〈骨灰〉》，參見《中國古典文論新探》，第21頁。
[160] 黃維樑：《怎樣讀新詩》，參見《新詩的藝術》，第99頁。
[161] 黃維樑：《怎樣讀新詩》，參見《新詩的藝術》，第127頁。

原則,「文學創作的基本技巧」便足以概括。[162]

不僅如此,黃維樑在中西比較乃至文學理想方面,還有著非常美好的「大同」願景。他最為服膺錢鍾書「東海西海,心理攸同」的看法,認為「不同的國家民族又有其共通的價值,且多有包容性」,「這個世界已經靜悄悄地全球化、大同化了」;[163]在文學方面,中西文學自然也是互相影響。黃維樑甚至無不自豪地提倡:「我們大可高舉《文心雕龍》的大旗,以其情采、通變說為基礎,建構一個宏大的文學批評理論體系。這個體系體大思精慮周,而且具開放性,可以把古今中外各種文評的主義、理論都包羅在內,成為一個『大同詩學』(Common Poetics)。」[164]

至此,不得不提出一個問題:這些黃維樑所重視的無論在空間維度(中西)還是在時間維度(古今)上都具有普遍性應用價值的文學理論,是否就是我們所亟亟尋找的古代文論中能夠向現代轉換的東西?聯繫前文所提到的,黃維樑以當代十篇代表性批評文章印證現代文學批評皆跳不出「六觀」說的「六指山」,我們能否據此定論:其實古代文論中有些能夠轉換的東西(例如這些具有普遍性應用價值的古代文論)已經潛移默化、不露痕跡地完成了現代轉換和繼承?那麼,諸如《文心雕龍》的普遍性體系、諸如「六觀」說,是否還有提出與強調的必要?這個問題直指的是:古代文論中選以古為今用的觀念或方法本身。

如果說,在中國古代文論的現代轉換中,黃維樑的批評實踐在「古今結合」、「中西結合」上都無可厚非,那麼,恰恰是在「古代文論中選以古為今用的觀念或方法」這個根本問題上,黃維樑出現了重大失誤。

從古代文論的現代應用的角度來說,古代文論中這些「文學概論式」的觀念和方法的確具有現實生命力和現代適用性,然而,在將之應用於現代文學批評時,難免會給人缺乏新意、無法深入的感覺,甚至不無機械與繁瑣。

從中西文論比較研究的角度來看,中西文學、文論有異有同,黃維樑傾向於強調其「同」的一面,本也無可厚非。然而,正如前面所說,黃維樑對「發出中國聲音」有著一份熱忱和執著,那麼,強調「同」又怎可達到突出中國特色的目的呢?建立在這樣的普遍性思維基礎上的

---

[162] 黃維樑:《文學的四大技巧》,參見《中國文學縱橫論》,第223頁。

[163] 黃維樑:《中華文學與大同世界》,《期待文學強人——大陸臺灣香港文學評論集》,香港:當代文藝出版社,2004年版,第8頁。

[164] 黃維樑:《世界華文文學的研究如何突破?——從這個學科的方法學說起》,參見《期待文學強人——大陸臺灣香港文學評論集》,第39-40頁。

中國文論，很難凸顯真正的「中國特質」。黃維樑的本意在於借此強調西方有的東西中國也有，以「治療一下近代以來飽受摧殘的民族自尊」[165]，像《文心雕龍》這樣，「向外國宣揚，成為一套有益於中外文學的理論或『主義』，我們的聲音就出現了」[166]。然而，其思維中的這種普遍性傾向卻導致無意中忽視了真正具有中國特質的東西，也就很難達到「發出中國聲音」的目的。「六觀」法的確可用來分析古今中外的文學作品，可是，如果把「六觀」換成主題、題材、內容、思想、修辭、音樂性等一系列的概念，這跟西方早有的東西又有何區別？試想，西方本來就有的東西，即使中國現在證明自己也有，也無助於加深西方對中國的獨特性的認識。

當然，黃維樑也注意到，《文心雕龍》的理論至少「可補一些西方理論的不足」，但卻未曾對此做過集中的探討；在討論中國言外之意說時，雖然也論證了「意象」一詞實為中國原產，但這樣的發現和探討是可以更多、更深的。

因而，在中國古代文論的現代轉換中，無論古為今用，還是中為洋用，最核心的東西還在於「中國特質」，那麼，問題就不僅在於中國古代文論中「可以」轉換、轉化、利用的東西，還在於真正代表「中國」的東西。

這是黃維樑的古代文論現代轉換實踐給予我們的啟示。

第四節　張錯：「書劍江湖」之古典與孤獨

張錯，本名張振翱，廣東惠陽人，1943年10月25日生。早年自香港九龍華仁英文書院畢業後，於1962年進入臺灣政治大學西語系，結識王潤華、林綠、陳慧樺等人，共同創辦《星座》詩刊。1966年大學畢業後回港，次年進入美國猶他州楊百翰大學英文系進修，1969年獲碩士學位；繼又進入西雅圖華盛頓大學，獲比較文學博士學位。1973年以專業詩人身份赴愛荷華大學「國際寫作計畫」並兼博士後研究員。1974年起，任教於南加州大學比較文學系、東亞語言文化系迄今，曾任南加州大學東亞系系主任，並擔任臺灣政治大學、臺灣中山大學、香港城市大學、香港浸會大學、廣州暨南大學等校客座教授。著有詩集《漂

[165] 黃維樑：《重新發現中國古代文化的作用——用〈文心雕龍〉「六觀」法評析白先勇的〈骨灰〉》，參見《中國古典文論新探》，第21頁。
[166] 黃維樑：《〈文心雕龍〉「六觀」和文學作品的評析——兼談龍學未來的兩個方向》，參見《中國古典文論新探》，第26頁。

泊者》、《春夜無聲》、《檳榔花》、《滄桑男子》、《細雪》、《流浪地圖》、《另一種遙望》、《浪遊者之歌》等近二十種（包括日譯詩集《遙望の歌》），對海內外漢語詩歌界有極大影響，並編有文學選集《千曲之島：臺灣現代詩選》（中、英文版）、《漂泊與流放：臺灣短篇小說選》（英文）等多種。學術及批評著作有《馮至評傳》（英文）、《從莎士比亞到上田秋成》、《批評的約會》、《東西文化比較研究：利瑪竇入華及其他》、《尋找張愛玲及其他》、《西洋文學術語手冊》、《從大漠到中原：蒙古刀的鑒賞》等。

　　詩人張錯，這是我們對他的慣常認識。然而作為一個讀者，於其詩間，卻時常感到一股俠氣，剛柔並濟，古典而孤獨。張錯曾謂，「書劍江湖」是他所嚮往的，卻也讓他「無所適從」[167]。這是怎樣的一種無所適從？其「書」為何，其「劍」又為何？或許我們可以從這入手，探索張錯古典並孤獨的「江湖」。

　　在張錯迄今五十年的創作生涯中，給讀者留下最深刻印象的應該是其中國古典傾向。這已引起文學批評家的注意，如周良沛指出的「唐人文化的氛圍」，費勇所謂的「懷古幽思」，李鳳亮歸納的「古典情結」等；也有研究者就其古典傾向展開比較具體的研究，如臺灣王榮芬所做碩士論文就有「張錯詩作的古典觀照」專章[168]。這些研究或多或少都論及張錯詩歌的古典表現，尤其是王榮芬的論文，從詩題、意象、用典三個方面對張錯詩歌對古典素材的運用，做了較為全面的研究。然而，在張錯詩歌技巧的古典觀照中，還隱藏著詩歌及詩人本身更深層次的古典氣質，並且，由於詩人的海外華人學者身份及所處漂泊語境，這種古典氣質更有其內在的文化成因與心理矛盾，由此，我們又可進而探究中國古典文學傳統與中國傳統文論在海外所處的境遇。

一、「書」：詩歌的古典氣質與中國抒情傳統

　　對於詩人張錯而言，「書」首先應該是詩。詩之於張錯，已經成為「一種信仰」[169]，正如其在一次訪談裡所說：「這是我一生的抉擇，

[167] 張錯：《激蕩在時間漩渦裡的聲音──〈雙玉環怨〉原序》，參見《錯誤十四行》，臺北：皇冠文學出版有限公司，1994年版，第157頁。

[168] 分別見周良沛：《跋》，參見張錯《漂泊》，北京：人民文學出版社，1991年版；費勇：《記憶與遺忘──張錯〈春夜洛城聞笛〉與淩鈍〈洛陽拼圖〉》，《社會科學家》1999年第1期；李鳳亮：《現代漢詩的海外經驗──張錯教授訪談錄》，《文藝研究》2007年第10期；王榮芬：《張錯現代詩研究》，臺灣國立中山大學中國文學系碩士論文，2010年6月。

[169] 張錯：《漂泊者·新序》，參見《漂泊者》，臺北：書林出版有限公司，1994年

也是我一生的志業。」[170]在張錯迄今五十年的詩歌創作生涯中，存在著一個明顯的分水嶺，即其於1980年改名「張錯」及以1981年《錯誤十四行》的出版。以此為起點，這個自謂「吃現代主義的奶長大」的詩人，成了「現代主義的叛徒」[171]，詩歌風格發生了明顯變化，逐漸形成了「一種屬於自己的抒情聲音」[172]。而這種抒情聲音的一個非常重要的特徵就是對中國古典文學傳統的繼承。

　　首先，在詩歌內容方面，張錯詩中出現了很多中國古典元素，包括作為中國古典文化代表的琴、棋、書、畫，茶、玉器，以及歷史人物、歷史事件、歷史遺跡與古物等。尤其是近年來，醉心於文物考古的他，更寫出了許多以歷史人物、歷史遺跡、古物為題材的詩篇，例如《春夜無聲》輯一「江湖遍地險惡的風波」的詩歌以將軍、遊俠、霸王、刺客等為題；《浪遊者之歌》輯一詩篇記錄遊覽雲南、四川等地歷史遺跡，輯三、輯四則分別以銅鏡、碗盞等古物為題。這些擬古之作通過模擬歷史人物，描繪歷史文物，想像歷史事件，讓讀者仿佛置身歷史情境，隨著詩人跨越時空，穿梭於歷史的長河，在唐代「雙鸞銜綬帶」的「小小掌中鏡」、宋代鮮紅唇印留於碗沿的「雪白定盞」、民國的「一襲淡黃小格兜肚」等等之間往返[173]。

　　其次，在詩歌技巧方面，張錯詩善於融化古詩，使用典故，營造古典意象。王榮芬的論文從詩題、意象、用典三個方面分析了張錯詩對古典素材的運用。在詩題方面，張錯詩歌經常全部引用、部分引用或間接化用古代詩題或詩句，用作自己的詩題、副標題或者詩題後面的引子；在意象方面，張錯詩歌使用的古典意象非常豐富，植物如紅豆、荷，季節景象如春花、秋月、細雪等，樂器如笛、簫、瑟、琵琶、古琴等，飲食如茶、酒，文物如刀、劍、銅鏡、陶俑、瓷器等，其中最突出的意象為「刀劍」；在用典方面，以其改寫的典故為主，有改寫古代故事和改寫古詩詞兩種[174]。

　　張錯詩歌隨處可見的中國古典元素，對歷史題材的熱衷，以及詩歌技巧上的巧妙融化古詩、使用典故、營造古典意象等，使其詩作總體上

　　　版，第13頁

[170] 李鳳亮：《現代漢詩的海外經驗——張錯教授訪談錄》，《文藝研究》2007年第10期，第56頁。

[171] 馮至：《漂泊·序》，參見張錯《漂泊》，第6頁。

[172] 張錯：《新版〈錯誤十四行〉序》，參見《錯誤十四行》，第4頁。

[173] 張錯：《垂首》，收入《浪遊者之歌》，臺北：書林出版有限公司，2004年版，第75-76頁。

[174] 參見王榮芬：《張錯現代詩研究》，第46-62頁。

呈現出一種古典氣質。中國古典文化之於張錯詩歌，已經不僅僅是刻意
為之的題材或者技巧，而是作為一種審美旨趣、一種背景與氣氛，縈繞
於其詩字裡行間。看他寫春愁：「悲哀不同於歡樂／他像一名夜行刺客
／渾身穿著黑色掩護衣裳／躲藏在陰暗屋簷／偶爾也會倒掛金鉤／自窗
外偷窺歡樂容顏」[175]；寫夫唱婦隨：「然而那夜相聚猶勝小別／夫人抒
袖研磨墨硯／夫君拈毫勾勒枝幹／再著她補上樹影婆娑」[176]；寫荷葉：
「一陣風過／好一曲雨霖鈴！／有水珠灑落／簞簞如瀟湘的夜雨。」[177]
寫登山：「如此的漫遊或攀登，／只宜在一個清涼的午後，／攜一瓶
酒，／下一局棋。」[178]……歷史題材、古物詠誦之作自不待說，即便是
日常生活中的一陣風過、一片荷葉，甚至憂愁的情緒，在張錯詩中都可
自然而然籠罩於一種古典的氛圍裡面，就連登山，也會酒棋相伴。

　　馮至曾經以「以情觀物」評價張錯的詩歌創作[179]。張錯也曾這樣描
述自己的詩觀：「詩是我內心對自己最深沉的傾訴，惟有如此，我才安
全地感到一種確定的自我存在」[180]。張錯詩歌所走的，正是中國具有悠
久傳統的抒情詩的路子。

　　張錯的詩歌創作起步於二十世紀六○年代，時值臺灣詩壇現代主義
盛行，其從現代主義向中國古典文學傳統的轉變，除了對現代主義弊病
的自省：「某些現代派與超現實派詩人走火入魔，沉耽於一種自我封閉
式的浪漫主義」[181]，更多的認識應該來自其對中國抒情詩自近代以來的
發展的關注和研究。他在論及中國抒情詩的近代傳統時曾說：「浪漫思
想是毫無疑問的在五四早期時為一原動力，但是在不斷進步的新詩運動
裡，流於空洞表現和苦悶宣洩的吶喊的創作都必將送入博物館裡和北京
人陳列在一起」，而「哲理性的沉思作為出發，在抒情詩的領域裡，亦
即就是我們不能忽視的『想像力』因素」；他又說：「抒情詩在哲理方
面的優秀表現並不能掩飾其在象徵方面的窘態」，常覺得白話語言「在
象徵方面尚未到火候」，而象徵、意象「在中國傳統古詩內早已經是一

---

[175] 張錯：《春愁》，收入《滄桑男子》，臺北：書林出版有限公司，2002年版，第
　　 22-23頁。

[176] 張錯：《細雪》，收入《細雪》，臺北：皇冠文學出版有限公司，1996年版，第
　　 19-20頁。

[177] 張錯：《白河觀荷》，收入《檳榔花》，臺北：文鶴出版有限公司，1997年版，
　　 第79頁。

[178] 張錯：《檳榔花開的季節》，收入《檳榔花》，第118頁。

[179] 馮至：《漂泊·序》，參見張錯《漂泊》，第2頁。

[180] 張錯：《新版〈錯誤十四行〉序》，參見《錯誤十四行》，第6頁。

[181] 張錯：《<千曲之島——臺灣現代詩選>·導言》，參見張錯編《千曲之島——臺
　　 灣現代詩選》，臺北：爾雅出版社有限公司，1987年版，第20頁。

條用慣了的『亞朗的手杖』」；他還說：「現代象徵風格在詩的表現，正是緊隨著中國一貫的藝術抒情傳統——天（自然、事物）人（情感，感覺）合一的和諧。」[182]。

正是基於以上對中國現代詩不足之處的認識，張錯在詩歌創作中力求避免白話文在詩歌表現上的不足，返回中國古詩去尋找語言及意象的優秀傳統和資源，找到了自己獨特的詩歌表現形式，同時在浪漫思想上加以哲理沉思，使激情避免流於空洞而更具意義和象徵性。因此，在張錯的詩歌中，情感的流溢還伴隨著理性的思考。我們常可見到，詩人與大自然的一草一木、一隻蒼鷹，甚至一個懸崖平等相處與對話，「感物傷懷，物與神遊，幾近天人合一的詩禪境界」[183]；而在面對紛擾世事甚至人際矛盾時，又能以理性思考、哲學境界加以昇華而最終找到突破口，達致平靜和諧的狀態。因此可見，「天人合一」這一「中國一貫的藝術抒情傳統」，也正是張錯詩歌的追求。

二、「劍」：詩人的古典氣質與中國傳統俠文化

周良沛曾如此評價張錯：「明明一書生，卻常以武人自居。」[184]準確地說，張錯是文人，卻也是「武人」。他十二歲在澳門開始習武，對刀劍特別感興趣[185]；更因文士配劍而倍感親切，久之還養成了收集各種兵器的嗜好[186]。因此，刀劍之於張錯，不僅是其詩中的一個重要意象，更如寫詩的筆一般，是詩人日常生活中的一個必需品，並構成了詩人精神世界的重要組成部分。

楊牧曾論及劍之於張錯詩歌的意義：「它作為一種象徵的確是力道無窮的」，「留下一多層次的神話系統，令人嚮往」[187]。刀劍在張錯詩中的象徵意義主要體現如下：

刀劍在張錯詩歌中首先是一種武器，代表武藝，亦有引起戰爭

---

[182] 張錯：《抒情詩的近代傳統》，參見《從莎士比亞到上田秋成——東西文學批評研究》，臺北：聯經出版事業公司，1989年版，第229、228、233、242頁。

[183] 饒芃子、朱桃香：《在異鄉浪遊的桂冠詩人——美籍華人張錯的詩歌藝術》，《中國比較文學》2008年第3期，第82頁。

[184] 周良沛：《漂泊·跋》，參見張錯《漂泊》，第264頁。

[185] 參見李鳳亮：《現代漢詩的海外經驗——張錯教授訪談錄》，《文藝研究》2007年第10期，第53頁。

[186] 張錯：《劍問》，收入《兒女私情》，臺北：皇冠文學出版有限公司，1993年版，第109頁。

[187] 楊牧：《代序：劍之於詩》，參見張錯《張錯詩選》，臺北：洪範書店有限公司，1999年版，第2、3頁。

與除奸懲暴的意義[188]。「刺劍之術,又豈是書生空談,／一朝即可蹴至?」,故荊軻歎道:「如今以我一己劍術之疏,／誤近天下蒼生大事」[189];而夫差劍、勾踐劍則「造就多少鋒利唇舌鋼鐵心腸」[190]。值得一提的是,在文武兼備的張錯看來,言語文字亦可能是利器,「文字之鋒利,單刀直入,一刀見血,取心肝劊子手,有時猶過於利刃。」[191]所以,在張錯詩中,刀劍等武器有時候也喻指傷人的言語與文字。「剛走的那個夜行刺客,／以滿天花雨的手法,／把菱形亮晶晶的暗器,／灑向那對望鄉的眼神,／於是黯然傷神的,／仍然是那個春夜無聲落淚的英雄。」[192]夜行刺客的暗器與「一般村婦們的饒舌」無異,都傷害了那個春夜懷鄉的英雄。

刀劍有時也可以是愛情的象徵。劍對劍師的感情纏綿悱惻:「我知道被鑄成的不是你的第一柄,／我癡望被鑄成的我是最後的第一柄,／從你繞指溫柔的巧手裡,／我開始了一柄鋼劍的歷史,／一段千錘百煉的感情,／時至今日,／隱藏在劍鞘暗處的我,／將何以自處──／我的歷史只有一種,／你的感情卻有千面。」[193]而劍之「外刃雖可以護人,／內刃亦能傷己」,不正是愛情的寫照麼?所以,「劍師與故劍,／恰似一段心情淩亂的樂府,／路漫浩浩,歲月悠悠,／惟有離居,才會同心,／惟有憂傷,才以終老。」[194]

而更多時候,刀劍寄寓的是詩人的家國情懷。海外偶然購得的柳葉雙刀在詩人眼裡,「柔然展呈一段無聲的中國」[195];對於初識的高雄,「雖未煮酒,／卻已傾心,／而我底橫刀飄然而至,／絕非奪愛,／乃是一種美麗底完成。」[196]而失鄉的英雄是落魄的:「我彎身左手攬枝,右手出刀順勢割去,鋒利的刀刃,如月升月降,潮湧潮落,滿手盡是斷腸的花。」[197]「我仿佛聞到梔子花在夏夜濃烈的香氣,可是我手上缺短沽酒的錢,我值錢的兵器都典當盡了,就只剩了我驕傲的詩,落魄

---

[188] 參見王榮芬:《張錯現代詩研究》,第56-58頁。

[189] 張錯:《刺客》,收入《春夜無聲》,臺北:書林出版有限公司,1996年版,第49、50頁。

[190] 張錯:《相逢三疊》,收入《細雪》,第149頁。

[191] 張錯:《暴力》,收入《傾訴與聆聽──文藝書簡十四封》,臺北:高寶國際(集團)有限公司,1998年版,第149頁。

[192] 張錯:《春夜無聲》,收入《春夜無聲》,第147頁。

[193] 張錯:《故劍》,收入《錯誤十四行》,第289頁。

[194] 張錯:《煉劍》,收入《錯誤十四行》,第293頁。

[195] 張錯:《柳葉雙刀》,收入《漂泊者》,第78頁。

[196] 張錯:《初識高雄》,收入《檳榔花》,第97頁。

[197] 張錯:《依稀》,收入《春夜無聲》,第149頁。

的我，四處流蕩，到處兜售，以求忘憂之資。」¹⁹⁸失鄉的詩人，猶如遊俠，刀劍是其漂泊異鄉的隨身之物，亦是他對家鄉最深沉的牽掛，是割不斷的斷腸花、典當不完的鄉愁。

　　除了詩歌中的刀劍意象，在散文中，張錯對自我形象的描繪或感情的表達常與劍相聯繫。他在山居生活中，「每日清晨，大夢初覺，提劍行走晨霧林徑」¹⁹⁹；對於自己年輕時寫的論文，他如此評價：「年輕氣盛，鋒芒畢露，劍氣迫人」²⁰⁰；臺灣啤酒帶給他的感覺是，「永遠甘苦，永遠帶一絲暗甜，時而沉醉，時而清醒，可以狂歌當哭，也可以血流十步，仗劍天涯」²⁰¹；而他內心所體會到的淒涼與寂寞，恰如「那種夜涼如水、星月滿天、秋氣瑟蕭，緩緩抽劍出鞘，並且以手背橫感劍刃的鋒利與冰涼」²⁰²。另外，他對金庸作品如數家珍，金庸作品使其「自幼在練武之餘，能夠浸淫在一個豪氣干雲的時代，有所模仿，有所痛惜」²⁰³。他欣賞好友胡金銓「在江湖行走極為豪邁敦厚，有如一代宗師」及其一生所標榜的東方傳統的俠義精神²⁰⁴。在張錯詩歌及其身上，我們看到了中國傳統俠文化的影子。

　　刀劍於張錯詩歌及其本人的意義，無論是正義的武器、忠貞的愛情，還是懷鄉的落寞，這種種情懷，都「有似俠之輕生，有情殉情，有義赴義」，隱含著一種氣節，正如其所謂「平生氣節，惟劍知之」²⁰⁵。「氣節」即張錯對武人精神氣質的一種理解與概括。實際上，張錯對「武」的理解與追求是與「文」密不可分的。張錯曾直言：「我是文人，敬重氣度；我也是武人，崇尚氣節」²⁰⁶。他也曾談及對中國傳統俠文化的理解：文人「只能言不能行」，故需要「武」來滿足其想像；知識份子常常動搖於他的抉擇，故需要武士的傳統或倫理規範的約束；人生有細緻的一面，也應該有豪邁的一面²⁰⁷。可見，張錯對武人與文人精

198 張錯：《依稀》，收入《春夜無聲》，第150頁。
199 張錯：《眼神》，收入《靜靜的螢河》，臺北：三民書局股份有限公司，2004年版，第150頁。
200 張錯：《抒情詩的近代傳統》，參見《從莎士比亞到上田秋成——東西文學批評研究》，第264頁。
201 張錯：《臺灣啤酒》，收入《枇杷的消息》，臺北：大地出版社，1998年版，第137頁。
202 張錯：《秋魂》，收入《兒女私情》，第157頁。
203 張錯：《蒙古心情》，收入《枇杷的消息》，第21頁。
204 張錯：《一個名導演之死》，收入《枇杷的消息》，第74頁。
205 張錯：《無聲注‧原序》，參見《春夜無聲》，第10頁。
206 張錯：《隱沒的大樹》，收入《文化脈動》，臺北：三民書局股份有限公司，1996年版，第259頁。
207 李鳳亮：《現代漢詩的海外經驗——張錯教授訪談錄》，《文藝研究》2007年第

神氣質的認識理解根植於中國傳統俠文化「文武合一」的觀念之中。歷史學家顧頡剛曾考證，我國古代的士都是武士，文士與武士、儒與俠之別是後來才逐漸形成的。所以，在中國傳統文化中，儒與俠往往呈現出兩種不同的生命形態——「儒者之學為己，俠客之行為人；儒者沉潛內斂，俠士激昂跳脫；儒者循義，俠則行多不軌於正義」[208]，但又正由於這種儒俠之差異，文武互補與文武合一遂成為中國傳統俠文化的一種觀念和追求。由此，我們便不難理解，張錯之堅持習武，以及其借詩歌返回歷史、模擬歷史，抒霸王之豪氣，歎刺客之赴義，並且在現實社會中通過報紙專欄的形勢批評世態，向政府勸諫的種種舉動[209]。而且，在張錯這裡，文對武也起到了一定的節制與調和作用，武非暴力，「俠以武『犯』禁，實是不得不為之的逾犯」，「武，是一種萬不得已悲壯行為」[210]。

三、「江湖」：孤獨的漂泊

綜上所述，「情」與「氣節」是張錯「江湖」的要義。實際上，張錯由現代主義向中國古典傳統的轉變，單純用現代主義諸如個人虛無、晦澀的弊端是無法完全解釋的。造成這種轉變的更深層的原因就在於，張錯本身所具備的古典文學文化修養及其深厚的民族感情，正如其夫子自道：「情的成長，也許就是我詩歌波折的經驗吧！」[211]這種「情的成長」，以二十世紀整個中國社會的動盪為背景，起始於1949年詩人隨父親由大陸遷往澳門，並在詩人的香港、臺灣求學歷程中得以醞釀，但真正的形成或者說大轉變，應該是在他1967年赴美深造之後。「歷史的謬誤，國運的乖離，時間的失誤，空間的調變，種種人為因素的陰錯陽差」，導致「廿世紀的中國人最艱辛的竟不是生死抉擇，而是身份的確定與追認」[212]。正是在這種身份追認與家國情感的指引下，張錯於個人與整體、東方與西方之間取得平衡，找到自己的方向，但其間形成的心理機制，也決定了其詩歌創作深層心理矛盾之外的另一個重要特點——「孤獨」。

客觀的歷史原因造成了詩人地理上的漂泊，然而，「所謂漂泊，並

10期，第53頁。

[208] 龔鵬程：《俠的精神文化史論》，濟南：山東畫報出版社，2008年版，第184頁。

[209] 1988年及1993-1994年，張錯在臺灣《中時晚報》分別開設「酸辣湯」與「文化速食」專欄，發表時評，這些文章後來收入《文化脈動》一書。

[210] 張錯：《暴力》，收入《傾訴與聆聽——文藝書簡十四封》，第149、153頁。

[211] 張錯：《〈錯誤十四行〉代序·後記》，參見《漂泊》，第242頁。

[212] 張錯：《漂泊者·新序》，參見《漂泊者》，第16頁。

不限於地域或個人的行止，實也包含了『心情』」，長久漂泊的心情，
「來自一顆懷有高度警覺而又脆弱的心」[213]，同時「漂泊者之恒能為漂
泊者，因為他喜歡命運在自己手裡，漫然而行，信步而止」[214]。由此可
見，地理上的漂泊產生了心理上的漂泊，並最終形成了漂泊的心理。這
種漂泊心理的內涵，首先是「高度警覺而又脆弱」的心理，其次則是掌
握命運的主動性。漂泊心理的形成和存在暗示了詩人的家國身份認定和
尋鄉過程中不可調和的內在矛盾，也決定了其漂泊終將是孤獨的。

　　從地理上看，張錯到目前為止居留過的地方有惠州、澳門、香港、
臺灣和美國。他「一生對家國的認定，卻以臺灣為始」，在那兒，他不
但發現了他的中國，同時更恒以臺灣的本土，作為其家鄉的歸屬[215]。然
而，即使是對臺灣，這個作為「家鄉歸屬」的地方，張錯也並不是簡單
的接受，而是在渴求中夾雜著試探和懷疑。多年後的歸來，檳榔花的清
香讓他「驀然感到一種甜美的歸屬」，他「懷著誠懇感恩的心情去認
識、學習，和接受」臺灣的一山一水，一草一木[216]。然而，他「同時又
懷著深深的恐懼」，對那些頑童丟來的「泥巴」感到「無奈的辛酸」，
亦不「忍心以自己寂寞的長夜去敲開別人幸福的大門」[217]。於是，他在
「心懷故國」、「足履斯土」之後仍然「彷徨於去留」[218]。這其中的原
因，有環境和人際的複雜關係，但是，詩人長期漂泊而形成的「高度警
覺而又脆弱」的心理卻不能不算是一個重要原因。因為警覺而懷疑，也
因為在乎而脆弱並最終選擇了又一次離開。

　　在這「又一次離開」之前，如果說，詩人的漂泊是歷史客觀原因造
成的，是被動接受的寂寞，那麼，在這之後，被動的寂寞便逐漸轉變成
主動的孤獨，開始從主觀上接受、選擇了漂泊。此時，詩人的漂泊心理
在「高度警覺而又脆弱」的內涵之外，又增添了新的內涵，即「掌握命
運的主動性」。這種對命運的掌握不僅包括「漫然而行，信步而止」，
更包括對「不能忍受的噪音和污染」，「敬而遠之」，並且「竭力維
護他的尊嚴，因此高貴」[219]。此時，漂泊變成了「浪遊」，而「浪遊者

---

[213]　張錯：《漂泊者·新序》，參見《漂泊者》，第15頁。
[214]　張錯：《惟憶夜深新雪後·自序》，參見《細雪》，第9頁。
[215]　張錯：《檳榔花》，收入《檳榔花》，第13頁。
[216]　張錯：《檳榔花》，收入《檳榔花》，第18、19頁。
[217]　張錯：《檳榔花》，收入《檳榔花》，第19頁；張錯：《春深的城市》，收入
　　　《兒女私情》，第67、68頁。
[218]　張錯：《檳榔花》，收入《檳榔花》，第20頁
[219]　張錯：《後記：浪遊者哲學》，參見《浪遊者之歌》，臺北：書林出版有限公
　　　司，2004年版，第142頁。

不是流浪漢」，「他有所為有所不為，既非孤芳自賞，也並未隨波逐流」，「然而代價是巨大的，他除了熟悉這世間惟一知音—孤獨以外，還必須承受無盡清冷與寂寞」[220]。

然而，即便是浪遊，家國仍是詩人心中永遠的牽掛和遙望的方向。只不過，浪遊的詩人對家國的嚮往從實際的地理上的回歸轉向文化上的家國之思。這就是其詩歌創作中的古典傾向及對中國抒情傳統的承續、詩人氣質中的文武結合及中國傳統俠文化精神，以及對文物收藏與鑒賞的喜好。其對文物的愛好已成為一種依戀，一種靈性寄託，「那是無盡的閱讀與學習，等待及搜尋；無怨無悔之余，幾已成為有如宗教信仰。」[221]正如有學者分析，海外一些華人作家借重現古典意境來抗拒遺忘[222]，張錯的種種堅持中國文化傳統之舉，正是其在漂泊過程中的家國思念，或者，更準確地說，是其為自己找到的文化與審美的故鄉。此時，傳統之於張錯，已成為一種需要，其故鄉，也不再局限於地理上的故鄉，「不是某市某縣，不是某鄉某鎮，而是長江大河流貫東西、有悠久文化的中國」[223]。所以，應該說，張錯借此獲得了文化身份的認同。

然而，借傳統建構自己的文化與審美的故鄉，從而獲得文化身份的認同，這樣的一種途徑能否真正尋得心理與情感上的故鄉？「一切甜蜜追憶都在過往時光中完成，種種掌故在喟歎與沉思裡產生，在孤獨的仲怔裡，許多鮮明的形象、朦朧的背影，像一個在訴說第二遍的故事」[224]而且，「它可以讓人感到現在而不需要現在，而過往一經吮嘗，便如荷馬史詩的食蓮人——不需要回家而去想家。」[225]。可見，在對傳統的堅持和緬懷裡，儘管得到文化身份的認同，但難以擺脫的仍然是孤獨，然而即使孤獨，即使想家，卻不需要回家。因而，浪遊詩人的矛盾有二：一是文化與審美的故鄉，並不能完全取代心理與情感的故鄉；二是堅持家國身份卻又不想回家。矛盾使情感上的孤獨成為其繼續浪遊的動力。這就是漂泊心理的吊詭之處：高度警覺與脆弱的心理滋生的懷疑與不安全感使其在面臨回歸時選擇再次漂泊，並在主動的堅持中，通過對文化傳統的堅持尋得文化與審美的故鄉而獲得文化身份的認同，但仍然難以擺脫心理與情感上的孤獨，情感上的漂泊仍在繼續。矛盾二則使這種浪

---

[220] 張錯：《後記：浪遊者哲學》，參見《浪遊者之歌》，第142頁。

[221] 張錯：《後記：浪遊者哲學》，參見《浪遊者之歌》，第143頁。

[222] 參見費勇：《記憶與遺忘——張錯〈春夜洛城聞笛〉與淩鈍〈洛陽拼圖〉》，《社會科學家》1999年第1期。

[223] 馮至：《漂泊·序》，參見張錯《漂泊》，第2頁。

[224] 張錯：《夏的原鄉》，收入《兒女私情》，第72頁。

[225] 張錯：《夏的原鄉》，收入《兒女私情》，第73頁。

遊在一定程度上超越家國嚮往而具有了某種哲學高度，即家國不再是浪遊的唯一理由而成為相對獨立的行為。這猶似詩人對文物的尋找體驗：「這種尋找經驗其實相當哲理性，每人心中都有一些在尋找的事物，其渴切度亦惟己可知，而在不斷地尋找中，我們學會了等待，由於等待，我們更學會了不去妥協，我們心中想要那最好的」[226]。此中「尋找」與「等待」的辯證使這種浪遊成為一種「求道」的過程。而這一過程中的孤獨堅持，就是一種「氣節」的體現，浪遊的詩人不是中國古代的「遊俠」，卻是現代全球化離散語境下的孤獨漂泊者的縮影。

四、「中國傳統」之海外境遇

張錯及其詩歌創作所處的正是全球化的離散語境，他的長期漂泊，使其詩歌創作在「古典」之外增添了一個新的維度，即「海外」。張錯詩歌創作的古典傾向以及中國古典文學傳統在海外的境遇，便成為一個必然的問題。

儘管張錯對「海外作家」這個名稱比較「敏感」，「像春天的花粉症，聽到會無端連打噴嚏」[227]，但「海外作家」仍然是一個客觀的存在。如其所言：「海外強調的不是一個身分，而是一種處境」[228]，正是由於處境與國內不同，才產生了不同生存環境和寫作語境下的生存狀態和言說經驗。

張錯一直直言不諱自己是一個徹底的民族主義者。他關心海外華人的生存環境，並就此專門做過研究。《黃金淚》追述了早期在美華工的血淚辛酸史，然而隨著華人第二、三代的成長以及新移民以知識份子為主，現代海外華人的生存環境或者相對以前已有所不同。在美國「白人控制的思潮仍然壟斷東西兩面的融合」的語境下，「亞裔文學或文化，尤其華裔文化而言，它強大的語言文化歷史源流固是一種龐大的民族遺產與資源，但另一方面卻在融合過程中成為另一個無法丟棄的大包袱」，於是一種能為白人文學接受卻「充滿了種種對中國傳統瞭解的謬誤」的敘說態度應運而生[229]。在這樣的語境下，張錯詩歌的古典傾向及其自身的民族主義精神尤顯得難能可貴，堪稱中華「氣節」。他以自己的創作實踐堅持著中華母體文化的海外「延伸」，也以之為與本土的一

---

[226] 張錯：《劍問——誰是唐淑清？》，收入《兒女私情》，第112頁。
[227] 張錯：《海外作家症候症》，收入《文化脈動》，第57頁。
[228] 張錯：《海外作家症候症》，收入《文化脈動》，第58頁。
[229] 張錯：《亞裔眼淚一廂情願》，收入《文化脈動》，第85，86頁。

種「互動」。「海外和本土是一個延伸和互動的關係」[230]，正是張錯對海外與本土關係的理解。

而就文學本身而言，中國古典文學傳統在海外的延伸，應該說體現在兩個層面：文學創作的實踐層面以及文學批評和研究的理論層面，因而其他海外學者為此所作的努力以及張錯的詩人兼學者身份就為這個命題的深入提供了不同的探討視角。

（一）張錯與海外「中國抒情傳統」的實踐

首先是張錯與「中國抒情傳統」的海外建構。對於這個以情觀物，且具有鮮明古典風格的詩人，不能不把其與半個多世紀以來海外中國抒情傳統的建構聯繫起來。

本書第三章就中國抒情傳統的海外建構做過詳細的整理，認為：「『中國抒情傳統』這一提法，從學術史研究的角度專指二十世紀五、六〇年代以來，在國際比較文學學科研究方法影響下，緣起於海外華人學者，後延伸到港臺的一個從整體文學層面考察中國古典文學傳統的研究取向。經過幾代學者的共同努力，它形成了包括文學史、文學理論（本體及範疇）及其哲學基礎在內的的學術研究體系，可視為當代學者具有獨創性的古典文學批評理論之一。」[231]中國抒情傳統的建構無疑是一個理論研究的學術範疇，這一梳理也主要注重以陳世驤、高友工為代表的海外華人學者對這一古典文學理論命題的研究和貢獻，而作為文學傳統的「抒情傳統」，僅於本書第三章最後一節「多元：抒情傳統在臺灣」有所論及。筆者認為，張錯的詩歌創作無疑是中國抒情傳統在現代和海外實踐的最好範例。

張錯所處的是二十世紀後半葉中國政治社會發生大變動、臺灣現代詩與大陸現代詩各表一枝的大環境，彼時中國文學的發展已走過二十世紀初新文學觀念與文類的最初摸索階段，但就詩歌的發展，尤其是臺灣現代詩五、六〇年代現代主義氾濫的局面而言，現代詩的形式與語言依然是一個重要的問題，張錯對於詩歌的思考和實踐就是以此為起點和重點的，這一點與本書第三章所指中國抒情傳統的理論淵源一致。張錯深諳中國白話詩取代古詩之後所面臨的嚴重語言問題，其《抒情詩的近代

---

[230] 李鳳亮：《現代漢詩的海外經驗──張錯教授訪談錄》，《文藝研究》2007年第10期，第58頁。

[231] 詳見本書第三章

傳統》一文即追述了中國抒情詩近代以來在白話詩歌語言上的探索[232]；
他對臺灣現代詩的考察注重的也是其詩歌語言的建立和形式的探索：
「臺灣現代詩萌芽的環境因素十分複雜。……1937年中文被禁後，臺灣
詩人即處在一語言真空的狀態。這問題延續到1945年光復以後，他們仍
未能完全克服中文上的障礙」[233]，而「五〇年代以來臺灣所遭逢的社會
動力，結合著長達二十年西方現代主義帶來的時間作用，已經在詩語法
（diction）上找到它重建的基地。」[234]在創作實踐上，張錯更是在返回
古典中尋找現代的表達方式，賦予古典以新生命，也找到了自己獨特的詩
歌語言。其古詞古韻的現代詩無疑是中國現代抒情詩的一道獨特風景。

　　張錯由自身詩歌創作經驗總結出來的創作觀也可看作是對高友工
「抒情經驗」的印證。「詩人的素材並不是完全是情感的激發，他必
須不斷的觀察身邊的事物（現實）與沉思人與事物的關係（浪漫與想
像），進而探討深一層與新一層的意義，把光亮，顏色，與語言自靈感
的創作噴泉濺射出來」[235]，這一描述與「抒情經驗」的三個層次——感
性的快感、形式結構的完美感、境界的悟感[236]——具有異曲同工之妙。
而相對中國古詩的注重詩人個體經驗以及古代文論接受觀念的淡薄，張
錯的現代詩創作在詩人個體經驗之外還強調詩歌與讀者經驗的分享：
「我的聲音除了是一種強烈情感的自然流露以外，同時還兼顧到基本人
性，以及普及人性而能大家共同分享的共性。」[237]這可能是其對現代主
義的晦澀的弊病的糾偏，而對中國抒情詩傳統而言，可以說是增添了新
的內涵，也可以說是對中國抒情傳統的一個補充。

　　應該指出的是，這一潛在與中國古典文化中的抒情傳統，其理論建構
的起點卻是西方戲劇文學、敘事文學、抒情文學的文類三分法，而後高友
工的語言學批評方法、新批評細讀方法、結構主義的句法與結構分析，都
體現出了西方文學批評方法在此間的重要作用。因此，可以說，中國抒情
傳統是借鏡西方才得以呈現的。因而，張錯的中國現代詩創作可看做是中
國抒情詩傳統的現代實踐與海外實踐，這便是其可貴的意義所在。

---

[232] 見張錯：《抒情詩的近代傳統》，參見《從莎士比亞到上田秋成——東西文學批
　　評研究》，第213-264頁。

[233] 張錯：《<千曲之島——臺灣現代詩選>·導言》，參見張錯編《千曲之島——臺
　　灣現代詩選》，第7頁。

[234] 張錯：《〈創世紀〉的詛咒——現代詩語言的尋找與重建》，參見《批評的約
　　會：文學與文化論集》，上海：上海三聯書店，1999年版，第72頁。

[235] 張錯：《漂泊者·自序》，參見《漂泊者》，第19頁。

[236] 詳見本書第三章。

[237] 張錯：《我的創作觀》，收入《兒女私情》，第5頁。

（二）張錯的詩歌創作與其文學研究

　　其次是張錯的詩歌創作與其文學研究。作為學者的張錯，其到目前為止的研究領域主要集中於中外文學比較研究以及中國近現代詩，尤其是臺灣現代詩的研究。

　　在中外文學比較研究中，張錯更強調「兩個民族的文化因素」，而非「影響因素與接受因素」，因此「比較性與歧異性」是其比較文學研究的著眼點[238]。由此可見張錯文學研究中的中立立場，這一立場在其中國現代詩研究中也得到了體現。在論及現代主義對臺灣現代詩的影響時，張錯如此評價現代主義：「其實在我看來，西方各種主義思潮在五、六〇年代的詩壇聲音微弱，沒有組織和系統的介紹，以及零碎的活剝生吞的追隨與模仿，都不足以影響以及牽動詩壇的方向，最可怕的仍是借主義之名，而作各種漫無節制的形式和語言試驗」，因而「西方思潮開始為臺灣現代詩背起十字架，甚至扮演一個出賣現代詩前程的角色，甘心上絞刑台做一個回歸東方的殉道者」[239]。這番足以為張錯招來「西方立場」罵名的言論發表於1984年，正是張錯在詩歌創作上開始轉向中國古典傳統之時。剛從現代主義泥淖裡走出的他，非但不痛批現代主義，反而為其「正名」，若非深有體會，絕得不出如此公允持正之論。此為立場之中立，而在具體的文學研究方法上，索緒爾的語言學、巴赫金的「眾聲喧嘩」、巴特的符號學、福柯的「歷史話語」等西方文學批評家及其理論在張錯的文學研究中也常可見到。由此，與其詩歌創作鮮明的中國古典傾向與民族感情相比，張錯的文學研究卻並沒有表現出太多「中國」特質。儘管其在研究對象上偏向中外古典文學比較，並且對中國現代文學研究也有往回前溯至晚清甚至明代的探源做法，但這只是一種學術觀點與策略，而非中國特質。至此，張錯的詩人與學者身份及其創作與研究活動所體現出來的不同傾向便在中國古典文學傳統的繼承這一命題下表現出其耐人尋味之處。

　　張錯的詩人與學者身份在此凸顯的是海外學人在情感和知識上的雙重需求與選擇。正如張錯之「以情觀物」，創作尤其是詩歌創作作為一種情感表達方式，首先出於創作者內心情感的需要，是感性體驗的結果；而研究，即便是文學研究，歸根結底還是一種科學活動，是理性思

---

[238] 張錯：《〈菊花之約〉與〈範巨卿雞黍死生交〉——中國與日本「鬼友」故事的比較研究》，參見《從莎士比亞到上田秋成——東西文學批評研究》，第36頁。

[239] 張錯：《詩的展望——淺論臺灣現代詩的過往與將來》，參見《批評的約會：文學與文化論集》，第3頁。

維的結果，離不開研究者所受學科規訓的影響。因而，中國古典傳統在
張錯詩歌中的明顯表現反映的正是詩人的情感需求，而其研究中的中立
立場以及西方文學研究理論與方法的運用則是一種知識的需求與選擇。
這又提醒我們注意兩個問題：

其一，在文學研究中，中國傳統文論在現代的境遇。如前所述，張
錯的文學研究中更多體現的是西方的學科規訓，其實不僅直接接受西方
教育的海外學者如此，中國大陸的文學研究也鮮見中國傳統文論方法的
運用，這就是二十世紀末以來中國大陸學界提出「中國傳統文論的現代
轉換」問題的原因。而海外學者在情感和知識上的不同選擇從一個側面
反映出西方話語霸權的客觀事實，也提醒我們反思，中國古代文論在現
代式微的原因——在現代學科規範中，理性客觀是文學研究之首要條
件，而中國傳統文論話語的感性特質決定了其在科學化和規範化進程上
所面臨的困難。那麼，在中國傳統文論的現代轉換這一問題上，我們是
應該改變整個中華民族偏感性的思維方式，還是挑戰現代學科規範？這
個問題的答案不言而喻。挑戰學科規範的說法或許太過激進，但是，在
文學研究中適當增加感性體驗的成分或許並不算過分。然而，在中國傳
統文論的現代轉換這一問題的討論中，除了對中國傳統文論的整理、闡
釋、提煉精神實質以及提取具有現代適用性的方法論外，能否尊重、正
視以及適當允許發揮中華民族的偏感性思維方式這一最具實質性的問題
卻往往被忽略了。這就是張錯的詩歌創作與文學研究取向差異給予我們
的啟示之一。

其二，有如其詩歌對中國古典文學傳統的繼承，張錯的文學研究中
有沒有可能出現更多中國傳統文論話語或批評方法的運用？張錯曾經把
詩歌創作與文學批評兩種活動都稱之為「批評」，不同的是：「詩是人
生的批評」，是「感性實用」的；而文學批評是一種訓練，必須保持高
度的邏輯與理性，與其性格有相悖之處，因而他對文學批評「既愛且
怕」[240]。他也如此評價創作者與批評家的關係：「批評家與創作者本來
就是兩個世界的人（到了記號學的巴赫金手裡，更宣稱作者已死），
如果創作者一味取巧創新，固然可獲得批評的注意或青睞，但如果沒
有堅實的創作內涵支撐，理論徒足成為空洞的幌子，讓人感到毫無著
力。」[241]從一定意義上來說，創作者應避免批評家的影響，然而，對於
詩人兼學者的張錯而言，創作對其文學批評與研究會有什麼影響呢？張

---

[240] 張錯：《後記》，《從莎士比亞到上田秋成——東西文學批評研究》，第366頁。

[241] 張錯：《抒情繼承：臺灣八十年代詩歌的延續與丕變》，參見《批評的約會：文
學與文化論集》，第84-85頁。

錯曾說其更喜感性的鑒賞[242]，這種感性天性與中國傳統文論的特質無疑是契合的。而且，詩歌創作證明了其對中國古典文學傳統的成功繼承，那麼，在文學研究中，創作者的實踐經驗，是否也使其更能辨識，哪些傳統文論觀念或方法更適應現代文學創作的現實而可以加以發揚？蔣述卓先生在《論當代文論與中國古代文論的融合》一文中曾提到：古文論研究關鍵的問題在於「沒有真正做到『今用』」[243]，這裡面的原因，除了古代文論研究者與當代文學理論和批評實踐的隔閡外，古代文論研究與當代文學創作實踐的隔閡也應在考慮之列。因而，本段開頭提出的問題，雖有越俎代庖之嫌，但確實很令人期待。

　　從中國傳統的「感性」存在，到彼岸的中國「想像」，再到執著認真的文論雕「龍」者，加上具有濃厚古典氣質的詩人與學者，我們或可對中國傳統文論話語在海外現代文學批評中的實踐情況做一個概貌性的描述。

　　從中國傳統文論話語的無意識實踐角度看，海外華人批評家的不同代際之間存在著差別。對於夏志清這一代來說，中國傳統作為一種感性的存在，於其精神背景的深處發揮著基調性的作用，因而無論表面如何西化，西方文論在其文學研究中運用得如何得心應手，仍然難以掩蓋其內在的中國知識份子氣質、因而在他們的文學研究中所深蘊的中國傳統文論話語也最終對西方文學批評方式起到一定的中和作用；對王德威這一代來說，中國更多的只是一種想像，回溯傳統只不過是一種學術資源的開拓和學術策略的運用，因而在這種想像中，西方因素是起主導作用的，中國文論話語則反似異鄉的偶遇，西方文論對中國傳統文論的衝擊和補益作用在此也更加明顯。作為一種無意識的實踐，中國傳統文論話語在夏志清及王德威文學研究中的存在方式與所起作用的差別提醒我們注意，在海外華人批評家的現代中國文學研究中，中國傳統的影響隨著時間、代際的推移而可能出現的消退，以及中西文論彼此力量的消長和相互補益。

　　從中國傳統文論話語的有意識實踐角度看，黃維樑的執著與認真讓人肅然起敬，其為此所做的努力是中國傳統文論現代轉換難能可貴的嘗試。然而，正是這種「有意識的」、「發出中國聲音」的良好意願和出發點扭偏了其中國傳統文論現代實踐的根本方向，使其局限於「人有我亦有」的狹隘視野而忽視了中國傳統文論中真正具有中國特質的東西。

[242] 張錯：《後記》，《從莎士比亞到上田秋成——東西文學批評研究》，第365頁。
[243] 蔣述卓：《論當代文論與中國古代文論的融合》，《文學評論》1997年第5期，第30頁。

這種有意識的實踐首先啟示我們：在中西文學、文論比較研究中，強烈的民族自尊若未能得到適當的自製，則有可能對研究的立場、視野以及比較的公允性產生影響；其次，提出一個「老套」卻又不得不問的問題：什麼才是中國傳統文論中真正具有中國特質和現代適用性的東西？

　　張錯的詩人兼學者身份及其創作與研究實踐則可能對中國傳統文論話語現代轉換的這一問題有所啟益。詩人張錯古詞古韻的現代抒情詩創作承襲中國一貫的藝術抒情傳統，是中國抒情詩傳統的現代實踐，體現了在文學創作層面上「古典」或者「傳統」的可能；而學者張錯，在比較文學研究中對西方文學理論方法的運用，與其詩歌創作的古典中國傾向形成了較為明顯的對比，由此凸顯出海外學人在情感和知識上的雙重需求與選擇，以及在文學研究中，西方思維的「客觀理性」與中國傳統思維的「感性體驗」之差異。這提醒我們思考：在「中國傳統文論的現代轉換」的實踐中，除了對中國傳統文論的整理、闡釋、提煉精神實質以及提取具有現代適用性的方法論外，或許還需要尊重、正視以及適當發揮中華民族偏感性的思維方式。而張錯在詩歌創作上對中國古典文學傳統的成功繼承，也為我們思考什麼才是中國傳統文論中真正具有中國特質和現代適用性的資源──提供了一個創作與研究、理論與實踐相結合的可能方案。張錯作為創作者的實踐經驗，是否可能使其在文學研究中更能辨識，哪些傳統文論觀念或方法更適應現代文學創作的現實而可以加以發揚？有如其詩歌對中國古典文學傳統的繼承，張錯的文學研究中有沒有可能出現更多中國傳統文論話語或批評方法的運用？我們對此充滿期待。

結語　傳統話語‧現代意識‧比較視野

　　1847年，大清帝國廣東府香山縣的青年容閎做出了人生中重要的決定——跟隨牧師布朗留學美國，這一年，容閎十九歲；八年後，容閎獲得了耶魯大學法學博士學位，成為首位於美國著名高校畢業的中國人。1872年，經過多方努力，容閎說服李鴻章、曾國藩等洋務精英，上書清廷推行官派留學生計畫，此後十年間一百二十名「留美幼童」分四批赴美，由此拉開了近代中國留學生歷史的序幕。[1]正如李鴻章、曾國藩在會奏中所言，留學生事業實乃「中華創始之舉，古今未有之事」，然而，誰又料到此舉一經推行，迅即在清末民初形成多次留學潮：十九世紀七〇年代洋務運動中的留歐船政生、二十世紀最初十年的留日熱潮以及庚子賠款後持續至新中國成立的清華留美計畫……

　　「近世輸入西方之文明，自譯書外，以遊學為一大導線。」[2]如果把近代中國知識界的急速變化與留學體制的日漸成熟聯繫起來，那麼留學這一並非中國近世所獨有的文化生產方式在此一時期獲得的巨大成功，毋寧說正從一個側面刻畫出西方現代文明逐漸為國人接受的歷史軌跡。在一個技術文明日漸縮短世界地理空間的年代，「父母在，不遠遊」的儒家古訓業已成為遙遠的回聲，中國青年的異邦「遠遊」正匯入世界範圍內的知識流動中，伴隨著古老傳統的抗擊、迎接現代性的降臨。可以說，與中國「數千年未有之變局」遙相呼應，正是這批在中國近代歷史上初登舞臺的新國民，以其特殊的文化身份，為百年來古今中西之爭視野下的中國提供了各色現代療法。

　　從近代中國留學生講起，多少有些追根溯源的衝動。如果說本書提倡的海外視野具有自身的合法性及其闡釋效度，那麼在傳統的現代轉型這一敘述框架內，我們所呈現的論域不過是又一個留學時代的傳奇，它所關注和爭論的問題構成了中國現代知識場域中別具深意的一格，同時，它也預示著中國學人所遭遇的傳統與現代的危機將是一個持續的、不斷創造的過程。

---

[1] 參見錢鋼、胡勁草：《留美幼童——中國最早的官派留學生》，上海：文匯出版社，2004年版。

[2] 柳詒徵：《中國文化史》（下冊），上海：上海三聯書店，2008年版，第791頁。

第一節　文化保守主義與現代性批判

　　以激進主義－自由主義－保守主義的觀念並生系統[3]來解釋西方現代思想進入中國後的學術表現形態，是以史華慈（Benjamin Schwartz）為代表的漢學思想史研究的重要觀點。由於美國中國學研究以英國歷史學家湯因比（Arnold Toynbee）的「衝擊-回應」模式為基本立場，在無形間也就特別突出了世變下傳統一維的命運轉變，這一視角的不同，使其相較於國內幾近形成範式的「啟蒙——救亡」模式，較早地對保守主義在近代中國思想史上的價值投以合理的關注。

　　按照史華慈的說法，保守主義同樣是一個西來的觀念，在最初的語境中，它作為啟蒙運動的反動，代表了現代性的另一面。這提醒我們注意，從梁啟超、學衡派到現代新儒家，中國保守主義者對傳統的回歸與重建，確有借助東西比較視野及敘述框架發掘傳統之普世價值並以此批判西方現代性的共同路徑。對此，我們將以梁啟超歐遊及其引發的「科學與人生觀」之論爭以及「學衡派」對儒家倫理的新人文主義闡釋為例，揭示傳統的轉化如何與現代性的批判達成共識，進而為理解當代海外華人學者的傳統之發明引入一條可供參照的路徑。

　　1919-1920年，梁啟超的歐遊之行宣告這位文化激進人士向傳統主義的回歸，這也同時標誌著他政治生涯的結束和學術生涯的開始。應該說，在此之前，梁氏對西方文明並不陌生，辛亥革命失敗後，他曾長期流亡日本，主筆《清議報》和《新民叢報》，以東洋為仲介向國人推介西學；1903年，梁啟超應美洲保皇黨之約，遊歷新大陸，種族歧視下華人的悲慘生活與美國中產階級社會的勃發生機形成了鮮明對比，此行之後，梁氏有言「且不憚以今日之我與昔日之我挑戰者也」，一改大共和之夢，轉而投奔立憲運動。然而，1919年的歐遊仍具顛覆意味，作為現代西方文明的中心，深入歐洲大陸的見聞遠遠超出了梁啟超此前從週邊世界（日本、美國）獲得的認識，戰後歐洲物質匱乏、精神虛無的景象，宣告了「科學萬能夢的破產」，梁啟超在《歐遊心影錄》中也不免認為，進化論的神話並不能解決社會道德和價值問題。對此，他開出藥

---

[3]　史華慈在此引用了卡爾·曼海姆的觀點，認為激進主義-自由主義-保守主義作為一個不可分割的整體出現於法國大革命的前後，它圍繞著對現有社會制度的改革問題，形成了不同的態度。因此，西方保守主義的出現通常被認為是對法國大革命的反動，進一步而言，則可視為對啟蒙運動的反動。參見史華慈《論「五四」前後的文化保守主義》，載許紀霖、宋宏編：《史華慈論中國》，北京：新星出版社，2006年版。

方，鼓勵青年重新審視和評價儒家倫理秩序的現代意義，進而把東方視為新的普世價值發源地：「我們可愛的青年啊！立正，開步走！大海對岸那邊有好幾萬萬人，愁著物質文明破產，哀哀欲絕地喊救命，等著你來超拔他哩。」⁴正如汪暉所言，梁啟超「對中國文化的宣導不是以論證文化的異質性或不可通約性為目標，而是以診斷和挽救現代性的危機為目的。……他們的理論與馬克思主義一樣，也是一種反現代性的現代理論」，「在梁啟超設計的敘事中，中國及其文化的前途就被植入了有關世界歷史的宏偉敘事之中。中國社會與文化的復興在這種敘事中也因此獲得了它的世界意義，成為論證總體歷史發展的一個重要論據」。⁵可以說，從梁啟超開始，東西比較的模式經歷了一次重要更新，它構成的文化保守主義的敘事邏輯和語調突破了東西優劣論和民族主義的框架，開始追求傳統文化的世界意識和公理價值。在《論中國學術思想變遷之大勢》開篇，梁啟超一改「新民」時代以來學術西化的態度，對青年學人提出新的期望：「且吾有一言，欲為我青年同胞諸君告者：自今以往二十年中，吾不患外國學術思想之不輸入，吾惟患本國學術思想之不發明……凡一國之立於天地，必有其所以立之特質。欲自善其國者，不可不於此特質焉，淬厲之而增長之。今正當過渡時代蒼黃不接之余，諸君如愛國也，欲喚起同胞之愛國心也，於此事必非等閒視矣。不然，脫崇拜古人之奴隸性，而複生出一種崇拜外人蔑視本族之奴隸性，吾懼其得不償失也。」⁶顯然，梁氏已認識到「思想之發明」才是學術之根本，專信洋人與迷信古人一樣，都難以從立國之本處解決時代思想之獨創價值。

　　1923年，梁啟超歐游的思想餘波引發了學術界「科學與玄學」的大規模論戰，隨梁氏同游歐洲的弟子在論辯中據理力爭、各執一方。其中，代表「玄學」一方的張君勱嚴厲批判了以分析方法為基礎的現代科學，他認為理性不能解決人的主體經驗、情感和道德等「人生觀」問題，進而試圖發掘宋明「心性之學」的普世價值與世界意義，由此開啟了現代新儒家的路徑。張君勱對科學的非難源於其在歐洲的求學經歷，與梁啟超歐遊的感性體驗不同，張君勱師從倭鏗（Rudolf Christoph Eucken），系統地接受了西方現代非理性思想，他的關於「人生觀」的

⁴　梁啟超：《歐遊心影錄》，參見《梁啟超遊記：歐遊心影錄、新大陸遊記》，上海：東方出版社，2006年版，第57頁
⁵　汪暉：《中國現代思想的興起‧第二部（下卷）》，北京：生活‧讀書‧新知三聯書店，2008年第2版，第1309、1310-1311頁。
⁶　梁啟超：《論中國學術思想變遷之大勢》，夏曉虹導讀，上海：上海古籍出版社，2001年版，第6頁。

大部分理論都與帕格森（Henri-Louis Bergson）和德里希（Hans Driesch）密切相關，實際上他的文化批判已自覺站在了西方反思現代性的立場。與梁啟超一樣，張君勱所提出的危機解決方案同樣落在了傳統的回歸與重建上，他對儒學的發揚顯然已超越了東西二元論的民族主義立場，在反科學的呼聲中實踐著對人類整體文明的關懷。

就在「科學與玄學」大戰爆發前一年，《學衡》雜誌（1922.1-1933.7）的創立標誌著現代中國歷史上另一個著名保守主義團體「學衡派」的登場。作為主要成員的梅光迪和吳宓都曾留學哈佛，共同服膺於「新人文主義」大師白璧德（Irving Babbitt）的門下。在美國學術界，白璧德曾掀起二十世紀二〇年代的文化批判運動，對諸如「古今之爭」、「進步觀念」、「個人主義」及「現代」等西方現代性的關鍵問題予以討論，其基本立場是古典主義式的道德主義，因此極易在儒家倫理與西方古典道德主義之間找到平衡與會通，並以此作為現代性批判的武器。1922年3月第3期《學衡》雜誌以《白璧德中西人文教育談》為題發表了1921年秋白璧德面向中國留美學生的演講，文章敬告中國留學生，西方「古今之爭」中大獲全勝的「進步觀念」已受到強有力的挑戰，因此，輕易與傳統決裂並非明智之舉，當下科學精神的危機應通過結合東西偉大傳統中的人文思想來解救，而中西古典傳統對人的規定，首先是節制的、自律的道德主義。「他告誡『中國人』在『今日之新舊之爭』中，追求『進步』的同時要審慎保存偉大傳統的精神——此即融合古今；他提醒『中國人』應結合自身與西方自古希臘以來之背景，在人文主義的層面互相印證，見出二者將共同構成萬世之智慧——此即會通中西。」[7]對白璧德來說，東方傳統的價值同樣建立在現代性批判的基礎之上，一旦以道德拯救科學的方案被確立，儒教中國將提供一種不同於科學理性精神的世界價值和可能。顯然，從「新人文主義」的立場出發，「學衡派」對新文化陣營展開的批判就絕不只是「國粹」式的自我陶醉，它有更高的理想和抱負：

> 對梅光迪來說，保存中國「國粹」不僅是民族形式問題，而是文化形式和人生之間普遍關係的問題。他對中國古典文人文化（而不僅僅是文言）的評價準則，不是因為其中國性而視為神聖遺產，而是因為它以本土民族的形

7　張源：《從「人文主義」到「保守主義」——〈學衡〉中的白璧德》，北京：生活・讀書・新知三聯書店，2009年版，第183-184頁。

式，表達了具有普遍意義的價值：知識自律和審美節制這樣一種完美的創造精神。《學衡》批判的不是新文化運動中的「洋」東西，而是「現代」或假裝成「現代」的東西。因而它預示了對傳統中國現代化的物質和精神後果的一種更廣泛的「新」傳統主義的批判。[8]

　　雖然「學衡派」並未加入此後一年的「科玄」論戰，但它卻以一種更為持續和系統的方式，在西方人文主義與中國傳統主義之間搭建溝通的橋樑，毋寧說這一實踐本身已構成白璧德「新人文主義」文化批判的一部分，它不僅意味著中國知識份子自覺加入到現代西方價值重建的過程中去，也意味著中國傳統的創造性轉化將成為西方現代性批判的重要資源。

　　如果說「五四」新文化運動對傳統採取的全盤否定、或至少是強烈質疑的態度代表了西方現代精神中「進步觀念」和「科學理性」對中國的塑造，那麼文化保守主義者基於西方反思現代性立場對傳統的重新闡釋和發揚，則也反映出中國知識份子賦予其自身歷史以現代價值和延續可能的努力。然而，更重要的是，現代中國知識場域內各種思潮的衝突和碰撞，預示著西方現代性自身的矛盾正通過中國留學生的不同選擇在現代中國與傳統的不同關係中表現出來。因此，當我們即將整體評價當代海外華人學者對中國文學傳統的態度時，必須注意到以下事實，即「如何理解西方」已直接關係到我們「如何理解中國」。如果說近代文化保守主義者的現代性批判立場及其對傳統的複歸，還僅只代表了西方世界初露端倪的自我批判意識及其對中國的感召，那麼隨著當代西方世界對現代性歷程的大規模反思，已身處其中的海外華人學者將如何在傳統與現代間作出選擇和超越，他們對此的回答，必將重新回到對於中國及其現代性的理解。這也正如史華慈所說，「『什麼是現代性』，這個問題無論在中國或西方都沒有一個清楚的界定，如「五四」時代，大家都反傳統而追求西方的智慧，可是對於什麼是現代的西方卻有著不同的看法，不同的人找到了不同的東西，如無政府主義、自由主義、社會主義、戀愛自由等等。……所以我覺得現代中國知識份子所面臨的問題，不應該只是中國傳統與現代之間的衝突問題；而是什麼是現代性的問題，當然兩者是相關的。」[9]

---

[8]　（美）格裡德爾：《知識份子與現代中國——他們與國家關係的歷史敘述》，桂林：廣西師範大學出版社，2010年版，第233頁。

[9]　史華慈：《研究中國思想史的一些方法》，參見許紀霖、宋宏編《史華慈論中

第二節　本土知識的全球意義[10]

在《中國當代文化意識》的前言中，甘陽有這麼一段話：

> 誠如哈佛著名中國思想史專家史史華慈教授早在七〇年代初就已預言的：一旦中國知識份子從「文革」的靈夢中醒來，重新恢復他們對西方的興趣時，他們就會發現，今日的西方已不是「五四」人眼中的西方了，因為西方自身正比以往任何時候都更陷入深刻的精神危機和思想危機之中。不消說，這種狀況必然會對正在思索中國現代化之路的中國知識份子造成極大的「困惑」，因為它意味著：現代化的進程並不只是一套正面價值的勝利實現，而且同時還伴隨著巨大的負面價值。而最大的困惑更在於：至少在西方，這些正面價值與負面價值並不是可以一刀切開的兩個東西，而恰恰是有著極為深刻的內在關聯的。[11]

的確，隨著對「現代性」問題日漸深入的討論，西方學界已普遍承認「現代性」本身所蘊藏的巨大矛盾：一方面，作為啟蒙運動的產物，「進步」、「理性」、「科學」、「民主」、「自由」、「市場」等一整套所謂普世價值，推動了百餘年來的全球現代化進程，極大地豐富了人類的物質生活，由此建立起來的廣泛影響人類社會和經濟生活的價值體系被稱為「啟蒙現代性」；另一方面，工具理性的擴張伴隨著宗教的衰落摧毀了傳統的社會共同體，在非人化的境遇中個體精神日漸萎縮、社會價值體系瀕臨崩潰，不可避免地「商品化」和「物化」過程嚴重威脅著生命存在的豐富性，由此引發的人類精神危機催生出反思現代性的文化批判力量和社會革命運動，由於這種反思的現代性集中地表現在藝術和審美活動中，因而被稱為「審美（文化）現代性」。可以說，「西方的現代藝術和『現代性』剛好構成一種吊詭：歷史愈往前進，文化的危機感也愈強，也愈要反抗這種直線前進的現代時間觀念。」[12]而兩種

國》，第230頁。

[10] 借用自杜維明提出的「地方知識的全球意義」（the global significance of local knowledge）。

[11] 甘陽：《〈中國當代文化意識〉前言》，參見《古今中西之爭》，北京：生活·讀書·新知三聯書店，2006年版，第108頁。

[12] 李歐梵：《世紀末的華麗》，參見《未完成的現代性》，北京：北京大學出版

現代性的緊張關係，則較為完整地描繪出西方的「現代性」圖景，對此，英國社會學家鮑曼（Zygmunt Bauman）曾這樣概括：「現代性的歷史就是社會存在與其文化之間緊張的歷史。現代存在迫使它的文化站在自己的對立面。這種不和諧恰恰正是現代性所需要的和諧。」[13]

然而，近代中國的現代想像是圍繞啟蒙理性展開的專斷敘事，對大多數知識份子來說，文化保守主義所揭示的「現代性」陰暗面還沒有現實討論的可能，因而其所提供的作為現代性批判的傳統轉化方案也就沒能在文化實踐上有所作為。當代海外華人學者則身處完全不同的語境，隨著二十世紀六〇年代以來後現代文化思潮對「現代性」的全面反攻，歐美學術界積累了百餘年的文化批判傳統，已成為理解「現代性」的基本資源，可以說，從反思現代性的立場，重新挖掘啟蒙敘事所壓抑了的傳統可能，潛在地構成了海外華人學者古代文論研究的基本脈絡和追求，也因此構成了他們與近代中國文化保守主義間的繼承關係。

本書所牽涉的五組個案，從不同程度反映出傳統的轉化與現代性批判間微妙的關聯，從不同側面揭示出這一視角在古典藝術批評和實踐中的可能性。假如把當代海外華人學者的古代文論研究視為一種整體性的實踐，那麼我們傾向於從兩個層面把握這種批判和建構：其一，建構以古代文論資源為基礎的文學（藝術）自律理論系統，並於比較視野中突出傳統中國所特有的感性經驗、審美態度、藝術實踐在對抗啟蒙大敘事統攝下的功利主義文學觀時所發揮的特殊價值；其二，從審美（文化）現代性的「救贖」功能和「文化批判」立場出發，闡釋上述傳統資源在應對全球性的「現代危機」時所具有的普世價值和世界意義，從而為中國傳統與現代西方的對話搭建橋樑。

一個顯著的趨向是，有關「感性」經驗的種種概念、範疇、命題構成了所謂現代轉換的核心內容。葉嘉瑩的「興發感性」說、現代新儒家的「藝術精神」、葉維廉以「直覺」關照的道家美學、「抒情傳統」構架中的「美感經驗」和「藝術形式」……可以說，海外華人學者在有意無意間都傾向於把中國文學（藝術）傳統歸約和重塑為一種自律性的價值系統。這種不約而同的嘗試，其實是借助現代性分化的過程，強調中國古典傳統作為審美價值系統所具有的相對獨立性和存在的合法性。

自韋伯（Max Weber）以來，知識界普遍把現代性視為一個廣泛的分化過程，其最突出的表現則是「從宗教和形而上學之中分離出三個

社，2005年版，第64頁。

[13] 轉引自周憲：《審美現代性批判》，北京：商務印書館，2005年版，第137頁。

自律的範疇：即現代科學、自主的藝術與倫理和法律的理性主義」[14]，
這一分化的結果導致上述三個價值領域形成了各自不同的評判標準和存
在機制，進而構成了相互獨立的自治體系。雖然，代表了啟蒙理性的科
學文明一度成為「現代性」的同義詞，但是由於上述分化的存在，並不
能以科學精神解釋文學和道德的合法性，換句話說，「現代性」中社會
與文化的內在分裂和緊張關係，根源於它們所據以自立的價值標準的迥
然對立。那麼審美領域的自律形態是怎樣的呢？它集中表現為一系列以
「感性」為核心的觀念體系（想像力、創造力、經驗、形式、語言、美
感、象徵）以及由此產生的現代藝術與古典藝術的二元對立（散文與
詩、古典與浪漫、再現與表現、理智與情感）。顯然，與科學精神所推
崇的工具理性及物的客體性相對，審美自律系統凸顯了人的主體性價值
和意義，由此產生的「感性」的藝術世界與啟蒙理性統攝下的寫實的、
功利的藝術創作構成了某種對抗關係。

　　正是從這個意義上說，海外華人學者以美感經驗、藝術精神和生命
情味為主線所發掘的中國古典文論體系，就不僅具備了現代藝術體制
所規定的自律性特徵，更在與啟蒙話語籠罩下的白話文學的張力中，
以其「感性」氣質所體現的人文價值獲得了「現代性」意義上的創造
性轉換。以抒情傳統的創構為例，何以「抒情」這樣一個與浪漫主義
關聯至深的西方觀念，會成為海外學者詮釋中國傳統的重要資源？如
果說對於浪漫主義的一般印象還停留於極端的個人主義、無節制的情
感氾濫、頹靡的放蕩生活以及熱烈感人的愛情之上，那麼以賽亞・柏林
（Isaiah Berlin）的觀念史研究則從十九世紀歐洲社會前所未有的理性反
叛高度給予了浪漫主義應有的歷史地位，並認為浪漫主義發展出的內傾
的生活方式，忠於情感、想像力和理想主義的信念以及對於世俗的、平
庸的物化生活的反抗，相當程度上奠定了西方兩百餘年來啟蒙批判的基
本形態。由是而言，雖然中國傳統文論中「詩」、「興」、「情」、
「景」、「氣」等概念的內在精神與西方浪漫主義的「抒情」氣質，相
去甚遠，然而，在肯定人的情感世界與生命經驗的層面上，二者卻有驚
人的一致。因此，若把「五四」白話文學所極力論證的理性寫實傳統視
為啟蒙意義上的「傳統的現代轉換」，那麼「肯定個人的經驗，而以為
生命的價值即寓於此經驗之中」[15]的「抒情傳統」則在人文關懷的理想
中完成了傳統之發明，它不僅彰顯出古典中國特有的美學理想，更豐富

---

[14] 汪暉：《中國現代思想的興起・第二部（下卷）》，第1282頁。
[15] 高友工：《文學研究的美學問題》（下），參見《美典：中國文學研究論
　　集》，北京：生活・讀書・新知三聯書店，2008年版，第83頁。

了「抒情」所體認的生命經驗。上述路徑同樣適用於葉嘉瑩的學術人生，正因為把中國傳統詩詞理解為一種生命的興發感動，才可以在一個處處講求「有用」的現代社會返歸「無用」的詩的藝術世界，而這種回歸不僅意味著她於傳統中找到了安身立命的精神之根，更表明傳統中國與現代西方在人文追求和個人修養上可能達到的共識和互補。隨著葉嘉瑩從臺灣走向北美學術界，中國文學的地方性經驗所顯現出的全球性人文價值，越發促使其從傳統的繼承者轉向古典詩詞的全球推廣人，這也預示著海外華人學者將日漸參與到世界範圍內的文化重建中去。

　　在一批以西方現代觀念和學術範式為參照而整理和重建的理論資源集中問世之後，海外華人學者關心的問題已從中國傳統是否能納入現代知識體系轉變為中國傳統如何對建立全球性的現代價值給予建設性的回應。特別是在「邊緣文化」得到普遍關注的後現代氛圍中，現代化就等於西化的論斷已日益受到多元現代性觀念的挑戰，而西方現代性自身所暴露出的矛盾和困境，也為從其他文化傳統出發重新思考現代價值提供了可能。以此為契機，海外華人學者的古代文論研究，不僅致力於從審美現代性的角度挖掘中國文學（藝術）的「救贖」之道，更憑藉傳統中國的身心性命之學進入全球性的文化對話和現代性反思之中。其中，最具對話意識的，當屬葉維廉的道家美學以及現代新儒家從儒道資源中闡發的中國藝術精神。葉維廉早年深受西方現代詩的影響，對理性主義傳統及其陰暗面有自覺的認識，而借助詩歌翻譯的機緣又得以從認識論和語言論的高度追根溯源地剖析西方傳統的文化邏輯和思維結構，這使得他的道家美學闡釋始終建立在對分析、演繹、推斷等理性認知方式的批判和對立之上，因而形成了一個以直覺、經驗和整體感知為核心的道家美學體系，然而，這一創造性闡釋的成功更有賴於葉維廉、劉若愚等學者在西方現象學與道家美學間搭架的互動和會通，它不僅引發了西方理性批判傳統對老莊思想的興趣和研究，更於二者的對話中以其對自然和人性的關懷在全球性的現代反思中獲得了自身的世界意義。現代新儒家對「中國藝術精神」的研尋，則始於徐復觀對現代藝術批判功能的思考，他以為誠然借「以醜為美」而反映現實的西方現代藝術樹立了審美現代性批判的基本範式，然而中國傳統藝術卻以其助益於人格修養和生命反省的道德超越滋養出「美善合一」的健全人性，這種治癒和關懷構成了別開一路的批判力量。隨著海外新儒家的崛起，杜維明等學者更把「啟蒙心態」的反思作為儒學參與世界對話和構建全球倫理的基本立足點，他特別指出所謂的全球性價值也是一種地方性知識的延伸，因此打破由西方壟斷的全球性價值而使更多的地方性知識獲得世界意義，就為

包括儒學在內的眾多地域文明提供了重建和復興的機遇。當西方學者不自覺地把自身關注的問題理解為一種全球性問題時，中國學者所談論的本土問題是否也可能具有普世意義？對此，杜維明所闡發的「中國藝術精神」的生態轉向，正是為世界範圍內生態危機的反思提供一種「天人合一」的中國智慧，並把儒家傳統的人格修養昇華為一種建設性的全球價值。可以說，海外華人學者在現代性批判視野中的傳統重建，不僅推進了本土知識的全球意義，更為東西文明的對話提供了新的可能，因此，我們才能聽到這樣的西方聲音：「我們要做的不只是研究中國傳統，而是設法化之為豐富和改造我們自己世界的一種文化資源。」[16]

第三節　移動的詩學

如果進一步追問是何種歷史機緣和文化語境造就了當代海外華人學者於傳統言說中所表現出的批判視野和世界意識？那麼，我們傾向於從全球性的文化流動趨向及其引發的一系列新生經驗中尋找原因。

作為當今全球化進程的重要表徵，學術研究所呈現出的開放與流動的面貌已塑造出一批國際間的「學術遷移者」，他們的研究普遍突破了民族、國家以至文化的邊界，呈現出顯著的「跨界」特徵，同時又在本土傳統與他國文化的張力中凸顯著「邊緣」的特性。可以說，海外華人學者正是上述學術群落中的一個組成，而他們返歸傳統所開拓出的研究視野和理論構想，一方面以其論域的「邊緣」性拷問西方現代性規劃的普世預設，另一方面則以其「跨界」的雙重身份對本土研究的穩定構架提出挑戰和質詢。因此，我們選擇「移動」（來回、雙向、去中心的涵義）而不是「流動」（單向、不可逆和明確的目的性）來描述海外華人學者在古典研究領域的這種雙向觀照的特殊形態，就不僅意在說明其在全球性學術流動中的身份變動和遊移，更力圖凸顯他們游走於東西文明間的理論闡發所透露出的多面關懷及內中的互動和張力。對此，我們以為海外華人學者的古典文論研究以其「移動」的詩學形態引申出下述論題。

其一，邊緣身份與漢學視域。首先，我們必須指出的是，從事古典文學研究的海外華人學者，是在西方經典漢學的論域中言說傳統的。所謂漢學（sinology），過去是指西方人對古典中國的研究，它的對立面

---

[16] （美）安樂哲：《差異比較與溝通理解——當代西方學者研究中國哲學的傾向及障礙》，參見《和而不同：中西哲學的會通》，北京大學出版社，2009年版，第326頁。

是產生於二十世紀初的「國學」，二者都以傳統中國為研究對象，區別
則在於研究者的國族身份和文化背景。然而，在全球性的學術遷徙中，
大批「國學」學者西游海外，轉入西方「漢學」圈，由此不僅改變了
「漢學」的研究生態，也淡化了「漢學」的國族色彩。當今，「漢學」
已不再框定於研究者的身份差別，而是標榜一種西方語境中形成的認識
傳統和研究視野。因此，作為「漢學家」的海外華人學者，就不僅在心
理、情感、身份等層面與傳統構成某種親緣關係，也在「漢學」的學科
傳統內與古典中國形成了某種陌生化的闡釋關係。由於「漢學」長期以
來壟斷了西方世界認識傳統中國的視窗，因此在國外，「漢學」常常給
人自成一隅、艱深孤僻的印象，漢學家們也常常滿足於小圈子式的古典
研究，以此維護自己對古典中國的闡釋權威。與傳統漢學那種考古式的
博物館研究相比，因其與文化母體的特殊關聯，海外華人學者對傳統中
國的體認就多了一份同情之理解和對現實的關懷，對於他們來說，傳統
並不是一個抽象的概念，而是一個活的存在與過程。另一方面，與作為
顯學的「國學」相比，「漢學」則處於西方學術的邊緣域，為了參與到
現代知識生產中去，它常常借助流行理論解剖中國傳統以期證明或證偽
西方主流思想的觀念預設，因此，客觀地說，海外華人學者的「漢學」
研究常因其鮮明的理論意識和獨到的觀察視野，引發大陸及臺港相關研
究話題的興起或傳統論域的反省，從而促進「國學」範式的更新。

　　其二，比較視野與傳統重建。海外華人學者以「漢學」為主軸的中
國研究，又潛在地構成了文化及文學意義上的中西比較，其以西釋中或
求同見異的詮釋模式，不僅為他們的文論研究增添了一層比較文學的意
味，更於不期然間切合了百年來中國知識份子重建傳統時的文化語境。
臺灣學者黃錦樹曾這樣解釋抒情傳統命題產生的歷史機緣：「很明顯
的，和百多年來大部份中國知識人（不論是西化派還是反西化派）類
似，陳世驤先生是在中西文化差異──如果不是優劣論──的架構下思
考這樣的問題。這樣的思考背景，其實也是近代以來中國學人思考學術
問題的一個隱含的，但卻是具有強大壓力背景。那即是與西方的比較，
更何況陳世驤是在美國漢學的圈子裡，在西方內部的邊緣域。……如果
說近代中國知識人的文學觀念基本上來自西方的參照，借柯慶明對王國
維與胡適的批評，『他們顯然都是依據西洋文學的現象而獲致形成了他
們心目中的關於文學的概念』。更重要的是，比較的框架，及意識到比
較不可避免。」[17]上述論斷表明，當今中國學者對古典傳統的理解已不

---

[17] 黃錦樹：《抒情傳統與現代性：傳統的發明，或現代性的轉化》，《中外文

可能自外於現代學科及其概念體系，而一旦進入這種以西方模式為核心的認知框架和概念體系，傳統的更新和轉換就不免處於中西比較的潛在挑戰之下。當代闡釋學的基本立場表明，任何闡釋活動都以文本的詮釋呈現自己的時代性意義，而「比較視野」的貫穿正是傳統的創造性轉換「何以存在」的文化語境，亦是所有參與其中的知識份子共同的歷史「前理解」。然而，如果說中國大部分知識份子的比較立場還源於認識到比較不可避免後的被動接受，那麼對於海外華人學者來說，「漢學」卻就在這西方傳統中，它的比較姿態如此理所當然、以至居高臨下而咄咄逼人，不免使人警覺到比較框架的背後，西方文明以現代知識體系肢解和想像文化他者的比較邏輯。因此，不論「求同」還是「見異」，如何於傳統重建的比較視野中推進文明的對話和文化的反省，就構成了海外華人學者超越漢學心態的重要路徑。

其三，現代性批判與全球對話。如果說比較的視野構成了近代以來中國知識份子思考現實問題的基本處境，那麼比較的目的和價值則共同指向了文化「現代性」的探求。可以說，「五四」新文化論述中以「理性現代性」統整「文化現代性」的設想長期主導了傳統轉型的內在邏輯，它以理性和蒙昧的對立所構想出的現代西方與傳統中國的二元敘事，極大地簡化了東西文明的豐富內涵和西方現代性本身的複雜面貌，由此塑造出的以西學為規範的傳統的現代形態不僅喪失了文化的主體價值，也忽視了西方現代性的負面危害。對此，早在急切推進西化的「五四」時期，海外的歸國留學生就已先行提出了文化保守主義的構想，內中對文化的堅守和傳統的認同裏挾著現代性批判的憂思，較早地從反思現代性的立場提供了另一種傳統的現代性方案。不難理解，當代海外華人學者其實是近代以來中國「知識」流動人群中廣義的留學生，與近代中國的文化保守主義者一樣，他們因為身處西方內部而較為清醒地認識到現代性的內在矛盾與張力，更因為他們所從事的人文學研究（特別是作為西方「他者」的中國傳統文化研究）在西方現代性傳統中所扮演的批判和救贖的角色，使得過去曾被啟蒙話語長期壓抑的傳統價值逐漸在文化特別是審美領域體現出獨特的人文關懷和世界意義。就此而言，當代海外華人學者的古典文論研究呈現出顯著的批判意識和對話訴求，他們普遍於審美現代性的立場重構古典文學的「感性」傳統，並於全球範圍內的現代性反思和文明的對話中開掘本土知識的世界意義。他們的實踐表明，傳統的創造性轉化需在闡發全球性價值和參與全球性對話中開

關新的路徑。

　　史華慈曾指出所謂的中國傳統是指一系列經典文本及其闡釋系統，因而「中國傳統像所有以文本為中心的傳統一樣，是一種詮釋學的傳統」[18]，其文化的意義和價值都寓意於闡釋的歷史之中。如果我們把現代中國與傳統的關係也理解為上述闡釋學關係，那麼如何通過對傳統的闡釋在過去與現在之間保持一種意義的連續性，就構成了二十世紀中國文化的現代轉型所面臨的中心問題。正是在這個意義上，本書所推介的海外華人學者的古典文論研究，以其「跨界」的身份為我們呈現出一種「邊緣」而智慧的解答。

---

[18] 史華慈、劉夢溪：《現代性與跨文化溝通——史華慈教授訪談錄》，參見《史華慈論中國》，第220頁。

附錄　宇文所安的中國文論研究

　　在當代西方漢學家中，對中國文論的傳播和研究做出巨大貢獻的，首推美國哈佛大學東亞系、比較文學系教授宇文所安（Stephen Owen，中譯為斯蒂芬・歐文）。對於宇文所安的漢學造詣，德國漢學家顧彬（Wolfgang Kubin）這樣評價道：「斯蒂芬・歐文排第一，他是唯一可以和歐洲人一樣思考的美國漢學家，唯一一個，連他的英文都不是一個美國人的英文。他的新思想特別多，他會開拓一個新的方向……」[1]

　　宇文所安1946年生於美國密蘇里州聖路易斯市。1959年移居巴爾的摩，當其初次接觸英譯中國詩詞選本《白駒》，立即被中國古典詩詞的魅力所征服，從此癡迷上中國古典文學。1968年獲耶魯大學中國語言與文學專業學士學位。四年後在耶魯大學東亞系取得博士學位，隨即留校任教。1982年轉入哈佛大學，1982-1984年，任哈佛大學東亞系中國文學教授。此後，一直擔任哈佛大學東亞系與比較文學系跨系教授，現為詹姆斯・布萊恩特・柯南德特級教授。

　　耶魯和哈佛兩校有著深厚的漢學傳統。耶魯大學是美國第一個漢語教研室和東方圖書館的誕生地（1876），衛三畏（S. W. Williams）、傅漢思（H. H. Framkel）、余英時、孫康宜等著名學者曾執教於此，柳無忌、李田意、夏志清、吳廣明、馬幼恒等一大批重要學者曾在此攻讀。哈佛大學更是以其東方學研究聞名於世，著名漢學家洪衛蓮、畢曉普（J. L. Bishop）、白思達（G. W. Baxter）、海陶瑋（J. R. Hightower）、韓南（P. H. Hanan）等薈萃於此，更有聞名全球的學術研究和出版機構，像哈佛大學東亞語言與文明系、哈佛大學燕京學社、費正清中國研究中心、哈佛大學出版社等。出身於該校的學者有丁乃通、芮效衛（D. Tod Toy）、高友工、薛愛華（E. H. Schaffer）、李歐梵等。[2]兩校濃厚的學術氛圍、名師的言傳身教和同學之間的互相砥礪及豐富的圖書資源，為宇文所安的學術之路奠定了堅實的基礎。

　　隨著宇文所安若干著作的中譯本發行，他的名字在中國文學研究界早已如雷貫耳。從其博士論文《韓愈和孟郊的詩歌》（*The Poetry of*

---

[1]　《「如果美國人懂一點唐詩……」——專訪宇文所安》，《南方週末》2007年4月5日。

[2]　黃鳴奮：《英語世界中國古典文學之傳播》，上海：學林出版社，1997年版，第30-40頁。

Meng Chiao and Han Yü）的文本細讀，到《初唐詩》（*The Poetry of the Early T`ang*）和《盛唐詩》（*The Great Age of Chinese Poetry: the High T`ang*）的細密鉤沉；從《追憶》（*Remembrances: the Experience of the Past in Classical Chinese Literature*）的往事再現，到《他山的石頭記》（*Borrowed Stone: Selected Essays of Stephen Owen*）的真知灼見；從《中國文論：英譯與評論》（*Readings in Chinese Literary Thought*）的經典譯評、《迷樓》（*Mi-lou: Poetry and the Labyrinth of Desire*）的欲望解讀，直到最近出版的《中国早期古典詩歌的生成》（*The Making of Early Chinese Classical Poetry*）、《晚唐：九世紀中葉的中國詩歌》（*The Late Tang—Chinese Poetry of the Mid-Ninth Century*（827-860）），兩書對中國古典詩詞的深度解讀，無不彰顯其對中國傳統文化的獨特思考和理解。在這些著作中，《中國文論：英譯與評論》一書尤具特色，該書初版於1992年，是宇文所安在耶魯大學和哈佛大學講授中國文論期間，集十二年心力精心編選、翻譯、評注的中國詩學經典讀本。該書在西方漢學界久享盛譽，被列為哈佛大學權威文論教材。大陸中譯本已於2003年1月由上海社會科學院出版社出版，在中國文學研究界引起了廣泛的關注和推介，並被大陸許多高校選為比較文學專業教材。北京大學樂黛雲教授為之作序，譽之為「一個中西文論雙向闡發、互見、互識，相互照亮的極好範例」[3]；王曉路贊之為「迄今為止英語世界中最為實用和權威的翻譯型論著」[4]；胡曉明則稱其為「繼理雅各（James Legge）、華滋生（Burton Watson）、康達維（David Knechtges）之後，中國經典又一次規模盛大的西方旅行」[5]。該書之所以如此好評如潮，不僅在於它為我們開啟一個重新看待本土文論的視點，為西方理解中國文論架設了溝通的津梁，還在於它為我們提供了一個跨文化對話的平臺，更在於它為我們找到了一條可以突破中西文論體系，在互動互識中通過雙向闡發而產生新思想、新建構的途徑。

本章擬以宇文所安的《中國文論：英譯與評論》為分析重點，同時聯繫他的其它專著和論文，來闡釋其文學批評思想。之所以如此選擇，主要基於如下考慮：一、在大陸文論界，對宇文所安的文學批評思想做全面的重視和研究，目前尚處於起步階段，這是一項十分具有學術價值的理論課題。二、在大陸文論界掀起的「中國古代文論的現代轉換」學術熱中，宇文所安作為一個外在於中國文化傳統的研究者，其外在的身

[3]　[美]宇文所安：《中國文論：英譯與評論·序言》，參見王柏華等譯《中國文論：英譯與評論》，上海：上海社會科學院出版社，2003年版。第5頁。

[4]　王曉路：《西方漢學界的中國文論研究》，成都：巴蜀書社，2003年版，第326頁。

[5]　胡曉明：《遠行回家的中國經典》，《文匯報》2003年3月14日。

份賦予他的研究以特殊的價值。由於他對中國文化傳統的陌生，客觀上能發掘那些對本土研究者來說習以為常、根深蒂固的傳統觀念所遮蔽的問題，加之他深厚的西方文論功底和對中國傳統文化的熟稔，使他能站在一個全新的角度看到許多被本土研究者所遺忘的觀念。通過對其文論思想的梳理，對正在進行的中國古代文論的現代轉換研究，能起到「他山之石，可以攻玉」的效果。同時他作為西方漢學家中研究中國文論的典型代表，通過對其中國文論研究中「不見」的剖析，可以為文論研究提供反思和鏡鑒作用。三、宇文所安的中國文論研究作為中西不同質的文學、文化相互對話溝通的「個案」之一，其本身就具有比較文學、比較詩學研究性質。而筆者從本土立場出發，對其研究的文本再闡釋，目的是期望從研究中獲得啟發，來探索某些在比較詩學層面上具有普遍意義的理論問題，無疑也可促使我們對比較詩學研究的深入。

第一節　「知人」：回到中國的有機世界觀

宇文所安在文學研究中多次指出：「閱讀詩歌必須懂得它的『語言』」[6]，即某個時代詩歌創作的慣例、標準及法則，對作家作品的理解與評價要從「同時代的詩歌背景」與「實際標準」出發[7]。正是這種力圖把文本「放在它自己的世界裡進行解讀」[8]的研究思路，使宇文所安將自己的研究視域從中國文學擴展到中國文論，又從中國文論拓展到中國文學的闡釋觀。那麼他的中國文學闡釋觀是什麼？與國內學者的區別在哪裡？其學理依據何在？又有哪些局限性？對當下文學批評具有什麼理論價值？

一、「知人」與「顯現」的映照

德國哲學家雅斯貝爾斯曾以「軸心時代」來描述人類文明大發展的歷史。他指出，西元前5世紀前後，中國出現孔子、老子、孟子和莊子，印度出現《奧義書》與佛陀，希臘出現荷馬、柏拉圖，「這個時代產生了直至今天仍是我們思考範圍的基本範疇」[9]。在中國文化史上，

---

[6] [美]宇文所安：《初唐詩》，賈晉華譯，北京：生活・讀書・新知三聯書店，2004年版，第323頁。

[7] [美]宇文所安：《初唐詩》，第2頁。

[8] [美]宇文所安：《他山的石頭記》，田曉菲譯，南京：江蘇人民出版社，2003年版，第10頁。

[9] [德]雅斯貝爾斯：《歷史的起源與目標》，魏楚雄、俞新天譯，北京：華夏出版社，1989年版，第1頁。

軸心時代誕生的經典思想，影響中國文化幾千年，至今仍具有強大的生命力。它們在成為中國文化元典的同時，也為古代文論的發展提供了重要的思想資源。

在追溯中國文論思想起源時，中國學者一般把「詩言志」看作中國文論的濫觴。朱自清先生在《詩言志辨》中稱其為中國古代詩論「開山的綱領」[10]。目前通行的郭紹虞先生主編的《中國歷代文論選》（上海古籍出版社2001年10月新1版）和張少康教授主編的《中國歷代文論精品》（春風文藝出版社2000年6月版）均把「詩言志」放在開篇。現代文學家、批評家周作人也明確指出，「言志」與「載道」是中國文學發展的兩條主線。由此可見，「詩言志」在中國文論中的重要地位。但宇文所安提醒我們，在文學思想傳統中[11]，「某一特徵或問題被關注得越多，就越說明它是成問題的」[12]。正是抱持著這種理性反思的態度，他在《中國文論：英譯與評論》開篇，一反中國文論家的慣例，未把「詩言志」作為中國文論發展的源頭，而是從儒家經典《論語》中擷取了一段：

> 子曰：「視其所以，觀其所由，察其所安，人焉廋哉？人焉廋哉？」（《論語・為政》）

這段文論節選在中國文論家的選本中很少被提及，但宇文所安卻把它作為中國文論起源的經典性論述。他指出，中國文學思想與西方文論之間有著不同的發展路向。若想從中國文學思想中尋找柏拉圖那種對詩歌的深奧批評或亞里斯多德的那種詩歌講解，讀者一定會大失所望。中國文論的深層動力往往不是像西方一樣，尋求對事物徹底的理解，而在於《論語》所蘊含的儒家思想對更廣泛問題的關注。宇文所安認為中西文論的重要區別是在原初對同一問題因關注點的不同而造成的分歧。他採用中西比較的方法來論證中國文學思想傳統：「我們發現了一個在後世中國文學思想中還會經常遇到的三級階段論（triadic sequence of stages），而不是見之於西方語言理論和『mimesis』（模

---

[10] 朱自清：《詩言志辨·序言》，參見《詩言志辨》，桂林：廣西師範大學出版社，2004年版，第3頁。

[11] 本文中的「文學思想」一詞取其最寬泛的意義，包括文學理論、詩學和批評，但文學分類學被放到邊緣位置。參見宇文所安：《中國文論：英譯與評論》，王柏華等譯，第16頁。[注]筆者在本文的論述中採納宇文所安之定義，在文中不再一一注明。

[12] [美]宇文所安：《中國文論：英譯與評論·序言》，參見王柏華等譯《中國文論：英譯與評論》，第2頁。

仿）、『representation』（再現）概念中二元意義結構（bipolar structure of significance）發展。」[13]孔子在這裡首先從人的行為狀態入手（「其所以」），然後觀察其行為動機或具體起因（「其所由」），最後再推斷出行為發出者會處於什麼狀態（「其所安」）。在這裡，孔子是從儒家政治倫理的角度闡發其「知人」的思想，但宇文所安卻從中讀出了一個中國文學思想傳統的特殊認識問題，他認為這個認識問題與西方的認識論問題不同，因為它不關涉認識自身所具有的本質，與柏拉圖的若干對話中所引發的問題是兩相對立的。即孔子所提出的問題關涉到在具體的個體中如何識別善，而不是認識「善」這個概念，而西方的認識論卻著力於對概念本質的追問和理解。在對比闡釋的基礎上，宇文所安提出了自己對中國文學闡釋觀的理解。他認為：「中國文學思想正是圍繞著這個『知』（knowledge）的問題發展起來的，它是一種關於『知人』或『知世』的『知』，這個『知』的問題取決於多種層面的隱藏，它引發了一種特殊的解釋學──意在揭示人的言行的種種複雜前提的解釋學。中國文學思想就建基於這種解釋學，正如西方文學思想建基於『poetics』（『詩學』，就詩的製作來討論『詩』是什麼）。中國傳統詩學產生於中國人對這種解釋學的關注，而西方解釋學則產生於它的『詩學』。在這兩者不同的文化傳統中，都是最初的關注點決定了後來的變化。」[14]宇文所安認為中國傳統文學思想都是圍繞著「知人」這個中國闡釋學傳統問題而依歷史發展演變的。他首先提出「所以──所由──所安」的顯現三階段論，即通過由外到內的觀察來探究人的心理和言行。接下來他引述《孟子・萬章》中的章節：

> 曰：「是詩也，非是之謂也；勞於王事而不得養父母也。曰，『此莫非王事，我獨賢勞也。』故說詩者，不以文害辭，不以辭害志。以意逆志，是為得之。」

宇文所安認為，孔子關於「知人」的教導被孟子轉移到對詩歌的閱讀上來，一些重要的術語便隨之產生，而且那個由內到外的顯現過程在這裡被描述為若干層面。他把它界定為「志──辭──文」的解釋三層級。到戰國時代，這種解釋三層級結構又被轉化為一種「志──言──文」的生成性結構。具體見《左傳・襄公二十五年》的記載：

---

[13] ［美］宇文所安：《中國文論：英譯與評論》，第17-18頁。
[14] ［美］宇文所安：《中國文論：英譯與評論》，第18頁。

> 仲尼曰:「《志》有之:『言以足志,文以足言。』
> 不言,誰知其志?言之無文,行而不遠。」

　　宇文所安在此再次提出了一個重要的文論命題,即內在的真實如何通過外在顯現出來,為了把內在情意狀態的「志」顯示出來,就必須借助語言這個仲介來溝通,但是語言僅僅是跨越交流障礙的橋樑,一旦到達意義的彼岸,「言」作為滿足局部目標的作用就完成了,那麼最終「志」能否圓滿顯現,主要依靠「文」的傳遞。在這裡「文」不是尋求西方意義上的詩即「poem」的那種廣泛的無名的觀眾,而是尋找一個理解其「志」的獨特的知音。於是他提出了關於那個獨特的聽眾的距離問題,這種能「行遠」的能力適用於距離的若干指涉——時間、空間、社會地位,因此,內外是否相符已經不是問題,而變成了一種假定。這樣引發出另外一個問題,就是顯現的過程是否為一個意義逐漸縮減的過程,可能表現在我們面前的意義沒有我們在內心狀態下那樣豐盈。於是宇文所安轉向《易經・繫辭傳》,從那裡尋找依據,對「言意之辨」進行探究:

> 子曰:「書不盡言、言不盡意。」然則聖人之意其可
> 見乎?子曰:「聖人立象以盡意,設卦以盡情偽,繫辭焉
> 以盡其言。」

　　在《易經・繫辭傳》的論述中,我們已經理解了那種情境與動機跟字面意義或比喻意義融為一體的語言運作模式,該模式使那種關心如何知人的特殊的「知」成為可能。《易經・繫辭傳》提出「意——象——言」的三級顯現模式表明:內在之「意」、說話、書寫這三者的關係是否是一個意義逐漸遞減的過程。對這個問題的理解,中國文論史上歷來聚訟紛紜,大致分為兩派:一派認為內在的東西確實可以通過縮減的外在顯現獲得;另一派卻認為存在一個絕對的缺口,「質」停留在完全內在的某處,它無法通過語言被重新獲得。《繫辭傳》發展了這個模式,它宣告顯現過程所固有的一個問題,同時提出知識而非「知人」的知識在語言中發生的一種方式。即儒家語言理論的核心假定所認為的那樣:「語言本質上是提喻的(synecdochal):內在整體顯現出必然縮減的表面,而通過這個特別的部分,我們依然能夠對整體進行獲知」。[15]針對

---

[15] [美]宇文所安:《中國文論:英譯與評論》,第32頁。

這個傳統命題，王弼在《周易略例·明象》對「意——象——言」這個三級結構給出了一套完全不同於以前的闡釋：

> 夫象者，出意者也；言者，明象者也，盡意莫若象，盡象莫若言。言生於象，故可尋言以觀象；象生於意，故可尋象以觀意。意以象盡，象以言著。

　　從語言理論的層面來看，宇文所安認為王弼的觀點是：語詞不命名「事物」，語詞是思維過程的一個階段，它「生於」事物之象。儘管這裡王弼關心的是卦象之間的關係，但是我們可以把他的理論擴展到語言運作的更一般的描述中。例如與其說「碗」這個詞命名了這只碗或那只碗，還不如說，「碗」作為一個概念（「意」）而存在，從中誕生了一個一般化的「象」。概念與事物之間的關係是一種包含與被包含的關係。他認為王弼在這裡已經突破了傳統那種純粹的心理語言學理論，即對習慣把語言做心理學解釋的中國傳統做了理性揚棄，從而進入了普遍的語言範疇理論。

　　在概念和語言之間必須有「象」做仲介，這個觀點對詩歌和文學產生了廣泛而深遠的影響。一旦擁有了「象」，當詩人觀察他周遭世界的形式，物理世界的無限特殊性就可以被縮減到某種本質的最小值，被縮減為範疇之「象」，繼而再縮減為範疇語言。詩人與讀者可以假設那些「象」是「意」（關於世界為何如此這般）的自然表現。於是，詩之「象」就可能是「意」的體現；並且這種假設還體現了《易經》「聖人之意」那種至高無上的權威。沿此以降，還有陸機提出的「物——意——言」和劉勰論及的「情——體——勢」等顯現結構範式。[16]可見在中國文學闡釋傳統裡，這種「顯現」理論是一以貫之並逐漸發展的，正如徐復觀指出的「由上向下落，由外向內斂，這幾乎是中國思想發展的一般性格」[17]。與之相對，在中國古代文論中，宇文所安發現了與「辭能達意」這個顯現理論相左的觀點，即道家的「辭不達意」理論。他選取了《莊子·天道篇》關於「輪扁斫輪」的寓言來闡述語言與內在情志的悖立：莊子的嘲弄驅動了中國文學思想傳統，正如柏拉圖對文學的攻擊驅動了西方的文學理論傳統。在宇文所安看來，中西兩大傳統中，全部文學理論作品都包含一種強烈的自我辯護性。正如他自己所言：「在

---

[16] 要言之，該理論相信在內在狀態和其外在表現之間存在著必然的聯繫，在內的東西必然向外流露。最典型的說法如《詩大序》所言「在心為志，發言為詩」。

[17] 徐復觀：《中國人性論史·先秦篇》，上海：上海三聯書店，2001年版，第322頁。

一種文明所進行的眾多事業中，文學也並非什麼自然而然，天經地義的
事業。在人類所從事的各項事業中，文學事業被視為一個問題，其合理
性需要得到解釋和證明。」[18]

二、文化哲學的深度闡釋

　　無論在中國文論的起源觀還是中國文學思想傳統方面，國內學者與
宇文所安的觀點都迥異，那麼他們之間有何分歧呢？又是什麼原因導致
的呢？

　　關於中國文論的起源問題，國內學者大都傾向於兩種觀點：「一
是本於心，一是源於道，而究其原委實出於儒道兩家之哲學觀和文學
觀。」[19]從文學的發展史我們可知：先秦時代文、史、哲是三位一體
的，「文」、「學」交錯混融。哲學經典《尚書‧堯典》上記載的「詩
言志」說，其實質就是指文學的本源來自人心。這個觀念一直到清代的
典籍中，我們仍可以聽到它的回音：「何則古詩與樂一也，今詩與樂二
也，詩自言志，而依詠而和聲而成文而後謂之音古，樂不可得見。」[20]
代表儒家正統文學觀的《毛詩序》云：「詩者，志之所之也，在心為
志，發言為詩」、「情動於中而行於言」，指出「心動情發」，借助
語言這個工具，發而為詩。可見詩之源仍在人心。中國古代文論中講文
學的真實性，就是講文學作品的思想感情是否真實地反映作者的內心世
界。劉勰在《文心雕龍‧情采》篇中尖銳地批評那些「為文造情」的不
良傾向，認為當時那種「志深軒冕，而泛泳皋壤；心纏機務，而虛述人
外」的現象違背了文學創作的真實性原則。劉勰提出「為情造文」、
「述志為本」的文論觀，這是對文學抒發心志的最好概括。

　　文學源於道，在這裡有兩種不同的含義：一種是指文學源於具有宇
宙規律的自然之道，一種指文學源於儒家的社會政治倫理之道。也即六
經之道，後世的「文以載道」說是其最好的依據。但「文以載道」不是
表現為抽象哲理性之道，它是體現在日常現實政治人倫中的聖人之道。
而聖人之道也是聖人之心的體現，所以從根本上說，它與「詩言志」一
樣源於人心。而我們認為文學源於道，指的是起源於具有宇宙規律的自
然之道。「道可道，非常道。」（《老子‧第一章》）、「大音希聲，

---

[18] [美]宇文所安：《中國文論：英譯與評論‧導言》，參見王柏華等譯《中國文論：
　　英譯與評論》，第1頁。
[19] 張少康主編：《中國歷代文論精品‧導論》，參見《中國歷代文論精品》，長
　　春：時代文藝出版社，2000年版。第3頁。
[20] [清]蔣景祁編：《瑤華集》，北京：中華書局，1982年影印康熙間天藜閣刻本
　　（上冊），第11頁。

大象無形，『道』隱無名，夫唯『道』，善貸且成。」（《老子‧第四十一章》）這裡的「道」均是指宇宙鴻蒙中那種渺遠難尋的自然規律。莊子認為一切文學藝術只有達到合乎自然之道的境界，才是最高最美的境界。它把繪畫上「解衣般裸」、音樂上「天籟」的精神境界作為文藝創作批評的最高理想。在《莊子‧養生主》中把這種「道」的境界描述為「合於桑林之舞，乃中經首之會」。這種觀點體現在文論上，就是劉勰在《文心雕龍‧原道》篇所言的「人文」：「文之為德也大矣，與天地並生者何哉？夫玄黃色雜，方圓體分；日月疊璧，以垂麗天之象；山川煥綺，以鋪理地之形：此蓋道之文也……心生而言立，言立而文明，自然之道也」。「人文」的本質乃是「道之文」，此「道」即指與天地萬物根源同一的自然之道。然而，「持這種觀點的人並不否認文學是人的心靈創造，只是認為人的心靈最終也是自然之道的一種體現。故主張文源於道者，也常常以人心作為仲介。」[21]可見儒道兩家的文學起源觀雖然在側重點上有所不同，但都承認文學是人的內心創造成果，這是符合文學創作規律的。

　　曹順慶教授認為：「每一種文化、文論都有自己的規則……而文化規則是貫穿於歷史長河之中的。」[22]那麼，中國固有的文化規則是什麼呢？他認為有兩個：一是以「道」為核心的意義生成和話語言說方式，二是儒家「依經立義」的意義建構方式和「解經」話語模式。[23]強調意義的不可言說性是中國文化一個潛在的、深層的文化規則。從《老子》的「道可道，非常道」、「道生一，一生二，二生三，三生萬物」中指明「道」既是萬物的本源，又是意義的本源。「天下萬物皆生於有，有生於無」，這種無中生有的意義生成方式決定了話語言說方式，「道」的不可言說性也就是意義的不可言說性，意義不可言說又必須用語言來表達，從而有了莊子的「言者所以在意，得意而忘言」，也有了《周易》所說的「言不盡意」、「聖人立象以盡意」，逐漸形成了強調言外之意、象外之象的話語言說方式。例如劉勰講「隱秀」，注重「文外之重旨」；鍾嶸論「滋味」，強調「文已盡而意有餘」；司空圖品「味外味」，提倡「味外之旨」、「韻外之致」、「象外之象、景外之景」；嚴羽談「興趣」，強調「瑩徹玲瓏，不可湊泊，如空中之音，相中之

21　張少康主編：《中國歷代文論精品》，第4頁。
22　曹順慶：《中國文論話語及中西文論對話》，浙江大學學報（人文社科版）2008年第1期。
23　曹順慶：《中國文論話語及中西文論對話》，浙江大學學報（人文社科版）2008年第1期。

色，水中之月，鏡中之象，言有盡而意無窮」；王士禎言「神韻」，注重「妙在象外」，「氣韻生動」；王國維說「境界」，注重「入乎其內，出乎其外」……許多文論範疇都受這個文化規則制約，形成了一套獨特的話語言說方式。

同樣儒家也形成了自己獨特的意義建構方式和「解經」話語模式。孔子自稱「述而不作、信而好古」，他通過整理典籍，刪定詩文，形成了中國文論「以經為本、解經為事、依經立義」的解讀模式和意義建構方式。孔子在對《詩經》的解釋中，提出了「興觀群怨」、「文質彬彬」等文論思想；漢代的古文經學與經文經學之爭，均是圍繞著是否應堅持依經立義的闡釋方式而進行的激烈辯論；魏晉時以《周易》、《老子》、《莊子》作為玄學的經典；宋明理學時期，湧現出來二程（程頤、程顥）、朱熹、陸九淵、王陽明等解經大師；及至清代樸學也都遵從考經據典的述學方式。

從文化源流來考察，儒家文論主張「宗經」，在這種「依經立義」觀念的主導下，形成了一套名目繁多的注疏傳統和話語言說方式。如強調「文約而旨博」的「《春秋》筆法」，「微而顯」、「志而晦」、「婉而成章」、「微言大義」的話語言說方式，強調通過讀者自己的理解揣摩作者和文本內涵的「以意逆志」的言說方式，還有《毛詩序》主張的「婉而譎諫」、「比興互陳」的意義含蓄表達方式，董仲舒提出的「詩無達詁」的闡釋理論。通過這種「依經立義」觀念的層累積澱，我們可以發現儒家詩學中許多被遮蔽的東西。如儒家詩學這種極力主張「立言」的背後，隱藏著儒家詩學主體生存渴望的三個深層目的：「一、儒家詩學把語言作為生命主體棲息和生存的家園；二、在語言的家園中規避死亡和尋求永恆；三、把語言的家園建構在中國古代學術宗教——經學的文本上，儒家詩學文化傳統也正是在這兩個深層目的論的意義上超越了西方詩學文化傳統。」[24]在《左傳・襄公二十四年》中記載：「太上有立德、其次有立功、其次有立言、雖久不廢，此之謂不朽。」「立言」負載著立功、立德的重大人生歷史使命，通過書寫這種物質銘刻，而達到生命在肉體死亡後獲得精神的長存。所以在中國文論中，「宗經」意識的世代傳承，最顯著的體現就是傳釋者對古代文學經典進行近乎生命投入的狂熱之中。「在東方詩學文化傳統中，『經』作為一個能指符號，生命主體賦予它的涵義有四個層面：第一個層面是

24 楊乃喬：《東西方比較詩學——悖立與整合》，北京：文化藝術出版社，2006年版，第67頁。

作為實物名詞的使用，言指『織物的縱絲』；第二個層面是作為動詞使用，言指『經天緯地』的『統攝』與『佔有』等；第三個層面是作為抽象名詞的使用，言指『元一以統始』的本體範疇；第四個層面是再度作為實物名詞的使用，言指作為銘刻——書寫文本的『經典』、『典籍』與『文章』。」[25]從「經」第四個層面來看，就鮮明地體現出儒家詩學主題在「立言」的文本形式中表現出來的逃避死亡而追求永恆價值的取向。曹丕在《典論·論文》中這樣論述道：

夫文章者，經國之大業，不朽之盛事。年壽有時而盡，榮樂止乎其身，二者必至之常期，未若文章之無窮。是以古之作者，寄身於翰墨，見意於篇籍，不假良史之辭，不托飛馳之勢，而聲名自傳於後。

在文學自覺的魏晉時代，《典論·論文》不過是對《左傳》中通過語言建構精神家園從而追求不朽思想的重新回歸。「人類靈魂時間上的不朽……生命在空間和時間中謎之解決，是在空間和時間之外的。」[26]為了寄託生命的靈魂，古人找到了這種最佳方法，即通過立言的方式。因此儒家詩學的整個價值體系、全部範疇、最高批評原則及其在價值論上設立的最高文學範本，均肇始於「六經」或「十三經」。正如袁濟喜所言：「作為哲學與詩的交融，中國古代文論的完整形態肇始於先秦孔孟、老莊的學說之中，中經《周易》的整合，之後又受到佛教的影響。在言說文藝作品層面的同時，充溢著深摯的人文蘊涵。其概念範疇既依託文藝作品，同時更有內在的哲學意蘊與人格精神的啟動。」[27]

由此可見，中國學者在探求中國文化規則的過程中，始終關注著文化經典，同時著重考察傳統文學思想在文化傳承中對生命精神的闡揚，為自己的生存價值尋找一個安身立命的所在。而宇文所安卻認為中國文學闡釋傳統始終關注的問題是「知人」，他論述道：「按照這個起點發展起來的對文學的構想，加入一個文本強烈地擾動了讀者的思緒，那麼，根源在於作者及其時代；該體驗並不涉及讀者和文本之間的封閉關係。即使一個文本從千百個讀者的手中傳過，它所尋找的永遠是這個或那個人，即一個『知言』的人。」[28]在他看來，中西文論傳統在初始都是對同一問題的思考，只不過因為二者關注點的不同才導致後來的分歧。那麼，中西文論中為何會出現這種分歧呢？

---

[25] 楊乃喬：《東西方比較詩學——悖立與整合》，第11頁。
[26] [英]維特根斯坦：《邏輯哲學引論》，北京：商務印書館，1962年版，第96頁。
[27] 袁濟喜：《古代文論的人文追尋·引言》，參見《古代文論的人文追尋》，北京：中華書局，2002年版，第1頁。
[28] [美]宇文所安：《中國文論：英譯與評論》，第22頁。

　　宇文所安指出，中西兩種傳統最初都是處理內外關係的假定問題。西方傳統出於「Being」（存在）與「Becoming」（變化）分離對立的觀念而假定：（一）先有內在真實（「理念」或真理），再有外在現象；（二）內在真實主宰而不依賴外在現象，外在現象則遮蔽或隱藏內在真實；（三）前者是真相，後者只是假像；（四）通過外在現象不能認識內在真實。中國傳統則假定：（一）內外一體，二者之間存在必然聯繫；（二）內在真實並不能絕對控制其外發與顯現，外在的東西不是「自覺地『再現』（represent）」而是「非自覺地暴露」內在真實並暗示其起因；（三）內外皆真；（四）內外相符——外在真實雖然有可能隱瞞或扭曲內在真實，但只要知道如何去觀察，就會發現「內在的真實其實就在（immanent）外在現象之中」[29]。要言之，關於內外關係的假定，西方強調二者之間的矛盾對立，中國則注重二者之間的和諧統一，它並非沒注意到二者的對立，只是不將其絕對化而已。宇文所安說：「這個分歧是使兩種傳統在文學及各種其他思想上分道揚鑣的主要原因。」[30]

　　所有文學問題的最終解釋都需求助於哲學，宇文所安在分辨了中西文學闡釋傳統的分歧後，從哲學上把兩者分歧的原因進一步廓清。他認為這種分歧主要是中西真理觀的差異。西方的真理觀起源於柏拉圖的理念論，柏拉圖認為理念是至高無上的，它具有永恆性、不變性和自在性，與之相對應的理念的具體表像則是短暫性、變化性和偶然性的。他提出了藝術起源——模仿說，認為理念是第一性的。作為理念的現實是影子，屬於第二性。在藝術中表現的現實是理念的「影子的影子」。在西方文論中，西方詩學的基本範式創建於亞里斯多德，完成於黑格爾。在《對話錄》中，古希臘人將自己的全部存在與活動分為兩類：自然以及先在的存在，技藝及技藝生產的存在。亞里斯多德《詩學》中的「piein」（詩）被歸屬於後者，即歸屬於技藝生產。在柏拉圖看來，自然存在不同於技藝存在，前者是非人為的存在，是人面對的已然存在，比如自然界的萬物；後者是人以技藝的方式創造的存在，比如桌子、詩歌與戲劇等。古希臘人又將技藝分為兩類：生產實體的技藝與生產摹本的技藝。在他們看來，生產一張桌子（木匠的技藝）與生產這張桌子的摹本的技藝（畫家的技藝）是不同的。生產摹本的技藝被稱之為「摹仿」（mimesis），在亞氏的《詩學》中就將詩的製作看作「生

[29]　[美]宇文所安：《中國文論：英譯與評論》，第20頁。
[30]　[美]宇文所安：《中國文論：英譯與評論》，第19頁。

產摹本的技藝」。在他的《詩學》中，他又根據「摹仿媒介」的不同，將「詩」歸為「以語言來進行摹仿的技藝」；同時他根據「一般與個別的關係」，將「以語言來進行摹仿的技藝」分為三類：哲學、歷史、詩歌。「哲學」摹仿一般而與個別無關；「歷史」摹仿個別而與一般無關；「詩」通過摹仿個別揭示一般。正如亞氏所言：「詩人的職責不在於描述已發生的事，而在於描述可能發生的事，即按照可然率或必然率可能發生的事……因此寫詩這種活動比寫歷史更富於哲學意味，更被嚴肅的對待；因為所描述的事帶有普遍性，歷史則敘述個別的事。」[31]自柏拉圖以降，經過亞里斯多德的闡發，西方詩學中形成了一種重「理性」的哲學傳統，十分關注文本背後的絕對精神。到後來集美學之大成者黑格爾那裡，提出「美是理念的感性顯現」就是最好的注解。而中國古代的文論傳統，沒有西方「詩學」那樣的母體，他產生的土壤就是「儒」、「道」、「釋」的文化基因。中國古代文論所論述的「文」，主要是指「人文」、「天文」、「地文」並列而同屬於「道之文」。在「儒」、「道」、「釋」文化的相互作用下，中國形成了一種「天人合一」的哲學觀，自然萬物與人之間是一種和諧相生的關係。而不像西方文化那樣強調人與自然的對立衝突：因為殘酷的自然生存環境，形成了西方人那種認識一切的強烈欲望，渴望瞭解和征服自然，追求靈魂的超越，結果導致人與自然的兩分。因此在西方詩學傳統中就發展出一種「理性」主宰一切的哲學觀。

中國古代文論中的「人文」的表現形態是「心之言」，作為最高典範的「心之言」即「聖人之言」，聖人之心可以參天地、明大道而發言為「經」。因此「文──經──道」的從屬關係是中國古代文論最為基本的形而上預設。在劉勰的《文心雕龍》有明確表述，與傳統的「依經立義」模式相契合。簡言之，在宇文所安看來，中西文論的不同，其根源就是兩者的文化哲學基礎不同。西方文化是一種「二元的、超驗的思維模式」，而中國文化則是一種內在的、有機的世界觀。

宇文所安認為，在中國文學思想中，「與『製作』[32]相當的詞是『顯現』（manifestation）：一切外在的東西──人的本性或貫穿在世界中的原則──都天然具有某種外發和顯現的趨勢」[33]。他站在西方學術文化背景的立場上，對中國文學闡釋傳統得出了不同於中國學界的觀

---

[31] [古希臘]亞里斯多德：《詩學》，羅念生譯，北京：人民文學出版社，2002年版，第24-25頁。
[32] 「製作」指宇文所安關於西方詩學的生成方式的觀點。
[33] [美]宇文所安：《中國文論：英譯與評論》，第19頁。

點。但他忽視了一條重要的文論規律：在文論源頭，不同體類的文學作品的形成與發展，規範與制約著文學理論的形成與發展。美國學者厄爾‧邁納（Earl Miner）指出：「對『文學』的概念下定義究竟是以抒情詩為出發點，還是以戲劇為出發點（如在西方），這似乎構成各種文學批評體系差異的根本原因。」[34]作為西方文明發展的源頭──古希臘文學，最先發展起來的是戲劇和史詩。「希臘文學批評──至少在古典時代和古代時代以後──還沒來得及為抒情詩命名，當時，人們對於與史詩和戲劇相對應的今日所謂抒情詩，並沒有一致的認識。」[35]因為史詩與戲劇具有強烈的動作性和摹仿性，所以才有亞里斯多德的文學「摹仿」理論的產生，與西方不同，在中國雖然有「後世之文，其體皆備於戰國」[36]，然而戲劇要遲至金元之際才興盛。中國當時最為發達的文學樣式是抒情詩，第一部詩歌總集《詩經》與西方《荷馬史詩》幾乎同時產生。因此總結當時的文學實踐成果，形成了「詩言志」的文學起源觀。到文學自覺的魏晉時代，這種「詩言志」的觀點演變為「緣情體物」觀，詩歌的抒情本體特徵進一步凸顯。宇文所安依據其先在的中西對立哲學觀，站在「以西釋中」的文化立場上來研究中國文論，使他未能從中國文論發展的實際來考察，只是削足適履地把中國文論思想中適合他闡釋觀的文本納入其批評視野，從而忽略了中國文論思想源頭的多樣性。特別是對中國文論發展起重要作用的道家思想避重就輕，[37]只偏執於儒家的「知人」的闡釋觀，這是他中國文論研究中的明顯缺陷，值得我們反省和批判。

第二節　文本細讀與文化觀照的打通

　　宇文所安在中國文論研究中衝破「觀念史」的樊籬，堅持「思想在文本中的運動」的認識論。在具體的批評實踐中，堅持文本細讀、歷史想像與文化還原、中西雙向闡發的綜合研究方法，為我們構建文學批評

---

[34] [美]厄爾‧邁納：《比較詩學：比較文學理論和方法論上的幾個課題》，魯效陽譯，參見《中國比較文學》（創刊號），杭州：浙江文藝出版社，1984年版，第257頁。

[35] [美]烏爾裡希‧威斯坦因：《文學體裁研究》，參見《比較文學研究資料》，北京：北京師範大學出版社，1986年版，第289頁。

[36] 章學誠著，倉良編：《文史通義‧詩教上》，上海：上海古籍出版社，1993年版，第21-24頁。

[37] 在早期文本評論中，宇文所安僅分析了莊子的《莊子‧天道》，並且還是作為儒家文論觀的反例提到的。

方法提供了一個新門徑。

一、思想在文本中運動

宇文所安在談到《中國文論：英譯與評論》的編撰目的時說：
「《中國文論讀本》一書首先是為了把中國文學批評介紹給學習西方
文論和理論的學生，此書還有另一個目的——試圖在當時流行的研究
方法之外，提供另一種選擇。當時的中國文學批評領域以所謂『觀念史
』（history of ideas）為主流，學者的任務是從文本中抽取觀念，考察一
種觀念被哪位批評家所支持，說明哪些觀念是新的，以及從歷史的角度
研究這些觀念怎樣發生變化。」[38]常見的這類批評著作喜歡使用摘要和
節選。

從文論發展的歷程看，中國古代文論研究在「五四」時期開始興
起，當時該領域的研究方法以「觀念史」為明確特徵。隨著該領域研究
日益成熟，誕生了一大批學術大師，如王國維、梁啟超、黃侃、郭紹
虞、朱東潤、羅根澤等。這期間，許多的原始資料經過整理成為文論專
著，大量駁雜的原始材料得到整理，對古代許多重要的文論家也有專門
的研究，產生了一大批學術研究成果。其中最典型的代表作是郭紹虞
先生的《中國文學批評史》（上卷1934年由上海商務印書館出版，下卷
（兩分冊）1947年由上海商務印書館印行）。在該書自序中，他闡明了
自己的文學批評觀：「我只想從文學批評史以印證文學史，以解決文學
史上的許多問題，因為這——文學批評，是與文學之演變最有密切關係
的。」[39]郭先生從文學史與文學批評的互動關係出發，採取以史帶論、
論從史出的方法，強調用豐富確鑿的材料來佐證自己的結論，「我所
希望的，如能在這些材料中間，使人窺出一些文學的流變」[40]。對中國
古代文論，他堅持重在說明而不重在批評。他在詳細搜羅材料、考證
思辨的過程中，提出中國文學批評的「三期說」：即把北宋作為文學批
評分途發展期的界限，北宋之前，分為兩個時期：前一時期從周秦至南
北朝，是文學觀念由混而析的時期，命名為文學觀念演進期，這個階段
只重形式，即重「文」時期；後一時期從隋唐至北宋，卻又成為文學觀
念由析而混的時期，命名為文學觀念復古期，此階段看重文學內容，屬

[38] [美]宇文所安：《中國文論：英譯與評論·中譯本序》，參見《中國文論：英譯與
評論》，第1頁。

[39] 郭紹虞：《中國文學批評史》（上卷），天津：百花文藝出版社，1999年版，第
1頁。

[40] 郭紹虞：《中國文學批評史》（上卷），第1頁。

重「質」時期。南宋直至近代，為文學觀念發展第三期，名之為文學批評完成期，在他看來，南宋以降，中國的文學批評，除掉一些襲用舊說陳陳相因者外，其能稍有特殊見解者，不是本於以前兩個時期的文學理論，執其一端而益以闡發，成為一種更極端的更偏向的主張；或是本於以前偶一流露未遑說明的零星主張，而補苴完成以成一家之言；便是調和融合以前兩個時期的文學理論之種種不同之點而折衷打成一片。從郭先生的論述中得知，他的研究方法最大特色是根據自己的文學批評觀，然後通過搜集充足的材料論據來證明自己的觀點。《中國文學批評史》的編撰體例，大致遵循以文學觀念為綱、歷史演變為主線，具體的流派和文論家為回目的體例，在評述中摘取文論家著作中的若干材料進行闡述。

在當時名目繁多的文論史或文學批評史著作中，朱東潤先生的《中國文學批評史大綱》以批評家為綱，羅根澤先生的《中國文學批評史》融編年、紀事本末體、紀傳體於一爐之「綜合體」，方孝岳先生的《中國文學批評》「以史的線索為經、以橫推各家義蘊為緯」的方法[41]，但大多沒有跳出郭先生那種「觀念史」研究的窠臼。「觀念史」研究方法在資料的積累和文論思想的發掘方面的確取得了很大的成績，但在研究過程中，沒有顧及到文論文本的整體性，導致文本中許多豐富的文論思想，或因在當時與研究者的觀念不相契合，或因研究者的方法偏頗而被人為地遮蔽或遺漏了，這樣就容易造成對有些文論思想的片面理解，出現斷章取義的誤讀現象。

宇文所安洞察到「觀念史」研究的弊端，他認為這種方法雖然有著自身突出的優勢，但是它容易忽視觀念在具體文本中是如何運作的。他不希望把批評著作處理為觀念的容器，於是嘗試採用新方法來展示思想文本的本來面目。他認為各種觀念不過是文本運動的若干點，不斷處在修改、變化之中，它們絕不會一勞永逸地被純化為穩定的、可以被摘錄的「觀念」。讀者在認真閱讀的過程中，可以看出文本中的衝突與歧義，從這些地方就可以見出「活的思想」的運動軌跡。劉勰在《文心雕龍》中說，論說文的完美可以達到「彌縫莫見其隙」，即批評話語表面上看起來完美無缺，似乎達到了文本與觀念的高度統一。但文本自身卻是一個修補空隙、縫合斷片的過程，它不一定總是天衣無縫。讀者總能看出作者與文學修辭[42]之間思想的衝突與調和。宇文所安認為，文本本

---

[41] 蔣述卓、劉紹瑾等著：《二十世紀中國古代文論學術研究史》，北京：北京大學出版社，2005年版，第60頁。

[42] 宇文所安把文學修辭命名為「話語機器」。

身具有獨立性，它在一定程度上能夠控制思想的走向和生成，但作者在寫作過程中，也試圖對文本思想的走向進行操控，從而引發了作者與文學修辭之間的衝突與妥協。呈現在我們面前的文本，在宇文所安看來，不過是作者與「話語機器」之間較量妥協的結果。讀者在閱讀的過程中，以文本為切入口，通過對文本的精細品讀，融入自身的閱讀體驗，看到文本中的悖立、衝突、隱喻、「空隙」、「斷片」之處，並對這些地方進行深入思考，可以全面捕捉作者與「話語機器」之間的矛盾與調和，體會到作者為文之用心，這樣就能深入領會鮮活的文學思想。而「觀念史」只能告訴我們古人的思想是什麼，卻不能回答古人的文論思想真正是什麼，尤其是古人文論思想在文本中的演變過程是怎樣的。這個難題卻被宇文所安置換成「從文本中考察思想運動」解決了，從而達到宇文所安文論批評的最終目的──啟動傳統。所以「從文本中考察思想運動」的一個最大長處，就是從批評文本整體著眼，防止「觀念史」那樣對文本思想斷章取義，使本來血脈貫通的文本肌體成為評論者利斧下毫無生機的組織。這就使我們在理解文本衝突進程的同時亦能捕捉到作者「活的思想」，發現許多令人興奮和新奇的事物，因為我們改變了觀察事物的角度，也就改變了我們要尋找的對象。

　　與他這一觀念相佐證，他在有關文學史寫作的思考中，曾提出這樣的觀點：「如果我們一旦發現我們對文學史的思考和學術界常見的文學史存在相當大的距離，那麼我們就應該尋找新的方法來重寫文學史，而不是改變自己的理解以求適合我們已經習慣了的寫作方式。」[43]他提出文學史寫作必須從三個層面進行批判性審查：（一）我們應該首先確認在當前的文學研究實踐中哪些研究方式和信仰是司空見慣的，然後問一問這些研究習慣是否都是有效的工具。他明確反對用朝代劃分文學史；按文學體裁分類書寫文學史；在詩歌文本與詩歌實際創作背景之間做簡單的比附解讀；（二）我們應該把物質、文化和社會歷史的想像加諸我們習以為常、確信不疑的事物，最重要的是要有歷史感和歷史想像力。即在文學研究中要進行文化還原和歷史想像。（三）最複雜也是最深刻的，在中國文學史裡，無論是文本還是階段的劃分在多大程度上是被後來的歷史過濾的？而對前人過濾的文學史又應該在多大程度上成為我們自己寫作的文學史的一部分？

　　從以上關於文學史寫作的論述中可知，他對文學傳統始終保持一種批判反思的態度，認為它並不是天經地義的，它的現實是歷史長期演變

---

[43] ［美］宇文所安：《他山的石頭記》，第5頁。

的結果。因此他主張對文學研究從歷史的角度考察，在他看來，所謂
「歷史」既包括文學本身的歷史，也包括作為大背景的文化和文化史。
對今天的學者來說，一個有前景的方向是站在文論領域的外面，把它跟
某個具體地點和時刻的文學和文化史整合起來。因為只有我們把自身與
歷史文化的具體場域聯繫起來，我們才能得出切實的結論。例如對屈原
《懷沙》寫作過程的追問和曹操對建安文學影響的反思，他通過歷史想
像的追問與文化還原考證，提出《懷沙》究竟是屈原的親筆之作還是口
頭流傳？曹操究竟是在魏晉時代就對文學產生如此巨大的影響還是在元
明時隨著通俗文化的興盛才聞名？他從文化生產傳播接受史的角度來思
考，提出了許多新的學術見解，也為我們的文學研究打開了一扇方法之
門。他自覺打通了文學史研究與文學批評及文學理論之間的壁壘，從大
文化的背景下來反思文學。正如韋勒克所言：「顯然，文學理論如果不
植根於具體文學作品，這樣的文學研究是不可能的。文學的準則、範疇
和技巧都不能『憑空』產生。可是反過來說，沒有一套問題、一系列概
念、一些可資參考的論點和一些抽象的概括，文學批評和文學史的編寫
也是無法進行的。」[44]在文論研究中，宇文所安將文論文本和文學文本
等量齊觀，特別關注行文的微妙、複雜乃至衝突處。在宇文所安看來，
每一種文本中都暗含著某種詩學，它總是以這種或那種方式與某一明確
說出的詩學相關（如果該文明已形成了某種詩學的話），這種關係也會
成為該詩作的一部分。那麼這種詩學在他看來，就是中國傳統的那一套
常規信條，它們一次又一次地返回到理論文本中，成為傳統最基本的關
注和公認的假定。「我們所謂的文學思想是若干相異的文本，它們分屬
於不同的文類。」[45]要考察這些文學思想，最好的辦法是就自覺深入
這些理論文本中，對文論文本中的傳統思想進行具體分析。

面對浩如煙海、體類繁多的中國古代文論、批評及有關文論著作，
宇文所安提出了自己的觀點：要把握中國文學思想的真正歷史和編寫一
本真正具有代表性的文論選集，都是一種不切實際的空想。如欲把中國
文論思想介紹給西方讀者，顯然需要採取極端的選擇原則。一種辦法是
劉若愚（Jmaes L. Y. Liu）的做法，即把中國文學理論按西方的框架分為
幾大塊，再選擇若干原始文本分別舉例加以對比說明。這種辦法雖然顧
及了文學理論的體系性，但有「觀念」對「文本」傷害的削足適履之

---

[44] ［美］韋勒克、沃倫：《文學理論》，劉象愚等譯，南京：江蘇教育出版社，2005
年版，第33頁。
[45] ［美］宇文所安：《中國文論：英譯與評論·導言》，參見王柏華等譯《中國文論：
英譯與評論》，第6頁。

嫌。另一種辦法是如魏世德（John Timothy Wixted）所著《論詩詩：元好問的文學批評》那樣，從一個人的著作一直追溯到詩歌和文學討論的源頭。他這種辦法比較保守，在近五百頁的篇幅中，僅圍繞三十首絕句的背景進行詳細討論。還有一種辦法像余寶琳（Pauline Yu）的《中國傳統的意象閱讀》那樣，選擇一個核心問題，廣泛聯繫各種文論來進行深入討論。宇文所安認為這種方法是最好最有洞見的，但仍存有核心觀念擠壓文本的負面影響。

他提出了第四種方法，在「要麼追求描述的連貫性，不惜傷害某些文本」與「要麼為照顧每一特殊文本的需要而犧牲連貫性」的兩難中毅然選擇了後者，即「通過文本來講述文學思想」[46]。僅以時間為線索將貌似互不相關的文本連貫起來，這不是以某一理論視野重構中國古代文論，而是以文論文本為中心，所處理的文本也不是單一的一個或者一組，而是歷史長河中相互關聯或者不那麼相關的一系列作品，涉及的問題也就不只一個，而是多種多樣的。他的方法中還存在這樣一個理論預設：即認為中國傳統的文學思想不是一個統一的整體，在不同的文本或者同一文本中永遠存在著縫隙、對立和衝突，研究者的主要目的就是理解和領悟文本中這些紛繁複雜的思想。

面對多樣性的文本和紛繁複雜的文學思想，宇文所安採取了表面上十分笨拙實際卻十分有效的解讀方式：即先一段原文（中文），一段譯文（英文），然後是對該段文字逐字逐句地解說和對所涉及問題的評述。不過他的解說形式會根據不同文本作相應的處理。如針對陸機《文賦》和司空圖《二十四詩品》中詞語內涵的複雜性問題，一般的西方讀者難以理解，他就先從文字釋義著手，對字詞內涵進行解釋，讓他們首先理解文意，然後再進行文論思想闡釋。而對歐陽修的《六一詩話》和曹丕的《典論・論文》，因為西方讀者在文意理解方面不存在閱讀障礙，宇文所安就把它們當作文學作品，直接進行文本欣賞和批評。這樣根據不同文本採取不同的解讀策略，使闡釋十分有效。同時他還充分照顧了觀念與文本形式的密切關聯。不論文本蘊涵著怎樣的觀念，這些觀念皆與每一文本的不同特性密切相關。正是出於這樣的考慮，宇文所安選擇了解說而不是概說的形式。這樣就真正做到了從文本出發，從根本上克服了過去從文本中抽取觀念、以至排除大量與觀念不完全吻合的極其生動豐富的文本現實的缺陷，並使產生文本的語境、長期被遮蔽的某些文本中的特殊內容、甚至作者試圖彌合的某些裂隙最終都生動地呈現

在讀者眼前。

　　與之相反，前三種批評方法都或多或少殘留著「觀念史」研究模式的缺陷，往往暗含著一種先在觀念，習慣於將文論家、文本與某種觀念、某種傳統之間的聯繫對應起來，並將傳統看作一種觀念和立場的穩定單一集合，歪曲了文學論述在某一具體情況下發揮功用的方式。宇文所安的研究方法則將「文本視為思想的過程」，將傳統視為一個不斷成長的各種觀念和立場的總匯，充分考慮到哪些觀念和立場在某些具體條件下被抽繹出來，並因為哪些條件的擠壓而改變，充分尊重文本的多樣性和情境性，使論述本身更顯真實生動。這樣一種研究立場的確立與他所受的學術訓練密切相關。他曾提到過自己研究中國文學的過程，這個過程與許多國內學人不同，主要體現在學習的先後順序上，比如學習中國文學史或者中國古典詩歌，我們一般是先接受理論，形成先在的觀念，然後到具體作品中去印證理論的對應與否。宇文所安則是先通過直接細讀文本，形成自己的見解，然後再參看別人評論，和其他觀點發生思想碰撞和交鋒。再加上他具備扎實的西方文論功底和獨特的學術視角，所以他經常能提出許多有重要學術價值的觀點。

二、內外涵攝的闡發

　　從宇文所安的學術歷程，我們可以窺視他的學術發展路向：首先從中國唐詩研究入手，然後拓展到文學史寫作和中國古典詩論的研究，再進入中國文論的批評闡釋，最後上升到對中國文學闡釋觀的理論總結。儘管其研究對象幾次變換，但一以貫之的是堅持文本在研究中的中心地位。具體到他的中國文論研究，他既致力於有關文本獨立性與作家創作過程的探討，也重視文本與讀者之間不明朗的約定關係的考察。他認為文本自身具有獨立性，但文本中也潛藏著欲望和反叛，文學不僅不能對社會教化和價值觀的形成起積極作用，相反，一直通過文本的招引和誘惑企圖喚醒人心中那種蠢蠢欲動的欲望，使文學不遺餘力地引起欲望的同時，又適度地壓制著欲望，使之被控制在理性的範圍之內。他說：「詩歌是一種引起欲望而又壓制欲望的遊戲。」[47]宇文所安關於文學隱藏著招引與誘惑，對社會的價值觀有威脅的觀點，重視文本獨立性的批評方法，為他的整個文學研究奠定了寬廣深厚的基礎。更為可貴的是其在堅持文本獨立的基礎上，不固守既有的理論畛域，把自己的批評視域向哲學觀念、歷史時空、文化心理、社會物質史等更廣闊的領域延伸。

---

[47] [美]宇文所安：《迷樓：詩與欲望的迷宮》，北京：生活・讀書・新知三聯書店，2003年版，第10頁。

他對文本、作者、文化語境的綜合思考，都是在堅持文本獨立性的邏輯起點上展開的，形成了一套論述嚴密的獨特批評方法體系。

（一）文本細讀

宇文所安認為，作為文學研究者，我們首先要處理好作者、文本及讀者之間的三重關係。劉勰在《文心雕龍·知音》中說：「綴文者情動而辭發，觀文者披文以入情；沿波討源，雖幽必顯，世遠莫見其面，覘文輒見其心。」[48]對三者關係作了極其精闢的論述，指出作者因為內心情志被外物擾動，自然天成地產生出優秀的篇章，蘇軾對這個過程也有描述，「……大略如行雲流水，初無定質，但常行於所當行，常止於所不可不止，文理自然，姿態橫生。」[49]研究者通過對文本的深度閱讀，可以揭示出作者那些隱秘的情感、複雜的欲望、深重的焦慮。那麼，對宇文所安來說，他又是如何具體深入地理解文本思想的呢？

在《中國文論：英譯與評論》中，宇文所安以文本為切入口，通過潛沉反覆的品讀，來剖析文本深刻的內蘊。首先他根據自己對文本的判斷，採取不同的解讀方式，但我們發現他在對不同的文論文本進行闡釋時，始終重視對文本中的關鍵字的把握。通過對詞語內涵的多重解讀，來發掘文本中的意蘊。在批評實踐中，宇文所安非常關注詞語的隱喻義，並對這些含義進行深入的探究。其方法是一般先列舉詞語的本義，然後結合具體語境，闡發其隱喻義，最後結合語境乃至全篇的主旨，把文本內涵挖掘出來。以他在《論文》中對「氣」的闡釋為例。他先從生理層面的「呼吸」與物質之「氣」的本義出發，然後指出：「氣」所負載的意思遠遠超過了表層的物質層面。接下來他闡述「氣」來自作家內部，借助吟誦時所使用的「氣」被引出來（它在那裡可能成了影響聽眾的「風」），同時他聯繫中國傳統思想比較推崇把抽象物和實物統一起來或心理過程和生理過程統一起來的淵源，把「氣」與音樂表演聯繫起來。在此基礎上，再與其他詞語結合起來一同進行闡述，形成一個有關「氣」的詞語族群，把「氣」的內涵進行了多角度揭示，啟動了詞語的生命力。這樣的例子在他的批評文本中俯拾皆是，例如在陸機《文賦》與劉勰的《文心雕龍》及司空圖《詩品》的批評中，對「纏綿（135頁）、燥、濡（115頁）、浮天淵（104頁）、抱影者、懷響者（108

---

[48] 周振甫：《〈文心雕龍〉譯注》，南京：江蘇教育出版社，2006年版，第662-663頁。

[49] 郭紹虞、王文生等編：《中國歷代文論選》（卷二），上海：上海古籍出版社，2001年版，第307頁。

頁）、音聲（141頁）、秀（143頁）、五病（154）、彌綸（181頁）、
自然（239頁）隱秀（272頁）、物色（289頁）、知音（300頁）、體用
（335頁）、雄渾（337頁）、纖穠（341-342頁）、綺麗（355頁）」等
詞語的追根溯源，不僅揭示這些詞語在修辭學上的深刻意義，更重要的
是從文化的角度，闡明了詞語在文化語境中意義生成的深刻性、複雜
性，觸摸到了語言的文化之根。這樣解讀的好處是可以使西方讀者在學
習的過程中，防止把語言僅僅理解為一種傳情達意的工具，讓他們能夠
站在宏觀視角來透視詞語的文化意味。

　　其次，我們發現宇文所安特別留意從文本結構的角度關注作者在行
文中的悖立、衝突、含混之處。在他看來，文本的生成，是多重作用力
影響的結果，同時文本的形成過程是一個不斷辯論的過程。如在駢體文
中，這個過程就不是單向的，在很多情況下，我們可以看到兩個角色在
爭奪對於論點走向的控制權。其中一個角色，我們可以把他命名為作
者，一個有著自己信念、教育背景以及有文化常識的人物；另外那個角
色就是文體修辭，即話語機器，它也根據自己的規則和要求生產話語，
雖然作者在創作的過程中，希望兩個角色能夠達到完美統一，但如果深
入到文本內部，就可以發現文體修辭經常把某一宣言、文學主張或傳統
思想進行處理，然後根據可以預測的規則加以充分發揮，這樣的話語機
器生產出來的文本就會遺漏許多重要內容，產生錯誤的或者誤導讀者的
觀念。作者意識到這種困境，總是想方設法要把它往自己認為正確的觀
點上靠近，於是作者時刻修正文本中他不認同的話語，試圖使其符合自
己的信念、教育背景和生活常識。如在曹丕的《典論・論文》中，宇文
所安強調：「我們就必須格外注意文章的關節點，也就是那些語氣吞吐
或行文跳躍之處。」[50]他指出曹丕的《論文》貫穿著一股強烈的情感，
是它（文體修辭）驅動著他的筆，串起了情緒的突然轉換和相互衝突的
立場，使《典論・論文》「一氣」貫之。宇文所安在解讀中列舉了曹丕
許多內心衝突之處：批評七子「貴遠賤近，向聲背實」與自己嚮往的
「遠」和未來聲名的悖立；開頭的「文以氣為主」、「不可力強而致」
與結尾惋惜人們「不強力」的衝突，最後得出自己的結論：曹丕《典
論・論文》的偉大之處恰恰在於那種君王威嚴的聲音受到反思的推動，
最終投入對文學力量的強烈的焦慮和希望之中。正因為自身意識到「年
壽有時而盡、榮樂止乎其身、二者必至之常期，未若文章之無窮」，他
希望借文學以不朽，所以從開始對七子的貶抑到後來轉為對文學的讚

---

[50] ［美］宇文所安：《中國文論：英譯與評論》，第70頁。

美，傳達出曹丕深入骨髓的人生焦慮。如宇文所安所言：「在任何文字表現系統的內部，一種立場的出現，總是伴隨著其他立場，而作者表現某一立場的緊迫感，會將這個立場與其特殊的對立面纏結在一起。」[51]

宇文所安在文論批評過程中十分關注文本中詞語和行文結構的衝突之處，從這些矛盾處去把握作者的內心的焦慮和立場衝突。他的闡釋焦點始終圍繞著文本中的文學思想運動而展開，具有很強的現實指向，為西方讀者理解中國文論的鮮活思想指明了方向。

（二）歷史想像與文化還原

宇文所安在文論批評中，並不局限於對文本的孤立研究，他只是把文本作為理解作者思想的起點，在闡釋過程中，他更為關注的是對文本中蘊含的中國傳統文學那套慣例和假說的闡釋與厘定。例如他談到《詩大序》時說：「《詩大序》告訴我們，詩為讀者進入詩人的內心思慮提供了一個直接入口，這些思慮與社會某一具體的歷史時刻相關；讀到這裡，你必須意識到，只要存在這樣一種觀點，就說明有一種焦慮躲在它背後：詩也許具有某種欺騙性，或者無關痛癢。確切地說，《詩大序》試圖告訴我們『詩應該是什麼』（而不是『詩是什麼』）。」[52]又如關於明代「公安派」對大眾文化的態度，按照「五四」時代文學史的觀點，認為是一種「進步」。如果把它放回到中國文學批評內部去考察，就會發現它是針對16世紀明代復古思潮的一次反動。如果不是尋章摘句，而是通篇閱讀，那些對鄉村私塾和流俗之間的蔑視之辭會不時出現，這種情況在早期文本中並不多見。而如果把這種現象放到更廣闊的文化史的範圍內來考察，我們可以看出古典文學教育在當時迅速普及的跡象──那些一度被精英獨佔的經典知識已變成了公共知識。在這種情況下，轉向大眾文化就成了江南上層知識精英使自己區別於人數劇增的中級知識份子的一種策略。文學理論在這裡與社會史和文化史遇合，這種較開闊的研究視域有助於我們理解「大眾文學」為何經常出現在只有富人才買得起的工藝精良的本子裡，從而對「五四」時的大眾文化進步論進行了顛覆性解讀。再如有關地域文化的問題，我們常常把江南文化錯當成「中國文化」。但我們常常看到一些充滿地域意識的地方傳統，尤其是四川與廣東這樣的地方，它們努力確認自己的身份，以對抗江南

---

[51] ［美］宇文所安：《中國「中世紀」的終結──中唐文學文化論集》，陳引馳、陳磊譯，田曉菲校，北京：生活・讀書・新知三聯書店，2006年版，第12頁。

[52] ［美］宇文所安：《中國文論：英譯與評論·序言》，參見王柏華等譯《中國文論：英譯與評論》，第1頁。

精英。我們潛意識裡認為江南和魏的著名文論直接代表那個時代，但宇文所安提醒我們，曹丕和曹植的那些標準的批評文本是保存在蕭統所主編的《文選》裡的，而且曹丕的《論文》很可能是一篇長篇作品的節選。該作品是否全篇以江南為核心內容還不一定。宇文所安告誡道，那些批評著述是曹氏家族和江南大師們編選的，被編選進來的還有大量的其他作品。我們應當注意到，曹丕和曹植的被選作品相當多，曹操的也有幾篇。從梁朝對三個世紀前的時代的再現之中，我們不難看出梁朝的情況。總之，我們對建安和魏的理解在很大程度上是蕭統及其屬下群體動機的結果，也就是受他們當時「事出於沉思、義歸於翰藻」的選文標準所制約。我們對漢魏的理解不但被他們的判斷所左右，還被他們的力量所左右，只有他們有能力保存文本並使其中一部分成為經典。在某種意義上，我們腦海中的建安和魏是被梁朝的攝影鏡頭拍攝進去的那些作品所影響和決定的。

由此可見，宇文所安在評論過程中，注重聯繫時代文化發展歷程進行歷史還原想像，把批評文本與評論對象儘量還原到它們所存在的歷史文化語境中。一方面可以使研究的問題更具針對性，另一方面可以使考察的視角變得更加多樣化，使展現在我們面前的對象不是一個被抽取血肉的僵死觀念。同樣，宇文所安對詩話的批評也貫穿了其豐富的歷史想像和文化還原能力。他指出《滄浪詩話》其實很難配得上「詩話」這個名稱。而在「觀念史」的理論體系看來，嚴羽的《滄浪詩話》算得上最有影響的詩話著作。宇文所安這樣說是有其歷史根據的，他考察了有關「詩話」形態的整個歷史變遷。他指出，詩話最初是一種口頭社交的話語形式，後來才變成書面形式。它記錄了口頭創作與社交場合的情況，或者試圖再現對這些場合的印象和情狀。從八世紀晚期以來，文壇上出現了某種固定的社交盛會，文學家們聚在一起，探討詩歌的妙處，談論文章軼事，為詩人們提出建議並描述詩人的風格。這種文學聚會還蔓延到宋代更廣闊的文學社會群體之中並不斷發展。許多早期詩話以及後來出現的一些最好的詩話皆以軼事和對詩歌的口頭評論為基礎，如歐陽修《六一詩話》就回憶和記錄了對詩歌的口頭評論，往往帶有一種和緩憂傷的語調。後世許多詩話中的那種感情用事的「文學爭吵」也是從該傳統中派生出來的。總之，最初的詩話追求直接的風格，然而隨著詩話文類的確立及其發展，它的口頭性和社交性大大降低，作家們開始把他們自己對各種文學問題的見解記錄下來，在恰當的時候編輯出版，編排日益嚴整起來。這種體系化的傾向在南宋最為明顯，以致詩話原來的審美價值與「本色」漸漸喪失。當然，這種變化應該放在南宋後期與元代前

期文學研究漸趨通俗化的背景中加以理解，由於當時出現了一個大眾閱讀群體，他們希望從權威那裡尋找創作指導和提高欣賞趣味，而當時杭州的印刷業又通過把詩話轉變成詩學教育的方式，滿足了城市小資產者參與精英文化的願望。那時，詩歌寫作已經成為下層紳士貴族與城市資產階級最喜愛的消遣方式。他指出，《滄浪詩話》作為歷史的產物，受到社會大環境的影響，也失去了許多詩話原初的鬆散、漫談、隨意的「本色」，由幾種批評文類混合而成的，只有最後兩章還算得上「詩話」。這樣從社會物質文化生產的視角來考察詩論，材料豐富確鑿，論述理據充分，得出的結論真實可信。

宇文所安在文論研究中，在重視文本細讀的前提下，注意結合文論產生的文化背景，進行不斷的歷史想像和文化反思，打破了傳統觀念的桎梏，形成了新的學術觀點。

（三）中西雙向闡發

《中國文論：英譯與評論》在西方獲得熱烈反響，被許多高校定為講授中國文論的權威教材，首要原因是宇文所安在中國文論的批評過程中，十分重視與西方文論做比較闡發，如他運用對比論述作者與文本的假定關係：作者根據自己的意圖，借助語言符號控制並創造出了文本意義；但作者的無意識與語言獨立的仲介作用卻又導致文本意義與作者意圖之間存在著不可跨越的鴻溝。然而中國闡釋傳統卻並不如此。這首先是因為它區分了作者之「意」（意圖）與作者之「志」：「意」是自覺的，「志」則既有自覺的成分，更有不自覺的成分。宇文所安特別辨析了中國所謂「志」與西方所謂「intention」（意圖）的區別。[53]一、「intention」是「自覺的」，這個觀念深刻地體現了「西方對自由意志的關注」；「志」則可能也有自覺的層面，但這個概念更重視一切抉擇的種種非自覺（involuntary）的起源：「志」的發生是因為人受到了外在世界中某物的擾動；二、就文學方面說，「intention」是指以某種方式來作詩的意圖：其目標是文學創作，而「志」則指在詩歌之外的現實世界裡人與某客體、事件或可能性的一種關係，亦即人與世界的一種主觀聯繫，它常表現為政治的或道德的欲望，具有張力而尋求解決，同時也尋求外在表現；也就是說，「志」指向人的整個存在方式。根據作者與文本的假定關係，無論作者之「志」還是其「意」，都不能完全控制或預先決定文本意義；文本意義乃是作者之「志」處在某種具體情境之

---

[53] ［美］宇文所安：《中國文論：英譯與評論》，第27-28頁。

下有意無意的流露。其次是因為中國闡釋傳統假定了一種不同於西方的
語言觀。西方的理性傳統注重以符號學模式來發展其語言理論。這種模
式在中國早期（如公孫龍子）也曾出現過，但很快就被「志」這種更加
高級的模式所取代了。從符號學模式來看，語言意義乃是符號的純規範
運作的結果；但從「志」這種模式來看，語言意義則是作者動機、具體
情境以及符號運作三個方面共同作用的結果。「從表面上看這似乎是以
心理學代替語言學，其實不然，毋寧說它體現了這樣一種認識：如果不
通過某種心理和在某種具體條件下，任何語言都是不可能產生的。既然
注意到這個明顯事實，就很難對語言的運作作非人格的理解。」[54]宇文
所安從詞源學、文化學、符號學、心理學等不同層面對中國文論進行對
比闡發，得出中西文論對「志」、「意」的不同理解。

又如對嚴羽的文學價值觀的解讀，宇文所安首先指出嚴羽賴以建立
自己價值和權威的最佳策略就是抨擊異己。他把盛唐詩作為學詩者追摹
的典範，樹立起詩歌學習的榜樣。後學不必再學習盛唐之後的詩歌，因
為盛唐之後的詩歌在嚴羽看來都是糟粕，嚴羽採用一種不同於前人的詩
歌評價體系，只有遵從《楚辭》的通俗詩學、古詩十九首、樂府詩、漢
魏五言詩、到李杜詩篇，才是學詩者所應該走的正路。嚴羽對詩歌的多
向演變與詩歌價值的歷史相對性十分敏感，因此建立一套單一而持久的
文學價值觀就成為他的理論追求。為了加深目標讀者對中國詩學這套傳
統詩歌價值觀的理解，宇文所安援引席勒做類比，在西方詩學史上，席
勒面對輝煌的詩歌歷史，他樹立了一套雙重標準：「素樸的詩」和「感
傷的詩」。儘管席勒試圖使「感傷的」詩變成一個非歷史的概念，但是
席勒提出這樣一套新的價值觀，就可以把後代的詩人提升為與他的前輩
一樣偉大甚至更偉大的詩人。但是嚴羽拒絕接受席勒的觀點，提出後代
的詩人絕對不可能跟古代的詩人平起平坐。他採用這樣一種中西對比的
方法，使我們更深刻地理解嚴羽在有關詩歌價值的論述中，堅持的那種
強烈的文學退化史觀，即用貶抑甚至嘲笑同時代詩歌的方式，為其盛唐
詩歌是最高峰的觀點張本。宇文所安在回顧中國文學傳統的轉折時，指
出：「這個轉捩點並非時間上的一個點，而是若干世紀以來一直延續
的一個過程。雖然就中國的情況來看，我們最早可以把它追溯到6世紀
早期的文學派系之爭，到十三世紀，嚴羽以其好辯的聲音，提出（或許
第一次）一套與那些被奉為至尊的老生常談對立的『立場』。」[55]此外

---

[54] ［美］宇文所安：《中國文論：英譯與評論》，第25頁。
[55] ［美］宇文所安：《中國文論：英譯與評論·導言》，參見王柏華等譯《中國文論：
英譯與評論》，第6頁。

關於文本產生過程、中西闡釋傳統的差異、文本與讀者的複雜關係等問題的闡釋方面，宇文所安都援引西方文論的相關內容進行對比論證，使許多以前被我們遮蔽的東西重新獲得敞亮。既揭示了中西文論間的相同之處，同時也分辨出了雙方差異，使目標讀者加深對中國文論思想的理解。正如樂黛雲教授所言：「在西方文論與中國文論多次雙向闡釋中，會產生一種互動，讓我們發現或者『生髮』出過去未曾認識到的中西文論的許多新的特色。」[56]

　　總之，文論發展的歷史真相並非像人們想像的那樣，人們對中國文論史的標準敘述會因為多種研究視角的加入而變得紛繁複雜，而這些研究視角的獲得離不開對文本的具體分析和文化語境的深入考察及文學思想過程的具體描述。當文論史作者說某個朝代的文本提出了一些什麼觀點的時候，他也應該考慮一下這些文本如何流傳於世，以及觀點是如何從文本中顯現的。宇文所安提出的這些問題，給文論研究提出了新的挑戰。他在進行理論分析時，從不迷信權威的說法和現成的結論，而是始終面對文本，面對歷史和文化。這形成了他在歷史時空中縱貫文化、對比闡發、透視文本內涵的綜合批評方法。

　　那麼，宇文所安的這種綜合的批評方法來源何處？他又是怎樣進行理性揚棄的呢？

三、批評方法的借鑒與創新

　　像宇文所安這樣中西兼通的批評家，要全面梳理其研究方法的來源，並不是一件輕而易舉的事情。從他對文本的高度重視入手，來追問其「文本中心論」的淵源，我們把他的文論批評方法放到二十世紀的文論背景下來考察，將會發現他自覺地進行理論更新的脈絡。

　　從十九世紀中葉到二十世紀初，實證主義的研究方法佔據文論研究的主流地位，直到二十世紀初，形式主義理論才成為文學研究中新的方法論，韋勒克考察了形式主義理論的來源，「這種機體主義的形式主義並不缺少先例。它起源於十八世紀後期的德國，經過柯勒律治傳到英國。十九世紀後期這派學說的許多思想通過曲折的管道滲進法國象徵主義的學說。這派機體主義的形式主義在黑格爾和桑德克提斯比較直接的影響下，在克羅齊的美學中得到了令人讚美的闡述。柯勒律治、克羅齊和法國象徵主義是現代英美所謂新批評的直系先輩，儘管這個在哲學基礎假定上是唯心主義的傳統出人意料地同瑞恰茲的實證主義的心理學和

---

[56] [美]宇文所安：《中國文論：英譯與評論·導言》，參見王柏華等譯《中國文論：英譯與評論》，第6頁。

功利主義的語義學結合到一起」[57]。在蘇俄形式主義那裡，他們把文本看成一個獨立自足的整體，側重從文本內部研究文學作品，關注其「文學性」。什克洛夫斯基提出了「陌生化」理論，重視從語言來理解文本，他區分了文學語言與日常語言的不同，指出文學語言具有陌生化作用，「形象的目的不是使其意義接近於我們的理解，而是造成一種對客體的特殊感受，創造對客體的視象，而不是對它的認知」[58]。俄國形式主義從主張文本的獨立性出發，形成了把文本當作客體進行獨立解讀的方法。真正把形式主義推上文論高峰的是英美新批評，新批評源於二十世紀的英國，但盛行於40年代的美國，其代表人物有艾略特、瑞恰茲、蘭色姆、沃倫、布魯克斯等，新批評為文學理論的學科獨立作出了重要貢獻。雖然其內部觀點不同，但是大致表現出相同的立場：（一）在文學本質觀上，堅持文本中心論。他們強調文學的自足性和美學的自律性，同時認為文學是一個獨立的世界，是一個完整的、自給自足而又有機的客觀實體，文學受到這個世界內部的特殊規律所支配。如布魯克斯反對將內容和形式分離開來的「二元論」文學批評，他認為詩歌是一個有機的整體，其效果依賴於各個部分的有機結合。（二）在文學的功能上，強調文學的認知功能。即認為文學是一個自足的獨立結構，而這個整體是由語言的反諷、悖論、象徵等構成的張力結構，在批評方法上表現為對詩歌語言的過分關注。（三）提倡文本中心觀與語言重點論，在批評方法上講究「細讀法」（close reading），對文本的語言、結構、象徵、修辭、音韻、文體等因素進行條分縷析，挖掘文本內部的意義。強調文本語言語義的豐富性、複雜性，以及文本結構中各組成部分之間所形成的複雜關係。細讀的主要特點是「確立文本的主體性」，強調文本內部的語義和結構對意義的形成具有重要價值，而不看重從作者生平、心理、社會、歷史和文化意識形態等因素來解讀文本。因此從根本上說，它是一種以內部研究為特點的「文本批評」。

追溯俄國的形式主義到英美新批評的發展軌跡，可以明顯看到宇文所安的文論研究受這些理論的深刻影響，其中受新批評影響尤甚。新批評堅持文本中心觀，宇文所安也主張在文學研究中應該從文本出發，考察作者的思想運動。新批評主張語言重點論，著重從語言的張力、含混、反諷、悖論等方面去探究，宇文所安在文論研究中也一般不對詞語

---

[57] [美]韋勒克：《批評的概念》，張今言譯，杭州：中國美術學院出版社，1999年版，第355頁。

[58] [俄]維·什克洛夫斯基：《作為手法的藝術》，參見方珊等譯《俄國形式主義文論選》，北京：生活·讀書·新知三聯書店，1989年版，第213頁。

的本義做過多的描述，而是在理解本義的基礎上轉入對詞語隱喻義的深入探究，揭示詞語背後深廣的文化內涵。對文本結構的理解，宇文所安與新批評也相契合，兩者都十分注意文本結構的衝突悖立之處，但與其不同的是，宇文所安側重從行文的「縫隙」處，來尋找作者的思想矛盾，並且聯繫全篇做整體觀照，這就與新批評的就結構論結構的純形式主義有了顯著區別。特別值得一提的是，在文論研究中，他儘管和新批評一樣強調文本的中心地位，但與其著眼點明顯不同，新批評走的是文本內循環式的批評之路，他們把作者與讀者這兩極都排除在文學研究之外。而宇文所安卻把文本作為研究的入口，在此基礎上，進一步在歷史語境中還原文本，從文化發展史、社會物質史的角度來考察文本，避免了英美新批評「文本批評」的缺陷，從文本與歷史文化的關係來洞察文論思想，獲得更加深廣的理論意義。

　　毫無疑問，就學於新批評派重鎮耶魯大學的宇文所安，新批評文論對他的影響是不言而喻的。上世紀40年代，新批評進入了鼎盛時期，幾乎佔據了所有大學文學系文藝理論的教職，與宇文所安密切相關的是：當時最有影響力的理論家威廉・K・維姆薩特、雷納・韋勒克和沃倫，被稱為「耶魯集團」（Yale Group）。受新批評理論的濡染，宇文所安亦浸淫於其中。與此同時，韋勒克對新批評的理論偏頗進行了一定程度的修正。他在與沃倫合著的《文學理論》中，把文學研究分為內部研究和外部研究，其中內部研究主要考察文學作品的存在方式，文體與文體學、意象、隱喻、象徵、神話，文學的類型等方面；外部研究主要研究文學與傳記、文學與心理學、文學與社會、文學與思潮以及文學與其他藝術五個方面。韋勒克文學理論的核心強調文學是一個複雜的、多層次的藝術整體。他接受了克羅齊的每一件真正的藝術品都具有獨特個性的觀點，但卻不贊成他無視文學作品的具體背景的歷史虛無主義傾向；他傾心維謝洛夫斯基的「歷史詩學」，但又反對他割裂內容與形式的觀點。他認為，把內容與形式分開，就可能使人們忽略文藝作品的整體性和統一性，「我認為唯一正確的看法是一個必然屬於『整體論』的看法，它把藝術作品看作是一個多樣統一的整體，一個符號結構，但卻又是一個蘊含並需要意義和價值的結構」[59]。因此，他提出「材料（material）──結構（structure）」這一有機體，維繫其間的是「審美目的」的理論架構。同時他對「內容與形式」的傳統二分的不滿與俄國

---

[59] ［美］韋勒克：《批評的概念》，張今言譯，杭州：中國美術學院出版社，1999年版，第278-279頁。

形式主義一脈相承，他把所有一切與審美無關的因素稱為「材料」，而把一切與審美發生關係的因素稱之為「結構」，材料與結構組成了一個相得益彰的關聯體。他發展了羅曼·英伽登關於文學藝術具有多種不同交叉層面的理論，但同時拋棄了羅曼·英伽登僅對作品加以解析而不做審美判斷的純現象學偏頗。他提出了一種從不同角度分析判斷作品的「透視主義」觀點。即把詩和其他類型的文學看成是一個整體，這個整體在不同時代都在發展變化著，可以互相比較，而且充滿各種可能性。[60]它要求從結構、符號、價值三個不同維度審視作品，把文學作品看成一個動態發展的過程。以這種「透視主義」理論為依據，韋氏把文學藝術品的存在方式表述為三個主要層面——聲音的層面（包括諧音、節奏、韻律等）、意義的層面（包括語言結構、文體風格之類）、要表現的事物層面（通過意象、隱喻、象徵、神話等），用一種綜合的、多向的視點來透視文學作品，這樣藝術品就被看作一個為某種特別審美目的服務的完整符號結構，從而確立了在文學批評中的審美判斷和價值判斷。但令人遺憾的是，韋勒克只從文本「內」、「外」兩方面來分別說明，並沒有把兩者之間的關係揭示出來，沒有把文學的「自律」與「他律」統一起來。

宇文所安作為在現代西方學術背景下訓練出來的學者，深受西方從「俄國形式主義」到「新批評」直至「解構主義」都一致持有的「語言論轉向」和「文本中心論」的形式主義理論的強烈影響，因而非常重視語言和文本自身的力量。同時這種重視文本的立場也是宇文所安對中西文論進行深入比較分析後的選擇。在分析曹丕《論文》時，曾提到，西方詩學通常認為文本在創作之前已通過創作意圖被確定了，因而可以說是受作者控制、非時間性的假定客體，而「與西方的情況相比，中國傳統更願意或希望把詩歌視為時間中的事件」，「視文本為演奏」[61]。宇文所安不僅希望知道「古人的思想是什麼」，更期望呈現歷史的「活的思想」[62]。因此，無論對於文學文本還是文論文本（其實在中國文論批評史上，許多文論作品本身就是文學作品，如《文賦》和《二十四詩品》），知道它寫了什麼固然重要，但它如何呈現、展開內容或許更是其關鍵所在。他融合中國傳統印象式批評，強調從個人的直觀感悟

---

[60] ［美］韋勒克、奧·沃倫：《文學理論》，第36頁。
[61] ［美］宇文所安：《中國文論：英譯與評論》，第69頁。
[62] ［美］宇文所安：《中國文論：英譯與評論·中譯本序》，參見《中國文論：英譯與評論》，第2頁。

出發，興之所至，有感而發。如對陸機《文賦》中「操斧伐柯」[63]的批評、對歐陽修《六一詩話》中「隨意」風格的闡發等，在批評過程中，他把文論文本放在批評的天平上衡量，保持一種獨立反思的姿態，融入自身的審美體驗，力圖把握文本鮮活的思想。

　　總之，宇文所安在中國文論批評中，憑藉自己深厚的西方文論根基，堅持對西方文論的深刻反思和揚棄，並有意識地借鑒中國傳統的批評方法，使其批評方法呈現出內外打通、中西互證的特色，既追求對文本內涵的理解，又自覺把文論文本放在文化的視角下審視，融匯中西、獨出心裁。正如他的夫人田曉菲教授所說：「一個好的文學批評家與學者，應該是一個好的讀者。所謂閱讀，既指文本的細讀，也指一種以歷史主義精神和歷史想像力進行的閱讀。」[64]王曉路也指出：《中國文論》一書中「既有採納新批評的細讀方式，也有社會歷史研究方法的語境分析」[65]。用它們來總結宇文所安的中國文論批評方法十分精當。

第三節　術語與文體

　　宇文所安認為中西文論在傳統方面的若干假定具有相同性，兩者在源頭都是對同一問題的探索，只是因為原初關注點的不同，才導致在發展中產生了差異。這些差異則是多方面的，「它們表現在雙方所堅持的各種觀點、文類（genres）、文學思想的基本結構等方面」[66]。在本節中，我們只選取他關於術語和文體兩方面的觀點進行簡要評述。

一、術語：文化的迴響

　　「術語」一詞，從語義學上考察，指「某門學科中的專門用語」[67]。具體到中國古代文論，指這門學科中的專門用語或名詞，因此，確定有關論著中的某個用語是否屬於古代文論術語，主要看這一用語是否具有本學科的特點，也就是看這個用語是否適合有關文論問題的描述和規定。這一基本特徵決定了術語範圍十分廣泛，包括古人關於文章的起源（如「情」、「志」、「氣」等）、文本（如「意象」、「文

---

[63] ［美］宇文所安：《中國文論：英譯與評論》，第89-90頁。
[64] ［美］宇文所安：《他山的石頭記》，第353頁。
[65] 王曉路：《西方漢學界的中國文論研究》，第326頁。
[66] ［美］宇文所安：《中國文論：英譯與評論·導言》，參見王柏華等譯《中國文論：英譯與評論》，第2頁。
[67] 中國社會科學院語言研究所詞典編輯室編：《現代漢語詞典》（修訂本），北京：商務印書館，1996年版，第1174頁。

質」、「神韻」等）、文學創作（如「格律」、「章法」、「結體」
等）、文學鑒賞（如「知音」、「興」、「味」等）、文學發展（如
「體用」、「通變」、「源流」等）等各類問題闡述所使用的詞語，
且術語在各個學科之間可以相互借用。如「道」、「氣」、「理」、
「性」等，既可以作為中國文論術語，也用於中國哲學，可見術語在中
國文論中佔有舉足輕重的地位。可以這樣說，如果沒有一個穩固的術語
系統，就沒有中國文論學科的形成。汪湧豪在《範疇論》[68]中明確區分
了「範疇」、「概念」、「術語」之間的差別，他特別指出，術語是最
穩定的，它一旦形成，在文論的發展過程中就會保持其意義的穩定性，
並且它作為概念的物質載體或語言用料，是概念形成過程中的重要因
素，參與概念形成的全過程。簡言之，術語是構成概念的基礎。作為子
範疇的術語無疑是一門學科建構的前提，宇文所安敏銳地意識到術語問
題的重要性。

　　涂經詒先生指出：「（中國文論）這領域極有意義的發展就是對中
國文學批評術語的日益認可。中國批評家所採用的一些術語通常包含了
文學理論的實質，因而闡明這些術語有著相當的重要性。而對於批評家
所採納的術語不能正確理解往往會導致對這一批批評家整體思想的誤
讀。」[69]宇文所安把「術語」作為重點研究的對象，從中西文論傳統對
術語理解的差異根源、術語的具體批評實踐兩個層面來剖析中國文論
「術語」的獨特性。

（一）術語理解的差異根源

　　首先宇文所安指出一種文學思想傳統是由一套詞語及「術語」
（terms）構成的，這些詞語有它們自己的悠久歷史、複雜的迴響
（resonances）和影響力。同樣這些詞語沒有自身的獨立性，它們只不
過是相互界定的系統之一部分，該系統隨時間而演化，並與人類其他活
動領域的概念詞彙相關。這些術語通過彼此間的關係而獲得意義，每一
個術語在具體的理論文本中都有一個使用史，每一個術語的功效都因其
與文學文本中的具體現象的關係而不斷被強化；此外，每個術語都有一
定的自由度，以容納各種變形和千奇百怪的定義。與汪湧豪關於術語的
觀點相異，宇文所安是從術語的內涵演變來考察的，他認為在每個術
語的生成過程中，術語內涵處在漸變的過程中。我們要把握術語的內

---

[68] 汪湧豪：《範疇論》，上海：復旦大學出版社，1999年版，第4-5頁。
[69] 涂經詒：《傳統中國詩學批評》，參見王曉路《西方漢學界的中國文論研
　　究》，第300頁。

涵，最好的辦法是從每個具體的文論文本去解析，同時他對術語內涵的穩定性表達了自己不同的看法，「儘管受過教育的讀者，有『能力』（competent）使用這些術語，但是無論在說英語的傳統還是在說漢語的傳統中，沒有誰知道那些術語『是什麼意思』」[70]。例如對於文學中經常提及的「情節」（plot），誰也不知道它是什麼意思，但是只要遇到一個「情節」（plot），幾乎所有的人都能認出來。

西方文學思想傳統也匯入到整個西方文化對「定義」的熱望之中，它們希望把詞語的意義固定下來，以便於控制詞語。在西方文化中尋求定義成為一個最深入、最持久的工程，但是與之相反，這樣一種追求定義的熱望在中國傳統文學思想中卻是嚴重缺席。在中國文學思想傳統中，對於核心術語，文論家也只提供簡短的，有時經常是經典性的定義，但要想尋求他們對術語做一系統性的解釋則很難看到，即使這樣的現象發生，也要到該傳統的後期，即明清時期，而且只發生在文學研究的最低層面。換言之，該定義不覺得「定義」自身就足以構成一個重要的目標，定義是為學詩的後生準備的，因為他們不具備使用那些詞彙的「能力」。

在宇文所安看來，中國文學思想傳統與西方明顯不同，西方文論中有一種力圖把握「術語」的確切內涵的傾向，而中國文學思想傳統中對「術語」的內涵界定並不十分重視，就算在文論發展的晚期，對「術語」內涵的界定，在他看來也只不過屬於形而下的「器用」之範疇，即只是為了大家運用方便而粗略界定。那麼在中西文論思想中對「術語」產生不同看法的深層根源是什麼呢？他認為，中西文學傳統對術語的主要區別在於：「在西方傳統中始終存在這樣一種張力：一邊追求精確的定義，一邊追求它們在文學中的迴響（也就是它們在各種參照標準中的應用，而那些應用免不了與那個精確定義發生衝突）；而中國傳統只重『迴響』。」[71]

在中國思想史的各個領域，關鍵字（即術語）的含義都是通過它們在人所共知的文本中的使用而被確定的。現代學者，無論中西方，經常為中文概念語彙的「模糊性」（vagueness）深表遺憾。其實這樣的感歎，在他看來完全沒有必要，因為與歐洲語言中的大部分概念比較，中國文學思想傳統中的術語內涵並不比其更模糊。此外，更重要的

---

[70] [美]宇文所安：《中國文論：英譯與評論·導言》，參見王柏華等譯《中國文論：英譯與評論》，第2-3頁。

[71] [美]宇文所安：《中國文論：英譯與評論·導言》，參見王柏華等譯《中國文論：英譯與評論》，第3頁。

是，在中國文學思想傳統中，概念的準確性一向就不被重視，我們也用不著維持一個存在一套精確的技術術語的幻覺。就像西方讀者能識別「plot」（情節）、「tragedy」（悲劇）、、「mimesis」（摹仿）、「representation」（再現）、「tructure」（結構）那樣，中國讀者可能並不能準確說出「道」、「虛」、「情」、「文」等術語的概念，但是只要它們出現在文本中，他們就理解它們，儘管這種理解可能是一種意會的把握，但絲毫也不影響中國讀者對文本的理解。

其次，西方讀者之所以覺得中國的文論術語模糊不清，是因為中國術語不符合西方讀者已經熟悉的現象。即在使用史上，中國術語有一套約定俗成的慣例，即幾乎每個術語在使用上有多重指涉，但又不給讀者明確提示，要求讀者自己去領會，這種狀況絲毫不影響中國讀者在具體語境中對術語的理解。與西方傳統習慣於對術語做理性的分析，追求語義的精確性和明晰性的傳統不完全對等，因此在具體閱讀中，西方讀者經常試圖尋求中國術語的明確含義，結果卻經常令他們十分沮喪。如古代文論中的「義」具有「a truth」（一個真理）、「duty」（義務）、「righteousness」（正義）、「principles」（理）、「significance」（意味）、「meaning」（意義）等含義，它與「意」經常互換，二詞在宋代成為了同音詞，「義」是「一個真理」，意義上的「真理」，它適用於人和大千世界而非事物。我們可以說樹有「理」，但是，像水那樣隨物賦形的事實既有「理」也有「義」。「意」主要發生在內心；而「義」雖然可以被內心感知，但它外在於心。正因為這兩者的內在差別，所以宇文所安在翻譯時沒有把「義」譯成「a truth」，而是選擇了「significance」（意味）等詞來代替它，他充分考慮了中國術語的複雜內涵。傳統中國心理學、詩學、語言學的這一常見特點，雖然可以被西方讀者所理解，但顯而易見它不屬於西方文化傳統的一部分，每一個傳統都有它的概念強項。取輕視態度的讀者自然會發現，中國傳統中所解釋不了的文學的若干層面，恰好是西方傳統絕對不可缺少的層面。

宇文所安從中國文論中擇取典型術語，結合中西文化不同語境，讓它們在一種中西互動、互識、互證的文化背景上進行對話，在他看來，在中西文論對話的過程中，採取一種文化中心主義的心態，只強調自身文論的優勢，而不能站在他者文化立場上去做「同情的理解」，這樣的立場根本無益於文論的發展。最佳的策略則是把每個文論術語置入其所產生的文本話語和文化語境中，考察其產生、發展、演化的歷史，我們才能深刻地理解其內涵。

（二）關於術語的批評實踐問題

　　宇文所安在編撰《中國文論：英譯與評論》時，首先碰到的難題就是術語的翻譯。根據現代翻譯學的觀點，兩種語言之間沒有完全對等的詞彙，因為每種語言都有一個獨立生髮的語境，在長期的文化習慣濡養下，形成了各自獨特的歷史文化內涵。簡言之，中西文論術語的不對等根源於彼此的文化差異。如果依據此觀點，那麼翻譯永遠無法達到對另一個文本的完全理解。宇文所安明確指出：「其實沒有什麼最佳的翻譯，只有好的解說。任何翻譯都對原文有所改變，而且，任何一種傳統的核心概念和術語的翻譯都存在這個問題；這些術語對文明來說非常重要，它們負載著一個複雜的歷史而且植根於該文明所共用的文本中。」[72]從西方闡釋學的觀點看，任何理解都是「誤解」。作為此在的我要理解歷時的文本，勢必融入了個體的當下審美體驗，而自身的體驗無疑會帶有個體的某種「前理解」，對他種文化的理解自然受闡釋者的先在視域影響。與其說「我思故我在」，不如說「我在故我思」，既然「我在」總是在有限的時空之中的，那麼我對任何文本的理解便都是生存性地受限的。作為一個文學翻譯者，在面對不同語言時，潛意識中總會受自己母語長期形成的文化習慣和思維方式的影響。正如陳躍紅所說：「詩學譯解活動作為人的跨文化闡釋行為，同時也就始終保留著基於人的能動性的闡釋性策略空間，也即是說，詩學翻譯活動誠然有它無奈的誤讀宿命的一面，但是，正是這種規律性現象的存在和作為解釋主體的人的能動性，為其在跨文化語境中的詩學意義生成開啟了意義的可能性。」[73]他提醒我們注意這樣一個事實：絕沒有任何兩種詩學之間的概念或範疇在表達意義的內涵和外延上能夠做到完全等同，也絕沒有任何兩種語言和句法系統的符號體系能夠一一對應。如果主觀地想像，在中西詩學概念互譯的過程中，一個漢語詞彙可以完全對應另一個西文詞，一個中國詩學的概念可以對應於另一個西方詩學的概念，從而實現整體意義交換和透明的翻譯，這不過是烏托邦的文化夢想。一切思想的存在，本身就是所謂語言性的，我們說語言是存在的家園，在某種意義上就是強調語言與人的存在休戚與共的性質。[74]因此在跨文化翻譯實踐中，永遠無法實現兩種文論術語完全的意義轉換。

[72] [美]宇文所安：《中國文論：英譯與評論·導言》，參見王柏華等譯《中國文論：英譯與評論》，第15-16頁。

[73] 楊乃喬等譯：《後殖民批評》，北京：北京大學出版社，2001年版，第5頁。

[74] 孫康宜、孟華主編：《比較視野中的傳統與現代》，北京：北京大學出版社，2007年版，第459-460頁。

　　這讓宇文所安陷入翻譯的焦慮中，在是否為了照顧翻譯的流暢性和優雅性而曲解他種文化或為了保持他種文化的獨特性而使英文翻譯顯得生澀的兩難之間，他保持著適度的謹慎和取捨，堅持具體文本具體分析。比如對司空圖《詩品》的解讀，他認為司空圖有兩種表述方式：神秘化表述與命題式表述。司空圖更關心的是大眾感知邊緣的特質：神秘化作為一種表現方式，符合文本所一再表達的詩學價值，但是在「命題式表達」（form of proposition）中給讀者造成的印象是文本具有明確的資訊，可是神秘化又遮蔽了這些假定的命題，並迫使讀者從破碎的詞彙中重新尋找「資訊」，所以他認為《詩品》只適合用中文閱讀。這樣《詩品》每一品在整體中顯得比較明確的命題，一旦到進入文本分析時就變得支離破碎，讀者根本無法分清每一品的特性及與其他品的區別，他解釋說：「每一品標題所使用的術語都承載著許多迴響，熟悉中國文學思想的讀者都能聽出來。每一首詩也就是每一品中的各個形象和片斷的表達都服務於那個核心術語（也許更準確地說，它們被那個核心術語同化了）。」[75]如在《詩品》中，司空圖所謂的「力」幾乎包含兩個基本因素：一是力的積累；一是把積聚的「力」釋放出去。這樣造成了讀者的理解混亂，到底「力」是作者寫作前就具備了，還是在寫作過程中作者加入的？它描述了文本的運動嗎（從保留到釋放的過程）？它描述了文本的感染力嗎（文本中積聚的力在閱讀的餘味中得到釋放）？在他看來，最明智的做法就是從一個更高的文本整體層面來理解這些被描述的特質。但是要表達這多重內涵，他發現了英語翻譯的困難。他說：「譯文往往具有欺騙性：英文要求我在祈使語氣與陳述語氣之間，在主語『他』與主語『它（文本）』之間，在並列句與條件句之間做出選擇。以上種種選擇在漢語中都不是非此即彼的，它們往往可以隨意遊移，同古代漢語常見的情況一樣，它們往往是真的無關緊要的。」[76]在他看來，漢語與英語這兩種語言，在表意上存在嚴重的差異，漢語語意表述的隨意性，絲毫不影響中文讀者對文本的理解，可是對西方讀者來說，卻容易把他們導向神秘和模糊，宇文所安看出了翻譯在彌補兩種文化差異上的無奈，他從開始對文本語言的關注，最後上升到文化層面的對比反思。他認為對術語的注釋必須節制，過多的注釋會使文本滑入一片反覆的亂章。某些注釋和解說孤立地看可能十分有趣，可加在一起就會把文本及其對文本的討論徹底淹沒。正是基於這種考慮，他並沒有把

---

[75]　［美］宇文所安：《中國文論：英譯與評論》，第333頁。
[76]　［美］宇文所安：《中國文論：英譯與評論》，第334頁。

中國歷史上流傳下來的注疏傳統「全都拿到桌面上來」。為此，他採用了一個既注重意義的明確概括，又反映歷史變遷、還顧及具體語境，同時也不淹沒文本主旨的注釋策略。即一方面，在「術語集解」中對精選出來的術語，主要是單字詞（它們或者很重要，或者一再出現在該書所選擇的文本之中）作簡明的概述；另一方面，考慮到「術語集解」中描述的只是這些術語的大致情況，它們的意思總是依語境變化，而只有在具體語境中，其語義價值才相對確定，因此，他在具體文本的解說過程中，對術語的用法作了更具體詳細的討論。

在翻譯時他採取了一種折衷的辦法：根據文本的具體語境和術語本身的特點，做出自己理性的選擇。有些術語他全部保留了中文拼音，如「氣」幾乎是以拼音的形式出現，有些術語則根據語境給出多種翻譯。如「變」在單獨使用的時候幾乎總是被譯作「mutation」，以便於讀者注意其確切含義，並區別於其他表示「變」，如「change」（變化）、「variation」（「變體」或「差異」）等的詞。另外像「意」也通常譯做「concept」，但有時在與其他詞語混合使用時，則根據情況譯成不同的英文，如譯為「idea」（想法）、「meaning」（意義）、「concetto」（對某種物質的精巧解釋）等。他表示：「我嘗試一個詞一個詞、一段文本一段文本地做出決定，我的首要目標是給英文讀者一雙探索中國思想的慧眼，而非優雅的英文。」[77]為了讓西方讀者加深對中國術語的理解，宇文所安還採用了兩個重要策略：一、就是提供一個範圍廣闊的、各式各樣的文論選本，在那些文本中一次又一次地與它們碰面，對它們的某些功用及意義，英語讀者也自然會有所領悟。他通過這樣一種「反覆閱讀」的方法，通過多次接觸、直觀感悟，讓西方讀者在對中國文論術語的領悟中自然地理解中國文論思想。二、宇文所安在《中國文論：英譯與評論》的附注中，添加了一個「術語集釋」，列出51個術語，其中包括「章、正、象、理、神」等四十八個單字詞和「知音、造化、自然」三個複合詞，分別就這些詞的本義和引申義及在具體文論文本中的含義進行解說，有些還提供了拓展研究的參考文獻。如關於「神」的釋義，首先把它譯為「spirit」（精神）「divinity」（神聖），然後從詞源學上考察其起源，對其意義進行深入考察，介紹它在精神層面的運用以及後世的使用情況，並舉例說明和提供參考文獻。王曉路曾指出：在西方漢學家中，「從筆者所收集到的材料來看，對中國古代文論術語最為

---

[77] ［美］宇文所安：《中國文論：英譯與評論·導言》，參見王柏華等譯《中國文論：英譯與評論》，第15頁。

公允的解說仍是宇文所安教授。他在論及中國文學思想時，從中西對比的角度對中國文學術語加以說明」[78]。例如在第二章《詩大序》中討論「風」時，宇文所安首先指出它的本義即自然之風。然後通過考證找到《詩經‧國風》中「風」具有使草木乾枯、複生、再乾枯的隱喻義，後來產生了「影響」的含義。此外「風」還適用於社會當地習慣或社會習俗（也許是作為「影響」或「氣流」的延伸）。最後，「風」還與「諷」有關，二詞可以相互代替，「諷」即批評，也屬於一種「影響」。在指出風的四個層面的含義後，他再結合文本，在社會層面和文化影響上對「風」的道德教化意義和歷史文化指涉進行具體評價。同時在術語的解說中，他並不盲從前人和時人的說法，而是從文本出發，根據自己的思考，得出自己的見解，真正做到「根底無易其固，裁斷必由己出」。如在對司空圖《詩品》的批評中，宇文所安認為「『文學思想』難以跟十分複雜的語文難點區分開來」[79]，所以他採取中國傳統的注疏方法，對詩行和字詞進行精確的討論，並積極借鑒中國學者在這方面的研究成果。在解讀過程中，他選取杜黎均的《二十四詩品譯注評析》、郭紹虞的《詩品集解》、呂興昌的《司空圖詩品研究》、喬力的《二十四詩品探微》、孫昌熙等編的《司空圖詩品解說二種》、孫聯奎的《詩品臆說》、王濟亨和高仲章的《司空圖選集注》、趙福壇的《詩品新解》以及祖保泉的《司空圖詩品解說》等專著，還借鑒汪國貞的《司空表聖研究》、吳調公的《古今文論今探》、祖保泉的《司空圖的詩歌理論》的研究成果，材料選取多樣完整權威，選用的版本新舊結合，既有清代的研究著作，也有二十世紀八十年代末的論著，如杜黎均的《二十四詩品譯注評析》是北京出版社1988年的版本，王濟亨和高仲章的《司空圖選集注》是山西人民出版社1989年出版的，且著者均是司空圖研究的專家，由此可見宇文所安學術視野之寬廣，對學術前沿瞭解之敏銳。《中國文論：英譯與評論》作為九十年代初編成的文論教材，他還充分吸收了中國文論界的最新研究成果，如對司空圖《詩品》真偽問題的爭論，他也有論及並發表了個人見解。[80]他以這種術語解讀方法為津梁，使西方讀者循此做為理解中國文學思想的切入點，進行廣泛的縱橫比較，深入文本內部，追本溯源，追索中國文學思想的發展歷程，進而深入中國文學批評的堂奧，達到對中國文化精神的深刻領悟。

---

[78] 王曉路：《西方漢學界的中國文論研究》，第308頁。
[79] [美]宇文所安：《中國文論：英譯與評論‧導言》，參見王柏華等譯《中國文論：英譯與評論》，第12頁。
[80] 詳解可參閱[美]宇文所安：《中國文論：英譯與評論》，第392頁注釋[5]。

二、文體：深層的立場

王瑤先生說：「中國的文學批評，從它開始起，主要是沿著兩條線發展的——論作者與論文體，一直到後來的詩文評或評點本的集子，也還是這樣：一面是『讀其文而不知其人可乎』的以作者為中心的評語，一面是『體有萬殊』而『能之者偏』的各種文體體性風格的辨析。一切的觀點與理論，都是通過這兩方面來表現和暗示的。」[81]無獨有偶，宇文所安在中國文論批評中，也十分關注作者和文體問題，在第一節中文本與作者的關係有所論及，本節側重就他關於文體的問題進行闡述。

現代「文體」觀念來源於西文「style」，在翻譯中，「style」兼有「文體」和「風格」的雙重含義。據《簡明不列顛百科全書》對「風格學」的解釋，自亞里斯多德（Aristotle）、西塞羅（Marcus Tullius Cicero）、昆體良（M.F.Quintician）等以來，文體一直被理解為「思維的恰當的修飾」，它是規定適合特定類型的話語方式的一種「修辭格類型」。十八世紀之際，這種具有語言學與修辭學意義的文體觀被強調作家主體性在創作中的決定作用的文體概念所取代。如法國作家布封（Buffon）提出「文體（風格）即人」的觀點，叔本華（Arthur Schopenhauer）認為文體是「心靈的外現」，均強調文體是作家獨特個性的表現。二十世紀以來，隨著西方語言學的充分發展，文體的語言學意義也重新得到凸現，文體被看作文本話語體式和結構方式，如艾布拉姆斯認為「文體是指散文或韻文中語言的表達方式，是說話者或者作家在作品中如何說話的方式」[82]。與此相關的另一個法文詞叫「genre」，來源於拉丁文「genus」，它本來指事物的品種和種類，在文藝理論中多指文學的種類或者類型，因此經常被譯為「文體」。這與中國古代使用的文體概念比較接近，「文體」在古典文論中很多時候即簡稱為「體」。「體」本義指整個人體。《說文解字》釋「體」為「總十二屬也」。段玉裁《說文解字注》云：「十二屬，許未詳言。今以人體及許書核之。」說明「體」最初是指由「十二屬」構成的人的整體。從這一原始意義可以看出，「整體」義構成了「體」在古典漢語語境中的基本內涵。古人以「體」稱文的用意之一正是為了突出「文章整體」這層涵義。今人在使用文體概念時往往標明體裁或文類的意義，強調不同文類規範的客觀制約性。如《辭海》：「文體，謂文章之體裁也。」《隋

---

[81]　王瑤：《王瑤文集》（第一卷），石家莊：河北教育出版社，2000年版，第103頁。
[82]　[美]艾布拉姆斯：《歐美文學術語詞典》，北京：北京大學出版社，1990年版，第354頁。

書・經籍志》：「世有堯淳，時移治亂，文體變遷，邪正或殊。」[83]正因為「文體」在內涵上的多重指涉，造成在文學批評中的隨意性。綜觀當代文論家對「文體」的闡釋，大都偏重於「體」的研究，大致有如下四種觀點：第一種局限於「體裁」的含義，就文體分類及文類特徵進行研究，如穆克宏先生的《劉勰的文體論初探》、羅宗強先生的《劉勰文體論識微》只在文類範圍內討論文體；第二種將「文體」理解為風格，僅在風格的範疇內談論文體，如詹鍈先生的《文心雕龍的風格學》，以「風格」立論，將文類、文類體制和文類風格都納入到「風格」範疇進行辨析。第三種是把「體裁」和「風格」結合起來，做系統的考察，如徐復觀先生的《文心雕龍文體論》對古代的文體進行了較為系統的闡釋：認為古代的文體不只限於文類的概念，「體」在《文心雕龍》中具有三方面的內涵——體裁、體要和體貌。他認為體裁是由語言排列而成的形相；體要以事義為主，能見出主體的智性經營的痕跡；而體貌主要以感情為主，能見出作者的性情和精神狀貌。體裁必須在體要與體貌的昇華過程中，才能獲得文體中的最高的藝術性意義。[84]童慶炳先生提出「體裁、語體、風格」三層次論，童先生認為直接從體裁到風格跨度太大，生成的學理依據不足，應該有仲介，他提出「語體層次」的概念，認為語體是語言體式，不同的體裁對語體有不同的規範和要求。文體的語體意義除了規範的語體之外，還有自由語體，後者包括作者充滿個性的自由創作。因此「語體」是從客觀性體裁到主觀性風格的仲介概念，是作家文體創作的生長點，而「風格」則顯示著作家語體的成熟，是主客交織的文體的最高範疇。[85]第四種是郭英德把「文體」界定為文本的話語系統和結構體式。他認為文體的基本結構應由體制、語體、體式和體性四個層次構成。體制指文體外在的形狀、面貌、構架；語體指文體的語言系統、語言修辭和語言風格；體式指文體的表現方式；體性指文體的表現對象和審美精神。中國古代文學批評家對文體的體制、語體、體式和體性四個層次的構成、特徵和功能等方面，都做了深入的考察和精到的論析。[86]正因為對文體理解的莫衷一是，所以需要讀者在具體文論語境中把握「文體」的內涵。

　　宇文所安深諳中國古代文論中關鍵字多義性的傳統，在《中國文

---

[83]　《辭海》，北京：中華書局，1984年版，第610頁。

[84]　徐復觀：《文心雕龍的文體論》，參見《中國文學研究》，臺北：臺灣學生書局，1976年版，第118-170頁。

[85]　童慶炳：《文體與文體創造》，昆明：雲南人民出版社，1994年版，第102-182頁。

[86]　郭英德：《中國古代文體學論稿》，北京：北京大學出版社，2005年版，第2頁。

論：英譯與評論》導言中對「文體」解說時，他指出，「體」既指風格
（style），也指文類（genres）以及各種各樣的形式（forms）。在這樣
多重指涉中，中國文論術語體現了某種區分，也暗含了某種關注，這是
在西方文論中那個術語所不具備的。在中國文學思想傳統中，「體」既
指規範性風格（normative style），也指類型規範（generic norm）以及規
範文本中的具體落實層面（也就是說，風格意義上的「體」始終指一種
標準風格類型，而非某一文本的具體風格）。[87]正是明白「文體」概念
的複雜性，所以宇文所安十分重視對文體的研究。

（一）選文側重「文體」問題

《中國文論：英譯與評論》一書所選篇目，除去導言和附錄。總共
十二章，分為早期文本、《詩大序》、《典論・論文》、《文賦》、
《文心雕龍》節選、《二十四詩品》節選、詩話、《滄浪詩話》節選、
通俗詩學：南宋和元、王夫之的《夕堂永日緒論》與《詩繹》節選以及
《原詩》節選。在中國文論家看來，他的選文有很大的疏漏和個人偏向
性，對於這個缺陷，宇文所安進行過辯解：「有不少學者強烈要求我把
這個或那個批評家或作品補充進來。我當然可以補充，但在本書所沒有
討論到的另外一部分中國文學批評中。我也發現了一些其他方面的漏
洞。」[88]

《中國文論：英譯與評論》的編寫主要針對兩類讀者：一類是希望
理解一點非西方文學思想傳統的西方文學學者；一類是初學傳統中國文
學的學生。他在編寫中充分考慮到目標讀者的接受水準，注重文論選本
的通俗性和經典性。因此一些文論專著被排除了，如鍾嶸的《詩品》、
皎然的《詩式》。其實，他的深層困境是：面對浩如煙海的文論思想，
就算一個精通中國古典文化的中國學者，要編成一本真正有代表性的選
集都並非易事，何況像他這樣的漢學家，無論從其個人學養和精力來
看，都是勉為其難的。他解釋道：「中國文學思想的真正歷史和一本真
正有代表性的選集，都是不切實際的，這不僅因為翻譯本身的規模巨
大，也因為注釋、論題和術語的解釋，以及一個龐大的不斷變化的文學
作品傳統所作的必要背景討論，都會佔據太大的篇幅。」[89]因此在對中

87　[美]宇文所安：《中國文論：英譯與評論・導言》，參見王柏華等譯《中國文論：
　　英譯與評論》，第3-4頁。

88　[美]宇文所安：《中國文論：英譯與評論・中譯本序》，參見王柏華等譯《中國文
　　論：英譯與評論》，第2頁。

89　[美]宇文所安：《中國文論：英譯與評論・導言》，參見王柏華等譯《中國文論：
　　英譯與評論》，第11頁。

國文論選本的解說過程中，他採取了一種明智的策略，避免了中國古代的注疏傳統，只是在對陸機的《文賦》與司空圖的《詩品》解讀中嘗試性地使用了這種方法，其他文論文本的解說基本上都是借助自己的西方文論知識並輔之以自己的中國文論研究心得，同時借鑒國內外最新的文論研究成果，做出的個人「獨斷之學」。

在選文的取捨上，我們也可以見出他隱含的批評標準。從選本批評的觀點看，選本具有巨大的批評價值，一方面，「選」這一行為使選本具有了很大程度的主觀性，使選本首先成為選者（批評家），張揚其文學主張的有效武器；另一方面，作為「選」這一行為的施動者，選者之「選」也就必然要受到他所處的社會時代環境以及個人才、學、識三者的影響與制約，因此一部選本的產生就往往是特定文學思潮甚至社會思潮的直接產物。選本不僅反映出選者（批評家）對文學理論的獨特探討，反映出特定時期的文學思潮，選本對作家作品的獨特取捨排列反映出該作家及其作品在文學史的不同歷史時期地位與聲望的盛衰起伏。此外，選本與文學術語、文學流派、文學集團、批評流派的確立，與文學理論的豐富，文學爭論的產生等，都有著密不可分的關係。[90]這段論述比較全面地闡明了制約選本產生的多重語境，可以看出選本的形成是多種力量較量的結果。具體到《中國文論：英譯與評論》，宇文所安關注的是文論文本中「顯現理論」對文體的影響，這種視角的形成，主要原因歸之於他對中國傳統闡釋觀的獨特理解。另一個原因就是西方哲學對文論研究的巨大影響。一般認為，西方哲學的發展經歷了本體論——認識論——語言論三個階段。在古希臘時期，哲學家關心的是存在問題，即世界的本原是什麼，強調對事物本質的追問。到理性主義哲學家笛卡爾提出「我思故我在」的觀點後，哲學關注的重點轉向了認識論，即不再強調超驗的存在物本身，而重視主客體之間的關係。到二十世紀是語言論轉向，研究的重點從主客體的關係轉到了主體間的交流與表達，對主體的研究從心理學領域轉向了語言學領域。哲學——語言學理論的現代開拓者是瑞士的索緒爾，他把語言與言語區分開來，提出言語是個人所說的話及其總和，語言是隱藏在言語之下的規則系統，它制約並決定著人們的言語活動。因此對語言的研究就成為二十世紀各類人文學科的重點，俄國形式主義、英美新批評、法國結構主義等文論流派，都注重對語言的分析，形成了話語修辭研究的熱潮。宇文所安站在西方文論的前沿，最先感受到這種語言研究轉向的時代意義，所以在文論研究中十

---

[90] 鄒雲湖：《中國選本批評》，上海：上海三聯書店，2002年版，第4-5頁。

分關注「文體」問題。像《詩大序》、《典論‧論文》、《文賦》、《文心雕龍》、《滄浪詩話》等篇目中都有對「文體」問題的專門論述。宇文所安在選編中十分關注這個熱點，與他作為批評家的理論素養有密切關係。

（二）對「文體」問題的重點闡述

宇文所安對文體問題的重視，同樣表現在他對中國文論文本的闡釋過程中。他在文化的觀照下，採取中西比較的視角，結合具體文本進行批評，著重發掘中西文論的差異。如在《詩大序》中關於詩經「六義」（「風」、「雅」、「頌」、「賦」、「比」、「興」）的批評，他把「風」、「雅」、「頌」看成《詩經》的內容，而把「賦」、「比」、「興」看成三種表現形式。對「興」這種表現形式進行了中西對比闡釋，「『興』是形象，其主要功能不是指意，而是指某種情感或情緒的擾動：『興』不是『指』那種情緒，而是發動它。所以，『興』這個詞的真正意義不是一種修辭性比喻。而且，『興』的優勢地位可以部分解釋，傳統中國之所以沒有發展出見之於西方修辭中的那種複雜的分類系統，相反，它發展出一套情緒分類系統以及與每一種情緒相關的情境和環境範疇，正因為有作為整體心理狀態之顯現的語言概念，因此就有情緒語彙，正如有作為符號（sign）和指涉（referent）的語言概念，所以就有西方的圖式（schemes）和比喻（tropes）修辭法」[91]，宇文所安在評論中吸收了中國經學家的觀點。關於「賦」、「比」、「興」意義的解說，朱熹在《詩集傳》中的解釋最為經典，他說：「興者，先言他物以引起所詠之辭；比者，以彼物比此物也；賦者，敷陳其事，而直言之也」。朱熹強調賦、比、興是一種修辭手段，一種語言技巧。比漢儒那種「比興美刺說」前進了一大步，肯定了文學自身的獨立性。但是宇文所安不拘囿於前人的觀點，他通過「興」的解說與西方文論傳統的比較，認為中國發展出一套情緒詩學，主要原因是中國人的文化心理傾向於整體直觀，不善於對研究對象做邏輯分析，與西方那種講究文體修辭的觀點大相徑庭，我們在此看到了中國文體觀的萌芽。

真正的文體風格理論形成要到魏晉南北朝時期，其中曹丕的《典論‧論文》，陸機的《文賦》、劉勰的《文心雕龍》影響最為深遠。這也是宇文所安關注的重點。曹丕的《典論‧論文》是中國第一篇專門評論作家作品的文章，在論文中他談到了作家的風格問題，如「徐幹時有

---

[91] ［美］宇文所安：《中國文論：英譯與評論》，第46-47頁。

齊氣」、「應瑒和而不壯、劉楨壯而不密」、「孔融體氣高妙」。宇文所安這樣闡釋：在整個中國文學傳統中，讀者總喜歡把文本的風格或特徵與作者的性格等同起來，即強調文如其人。這種情況在西方文學的某些階段也發生過。當代文論家對把文品與人品對應的觀點表示異議，宇文所安認為對這種批評不必太在意，重要的是讀者與作者都認為這是對的，那就證明這個觀點有其合理性。同時在創作風格中讀者能強烈地直覺到作者的性格，這是一個不爭的歷史事實，而且一直受到大家的重視。他對這種性格類型學的來源進行了考察，認為「和而不壯、壯而不密」不是一個二項對立而是一個多項補充系列。其中一種特質走向極致，就由另外一種特質來補充。這種系列式補充來自《易經》的卦象符號理論。即每個特徵都是不完滿的，即使在最完滿的階段也是不完滿的，完滿只存在於每個具體階段都得到「完全補充」之時。他從中國傳統文化的角度考察文學風格，把文本風格與卦象系統相照應，開文體研究之新風，這種入思途徑值得我們借鑒。

在《文賦》中，文體被分為十類：依次為詩、賦、碑、誄、銘、箴、頌、論、奏、說。宇文所安對各類文體特徵分別進行了解說，描述的精煉反映的是人們對文體特徵認識的深化和對文體特徵概括程度的提高。然後評價陸機的貢獻，在中國文體理論的發展過程中，陸機對文體的討論具有舉足輕重的地位，他思考文體的方式也同樣重要。「劉勰從詞源和早期作品兩方面追溯各文體的根源，而陸機則繼承了曹丕《論文》的傳統，把每一文體與某一特徵聯繫在一起。各文體彼此區別的原因既非正式特性亦非其目的（儘管在實際創作中，這種區分非常大），而是其方式或樣態。文體是『體』，即『規範形式』；特徵類型也被視為『體。』」[92]這樣誕生了一種根本認識：有兩種樣態的「體」，一種是「類屬的」，一種是風格或形態的，對文體的最恰當描述是把文體之「體」與恰當的方式之「體」匹配在一起。於是，他指出：「試圖獲得的某一類型之『體』的衝動，表明了這樣一種願望：讓某一理論術語擁有盡可能廣的指涉範圍——保持寬廣的、統一的層面，以容納各種精微的區別。」[93]在這裡，宇文所安把曹丕在《典論・論文》中文體類型與作家個性相關的理論做了進一步的闡發，並且對「體」的雙重含義進行了揭示。

真正對文體問題進行深入論述的是劉勰的《文心雕龍》，全書分為

---

[92] [美]宇文所安：《中國文論：英譯與評論》，第136-137頁。
[93] [美]宇文所安：《中國文論：英譯與評論》，第137頁。

上、下兩篇，與文體有關的在上篇。劉勰自稱《文心雕龍》上篇為「論文敘筆」，比較自覺地將所有文體分為有韻之「文」和無韻之「筆」兩大類，並且按照「文」先「筆」後的順序成篇。其後各種文集和文章分類著作，大多暗含了「文」與「筆」的分類意識。劉勰有開風氣之先的功勞，在《體性》篇中，他列出了八體：典雅、遠奧、精約、顯附、繁縟、壯麗、新奇、輕靡。這八體又兩兩相對，縮減為四對。宇文所安指出，在這些篇章中，劉勰回頭重申了人的生理和心理本性，文學作品和介於兩者之間的規範形式這三者之間的有機結合，他把上文提到的差別減少為三個方面：學、才、氣。同時結合魏晉南北朝時代喜歡品藻人物，玄談清議的風尚，對劉勰的文體觀進行評述：「劉勰採用了中國品評人物性格和寫作風格的基本樣式，劉勰的同時代人鍾嶸的《詩品》在描述每一種詩歌風格時也大體採用了同樣的方式。這種大段大段列單子的做法為唐人和後世的大眾批評開了先河，後者經常在某個類型下面列舉出若干變體」。「劉勰所採用的品評程式如下：首先給出某人的名字和一般風格；然後，借助一個因果連詞『故』，以兩個具體特性，分別概括該作家作品的兩個方面。這種固定程式的一個重要後果或許是結構上的重複，它加強了這樣的結論：人的天性和他的作品永遠是一致的。還有一點值得注意：用來描述人的性格和作品風格的那些詞語也是一模一樣的。」[94]周振甫先生對《體性》篇也有論述，他認為本篇是講作品的體貌和作者的性情，體貌就是風格。「劉勰認為作品的風格是由作者的性情所決定，並受外界的陶染而形成的，即由才、氣、學、習所造成的，才氣本於性情，學習由於陶染。」這就形成了他的才氣說，但是周先生對劉勰的才氣先天說表示了質疑，他認為才是才能，才能不是與生俱來的，是在素質（先天的解剖生理特點）的基礎上，經過教育和培養，並在實踐活動中形成和發展起來的。氣指氣質，氣質只能使人的個性帶有一定色彩，不能決定其個性特徵的內容；氣質特點能受人的世界觀和性格的制約，也能在外界影響下通過實踐活動而改變。個性是個人的氣質、性格、興趣、能力等方面心理特徵的統一體。個性特徵是在人的素質的基礎上，在一定的社會生活和教育影響下，通過其本身的實踐活動形成和發展起來的。」[95]兩相比較，宇文所安側重從文體風格與作家個性的對應以及劉勰對前代文體論的繼承與創新角度來評論的，而周先生的論述更帶有理論反思的意味，對劉勰提出的「才氣說」進行了入

---

[94] [美]宇文所安：《中國文論：英譯與評論》，第220-223頁。

[95] 周振甫：《〈文心雕龍〉譯注》，南京：江蘇教育出版社，2006年版，第417-418頁。

情入理的闡釋，既肯定其合理的方面，同時對他主觀臆斷之處進行了指正，對我們在文論研究中樹立批判反思意識具有十分重要的意義。

在《中國文論：英譯與評論》中，對文體的闡述還有許多內容（如司空圖《詩品》關於詩歌風格的論述、嚴羽《滄浪詩話》中的詩辨等），在此，我們僅選取幾個典型進行中西對比闡發，其目的並不是評定優劣，而是從具體實例中看出宇文所安與中國文論家在文體問題上不同的批評視角和闡釋重點，從而對其學理思路有深入理解。正如他本人所說：「比較的目的是為了理解而非評判價值的高低，因為每一傳統都在追索它自己的一套問題，用以解釋一個與他者迥異的文學文本傳統。」[96]

第四節　差異的認同與理性的回歸

在當今多元文化語境中，隨著各國經濟文化交流日益密切，中西文論作為根源於不同文明的詩學，在交流過程中勢必碰到差異和矛盾，那麼面對這種狀況，採取文化對立主義立場還是文化相對主義立場，這是作為中西方文論家必然要面對的問題。每種立場的選擇在更深層面上凸顯出文論家的價值觀與文化觀。在當今比較詩學的研究過程中，我們欣喜地看到，文化相對主義的立場逐漸成為了研究者選取的主流，樂黛雲指出：「文化相對主義是以相對主義的方法論和認識論為基礎的人類學的一個學派，這個學派強調人類學應更屬於人文科學而不是自然科學，堅持人類學應以『發現人』為主要目標。他們認為：每一種文化都會產生自己的價值體系，也就是說，人們的信仰和行為準則來自特定的社會環境，任何一種行為如信仰、風俗等等都只能用它本身所從屬的價值體系來評價，不可能有一個一切社會都承認的、絕對的價值標準。」[97]文化相對主義者在承認中西文論差異性的同時也不排斥吸收和鑒取對方文論的長處。而文化對立主義者的立場就是對不同文化採取全盤否定的態度，堅持這樣的文化對立主義立場既不利於我們對不同文化秉持一種包容理解和客觀評價的心態，也使自身的文化研究陷入一種本位主義的封閉循環中，長此以往，一種文化因缺乏外來文化新質的啟動會逐漸走向保守和衰頹。之所以中華文明歷五千餘年而不衰，根據趙林教授的觀

---

[96] [美]宇文所安：《中國文論：英譯與評論·導言》，參見王柏華等譯《中國文論：英譯與評論》，第4頁。
[97] 樂黛雲：《比較文學與比較文化十講》，上海：復旦大學出版社，2004年版，第8頁。

點，是因為中國文化在發展歷程中，不時受到邊地遊牧民族文化和外來文化的滲透，在文化的碰撞中保持生機和活力。像先秦時期的「以夏化夷」、漢代的「援佛入儒」、唐宋時期的中外文化交流、晚清時的西學東漸，使中華文明處於生生不息的進化中。[98]英國哲學家羅素也認為：「不同文化之間的交流過去已被多次證明是人類文明發展的里程碑。希臘學習埃及，羅馬借鑒希臘，阿拉伯參照羅馬帝國，中世紀的歐洲又模仿阿拉伯，而文藝復興時期的歐洲則仿效拜占庭帝國。」[99]即一種文明只有在借鑒他種文明後，形成一種新的文化混合體，才能顯現出自身文明的「雜交優勢」。那麼文化相對主義者在跨文化研究中對異域文化的差異性是怎樣理解的呢？西方比較文化學者赫斯科維奇指出：「文化相對主義的核心的核心是尊重差別並要求相互尊重的一種社會訓練。它強調多種生活方式的價值，這種強調以尋求理解與和諧共處為目的，而不去評判甚至摧毀那些不與自己原有文化相吻合的東西。」[100]這就不僅強調了自身文化的價值，對異質文化也採取寬容理解的心態。

在此，我們只就宇文所安文論研究的得失，站在文化相對主義的立場上，進行簡要評述。宇文所安中國文論研究的獨特性主要體現在如下四個方面：

首先，凸顯強烈的「問題」意識。學起於思，思源於疑。綜觀宇文所安的中國文學研究，從唐詩研究起步，中間經過對文學史寫作和詩歌理論的思考，最終形成「知人」的中國文學闡釋觀。「問題」意識始終是其入思和取意的重要門徑。他從西方文化的獨特視角入手，結合自己深厚的西方文論知識，對中國文學和文論文本進行深度解讀並提出有價值的問題，這種從「無疑處生疑」的問題意識對我們啟動中國古代文論的生命具有重要的啟發借鑒意義。

其次，在中國文論解讀過程中，他以西方讀者為潛在對象，採用文本細讀、歷史想像、文化還原及中西文論雙向闡發的批評方法。在中西文論的互證、互識、互照的過程中，使西方讀者不僅能夠找到解讀中國文論的鑰匙。更為重要的是，為比較詩學的研究樹立了一個典範，打破了我們在文論研究中「文本內」與「文本外」互相割裂的研究狀態，真正實現文論研究立足於文本的基礎，把研究視角向更深廣的文化領域拓展，形成一種內外互動的研究格局，也為中國文論研究者構建了一個重

---

[98] 趙林：《告別洪荒——人類文明的演變·導論》，參見《告別洪荒——人類文明的演變》，武漢：武漢大學出版社，2005年版，第1-20頁。

[99] 樂黛雲：《比較文學與比較文化十講》，第8頁。

[100] 樂黛雲：《比較文學與比較文化十講》，第20頁。

要的方法津梁。

再次，選文的獨特性。在《中國文論：英譯與評論》中，宇文所安的選文頗具個人學術眼光，除了第三章提到的文體問題論述外，另一個最大特色是他用了整整兩章的篇幅選讀了《詩話》（見原書第七章）和《通俗詩學：南宋和元》（見原書第九章）。在他看來，詩話這類「非正式」散文（隨筆），具有種類豐富、輕鬆隨意、言近旨遠的特點，最能見出論者的思想風格。另外，他選了中國文論家幾乎不選的技法手冊——周弼的《三體詩》、楊載的《詩法家數》，這些著作連國內大學中文系的學生都鮮有接觸。中國古代的文論家把它們視為一種「低級」批評類型，在他們看來只是為學詩的後生準備的。雖然這類書在出版時經常印刷品質較差、錯誤訛字氾濫、學術水準不高，但這一類詩歌手冊也可以讓我們瞭解許多關於詩歌學習的情況。通過對這些文本的解讀，我們能夠對中國古典文論有一個全面的瞭解，而不被那些「高級」文類（書信、短文、序言與詩歌）所掩蓋。同時也見出他對當代通俗文化研究熱潮的回應，通過一種古今對接的方式，確立了通俗文化在文論中的重要地位，也為西方讀者在學習中國文論的過程中，既注重理論的學習又在培養他們實際的寫作技能方面提供方法論的指導，達到了一箭雙雕的效果。

最後，文學批評講究文質兼美。他認為文學研究需要「散文」，散文具有「entertain an idea」（娛思）功能。因為關於文學研究已經擁有很多「論文」了，「人們不斷給知識的大廈添磚加瓦，但是這座大廈是建立在太多的不假思索地接受下來的論斷上的。有時，這些論斷是好的，有時則不然。但即使這些論斷是好的，我們也只有依靠『娛樂』不同的想法才能重新發現這一事實」[101]。在宇文所安看來，要啟動中國文學傳統，需要去掉那種充滿註腳的學術論文，而代之以散文。因為散文既是文學性的，也是思想性的和學術性的。它歡迎一種對於文學進行思考的方式和對於文學進行評論的方式，使得作者既可以提出新問題，也可以從新的角度和用新方法重新提出一個老問題。在批評文體中，他十分講究文筆與思想的優美。關於宇文所安的文論研究，正如田曉菲所說：「歸根結底，最重要的還是『如何思想』；至於思想的具體內容，尚居次位。作為動詞的思想（也即如何思想）與作為名詞的思想不同：前者無所謂進步與落後，無所謂過時。而且，也無所謂國界。思想意味

---

[101] [美]宇文所安：《他山的石頭記——宇文所安自選集·自序》，參見《他山的石頭記——宇文所安自選集》，第2頁。

著以清楚的頭腦，銳利的目光和豐富的事實作為基礎，對一個大的問題進行持續、透徹的探索與追尋。」[102]宇文所安在中國文學研究中正是秉持著啟動傳統的信念，在自己學術探索的歷程中，融入自身獨特的生命體驗，所以在他的文學批評中，我們不僅為他的見識高遠而讚歎，更感動的是在每一個文字的背後，是詩與思的冶煉與提純。

　　然而，不可否認，宇文所安在中國文論研究過程中，因為其西方文化學術背景和哲學觀的影響，遮蔽了他在中國文論研究中一些重要的東西，導致了一些學術盲視，主要表現在如下三個方面：

一、中國詩學是一種「非虛構」的自然傳統

　　宇文所安認為中國詩歌是一種「歷史經驗的真實記錄」，詩可以作為「特殊形態的日記」來讀，它和普通日記的不同之處在於它的語言之優美，它和普通日記的相同之處就是它記錄了真實的時間、地點和情境關係，所以詩歌的偉大不在於它的創新，而在於它是詩人與此時此景的真實相遇。[103]其依據是宇文所安認為中西哲學思想的根本對立，西方詩學思想建立在本體二元論的基礎上，即認為在具象的領域之上有一個超驗的真實領域，也就是柏拉圖所說的「理念世界」，因此西方的詩歌文本具有想像性。文本中的事物與作者客觀所見之物可以兩分，而中國的哲學觀完全不同，它堅持的是一種一元論的世界觀。雖然它也講宇宙之道有超越個體的現象，但是他認為這種超越是內在於此宇宙的，即中國傳統思想沒有一個真正的超驗領域，萬物之間只有生髮感應關係，所以在他看來中國詩歌只是詩人對業已存在的宇宙感應關係的再現。正如他在評論陸機的《文賦》時所言：「在中西關於文學文本之創生的各種理論模式中，宇宙發生論最具影響力，正如自然一直是理解文本之動力的最具影響力的模式。傳統中國知識階層對宇宙發生論持有這樣一種主導性觀點：存在（更確切地說是『有』）從虛無（更確切地說『無』）中自動產生。」[104]同時在有關劉勰的《文心雕龍》論述中，他也指出：「劉勰一次又一次地強調『文』所表現出來的自然性，以告誡我們不要對文學產生他預先的懷疑，他告訴我們：它們根本不是外在的裝飾，它們就是『自然』。」[105]對於宇文所安信守的中國詩學的「非虛構的自然

[102] ［美］宇文所安：《他山的石頭記——宇文所安自選集》，第352-353頁。
[103] Stephen Owen, *Traditional Chinese Poetry and Poetics: Omen of the World*, Madison: Wisconsin University Press, 1985, p.13, 57.
[104] ［美］宇文所安：《中國文論：英譯與評論》，第122頁。
[105] ［美］宇文所安：《中國文論：英譯與評論》，第190頁。

傳統」，張隆溪表示了強烈反對：「我不同意把劉勰視為自然主義的代表，不僅是質疑站不住腳的中西文化二元對立論，也更要質疑這種文化相對論的模式，因為這種模式使跨文化溝通變得不可能，甚至使任何學術追求失去意義。」[106]這是宇文所安在中國文學研究上的深層困境。

二、闡釋策略選擇的失當

宇文所安認為中國文學研究的學術傳統需要保持，但是它需要補充，需要一個開放的空間，一個歡迎來訪的想法的接待站。面對中國文學傳統，中西方學者站在同一條起跑線上。在他看來，中西文化之間，以至中國現代與傳統之間存在一條不可逾越的鴻溝，「這條鴻溝是絕對的，忽略它就只是對某人或某種文化的自滿」[107]。其深層含義即中國人闡釋中國古代文論未必比西方人有文化上的優勢，他把自己跨越中西文論鴻溝的欲望命名為「一種富於學術沉思的遊戲」[108]。這樣宇文所安就把自己的身份合法化了，在中國文論的研究中，他自覺地承擔了「導遊」的角色，變成了傳統中國閱讀成規的「自我範例」。在對中國文論闡釋的過程中，他佔據了一個有利的閱讀位置：

> 我活在一間沒有窗子的黑暗房間之中。你則從一個隱蔽的耳筒中聆聽。有人從隔鄰的房間通過牆上的小洞自說自話。我不能判定聲音之後的存在。我不停講話以引誘他作出回應，但聲音卻只在喜歡之時才斷續出現。我知道我所聽到的可能只是自己的狂想，但當聲音來的時候，我感到它是屬於某人的；他有自己的身份和想講的話。我明白我不是在說那些話。但正如我曾經講過的，我知道我可能已被騙。然而，在旁聆聽的你卻不會被騙。[109]

他通過把自己的身份界定為中西文化闡釋者的權威角色，既肯定了中國傳統文化（隔鄰的房間）的神秘性，又為自己佔據了將中國傳統文化神秘性過濾為「閱讀成規」的專有位置，從而為樹立個人的學術權威找到了一個最佳的闡釋策略。但在我們看來，這樣的闡釋策略是失當

---

[106] 張隆溪：《自然、文字與西方的中國詩研究》，參見《西方漢學界的中國文論研究》，第30-31頁。

[107] Stephen Owen, *Traditional Chinese Poetry and Poetics: Omen of the World*, p.4.

[108] Stephen Owen, *Traditional Chinese Poetry and Poetics: Omen of the World*，p.4.

[109] Stephen Owen, *Traditional Chinese Poetry and Poetics: Omen of the World*, p.11.

的。為了在學術權力場中維護個人的學術地位和聲譽，人為地為中國文論研究設立疆界，並且堅持自己在解讀中的獨一無二的仲介角色，使得他關於中國文論的批評，只能成為個人的「學術沉思」和見解。

三、文論批評的解讀指瑕

　　宇文所安的中國文論研究，總體來說是公允的，沒有像其他漢學家那樣在解讀中硬傷處處，所以獲得了中國文論界的褒譽。作為一個域外研究者，雖然其西學功底深厚，對中國文論研究也不遺餘力，但在其研究中，我們仍然發現存在一些錯誤。如對陸機《文賦》中「操斧伐柯」[110]這段話的解讀，他認為具有四種理解：一指陸機在談論伐柯和創作兩類活動的區別，前者有固定的模子，而後者是直覺的、表述性的，因而是不可傳達的。二指陸機在隱約暗示他自己正在創作的《文賦》，其文學性可比擬為「手中之柯」，這樣就為讀者提供了一個用以描述創作過程的更直接、更現成但比較遠離文學的模子。三指創作模子存在，但我們感到難以描述它。最後一種解釋強調粗糙、固定的模子（柯）和該活動之微妙處的對比，其結論是局部論的，即創作問題中的一部分可以用語言表述，但最微妙的運動是無法表達的，這又回復到「輪扁斫輪」的寓言。當然他的解讀是極其富有學術趣味的，可是在闡述中，他總是有意識地拿西方的摹仿論來硬套中國的文學創作，始終糾纏在模子的有無問題上。參照國內郭紹虞、王文生及張少康等先生的解讀，均傾向於把其解釋為「鑒取前人的經驗，研究寫作規律」[111]。兩相對比，宇文所安的解讀儘管很精細，卻在解讀中犯了穿鑿附會的毛病。另外關於劉勰《文心雕龍》中「文之為德也大矣」的解讀[112]。宇文所安從西方文論譜系學理論出發，牽強附會地認為劉勰借鑒了《莊子·齊物論》的「文與天地並生」觀點來證明文學的價值，認為劉勰選用這樣的措辭是適得其反的，對「文」的起源的權威性進行了嘲弄。周振甫先生的注解卻對宇文所安的觀點是一個極好的糾偏。周先生首先解釋「文」有廣狹兩種含義。廣義的「文」包括三種，即形文、聲文、情文。狹義的「文」指文辭，形文指文辭要講究文采；聲文指要講究音韻；情文指要講究情意。文又可指禮樂教化。在此處，文指的是廣義之文，具體說就

---

[110] ［美］宇文所安：《中國文論：英譯與評論》，第89-90頁。

[111] 此處參見郭紹虞主編：《中國歷代文論選》（第一卷），第175－176頁；張少康主編：《中國歷代文論精品》，第132頁。

[112] ［美］宇文所安：《中國文論：英譯與評論》，第191頁。

是文的屬性或功用是這樣遍及宇宙。[113]我們認為周先生的注釋更切合劉勰的本意。另外他關於中國文論思想的起源問題，避重就輕地提到「道家」思想的影響，無論怎樣說都是一大致命的學術失誤。這些典型錯誤產生的根源，主要還是作者堅持中西哲學觀的對立，研究中不自覺地按照「以西釋中」的模式來考察中國文論而產生的誤解。

從總體上看，宇文所安的中國文論研究，意義十分重大。首先是經過近三個多世紀的中西文化交流，從十七世紀初龍華民等西方傳教士提出的「宗教禮儀之爭」到今天的中西文論互動，這種變化本身就預示著漢學研究領域某種新的學術觀念正在形成，這是中西文化交流互動，互相理解的成果。其次對於中國古代文論的現代轉換研究，宇文所安的文論研究無疑是一面重要的鏡子，可以觀照我們在古代文論研究中的盲視，對於那些全盤拒斥西方文論的研究者，這未嘗不是一個新的反思途徑，通過中西雙向闡發，達到文論的雙向互動，從而實現古代文論創新。

但是有學者指出：「人們在接觸異質文化時，往往很難擺脫自身文化傳統和思維方式的影響，總是根據自己熟識的一切進行選擇、切割和解讀。」[114]既然這樣，那麼我們所進行的文化研究，從本質上講都是對自身文化的重新思考、評價與轉化。因此宇文所安對中國古代文論研究的個案，只能作為我們透視中國古代文論的現代轉換的一面鏡子，以供我們在研究中借鑒，但永遠不能代替我們自己的獨立思考和探索。啟動傳統不是一代人的事業，它是一個薪火相傳的過程，那麼在經過近百年的探索後，中國古代文論研究往何處走呢？法國思想家於連（Francois Jullien）指出：「在世紀轉折之際，中國知識界要做的應該是站在中西交匯的高度，用中國概念重新詮釋中國的思想傳統，如果不做這一工作，下一世紀中國思想傳統將被西方概念所淹沒，成為西方思想的附庸，如果沒有人的主動爭取，這樣一個階段是不會自動到來的。中國人被動接受西方思想並向西方傳播自己的思想經歷了一個世紀，這個歷史時期現在應該結束了。」[115]於連的論述並非危言聳聽，他給我們敲響了一記警鐘，必須始終牢記：我們還在路上……

---

[113] 周振甫：《〈文心雕龍〉譯注》，第58頁。
[114] 樂黛雲等：《獨角獸與龍——在尋找中西文化普遍性中的誤讀》，北京：北京大學出版社，1995年版，第110頁。
[115] 王嶽川：《中西文論互動與文化輸出》，參見曹順慶主編《中外文化與文論》（第13輯），成都：四川大學出版社，2006年版，第90頁。

臺灣版後記

李鳳亮

本書最初立意、著手之際，正值原產自臺灣知識界的「傳統之現代轉化」方案，經由各路傳播，漸為大陸學人熟知、爭論，進而接納、改造的收尾階段。一路上，各方觀點，交鋒激烈，好不熱鬧。

彼時我所求學並供職的暨南大學（廣州），因與海外華人華僑關係密切，而在中國大陸文學研究格局中自成一隅，形成了以海外視野、比較方法、稀見史料為特色的研究進路及旨趣。在這樣的學術氛圍中，我和一群年輕的研究者，嘗試圍繞「臺港及海外華人學者」對傳統文論的創造性闡釋，以之思考「現代轉換」在文學理論的自我建構和重組過程中，可以提供怎樣的可能和經驗。經過九年的沉澱和追問，終於結成這本小書。

今次本書得以在臺灣與讀者見面，也成就了一次難得的學術因緣。書中所論及的華人批評家，大多與臺灣學術界有著千絲萬縷的聯繫——或求學於此，或安身於此，或立言於此。如果本書立足於大陸語境的觀察和反省，能給熟悉他們的讀者一些新的啟悟與收穫，定將成就本書的另一番意義。

本書的寫作顯示了一個年輕學術團體的通力合作。有著相近興趣的幾位青年學人，在「中國古典文論現代觀照的海外視野」這一問題上反復討論，在差異中尋求共識，使書稿得以以今天的面貌呈現給諸君。書稿寫作具體分工如下：

引　言：李鳳亮　沈一帆
第一章：閆月珍　朱巧雲（第一節）
第二章：孫　琪
第三章：沈一帆
第四章：朱巧雲
第五章：吳宏娟
結　語：李鳳亮　沈一帆
附　錄：袁偉軍

　　李鳳亮負責本書的整體設計和統稿，沈一帆博士承擔了部分統稿和校對工作。對各位作者在撰著和修改過程中的傾力合作，我要表示誠摯的感謝。

　　特別想說的是，廣州暨南大學蔣述卓教授、劉紹瑾教授對本書的整體框架、主要觀點及寫作過程給予了多方面的指導，我將深深的謝意獻給他們。

　　最後，衷心感謝積極促成此書在臺出版的韓晗博士，他的聰慧、儒雅、勤奮在「八〇後」學人中並不多見。衷心感謝負責本書編輯工作的羿珊，因為簡繁字體轉換以及出版體例的差異，羿珊編輯為此書付出許多心力。

　　期待讀者的批評。

2015年12月於深圳

語言文學類　PG1502　秀威文哲叢書15

中國古典文論現代觀照的海外視野

作　　者 / 李鳳亮、沈一帆、閆月珍、朱巧雲、孫琪、吳宏娟、袁偉軍
叢書主編 / 韓　晗
責任編輯 / 盧羿珊
圖文排版 / 周政緯
封面設計 / 蔡瑋筠

發 行 人 / 宋政坤
法律顧問 / 毛國樑　律師
出版發行 / 秀威資訊科技股份有限公司
　　　　　114台北市內湖區瑞光路76巷65號1樓
　　　　　電話：+886-2-2796-3638　傳真：+886-2-2796-1377
　　　　　http://www.showwe.com.tw
劃撥帳號 / 19563868　戶名：秀威資訊科技股份有限公司
　　　　　讀者服務信箱：service@showwe.com.tw
展售門市 / 國家書店（松江門市）
　　　　　104台北市中山區松江路209號1樓
　　　　　電話：+886-2-2518-0207　傳真：+886-2-2518-0778
網路訂購 / 秀威網路書店：http://www.bodbooks.com.tw
　　　　　國家網路書店：http://www.govbooks.com.tw

2016年5月　BOD一版
定價：500元
版權所有　翻印必究
本書如有缺頁、破損或裝訂錯誤，請寄回更換

國家圖書館出版品預行編目

中國古典文論現代觀照的海外視野 / 李鳳亮等著.
-- 一版. -- 臺北市：秀威資訊科技, 2016.05
　　面；　公分
　　BOD版
　　ISBN 978-986-326-372-2(平裝)

　1. 中國古典文學　2. 文學評論　3. 文集

820.7　　　　　　　　　　　　　105002417

讀 者 回 函 卡

感謝您購買本書,為提升服務品質,請填妥以下資料,將讀者回函卡直接寄回或傳真本公司,收到您的寶貴意見後,我們會收藏記錄及檢討,謝謝!
如您需要了解本公司最新出版書目、購書優惠或企劃活動,歡迎您上網查詢或下載相關資料:http:// www.showwe.com.tw

您購買的書名:_____

出生日期:_____年_____月_____日

學歷:□高中 (含) 以下　　□大專　　□研究所 (含) 以上

職業:□製造業　□金融業　□資訊業　□軍警　□傳播業　□自由業
　　　□服務業　□公務員　□教職　　□學生　□家管　□其它_____

購書地點:□網路書店　□實體書店　□書展　□郵購　□贈閱　□其他

您從何得知本書的消息?

□網路書店　□實體書店　□網路搜尋　□電子報　□書訊　□雜誌

□傳播媒體　□親友推薦　□網站推薦　□部落格　□其他_____

您對本書的評價:(請填代號　1.非常滿意　2.滿意　3.尚可　4.再改進)

　封面設計____　版面編排____　內容____　文／譯筆____　價格____

讀完書後您覺得:

□很有收穫　□有收穫　□收穫不多　□沒收穫

對我們的建議:_____

_____

_____

_____

11466
台北市內湖區瑞光路 76 巷 65 號 1 樓

秀威資訊科技股份有限公司　　　收

BOD 數位出版事業部

....

（請沿線對折寄回，謝謝！）

姓　　名：_____　年齡：_____　性別：□女　□男

郵遞區號：□□□□□

地　　址：_____

聯絡電話：(日) _____ (夜) _____

E-mail：_____